中国社会科学院学部委员专题文集
ZHONGGUOSHEHUIKEXUEYUAN XUEBUWEIYUAN ZHUANTI WENJI

俄苏文学及文论研究

吴元迈 ◎ 著

中国社会科学出版社

图书在版编目(CIP)数据

俄苏文学及文论研究/吴元迈著. —北京：中国社会科学出版社, 2014.10

（中国社会科学院学部委员专题文集）

ISBN 978-7-5161-4807-5

Ⅰ.①俄… Ⅱ.①吴… Ⅲ.①俄罗斯文学—文学研究—文集 Ⅳ.①I512.06-53

中国版本图书馆 CIP 数据核字(2014)第 211303 号

出 版 人	赵剑英
责任编辑	史慕鸿
责任校对	石春梅
责任印制	戴　宽

出　　版	中国社会科学出版社
社　　址	北京鼓楼西大街甲 158 号（邮编 100720）
网　　址	http://www.csspw.cn
	中文域名：中国社科网　010-64070619
发 行 部	010-84083685
门 市 部	010-84029450
经　　销	新华书店及其他书店

印刷装订	环球印刷（北京）有限公司
版　　次	2014 年 10 月第 1 版
印　　次	2014 年 10 月第 1 次印刷

开　　本	710×1000　1/16
印　　张	23.75
插　　页	2
字　　数	376 千字
定　　价	69.00 元

凡购买中国社会科学出版社图书，如有质量问题请与本社联系调换
电话：010-64009791

版权所有　侵权必究

《中国社会科学院学部委员专题文集》编辑委员会

主任 王伟光

委员 （按姓氏笔画排序）

　　　　王伟光　刘庆柱　江蓝生　李　扬

　　　　李培林　张蕴岭　陈佳贵　卓新平

　　　　郝时远　赵剑英　晋保平　程恩富

　　　　蔡　昉

统筹 郝时远

助理 曹宏举　薛增朝

编务 田　文　黄　英

前　言

哲学社会科学是人们认识世界、改造世界的重要工具，是推动历史发展和社会进步的重要力量。哲学社会科学的研究能力和成果是综合国力的重要组成部分。在全面建设小康社会、开创中国特色社会主义事业新局面、实现中华民族伟大复兴的历史进程中，哲学社会科学具有不可替代的作用。繁荣发展哲学社会科学事关党和国家事业发展的全局，对建设和形成有中国特色、中国风格、中国气派的哲学社会科学事业，具有重大的现实意义和深远的历史意义。

中国社会科学院在贯彻落实党中央《关于进一步繁荣发展哲学社会科学的意见》的进程中，根据党中央关于把中国社会科学院建设成为马克思主义的坚强阵地、中国哲学社会科学最高殿堂、党中央和国务院重要的思想库和智囊团的职能定位，努力推进学术研究制度、科研管理体制的改革和创新，2006年建立的中国社会科学院学部即是践行"三个定位"、改革创新的产物。

中国社会科学院学部是一项学术制度，是在中国社会科学院党组领导下依据《中国社会科学院学部章程》运行的高端学术组织，常设领导机构为学部主席团，设立文哲、历史、经济、国际研究、社会政法、马克思主义研究学部。学部委员是中国社会科学院的最高学术称号，为终生荣誉。2010年中国社会科学院学部主席团主持进行了学部委员增选、荣誉学部委员增补，现有学部委员57名（含已故）、荣誉学部委员133名（含已故），均为中国社会科学院学养深厚、贡献突出、成就卓著的学者。编辑出版《中国社会科学院学部委员专题文集》，即是从一个侧面展示这些学者治学之道的重要举措。

《中国社会科学院学部委员专题文集》（下称《专题文集》），是中国社会科学院学部主席团主持编辑的学术论著汇集,作者均为中国社会科学院学部委员、荣誉学部委员,内容集中反映学部委员、荣誉学部委员在相关学科、专业方向中的专题性研究成果。《专题文集》体现了著作者在科学研究实践中长期关注的某一专业方向或研究主题,历时动态地展现了著作者在这一专题中不断深化的研究路径和学术心得,从中不难体味治学道路之铢积寸累、循序渐进、与时俱进、未有穷期的孜孜以求,感知学问有道之修养理论、注重实证、坚持真理、服务社会的学者责任。

2011年,中国社会科学院启动了哲学社会科学创新工程,中国社会科学院学部作为实施创新工程的重要学术平台,需要在聚集高端人才、发挥精英才智、推出优质成果、引领学术风尚等方面起到强化创新意识、激发创新动力、推进创新实践的作用。因此,中国社会科学院学部主席团编辑出版这套《专题文集》,不仅在于展示"过去",更重要的是面对现实和展望未来。

这套《专题文集》列为中国社会科学院创新工程学术出版资助项目,体现了中国社会科学院对学部工作的高度重视和对这套《专题文集》给予的学术评价。在这套《专题文集》付梓之际,我们感谢各位学部委员、荣誉学部委员对《专题文集》征集给予的支持,感谢学部工作局及相关同志为此所做的组织协调工作,特别要感谢中国社会科学出版社为这套《专题文集》的面世做出的努力。

《中国社会科学院学部委员专题文集》编辑委员会
2012年8月

目 录

序 …………………………………………………… 吴元迈（1）
对19世纪俄罗斯文学的再认识 ………………………………（1）
别林斯基论现实主义及人民性 ………………………………（11）
19、20世纪之交的俄国文学及无产阶级文学 ………………（24）
19世纪末至20世纪初的俄国文学批评 ……………………（50）
普列汉诺夫的文学批评 ………………………………………（64）
普列汉诺夫论现实主义 ………………………………………（97）

早期俄国马克思主义文评家论现代主义 ……………………（120）
俄苏形式学派和什克洛夫斯基 ………………………………（140）
巴赫金和他的文艺思想 ………………………………………（152）
布哈林与文艺 …………………………………………………（163）
当代苏联文艺学的结构、符号分析 …………………………（176）
苏联30年代"写真实"口号提出的前前后后 ………………（201）
苏联文学思潮与文论之一（1933—1952）……………………（209）
苏联文学思潮与文论之二（1953—1967）……………………（255）
苏联文学思潮与文论之三（1968—1981）……………………（285）
从碰撞中看社会主义现实主义新命题 ………………………（313）
文艺接受问题和苏联的"艺术接受" …………………………（329）

爱伦堡 …………………………………………………………（341）
特里丰诺夫 ……………………………………………………（348）

序

1960年11月参加工作以来,我一直在苏联文学研究室工作,并从事当代苏联文学研究。1982年起被当时外文所领导任命为新建立的文艺理论研究室第一任主任,从此我的学术研究方向发生了一些变化,此后基本在两个方向进行:一是俄苏文学,虽然我离开了苏联文学研究室,但一直同它保持着密切联系,并参加了他们撰写的三卷本《苏联文学史》(中国社会科学出版社1994年版)的部分工作。二是文学理论,既包括俄苏文学理论也包括外国文学理论以及马克思列宁主义文艺理论。1991年起,我担任博士生导师后,也是按这两个方向招收博士生的。

收入本书《俄苏文学及文论研究》的论文,基本分为三个部分,一是19世纪俄罗斯文学及文论、19和20世纪之交俄苏文学和无产阶级文学及一些重要的理论家的研究论文。二是俄苏文学思潮及理论批评研究的论文(从20年代至80年代)。三是两位苏联作家的研究。

可以说,这本专题论文集和2005年中国社会科学院学术委员会文库出版的那本《吴元迈文集》,基本上涵盖了文学新时期以来我的研究方向及论文写作的概况。它们的出版,也是我向中国社会科学院和外国文学研究所以及那些关心我与帮助过我的领导、老师、朋友和同行与亲友的一次较为集中的工作汇报。他们在我半个世纪的写作过程和生活进程中给予我的谆谆教导、大力支持、热情的帮助和关怀,将永远铭记在我心里,也将永远激励着我今后的研究之路和生活之路。

吴元迈

2012年6月于紫竹桥畔

昌运宫

对 19 世纪俄罗斯文学的再认识

我国俄罗斯文学研究界这次研讨会①的主题被定名为"19 世纪俄罗斯文艺思潮与当代文艺学建设",是很有意义的。我个人十分赞同和支持。

当代文艺学的建设,既离不开现代的中外文学,也离不开中外的古代文学。也就是说,一手要伸向中外的古代,一手要伸向中外的现代,这两者都不可或缺。同时,对包括 19 世纪在内的过去时代的文学,必须站在今天的立场,用当代文艺学的成就重新审视,继续开发其丰富的资源;并且让过去时代的文学经验、文学知识、文学成就来参与当代文艺学建构。这两者是一个相辅相成、辩证统一的过程。我想,这或许就是这次研讨会的题中之义。

一

我国文学新时期二十余年以来,从召开的数十次全国俄苏文学研讨会的情况看,除陀思妥耶夫斯基、屠格涅夫等几个 19 世纪俄罗斯作家的研讨会以外,大都集中在 20 世纪俄苏文学方面。关于 19 世纪俄罗斯文学的综合性研讨会,则几乎未曾开过。这种状况并不限于我国的俄罗斯文学研究,我国整个外国文学研究总体上也是如此,大都把目光投向 20 世纪外国文学,尤其是外国文学理论研究上。在今天,有关 20 世纪外国文学的研究著述,已相当不少。这虽然是必要的和重要的,但这是不够的和不全面的。现在该是较多关注 19 世纪以及 19 世纪以前时代文学研究的时候了。

---

① 该研讨会于 2005 年 11 月在首都师范大学举行。

造成外国文学研究中这种不对称现象，或者说，造成这种"厚今薄古"现象，其原因可能是多方面的，但有一个原因特别值得注意：现在在各种场合可以越来越多地听到，在报刊上可以越来越多地看到，要抓学科的前沿问题。在我看来，问题在于什么是学科前沿，什么是人文学科、文学或外国文学研究的前沿？它们与自然科学和社会科学的前沿有什么不同？这需要进一步探讨和研究。

每个学科的发展，不论是自然科学、社会科学还是人文科学、文学研究，都有一个前沿问题，换句话说，它们都要听从时代的召唤，走在时代的最前面，探讨和研究那些关系学科进步和发展最重要、最急迫、最关键的问题，亦即言人未言的问题。可以说，自主创新是它们的共同任务和崇高使命。

然而，各门学科的前沿又有自己的特殊性，自然科学、社会科学和人文科学的前沿各个不同。在自然科学领域内，四轮马车、蒸汽机、内燃机等，早已进入历史博物馆，而四轮马车时代、蒸汽机时代、内燃机时代等产生的文学作品，不仅没有进入历史博物馆，而且继续和我们生活在一起，给我们以艺术享受和生活启迪。那么，这种阿喀琉斯同火药弹丸并存、《伊利亚特》同活字盘和印刷机并存的现象，我们该作何解释呢？马克思说："困难不在于希腊艺术和史诗同一定社会发展形式结合在一起。困难的是，它们何以仍然能够给我们以艺术享受，而且就某方面说还是一种规范和高不可及的范本。"① 他接着反问道："为什么历史上的人类童年时代，在它发展得最完美的地方，不该作为永不复返的阶段而显示出永久的魅力呢？"② 我们知道，自然科学的变化和发展，基本上是一个代替另一个，新的代替旧的，先进的代替落后的。例如，蒸汽机代替四轮马车，内燃机代替蒸汽机，电能和核能又代替内燃机……拿英国人詹姆斯·瓦特发明的蒸汽机来说，它曾经是工业和交通上广泛应用的发动机，从而开创了人类发明史上一个新的时代，并在很长的历史时期里，极大地改变了人类

---

① 马克思：《〈政治经济学批判〉导言》，见《马克思恩格斯选集》第2卷，人民出版社1995年版，第29页。
② 同上。

生产和生活的面貌。可是在今天这样一个科学日新月异的时代里，蒸汽机早就被淘汰，不再与我们时代生活相关，仅仅在科学史上具有里程碑的意义。而文学艺术则不然，那些在四轮马车时代产生的作品，如莎士比亚的作品，却不会被后来时代的作品所代替，被人们束之高阁，它们依然具有千秋万代的生命力，继续被人们阅读和阐释，一如歌德所说的"道不尽的莎士比亚"。这表明，文学研究的前沿不同于自然科学研究的前沿，不一定追求最现代、最新的东西才能成为研究的前沿。对于文学研究来说，不仅有一个阐述什么的问题，还有一个怎么阐述的问题。

正因为如此，文学研究可以依据任何时代（过去的时代和当今的时代）的文学作品或文学现象进行阐述。只要这种阐述是独特的和卓越的，是文学研究中的重大发现，具有重大的影响和启迪，就有可能成为文学学科发展的前沿。例如，俄国的文学研究专家巴赫金在研究16世纪法国作家拉伯雷的创作之后提出的"狂欢化"理论，在研究19世纪俄国作家陀思妥耶夫斯基的创作之后提出的"复调小说"或对话理论，都处于20世纪文学研究的前沿地位，对各国的文学研究产生了广泛而重大影响，并把20世纪的文学理论发展提升到了一个新的高度。相反，那些依据于当今最新的文学作品或文学现象的文学研究，却未必都能处于前沿地位。造成这种状况的原因，十分复杂。首先，这种研究或许未能提出学科发展真正的重大问题，没有独特的发现，有时甚至人云亦云，跟着外国时髦走，这在当前的外国文学研究界绝非个别现象。其次，西方发达国家的文学中，并非最新的、最时髦的东西都是有价值的、有生命力的、前沿性的、必须与之接轨的。这如人们常言：并非所有闪光的都是金子。因此，把文学领域中最现代的、最新的东西绝对地视为文学研究中最前沿的课题，这实在是认识上的一个误区。最后，西方发达国家文学研究的"前沿"是变化着的，而且这种变化往往十分迅速，令人目不暇接。历史的经验值得注意。20世纪70年代末80年代初，当欧美文论中的科学主义（俄苏形式主义、英美新批评、法国等国的结构主义）被大规模引入我国的时候，我国的文学研究迅速从文学的外部研究转入内部研究，或从文学的外部规律转向内部规律的研究。殊不知这个时候的欧美文学研究已经发生大转移，我们的文学研究并未和它们同步或接轨。按美国学者希利斯·米勒的说法，自

1979年以来，文学研究的兴趣中心已从对文学作修辞学式的"内部"研究又转为研究文学的外部联系……注意语言同上帝、自然、社会、历史等被看作是语言之外的事物的关系。米勒又说，随之而起的，是一次普遍的回归，回归到新批评派以前的旧式传记、主题和文学史的方法上。这就是人们所看到的20世纪80年代在西方掀起的"批评理论时代"——新历史主义、女权主义、后殖民主义、后现代主义、解构主义、文化研究、身份认同、同性恋主义等理论风起云涌的时代。从20世纪90年代起，我们的文学研究又争先恐后地追赶西方文论的这些"前沿"，这些"前沿"一时间也成为我们各种研讨会、各种学位论文及著述的重点。当我们以为这一回已经同西方的文学研究"接轨"之时，谁能料到西方文论再度风云突变，从20世纪90年代起，反理论的浪潮一浪高过一浪，西方学界开始热衷于讨论文学死亡、文学研究不复存在、文学理论终结等问题。在西方的"理论之后"，我们的文学研究又将如何思考呢？

在我看来，一味地、不加分析地追赶西方文学的前沿，不仅很难赶得上，也是不明智的，还是以我为主、洋为中用的态度对待为好。

二

一个民族或一个国家的文学进程，总是动态的、变化和发展的、内在统一的，不可能任意地被中断或割裂开来。俄罗斯的文学进程，自然也不例外。

20世纪俄罗斯文学是从过去时代的俄罗斯文学尤其是从19世纪俄罗斯文学发展而来。所以，必须重视19世纪俄罗斯文学的探讨和研究。事实上，20世纪俄罗斯文学的不少方面，例如主题、思潮、流派、表现形式和艺术手法等，或渊源于19世纪俄罗斯文学，或同它有着千丝万缕的联系。这里仅拿形式和手法来说，前者的虚拟、荒诞、幻想等，在果戈理的小说《鼻子》中已有雏形；前者的意识流，在陀思妥耶夫斯基的小说《温顺的女性》的"作者告白"中，已有生动的描述；前者的印象主义和表现主义，在"纯艺术"派诸如费特、丘特切夫等作家关于人的心灵、自然风光的描写中，已有所表现；前者的象征，在契诃夫的剧作《樱桃园》

和《海鸥》中已得到出色的运用。所有这一切都表明，在全面审视20世纪俄罗斯文学的成就、不足和问题时，必须探讨和梳理它同19世纪俄罗斯文学的历史联系，并进行历史比较，以便从中引出有益的历史经验。这是其一。

其二，19世纪俄罗斯文学毫无疑问是俄罗斯文学历史中的一个高峰，也是世界文学史上一个具有重要地位和影响的时代。它的资源十分丰富，有待我们根据新时代的要求进行再开发、再阐述；我们不仅需要关注那些被前人和同代人所忽视或阐述不全不够的方面，而且需要说出新的话。关于说出新的话，别林斯基在谈普希金时曾精辟地写道：他不是随生命之消失而停留在原有的水平上，而是要在社会的自觉中继续发展下去的那些永远活着和运动着的现象之一。每一个时代都要对这些现象发表自己的见解，总要留给下一代说些什么新的话，并且任何一个时代都不会把一切话都说完。

别林斯基所说的俄罗斯文学中那些永远活动着和运动着的现象，我想，既包括像普希金那样杰出的19世纪俄罗斯作家，也该包括像别林斯基自己那样卓越的19世纪文论家、批评家。然而，在我国最近的二十余年里，可以说：别林斯基，久违了。在这里，我以别林斯基为例，看看在他的文学活动中，还有哪些方面具有现实意义，值得我们再开发、再阐述。

1．"运动中的美学"

在别林斯基的文学理论批评中，他的"运动中的美学"概念是一个著名的命题，也是世界文学批评理论中一个独特的提法。在他看来，美学的任务"不在于解决艺术应该是什么，而在于解决艺术实际是怎样"。也就是说，文论不能脱离文学实践，而应从文学实践出发，从中概括出文学的基本特征，并提升到美学的高度。不仅如此，别林斯基还身体力行，写了很多关于那时俄罗斯文学创作的评论，尤其是他撰写的《1846年俄国文学一瞥》、《1847年俄国文学一瞥》等著名"八瞥"（从1841年至1847年），是其"运动中美学"这一概念的生动体现和贯彻。在这些文章中，他还提出了一系列富有独创性的文论问题，如形象思维、熟悉的陌生人（典型）、民族性、人民性、人类的和民族的、主观性、激情等等。用屠格涅夫的话来说："俄罗斯文学中的首创权总是属他的。"

文学理论不能脱离文学实践，不仅别林斯基这么看，而且是从古代文论至19世纪文论这两千多年来的一贯传统。不论是亚里士多德的《诗学》或刘勰的《文心雕龙》，还是像《巴尔扎克论文学》、《列夫·托尔斯泰论文学》这样一些从他们文集中编辑而成、对文学的本质和特征加以深沉思考的著述，都是对创作经验、文学实践的概括、总结和升华，是文学的有机组成部分。

然而，这样一个在文论史上本不该成为问题的问题，却在20世纪文论中成为问题。换句话说，20世纪文论的基本缺憾之一，就是它的"入侵者"太多，如控制论、信息论、符号学、弗洛伊德主义、集体无意识、后殖民主义、女权主义、新历史主义、解构主义等等。它们并不来自文学实践，也不是为文学研究而创立，却力图与文学研究的对象平分秋色。尽管它们基本上是一种理论之间的对话，对文学理论和文学研究的发展有某些启发，在一定程度上可以运用于文学研究，可是，这不能成为文学理论的主要来源，也不该成为文学理论发展的主要方向。事实上，丰富多彩的20世纪文学实践，正呼唤着与它相适应、相结合的文学理论，因为20世纪文学实践中尚有不少复杂和困难的问题，有待我们继续探讨和研究。而文学史表明，每一个时代的文学理论都要对自己时代的文学实践作出概括和总结。从这个意义上说，别林斯基的"运动中的美学"这一概念，并没有过时，在今天的文论建设中仍然有其现实意义和学术价值。

2. 想象与形象思维之关系

在别林斯基的文论中，"形象思维"是他用来定义文艺本质特征的一个独创性的表述，它区别于科学中的逻辑思维："在这一定义的阐述中包含着全部艺术理论：艺术的本质，它的分类，以及每一类的条件和本质。"[①]

从20世纪30年代开始，我国的文论著述大都运用"形象思维"这一概念。50年代中期我国在关于它的阐述中曾有过不同意见。1966年，它的命运发生转折，郑季翘在《红旗》杂志著文《文艺领域必须坚持马克

[①] 《别林斯基选集》第2卷，上海译文出版社1980年版，第93页。

思主义的认识论》，对"形象思维"进行了全面否定和批判，指责它以及对此持肯定态度的苏联学者的观点是"一个反马克思主义的认识论体系，是现代修正主义文艺思潮的一个认识论基础"。从此，"形象思维"退出了中国文论。1977年，《人民日报》刊登毛泽东致陈毅谈诗的信，该信有三处提及"形象思维"。自此它获得解放，得以重返中国文论。

可是，在今天看来，我们对"形象思维"的阐述仍是不够的、不全面的。中国社会科学院文学研究所和外国文学研究所曾受命编选《外国理论家作家论形象思维》(1979)一书，那时，我参加了其中俄苏部分的一些工作，并从中了解到欧美文论及其他各国文论中并无"形象思维"这一术语，与它意思相近或相对应的是"想象"一词。于是，我想起了别林斯基关于想象的那些论述，并逐步发现别林斯基在论述形象思维时，总是把它同想象联系在一起进行考察。在他那里，这两者密切相关、不可分割，只是我们在过去几乎没有去关注它们的这一内在联系。现在该是重新审视这一问题的时候了。

自古以来，想象就是世界文论中一个重要范畴。在欧洲，亚里士多德、培根、霍布斯、狄德罗、康德、黑格尔等学者对想象都有论述，作为文论家的别林斯基不可能不注意到它。别林斯基十分强调想象在创作过程中所占有的重要地位。例如，他说："在诗中想象是一种主要的动力，通过它实现独特的创作过程。"[①] 又说："一个作家要忠实地再现事实，光依靠博学是不可能的，还得有想像"；[②] "科学需要智慧和理性，创作需要想象……在艺术中，想像起着积极的和先导的作用"。[③] 更为重要和关键的是，别林斯基不仅把形象思维和想象联系起来阐述，而且强调想象在形象思维中所起的"主要作用"。别林斯基写道：艺术是"对于真理的直接的发挥，在它里面，思想是通过形象说出来的，起主要作用的是想像……艺术通过想像的创造活动，用活生生的形象把普遍观念显示出来"。[④] 又说："一个人如果不赋有善于把观念变为形象、用形象进行思考、议论和感觉

[①] 《别林斯基全集》第6卷，莫斯科：科学院出版社1953—1959年版，第591页。
[②] 《别林斯基文学论文选》，上海译文出版社2000年版，第711页。
[③] 同上书，第695页。
[④] 《外国作家理论家论形象思维》，中国社会科学出版社1979年版，第74页。

的创造性的想像,那么,无论智慧、感情、信念和信仰的力量,合乎情理的丰富的历史内容及现代内容,都不能够有助于他变为诗人。"① 可见,在别林斯基那里,形象思维与想象休戚相关。如果把这两者硬性分割开来,乃是无法全面地把握和理解形象思维的深刻含义的。

3. 美学批评和历史批评之统一

长期以来,我们在阐述"美学观点和历史观点"这一文学批评方法或标准时,基本不提别林斯基的相关看法,往往援引恩格斯在1847年发表的《诗歌和散文中的德国社会主义》一文以及他于1859年给拉萨尔信中的两段论述。前者即"我们决不是从道德的、党派的观点来责备歌德,而只是从美学和历史的观点来责备他";后者即"您看,我是从美学观点和历史观点,以非常高的、即最高的标准来衡量您的作品的"。此后的许多阐述者,都把恩格斯在这两处提到的"美学观点和历史观点",视为文艺批评的标准或马克思主义文艺批评的标准,这无疑是正确的,具有重要的意义。

如果从学术发展史的角度看,其实,在恩格斯之前,别林斯基在1842年的《关于批评的讲话》中就曾提出要从美学和历史的观点进行文艺批评。在这一问题上,恩格斯的观点虽然与别林斯基的观点不谋而合,但在时间上毕竟要晚了五年,而后者在阐述上也较为详尽。因此,在对待学术问题上,应该具有学术史的意识,要了解它的来龙去脉。

别林斯基提出的美学观点和历史观点相统一的主张,是针对19世纪初欧洲文艺批评中两种对立的倾向而发的——在康德、谢林的影响下的"纯美学"分析和赫尔德等人的不从现实而从理念出发的历史批评。在别林斯基看来,"不涉及美学的历史批评,以及反之,不涉及历史的美学批评,都是片面的,因而也是错误的。批评应该只有一个,它的多方面的看法应该渊源于同一个源泉,同一个体系,同一个对艺术的观照"。② 别林斯基的这种把美学观点和历史观点融为一体的批评观念,在那时的俄国和欧洲的文论批评史上,都是一个十分重大的突破。

---

① 《外国作家理论家论形象思维》,中国社会科学出版社1979年版,第69页。
② 《别林斯基选集》第3卷,上海译文出版社1980年版,第576页。

别林斯基进一步分析道，美是艺术不可或缺的条件，"当一部作品经受不住美学的评论时，它就已经不值得加以历史的批评了"。① 但仅仅是美，艺术是得不到什么结果的，即便是被"纯艺术论"者奉为楷模的古希腊艺术，也表现了古希腊社会生活的全部内容。所以，"每一部艺术作品一定要在对时代、对历史的现代性关系中，在艺术家对社会的关系中，得到考察；对他的生活性格以及其他等等的考察也常常可以用来解释他的作品"。②

由此我们不难看到，别林斯基和恩格斯的观点，都十分精辟。如果把他们的这一共同思想联系起来考察，既有助于更加充分地揭示它的真理性，也有助于扩大学术视野，并使之更加符合学术发展史的要求。

4. 创作的主观性与客观性

在19世纪俄国，别林斯基是第一个系统论述现实主义问题的文论家，曾热烈地称赞普希金、果戈理、屠格涅夫、冈察洛夫等的现实主义创作，认为他们"在全部赤裸和真实中再现生活"，"对生活的忠实描写"，"把十足真实再现出来"，是"现实生活"的诗人和作家。但是，人们过去评论别林斯基的现实主义美学时，往往重视他关于现实主义创作的客观性的论述，而忽视他关于作家的主观性的论述。实际上，一个作家在反映、表现或再现生活时，并不是机械地、僵死地、镜子式模仿或复制生活，而是要把自己的爱憎、思想感情、体验感受、对生活的认识与理解注入作品之中。按别林斯基的说法，作家"不是模仿自然，而是与自然竞争"。事实表明，别林斯基不仅肯定了现实主义创作所表现的生活的客观性，也指出了他们所赋予作品的主观性。而这两个方面不仅密切相关，也是任何一个现实主义作家都不可或缺的。

作家的主观性是别林斯基现实主义理论的一个组成部分，也是这一理论中的一个重要概念。别林斯基指出，作家的主观性有两种：一种是歪曲现实生活的片面的和局限性的主观性；一种是符合现实生活和时代要求的主观性。而果戈理在小说《死魂灵》中所体现的主观性则属于后一种。

---

① 《别林斯基选集》第3卷，上海译文出版社1980年版，第595页。

② 同上。

1842年，别林斯基就此写道："作者最伟大的成功和向前迈进的一步是：在《死魂灵》里，到处感觉得到地、所谓是触觉得到地透露出他的主观性。在这里，我说的不是由于局限性与片面性而把诗人所描写的客观实际加以歪曲的主观性；而是使艺术家显示为具有热烈的心灵、同情的灵魂和精神独立的自我的人的一种深刻的、拥抱万有的和人道的主观性——就是那样的一种主观性，不许他以麻木的冷淡超脱于他所描写的世界之外，却迫使他通过自己泼辣的灵魂去引导外部世界的现象，再通过这一点，把泼辣的灵魂灌输到这些现象中……"① 别林斯基在《……解释的解释》一文中又谈到《死魂灵》的主人公乞乞科夫，他说，在这里，作家明显把自己独有的、人们看不到的和尚不清楚的、最高尚的和最纯洁的眼泪，把深刻的、浸透着忧郁之爱的幽默给予了乞乞科夫。

从1843年起，别林斯基多次运用"激情"一词。它并非别林斯基所首创。在欧洲古典美学中，亚里士多德、黑格尔、温克尔曼、席勒等，都曾从不同意义上使用过它。别林斯基则把"激情"看成一种创作意念。他写道，诗人和作家"不是用理性，不是用理智，不是用感觉，也不是用他灵魂的某一机能来洞察意念，而是通过他整个丰富的完整的精神存在去洞察它"。② 在这里，别林斯基所说的诗人和作家要以其"整个丰富的完整的精神存在去洞察"意念，其实是把激情同作家的主观性或主体性联系在一起，而且是对后者的进一步强调。

以上仅就别林斯基文论中的"运动中美学"、想象和形象思维、历史批评和美学批评、创作的主观性与客观性等四个问题，联系目前的文学实际，重新做了一些阐述。我想，别林斯基文论中值得再开发、再阐述的远不限于此。这有待大家继续探讨。

（原载《外国文学评论》2006年第1期）

---

① 《别林斯基选集》第3卷，上海译文出版社1980年版，第414页。
② 《别林斯基选集》第4卷，上海译文出版社1991年版，第334页。

别林斯基论现实主义及人民性

在世界文学史上，19世纪俄罗斯文学是一朵光彩夺目的奇葩。恩格斯曾多次给予很高评价。1844年6月28日，他致叶·埃·帕普利茨的信中写道："……俄罗斯文学方面的那个历史的和批判的学派……比德国和法国官方历史科学在这方面所创建的一切都要高明得多。"① 1885年11月26日，他在给敏娜·考茨基的信中说："现代的那些写出优秀小说的俄国人和挪威人全是有倾向的作家。"② 1890年6月5日，他在给保·恩斯特的信中又说："挪威在最近二十年中所出现的文学繁荣，在这一时期，除了俄国以外没有一个国家能与之媲美。"③

然而，"俄罗斯文学方面的那个历史的和批判的学派"、"写出优秀小说的俄国人"，以及能同"挪威在最近二十年中所出现的文学繁荣"相媲美的俄罗斯文学，如果没有别林斯基的名字同它联系在一起，将不知逊色多少。

别林斯基是列宁推崇的"俄国解放运动中完全代替贵族的平民知识分子的先驱"，也是俄国现实主义美学和现实主义文学批评的奠基者，他对俄罗斯文学的影响巨大而深远。杜勃罗留波夫曾写道："我们优秀的文学活动家中的每个人都意识到，其发展的重要部分是直接或间接地受恩于别林斯基的。"④ 屠格涅夫认为，俄罗斯文学中的"首创权总是属于他的"，"每逢新的天才、新的小说和新的诗歌出现的时候，谁也没有比别林斯基

---

① 《马克思恩格斯全集》第36卷，人民出版社1975年版，第171页。
② 同上。
③ 《马克思恩格斯全集》第37卷，人民出版社1971年版，第410页。
④ 《杜勃罗留波夫全集》第2卷，第513页，俄文版。

更早、更好地发表正确的评论和真正的、具有决定意义的意见"。① 这样的例子我们还可以举出不少。但仅从以上杜勃罗留波夫和屠格涅夫的评价中已不难看到,别林斯基对俄国文学,特别是对俄国现实主义文学和现实主义美学的发展,起了何等重大的作用!

一

革命民主主义者别林斯基的一生短暂,总共才活了三十七年。他的生活道路也同样复杂和矛盾,经历了从唯心主义和启蒙主义到唯物主义和革命民主主义的探索、转变和发展的过程。三十年代他受过谢林、黑格尔等的唯心主义哲学的影响,认为世界是绝对理念的体现,并错误地理解了黑格尔的"一切现实的都是合理的,一切合理的都是现实的"这一思想,把沙皇专制制度和农奴制度下的现实,看成是合理的。这就是别林斯基生活历程中那个"与现实妥协"的时期。在这个时期,他对艺术本质等问题的阐述,同样渗透了唯心主义的气息和观点,认为"整个无限的大千世界"是"统一的、永恒理念"的"呼吸","艺术的使命和目标"是"用言辞、声响、线条和色彩把大自然一般生活的理念描写出来,再现出来",并断言:"诗歌除了自身之外是没有目的的。"在《孟采尔,歌德的批评家》(1840)和《智慧的痛苦》(1840)等文章里,他片面地、过分地强调了文艺的"客观性"、"无目的性",声称格里鲍耶陀夫的名作《智慧的痛苦》"不是艺术作品,是讽刺文"。这无异于说,这位杰出俄国喜剧家不该暴露当时的丑恶现实。

但是应该看到,我们所说的别林斯基的复杂和矛盾的发展过程,是从总的方面而言的。绝不能把问题简单化,似乎在受唯心主义影响、"与现实妥协的"时期里,他没有写出任何可取的东西。事实上在这个时期,他在文艺问题上仍提出了不少精辟见解,现实主义的论述仍是他的重要方面。不然他后来在文艺观上发生的转折,就不可能得到正确说明。关于这一点,车尔尼雪夫斯基讲得很对。他认为,别林斯基的"评论愈来愈多地

---

① 屠格涅夫:《回忆录》,第29页,俄文版。

充满着对我们生活的生动兴趣，愈来愈好地认识了生活中的现象……每一年我们在别林斯基的文章中，愈来愈少地发现他关于对象的抽象议论，即使议论的是生动的对象，也是从抽象的观点出发的；他的评论愈来愈坚定地具有生活的气息。"[①] 我以为车尔尼雪夫斯基这一见解，也完全适用于别林斯基的现实主义观念。

19世纪30年代，别林斯基进入文坛的时候，正是以普希金、果戈理和莱蒙托夫为代表的俄罗斯文学走上现实主义发展的历史新时期。在《文学的幻想》（1834）这篇成名作中，他正确论述了从罗蒙诺索夫到普希金的全部俄国文学史，尖锐抨击了盲目崇拜西欧文化和根本否定俄罗斯民族文化的"西欧派"，以及排斥外国文化的国粹主义的"斯拉夫派"，并明确地提出俄国文学的民族性问题。他指出，文学不能离开民族土壤，它"如果想变得巩固而永久，非具有民族性不可"。所谓民族性，就是"民族特性的烙印，民族精神和民族生活的标记"。同时，他坚决反对对民族性的曲解，认为它"不是汇集村夫俗子的言语或者刻意求工的模拟歌谣和民间故事的腔调，而在于俄国才智的隐微曲折之处，在于俄国式的对事物的看法"。特别值得注意的是，他在30年代看到民族性"包含在对俄国生活画面的忠实描绘中"和"保存在下层人民里面最多"，这是十分难能可贵的。正是这些卓越思想表现了他的现实主义倾向和民主主义精神。也正是在这个意义上，他热烈称颂普希金是第一个民族诗人。这表明别林斯基在30年代还是写了不少有价值、有意义的东西。因此，我们没有理由把别林斯基前后两个时期截然对立起来。

从40年代初开始，别林斯基在逐渐兴起的俄国农民解放运动的影响下，结束了"与现实妥协的"时期，站到了否定专制制度和农奴制度的革命民主主义立场上来。他既反对把俄国宗法制度理想化的斯拉夫派，也反对西欧派盲目崇拜西方资本主义文明，主张通过革命运动来开拓俄国的新社会。1847年6月，他致果戈理的那封著名的信，可以说是他在政治上、思想上和文学上一生的光辉总结。他谴责果戈理在晚年背离了现实主义，宣扬神秘主义、禁欲主义和虔信主义，歌颂了人民的统治者，他指出俄国

---

① 《车尔尼雪夫斯基全集》第3卷，第226页，俄文版。

"最重要、最迫切的问题是废除农奴制",一个真正的作家应当在"人民中间唤醒几世纪以来被埋没在污泥和尘芥之中的人类尊严"。因此列宁称这封信是"没有遭受审查的民主主义出版物中最好的作品之一"。同时,在思想上他逐渐地摆脱了唯心主义的影响,主张"把科学从先验论和神学的怪影中解放出来",坚持理论同生活的密切联系。他写道:"理论问题的重要性有赖于它和现实的关系。"正是遵循着这一唯物主义原则,别林斯基抛弃了先前风行于欧洲的"纯"艺术观,要求文学为人民的觉醒和社会的变革服务。1840年12月11日,他给鲍特金的信中说:他想起自己对《智慧的痛苦》的指责,心里就觉得难过,并认为这部作品是对丑恶的俄罗斯现实提出的"有力的'并且是第一次'的抗议"。又说,"我惊醒了过来——回想起那场噩梦来,真是可怕之极……这是对于丑恶的俄罗斯现实的强制的和解……如果我还要结结巴巴地为这一切进行辩解,就叫我的舌头烂掉!"在《玛尔林斯基全集》(1841)一文中,别林斯基对文学与现实的关系这一根本问题的看法发生了变化。他写道:"不管考察哪一个民族的文学,都不能把它的发展和社会的发展分隔开来。"在《莱蒙托夫》(1840)里,他要求艺术家反映时代的生活,"在他的心里,在他的血液里,负载着社会的生活","一个诗人越是崇高,他就越是属于他所出生的社会,他的才能的发展、倾向甚至特点,也就越是和社会的历史发展密切地联系在一起"。在《1847年俄罗斯文学》里,他进一步写道:"本身就是目的的'纯艺术',无论在什么地方,什么时候,都是不存在的","任何诗歌,如果不把它的光投射在现实上,那就是悠闲的产物"。

二

随着"与现实妥协"的时期的结束,现实主义便成了别林斯基文学思想探索的中心,同时也是他一生文学活动中最杰出的贡献。

如所周知,别林斯基从未使用过现实主义这个术语。在他生活的那个时代,俄国也没有人使用过。俄国第一个从美学意义上使用现实主义的是批评家和作家安年科夫。1848年,安年科夫在《俄国文学简论》一文中,开始用现实主义来概括和描述屠格涅夫、冈察洛夫等作家的创作特点。别林斯基经常使用的是"生活的诗"、"现实的诗"、"现实生活的诗人"、"自然派"、"伟大的自然主义者"这些概念。实际上它们指的就是现实主义。俄国第一个马克思主义文艺批评家和理论家普列汉诺夫在评论别林斯基的文学思想——"美学规约"时，就是这样理解它们的含义的，并对他在俄国现实主义文学的形成和发展方面所起的作用给予了很高评价。普列汉诺夫写道："别林斯基由于抛弃了照贝平的说法的旧的浪漫主义的垃圾并且为建立果戈理派的现实主义铺平道路，所以才能依靠自己的规约给俄国文学作出巨大的贡献。"[①] 历史和实践都已证明，别林斯基不仅在俄国第一个系统地论述了现实主义问题，而且在人类的现实主义美学思想发展史上占有一个重要地位。我们不应该忘记，黑格尔在《美学》中曾宣称，人类艺术发展到浪漫主义阶段就终止了，以后将由哲学代替。别林斯基恰恰是在黑格尔作出这种论断时，明确地提出了现实主义问题。

别林斯基有一句名言：文学批评是"运动中的美学"。他的现实主义美学是同他的文学批评有机地、紧密地结合在一起的。这是他的特色，也是他的优点。在《论俄国中篇小说和果戈理的中篇小说》（1835）一文中，他认为自古以来文学就存在两种倾向，"现实的诗"和"理想的诗"，亦即现实主义的创作和浪漫主义的创作。前者在于通过典型反映客观的现实，因而"更符合我们时代精神的需要"，也就是说，现实主义代表着俄国文学的发展方向。后者在他看来只表现作家的精神世界，不反映客观的现实。这种看法显然失之偏颇。后来他作了纠正，认为"现实的诗"同样要表现想象的可能性和主观性。其实，就在这篇文章中，他在具体分析"现实的诗"的时候，并没有认为它仅仅表现客观而不表现主观。

在《亚历山大·普希金作品集》（1834—1846）的十一篇文章中，别林斯基论述了俄国文学从罗蒙诺索夫到普希金的变化和发展过程，及现实主义的形成。其中有三篇是关于普希金的先驱者的，这绝非偶然。别林斯基认为普希金是俄国第一个民族诗人和第一个现实生活的诗人，其"诗歌的土壤是生动的现实生活和永远卓有成效的思想"。关于果戈理，别林斯

[①]《普列汉诺夫哲学著作选集》第4卷，生活·读书·新知三联书店1974年版，第583—584页。

基称赞他是俄国的天才作家，他继承和发展了普希金的"现实生活的诗歌"传统，并"完全使艺术面向现实"，"从生活的散文中抽出生活的诗，用对生活的忠实描绘来震撼心灵"。这正是果戈理的现实主义创作在俄国文学发展史上的不朽功绩之所在。

没有普希金、果戈理及"自然派"的创作，可以说就没有别林斯基的现实主义批评和理论。正是通过对这些作家的创作经验的总结，别林斯基提出了现实主义的美学纲领。他指出现实主义的主要之点"在于对生活的忠实"，"在全部赤裸和真实中再现生活"，不是"装饰"生活和"再造生活"，而是"十足真实和正确地把它再现出来"，"像凸面玻璃一样，在一种观点之下把生活的复杂多彩的现象反映出来"。也就是说，现实主义首先离不开对生活的真实描写。真实是一切进步艺术的生命，也是现实主义的生命。

由于当时俄国的"自然派"作家面对的是沙皇专制制度和农奴制度下的黑暗现实，所以这种真实描写首先和主要的不能不是对现实的无情暴露和批判。在别林斯基看来，这种现实主义的力量和价值就在于"毫无假借的直率，把生活表现得赤裸裸到令人害羞的程度，把全部可怕的丑恶和全部庄严的美一起揭发出来，好像用解剖刀切开一样"。在《答〈莫斯科人〉》（1847）一文里，别林斯基把"自然派"的这一特点概括为："否定，确实构成了新流派的主导倾向。"后来，高尔基和卢那察尔斯基发挥了别林斯基这一思想，把19世纪现实主义表述为"批判现实主义"和"否定现实主义"。这种表述对于深刻理解19世纪现实主义的性质是大有裨益的。"批判现实主义"的提法至今仍在流传，我们无须把"批判"两字除掉。问题是，应该对它作出全面理解，不能望文生义，把批判现实主义仅仅归结为批判，而看不见它对正面事物的肯定和对理想的追求。

俄国"新流派"把否定和批判作为自己的首要任务，别林斯基对它加以赞扬和肯定，这是俄国现实本身的需要和俄国文学批评进步性的表现。与此相反，俄国的反动批评界却乘机大作文章，布尔加宁之流拒不承认"自然派"这个提法，并大骂果戈理描写黑暗是对俄国和俄国人民的诽谤。别林斯基则认为果戈理的《死魂灵》是"俄国文学中一个伟大的现象，和"文坛上划时代的巨著之一"(《1842年的俄国文学》)。另外,必须看到别林斯基并没有把现实主义局限于否定和批判,当代外国批评界中有些人认为,文艺的生命就在于批判,这既不符合文艺的发展史,也不符合别林斯基对现实主义的理解。别林斯基说得好:"人们怪罪自然派,说自然派力图从坏的方面描写一切。照例,这责备在有些人是蓄意的诽谤,在另外一些人则是真心的抱怨。无论如何,这种责备所以可能发生,不过说明:'自然派'尽管取得了巨大成就,终究还是存在不久,人们对它尚不习惯,我们还有许多受过卡拉姆辛熏陶的人,辞藻能使他们得到安慰,而真实却使他们苦恼……就算自然派的主导否定倾向真是极端的片面性罢,这里面也有它的裨益,它的好处:忠实地描写反面生活现象的这种习惯使这些人或他们的追随者,当时机到来的时候也能够忠实地描写正面的生活现象,不会矫揉造作,不会夸大其词,总之,不至于因辞藻而把那种生活现象理想化"(《1846年俄国文学一瞥》)。在这里,别林斯基一方面反驳了当时斯拉夫派和自由派对"自然派"的攻击,保卫了"自然派"的艺术成就,认为"自然派""在今天站在俄国文学最前哨",它的"长篇小说和中篇小说正在被读者以其特殊的兴趣阅读着"(《1847年俄国文学一瞥》),它不是俄罗斯大地上的无本之木,而是俄国文学发展的历史结果。不能设想,俄国"自然派"的崛起和胜利可以没有别林斯基。另一方面别林斯基指出当"时机到来的时候",他们也会"忠实地描写正面的生活现象"。这表明"自然派"不是对正面的生活现象不感兴趣,而是在那个时代这种描写还不可能成为它的主要任务。其实别林斯基在他的那组评论普希金创作的文章中,就肯定过对奥涅金、达吉雅娜、"青铜骑士"这类正面形象的描写。在说到果戈理小说中的"十足的人生真实"时,别林斯基指出:"他乐意把其中所包含的一切美好的、人性的东西揭示出来。"可见,批判现实主义是以其批判为特色的,但并没有把批判看成是它的一切。

对于别林斯基来说,真实地再现生活并不排斥"用想象去再现现实某一现象的可能性"。真实不等于照抄生活。他写道:"诗是现实及其可能性的创造的复制。"又说,诗人"不是模仿自然,而是与自然竞争",也就是说,别林斯基并不忽视诗人意识的创造性和创作激情。这就把现实主义同自然主义区别开来了。他一方面强调作品的图景必须真实,另一方面又认为一个作家应把这图景"作为隐藏在现实本身里面的可能性的实现而描写出来"。在谈到果戈理的《死魂灵》时,别林斯基说过:它"无情地揭开现实的外衣",又"洋溢着对于俄国生活的丰饶种子"的肯定。与此相联系的是,现实主义作家的写真实同写理想不是矛盾和对立的。在别林斯基看来,果戈理就是这样一位"通过关于卑微和庸俗的生活的描写而在读者心中唤起对崇高和美好事物的沉思和对理想的渴望"的艺术家。但是,真正的理想不可能脱离现实而存在。"理想隐藏在现实里",它通过"对现实的创造性的真实描写来发展真理"。这样的理想既不是"幻想的任意驰骋,不是虚构,不是梦想";也不是"对现实的抄袭"。同时,社会反过来又可以通过文学"找到提升为典范,化为自觉的自己的现实生活"。由此看到,真实地描写现实同写理想、写可能性的内在结合,是别林斯基的现实主义理论的组成部分。

现实主义作家再现生活,并不是机械地、镜子式地模仿生活,并不排斥他的创造激情和主观性。这就是别林斯基所说的,诗人"不是模仿自然,而是与自然竞争"。事实上,任何一个现实主义作家在反映生活时,是不可能不表现他的创造激情与主观性的。别林斯基不仅充分肯定了果戈理在《死魂灵》中描写的客观性,而且高度赞扬了作家描写的主观性。他写道:"作者最伟大的成功和向前迈进的一步是:在《死魂灵》里,到处感觉得到地、所谓是触觉得到地透露出他的主观性。在这里,我说的不是由于局限性与片面性而把诗人所描写的客观实际加以歪曲的主观性,而是使艺术家显示为具有热烈的心灵,同情的灵魂和精神独立的自我的人的一种深刻的、拥抱万有的和人道的主观性——就是那样的一种主观性,不许他以麻木的冷淡超脱于他所描写的世界之外,却迫使他通过自己泼辣的灵魂去导引外部世界的现象,再通过这一点,把泼辣的灵魂灌输到这些现象中……"[①]

别林斯基称俄国"自然派"的代表果戈理是位"社会诗人",这不是偶然的。按照他的理解,真实地再现现实就必须真实地描写人和社会的相

[①] 《别林斯基选集》第3卷,上海译文出版社1981年版,第414页。

互关系，这是现实主义艺术的基本特点。他写道："……所有的人都企图描写现实的而非想象的人们，但是，既然现实的人们居住在地面上，社会中，不是在半空和唯有幽灵居住的云端上，那么，很自然地，我们时代的作家在描写人的时候，也描写了社会。社会呢，——也是现实而非想象的东西。因此，它的本质不仅在于服装和发式，还有人情、风俗、观念、关系等。生存在社会里的人无论在思想方式或行为方式上都是依赖社会的。我们现今的作家不至于不理解到这一简单而明显的真理。因此在描写人的时候，他们就想去探索他何以如此或不如此的原因。由于这种探索，他们自然而然地描写着不是各别的这人或那人的独特优点或缺点，而是普遍的现象"（《1843年的俄国文学》）。既然人和社会是不能分开的，一个现实主义作家在描写人的性格时，就不能不描写他的环境。因此别林斯基写道："诗人的本领应该是在实际上阐明这个问题：大自然所赋予的性格应该怎样在命运把它卷入的环境中形成"（《当代英雄》）。别林斯基的这一思想同莱辛、狄德罗和黑格尔要求揭示性格和环境的联系的观点是基本一致的。不仅如此，别林斯基还指出，当艺术家在进行"社会的判断、分析"时，如果"只是为了描写生活而描写生活，而缺乏任何根源于时代的主导思想的强大主观动机，如果它不是痛苦的呻吟或欢乐的赞颂，如果它不是提出问题或回答问题的话，那么对于我们今天来说，只能是僵死的艺术作品"。这无疑是别林斯基的一个出色见解。优秀的现实主义作品之所以能获得广泛、积极的社会意义，不仅在于它描绘了生活的真实图画，而且在于这种描绘是同作者的"根源于时代的主导思想的强大主观动机"联系在一起的。不能想象，一部优秀作品的诞生，是由于现实主义的方法违背了作者的世界观的结果。其实任何一个作家都不可能在世界观的"真空"中进行创作。同样，也不可能有这样伟大的作家，他的世界观是完全反动的，而其作品却可以属于先进的行列。列宁对托尔斯泰及其创作的精辟分析，就是这方面的一个很有说服力的例子。

当然，我们不能把别林斯基关于现实主义创作基本上是一种社会分析的思想简单化和庸俗化，以为现实主义仅仅是一种"对社会的判断、分析"的艺术，而可以忽视对人的心理描写。情况绝不是这样。在他看来，表现"人类心灵的生活"同样具有重要的意义。现实主义文学的历史已经证明，社会分析和心理分析不是相互排斥，而是相互促进，相得益彰。

在文学理论发展史上，别林斯基是较早地把典型化问题提到现实主义创作首位的一个。他认为现实主义的真实并非自然主义的有闻必录和罗列现象，它应该而且必须同典型化联系在一起。典型论是别林斯基现实主义的核心。他说过，果戈理的现实主义是"现实在其全部真实性上的再现。在这里，关键在于典型"。典型是作家的"纹章印记"，是"创作的基本法则之一，没有典型性就没有创作"。换言之，现实主义的艺术实质上是一种典型化的艺术。

什么是典型？别林斯基认为，"每一个典型对于读者都是似曾相识的不相识者"，也就是说，典型"是个人，同时又是许多人，一个人物，同时又是许多人物"，"必须使人物一方面是整个特殊的人物世界的表现，同时又是一个人物，完整的个别的人物。只有在这个条件下，只有通过这些对立物的调和，他才能够是一个典型人物"。在这里，别林斯基注意到了，典型一方面是具体的、个别的现象，即"这一个"；另一方面则是"这一个"必须通过特殊与普遍、个性与共性的统一而表现出来，即"两个极端——普遍与特殊——的有机融合的成功"。别林斯基在谈到莱蒙托夫的一部作品时，曾经这样说过："他笔下的马克西姆·马克西梅奇足以和奥涅金、连斯基、查列茨基、伊凡·伊凡诺维奇、尼基福尔·伊凡诺维奇、恰茨基、法穆索夫等等媲美，不是被当作专有名词，而是被当作普通名词看待。"同时，别林斯基还强调了典型的独创性："在一部真正的艺术作品中，一切形象都是新颖的，独创的，没有重复之弊，而是每一个都过着自己的独特的生活。不管一个艺术家的作品多么浩如烟海，多么形形色色，他在任何一部作品里都绝不会有一个特征重复自己。"这意味着，典型永远是作家的新发现。别林斯基还以普希金、果戈理、屠格涅夫及其他作家的作品为例，具体地说明了并展现了他们所塑造的那些典型是何等的多种多样。典型的这种多样性，照他的意见，不是别的而是生活本身多样性的生动体现，同时也是同作家对生活的深刻理解、同他们的"才能和热情的信念、热情的活动结合在一起"的。这说明一个作家在具备了这些基本条件之后，越是坚持典型化的原则，就越能完成自己的使命、越能写出丰富多彩和千差万别的典型，反之，一个现实主义作家如果拒绝典型化，也就等于拒绝了现实主义。

三

在别林斯基那里，现实主义是同人民性分不开的。忠实地描写现实总是符合人民的利益与愿望的。他写道："如果关于生活的描写是忠实的，那就必然是富于人民性的。"我们知道，在俄国文学批评史上，最早提出人民性这个概念的，并不是别林斯基，但是，指出这个概念的混乱情况，并给予正确阐明的却是他。在《论文学的人民性》（1825）一文里，别林斯基说："一些时间以来，我们常常谈论人民性，要求人民性，埋怨缺乏人民性，但谁也不想明确规定一下，人民性这个词意味着什么。"在《对民间诗歌及其意义的总看法》（1841）里，他又说："'人民性'是我们时代的美学的基本东西，正像'对大自然的美化的模仿'曾经是上世纪的美学的基本东西一样……'人民性的长诗'、'人民性的作品'等等说法，现在常常被用来代替卓越的、伟大的，永垂不朽的作品等等字眼……简言之：'人民性'变成了用来测量一切诗歌作品的价值以及一切诗歌荣誉的巩固的最高标准、试金石。可是，是不是所有的人，在谈论人民性的时候，讲的都是一个东西呢？没有滥用这个字眼吗？懂不懂得它的真正的含义？……为了阐明'人民性'一词的含义起见，我们必须解释这个字眼所包含的概念的历史发展过程……"19世纪30年代，别林斯基在自己的文章里主要谈论的是民族性的问题。到了40年代，他把"人民性"和"民族性"作了区别（"народностъ"这个俄文词可以译为"民族性"，也可译为"人民性"，而"национальность"这个词，则专指民族性。在别林斯基的早期著作中"народностъ"的确是指"民族性"或主要是指"民族性"）。他认为"民族的"比"人民的"更为广泛。"'人民'总是意味着民众，一个国家最低的，最基本的阶层。'民族'则意味着全体人民，从最低的到最高的并构成这个国家总体的一切阶层。"他还主张区别"艺术的民族性"和"艺术的人民性"这两个不同的概念，并认为民族生活是不统一的，存在着民众的生活和"有教养的社会"的生活。他要求文学应该表现人民的生活，并在果戈理和"自然派"的创作中看到了他们的人民性。他认为这些作家的人民性，在于他们描写了"平民百姓的世界"、"情操高贵的平民百姓的典型"和"普通人"；"即使是一个庄稼汉，他也有灵魂和心灵，愿望和情欲，爱和憎"；这种人民性同那种伪人民性是格格不入的，它不是"为了对于乡下佬的特殊语言的爱好，也不是为了对于褴褛和污秽的偏嗜，而是为了达到一种目的，在这种目的里面可以看到人类的理想"。在《〈论莫斯科观察家〉的批评及其意见》（1836）一文里，他坚决反对C.谢维辽夫的上流社会的美学观点，即把文学引向为贵族阶级的读者兴趣服务。特别是在他的那封致果戈理的信里，把人民性同反对俄国的专制政治和暴露农奴制的反动性和腐朽性联系在一起。他写道："在俄国最重要最迫切的民族问题是废除农奴制度，取消体刑，尽可能最严格地、至少是把那些已有的法律付诸实施。"他不能容忍果戈理在《与友人书简》里竟号召人民逆来顺受，赞美"丑恶的俄罗斯牧师"及"专制政治的神圣之美"。

别林斯基在阐明现实主义与人民性的深刻联系时，特别揭露和批判了沙皇政府的教育部长乌瓦罗夫的所谓人民性的概念（实为国粹主义）。乌瓦罗夫炮制了一个三位一体的反动公式："专制政治、正教、人民性。"沙皇御用文人格列奇、布尔加宁之流在自己的创作中百般美化宗法制农村，竭力宣扬这个反动公式。这种"人民性"在俄国历史上被称为"官方人民性"，它是为巩固沙皇的统治利益服务的。别林斯基针锋相对地指出，俄国的真正的作家应该使自己成为"摆脱俄国专制政治、正教、人民性的唯一领导者、保卫者和解救者"，并且断言："只有在文学之中，不顾鞑靼式的审查制度，以显示出生命和进步的运动。"这就是在俄国围绕着人民性问题而展开的第一次政治、思想和文学上的著名斗争。

在批判"官方人民性"之后，别林斯基又同俄国的斯拉夫派的"人民性"进行了斗争。斯拉夫派的"人民性"无非是颂扬俄国的特殊性、落后性和美化彼得一世改革以前的俄罗斯。德国谢林的唯心主义美学和德国浪漫主义者也主张艺术要表现"人民的精神"，然而他们谈论的人民性只是在宣扬和美化中世纪，把中世纪看成德国的理想和未来。这种论调同俄国的斯拉夫派如出一辙。别林斯基坚决反对把人民性庸俗化。在他们眼里，"似乎在有教养的人中间不可能找到一点儿类似人民性的影子"，或者说，"纯粹俄国的人民性只能从以粗糙的下层社会生活为其内容的作品中找到似的"。在别林斯基看来，"现在我们也到了该规避这种伪浪漫主义倾向的时候，它沾沾自喜于'人民性'一词"，它"幻想真正的人民性只隐藏在农民服下面和烟熏的茅屋里"。这同样是对人民性的曲解。真正的人民性是应该表现人民的生活的，但不局限于表现人民的生活。别林斯基对新起的"自然派"作家屠格涅夫、冈察洛夫等的创作的高度评价，既肯定了他们对黑暗现实的鞭挞，又肯定了他们对普通人的同情。普希金的《叶甫盖尼·奥涅金》并不是以人民为主要描写对象的作品，但由于它反映了1812年战争和十二月党人起义所激发的民族意识和社会意识的觉醒，所以别林斯基称它是"俄国生活的百科全书和高度的人民性的作品"。正是从这个意义上，别林斯基多次强调现实主义艺术，同时也是具有人民性的艺术。

从别林斯基逝世到现在已有一百三十余年了。随着现实的发展和艺术的发展，现实主义理论也有了长足进展，然而别林斯基关于现实主义及其与人民性的论述，特别是上面谈到的那些重要论述，如文学的主观性和激情说，以及文学的客观性和主观性的相互关系、典型说等，对于解决我们时代的现实主义的许多复杂课题，不会是没有意义和启迪的。这里有必要指出，近年来我国报刊上有些评论文章，在讨论文学主体性这个重要而具有迫切意义的问题时，认为我国1949年后文学主体性的失落，与长时间推崇别林斯基的现实主义理论有关。按某些文章的看法，似乎这是一种拒斥主体性，仅仅倡导模仿现实、复制现实、忠实描写生活的现实主义观念。我以为，这是不符合事实、似是而非的偏颇观点。仅从上面谈到的别林斯基关于主观性和激情的那些论述来看，我们就不能作出这种结论。事实上，别林斯基关于这个问题的论述是相当精彩和辩证的。本人将另写专文加以讨论。

(原载《现实的发展和现实主义的发展》，漓江出版社1987年版)

19、20世纪之交的俄国文学及无产阶级文学

19世纪末20世纪初的俄国,风云激荡。这是一个充满矛盾和斗争的错综复杂时期,一个新旧交替的历史转折时期。

这个时期的主要特点是,俄国资本主义迅速发展,社会对立加剧,工人运动和群众运动蓬勃开展,矛头直指沙皇统治。也可以说,这个时期经历了两种"社会战争":一是所有民主力量反对沙皇统治;二是工人和贫农争取社会主义。从政治思潮的派别看,有资产阶级自由派、小资产阶级民主派、资产阶级反动派和无产阶级革命派;从社会思潮的派别看,有民粹主义、无政府主义、"合法马克思主义"和马克思主义。

19世纪90年代伊始,随着俄国资本主义剥削日益残酷,尼古拉二世登基后又强化了专制统治,俄国各地工人不断举行罢工,而这几年俄国许多农村则处于严重饥荒之中。在这种背景下,1898年由彼得堡大学发起的学潮得到了全俄各城市大学生的广泛支援。沙皇政府为了制止事态蔓延,决定把肇事的大学生押往军营当兵,此举引起全国人民的愤怒。1901年彼得堡大学生在涅瓦大街举行大规模游行,有一万五千名同情者加入一支两三千人的学生队伍。政府出动军警镇压。当晚有八十位俄国文学界著名人士在致政府的抗议书上签名,其中包括高尔基、加林·米哈伊洛夫斯基、马明-西比利亚克等。几天以后,社会各界又发出一封抗议书,参加签名的作家和学者达九百零五人之多,其中一些著名人士被当局逐出首都。

1904年日俄战争爆发。这是日本和俄国为争夺我国东北和朝鲜的权益而进行的一场侵略战争。1900年沙俄占领我国东北。1904年2月8日日本舰队突袭驻我国旅顺口和朝鲜仁川港的俄国舰船,从此日俄正式宣战。

在这场历时半年多、战线达千里的战争中，俄国节节失利，1905 年因惨败而被迫签订和约。战争结局暴露了沙俄政府的腐败和无能，战争后果十分严重，经济恶化，物价高涨，人民不满。这进一步加剧了国内的危机。1905 年 1 月初彼得堡的普梯洛夫工厂开始罢工，很快便发展为全城总罢工。俄历 1 月 29 日（星期日）十四万工人前往冬宫，向沙皇递交请愿书，但遭到镇压，死千余人，伤数千人。这就是震惊俄国内外的"流血星期日"。这一惨案激怒了俄国人民，掀起了全国大罢工，直接导致 1905 年至 1907 年的第一次俄国革命爆发。1905 年 10 月莫斯科—喀山铁路工人举行罢工，后迅速转为有十万人参加的全俄总政治罢工。两天后罢工又转为武装起义，约八千名赤卫队队员遭到镇压。1905 年第一次俄国革命虽未成功，但严重地打击了沙皇的统治，成为 1917 年俄国十月革命的一次总演习。第一次俄国革命失败后，沙皇政府对革命的参加者进行了残酷迫害，被杀害者数以千计，被流放西伯利亚服苦役者两万人，被囚禁的达数十万之众。这是俄国历史上的黑暗时代。针对沙俄当局的白色恐怖，列夫·托尔斯泰发表了《我不能沉默》一文，柯罗连科发表了《每日之事》的文章，以表示愤慨和抗议。安德列耶夫、谢尔盖耶夫-倩斯基、高尔基、绥拉菲莫维奇等作家，都在自己的作品中对此做了描写和反映。

随着俄国无产阶级革命运动的兴起，普列汉诺夫于 1883 年在日内瓦创立了俄国第一个马克思主义团体"劳动解放社"。他和该社的其他成员一起翻译了马克思、恩格斯的《共产党宣言》等许多重要著作，把它们秘密运往俄国发行。这就为马克思主义在俄国的传播，为俄国马克思主义政党的筹建，为它在理论上和实践上的发展做了奠基工作。普列汉诺夫关于马克思主义基本原理的一系列名著，如《我们的意见分歧》（1884）、《论一元论历史观之发展》（1894）、《论个人在历史上的作用》（1898）等，被列宁列为"必读的共产主义教科书"，在马克思主义理论中占有重要的地位。在俄国革命风暴中，最具历史意义的事件是俄国马克思主义政党——俄国社会民主工党，于 1898 年在明斯克举行的该党第一次代表大会上宣告成立，这是俄国民族解放运动进入第三时期即无产阶级革命时期的重要标志。而列宁领导的《火星报》在党的创建过程中发挥了巨大作用。在俄国及世界新的历史条件下，列宁坚持和发展了马克思主义，把它推向一个新阶段即列宁主义阶段。他在《什么是"人民之友"以及他们如何攻击社会民主主义者?》（1894）、《我们拒绝什么遗产》（1895）、《党的组织和党的出版物》（1905）、《唯物主义与经验批判主义》（1908）等一系列著作中，提出了俄国共产党人的政治路线和理论路线。从此，巴黎公社失败后的世界革命运动中心转移到了俄国。

两个世纪之交的俄国产生了一批使俄罗斯人民引以为骄傲并具有世界声誉的文学家和艺术家。他们当中有作家和诗人高尔基、蒲宁、勃洛克、勃留索夫、阿赫马托娃等，还有画家列宾、作曲家格拉祖诺夫、导演斯坦尼斯拉夫斯基，等等。

文学是生活的反映和表现。这一时期俄国文坛呈现出了一种前所未有的多极和斑斓的图景，形成了三种不同文学思潮和流派并存的全新局面：

一是由普希金和果戈理开始的传统现实主义文学继续在发展。它的代表列夫·托尔斯泰、契诃夫和柯罗连科等在创作的某些方面又有了新的开拓，如列夫·托尔斯泰的长篇小说《复活》，不仅表现了对社会、政治、法律、经济等制度的全面而激烈的批判，也在表现方法上运用了不同于果戈理的独特嘲讽，加强了作者的独白和评论；契诃夫在这个时期的小说中，尤其是在剧作《海鸥》（1899）和《樱桃园》（1904）中，不仅展示了人们对未来社会和新生活的热烈期待，也在手法上吸纳了印象主义和象征主义诗学的某些成分；柯罗连科不仅提出了未来岁月定会产生一种"新艺术"的思想，即"文学的新流派"将来自于"现实主义和浪漫主义的综合"，而且在小说《盲音乐家》（1889）、《嬉闹的河》（1892）、《瞬间》（1900）和《火光》（1901）中，预示了俄国一场社会风暴即将来临，突出了人们追求自由幸福和向往正义光明的主题。而刚刚登上俄罗斯文坛的新一代现实主义作家蒲宁、库普林、魏列萨耶夫、安德列耶夫等人，在继承前人艺术传统的基础上，根据现实的变化，不断地在内容和形式方面进行探索和革新，更加关注人物个性的下意识过程，作者的叙述和评价更加积极，对人和世界的感受与思考几乎渗透于全部创作；艺术的时间和空间得到极大扩展；对浪漫主义、象征主义、印象主义和表现主义等创作流派的表现手法，注意加以吸收和改造……所有这一切都表明，随着现实的变化和发展，世纪之交的俄国现实主义也在变化和发展。这一时期的俄国现实主义文学虽不再"一统天下",但它仍在文学创作和社会接受中占着主要地位。

二是现代主义诸流派先后在俄国文坛迅速崛起。在那时的俄国文学中,一方面"颓废主义"和"现代主义"往往作为同一思潮和流派相提并论,并没有严格地加以区分;另一方面"颓废主义"一词又作为俄国"新诗"初始时期一种与象征主义相对立的文学现象。这涉及颓废派和象征派之间的内部争论。俄国象征派诗人吉皮乌斯说过:"欧洲的'颓废派'运动没有影响过我。其实,不是颓废派吸引了我,而是个人主义吸引了我。"① 显然,长时间以来把"颓废主义"等同于那个十分庞杂的象征主义或现代主义,并不符合事实。现在一般认为,"颓废主义"是现代主义出现之前的一个短暂而特定的文学阶段。实际上颓废主义文学中因对生活失去信心而产生悲观的那种"世纪末"情绪,在俄国老一代象征主义者明斯基、梅列日科夫斯基、吉皮乌斯等的诗歌中,在安德列耶夫的某些小说中,特别是在俄国1905年至1907年革命失败后的"新自然主义"小说中,都有某种程度的表现。

这个时期俄国的现代主义文学基本上由象征主义、阿克梅主义和未来主义这三个既有联系又相对独立的文学流派组成。此外,还有一些诗人和作家如列米佐夫、扎伊采夫、茨维塔耶娃等,在组织上与这些流派并无联系,但在精神上却密切相连。现代主义的形成和确立,无疑是对俄国现实主义创作和现实主义美学的一种反拨和挑战。这明显地表现在明斯基的《一个古老的争论》(1884)和《在良心的光照下》(1890)、梅列日科夫斯基的《论俄国文学衰落的原因与诸新流派》(1893)和沃伦斯基的《俄国批评家》(1896)等论著中。它们既表现了现代主义的思想、美学和伦理立场,也明确反对以别林斯基和车尔尼雪夫斯基为代表的唯物主义和民主主义的文艺观点,反对文学传统。它们宣扬极端个人主义和主观主义,提出不同于现实主义的"新艺术"的三个主要因素:"神秘的内容,象征和扩大艺术的感染力",并力图从唯心主义立场改变俄国现实主义文学和美学的传统。对俄国现代主义的这种理论纲领和艺术宣言,俄国一批早期

---

① 文格罗夫主编:《二十世纪俄国文学史》第1卷,圣彼得堡,1914年版,第176页。

马克思主义者，如普列汉诺夫在《俄国批评的命运》和《艺术与社会生活》等著作中，沃罗夫斯基在《论现代主义者的资产阶级性》等著作中，卢那察尔斯基在《社会心理和神秘》等著作中，都做了针锋相对的批评。高尔基、绥拉菲莫维奇和柯罗连科等现实主义作家，在受到现代主义者的攻击之前或之后，也都做出了积极的反应。尽管现代主义的艺术宣言、理论纲领及文学创作中还存在不少问题和偏颇，但很多现代派诗人和作家都富于艺术才华，具有鲜明的创作个性，也由于他们主张艺术非意识形态化，使得他们能够集中注意力在艺术形式和表现手法上进行开拓和创新，能够更多地去关注人的精神和直觉方面，并且在一定程度上反映了那个时代的社会危机和精神危机，其意义和价值不容忽视。

三是以高尔基和绥拉菲莫维奇为代表的、反映无产阶级革命斗争和表现社会主义思想的无产阶级文学，第一次登上了俄国文学的历史舞台，开创了俄国文学的新方向和新道路。就其创作原则和方法而言，它属于现实主义范畴，但具有革命浪漫主义的精神和理想。这是一种新型的现实主义。

这个时期的文学批评和理论研究同文学流派的变迁有着密切的关系，如未来主义创作同什克洛夫斯基的形式主义文论的关系，无产阶级文学创作同普列汉诺夫和列宁文论的关系等。然而，文学批评及理论的产生并不完全取决于这一时期俄国文学的实践，还受着国内外各种社会思潮、哲学思潮、美学思潮的多方影响。总的说来，这个时期的文艺批评和文论同文学创作一样，呈现出一种多元而复杂的新格局，大体上可以分为四派，这就是以普列汉诺夫、列宁、沃罗夫斯基等为代表的马克思主义文学批评；以米哈伊诺夫斯基、斯卡比切夫斯基为代表的民粹主义文学批评；以沃伦斯基、艾亨瓦尔德、梅列日科夫斯基为代表的现代主义文学批评；以布斯拉耶夫、贝平、维谢洛夫斯基、波捷勃尼亚为代表的俄国学院派文学批评。其中俄国学院派由于从各种不同的视角和观念来研究文学创作与文学发展史，它们内部又可分为神话学派、文化史学派、比较历史学派和心理学派。

1905年至1907年第一次俄国革命失败后，一股迷惘、失望的情绪弥漫了俄国知识界和思想界。从文学到哲学，从艺术到宗教，都在重新探索和反思，都在寻找出路和答案。特别是宗教唯心主义思想十分兴盛。以别尔嘉耶夫、布尔加科夫、舍斯托夫、罗扎诺夫等为代表的一些思想家，在积极地探索"俄罗斯思想"和俄罗斯命运的同时，力图创建一个俄国的"宗教复兴时代"，并以神学和宗教的原则，爱和善的原则，自由的原则和存在哲学的原则，对世界和俄罗斯及其文化进行改造。

1909年出版的《路标》文集就是这股思潮的集大成者。按列宁的观点，该书"扼要地草拟了一整套哲学、宗教、政治、政论等问题的百科全书，对整个解放运动，对俄国民主派的历史都做了评价"。[①] 他们"已经同民主派的最基本的思想和最起码的民主倾向实行了决裂"。这种宗教唯心主义思想情绪，也影响了一部分布尔什维克党人，例如在卢那察尔斯基的某些文章中，在高尔基的小说《忏悔》中，在波格丹诺夫主持的卡普里党校中，都不同程度地宣传过"造神说"和"寻神说"的思想。安德列耶夫、谢尔盖耶夫-倩斯基等作家，也同样受到影响。

19世纪末20世纪初，在俄国无产阶级和劳动人民反对沙皇专制统治和争取社会主义的历史风暴中，无产阶级文学应运而生。这是一种前所未有的新兴文学。首先是一些直接参加社会解放运动的诗人、作家写出了许多礼赞、讴歌无产阶级和劳动人民奋起革命的文学作品，同时俄国一些早期马克思主义者开始运用马克思主义观点研究文学现象，对革命作家的作品进行评论。这两个方面互相作用，相辅相成，促进了无产阶级文学的迅速发展，使它在短短十多年里成了当时俄国乃至世界文学上最新颖夺目的现象之一。

最早登上俄国无产阶级文学历史舞台的，是一批出身于无产阶级的革命诗人和早年投身革命活动的职业革命家。像诸多革命时代的新文学一样，无产阶级文学也是以诗歌开端。

俄国无产阶级诗人、革命家和学者列·拉金（1860—1900），是"莫斯科工人协会"的主要成员，1896年他在莫斯科建立了三个地下印刷厂，当地的革命书刊、传单、诗歌等均由它们印刷发行。后来他和"莫斯科工人协会"其他领导人一起被捕和流放。1896年11月莫斯科铁路工人大罢工前夜，他创作了具有世界声誉的歌曲《同志们，勇敢地前进！》。这首歌

[①] 《列宁全集》第19卷，人民出版社1989年版，第168页。

被认为是俄国无产阶级革命的进行曲，也是列宁最喜爱的革命歌曲之一。此外，他还创作了《朋友们，更勇敢地向前！》、《我又一次听到亲爱的"松明"》等歌曲。

诗人亚历山大·鲍格丹诺夫（1874—1939）出生于律师家庭，1893年参加革命活动，1900年加入俄国社会民主工党。1896年开始发表诗歌，是俄国最早的无产阶级革命诗人之一。他早期的地下诗歌被收入诗集《斗争之歌》（1902，日内瓦），著名的有：《无产者之歌》、《五一》、《第一只燕子》等。这些诗篇对无产阶级革命充满了必胜信心。此外，他还发表了一些反映1905年革命的短篇小说，如《没有死亡》（1908）和《费道尔·舒鲁普》（1909）等。

格列布·克尔日扎诺夫斯基（1872—1950）是俄国革命家，列宁的战友，也是诗人和学者。1893年加入俄国社会民主工党，十月革命后曾领导俄国电气化委员会和国家计划委员会的工作。1929年被选为苏联科学院院士。他是俄国革命年代的著名地下诗人，曾以波兰革命歌曲为蓝本，从战斗的无产者的团结精神出发，创作了《华沙工人歌》（1896）、《红旗》（1896）、《浩瀚无边的世界全是泪水》（1896）和《暴君们，发狂吧！》（1897）等歌曲。这些广为流传的革命歌曲，是他在监牢里或在西伯利亚流放地创作的。同时，他还写了一些感情细腻的十四行诗，其中不少描写领袖列宁的形象，如《汛期的伏尔加——母亲河多美》等。

诗人阿尔卡杰·科茨（1872—1943）生于敖德萨，1903年加入俄国社会民主工党，毕业于矿冶专科学校。1897年至1902年在巴黎矿冶大学学习。1902年在伦敦出版的党的地下刊物《生活》上发表了《迫害》、《无产者之歌》等革命诗歌，并把《国际歌》译成俄文发表。他的诗歌公开号召人民起来斗争，推翻沙皇专制统治。1902年他返回俄国后，翻译了法国拉法格等人的一些政论文章和剧本。1907年彼得堡我们的声音出版社出版了他的诗集《无产者之歌》。这本诗集只因展露了革命的激情和战斗的锋芒，被沙皇政府没收并烧毁。

列宁领导的布尔什维克党十分重视无产阶级文学的作用。布尔什维克的报刊《星》、《真理报》等，不仅发表著名无产阶级作家高尔基、绥拉菲莫维奇、别德内依等的作品，也发表工人出身、初学写作的作家诸如萨莫贝特尼克（1884—1943）、加斯捷夫（1882—1941）、别尔德尼科夫（1889—1940）等人的作品。其中有些作品曾被收入高尔基1914年编辑出版并作序的《无产阶级作家文集》（该书续集于1917年出版）。布尔什维克的报刊为无产阶级斗争培育了一批年轻的无产阶级作家，这对俄国无产阶级文学的形成与发展起了重要作用。

亚历山大·绥拉菲莫维奇（1863—1949）是俄国无产阶级文学的主要代表者之一。他出生于一个哥萨克军官家庭。1883年中学毕业，后进入彼得堡大学数理系学习。大学期间曾参加反对沙皇专制的学生小组，研读《资本论》等进步书刊，并结识了列宁的哥哥亚历山大·乌里扬诺夫。1887年初乌里扬诺夫因刺杀沙皇亚历山大三世未果，被处以绞刑。事后，绥拉菲莫维奇起草宣言揭露沙皇政府，阐述这次事件的意义，为此被当局逮捕，流放到阿尔罕格尔斯克州的梅津镇。在三年的流放中，他结识了职业革命家莫依森科，加深了对革命的认识。1890年他从流放地返回家乡，在顿河畔的罗斯托夫等城市的报社任职，并同当地的社会民主党人建立了联系。他1889年开始写作，1902年迁居莫斯科，1903年加入著名文学团体"星期三"文学社，在高尔基的影响和帮助下，开始接近无产阶级革命运动，并成为高尔基主持的《知识》丛刊的撰稿人。1905年俄国第一次革命时期，他不仅直接参加莫斯科工人武装起义，同反动军警搏斗，而且发表了一系列表现群众公开抗议和无产阶级革命斗争的作品，如短篇小说《炸弹》、《火光》和《葬礼进行曲》（均为1906）等。

绥拉菲莫维奇的这些短篇，以俄国1905年革命失败为背景，从不同侧面和角度展现了工人和农民在政治上的迅速觉醒，礼赞了他们在革命斗争中的大无畏精神和献身精神，是高尔基小说《母亲》问世之前俄国无产阶级文学在思想上和艺术上的重大成果。长篇小说《草原上的城市》（1912）是他这个时期的重要作品。在昔日荒僻的大草原，由于铺设了铁路而发展起了一座新的"草原上的城市"。这部小说形象地展示了俄国资本主义兴起的历史。小说的主要人物，如大资本家柯罗耶达夫、工程师和铁路站长波伦诺夫等，组成了资本主义社会的主要阶级力量。充斥这个城市中的蛮横、暴力和欺诈，反映了世纪之交俄国生活的转变；城市统治者的软硬兼施，并不能阻止工人的斗争。一些革命者和工人积极分子虽然被流放，但新的一代工人在成长，他们秘密结社，组织罢工，甚至出生于统治者和压迫者家庭的年轻大学生也积极参加工人运动。小说以柯罗耶达夫面对工人运动新高潮的惊呼"我要垮台啦！"来结尾，以此表明，资本主义迟早要被社会主义所代替。

杰米扬·别德内依（1883—1945）是早期俄国无产阶级诗歌的代表者。他原名叶菲姆·阿列克谢耶维奇·普里德沃罗夫，出生于贫苦农家。他 1900 年从军医学校毕业后从事军医，1904 年考入彼得堡大学历史语文系，1908 年毕业，1912 年加入社会民主工党，1899 年开始写诗。他的早期诗歌创作（1909—1910）同民粹派刊物《俄国财富》关系密切，如《心有余悸》、《激奋的斗士已不存在》等诗歌均发表在该刊上，表现了诗人的民主主义思想和对人民新觉醒的希望。从 1911 年开始，他与布尔什维克的《星火》接近，并第一次用"别德内依"这个笔名发表诗作。布尔什维克的《真理报》从创刊号起（1912 年 5 月 5 日）就发表他的作品。他在这两个刊物上先后发表了一百五十多篇作品。此外，他还经常在高尔基主持的布尔什维克杂志《教育》文学栏目上发表作品。主要诗作有：反映群众革命要求、揭露统治阶级残酷镇压的《连拿事件》（1912），嘲讽统治者和叛徒的《树皮鞋与皮靴》（1912）和《杜鹃》（1912）等。他的诗歌体裁广泛，包括寓言、快板、歌曲和鼓动性诗歌等。他把自己的创作同布尔什维克党的宣传工作和无产阶级的革命斗争直接联系在一起；诗歌通俗易懂，深受群众的欢迎。1913 年他的第一本诗集《寓言诗》出版，曾引起列宁的注意。

俄国无产阶级文学和俄国马克思主义文学批评理论的形成和发展，两者不仅相辅相成，而且同步而行。

作为俄国第一个马克思主义者和第一个马克思主义文学批评家的普列汉诺夫（1856—1918），他首先关心的是无产阶级文学的形成和发展。1885 年，他在为诗集《工人之歌》而写的序言《对工人读者说几句话》中指出：每个社会阶级都有自己的诗和自己的歌，并在其中注入自己的特殊内容。因为每个社会阶级在社会中都有自己的特殊地位，都有自己对周围事物和秩序的特殊观点。现在，"只有工人阶级才能赋予诗歌以最崇高的内容，乃是因为只有工人阶级才能成为劳动和理性思想的真正代表者"。① 这是俄国马克思主义者对刚刚兴起的俄国无产阶级文学的热情肯定,也是他第一次论述其发生的历史必然性。1905年普列汉诺夫在参观威尼斯第六届国际艺术展览会后,感到那个时候的欧洲文艺,即使是它的那些优秀作品已不可能真实地表现历史的新阶段——无产阶级的生活与斗争。在他看来,从展览会上白鲁克的《两个青铜少女——工厂女工像》、梅尼叶的《下班回来的矿工》等作品中,"听不到一点点的抗议声音",只是"表现怜悯,引起怜悯","没有也不可能比超越同情和怜悯被侮辱者和被损害者更前进一步",至于希望它们的主人公"自觉地抗议,那是很困难的"。于是普列汉诺夫从中引出结论说:"我们同时代的艺术片面到了多么难以想像的程度,它对工人阶级的意向漠视到了什么程度……上层阶级代表中的优秀分子没有能够彻底地站到无产阶级方面来,他们只能向不幸者和被压迫者说'晚安'。谢谢你们,善良的人们!不过你们的钟慢了:黑夜已将过去,真正的白昼已经到来了。"② 这无异于说,无产阶级革命的新时代已经到来,无产阶级文艺的新时代也将随之到来。正如恩格斯在《共产党宣言》意大利文版"序言"中所期望的那样:"现在也如1300年间那样,新的历史纪元正在到来。意大利是否会给我们一个新的但丁来宣告这个无产阶级新纪元的诞生呢?"③

在俄国无产阶级革命"新的历史纪元"里,伟大的无产阶级作家高尔基便成为它的"新的但丁"。普列汉诺夫和高尔基有过许多通信联系,也曾多次会面。普列汉诺夫还为高尔基的小说《马特维·克日米亚金的一生》,剧本《太阳的孩子》和《仇敌》,中篇小说《忏悔》和长篇小说《母亲》等撰写评论文章。普列汉诺夫对高尔基有很高评价,认为他是"我们的具有高度才华的无产阶级艺术家",他"具有极其巨大的才能",是"无产阶级战士形象的第一个创造者"和"革命无产者心理的表现者"。1906年高尔基的剧本《仇敌》发表后,受到了资产阶级文人大肆攻击:"高尔基完了","高尔基的才华枯竭了",他的新作"不能满足时代

---

① 《普列汉诺夫论文学与美学》第2卷,莫斯科:苏联文学出版社1958年版,第128页。
② 普列汉诺夫:《无产阶级运动和资产阶级艺术》,载《文艺理论译丛》1957年第1期,人民文学出版社1957年版,第143页。
③ 《马克思恩格斯选集》第1卷,人民出版社1972年版,第249页。

的需求",等等。正是在这个重要的时刻,普列汉诺夫挺身而出,旗帜鲜明地发表评论文章《工人运动的心理》(1907),支持无产阶级文学的奠基者,迎接资产阶级文人的挑战。他指出:"高尔基写得很好的流浪汉,可能使资产阶级艺术的爱好者发生兴趣,而高尔基写得很好的自觉工人,就可能在他们当中引起许多极不愉快的想法。"① 又说,"这一点也不奇怪",因为"高尔基是社会主义者"。"事实总归是事实。最有学问的社会学家能够在艺术家高尔基……那里学到许多东西",在高尔基那里"有完整的发现"②;"所有的无产者是以何等的语言在谈论高尔基!这里的一切都好得很,没有任何杜撰的东西,一切都是'真实的'"。③ 总之,在普列汉诺夫看来,高尔基这部无产阶级文学代表作所表明的,绝不是他创作的衰落,而是他正处在新的写作高潮之中。

普列汉诺夫对高尔基提倡"造神论"和"寻神说"的小说《忏悔》(1908),则给予了严肃的批评,认为它的主题思想错误,艺术性很差,是杜撰出来的,高尔基"走上了像果戈理、陀思妥耶夫斯基和托尔斯泰这些巨人在过去滑下去的那个斜坡",并期待着高尔基离开那个"危险的斜坡"。然而,普列汉诺夫对高尔基的另一部无产阶级文学代表作《母亲》(1906)却评价不高,认为这部小说描写了"乌托邦主义",染上了"浪漫主义的乐观主义"及"革命的炼丹术",并指责高尔基"完全不理解马克思的观点"。显然,普列汉诺夫是站在孟什维主义的立场上,否定小说主人公巴威尔和他母亲由自发斗争走向自觉斗争的可能性,从而否定列宁关于俄国资产阶级民主革命应由无产阶级领导这一重要原则。普列汉诺夫认为,俄国资产阶级民主革命的领导力量应是俄国的资产阶级。这是布尔什维主义和孟什维主义在俄国革命性质问题上的分水岭。尽管普列汉诺夫对《母亲》的批评并不正确,但总的来说,在俄国无产阶级文学运动方兴未艾时期,他对无产阶级文学发展起了积极的推动作用。

俄国无产阶级文学从19世纪80年代崛起到20世纪20年代末,特别

---

① 《普列汉诺夫论文学与美学》第2卷,莫斯科:苏联文学出版社1958年版,第497、515页。
② 同上。
③ 同上。

是在十月革命胜利、俄国进入社会主义后，获得了长足发展，并逐渐成为文坛的主流。然而，它走过的道路并不平坦。

1913年，俄国第一本工人诗歌集《我们的歌》在莫斯科出版。1914年和1917年，高尔基主编并作序的《无产阶级作家文集》先后在彼得堡出版，收入了1905年至1917年俄国无产阶级作家的诗歌和散文。这是俄国无产阶级文学运动的一件盛事，也是对十月革命前俄国无产阶级文学创作的一次检阅。高尔基在1914年的序中作出了很高评价，认为这是无产阶级作家"劳动生活中的一个新的和意义重要的现象"，是"俄罗斯无产阶级向创造自己的文学走出的第一步"；并深信"未来一代的俄国工人和我们星球上的整个无产阶级世界"，无疑将从中"吸取伟大的力量来为新的世界文化进行斗争"。① 但同时指出了他们在写作技巧上存在的缺点，希望注意克服。

十月革命前的老一辈无产阶级作家，如高尔基、别德内依、绥拉菲莫维奇、革拉特科夫等仍笔耕不止，创作了无产阶级文学的传世之作。十月革命、国内战争和新经济政策时期，又有一批文学新人脱颖而出。他们先后来自无产阶级文化协会、"锻冶场"和"拉普"等无产阶级文学团体。

无产阶级文化协会成立于十月革命以前，原名为"彼得格勒无产阶级文化教育组织"，其目的是要"创造新的无产阶级的阶级文化"，"一种纯粹的、特殊的无产阶级文化"。这种具有庸俗社会学性质的思想，来自它的主要理论家波格丹诺夫（1873—1928）。无产阶级文化协会于1917年10月16日至19日在彼得格勒召开第一次代表大会。十月革命后，它发展很快，成员多达四十万，基层组织遍及全俄各地，是一个群众性的文化团体。十月革命前后无产阶级诗歌最早的开拓者加斯捷夫、格拉西莫夫、亚历山德罗夫斯基、卡津等，都是该团体成员，绝大多数出身于工人和劳动阶层。到20年代初，无产阶级文化协会由于在文化遗产上采取虚无主义立场，要求摆脱共产党的领导而实行"文化自治"等，受到了列宁和俄共中央的严厉批评，认为他们的"无产阶级文化"的观点"在理论上是错误的，在实践上是危险的"；社会主义文化应是"吸收和改造了两千多年

---

① 高尔基：《论文学》（续集），冰夷等译，人民文学出版社1979年版，第194、198页。

来人类思想和文化发展中一切有价值的东西",并明确要求无产阶级文化协会必须在"苏维埃政权和共产党的领导下,把自己的任务当作无产阶级专政任务的一部分来完成"。1920年,俄共中央还就此作出著名的《关于无产阶级文化协会》的专门决定,即"俄共中央的信"。在这个决议之后,无产阶级文化协会开始走向衰落,1932年正式解散。

从20年代初起,无产阶级文化协会的诗人队伍开始分化。1920年2月,它的一部分诗人为了摆脱该协会的理论家对其创作活动的控制,要求在创作方法上享有充分自由,于是便从协会中独立出来,成立了一个名为"锻冶场"的文学小组,其成员为格拉西莫夫、亚历山德罗夫斯基、基里洛夫、奥布拉多维奇、波利塔耶夫、罗多夫和萨尼科夫等诗人。他们虽力图克服无产阶级文化协会的消极影响,可是在艺术创作中并没有真正付诸实践。1920年5月他们创办机关刊物《锻冶场》(1920—1927),后又创办《工人杂志》(1924—1925)等。这些刊物几乎联合了那时所有的无产阶级作家。1921年8月"锻冶场"发起成立俄无产阶级作家联合会("瓦普"),并于同年12月在莫斯科召开全无产阶级作家代表大会,有来自二十五个城市的一百五十位作家出席。到20年代中期,由于有革拉特科夫、李亚什科、诺维科夫-普里波依等无产阶级小说家加入"锻冶场",并创作出了一些有意义的作品,因而使它生辉不少。

像一切革命时代的文学一样,诗歌总是它的号角。十月革命前后的无产阶级文学也是从诗歌开端。十月革命前的无产阶级诗歌,工人群众的痛苦、哀愁和沉重的劳动是它代表性的主题,而十月革命工人阶级获得解放之后,这些主题已被火热的革命激情和幸福欢愉的劳动一扫而空。在无产阶级文化协会和"锻冶场"诗人的创作中,车间、熔铁炉、机床、钢铁、混凝土等,已成为描写的主要内容。用他们当中一位诗人的话来说,"我们是钢铁和混凝土的抒情诗人"。这些无产阶级诗篇虽然充满豪情壮志、美好理想,但不免公式化、抽象化,缺乏个性的语言和内容。因为他们都很年轻,又没有受过专门培养,艺术上难免粗糙,但他们毕竟在诗歌领域中迈出了可贵的第一步。

此外,这些无产阶级诗人的创作同那个杜撰的"无产阶级文化"观念有关。例如,在符·基里洛夫(1890—1943)的宣言诗《我们》(1917)

中，那种以集体代替个人、全盘否定文化遗产的思想观点，就有充分的表现：

> 我们是一支无数的、威严的劳动大军。
> 我们征服了广阔的大陆和海洋。
> 我们以人造太阳把都市照亮，
> 我们高傲的心中燃着起义的火光。
>
> 我们迷恋于反叛的、狂热的激情，
> "我们是美的刽子手！"让他们叫喊吧，
> 为了我们的明天——我们烧毁拉斐尔，
> 拆除博物馆，踩烂艺术之花……

在"锻冶场"的文学创作中，最有成就和最负盛名的不是诗人，而是小说家革拉特科夫的作品《水泥》（又译《士敏土》，1925）和李亚什科的《熔铁炉》（1922—1925）。它们的名称虽与那时无产阶级诗人的作品相似，但都选择了典型情节，表现了战士从前线返回和平建设岗位所经历的种种矛盾和冲突，描绘了苏联社会主义建设初期的生动情景，给人们留下深刻印象。

费奥多尔·瓦西里耶维奇·革拉特科夫（1883—1958）出身于贫苦农民家庭，1902年从矿山学校毕业，后来从事教育工作，1906年加入俄国社会民主工党，同年因参加革命活动被捕、流放，于1910年获释。十月革命后他参加红军并任地方报纸编辑，1923年加入文学团体"锻冶场"。卫国战争期间他任《真理报》和《消息报》记者，1945年至1948年任高尔基文学院院长。他的处女作《走向光明》发表于1900年，此后写有短篇小说《下工后》和《狱门口》（1902）等，其主人公都是沦落底层的人。《失去继承权的贵族》（1911）和《三个人在一间土房》（1912）等，都以流放罪犯的生活为内容。革拉特科夫最著名的小说《水泥》中的故事发生在1921年，这是国内战争基本结束和经济建设刚刚起步的转变时期。男主人公格列勃·楚马罗夫从前线复员回家，就任水泥厂党支部书记，以百折不挠的顽强精神带领全厂员工，克服内部的无组织无纪律的松散状态，打退哥萨克匪徒的骚扰，使一个濒临破产的工厂走向新生。小说还通过楚马罗夫与参加革命工作后已经成长和觉醒的妻子达莎之间的矛盾，以表明人们思想意识中的转变和更新，要比经济的恢复和建设更为长期，也更为困难。这部长篇小说既反映了工人阶级热情劳动，奋发图强，为恢复生产所经历的艰苦过程和广阔的生活画面，又提示了人们在精神领域中所发生的深刻而复杂的变化，因而散发着浓郁的时代气息。高尔基称它是"一本很有意义，很好的书"；"现代生活最有意义的主题——劳动，第一次被牢牢地抓住了"。30年代初，该书被译介到中国后，鲁迅赞美它为"新俄文学的永久的碑碣"[①]。这部小说也存在缺点，主要表现在语言上过多使用方言土语，写得不够朴实；把知识分子的形象刻画得过于软弱，用高尔基的话来说，这是作者的一种偏见。继《水泥》之后，革拉特科夫创作了以第聂伯河水电站建设为题材的长篇小说《动力》（1928—1938）。卫国战争期间写了《宣誓》（1944）。战后的主要创作是自传性系列小说《童年的故事》（1949）、《自由人》（1950）、《荒乱的年代》（1954）和未完成的《动荡的青年时代》（1958）。这是苏联文学中继高尔基的三部曲之后又一著名的自传体作品，其中前两部分别获1950年和1951年斯大林奖金。

苏联宣布实行"新经济政策"后，无产阶级作家队伍再次出现整合。1922年12月12日，一个新的无产阶级文学团体"十月"宣告成立，其成员有来自"锻冶场"的罗多夫、马拉什金等，有来自"青年近卫军"派的维肖雷、别济缅斯基、多罗宁等。"十月"的成立，标志着苏联无产阶级文学运动中著名的"拉普"时期的开端。"拉普"为"俄罗斯无产阶级作家联合会"的简称，是20年代苏联最大的文学团体，成员多达万人，遍布全俄，先后创办《在岗位上》（1923—1925）和《在文学岗位上》（1926—1932）等十种杂志。集结在这两个杂志周围的作家和批评家常被称为"岗位派"和"文学岗位派"，它们是"拉普"的核心。1923年在"十月"团体的建议下，召开了第一届莫斯科无产阶级作家代表大会

[①] 《鲁迅全集》第7卷，人民文学出版社1958年版，第590页。

（"莫普"），由富尔曼诺夫任书记；1925年全俄无产阶级作家联合会（"瓦普"）成立不久，便改名为"拉普"；1930年又改名为全苏无产阶级作家联合会（"沃阿普"），直到1932年由联共（布）中央宣布解散；其存在时间前后达十年之久，组织名称几度更迭，但文学观点和理论纲领则基本未变。

"拉普"的文学活动可分为两个时期。从1923年至1925年为第一个时期，以《在岗位上》杂志为主要阵地，代表人物有罗多夫、列列维奇、瓦尔金和阿维尔巴赫等。他们强调在新经济政策条件下，无产阶级重新面临建设本阶级文学的头等任务，要从心理和意识上组织工人阶级和劳动者去改造世界和建设共产主义社会；认为资产阶级已开始从思想上进攻，必须反对一切形式的颓废艺术。他们的愿望是好的，在培养无产阶级作家和抵制资产阶级思想影响方面也起过一定的积极作用。但他们以马克思主义者自居，对非无产阶级作家即"同路人"作家采取严厉排斥、打击的宗派主义态度，否定古典文化遗产，忽视文学的特点，把文学与政治的关系简单化，因而对无产阶级文学的发展起了不良作用。1925年5月俄共中央为此作出《关于党在文学方面的政策》的决议，对苏联文学的形势作了客观和全面的分析，提出了切合实际的解决方案，这是继1920年《关于无产阶级文化协会》决议之后，关于苏联无产阶级文学问题又一个历史性文献。它曾于1950年被中国《人民日报》加按语全文刊登。决议一方面指出：文学战线上的阶级斗争没有停止，无产阶级作家必须反对向资产阶级思想投降，要保持自己的先进性。一方面认为，必须反对妄自尊大，摆共产党员架子，企图垄断文学事业；对"同路人"作家要采取团结、争取的方针，周到地和细心地对待他们；对各种文学流派主张"自由竞赛"等。决议公布后，受到文艺界热烈拥护，但受到"拉普"某些负责人的干扰。"拉普"活动第二个时期是从1926年至1932年。决议公布后，原领导成员除阿维尔巴赫以外，均被开除出理事会。以阿维尔巴赫、法捷耶夫、李别进斯基、叶尔米洛夫为核心的新领导表示按党的决议办事，并把《在岗位上》杂志改名为《在文学岗位上》。然而，他们并没有纠正以往的错误，仍我行我素，在某些方面甚至有过之而无不及。在组织上继续排斥异己，打击"同路人"作家，把他们说成是"根本上反对无产阶级革命的文学";提出"没有同路人,只有同盟者或敌人"的极端口号,甚至谩骂高尔基是"昔日鹰之首,今日蛇之王";在文学理论上宣扬"辩证唯物主义创作方法",把文学的方法同其他领域的方法混为一谈,陷入了庸俗社会学的泥潭;提倡"无产阶级诗歌杰米扬化",反对诗歌创作多样化,等等。"拉普"的所作所为,实际上已成为苏联文学进一步发展的绊脚石。"拉普"存在的这十年,是苏联无产阶级文学运动所经历的曲折复杂的十年。

然而,"拉普"领导人和某些批评家在文学问题上所犯的"'左'派幼稚病"错误,并没有妨碍它的某些成员诸如绥拉菲莫维奇、富尔曼诺夫、革拉特科夫、法捷耶夫、肖洛霍夫等一批无产阶级作家创作出优秀作品。

一 别德内依和"共青团诗人"

从第一次世界大战爆发到1945年,是无产阶级诗人杰米扬·别德内依(1883—1945)创作的鼎盛时期。在第一次世界大战期间,他坚决站在布尔什维克的国际主义立场上,竭力抨击这场帝国主义之间的掠夺性战争和沙俄政府对广大人民的蒙骗。他的诗作《下了命令,道理没有说清》,是一篇反战檄文。在诗中他质问沙俄政府:你们"命令我们去作战","保卫土地!""谁的?没有说清。谁都知道,是地主的!"你们"命令我们去作战","自由万岁!""谁的?没有说清!反正不是人民的。"

十月革命前夕即1917年10月至11月间,别德内依创作并发表了诗体中篇小说《关于土地、关于自由、关于工人的命运》。这是俄罗斯诗歌中第一次描写第一次世界大战至二月革命前夕俄国社会历史画卷的大型作品,也是诗人对十月革命前自己创作生涯的一次总结。书中主人公瓦尼亚是青年农民,"一战"时被征入伍,在战场上他与彼得格勒普梯洛夫工厂工人、布尔什维克兹洛夫相识,在后者的影响下参加革命。瓦尼亚的未婚妻在农村,为生计所困,流落到城市,在莫斯科纺织厂做工。他积极参加革命斗争,并加入共产党。作品展现了俄国农民群众在布尔什维克党的领导下,如何走向为社会主义而斗争的道路。

别德内依于 1918 年 9 月创作的《送别》，是一首脍炙人口的著名红军诗歌。它描写一个名叫伊万的农村青年，如何说服和告别母亲，参加红军，奔赴前线，"要跟地主败类作决死的斗争"。类似这样抒发革命激情描写火热斗争的诗歌，还有《共产主义马赛曲》、《在火环中》（均为1918）、《保卫红色彼得格勒》、《坦克——万卡》（均为 1919）等。

在同国外武装干涉者和国内白卫军进行斗争时，别德内依创作了大量政治讽刺诗，如《施库罗将军》、《尤登尼奇的宣言》、《冯·弗兰格尔男爵的宣言》、《罪犯》、《捕鸟人》等。它们密切配合国内战争，像一把把匕首一样刺向敌人。其中最有名的一首诗是《施库罗将军》。诗人以俄文"施库罗"与"毛皮"这一对相关词，巧妙地讽刺了白匪将军，深刻地画出了他的本相："毛皮，毛皮，毛皮，沙皇将军——原来是张毛皮！"从 1918 年至 1921 年，别德内依在国内战争期间共发表了四十多部诗集，印数达五百多万册，成为他诗歌创作的繁荣时期。托洛茨基曾对此评论说：别德内依是"一位以诗歌为武器的布尔什维克"；"他的创作整个说来是一种前所未有、独一无二的现象"；他"在一个最伟大的时代"，"以自己的诗如此直接和有效地影响大众——工人、农民、红军士兵、千百万人"。[①] 1923 年苏维埃政权为了表彰他的卓越功绩，授予他"红旗"勋章。他是苏联作家中第一个获此殊荣的诗人。全俄中央委员会主席团给他发了贺信，称赞他是"一个伟大的革命诗人"，他的诗歌"在劳动者心中点燃了革命烈火，并在斗争最艰苦的时候，巩固了他们的勇气和信心"。

国内战争结束，苏联进入国民经济恢复与和平建设时期。别德内依继续以饱满的革命热情进行诗歌创作。1922 年 11 月为纪念十月革命五周年，他发表了长诗《大街》。这是一首礼赞革命之歌。它描写俄国劳动群众在布尔什维克的领导下，从 1905 年俄国第一次革命到 1917 年俄国十月革命的英勇斗争历程。诗中充溢着革命乐观主义和无产阶级团结战斗的豪情。诗人并以强烈的时代意识讴歌了俄罗斯大地的"新主人"。整首长诗，叙事与抒情融为一体，旋律激昂，节奏有力，与内容联系紧密，使人们仿佛听到了俄罗斯"新主人"走上大街的历史脚步声：

[①] 托洛茨基：《文学与革命》，刘文飞等译，外国文学出版社 1992 年版，第 198、199 页。

> 新主人走上大街，
> 愤怒举起千万双黝黑的、
> 布满青筋的、长着茧子的粗手，
> 如一阵狂风似的冲出数千年来被套上枷锁的
> 苦难深重的土地，
> 走上大街——世间的一切都换了新颜……

在描写普通劳动者的诗篇中，最有名的是《牵引力》（1924）。它取材于日常生活，主人公是铁路工人叶里米扬·季米特连科，担当牵引机车的工作。诗人曾在南方某个站上见过他。他工作繁重，收入很少，而饭量很大。为了支援国家，他节衣缩食，每月捐献三分之一工资，体现出一个平凡劳动者的高度政治觉悟和忧国忧民的高尚境界。类似这种取自日常生活素材、赞美城乡人民劳动业绩的作品，还有《劳动》（1920）、《纪念农村通讯员格里戈里·马林诺夫斯基》（1924）等，以及30年代创作的《我们挺得住》（1931）和《英雄纪事》（1937）等。与此同时，别德内依还创作了讽刺小品《从热炕上爬下来吧》、《比里瓦尔》和《不讲情面》等，由于它们抨击顿涅茨矿区生产混乱，管理不善，干部无所用心等一些生活消极面，而受到党中央和最高领导人批判，被斥为对苏联社会的"诽谤"。对讽刺作品有缺点可以讨论批评，况且那时的社会和企业也并非无可指摘。将它们上纲为"诽谤"，不免失之偏颇，而且同别德内依整个思想倾向和创作倾向也并不吻合。

在反法西斯的卫国战争期间，别德内依拿起笔作刀枪，投入战斗，创作了二百多首诗歌，《我们的孩子》、《俄罗斯姑娘》等五部诗体小说，以及讽刺小品和配画诗等。他歌颂苏联人民在前线和后方同仇敌忾，英勇斗争，并确信人民一定能取得胜利，如《我想念自己的人民》（1941）等，同时愤怒鞭挞法西斯匪帮的无耻和残暴，并预言他们必遭失败和灭亡，如《道德家大灰狼》（1943）等。

崛起于20年代苏联诗坛的"共青团诗人"或称"共青诗群"，是苏联无产阶级诗歌的新生力量或"第二浪潮"。他们朝气蓬勃，人多势众，以

《青年近卫军》杂志为中心，其代表者有别济缅斯基、扎洛夫、斯维特洛夫、戈洛德内、萨扬诺夫、乌特金等。他们大都参加过十月革命，经历了国内战争炮火的洗礼，都是共青团员和团的干部。其中有些诗人与无产阶级文化派和"锻冶场"诗人关系密切，继承了无产阶级诗歌的战斗传统，但反对他们脱离生活而去描写"宇宙"和那些抽象空洞的东西，主张面向现实，写自己周围的日常生活。他们的诗歌具有生活气息和时代精神，不仅描写国内战争的英雄业绩，也表现和平建设的激情，因而引人注目。如扎洛夫（1904—1987）的《共青团员》（1924）、《雅科夫师傅》（1924）和《手风琴》（1926），戈洛德内（1903—1949）的《顶房柱》（1922）和《泥土集》（1924），斯维特洛夫（1903—1964）的《轨道》（1923）、《犹太牧师之诗》（1923）、《夜晚的会见》（1924）和歌颂乌克兰红军战士英雄形象的名诗《格列纳达》（1921）等。就每位诗人的作品看，都有其局限性和不足，主要是议论成分较多，对主题的处理较简单。但从他们诗歌创作的总体看，仍然表达了那个时代的情绪和脉搏。

20年代共青团诗人的佼佼者是亚历山大·别济缅斯基（1889—1975）。他生于日托米尔，1916年毕业于弗拉季米尔的一所中学，后就读于基辅商学院，曾参加十月革命，是第一届全俄共青团中央委员会委员。1918年他开始发表作品，是"拉普"文学活动的积极参加者。最早的诗集《十月曙光》（1920）和《向太阳》（1921）留有无产阶级文化派和"锻冶场"诗人的痕迹。1923年发表的《致"锻冶场"诗人》，是他文学观点的一次重要转折。该诗要求以往的伙伴"走下来"，到"日常生活中去"，"抛开宇宙"，"给我们大地与活生生的人"。并在《关于帽子》的诗中写道：

> 只有能在那平凡小事后边
> 寻觅世界革命的人
> 才无愧于我们的时代，
> 他才能走在我们的大道上。

这是别济缅斯基的诗歌宣言，也是共青团诗人的创作共识。此后，他创作的诗歌诸如《关于儿子的诗》（1923）、《共青团》（1924）和《生活之歌》（1929）等，不仅比较接近现实，展示出年青一代意气风发的精神面貌和火热般的斗争生活，而且语言简洁明快，具有浓郁的抒情性。特别是他的青春颂歌——《青年近卫军》（1921）经人谱曲后，为一代又一代的共青团员和年轻人所传唱。卢那察尔斯基在1925年曾称赞别济缅斯基，认为他"经常能写出新颖和充满生活勇气的作品，很好地反映了共青团的情绪"。此外，别济缅斯基关于列宁的诗篇《弗·伊·乌里扬诺夫》（1926）和描写捷尔任斯基的诗篇《凤凰》（1927），形象鲜明感人，是他创作生涯的重要里程碑。

二 绥拉菲莫维奇

第一次世界大战爆发，著名无产阶级作家亚历山大·绥拉菲莫维奇（1863—1949）被派往前线。这期间他在《在家短暂休假》和《榴霰弹》（均为1915）等短篇和特写中，对人民的苦难作了真实描写；在《相遇》和《一颗受折磨的心》（均为1915）等作品中，表现了人民的反战情绪和士兵中间掀起的革命骚动。

对于绥拉菲莫维奇来说，十月革命是他生活和创作的新起点。1918年他参加布尔什维克党，积极投入年轻苏维埃政权领导下的文化建设，主管《消息报》文艺栏目，并在莫斯科苏维埃群众宣传部任职，主持苏联教育人民委员部文学处工作。国内战争爆发后，他作为《真理报》的战地记者，写了关于顿河、北高加索和乌克兰等地区战事的大量报道和特写，后收入《革命、前方和后方》（1917—1921）一书。它们记录了革命军民前赴后继、浴血奋战的英勇历程。后来又领导《创作》、《十月》等国内大型文学杂志的编辑工作。1924年他的著名小说《铁流》问世，这是他最重要的代表作，也是苏联无产阶级文学的经典作品之一。

绥拉菲莫维奇一生关注文学新人的成长和苏联文学的发展，热诚培养和帮助年轻作家诸如富尔曼诺夫、肖洛霍夫和奥斯特洛夫斯基等，就他们的创作发表了大量循循善诱、富有见地的评论文章，为苏联文学的未来作出了很大贡献。30年代他发表了一系列关于农业集体化的特写《沿着顿河草原》。1933年，在他70华诞之际，被授予列宁勋章。卫国战争期间，他年事已高，仍奔赴前线写作政论文章。1943年获斯大林奖金。

绥拉菲莫维奇的代表作《铁流》，是一部描写苏联国内战争初期达曼人民英勇斗争的小说。达曼半岛地处高加索西部，十月革命前，许多贫苦群众从俄罗斯各地来到这里谋生，备受当地哥萨克富豪欺压。十月革命爆发，他们揭竿而起，建立苏维埃政权，获得解放。可惜好景不长，发生了反革命叛乱，邓尼金白卫军勾结哥萨克上层进行大屠杀。红军主力部队被迫撤退，白色恐怖笼罩着库班草原，人心惶惶。一部分来不及撤退的红军战士为了免遭厄运，带领家属和拥护苏维埃政权的劳苦百姓，形成了一支既无军事装备又无战争经验并处于无政府状态之中的"人流"，于1918年8月开始突围远征，到北高加索与红军主力部队会师。

这群衣衫褴褛、扶老携幼的"乌合之众"，在征途中经历了难以想象的艰难险阻。他们行进在峭壁悬崖和波涛大海之间的山路上，后边有反动哥萨克的追击，前面有白卫军的阻截，陷入"前后都是死"的危境。他们忍饥挨饿，忍受着烈日、骤雨、疾病和瘟疫的折磨，日夜兼程。他们目睹了孟什维克的阻挠，德国军舰的袭击，婴孩被炸死，两万多红军伤员被枪杀，一些工人被活活吊死……然而，就是这样一支"像蝗虫一般"、使人觉得像赶"庙会"似的茫茫人群，在总指挥郭如鹤的坚强领导下，逐渐成为一支坚不可摧的"铁流"，最终胜利到达目的地。郭如鹤虽不是布尔什维克，却是一个具有无产阶级思想觉悟、力挽狂澜的革命英雄。他父亲是雇工，自己从小替人放牧、做工。俄土战争爆发时，是沙俄军队的机枪手，由于作战勇敢，被派往军事学校深造，获准尉军衔，同时接受了布尔什维克地下党的思想影响。1918年反革命叛乱发生后，他毅然站在苏维埃政权一边，被群众推举为领袖。他是一个具有战略思想和组织才能的领导者。他了解群众的根本利益，善于组织群众和教育群众。他建立了铁的纪律，制止了少数人的分裂活动，打退了敌人一次又一次的进攻。他是"一个平凡的、然而干练、智慧、严格的指挥官，一个和群众一同成长的英雄"，"群众不但把自己的意志装到他心里，而且追随他，把他当作领导服从"。这也正是他和他们克敌制胜的源泉。历时一个余月的远征结束时，展现在人们面前的,"仍然是无数破破烂烂、赤身裸体的赤脚战士","不过当初动荡的人海,在草原上是洪水横流,可现在却默默地归到铁岸里去了"。他们成了一个纪律严明、有觉悟的群体。

小说反映了时代的严酷真实,是一部礼赞国内战争胜利的史诗。其重要意义在于,它艺术地展示了人民群众通过血与火的考验,走向觉醒的过程,走向苏维埃政权的历史必然。小说结构虽简洁,但和谐而完整;情节紧张,层层推进;近景与远景交替,悲剧事件与喜剧场面交织,叙事与抒情熔于一炉,扣人心弦。也许由于受题材限制,主要是描写群体,因而人物性格、心理刻画不够,即使是主要人物郭如鹤也用粗线条描绘,明显缺乏具体的性格。

《铁流》于1931年由曹靖华译成中文,并经鲁迅编校,冲破了国民党统治时期的"岩石似的重压",才得以介绍到我国。鲁迅称赞它是一部"划一时代的纪念碑","在读者面前开出了鲜艳而铁一般的新花"。①

三 富尔曼诺夫

德米特里·安德烈耶维奇·富尔曼诺夫(1891—1926)是苏联无产阶级文学优秀代表者之一。他生于科斯特罗马省一个农民家庭,父亲在小酒店工作。后来举家迁居伊凡诺沃-沃兹涅先斯克。1909年至1912年他在基涅斯马城实科中学就读,后入莫斯科大学学习,1914年毕业。第一次世界大战爆发,他志愿上前线当医务兵,1916年离开军队返回故乡,在工人培训班教书,先后同民意党人和无政府主义者有过短暂联系。十月革命时,任区革命指挥部领导人。1918年7月由伏龙芝介绍加入联共(布),并在他领导下的伊凡诺沃-沃兹涅先斯克党政机关任职。国内战争期间,在前线作战,任东方战线第二十五师政委,师长为恰巴耶夫。长篇小说《恰巴耶夫》(又译《夏伯阳》)即来源于他这一期间的经历。富尔曼诺夫1919年任土尔克斯坦革命军事委员会特派员,1920年先后任库班地区红色陆战队政委和格鲁吉亚第十一军政委兼《红色军人报》主编,并参加在维尔纳伊城平定高尔察克发动的反苏维埃叛乱,长篇小说《叛乱》即取材

---

① 《鲁迅全集》第19卷,人民文学出版社1973年版,第530、805页。

于此。1920年8月，他因领导红军陆战队歼灭了弗兰克尔向库班突进的乌拉加伊将军部队有功，被授予红旗勋章。1921年5月富尔曼诺夫退役，前往莫斯科定居，在国家出版社工作，同时从事文学创作，1923年加入无产阶级作家团体"十月"，1924年至1925年任莫斯科无产阶级作家联合会（"莫普"）书记。1926年1月15日，富尔曼诺夫因患脑膜炎去世。富尔曼诺夫的一生是光辉的。鲁迅在介绍和总结他的生平时，曾给予很高评价："他墓碑上刻着一把剑和一本书；铭很简单，是：特密忒黎·孚尔玛诺夫，共产主义者，战士，文人。"[①]

富尔曼诺夫从中学时代就开始写作，十月革命前发表诗歌《纪念叶弗列莫夫》（1912）和特写《斯特里河上的兄弟公墓》（1916）。1921年创作三幕话剧《为共产主义而斗争》，于1965年首次刊出。1922年发表中篇小说《红色陆战队》，这是一部描写国内战争期间红军潜入敌后，奇袭乌拉加伊匪军司令部驻地的故事，作者塑造了不少普通劳动者的感人形象，鲁迅于1932年将它译成中文，并结合那时我国文坛的实际作了评论：这是"用一支奇兵，将白军的大队打退，其中似乎还有些传奇色彩，但很多的是身历和心得之谈，即如由出发以至登陆这一段，就是给高谈专门家和唠叨主义者一个大教训"。[②]

富尔曼诺夫于1923年发表的长篇小说《恰巴耶夫》是他的主要代表作，也是苏联无产阶级文学的代表作之一。

作者在苏联文坛素以艺术编年史家著称。这部小说和他以前的创作一样，具有历史的真实性。它取材于不久前的国内战争，以亲身经历为基础，作者本人和书中主人公都是红军第二十五师的指挥者和战士。但它并不是那种写真人真事的传记或纪实文学，而是一部把历史的真实与巨大的艺术概括密切结合在一起，具有鲜明的典型化和个性化的文学创造。它再现了20年代初国内战争时期急速而动荡的历史风云——游击队、纺织工人的志愿部队、农民群众和红军指战员同白卫军的尖锐而复杂的斗争，艺术地揭示了闻名遐迩的恰巴耶夫率领将士在东线抗击高尔察克匪徒的英雄

[①] 福建师范大学中文系编选：《鲁迅论外国文学》，外国文学出版社1982年版，第190页。

[②] 同上。

业绩,深刻地反映了革命对人的改造作用和思想政治工作的巨大意义。

小说的中心人物是恰巴耶夫。他早就是一位民间传奇式的英雄人物,在沙皇时代备尝艰辛,同广大苦难农民有着同样的经历与命运。十月革命胜利后,他成为红军的一位师长。书里的恰巴耶夫这个形象,主要是通过作为师政委和叙述人的克雷奇柯夫的认识、评价和理解逐步展开,以克雷奇柯夫同恰巴耶夫的相见为叙述起点,以后者的牺牲为故事的结束。小说没有采取通常那种以人物性格的逻辑发展来建构情节的手法,这是小说结构上的一大特色。在恰巴耶夫出场之前,克雷奇柯夫从格里沙那里已经听到关于他的传奇故事。见到他以后,却发现他是"一个平常的人,瘦瘦的个子,中等身材,看上去力气不大,一双纤细的、几乎和女人一样的手",等等。这不像克雷奇柯夫所听到所想象的那种样子。在初次接触中,发现他同那些带有江湖习气的部下相处得都很随便,如同一家人,只是他与他们不同,已经有了一些修养,外表并不那么粗鲁,好像"一匹草原上的野马,自己系上了缰绳"。只是他的部下"热爱他和尊重他"。在进一步认识他后,发现他是一位充满信心、沉着应变、足智多谋、英勇善战的将领;他关心部下的生活,和他们同甘共苦,出生入死;他善于动脑子,调查研究,了解情况,仔细研究军事地图,从而能够作出准确的判断和周密的部署,并在米欣斯卡亚、乌法等战役中克敌制胜,显示出他高超的指挥才能。

对于恰巴耶夫这样一位叱咤风云、战功赫赫的英雄人物,富尔曼诺夫并没有美化拔高他,而是遵循生活的真实,按照现实主义方法,把他描绘成一个有诸多缺点和失误的活生生的人,如他的自由散漫,游击习气,无政府主义和平均主义的倾向,喜欢奉承和任性等。至于如何描写恰巴耶夫这个形象,富尔曼诺夫有过疑虑,在自己的日记中曾写道:"我是如实地描写恰巴耶夫,连他的一些细节,一些过失,以及整个人的五脏六腑都写出来呢?还是像通常写作那样,创造一个虚构的人物,也就是说,虽然形象还鲜明,但是把许多方面都割弃掉呢?我倾向于前者。"[①] 正是这种"五脏六腑"的真实描写,揭示人物的成长过程的完整性和复杂性,使主

---

① 《论写作》,苏联作家出版社辑:《富尔曼诺夫的书信札记》,张守慎译,人民文学出版社1955年版,第234页。

人公成为苏联这一特定历史时期农民群众的典型代表，而且具有生活气息和时代意义。

《恰巴耶夫》中的政委克雷奇柯夫这个形象，是国内战争时期具有高度政治思想觉悟和修养的红军指挥员的卓越代表，他在书中同恰巴耶夫的形象相辅相成，相互辉映。克雷奇柯夫以各种灵活的方式，对恰巴耶夫及整个部队做了大量耐心细致的思想政治工作，启发他们的觉悟，培养他们的无产阶级思想意识，使他们认识革命组织纪律性的重要意义，规劝他们抛弃过去的游击习气和不良习惯。克雷奇柯夫在这样做的时候，从不以教育者自居，从不损害他们应有的自尊心。恰巴耶夫对克雷奇柯夫开始时不怎么信任，不怎么友好，但在后来便事事找他商量讨论，建立了密切的关系和革命的友谊。当得知政委要调离该师时，他坚决请求上级把政委留下来，并深情地对克雷奇柯夫说道："感谢你给我的一切，你教了我不少东西。"而克雷奇柯夫本人在工作中也是一个受教育者，不仅得到了锻炼，也学会了包括指挥打仗在内的许多东西，了解到了自身的弱点。这是小说在表现无产阶级和农民群众之间密切关系和新人成长历程方面的成功之处。两个中心人物都写得栩栩如生。如果说小说还有什么缺点与不足，那就是人物的内心世界发掘不够，形象的外在表现较多。

1923年富尔曼诺夫刚结束《恰巴耶夫》的创作，便开始写长篇小说《叛乱》（1925）。这篇小说仍然取材于国内战争。与《恰巴耶夫》不同的是，其主人公就是作者富尔曼诺夫自己。作品的中心事件是达尔维纳（今阿拉木图）红军第二十七步兵团一个混合营拒不执行前线军委会命令，于1920年6月间发动叛乱。事前，土尔克斯坦革命军事委员会有所警觉。以富尔曼诺夫为代表的二十余人被派往那里工作，最后竟被叛军头目关在牢房里。他们临危不惧，经过七天的艰苦工作与斗争，由于广大士兵不同意迫害他们，敌人的阴谋才告破产，事变得以用不流血的方式平息。这是一部盛赞共产党人大无畏革命精神的作品。

（原载吴元迈主编《20世纪外国文学史》第一卷，译林出版社2004年版）

19 世纪末至 20 世纪初的俄国文学批评

19 世纪末至 20 世纪初（1883—1917）是俄国人民解放运动的第三时期——无产阶级时期。列宁在《纪念赫尔岑》（1912）一文里，曾用"风暴"这个词来形容和概括这一时期的特点。他说："风暴是群众自身的运动。无产阶级这个唯一彻底革命的阶级，起来领导群众了，并且第一次唤起了千百万农民进行公开的革命斗争。第一次风暴是在一九〇五年。第二次风暴正在我们眼前开始增长。"① 正是在时代的革命风暴中，以普列汉诺夫和列宁为代表的无产阶级和马克思主义者走上了俄国的历史舞台，同沙皇政府、自由资产阶级、民粹派、合法马克思主义、无政府主义等各种各样的政治势力和社会思潮展开了艰苦卓绝的斗争，并最终决定了俄国的历史命运。

文学是社会生活的反映。这一时期文学理论与批评及文学创作领域中，同样呈现出一幅五光十色、异常复杂和矛盾的图画。这一时期俄国文学进程的特点是三种文学思潮和文学流派的共存和斗争，即以托尔斯泰、契诃夫、柯罗连科为代表的批判现实主义，以高尔基为代表的无产阶级革命文学，以及反映俄国社会危机和资产阶级思想危机的现代主义文学。在文学理论与批评领域中，其特点是马克思主义、民粹主义、学院派和现代主义等批评流派的共存和斗争。由于这一时期的文学处于各种社会政治思潮的错综复杂的影响之中，文学批评流派同文学创作流派并不是完全一致、同步。现代主义的各种创作流派，如未来派，并没有形成与之相适应的未来主义文学批评。各大文学批评流派之间，也不只是存在对立和斗争的关系，拿马克思主义文学批评和民粹主义文学批评来说，除了相互的对

---

① 《列宁选集》第 2 卷，人民出版社 1972 年版，第 422 页。

立和斗争外，它们对现代主义文学批评却基本一致采取了批判的立场。

一 马克思主义文学批评的崛起

俄国马克思主义文学批评的形成和发展，是同马克思主义在俄国的传播和发展联系在一起的。

1883年，俄国第一个马克思主义者格·瓦·普列汉诺夫（Г. В. Пеханов，1856—1918）和他的"土地平分社"的民粹派战友阿克雪里罗得、查苏利奇、捷依奇、伊格纳托夫在瑞士日内瓦创立了俄国第一个马克思主义团体"劳动解放社"。他们公开宣布彻底抛弃民粹主义，以现代科学社会主义作为行动指南。他们提出"劳动解放社"有两项任务：第一，把马克思和恩格斯最重要的著作译成俄文，用这种办法传播科学社会主义思想；第二，以科学社会主义和俄国劳动人民的观点来解释俄国社会生活中最重要的问题。普列汉诺夫、查苏利奇等人翻译了马克思和恩格斯的许多重要著作，如《共产党宣言》、《雇佣劳动与资本》、《社会主义从空想到科学的发展》等，出版了《当代社会主义丛书》、《工人丛书》、定期文集《社会民主党人》等，并秘密运回俄国发行。对于"劳动解放社"在俄国无产阶级革命运动中所起的巨大的历史作用，列宁曾指出："俄国的马克思主义是在上一世纪80年代初期的一个侨民团体（'劳动解放社'）的著作中产生的"；[①] "'劳动解放社'建立了俄国社会民主党"；[②] "我们老一辈的同志""为俄国社会民主党奠定了基础，为党在理论上和实践上的发展做了许多事情"。[③]

从1883至1898年俄国社会民主党成立，普列汉诺夫写了许多批判俄国民粹主义，阐述马克思主义基本原理的优秀著作。其中最重要、最有影响的是四部书：《社会主义与政治斗争》（1883）、《我们的意见分歧》（1884）、《论一元论历史观的发展》（1894）和《论个人在历史上的作用

[①] 《列宁全集》第17卷，人民出版社1988年版，第378页。
[②] 《列宁全集》第4卷，人民出版社1984年版，第220—221页。
[③] 同上书，第188页。

问题》（1898）。列宁对《论一元论历史观的发展》一书给予高度评价，认为它"培养了整整一代俄国马克思主义者"。[①] 在反对民粹主义和宣传马克思主义的同时，普列汉诺夫、查苏利奇从历史唯物论出发，发表了评论民粹派作家和阐述马克思主义文艺理论原理的一系列论文，如普列汉诺夫的《格·伊·乌斯宾斯基》（1888）、《斯·卡罗宁》（1890）、《尼·伊·纳乌莫夫》（1897）、《俄国批评的命运》（1897）、《尼·加·车尔尼雪夫斯基的美学理论》（1897）、《没有地址的信》（1899—1900）等；查苏利奇的《我们的当代文学矛盾》（1890）、《谢·米·克拉夫钦斯基》（1901）等，这些论著开了俄国马克思主义文学批评的先河。

除了马克思主义批评的奠基者普列汉诺夫外，查苏利奇的批评著作在马克思主义文学批评史上也占有一定地位。维·伊·查苏利奇（В. Н. Засулич，1849—1919）出生在俄国斯摩棱斯克省一个清贫的贵族家庭。父亲死后，当她三岁的时候，母亲不得不把她寄养在堂姐家里。十七岁那年，她离家到莫斯科一所寄宿中学读书。1863 年，在彼得堡一家装订厂当女工。后来参加民粹派组织的活动，曾坐牢、流放过几年。1878 年因枪击彼得堡市长特列波夫，被迫流亡国外。不久回国参加"土地平分社"。1880 年 1 月，她和普列汉诺夫一起，重新流亡到国外，并创建了"劳动解放社"。后来，担任过《火星报》和《曙光》杂志的编委。从 1903 年到去世，她成了孟什维克。在马克思主义时期，她翻译了马克思的《哲学的贫困》，恩格斯的《社会主义从空想到科学的发展》、《沙皇俄国的对外政策》、《关于俄国的社会问题》等；从 1881 年起就同马克思和恩格斯建立了直接的通信联系，并且写过好几部著作和一系列文章，阐述哲学、美学、国际工人运动史等问题，如《国际工人协会史概要》（生前发表过一部分，1974 年全书出版）、《伏尔泰及其生平和创作活动》（1893）、《让·雅克·卢梭，试论他的社会思想》（1898）。她的文学批评活动主要在 1890 年至 1900 年间，在题材上和思想上，同普列汉诺夫那个阶段的批评论著十分接近。她最初的一些批评文章，如 1890 年的《我们的当代文学矛盾》，力图从马克思主义观点出发，阐明 80 年代俄国文学的特点，并同

[①] 《列宁全集》第 19 卷，人民出版社 1989 年版，第 308 页。

自由民粹派展开争论。她以俄国作家斯列普佐夫的中篇小说《艰难时代》为根据，揭示了自由民粹派的本质，抨击了包包雷金的小说《改弦易辙》对民粹主义与马克思主义的斗争所作的歪曲描写。列宁在文章中谈到这本书时，曾引用过她的精辟看法。她在《谢·米·克拉夫钦斯基》（1901）一文中，对俄国民粹派作家克拉夫钦斯基的长篇小说《地下俄罗斯》和《安德烈·柯茹霍夫》进行了分析，认为它们真实地描写了俄国地下革命者的活动，同时指出它们在艺术上还不够完满等缺点。她作为一个女革命家，同克拉夫钦斯基长期保持友谊关系，她本人就是《地下俄罗斯》的描写对象之一。此外，查苏利奇撰写的论文，如《皮萨列夫》（1900）和《杜勃罗留波夫》（1901），也都受到当时读者的重视，列宁曾经认为她的《皮萨列夫》是一篇优秀文章。

然而，由于普列汉诺夫及其领导的"劳动解放社"的成员大都长期侨居国外，同俄国社会生活缺少直接联系，他们未能把马克思主义与俄国无产阶级革命实践紧密结合起来。在俄国实现这一伟大历史任务的不是别人，正是列宁（В. И. Ленин，1870—1924）。1893年，二十三岁的列宁来到俄国工人运动的中心——彼得堡。1895年，他把彼得堡近二十个马克思主义工人小组统一成了"工人阶级解放斗争协会"，第一次在俄国实现了马克思主义同工人运动的结合。其历史意义正如列宁所说，在于它是依靠工人运动的革命政党的第一个不容忽视的萌芽。虽然普列汉诺夫在80年代给了民粹派观点以沉重打击，但民粹主义在90年代初还得到一部分人的同情。他们继续认为，俄国可以避免资本主义发展的道路，在革命中起主要作用的是农民而不是工人阶级。针对当时马克思主义和无产阶级革命运动中的这一主要绊脚石，列宁于1884年写了《什么是"人民之友"以及他们如何攻击社会民主主义者？》一书，彻底揭穿了民粹派冒充"人民之友"其实是人民之敌的真面目。

同普列汉诺夫一样，列宁在自己的那些批判民粹主义和宣传马克思主义的早期论著中，已开始涉及俄国民族文化问题，指出俄国工人阶级是俄国民族文化的一切民主主义和进步的成分的当然继承者。之后，在列宁创办的第一张马克思主义报纸《火星报》（1900—1903）上，文学批评已占有自己的地位。它曾刊登评论格·乌斯宾斯基和列夫·托尔斯泰创作的文章，以及抗议把高尔基驱逐出下诺夫哥罗德市一事的文章。继《火星报》之后，《无产者报》（1906—1909）、《明星报》（1910—1912）、《真理报》（1912—1914）等报纸越来越经常地发表党的著名活动家和工人通讯员写的论述文艺问题的文章。这些文章对马克思主义文学批评的发展起了重要作用。特别值得指出的是，1905 年，列宁在布尔什维克的第一张合法报纸《新生活报》（同年 10 月 27 日至 12 月 3 日）上，发表了著名论文《党的组织和党的出版物》。这是一篇关于社会主义文学与艺术的纲领性文献。之后，列宁于 1908—1911 年撰写的那组《列夫·托尔斯泰是俄国革命的镜子》等一组著名论文，由于揭示了作家创作中的客观因素和主观因素的辩证统一性、世界观和创作方法的相互联系，而具有普遍的方法论意义。正是这些论著以及与美学问题有关的《唯物主义和经验批判主义》（1909）等哲学论著，揭开了俄国马克思主义文学理论与批评的新阶段，把马克思主义美学思想与文学批评大大推向前进。

在俄国马克思主义文学批评的新阶段中，奥利明斯基（M. C. O. Льминский，1863—1933）是一位重要的文学批评家。1897 年前，他是民粹主义者，后来完全站到了马克思列宁主义立场上，1898 年参加共产党，多次被捕入狱，曾先后担任布尔什维克刊物《前进报》、《无产者报》、《新生活报》、《明星报》、《真理报》的编辑。他尖锐批判梭罗古勃、阿尔志跋绥夫、维尼钦柯等颓废派作家，认为他们的作品是资产阶级意识形态解体这一普遍过程的表现；他捍卫俄国文学的优秀传统，对普希金、谢德林、涅克拉索夫的创作作了不少阐述，但对列夫·托尔斯泰和契诃夫的创作意义估计不够；他提出文学的进步是同工人阶级的革命活动联系在一起的，并对那些诽谤高尔基创作的言论进行了反驳。沃罗夫斯基（B. B. Воровский，1871—1923）是俄国著名的马克思主义文学批评家和始终如一的、坚定的布尔什维主义者。他在文学理论与批评领域中的成就和贡献，虽然不能同普列汉诺夫和卢那察尔斯基（A. B. Луначарский，1875—1938）相比，但是普列汉诺夫晚节不保，而卢那察尔斯基在十月社会主义革命以前，在很多问题上（包括文艺在内）受到波格丹诺夫（1873—1928）的影响，犯有马赫主义和造神说的严重错误，曾受到列宁的批评，其政治、文艺上的成就和贡献主要是在十月社会主义革命胜利之后。邵武勉（С. Г. Щаумян，1878—1918）是俄国无产阶级革命家和马克思主义文学批评家，亚美尼亚人。1900年参加共产党，1903年在日内瓦同普列汉诺夫和列宁第一次相见。1905年回国后在第比利斯主持党的工作。1914年在巴库主持党的工作。1917年十月革命后，担任高加索地区的领导工作。文学批评在他一生中占有重要地位。他认为文学是一种特殊的意识形态，并始终坚持列宁的文学党性原则。1905年，他在高加索的工人日报上详尽地介绍了列宁的《党的组织和党的出版物》，并对资产阶级颓废派进行了批判，他在许多文章中，对西欧和俄国的作家塞万提斯、海涅、莫泊桑、普希金、涅克拉索夫、谢德林、列夫·托尔斯泰、屠格涅夫等的作品都有独到的分析。他从高尔基的创作中看到了新的社会主义文学的萌芽。

在19世纪末的俄国文学批评中，一批"合法马克思主义者"，诸如司徒卢威、柯罗普卡、波格丹诺维奇等，也开始运用社会分析和阶级分析的方法。例如，柯罗普卡认为，"诗人首先是他所属的那个阶级的表现者"；"普希金是自己阶级和19世纪初贵族知识分子的聚焦点"，等等。他们的这种分析显然具有庸俗社会学的性质。

二 民粹主义文学批评的衰落

随着马克思主义文学批评的崛起和自由主义倾向在民粹派运动中日益占据上风，民粹主义文学也越来越丧失其进步性而趋于衰落。俄国民粹主义文学批评是民粹主义思潮在文学领域的表现和运用，它是以主观社会学，突出个人在历史上的作用的唯心史观为其理论基础的。普列汉诺夫、查苏利奇等俄国马克思主义批评家在20世纪80年代同民粹主义批评的错误倾向进行了坚决斗争，使它在俄国进步思想界和知识青年中日益丧失影响。一些民粹主义批评家非但没有从马克思主义者的批评中吸取应有的教训，反而对马克思主义学说采取了极为错误的否定态度。米哈伊洛夫斯基在《略论当代小说》（1899）一文中企图证明，一个艺术家如果把自己的命运同马克思主义联系在一起，他的才华就会被扼杀。普罗托波波夫（М. А. Протопопов，1848—1915）在《最新形态的小说家》（1900）一文中，在评论魏列萨耶夫和高尔基的创作时，竟把马克思主义与尼采主义相提并论，混为一谈。

90年代民粹主义文学批评的主要代表人物是文盖罗夫和伊凡诺夫－拉祖姆尼克。谢·阿·文盖罗夫（С. А. Венгеров，1855—1920）作为俄国文学史家，其观点接近俄国文化史派。他著有《俄国文学及其当代代表者》（1875）、《最新俄国文学史（从别林斯基到今天）》（1885）、《俄国文学的英雄主义性质》（1911）、《19世纪俄国文学的诱人之处在哪里?》（1912）等。他以大量材料证明，俄国文学从来都不局限于纯艺术的兴趣，而是经常关注它的社会含义。他认为，19世纪俄国文学具有"英雄主义性质"，并以此观点具体分析了屠格涅夫的创作。对于文盖罗夫来说，俄国文学或是"革命的理想"，或是"对革命的召唤"。1899年他曾因观点"左倾"而被彼得堡大学停止讲授俄国文学史。然而，在文盖罗夫的文学史研究中却竭力反对运用马克思主义的阶级分析方法，并错误地提出，立宪民主党的文集《路标》（1909）表现了"俄罗斯对真理的巨大忧虑"。这同列宁关于该文集是"自由主义的背叛行为"的评价，形成了鲜明的对照。总的来说，民粹派批评家对俄国颓废派、现代派的批判是相当严厉的，并且反对它们对革命民主主义文学批评的歪曲。例如，米哈伊洛夫斯基的《法国象征主义的俄国表现》（1893）和斯卡比切夫斯基的《当代文学短评》（1893），都对梅列日科夫斯基、吉皮乌斯等人诗歌中的神秘主义、唯心主义倾向进行了尖锐的批评。唯有文盖罗夫的《论现代主义》（1909）是个例外。虽然他在民主主义、公民性等问题上同沃伦斯基、艾亨瓦尔德等人争论过，捍卫和坚持了别林斯基的美学思想，但在该文里却替颓废派辩护，甚至主张在浪漫主义的思想基础上，把高尔基的创作同颓废派、现代派结合起来，以建立某种"新浪漫主义"。

伊凡诺夫－拉祖姆尼克（Иванов-разумник，1878—1964）于1904年发表第一篇鼓吹民粹主义观点的文章《米哈伊洛夫斯基》。他的主要论著有两卷集《俄国社会思想史》（1908）、《文学和社会舆论》（1911）、《列夫·托尔斯泰》（1912）等。他依据民粹派主要理论家拉甫罗夫鼓吹的"英雄创造历史"的唯心史观，把俄国社会思想史看成英雄个人的历史，把19世纪俄国文学史看成俄国知识分子的历史。他对知识分子阶层不作任何社会分析，把知识分子看作同市侩势力作斗争的"超阶层"、"超阶级"的精英集团。他认为俄国文学历史进程的基本内容就是知识精英同市侩势力的斗争，而马克思主义是有害于人的个性解放的。十月革命之后，伊凡诺夫-拉祖姆尼克成了左派立宪民主党人。他的文学批评著作虽然具有较丰富的史料价值，但由于其唯心主义的历史观而往往得出反历史主义的错误结论。

三 现代主义文学批评的滥觞

俄国现代主义文学批评是俄国资产阶级意识形态深刻危机的表现，其哲学基础是尼采和叔本华的唯心主义以及不可知论和神秘主义。它打着同"粗糙唯物主义"、实证主义、自然科学世界观作斗争和创造"新艺术"的旗子，走上俄国批评舞台。现代主义文学批评就其表现形式而言，十分庞杂，如"哲学批评"、"直觉主义批评"、"象征主义批评"、"宗教批评"等。然而，尽管现代主义文学批评形形色色，但它们具有共同的特点：拒不承认文学与生活的联系，反对俄国革命民主主义文学批评的现实主义与人民性的原则，崇拜非理性，主张作家创作的绝对自由。虽然他们强调主观意识、创作个性、艺术形式的作用，仍是有意义的，但经常把这些问题绝对化。

阿·列·沃伦斯基（А. Л. Волынский，1863—1926）是所谓"哲学批评"的始作俑者。1893—1895年，他在《北方导报》上发表了一组纲领性文章，于1896年编成《俄国批评家》一书出版。他在该书中把别林斯基、车尔尼雪夫斯基、杜勃罗留波夫和皮萨列夫的批评归结为"政论式批评"，指责他们犯了"功利主义"和狭隘公民性的错误，认为俄国迄今为止既不存在真正的哲学也不存在真正的批评，只有"依据某种唯心主义类型的哲学概念体系"的批评，才是"真正的批评"；而且提出"艺术只能对哲学家的不断探索的思想吐露它的奥秘，因为哲学家可以在直观的陶醉状态中把有限的事物同无限的事物联系起来，把在诗的形象中流露出来的心理情绪同世界发展的永恒规律联系起来"。根据这一"哲学批评"的原理，他称普希金是俄罗斯心灵、爱情、悲伤的歌手，而不是现实主义诗人。他对陀思妥耶夫斯基的艺术风格虽有一些敏锐、中肯的分析，却把他的创作思想倾向归结为宗教神秘主义。沃伦斯基的"哲学批评"的实质，正如普列汉诺夫在《俄国批评的命运》（1897）一书中所说，它是一种主观的、唯心主义的批评。

同沃伦斯基一样，瓦·瓦·罗扎诺夫（В. В. Роэанов，1856—1919）在《俄国批评发展的三个阶段》（1892）里，对别林斯基和杜勃罗留波夫的批评原则也持否定的态度，相反，却认为格里戈里耶夫和斯特拉霍夫的新斯拉夫派与土壤派的批评具有广阔前景。他宣称，俄国批评经历了三个阶段：美学批评（以别林斯基为代表）、道德批评（以杜勃罗留波夫为代表）和科学批评（以格里戈里耶夫为代表），而未来的批评则应关注作家的"深刻个性"，把文学看作是"一系列个体世界"的生动体现。他对车尔尼雪夫斯基关于俄国文学的果戈理派的卓越论述不以为然，并在一系列论述果戈理的文章中，公开否定果戈理的创作，以及格里鲍耶陀夫、冯维辛等的讽刺作品的意义。他认为果戈理不是"自然派"即现实主义的主要代表，果戈理的批判倾向未能回答俄国思想界的精神探索，19世纪下半叶的俄国文学不是发展而是否定了果戈理创作的批判倾向。罗扎诺夫对待果戈理的这种态度，却受到"路标派"的赞扬。例如，宗教哲学家、"路标派"的代表之一尼·阿·别尔嘉耶夫（Н. А. Вердяев，1874—1948），在《俄国革命的灵魂》（1918）一文里曾写道：罗扎诺夫第一个在俄国文学史上感到了"果戈理的可怕"；罗扎诺夫"不喜欢果戈理，并怀着一种恶感来描述他"。罗扎诺夫虽然对陀思妥耶夫斯基的《罪与罚》和列夫·托尔斯泰的《安娜·卡列尼娜》中的批判倾向不无兴趣，但他更为重视的是这两位作家在小说中所表现的宗教探索精神，并称他们都是基督教作家。他认为，每一个人乃至每一个民族的精神发展都会经历如下三个阶段："直接的原始的明确性、堕落、复活。"如果说陀思妥耶夫斯基的同时代作家，如冈察洛夫、屠格涅夫、奥斯特洛夫斯基、列夫·托尔斯泰还停留在表现民族精神的第一阶段上，那么陀思妥耶夫斯基的"全部作品则致力于表现第二个阶段及指出其出路"。① 罗扎诺夫在《关于陀思妥耶夫斯

---

① 《罗扎诺夫文集》，莫斯科：苏维埃俄罗斯出版社1990年版，第174页。

基的宗教大法官的神话》（1894）中，还极为武断地声称陀思妥耶夫斯基是人类本质的非理性的捍卫者。他认为，宗教大法官是暴力、奴役的象征，他集中体现了19世纪俄国"虚无主义"和激进主义思想，而这种思想在生活中的体现就是《群魔》中的革命者。

作为俄国唯心主义哲学和现代主义批评的代表人物之一的康·尼·列昂季耶夫（К. Н. Леонтьев，1831—1891），明确反对俄国现实主义文学批评，特别是反对杜勃罗留波夫的"现实批评"原则。在他看来，各种文学流派的形成仅仅取决于它们的美学成就，而可以不涉及思想内容。文学分析就是文学作品的形式分析。从这个角度看，列昂季耶夫是20世纪俄国形式主义的先驱者之一。他在《分析、风格、时尚》（1890）中提出，"外部手法"具有"巨大的内在意义"，作品中存在的几乎全部是某种非意识的、深刻的东西，而它们正是以其惊人的鲜明性表现在外部手法、语言流程以及韵律和词语的选择之中。他认为，在《战争与和平》和《安娜·卡列尼娜》的小说风格中，以及在主人公精神生活的结构和心理分析的形态中，充满了一种同样的精神生活的快速节奏和当代的复杂性，而这样的精神生活同托尔斯泰在史诗里所表现的那个遥远时代（1812年卫国战争）并不适应。"过分的现代形式"同"伟大的内容"并不适应，而这种不适应来源于"过多的心理分析"。在宗教哲学文集《东方、俄罗斯与斯拉夫主义》（1885—1886）中，列昂季耶夫对西欧资本主义文明持否定态度，认为这种文明使人的个性平庸化，已趋于衰亡的阶段。他认为，俄罗斯要避免资本主义的罪恶文明，就只能从复兴拜占庭文化，巩固君主政体和教会制度，振兴民族精神中寻找出路。从这一保守倒退观点出发，他对俄国民主主义文学、果戈理倾向、巡回展览画派的绘画均持否定态度，认为文艺应当表现"现实生活的理想的、优雅的、美好的方面"。尽管如此，对列昂季耶夫的文学批评的某些合理内核，如肯定艺术形式是有内容性的形式，托尔斯泰的小说的"艺术表现力"可以"违背他的错误思想倾向"，以及对托尔斯泰小说风格和审美特征的细致比较分析等，仍然富于启迪意义。

俄国直觉主义文学批评的代表人物是尤·伊·艾亨瓦尔德（Ю. И. Айхенвальд，1872—1928）。他的《俄国作家剪影》（1906—1910）是一部宣扬创作非理性的集大成之作。书中提出的"文学不是反映生活，而是创造生活"的命题，是对俄国现代主义创作的纲领性概括。它同勃留索夫在《秘密锁钥》（1904）这篇现代主义文学代表作中声称的"艺术从来不是复制现实，而是使现实改观"的论点如出一辙。艾亨瓦尔德评论了从巴丘什科夫到契诃夫这一时期的许多作家，但从不涉及他们具体的历史环境。他认为美学不可能成为一门科学，不可能为批评制定客观的标准，不可能知道要研究什么和谈论什么，并且指出泰纳等文化史派企图按照自然科学的格式建立文学科学，是不会有任何结果的。了解一个作家根本不必了解他的时代，甚至也不需要了解他的生平，应该了解的只是他如何进行写作；作家不是社会的产物，也不是别人的意志所能左右的，作家就是他自己，他继承上帝的事业。

尼·明斯基（Н. С. Мережковский，1855—1937）是俄国"宗教批评"的创立者之一。他的《古老的争论》（1884）一文是俄国现代主义创作的重要宣言。他公开宣扬个人主义和宗教意识，认为人对理想和不可实现的东西的追求，乃是一种认识上帝的愿望。他经常以宗教教义的精神解释作家的创作。

在俄国现代主义文学批评中，象征主义批评是最重要的、最基本的，也是最大的批评流派。其主要代表人物是德·谢·梅列日科夫斯基（Д. С. Мережковский，1866—1941）。他的小册子《论现代俄国文学衰落的原因及新流派》（1893）既是象征主义批评也是现代主义批评的主要文献之一。它不仅批评实证主义和自然主义，否定左拉的创作，而且错误地评价了19世纪俄国文学，似乎19世纪俄国文学是由于具有宗教探索精神才成为文学的最高典范，似乎只有信仰上帝才是走向真实、正义和美的唯一途径。梅列日科夫斯基认为，俄国古典的现实主义和革命民主主义文学批评已经衰落，文学的出路在于走向象征。现代主义的"新艺术"应由三个主要因素组成，即"神秘的内容、象征和艺术感染力的扩展"。他在《列夫·托尔斯泰和陀思妥耶夫斯基生平和创作》（1900）与《托尔斯泰和陀思妥耶夫斯基的宗教》（1902）这两本书里以宗教哲学的观点探讨了两位作家的创作，并把他们的创作归结为"基督教—多神教"这一公式，而置他们创作的社会历史根源于不顾。他还从"新宗教意识"的角度审视了契诃夫和高尔基的创作。梅列日科夫斯基敌视俄国革命,把革命视为"未来的下流人"、"魔鬼"、市侩、庸俗势力的泛滥,并于十月革命后流亡国外。

弗·谢·索洛维约夫(В. С. Соловьев,1853—1900)是唯心主义宗教哲学家和现代主义批评家。他公开反对唯物主义,认为它是哲学的最低阶段。在《自然中的美》(1899)和《艺术的一般意义》(1890)中,他把矛头指向车尔尼雪夫斯基的"美是生活"的著名命题,并从哲学角度论证美可以拯救世界,美是一种真正改造世界的力量和一种善的可感形式。美既可以是神赐天惠的直接体现,又可以是从神到世界精神,再到自然和人的中介和桥梁。艺术更是体现人世间完美和永恒的真与善的手段。艺术作品是"对任何事物和现象从其终极状态或未来世界的观点出发所作的任何鲜明的描写"。① 因此,在这个意义上,艺术家也是预言家。他在《普希金的命运》(1897)一文里,提出命运是必然的和不可抗拒的,正是命运使普希金通过决斗、死亡走向接受上帝这条捷径。这显然是对诗人之死的莫大歪曲。他在《关于纪念陀思妥耶夫斯基的三次讲话》(1881—1883)里,首次在俄国文学史上企图把陀思妥耶夫斯基看成纯粹的神秘主义者、宗教哲学家、预言家和人类的基督教领袖。索洛维约夫的宗教哲学观和美学观对俄国象征主义诗人和现代主义批评家产生了深远的影响。

1905年俄国第一次资产阶级民主革命失败后,先前的社会主义者、"合法马克思主义者"司徒卢威、别尔嘉耶夫、布尔加科夫等人,"已经同民主派的最基本思想、同最起码的民主倾向决裂了",②向着反对革命的方面转变。他们于1909年出版的文集《路标》就是他们彻底背叛俄国解放运动和俄国民主派传统的明证。《路标》文集的出版,受到了沃伦斯基、罗扎诺夫等现代主义批评家和宗教哲学家的狂热欢迎。正如列宁所一针见血指出的,"《路标》是俄国立宪民主主义和整个俄国自由主义同俄国解放运动及其一切基本任务和一切根本传统实行彻底决裂的道路上的最醒目

---

① 《19世纪末20世纪初俄国文学批评文选》,莫斯科:高等学校出版社1982年版,第279—280页。
② 《列宁全集》第19卷,人民出版社1989年版,第170页。

的路标"。①

在文学批评方面，"路标"派的错误也极其明显。例如，布尔加科夫等肆意歪曲和诋毁俄国革命民主派在俄国解放运动史和思想发展史上的地位和作用，认为别林斯基、车尔尼雪夫斯基、杜勃罗留波夫并非革命民主派，而仅仅是"知识分子情绪"的表现者；别林斯基给果戈理的信发表以后的俄国政论历史，"简直是噩梦一场"。弗兰克声称，文艺创作"意味着人性的改善和珍贵的理想在生活中的体现，因此就这方面而言，它自身就是人的活动最高的和独立自在的目的"；"对科学或艺术的功利主义评价，只会破坏它们之所以称为科学或艺术的本质"。《路标》的作者们对拉吉舍夫、普希金、莱蒙托夫、果戈理、屠格涅夫、谢德林、契诃夫等俄国著名作家的创作都作了片面的、错误的评价，企图证明这些作家的创作的意义不在于揭露俄国的黑暗现实和表现人民争取解放的革命情绪，而在于暴露俄国革命的阴暗灵魂和俄国人民的矛盾性格。别尔嘉耶夫在《俄国革命的灵魂》（载 1918 年出版的《路标》的续集《来自深处》）一文中，对比分析了果戈理、列夫·托尔斯泰和陀思妥耶夫斯基的创作，认为在他们的笔下的人物形象和道德评价中"可以找到革命给我们祖国带来的那些灾难和不幸的谜底，可以了解那些控制了革命的灵魂"。② 在他看来，果戈理是"俄国最神秘莫测的作家之一"，"他艺术地表达了阴暗的、凶恶的、魔幻的力量的作用"；在俄国经历了各种改革和革命之后，仍然到处充斥着果戈理笔下的死魂灵和钦差大臣之类的人物，这就证明别林斯基、车尔尼雪夫斯基、杜勃罗留波夫的批评学派及其追随者"没有看出伟大俄罗斯文学的内在含义，也无力评价它的艺术发现"。别尔嘉耶夫不接受列夫·托尔斯泰在《复活》等后期作品中对俄国专制制度、教会所作的那种清醒的现实主义批判，而且把托尔斯泰看作反社会的极端无政府主义者和破坏俄罗斯国家的罪人。与此同时，别尔嘉耶夫则竭力称赞陀思妥耶夫斯基是"真正的俄罗斯民族的天才"和"伟大的心理学家"，说他的创作是"人本主义的发现——人的深处的发现"，认为他"从人的精神生活及其思想

---

① 《列宁全集》第 19 卷，人民出版社 1989 年版，第 168 页。
② 《来自深处》文集，莫斯科：新闻出版社 1991 年版，第 52—53 页。

辩证的内部揭示恶与罪恶精神","发现俄国革命是一种形而上学的和宗教的现象,而不是政治与社会的现象"。① 这就是说,拯救俄国的出路不在于社会革命,而在于"忏悔一切罪过",重建宗教信仰。这不免失之偏颇。

1905年俄国革命失败后,"寻神论"、"造神论"的思想情绪不仅盛行于自由主义艺术知识分子之间,而且波及某些社会民主党人,诸如卢那察尔斯基、巴扎罗夫等,他们一度鼓吹社会主义学说应该与宗教结合起来,这受到了列宁、普列汉诺夫的严厉批判。

总之,《路标》派反映了一部分资产阶级自由派知识分子的思想情绪。他们在俄国第一次革命失败后急剧向右转,背叛了俄国民主派的革命传统,把政治上的背叛行为同哲学上的唯心主义、不可知论,文学批评和美学上的唯美主义、直觉主义、神秘主义与颓废派艺术,几乎完全结合在一起了。

(原载刘宁主编《俄国文学批评史》第21章,上海译文出版社1999年版)

---

① 《来自深处》文集,莫斯科:新闻出版社1991年版,第60页。

普列汉诺夫的文学批评

格·瓦·普列汉诺夫（Г. В. Плеханов，1856—1918）是俄国第一个马克思主义者和俄国无产阶级政党——俄国社会民主党的创始人之一，也是俄国第一个马克思主义文艺理论家和批评家。值得指出的是，普列汉诺夫在没有看到马克思、恩格斯的一系列重要文艺论著（如论述现实主义的著名书简等，20世纪30年代才首次公之于世）的情况下，独立地从马克思主义观点阐述了文艺理论和批评中的许多问题。从这个意义上看，普列汉诺夫是欧洲各国早期马克思主义文艺理论家和批评家中最优秀的代表之一。正如鲁迅所说，他"是用马克思主义的锄锹，掘通了文艺领域的第一个"；① 他"所遗留的含有方法和成果的著作，却不只作为后人研究的对象，也不愧称为建立马克思主义文艺理论，社会学底美学的古典底文献的了"。② 同时，普列汉诺夫也是俄国革命民主主义文学批评和俄国马克思主义文学批评的中介和桥梁。他在很多方面继承和发展了别林斯基、车尔尼雪夫斯基和杜勃罗留波夫的文学思想和文学批评的优秀传统，创造性地把马克思主义文艺理论运用于俄国文学批评，从而开辟了俄国文学批评史的新纪元。

普列汉诺夫的生活道路是十分复杂、矛盾和曲折的。从1875年至1881年他是俄国民粹派，从1882年至1883年，是他从民粹主义者转变为马克思主义者的时期，从1883年至1903年这二十年是他的马克思主义时期，亦即他一生的黄金时代。"他写了很多卓越的著作"，如《论一元论历史观的发展》、《论个人在历史上的作用问题》、《俄国社会思想史》等，其"个人功绩……是很大的"（列宁语）。但普列汉诺夫从

---

① 《鲁迅译文集》第6卷，人民文学出版社1958年版，第610页。
② 《鲁迅全集》第4卷，人民文学出版社1957年版，第206页。

1903年以后成了孟什维主义者，第一次世界大战期间成为社会沙文主义者，坚决反对十月社会主义革命，背叛马克思主义和工人阶级，直到去世。同时也不能不看到，从1903年倒向孟什维克一边后，他的立场的复杂性和矛盾性。正如列宁所说：他在孟什维克中间，"采取了**一种特殊的立场**，有好多次脱离了孟什维主义"。1905年革命失败后的一段时间，他基本上又回到马克思主义立场上来，同列宁的布尔什维克派建立护党联盟，共同进行反对取消主义的斗争，批判马赫主义、造神主义、寻神主义等形形色色的唯心主义。之所以需要特别指出这些事实，不仅为了全面评价他的孟什维主义时期的政治活动和理论活动，也是为了全面地把握他的文艺活动；更不能因为政治问题笼统地否定其孟什维主义时期的文艺成就，而这种情况在过去的研究中是曾经发生过的。事实上，1903年后他仍然写了不少优秀的和比较好的文艺论著，如《从社会学观点论18世纪法国戏剧文学和法国绘画》（1905）、《无产阶级运动和资产阶级艺术》（1905）、《亨里克·易卜生》（1906）、《工人运动的心理（高尔基的〈仇敌〉）》（1907）、《杜勃罗留波夫和奥斯特洛夫斯基》（1911）和《艺术与社会生活》（1912—1913）等。同样，不应该而且也没有必要回避他在马克思主义时期写的那些文艺论著的缺点与错误，更不应该把他看作马克思主义文艺理论和批评的奠基人或最高权威，而这种情况在过去的评论中也是曾经发生过的。一句话，对普列汉诺夫的文学理论与批评应采取充分的历史主义的原则和实事求是的态度。普列汉诺夫逝世不久，1921年1月列宁曾指出："不研究——正是**研究**——普列汉诺夫所写的全部哲学著作，就**不能**成为一个觉悟的、**真正的**共产主义者，因为这是整个国际马克思主义文献中的优秀著作。"又说："我认为工人国家应当对哲学教授提出要求，要他们知道普列汉诺夫对马克思主义哲学的阐述，并且善于把这种知识传授给学生。"[①] 列宁对普列汉诺夫哲学著作的这种论述，也完全适用于他的文艺著作。

[①]《列宁选集》第4卷，人民出版社1972年版，第453页。

一　普列汉诺夫的美学与文学观

在各国早期的马克思主义文艺理论家和批评家当中，普列汉诺夫对文艺问题涉及最广，而且作了长期的专门研究。据他领导的俄国第一个马克思主义团体——"劳动解放社"成员阿克雪里罗得的回忆，普列汉诺夫早就立志要"从唯物主义史观来研究艺术哲学"，"写一本美学方面的专著"。从19世纪80年代末起，他流亡国外期间便开始着手这一艰巨工程。阿克雪里罗得本人曾从伯尔尼和欧洲其他图书馆将"一大包一大包的美学书籍寄到内日瓦"给他。阿克雪里罗得还写道："普列汉诺夫逝世前三个月左右，可以看得出来，他在给自己的一生作总结。他极其遗憾地表示，他已来不及研究他所积累的艺术问题的全部资料和完成他所希冀写的著作。"① 然而，尽管他未能如愿以偿，但在一系列论文和有关著作中，阐述了原始社会艺术状况以及艺术起源、艺术特点、审美概念的形成，内容和形式的相互关系，文学倾向性、思想性、人民性，艺术生产的不平衡性，现实主义、浪漫主义、颓废派，文艺批评的标准，无产阶级艺术的形成和特点等许多根本性问题；探讨了阶级社会艺术的发展特点和规律、古代和中世纪的文化史、俄国文学史、欧洲各国（法国、意大利、德国、英国、波兰）的文艺史，特别是18世纪以来法国文艺思潮和流派的变迁，以及达·芬奇、莎士比亚、巴尔扎克、福楼拜、左拉、易卜生、汉姆生、果戈理、屠格涅夫、涅克拉索夫、列夫·托尔斯泰、俄国民粹派作家、高尔基等的创作，留下了许多卓越篇章。从某种意义上说，他实际上完成了"艺术哲学"及其历史的宏伟工程。

普列汉诺夫的"艺术哲学"既不同于形形色色的唯心主义艺术学，也不同于他之前的机械唯物主义艺术学和欧洲及俄国文艺学中的文化历史学派。虽然他曾高度评价欧洲和法国文化历史学派主要代表人物泰纳的成就和贡献，但对泰纳以实证主义为基础的艺术学是有所批评的，认为泰纳不懂社会发展及其"潜在的力量"，只有"一半是……历史的"。对泰纳提

---

① 阿克雪里罗得：《随笔与回忆》，列宁格勒，1925年版，第33—34页。

出的"环境、时代、种族"三要素也不完全同意。拿种族这一要素来说：普列汉诺夫指出，种族的理论不能解释作品人物的行为和心理的动因。他在《斯托克曼医生的儿子》一文中写道："问题不是在于种族，而是在于使我们的主人公如此憎恨人类的那些社会生活和个人生活的情况。"① 作为普列汉诺夫的"艺术哲学"的基础，显然是马克思、恩格斯的历史唯物主义。正如他自己在1899年所明确表示的那样："我深深地确信，从今以后，批评（更确切些说，美学的科学理论）只有依据唯物史观，才能向前迈进。"②

（一）艺术起源

要不要从唯物史观出发考察文艺，这是马克思主义文艺理论与批评同以往的文艺理论与批评的分水岭。虽然19世纪文艺学中的文化历史学派的功劳很大，但其历史主义毕竟是不充分和不彻底的。要想科学地解决文艺问题，首先不能不对艺术起源这个关键问题作出回答。这既是建立历史唯物主义艺术学的客观需要，也是历史唯物主义研究的继续和组成部分之一。普列汉诺夫的"艺术哲学"行程从艺术起源开始还在于，长期以来，关于艺术起源的问题众说纷纭，莫衷一是，而马克思主义文艺理论奠基人的论著涉及又不多。正如鲁迅所说：普列汉诺夫"想由解明原始民族的艺术，来担当马克思主义艺术论中的难题"。1899—1990年，普列汉诺夫发表了一系列关于艺术起源及其本质的论文，这就是后来编辑成书的那部具有世界影响的名著《没有地址的信》。他依据大量材料，其中包括那个时期出版的几乎全部俄文和各种欧洲文字的人种志学方面的文献，从历史唯物主义出发，通过对原始社会的乐器、诗歌、绘画、舞蹈、装饰等的详尽考察，检验了迄今为止存在的四种艺术起源说，即自然模仿说、心理物理说、宗教魔法说和艺术游戏说，吸取了它们的合理因素，批判了它们的谬误，从而揭示了原始艺术产生的两个不可辩驳的基本事实：第一，不是游戏先于劳动，不是艺术先于劳动，恰恰相反，这两者同属劳动的产儿；原

---

① 《普列汉诺夫美学论文集》第2卷，人民出版社1983年版，第769页。
② 《普列汉诺夫美学论文集》第1卷，人民出版社1983年版，第344页。

始艺术是被原始的经济状况和生产力状况所直接决定的。第二，原始人起初用功利观点看待事物，然后再转移到审美观点上去；使用价值先于审美价值。至于艺术起源和审美观念之间的关系，普列汉诺夫认为它们难以完全分开，但又不能混为一谈，后者比前者更为复杂。例如，"在原始狩猎社会里，技术和经济并非总是直接决定审美趣味的。往往在那里发生作用的是相当多的各种各样的中间'因素'"。① 艺术起源于劳动，是从艺术产生的最终根源来说的。这里，普列汉诺夫特别强调审美概念、审美趣味同"观念的联想"的复杂联系。"观念的联想"并非普列汉诺夫所首创，是他从达尔文那里援引来的。但他在使用这个术语时，已不完全是达尔文的原意，而是作了发展。达尔文仅仅承认"文明人"具有"观念的联想"，"原始人"是没有的。这是其一。其二，普列汉诺夫认为生物学家不可能回答审美趣味的起源问题，至于"它们的历史发展，即为什么同一人种的各个民族的审美趣味是不同的，生物学家更加无法回答"。在马克思主义文艺理论中，普列汉诺夫第一个批判了把艺术起源、审美概念和审美趣味的形成归结为生物本性说的错误，并直接否定了达尔文提出的动物也具有审美意识的观点，认为"它的起源必须在观念的一种非常复杂的联系中去寻找，而不要在跟它显然没有一点儿（直接的）关系的生物学规律中去寻找"。② 由此可见，普列汉诺夫所理解的"观念的联想"不仅在运用范围上不同于达尔文，而且在实质上也不同于他。因此普列汉诺夫说："达尔文在社会问题上远不是'sattelfest'（'根底扎实'）的"，而历史唯物主义的研究领域"恰恰开始于达尔文主义者的研究领域终结的地方"。③

（二）阶级社会的艺术

如果说，原始艺术直接反映原始的生产力状况和物质生活条件的状况，那么人类的文明社会或阶级社会的艺术是否仍然如此呢？其实，在普列汉诺夫看来，原始社会末期由于生产力的发展、穷人与富人的对立开始

---

① 《普列汉诺夫美学论文集》第1卷，人民出版社1983年版，第430页。
② 同上书，第316—319页。
③ 同上书，第318页。

出现、人与人的关系变得复杂化，原始艺术已经受到一系列"中间因素"的影响，如神话，魔法、图腾崇拜等。人类进入阶级社会后，艺术同生产力的状况和物质生活条件的状况的直接联系"大大地模糊起来了"，然而，"这个事实好像是反对唯物史观的，其实是唯物史观的辉煌证实"。

与罗士科夫、舒里亚季柯夫、弗里契等一批以"经济弦线为生的"庸俗社会学者不同，普列汉诺夫指出："抱有直线观点的人看到了社会生活中所取得的毋庸置疑、迅速发展的成就，看到了现代法国技术发展和共和制胜利，但他们怎么也无法理解，为什么这些成就没有同法国文学领域中的成就相适应。试比较一下吧，法国社会生活的进步导致法国资产阶级的腐朽，法国资产阶级的腐朽以法国思想的停滞反映在文学中，抱有直线观点的人会对你的'粗糙的唯物主义'表示愤怒，但他是以形而上学者中的形而上学者来指责你倾向于形而上学者。"① 也就是说，庸俗社会学者在指责别人是形而上学者的时候，殊不知他自己却陷入了形而上学的泥坑。马克思说过，艺术的繁荣时代不是与社会的一般发展相适应的，因而也不是与社会的物质基础相适应的。根据卢那察尔斯基提供的材料证明，普列汉诺夫并不知道马克思这一著名论断，但他作出了类似的概括，认为"现代民族尽管有了智力上的一切成就，但却没有产生一部可以超过《伊利亚特》和《奥德赛》的诗歌作品"。② 在《尼·加·车尔尼雪夫斯基》（1909）一书中，他进一步写道："实际上，人类历史运动是这样一个过程，在这个过程中，一个方面的成就不仅仅以这个过程的其他一切方面的按比例发展的成就作为前提，而且有时还直接造成其他某些方面的落后或甚至衰落。例如，西欧经济生活的巨大发展，决定了生产者阶级和社会财富占有者之间的相互关系，它在十九世纪下半期导致了资产阶级以及表现这个阶级的……一切艺术和科学精神的堕落。"③ 显然，这是那些"抱有直线观点的人"所无法理解的。普列汉诺夫告诫他们，一方面不要忘记"经济弦线运动"的"铁的规律"，另一方面又必须懂得"经济弦线"之

---

① 《普列汉诺夫遗著》第1集，莫斯科：社会经济出版社，1934年版，第129页。
② 《普列汉诺夫美学论文集》第1卷，人民出版社1983年版，第345页。
③ 《普列汉诺夫哲学著作选集》第4卷，生活·读书·新知三联书店1974年版，第374页。

上生长着的、包括文艺在内的意识形态的"生动的衣裳"。

经济基础和意识形态的联系不是直线式的，有接近于经济基础的"第一级意识形态"或"低级的意识形态"，像法权等；离经济基础远一些的"高级的意识形态"，像哲学、艺术、宗教等。而且在它之间尚存在"一系列环节"。普列汉诺夫在《马克思主义基本问题》（1907）一书中提出了"五个环节"的公式："（一）生产力的状况；（二）被生产力所制约的经济关系；（三）在一定的经济'基础'上生长起来的社会政治制度；（四）一部分由经济直接所决定的，一部分由生长在经济上的全部社会政治制度所决定的社会中的人的心理；（五）反映这种心理特性的各种思想体系。"① 整个看来，普列汉诺夫的思路是对的，特别是其中提出的"社会中的人的心理"一项，可以说是对马克思的观点的独特发挥，他看到了"人的心理"这种初级形态的社会意识在社会生活中的作用。而这一点对于艺术领域来说，其重要意义更是不言自喻的。同时不能不看到，普列汉诺夫没有看到这些环节之间的相互制约的复杂矛盾关系，而把"思想体系"仅仅归结为人的心理特性的反映，则是片面的和狭隘的。尽管这个公式还不完善，然而重要的是，普列汉诺夫毕竟看到了艺术是一种"离开经济最远的东西"，毕竟看到了生产力状况和艺术之间的"一系列环节"的存在，毕竟看到了艺术同社会中的人的心理的广泛联系，而这些对于击破庸俗社会学的直线观点，即使在今天也仍然没有失去意义。

普列汉诺夫在论述阶级社会的艺术时，十分强调阶级斗争对艺术直接的和多方面的影响。如果说，《没有地址的信》是他关于阶级社会产生以前的艺术状况的概括和总结，那么《从社会学观点论18世纪法国戏剧文学和法国绘画》（1905），《无产阶级运动和资产阶级艺术》（1905）和《艺术与社会生活》（1912—1913）等论著则是他关于阶级社会的艺术状况的概括和总结。他写道："说艺术像文学一样是生活的反映，这虽然也讲出了正确的意见，可是究竟还不十分明确。为了理解艺术是**怎样地**反映生活的，就必须了解生活的机制。在文明民族那里，阶级斗争是这种机制中的最重要的推动力之一。只有考察了这个推动力，只有注意了阶级斗争

---

① 《普列汉诺夫哲学著作选集》第3卷，生活・读书・新知三联书店1962年版，第195页。

和研究了它的多种多样的变化,我们才能够稍微满意地弄清楚文明社会的'**精神的**'历史……"①

第一,他以18世纪法国戏剧文学的嬗变为例,说明那个时代阶级斗争所引起的社会进程的发展变化,如何制约着戏剧文学的思潮、体裁、主人公以及人们审美趣味的发展变化。中世纪法国舞台上占统治地位的是闹剧,它为人民而创作并表现人民的观点、愿望和对上层阶级的不满。从路易十三开始,出现了悲剧。但这一时期的悲剧同人民的观点、愿望和对上层阶级的不满毫无共同之处,它表现的是上层阶级的观点、愿望和趣味,描写的主要人物是帝王将相、"英雄"。随着封建制度的削弱、贵族的衰落和资产阶级的兴起,作为18世纪法国资产阶级肖像的流泪喜剧应运而生,同贵族进行斗争的资产阶级想使喜剧合乎"基督身份",于是开始宣扬自己的道路。到法国资产阶级大革命前夜,资产阶级喜剧迅速让位于古典主义悲剧,因为这个时候它已不能表现资产阶级的革命意向,只好到古代去寻找英雄人物,于是古典主义悲剧又东山再起。不仅如此,普列汉诺夫认为,像法国的戏剧文学一样,那个时代的法国绘画经历着类似的变化,甚至像建筑这门艺术,初看起来同阶级斗争没有关系,"可是建筑亦是和这个斗争密切联系着的","只要看一下柯罗爱侬的《哥特式建筑》一书就可以了"。②这意味着,在阶级社会里,文艺"所表现的是那创造它的阶级认为是好的和重要的东西",是"阶级的趣味和阶级的精神";那种纯粹的、超阶级的、一视同仁的文艺,除了原始社会外,"在任何时候和任何地方都未曾有过"。文艺的阶级性是普列汉诺夫文艺理论与批评中的一个重要概念。

第二,普列汉诺夫深刻指出在社会中占统治地位的阶级,也必然要在文艺中占统治地位。这同马克思、恩格斯在《德意志意识形态》中所表述的思想——"统治阶级的思想在每一时代都是占统治地位的思想"是一致的,而且作了具体发挥。他写道:"人们的类的概念表现在艺术作品中。我们看到,不同社会阶级的类的概念很不相同,有时甚至恰好相反。某个

---

① 《普列汉诺夫美学论文集》第1卷,人民出版社1983年版,第496页。
② 《普列汉诺夫哲学著作选集》第1卷,生活·读书·新知三联书店1962年版,第740页。

时期在社会中占统治地位的那个阶级,也在文学和艺术中占有统治地位。它把自己的观点和概念带进文学和艺术。但是在不断发展的社会中,不同阶级在不同时期内占有统治地位。同时,任何一个阶级都有它自己的历史:它发展起来,达到鼎盛时期和统治地位,最后则趋于衰亡。它的文学观点和它的美学概念,也与此相应地发生变化。因此,我们在历史上见到各种不同的美学概念:在一个时代中占统治地位的概念和观点,到另一个时代就变为陈旧的了。"①

第三,尽管普列汉诺夫未能像列宁那样,在谈到阶级社会的文艺时从理论上明确提出"两种文化"的著名思想,但他具体地看到了两种不同和对立的文艺的并存,特别是看到了俄国文学中为专制主义服务的和受专制主义压迫的两种文学。1888 年,他致斯捷普尼亚克－克拉夫钦斯基的信中,曾建议同他合写一部题为《俄国政府和文学》的俄国文学史专著。他写道:"我们(将)在这本书中阐述从诺维科夫和拉吉舍夫(用几句话先提一下……巴丘什科夫)开始的俄国文学的殉难者列传。我们(将)叙述叶卡捷琳娜二世的虚伪的自由主义,保罗皇帝的书报检查机关的暴戾,普希金和莱蒙托夫的被流放,屠格涅夫为了一篇赞扬果戈理的文章而被捕,格里鲍耶陀夫的被流放,波列扎耶夫的被充军,科斯托马罗夫、谢甫琴科、陀思妥耶夫斯基、米哈伊洛夫、车尔尼雪夫斯基所遭受的迫害,别林斯基由于死亡才幸免被关进'杜贝尔特的住宅',最后,还要叙述几乎现在所有的有才华的作家都被流放过或仍在流亡中。目前盛赞俄国小说的欧洲,有没有关于我国文学正处于何等骇人听闻的条件下的概念。我们应当指出,专制主义永远是我国文学的最凶暴的敌人。"②

第四,在普列汉诺夫看来,在阶级社会中,文艺的阶级性与文艺的人民性并不是绝对相悖的。虽然他没有从理论上提出文艺的人民性概念,但却实际地看到了并出色地论述了文艺的人民性问题。人民是历史的创造者这一命题,贯穿于他的所有优秀著作之中。例如,他曾写道:"是谁捣毁

---

① 《普列汉诺夫哲学著作选集》第 4 卷,生活·读书·新知三联书店 1974 年版,第 365—366 页。

② 《普列汉诺夫遗著》第 6 集,莫斯科:社会经济出版社 1938 年版,第 338—339 页。

了巴士底狱？是谁在1830年7月和1848年2月在街垒中进行搏斗？是谁的武器打碎了柏林的专制政体？是谁推翻了维也纳的梅特涅？是人民，人民，人民……"① 普列汉诺夫进一步认为，"当资产阶级本身是一个革命阶级的时候，它是领导着全体劳动群众，并和他们一起组成了'第三'等级的。那时候资产阶级的先进思想家同时也是'除了特权阶级以外的整个民族的'思想家"。② 这意味着，在上升时期，资产阶级的阶级愿望和利益同人民的愿望和利益是基本一致的。正是从阶级的和人民的这一辩证关系出发，普列汉诺夫充分肯定了文艺复兴时代一些作家和艺术家的人民性，强调指出莎士比亚的创作是由英国伊丽莎白时代的社会关系所决定的，也是由人民的愿望、趣味和审美要求所决定的。那个时候英国"上层阶级还没有完全断绝同人民的联系，它还保持着和人民共同的趣味和审美要求。英国伊丽莎白时代就形成了这样的形势的凑合。除此以外，在当时的英国，不久以前的纷乱局势的终止和人民福利水平的提高，对国家的道德和智能的力量起了极大的推动作用。那时候已经积蓄了后来在革命运动中表现出来的那种巨大的推动力……莎士比亚则把这种动力表现在他的戏剧里"。③ 在谈到法国大革命时代的法国艺术时，普列汉诺夫认为"长裤党"把它推向了"新的道路"，使它成为"全民的事业"。但他接着指出，由于历史条件的限制，那时法国的"全民"艺术并没有巩固的基础，不可能长久持续下去。法国资产阶级革命一经胜利，尤其是资产阶级走向人民的对立面时，资产阶级文艺便不再具有先前的人民性，而且它的阶级性与人民性是相对立的。既没有把文艺的阶级性和人民性看作水火不相容的东西，又不将它们相提并论，而是作出具体的、历史的、辩证的分析，这是普列汉诺夫的文艺理论与批评的重要特色和优点，而庸俗社会学是无法理解这一点的。不仅如此，普列汉诺夫没有把人民性问题简单化，局限在那些直接表现人民及其生活的作品里。他认为法国早期现实主义者——龚古尔兄弟和福楼拜等的创作，由于"力图把资产阶级的凡夫俗子作为艺术真

---

① 《普列汉诺夫遗著》第3集，莫斯科：社会经济出版社1936年版，第405页。
② 《普列汉诺夫美学论文集》第2卷，人民出版社1983年版，第851页。
③ 普列汉诺夫：《俄国批评的命运》，见《世界文学》1961年第11期。

实的描写对象",而具有"文献"的意义。这表明,他们的作品由于反映了社会发展的真实进程,不仅具有现实主义的意义,还具有人民性的意义。当然,普列汉诺夫对那些直接描写人民及其生活、鲜明地表现了人民性的作品格外重视。他称涅克拉索夫的诗神是"悲哀和复仇"的诗神,这不是偶然的。在诗人的作品里,人民和人民的生活成了创作的直接对象。诗人"哀"人民所"哀","仇"人民所"仇"。因此普列汉诺夫指出,涅克拉索夫的某些诗篇"直到现在也丝毫没有丧失其意义,并且将在进步人类仍不得不用武力为自己打开通向自己理想的道路以前,也绝不会丧失这种意义"。① 这是他对诗人的人民性的崇高评价。

第五,普列汉诺夫认为,文艺的阶级性和文艺的全人类性也不是绝对相悖的;一部作品对于一定阶级是有利的和美的,未必对其他阶级就是有害的和丑的。屠格涅夫说过:"米洛斯岛的维纳斯也许要比罗马法典或(一七)八九年的原则更不容怀疑。"(参见他的短篇小说《够了》)普列汉诺夫认为,屠格涅夫之所以把米洛斯岛的维纳斯看作所谓"绝对艺术","那只是因为他和一切唯心主义者一样,对人类的审美观念发展的实际进程抱着不正确看法的缘故"。② 其实,"米洛斯岛的维纳斯只是不容怀疑地吸引着某一部分白种人。对于白种人的这一部分来说,米洛斯岛的维纳斯的确比一七八九年的原则更不容怀疑……但是……完全是因为这些原则表现了仅仅与白种人发展的一定阶段——即资产阶级制度战胜封建制度而确立下来的时期——相适应的那些关系,而米洛斯岛的维纳斯所具有的这种女人所具有的外形的理想,是适合于白种人发展的很多阶段的"。③ 当然,像维纳斯这样真正的艺术品不会随着时间的过去而过去,而且她的美和她的理想具有全人类的意义。但是,这种美的理想之所以具有全人类意义,则只有分析其形成的社会历史条件,才能得到科学的解释。与普列汉诺夫不同,无产阶级文化派的主要代表人物波格丹诺夫仅仅指出维纳斯是"古希腊奴隶制土壤上的花朵",而没有看到她的全人类意义。相反,在普列

---

① 《普列汉诺夫文集》第10卷,莫斯科-列宁格勒:国家出版社1923—1927年版,第385页。
② 《普列汉诺夫美学论文集》第2卷,人民出版社1983年版,第840页。
③ 同上书,第838页。

汉诺夫看来，阶级性和全人类性并非完全对立的。例如米洛斯岛的维纳斯之所以越来越具有"不容置疑"的全人类意义，"就在于基督教和修道院对人的外形的理想逐渐让位给在城市解放运动的条件下产生的世俗的理想"，① 即符合文艺复兴时期以来的进步审美理想。这是普列汉诺夫在论述文艺的阶级性时不同于无产阶级文化派、庸俗社会学的高明之处，他没有把文艺的阶级性绝对化。

（三）艺术的本质和社会作用

"艺术主要是社会生活的反映"，是"社会生活的精神产物"，这是普列汉诺夫论述艺术本质的出发点。但他并没有把艺术"同宗教、哲学、法律等其他种意识形态一样看待"，而是分析了艺术反映社会生活的方式与其他意识形态的区别，肯定了艺术的特点，他说："艺术既表现人们的感情，也表现人们的思想，但是并非抽象地表现，而是用生动的形象来表现。艺术的最主要的特点就在于此。"② 这里，普列汉诺夫显然继承了黑格尔和别林斯基的观点，即文艺同科学、哲学的区别在于它们反映现实的方式的不同。他所概括的别林斯基的"五条美学法则"，其中第一条谈的就是这个问题：诗人应以形象和画面去思考而不用三段论法和二难推理去思考。他还多次提到，如果一位作家不运用形象而运用逻辑的推论，或者如果他虚构出形象来论证某一论题，那么他已经不是艺术家而是政论家了，即使他们所写的不是著述和论文，而是长篇小说、中篇小说或剧本。普列汉诺夫对易卜生有很高评价，称他是"现代世界文学里最杰出最吸引人的作家之一"，但对他剧本中的"非艺术"或"反艺术的因素"却作了严厉的批评，认为他有时以逻辑议论来取代形象思维，把抽象的和图式化的东西带入作品，因而损害了戏剧形象的艺术性。即使像易卜生这样的大艺术家，一旦破坏了艺术的特点，也不能不受艺术规律的惩罚。以生动的形象反映社会生活，这是普列汉诺夫对艺术特点的重要界定。

然而，文艺的特点并不限于文艺反映现实的这一特殊方式。普列汉诺

---

① 《普列汉诺夫美学论文集》第2卷，人民出版社1983年版，第839页。
② 同上书，第308页。

夫深刻地提出："不是任何思想都可以用生动的形象表现出来，比方说，您试试表现一下这个思想，直角三角形直角边的平方之和等于斜边的平方。"① 这说明，他看到了文艺的特殊对象。把文艺的特殊对象包括在文艺特点之内，这是他对文艺理论的一个重要贡献，也是他对艺术特点的又一重要界定。什么是文艺的特殊对象？普列汉诺夫不止一次指出，"艺术的主要对象是人"，其主要任务是描写"那些使社会的人感到兴趣和激动的一切东西"，作家应该揭示人的"心境"、"人的精神戏剧"，等等。虽然他没有像高尔基那样明确地提出"文学是人学"，但应该说，这些论述相当接近这一命题。除了文艺的特殊对象外，对文艺的特殊内容问题，他同样作了不少精彩的论述，这些论述在今天看来，仍然具有重大的美学意义。他写道："艺术开始于一个人在自己心里重新唤起他在周围现实的影响下所体验过的感情和思想，并且给予它们以一定的形象的表现。不用说，在极大多数场合下，一个人这样做，目的是在于把反复想起和反复感到的东西传给别人。"② 这无异于说，作家反映现实并不是机械地、直观地模仿现实，并不是用形象来表现社会的等价物，而是必须表现出艺术家本人所体验过的感情和思想，甚至把他的"同情和反感、世界观、习惯、思想乃至语言，都带到文学里来"。③ 在作品中，主体与客体的因素是融合在一起的；或者说，艺术乃是客观世界的丰富性和主观世界的丰富性的辩证统一的产物。这是普列汉诺夫对艺术特点的第三个重要界定。正因为文艺具有方法、对象、内容和功能方面的特殊性，所以普列汉诺夫引用别林斯基的话指出，文艺"并不亚于科学"，它们都是同样不可缺少的。"科学不能代替艺术，艺术也不能代替科学。"④ 另外，所谓"艺术既表现人们的感情，也表现人们的思想"，是针对列夫·托尔斯泰所声言的艺术仅仅为互相传达感情而发的。其实，托尔斯泰本人的创作既充满了感情也充满了思想，而且感情和思想是不可分割的。托尔斯泰强调艺术要表现感情是完全正确的，他看到了艺术的独特之处。但他把思想排除在外，这就陷入

---

① 《普列汉诺夫遗著》第3集，莫斯科：社会经济出版社1934年版，第4页。
② 《普列汉诺夫美学论文集》第1卷，人民出版社1983年版，第308页。
③ 同上书，第2页。
④ 《普列汉诺夫美学论文集》第2卷，人民出版社1983年版，第816页。

了另一个极端。当然，普列汉诺夫的上述表述是有缺陷的，他没有说明艺术形象与现实的关系；用形象"表现"感情和思想这一提法，也嫌片面，因为艺术创作并不是简单地给感情和思想穿件形象的"衣裳"，并不是简单地从逻辑的语言"翻译"成形象的语言。正因为如此，他的这些不明确的地方，给了往后的庸俗社会学以可乘之机。

二　普列汉诺夫的文学批评理论

普列汉诺夫作为俄国第一个马克思主义文艺批评家，是在继承和捍卫俄国革命民主主义者别林斯基、车尔尼雪夫斯基、杜勃罗留波夫的唯物主义文艺批评，反对米哈伊洛夫斯基、斯卡比切夫斯基等民粹主义者和沃伦斯基等资产阶级唯美派的主观唯心主义文艺批评的斗争中走上俄国文坛的。

（一）　对俄国革命民主主义文学批评理论与传统的继承与发扬

1896年，沃伦斯基写了一部《俄国批评家·文学概论》的书。与民粹主义者的那些批评文章相比，它对别林斯基、车尔尼雪夫斯基、杜勃罗留波夫的批评活动进行了"最强烈的谴责"，认为别林斯基"不善于心平气和地探求真理"；不曾表现出"天生的哲学才能"；认为杜勃罗留波夫的"分析不论在任何地方都没有深入到文学作品的题材中去"；认为革命民主主义者的批评不是"真正的批评"、"哲学式的批评"，而是"政论式的批评"；似乎直到现在俄国还没有"真正的哲学"、"真正的批评"，甚至还不懂得"它应当观察，诗的观念在人的精神的神秘深处产生之后，怎样通过作者的生活观念和观点的五花八门的材料表现出来"。[①]

面对沃伦斯基及其他人对革命民主主义文学批评家的大张挞伐，1879年普列汉诺夫发表了四篇互有联系的总标题为《俄国批评的命运》的文章，即《沃伦斯基〈俄国批评家·文学概论〉》、《别林斯基和合理的现实》、《别林斯基的文学观点》、《车尔尼雪夫斯基的美学理论》等。当然，普列汉诺夫一生中论述别林斯基和车尔尼雪夫斯基的文章不限于这三篇。

[①] 《普列汉诺夫美学论文集》第1卷，人民出版社1983年版，第169页。

关于别林斯基的文章将近十篇；关于车尔尼雪夫斯基，他写过一部长篇著作，对杜勃罗留波夫的文学观点及"现实批评"，他在《杜勃罗留波夫和奥斯特洛夫斯基》一文中有专门论述。在这些论著中，普列汉诺夫反驳了沃伦斯基的攻击，称赞别林斯基是"我国启蒙运动者的始祖"，是一个"为建立果戈理派的现实主义铺平道路"、"给俄国文学作出巨大的贡献"的人；他"**赢得了**极大的荣誉……表明他差不多是我国文坛过去曾经出现过的一切思想家中最卓越的一个；而伏伦斯基先生的唯心主义的自由主义无非是一种最恶劣不过的空谈"；① 他称赞车尔尼雪夫斯基的著名学位论文《艺术对现实的审美关系》是"在费尔巴哈唯物主义哲学基础上建立美学的一种很有意思的，从某种意义来说也是独一无二的尝试"；② 他称赞杜勃罗留波夫是车尔尼雪夫斯基的优秀学生。可以说，继承和发扬俄国革命民主主义者的文艺理论和批评传统是普列汉诺夫成长为俄国马克思主义文艺理论家和批评家的重要前提之一，也是俄国马克思主义文艺理论与批评形成的来源之一。

在普列汉诺夫看来，沃伦斯基主张从"人的神秘的精神深处"，"探求作品的诗意"是极为错误的，因为"诗意"本身是艺术家的周围社会环境所提供的。至于被沃伦斯基指责为"政论式的批评"的俄国革命民主主义者的批评，其实是一种"真正的科学批评"、"客观的批评"，一种"必须以社会生活的历史来说明艺术历史"的批评。普列汉诺夫还针锋相对地指出："有这样的一些时代，不仅批评，而且艺术创作本身，也充满着政论的精神。难道'路易十四时代'的艺术所洋溢着的那种冷静的豪华气派和那种冷静的帝王威严的气概，在某种程度上不也是政论吗？难道它们不是为了赞扬某一政治思想而有意识地搬到创作中去的吗？难道在大卫的绘画里或者在所谓的小市民戏剧里没有政论的因素吗？有的……如果的确存在着永恒的艺术规律，那就是这样的一些艺术规律，由于它们的缘故，在一定历史时代政论势不可挡地闯入艺术创作的领域……"③ 但是，普列汉诺夫并不赞成皮萨列夫

---

① 《普列汉诺夫美学论文集》第1卷，人民出版社1983年版，第170页。
② 同上书，第276页。
③ 同上书，第190页。

《死水》一文中那种政论式的批评,它不是从作品出发,不是去探求作品与社会、历史的联系,而是借题发挥。这种所谓的政论式的批评是不足取的。既然艺术是社会生活的反映,艺术批评就不能置社会生活于不顾。因此普列汉诺夫写道:"批评在自己过去的发展中,它们的代表者愈加接近于我所捍卫的历史观点,它就获得愈加牢固的基础。"①

(二) 文艺批评的任务与标准

事实上,革命民主主义者的文艺批评并不只是"政论式的批评"或社会学批评,更不是沃伦斯基所说的那个意义的"政论式的批评"。普列汉诺夫以马克思主义观点继承和发扬了革命民主主义者的批评传统,在《〈二十年间〉文集第三版序言》(1908)中,明确提出文艺批评的两条标准:社会标准和审美标准。他认为,"批评的第一项任务,是将文艺作品的思想从艺术语言翻译成社会学语言,以便找到可以称之为该文学现象的社会学等价物"②。这个表述显然不够准确,如把"思想"和内容并提,把艺术语言"翻译"成社会学语言;但他在这里和其他地方所肯定的社会分析的必要性则是没有疑义的。接着他又写道:"忠实的唯物主义批评的第二个步骤自然应当是对所分析的作品的审美价值作出评价。如果唯物主义批评家以他所发现的该作品的社会学的等价物为理由,而拒绝作出这样的评价,那不过是暴露了他对自己要据以立说的见解并不理解。"③不仅如此,普列汉诺夫还明白无误地表示这两者之间的不可分割的内在联系:"唯物主义批评的第一个步骤不但不排除第二个步骤的必要性,而且正是要引出作为必要补充的第二个步骤来。"④这一见解同恩格斯评论歌德和拉萨尔的创作时所提出的"历史观点"与"美学观点"的结合是基本一致的,而且他是在不知道恩格斯著名提法的情况下作出的。在其他地方,普列汉诺夫一再表述了自己的见解,"批评家既应评判内容,也评判形式;既是美学家,又是思想家"⑤,

---

① 《普列汉诺夫美学论文集》第 1 卷,人民出版社 1983 年版,第 344 页。
② 《普列汉诺夫文集》第 14 卷,莫斯科－列宁格勒:国家出版社 1923—1927 年版,第 186 页。
③ 同上。
④ 同上书,第 189 页。
⑤ 《普列汉诺夫美学论文集》第 1 卷,人民出版社 1983 年版,第 260 页。

"哲学并不消灭美学,相反,为美学开辟道路,哲学力图为美学寻找巩固的基础。关于唯物主义的文学批评也应这样说"①。

虽然普列汉诺夫十分强调文艺批评的社会分析,但并不拒绝对作品进行心理分析,而且认为心理分析是必不可少的,与社会分析并不矛盾。他指出:"要了解某一国家和科学思想史或艺术史只知道它的经济是不够的。必须从经济进而研究社会心理;对于社会心理若没有精细的研究与了解,思想体系的历史的唯物主义解释根本就不可能……而在文学、艺术、哲学等学科的历史中,如果没有它,就一步也动不得"②。他在巴尔扎克、列夫·托尔斯泰、易卜生、高尔基等创作的评论中十分关注他们的心理描写,并称赞他们是这方面的"能手"。而文学艺术之所以不能离开心理的东西,其关键在于艺术家不可能不把构成他的"作品内容的东西加以个性化。既然我们与之打交道的是个人,所以我们面前出现的是某些心理过程,而且在这里心理分析不仅是完全适当的而且是十分必要的,甚至是非常有教益的"③。然而,普列汉诺夫并没有像直觉主义和心理分析主义那样,把心理分析和心理过程绝对化,而是认为"人物心灵中发生的过程就是历史运动的反映"④。这就把心理问题建立在科学的唯物主义基础之上。

(三) 社会分析与美学分析、内容分析与形式分析相结合的批评方法

普列汉诺夫不仅重视作品内容分析(社会分析、思想分析、心理分析),也重视作品的形式分析。那种把普列汉诺夫仅仅归结为文艺社会学批评的"开山祖"的看法是很不全面的。的确,普列汉诺夫多次强调"艺术作品的价值归根结蒂取决于它的内容的比重";"没有思想内容的艺术作家是不可能有的。甚至连那些只重视形式而不关心内容的作家的作

---

① 《普列汉诺夫文集》第14卷,莫斯科-列宁格勒:国家出版社1923—1927年版,第189页。
② 《普列汉诺夫哲学著作选集》第2卷,生活·读书·新知三联书店1961年版,第272—273页。
③ 《普列汉诺夫美学论文集》第1卷,人民出版社1983年版,第186—187页。
④ 同上。

品，也还是运用这种或那种方式来表达某种思想的"；① 等等。如果由此便得出结论：他对作品的形式是不屑一顾的，那就大错特错了。相反，普列汉诺夫写道："谁要是认为可以为了'思想'而牺牲形式，他就不再是一个艺术家，即使他从前曾经是艺术家。"② 为了说明形式的重要性和形式是美这一原理，他曾援引比利时雕刻家维克多·卢梭的话说："我坚决相信，雕刻永远是绝妙的，只要它能从思想中汲取灵感，依靠思想。在这里人们是喜欢美的形式的。但是，如果伟大心灵的抒情通过美的形式使人们能认识它，那么艺术品因此可以在表现方面获得非常巨大的力量。雕刻的任务是什么呢？就是在物体上刻画出心灵的激动，就是迫使青铜或大理石吟出你的诗，把它传达给人们。"普列汉诺夫对此称赞说："这个回答好极了。"③ 在内容与形式的问题上，他基本继承和发展了黑格尔和别林斯基的思想，即"形式和内容的完全一致是真正艺术作品的第一个主要的标志"。④ 他还说过他很乐于引用福楼拜给乔治·桑信中的一句话：形式和内容是"永远相互依存的两个实体"。在论述艺术史上各种创作流派的艺术规律时，他又说："这一切规律最终不过归结为一点：形式和内容必须相适应。然而这个规律对于一切流派——不论古典主义者，还是浪漫主义者等等——都是重要的。"⑤ 自然，一部作品的形式可以是多种多样的，但不是一切形式都能完美地表现其内容。普列汉诺夫举了一个例子：有人想画个"蓝衣女"，如果画的女人的确像这样的女人，那我们说，他画了一幅很好的画。如果在画里看到的不是一个穿蓝衣的女子，而是几个涂着蓝色的立体几何形体，有的地方涂得比较粗，有的地方涂得比较细，那就可以说，他画的，说什么都可以，可不是一幅很好的画。普列汉诺夫认为承认美的标准的相对性，并不等于说"没有任何客观的可能性来判断某一艺术构思表现得好不好"。这种客观评价的标准就是："艺术作品的形式同它的

---

① 《普列汉诺夫美学论文集》第 2 卷，人民出版社 1983 年版，第 836 页。
② 同上书，第 886 页。
③ 《普列汉诺夫美学论文集》第 1 卷，人民出版社 1983 年版，第 521 页。
④ 同上书，第 403 页。
⑤ 《普列汉诺夫美学论文集》第 2 卷，人民出版社 1983 年版，第 935 页。

思想愈相符合，那么这种描绘就愈成功。"①

可见，对普列汉诺夫来说，文艺批评既是社会批评，也是美学批评；既是内容批评，也是形式批评；而且它们是有机的统一。只有这种文艺批评才能称为真正科学的批评、客观的批评，它"是同任何形而上学格格不入的"。但是，普列汉诺夫为了反对沃伦斯基等人的主观主义批评，在强调批评的客观性，匡正时弊时，也说了一些客观主义的偏颇之言。例如，他说文艺批评"像物理学一样是客观的"；"不是哭，也不是笑，而是理解"；"它不会说'法国古典主义悲剧很好，而浪漫主义戏剧一点都不行'"，这些绝对化的说法，同普列汉诺夫对涅克拉索夫、列夫·托尔斯泰、易卜生、汉姆生、颓废派艺术评论中那些充满批评个性的言辞，那些满怀既"哭"又"笑"的激情，并不吻合。

三 普列汉诺夫的文学批评实践

（一）对民粹主义作家的评论

普列汉诺夫的文学批评是从三位民粹派小说家的创作开始的。在《格·乌斯宾斯基》（1888）、《斯·卡洛宁》（1890）、《尼·伊·纳乌莫夫》（1897）这组评论文章里，他首先从美学方面考察了他们的特点与缺点，认为他们是"社会学家艺术家"，而不像屠格涅夫、列夫·托尔斯泰、陀思妥耶夫斯基那样是"心理学家艺术家"。在他们的创作中"缺少一些描绘鲜明、刻画优美的人物性格"，缺少"那些感情奔放的场面、那些细微地观察到的精神激动，就像陀思妥耶夫斯基或托尔斯泰的作品使你们为之迷醉那样"。相反，他们使人强烈感到的是'那种对艺术加工的草率态度"；从语言上看，他们的作品"有点儿生硬，有点儿粗糙，有点儿松散，有点儿杂乱"；"在这个流派的一切作品中，美学的批评是能指出许多缺点的"。这表明，普列汉诺夫不仅在理论上而且在实践上是重视美学批评的。然而他与那个时代的批评家不同，不单看到民粹派作家在美学方面的严重缺陷，还看到他们在反映生活方面的优点和价值，并且认为，"根据这一

---

① 《普列汉诺夫美学论文集》第 2 卷，人民出版社 1983 年版，第 887 页。

点，可以原谅民粹派小说家所犯的许多自觉和不自觉的反对美学的过错"。同时，他也没有完全否定他们的艺术成就，而是实事求是地指出：在乌斯宾斯基的作品中，"常常可以看到一些场面，甚至整个的章节，它们可以为他获得第一流艺术家的荣誉"。①

特别值得指出的是，普列汉诺夫在这组论文中对现实主义理论所作的几点重要阐述。第一，在他看来，乌斯宾斯基等民粹派作家"一直是忠实于俄罗斯文学的优秀传统的"，例如在乌斯宾斯基的《遗失街风习》、《京城的贫困》、《冬夜》、《小亭》，《马车夫》、《破产》中，作家都是"以巨大的幽默、特殊的本领以及对人类的悲哀和痛苦的最深厚和最真挚的同情"来描写"这一切贫困的状况、这一切'被侮辱与损害的'人们"。"这种描写是一种极其真实的文学流派"，"是完全现实主义的，而且不是现代法国样式下的现实主义，因为它的现实主义充满着感情，浸透着思想。这种差别是完全可以理解的。法国的自然主义，或者至少左拉主义，是现代法国资产阶级在道德上和智力上空虚的文学表现"。② 在《艺术与社会生活》一文中，他进一步批评左拉说：虽然左拉"自称开始倾向于社会主义"，但是左拉的"所谓实验方法对于从艺术上研究和描绘伟大的社会主义运动却始终没有多大用处"。③ 他并且认为，自然主义者将梅毒等一切东西都包括在创作之中，迷恋于平庸的小市民生活的"污秽的泥沼"中产生的"渺小的思想"和"渺小的激情"，这样，它便很快地陷入"死胡同或出口被堵塞的地道中去了"。这里，普列汉诺夫对俄国乌斯宾斯基等现实主义的肯定和对法国自然主义、左拉主义的否定，很容易使人们想起同一年（即1888年）恩格斯致英国女作家哈克奈斯信中所说的一段话："巴尔扎克，我认为他是比过去、现在和未来的一切左拉都要伟大得多的现实主义大师"。而恩格斯这一著名书简是1932年首次发表的，普列汉诺夫此时已去世。同时，他在关于法国文学批评家朗松的《法国文学史》的书评中，曾称颂巴尔扎克是"现实主义之父"。他们的评论是何等惊人的

---

① 《普列汉诺夫美学论文集》第1卷，人民出版社1983年版，第7页。
② 同上。
③ 《普列汉诺夫美学论文集》第2卷，人民出版社1983年版，第847页。

相似！像恩格斯一样，普列汉诺夫并不是要全盘否定左拉的创作。当《格·乌斯宾斯基》这篇论文被收入文集《二十年间》时，他作了一个重要注释："1888年写这篇文章的时候，那些标志左拉创作中的转变的作品还不存在。"

第二，普列汉诺夫高度评价了乌斯宾斯基等现实主义创作的巨大认识价值和社会意义，指出"没有任何专门研究著作能够代替他们所描绘的人民生活的图画。必须十分仔细地研究民粹派小说家的作品，就像研究俄罗斯国民经济统计著作或者农民习惯法的著述一样"。① 在普列汉诺夫的一篇遗著里，还可以看到这样的文字："在这方面可以大胆地把格列勃·乌斯宾斯基同巴尔扎克摆在一起。"这同恩格斯在那封信中评论巴尔扎克创作时所说的："……我从这里，甚至在经济细节方面……所学到的东西也要比从当时所有职业的历史学家、经济学家和统计学家那里学到的全部东西还要多"，是基本一致的。

第三，普列汉诺夫从乌斯宾斯基、卡洛宁和纳乌莫夫的创作中看到了他们的民粹主义"理想"与他们所描绘的俄国生活图画之间的矛盾，看到了现实主义有可能战胜作家主观上保守的或反动的倾向；认为乌斯宾斯基"向我们指出了'十分明确的''人民事业的实际'，可是完全不自觉地对民粹主义以及一切哪怕部分地与之相关的'纲领'和实际活动计划宣判了死刑"。② 他认为卡洛宁"尽管具有民粹主义的一切偏好和成见，仍然从事于描述我国农民生活的这样一些方面，而民粹派的全部'理想'一跟这些方面碰撞，就将化为灰烬，或者正在化为灰烬"；卡洛宁"以小说家的资格推翻他本人在政论的基础上所热烈维护的一切东西"。③ 也就是说，在他们的作品中，民粹派的那种在俄国可以通过农民"村社"避免资本主义的"理想"并非事实，相反，"村社"的基础由于资本主义的侵蚀正在瓦解之中，农村正在发生新的变化。在《艺术与社会生活》一文里，普列汉诺夫同样指出，福楼拜的思想虽是"保守的或部分地甚至是反动的"，如

---

① 《普列汉诺夫美学论文集》第1卷，人民出版社1983年版，第9页。
② 同上书，第39页。
③ 同上书，第72—73页。

他自己所声言的:"群氓、乌合之众永远是可憎的","普选权就是人类的耻辱",等等,但是他以客观态度来对待他所描写的社会环境,从而违反了他自己的"深刻的思想偏见","创造出在艺术上很有价值的东西来","客观性是福楼拜的创作方法最有力的一面"。①普列汉诺夫对俄国民粹派作家和福楼拜的现实主义成就的评论同恩格斯对巴尔扎克违反自己阶级的同情和政治偏见所取得的现实主义的最伟大胜利的评论是十分接近的。同时,普列汉诺夫也没有忽视民粹派作家的那些思想和政治的偏见在一些方面把他们的创作引向无法解决的矛盾:"一面拼命向前冲去,一面又保护已经过时的过去!一面愿意人民得到幸福,一面又捍卫那些只能使他们的奴隶地位永远保持下去的各种设施!一面把死的看成活的,一面把活的看成死的!——除了瞎子以外,谁看不出这类矛盾的无底深渊呢?"②这说明,普列汉诺夫从一方面看到了民粹派作家违背民粹主义观点创造了真实的艺术,从另一方面又看到了他们的错误思想对创作的危害性。在关于汉姆生创作的评论中,普列汉诺夫认为像他这样有才能的挪威小说家兼戏剧家,由于在剧本《国门》里宣传消灭工人阶级的极端荒谬的思想,把这种与现实有着不可调和的矛盾的思想作为剧本基础必然大大地损害了作品,以至于正好在作者原以为情节发展应该有悲剧性的转变的地方反而令人发笑,使人产生"完全非艺术的、虚构的、不符合真实的印象"。③总之,在普列汉诺夫看来,"一个艺术家如果看不见当代最重要的社会思潮,那么他的作品中所表达的思想实质的内在价值就会大大降低。这些作品也就必然因此而受到损害"。④相反,一个作家的先进思想就会大大增强其作品的艺术力量。

(二) 对列夫·托尔斯泰的评论

俄国大文豪列夫·托尔斯泰的创作在普列汉诺夫的文学批评中占有重要地位。早在关于民粹派作家的评论里和《没有地址的信》里已开始涉及

---

① 《普列汉诺夫美学论文集》第2卷,人民出版社1983年版,第843页。
② 《普列汉诺夫美学论文集》第1卷,人民出版社1983年版,第126页。
③ 普列汉诺夫:《论西欧文学》,人民文学出版社1957年版,第95页。
④ 《普列汉诺夫美学论文集》第2卷,人民出版社1983年版,第848页。

托尔斯泰，此后几乎一生没有中断过。普列汉诺夫自 1907 年起为纪念托尔斯泰诞生八十周年专门写了六篇评论文章，即《征兆性的错误》（1907）、《托尔斯泰和自然》（1908）、《"如此而已"（一个政论家的札记）》（1910）、《概念的混乱》（1910—1911）、《卡尔·马克思和列夫·托尔斯泰》（1911）、《再论托尔斯泰》（1911）。此外，尚有一篇生前未发表的讲话稿《托尔斯泰和赫尔岑》。六篇文章中除一篇外正好与列宁的《列夫·托尔斯泰是俄国革命的镜子》那组论文在同一时期（1808—1811）写成。而且他们的大多数文章都发表在布尔什维克的刊物《社会民主党人报》、《明星报》和《思想》上。这一事实本身就具有异乎寻常的政治意义。

不同的人纪念同一个伟大人物有着各自的方式和目的，这在历史上和现实中都是屡见不鲜的。对托尔斯泰八十诞辰的纪念也是如此，各式各样的人物都站出来表态。立宪民主党人、自由派知识分子的代表人物米留可夫、伏杜夫佐夫、阿姆菲捷阿特罗夫等，利用托尔斯泰学说中的反动部分——"勿以暴力抗恶"来反对人民的解放事业，声称他是"自己的良心"、"人类的导师"和"纯粹人类宗教"的创建人；党内的召回派巴扎罗夫之流和取消派波特列索夫之流大肆美化托尔斯泰的学说，并"提醒大家注意对待托尔斯泰的某些不公正态度，这是所有俄国知识分子的罪过，而特别是我们，各种派别的激进分子的罪过"。与他们相反，列宁和普列汉诺夫则持另一种态度。他们除阐明托尔斯泰思想观点的错误以外，还猛烈地抨击了资产阶级的奴仆们利用他的思想矛盾散布的种种谬论。这正如列宁致高尔基的信中所写的："关于托尔斯泰，我完全同意您的看法，那些伪君子和骗子手会把他奉为圣人。对托尔斯泰既胡说八道又奴颜婢膝，这使得普列汉诺夫也大发雷霆了，在这个问题上我们是一致的。"[①] 当然，列宁的话是指普列汉诺夫反对托尔斯泰主义而言的。

其实，普列汉诺夫对托尔斯泰创作的评价和列宁一样有着不少相似和接近之处。普列汉诺夫多次称赞托尔斯泰是一位"天才的艺术家"和"俄罗斯大地上的伟大作家"，"俄罗斯大地有权为他而骄傲，并热爱他；

[①]《列宁全集》第 46 卷，人民出版社 1990 年版，第 15 页。

在我们苦难深重的俄罗斯出现这样一些作家这个事实本身，已成为我们俄罗斯的美好未来的保证之一"。① 在他看来，不仅《战争与和平》、《安娜·卡列尼娜》是"伟大的艺术作品"、"妙不可言的艺术作品"，就是像《伊凡·伊里奇之死》或《主人和仆人》这样的作品也不可能被排斥在"杰出的艺术作品"之外。他同时还把托尔斯泰的名字同世界文学中的莎士比亚和歌德的名字并列在一起。这些评价同列宁说托尔斯泰创造了"世界文学中的第一流的作品"，称托尔斯泰是"天才的艺术家"是一致的。

在普列汉诺夫看来，托尔斯泰的艺术天才首先表现在对自然的描绘方面。"他描绘的自然如此之巧妙，看来在他以前，任何人和任何地方都未曾有过这种描绘"，"自然在我们的伟大艺术家的笔下不是被描写出来的，而是活着的。有时候，自然甚至好像是故事中的角色之一"。② 其次，这种自然描绘同他的卓越的心理描写是紧密地交织在一起的；他是一位心理描写的"不可否认的大师"。他在作品中"不限于已有的感情、心理过程的结果，正如人们所知道的，他感兴趣的是这一心理过程本身"。普列汉诺夫援引车尔尼雪夫斯基的话说，"托尔斯泰才华的最突出的特点就在于此"，他以"思想的深刻性、日常生活的鲜明图画等等，使每个读者为之倾倒"，并且认为车尔尼雪夫斯基对他的"心理过程本身及其形式、规律和心灵辩证法"的赞美，"这是最高程度上的绝妙评论"，同时也是车尔尼雪夫斯基文学批评的"主要功绩之一"。再次，托尔斯泰的艺术天才在于他的现实主义的批判力量，他那些"描写和揭露由一个社会阶级剥削另一个社会阶级的所有制产生的许许多多肉体和精神的不幸"，是作家的"优秀篇章"。毫无疑义，"正是这些优秀篇章吸引了数以千计的读者对他的热烈同情。无产阶级敬爱托尔斯泰，难道不就是敬爱这些优秀篇章的作者"。③

普列汉诺夫进一步指出，托尔斯泰"虽然不理解改造社会关系的斗争，对于这个斗争所持的态度是冷漠的，但是他深深地感受到了对当今社

---

① 《普列汉诺夫论文学与美学》第2卷，莫斯科：苏联文学出版社1958年版，第361页。
② 《普列汉诺夫美学论文集》第2卷，人民出版社1983年版，第718页。
③ 《普列汉诺夫论文学与美学》第2卷，莫斯科：苏联文学出版社1958年版，第894—895页。

会制度的不满情绪……最主要的是他以巨大的天才突出地描写了这一不满情绪，即使这种描写显得还较为一般"。① 这一看法同列宁的观点：托尔斯泰"用非凡的力量表达被现存制度所压迫的广大群众的情绪，描绘他们的境况，表现他们自发的反抗和愤怒的情感"几乎毫无二致。尽管如此，普列汉诺夫却未能像列宁那样从反映论出发，阐明托尔斯泰的揭露和批判的社会根源，不理解他是"作为俄国千百万农民在俄国资产阶级革命前夕的思想和情绪的表现者"。② 他未能把托尔斯泰"对当今社会制度的不满情绪"同俄国现实的具体历史时代联系起来；甚至在论托尔斯泰的所有文章中，只字不提他对待1905年革命的态度。而这正是列宁要比普列汉诺夫高明得多，深刻得多的地方，也是他们论托尔斯泰的不同之处。然而应该指出，普列汉诺夫在《斯·卡罗宁》一文中，也多少触及了托尔斯泰"不满情绪"的社会根源。他在谈到卡罗宁的短篇小说《农村风俗》时，认为小说主人公"加夫里洛夫难道不是给自己提出了那些折磨着这位著名小说家（即托尔斯泰——引者注）的同样的问题：'为什么，干什么，以后又怎么样？'"③

不仅如此，普列汉诺夫还看到了托尔斯泰的矛盾性和复杂性。他指出，托尔斯泰"只是作为艺术家才是伟大的，绝不是作为一个教派的信徒。他的教义并不证明他的伟大，而是证实他的软弱"。④ 他揭示了托尔斯泰鼓吹的勿以暴力抗恶的学说的自相矛盾，指出：不管作家的主观意愿如何，这种说教是对人民的压迫者有利的。他在《尼·涅克拉索夫》一文里把普希金、莱蒙托夫和托尔斯泰称作"贵族之家的作家"，指出"他们的贵族观点"，但同时又指出："我并不想说，他们是贵族特权的狭隘拥护者，他们是贵族对农民进行剥削的残酷捍卫者。完全不是这样！""就其本身而言，是极为善良和人道的。在他们的作品中，贵族对农民的压迫遭到

---

① 《普列汉诺夫文集》第24卷，莫斯科 - 列宁格勒：国家出版社1923—1927年版，第193—194页。
② 《列宁选集》第2卷，人民出版社1972年版，第371页。
③ 《普列汉诺夫美学论文集》第1卷，人民出版社1983年版，第108页。
④ 《普列汉诺夫论文学与美学》第2卷，莫斯科：苏联文学出版社1958年版，第362页。

了尖锐谴责，至少他们当中一些人有时是这样做的。"① 这表明，托尔斯泰的创作具有揭露和谴责自己出身的那个贵族阶级的一面。普列汉诺夫还看到了作家的变化和发展，指出："在托尔斯泰文学活动后期"，他"揭露了上层阶级的奢侈豪华和游手好闲的生活"。托尔斯泰的思想之所以发生转变，普列汉诺夫说："这个'转变'，第一，在于上层阶级生活不仅使他感到厌倦，而且在他眼里失去了全部意义；第二，在于他对劳动人民的生活表现出了极大喜爱，而劳动人民所了解的这种生活意义被他看成是'真理'"，因而，他"开始把人民当作最高真理的表现者"。② 接着，普列汉诺夫指出，他所理解的"'人民'，正是指幸福的旧时代的农民，这个旧时代在他那里是以忍受一切和宽恕一切的普拉东·卡达耶夫的模样表现出来的"。③ 这一见解是富于洞察力的。

尽管普列汉诺夫对托尔斯泰的评论有不少真知灼见，同列宁的评论有不少共同或相似之处，但从总体上看，仍然存在严重的缺陷。他在方法论上未能完全摆脱旧唯物主义的直观性、机械论的局限，不能从辩证唯物主义反映论的高度来分析托尔斯泰思想和创作中的矛盾。由于普列汉诺夫对于俄国革命的性质和动力抱有错误认识，不把农民看作资产阶级民主革命的动力，因而也就看不到托尔斯泰创作和学说同俄国1905年革命，同农民固有矛盾的内在联系。他有时竟断言托尔斯泰"直到生命终结仍然是个大贵族"。他未能把作家的思想和创作的矛盾看成俄国社会生活本身矛盾的反映，而仅仅归结为个人的思想矛盾，以致作出错误的论断，"谈论他同现代生活的'生动联系'都是荒唐可笑的"。他未能像列宁那样，把艺术家的托尔斯泰和思想家的托尔斯泰统一起来，而认为艺术家的托尔斯泰是"天才的"、"伟大的"，思想家的托尔斯泰则是"极其渺小的"。实践表明，列宁从反映论出发，对托尔斯泰所作的评价，才是真正科学的、客观全面的评价。

（三）对颓废派和现代主义艺术的评论

在马克思主义文艺批评家当中，普列汉诺夫是最早批评资产阶级颓废

---

① 《普列汉诺夫论文学与美学》第2卷，莫斯科：苏联文学出版社1958年版，第190页。
② 同上书，第420—429页。
③ 同上书，第430页。

派、现代派艺术的一个。他深刻揭示立体主义、象征主义、印象主义、表现主义、形式主义这些资产阶级艺术流派的拥护者的世界观，是反对唯物主义的主观唯心主义。他指出这些人看到了资本主义文明的没落，但又想维护资本主义制度，把劳动人民反对资本主义的斗争诬蔑为乌托邦。这样，他们只好在"自我"的世界中寻找安慰，陶醉于"自我"就是"唯一现实"，主张"艺术的绝对独立，不容许诗具有除它本身之外的其他目的"。他认为一个艺术家不从现实出发，只从"自我"出发，是创作不出什么好作品来的；"一个人对这个世界的关系一旦到了把自己的'我'看作'唯一现实'的地步，他在思想方面就必然成为一个不折不扣的穷光蛋"①。

1908年，三个俄国颓废派、象征派诗人吉皮乌斯、梅列日科夫斯基和费洛索福夫，在德国慕尼黑出版了一本用德文合写的《沙皇与革命》的书，他们用神秘主义、无政府主义和尼采主义来看待欧洲和俄国，他们不但不否认颓废派这个名称，而且声称俄国颓废派"已经达到世界文化的最高峰"。普列汉诺夫对这一思潮进行了强烈谴责，认为"它的起源是由于一大部分现代资产阶级知识分子的极端的主观主义"；他们"虽然力图以俄国人的空前的和无限的热爱自由的志愿来使欧洲感到震惊，可是他们仍然是彻头彻尾的颓废派，他们只能够对那些'不存在的和从来不会有的东西'发生好感，换句话说，也就是不能够对现实中发生的任何事情发生好感"②。普列汉诺夫还进一步阐述了俄国颓废派产生的"家里的原因"和家外的原因：它既是同1905年俄国革命失败后一部分资产阶级知识分子的幻灭情绪相联系的，同时也是"随着目前在西欧占统治地位的阶级的衰落而来的'萎黄病'的产物"③。

吉皮乌斯说过："我认为人的本性的自然的和最不可少的需要就是祷告……一般的诗，特别是有韵的诗，即语言的音乐，只是我们的灵魂所采取的一种祷告的形式。"普列汉诺夫对此曾尖锐地提出批评："当一个人同他周围的人们断绝一切精神上的交往时，那时他的理想的生活便会失去与

---

① 《普列汉诺夫美学论文集》第2卷，人民出版社1983年版，第875—876页。
② 同上书，第872页。
③ 同上书，第868页。

人世间的一切联系。那时他的幻想会把他带到天上去，那时他就变成一个神秘主义者。"[1] 不仅如此，即使从象征主义诗学角度来看，普列汉诺夫认为，"一个有才能的艺术家要是被错误的思想所鼓舞，那他一定会损害自己的作品"。因为"这样一来，诗和一般作为人与人之间的交换手段之一的艺术就不能不受到损害"。[2] 其实，普列汉诺夫并不反对艺术中的象征，相反，他赞赏那种能够"唤起将来的形象的"、用"诱惑的语言"表达出来的象征；但他反对"走进抽象的领域里去的象征之路"，即反对象征主义，而且指出："象征主义——这类似贫困的一种表现。当思想用对现实的理解武装起来的时候，它没有必要走进象征主义的荒野。"[3]

与象征主义相比，普列汉诺夫对立体主义采取了更为严厉的批判态度。他把立体主义叫做"立方体的胡闹"。他对法国画家阿尔伯·格来兹和约翰·梅津格合著的《论立体派》一书作了批评，认为他们在"为自己的不可思议的创作方法进行辩护"；他们主张"必须从'我们个人'当中去探求本质的东西"那些论断，是"完全站不住脚的"。他对弗·雷泽的立体派画《穿蓝衣服的女人》也提出了批评，指出把女人画成一种由若干不规则的零乱的立方体所组成的形式，一种平行六面体的形式，这种所谓的艺术革新只能令人发笑。普列汉诺夫并不反对艺术革新，而且指出一个艺术家"不满足于他们的前辈所创造的东西，这完全没有什么不好。相反地，对新的东西的追求，往往是进步的源泉。但是，并不是每一个寻求新东西的人都能找到真正新的东西。必须善于寻找新的东西。一个对于社会生活的新学说盲目无知的人，一个认为除了'自我'之外再没有其他的现实东西的人，当他寻找'新的东西'的时候，除了新的胡说八道之外是什么也找不到的"[4]。而立体主义者就属于这类人。

对于印象主义，普列汉诺夫基本持批评的态度。他反对绘画中的印象派把光线置于画的主角地位，反对画家赫尔曼·安格拉达"顽强而又热烈地追求一些强有力的和离奇的（其实是模糊的）光的效果"。他写道：

---

[1] 《普列汉诺夫美学论文集》第2卷，人民出版社1983年版，第870页。
[2] 同上书，第866页。
[3] 普列汉诺夫：《论西欧文学》，人民文学出版社1957年版，第14—15页。
[4] 《普列汉诺夫美学论文集》第2卷，人民出版社1983年版，第879页。

"当一个画家把自己的全部注意力都放在**光的效果**上，当这些效果成为他的创作的全部内容时……他的艺术必然要停止在**现象的外表**上面。可是当他企图以离奇的效果来打动观众时，那就只得承认，他已经走上通向丑恶和可笑的直路了。"① 但是，普列汉诺夫并没有完全否定印象派的艺术成就。在他看来，"印象主义所提到日程上的技术问题是有相当大的价值的"，因为"注意光的效果，可以扩大自然界给人提供的享受范围"②。同时，他还认为，"事实上，印象派是画出过许多最出色的风景画来的"，它可以给我们带来"阳光普照下的生活的抚爱"③。

虽然普列汉诺夫对19世纪末20世纪初的颓废派、现代派在整体上采取批判否定的态度，笼统地斥之为"资产阶级艺术"，但是对现代主义的各种流派的优劣得失仍然作了种种具体细致的美学分析。这一点很值得我们注意和重视。

（四）对无产阶级新文学的评论

为无产阶级的新文学而斗争，为新型的现实主义而斗争——这是普列汉诺夫在文学理论与批评领域里留下的宝贵篇章。

众所周知，在创建无产阶级文学的问题上，曾经有过激烈的争论。像梅林、拉法格这些闻名遐迩的早期马克思主义文艺理论家和批评家，对此曾经是持怀疑态度的。至于无产阶级革命运动中的机会主义者，如考茨基、托洛茨基等，则根本否认有创建无产阶级文学的可能性。与他们相反，普列汉诺夫认为，"精神方面的革命运动是与社会关系方面的革命运动相适应的"。早在1885年，他给诗集《劳动之歌》撰写的序言《对工人读者讲几句话》里，就提出创建无产阶级文学的可能性和必要性。他写道："每个社会阶级都有自己的诗和自己的歌，它在这些诗和歌里注入自己的特殊内容，因为每个社会阶级在社会中都有自己的特殊地位，有自己对周围事物和秩序的特殊观点……只有工人阶级才能赋予诗

---

① 《普列汉诺夫美学论文集》第1卷，人民出版社1983年版，第505页。
② 《普列汉诺夫美学论文集》第7卷，人民出版社1983年版，第506页。
③ 同上。

篇以最高的内容，因为只有工人阶级才能成为劳动和理性的思想的真正代表者。"① 1905 年，他在《无产阶级运动和资产阶级艺术》一文里，在谈到参观威尼斯第六届国际艺术展览会的感想时，深切地意识到那个时候的欧洲批判现实主义创作，即使是那些优秀的代表者，已经不可能真实地表现历史的新时期——无产阶级的生活及其斗争。在一些反映工人生活题材的艺术作品里，"听不到一点点抗议的声音"；它们"表现怜悯，引起怜悯"，"没有也不可能超越同情和怜悯被侮辱者和被损害者更前进一步"，至于要求它们的主人公"自觉地抗议，那是很困难的"。因此，他十分感慨地说："我们当代的艺术片面到了多么难于置信的地步，它对工人阶级的意向置之不理到了何等地步……上层阶级代表中间的优秀人物没有能够最终转到无产阶级方面来，他们只能够向不幸者和被压迫者祝'**晚安**'。谢谢，善良的人们！可是你们的钟慢了：黑夜已经快要完结，'**真正的白天**'正在开始到来……"② 换句话说，旧现实主义所描绘的工人的那种没有抗议的驯服和哀求，那种同情和怜悯，已经不能揭示时代的潮流和历史的步伐，它必将由新型现实主义所表现的"坚定不移地否定驯服顺从"所代替。

普列汉诺夫在评论民粹派作家的现实主义传统时说过："可以希望，随着民粹主义偏见的消除，在我国将出现这样一些作家，他们有意识地力求研究和艺术地再现这个过程的积极方面。这在我国文学发展上将是向前迈进的一大步。"③ 俄国文学发展史上首先迈开这"一大步"的，在普列汉诺夫看来，不是别人，正是高尔基。

列宁曾称高尔基是"无产阶级艺术的最杰出的代表者"，他"用他的伟大艺术作品把自己同俄国和全世界的工人运动结合得太牢固了"。像列宁一样，普列汉诺夫认为高尔基是"我们的具有高度才华的无产阶级艺术家"，"无产阶级战士形象的第一个创造者"，"革命无产者心理的表现者"，"人民心理的大师"；并一向对他怀有敬意。1911 年，他在致高尔基

---

① 《普列汉诺夫遗著》第 6 集，莫斯科：社会经济出版社 1938 年版，第 284 页。
② 《普列汉诺夫美学论文集》第 1 卷，人民出版社 1983 年版，第 524 页。
③ 同上书，第 153 页。

的信中写道："您无法想象出，我是多么高兴地收到您的来信和惠赠的书……您的作品只要一经发表，我就经常阅读。"① 1913 年的信中又说："祝您健康，这是我能够祝愿您的东西，因为其余一切您都有：才华、教养、毅力、对未来的美好信心及其他等等，它们是无价之宝。祝愿您永远、永远健康，用您的作品来丰富我国文学。"②

对普列汉诺夫来说，无产阶级艺术家高尔基是 19 世纪批判现实主义的优秀继承者。他对高尔基的小说《马特维·克日米亚金的一生》有很高评价，把它同果戈理的《死魂灵》相提并论，认为它"出自一个大师之手"；而该书描写的内容则可以同奥斯特洛夫斯基描写的那个"黑暗王国"相比，因为它"展现的正是俄国社会的发酵过程"；其意义和价值又可以同巴尔扎克的某些作品媲美："谁想知道这个过程，他就应该阅读《马特维·克日米亚金的一生》，正像谁想了解复辟时代和路易·菲力普时代的法国社会，他就应该阅读巴尔扎克的某些作品一样……"③ 对高尔基的剧本《太阳的孩子们》，他也十分赞赏。普列汉诺夫正确分析了剧本中落后的"半无产阶级"群众和知识分子的关系，指出钳工叶戈尔这样的人已开始怀疑自己对待知识分子的不信任态度。而普罗达索夫这样的"太阳的孩子"则千方百计要对他们施加影响。普罗达索夫最后还是同叶戈尔疏远了，而另一些"太阳的孩子"比普罗达索夫对待他们还坏。他们终于认识到这些人的反人民的本质。普列汉诺夫尖锐地指出，主人公"普罗达索夫不是人"，而是"龈脓肿"，他同叶戈尔谈话的时候，"像个白痴一样"。正是这个剧本，使普列汉诺夫看到了高尔基是一位"人民的心理大师"。

高尔基的名作《仇敌》一问世，在资产阶级阵营中便引起一场轩然大波。文人学士大肆攻击这个剧本，叫喊"高尔基完了"，"高尔基的才华枯竭了"，它"不能满足时代的需要"，等等。甚至连那些自称为剧作家的"最亲近的志同道合者"也附和这种论调。面对这一严峻形势，普列汉

---

① 《普列汉诺夫论文学与美学》第 2 卷，莫斯科：苏联文学出版社 1958 年版，第 516 页。
② 同上书，第 518 页。
③ 同上书，第 517 页。

诺夫挺身而出保卫无产阶级文学的奠基者，旗帜鲜明地发表了《工人运动的心理》（1907）一文，对《仇敌》作了高度评价和正确分析。在关于高尔基创作的评论中，这是一篇富有战斗性的、马克思主义的优秀评论文章。文章伊始，便针锋相对地指出："高尔基剧作的场景好极了。它的内容极为丰富，因此他们才故意闭上眼睛不去看。"作者通过主人公列弗申这个老工人鲜明地表现了工人运动的心理，因而使它成为"优秀的艺术作品"。在他看来，"资产阶级艺术的爱好者对高尔基的各个作品尽管可以肆意褒贬，但事实总归是事实。最有学问的社会学家能够在高尔基和已故的乌斯宾斯基那里学到许多东西。在他们的作品里，有完整的发现"。[①] 他对剧本的艺术价值和审美意义也作了很高评价："在这里，一切都好得很，因为没有任何杜撰的东西，一切都是真实的。"[②] 例如，列弗申在同资本主义的斗争中一步都不退让；同时他又"充满了爱"，这种爱使他成为"一个能够接受最严峻任务的战士"。也就是说，在这位老工人身上战士和人道主义者是统一的。而这正是资产阶级世界所不能也不可能接受的东西。总之，按普列汉诺夫的观点，《仇敌》表明高尔基非但没有江郎才尽，而且仍处在创作的新高涨之中。

当然，普列汉诺夫并不姑息高尔基的思想错误，对他的小说《忏悔》曾作了尖锐而爱护的批评，指出它的主题思想——寻神和造神说是错误的、杜撰的，在艺术上也是很差的，并衷心地期待作者离开这个思想上和创作上的"危险斜面"。

尽管普列汉诺夫对高尔基的创作发表了不少正确的意见，但也有一些意见是错误的。这特别表现在对《母亲》的评论上。《母亲》是俄国无产阶级文学史上第一座丰碑，也是世界无产阶级文学史上最卓越的代表作之一。然而，普列汉诺夫却从孟什维主义立场出发，指责小说杜撰了一个"乌托邦"，传染上了列宁和布尔什维克的"浪漫主义乐观主义"和"革命的炼丹术"，似乎高尔基"完全不理解马克思的观点"，从而对小说作出了与列宁完全相反的否定评价。实际上，由于普列汉诺夫这时已背离了

[①] 《普列汉诺夫论文学与美学》第2卷，莫斯科：苏联文学出版社1958年版，第515页。
[②] 同上。

马克思主义关于资产阶级民主革命的学说，为了反对列宁主义的政治思想立场，他丧失了评价小说的应有的客观标准，这是不足为怪的。

  尽管他对高尔基整个创作的评价是复杂的和矛盾的，尽管他的文学批评不乏缺点与失误，但从整体而言，仍是瑕不掩瑜。正如列宁所指出的，普列汉诺夫作为无产阶级的政治家和策略家是"经不起任何批判的"，然而他的理论著作"仍然是全俄国社会民主党的牢固的成果"。历史和实践都表明，普列汉诺夫的美学思想和文学批评是马克思主义美学和文学批评中的宝贵遗产，在俄国和世界马克思主义美学和文学批评史上起着承前启后，继往开来的重要作用。

（原载刘宁主编《俄国文学批评史》第 25 章，上海译文出版社 1999 年版）

普列汉诺夫论现实主义

现实主义，是人类进步文艺的旗帜之一，也是马克思主义美学的中心问题之一。俄国第一个马克思主义者和文艺理论家——普列汉诺夫，在19世纪末20世纪初，对现实主义作了很有价值的探索，有些方面在今天也没有失去其意义。

众所周知，在马克思主义经典作家的文艺理论中，恩格斯在1859年致斐迪南·拉萨尔的信里，第一次在美学意义上使用了现实主义的术语。二十余年之后，他在1885年致敏娜·考茨基和1888年致玛·哈克奈斯的信里，对现实主义问题进一步作了深刻的论述。这些信件是恩格斯自己的文艺思想的总结，也是马克思主义美学的重要文献，对当代马克思主义文艺理论的研究和社会主义文艺的发展，起着巨大的指导作用。可惜，普列汉诺夫在生前没有读到它们。这里存在着一个历史情况：马克思和恩格斯的一些理论著作，尤其是关于现实主义等文艺问题的书信，由于德国社会民主党领导人对它们采取了蔑视的态度，而被长期封锁起来，只是在普列汉诺夫去世（1918年）之后，才在苏联首次刊行于世。例如，马克思的《1844年经济学—哲学手稿》和《德意志意识形态》于1924年第一次发表，马克思和恩格斯分别致斐迪南·拉萨尔的信于1925年第一次发表，恩格斯致保尔·恩斯特、敏娜·考茨基和玛·哈克奈斯的三封信，则于1931和1932年第一次刊登在苏联的《文学遗产》上。我们可以相信，如果普列汉诺夫在论述现实主义问题的时候，读到了革命导师这些关于现实主义的信件，肯定会引起他的极大兴趣和重视，并会得到许多教益的。

正是在1888年，也就是在恩格斯致英国女作家玛·哈克奈斯关于现实主义问题的信的那一年，普列汉诺夫在他发表的评论俄国70年代民粹派作家创作的文章中，第一次在美学意义上运用了现实主义这个概念，以后又继续对现实主义的一些重要方面作了论述。总的说来，普列汉诺夫关于现实主义的见解，虽然没有马克思主义创始人那样精湛，也没有达到他们那样的理论高度，但是应该看到，他是根据自己对马克思主义的理论和文艺发展的实践的理解，在马克思主义美学中，较早地和独立地提出了这个问题，并在一些重要看法上同恩格斯的观点相似或接近。仅就这些情况而言，普列汉诺夫关于现实主义的论述，对于我们了解和研究马克思主义的文艺理论及其发展的历史；对于我们批判"四人帮"一伙在"纪要"中借口"批判"资产阶级现实主义，实则全盘否定现实主义的奇谈怪论；对于我们进一步探讨社会主义文艺的理论问题，无疑是一份宝贵和重要的材料。我们绝不能因为普列汉诺夫在后来堕落为孟什维克，晚节不保，就抛弃他的这份遗产，抹杀他在马克思主义文艺理论发展中所应该占有的历史地位。我们应该向鲁迅和瞿秋白学习，半个世纪以前，他们在国民党反动派的残酷统治下，翻译和介绍了普列汉诺夫的一些文艺论著，并且作出了正确的评价。今天，我们应该继承和发扬他们的科学精神，把介绍和研究普列汉诺夫的文艺遗产的工作更好地继续下去。

一

像恩格斯一样，普列汉诺夫在19世纪80年代提出现实主义问题，不是偶然的。

首先，普列汉诺夫对现实主义的论述，是过去时代的文艺理论家和作家关于现实主义理论的探索的继续，特别是俄国革命民主主义者别林斯基、车尔尼雪夫斯基和杜勃罗留波夫关于现实主义理论的探索的继续。

我们知道，文艺领域里的现实主义概念，并不是马克思主义美学所首创的。在这个概念形成之前，从亚里士多德的《诗学》开始，在欧洲，许多文艺理论家和作家，特别是狄德罗、莱辛和别林斯基已经对现实主义问题作了不少很有意义和很有价值的论述，可是在一个很长的时期里，还没有现实主义这个术语。在我国的文艺发展史上，关于现实主义的思想和创作，也早已有之，但是现实主义这一术语，直到五四运动前后才从欧洲传入。陈独秀主编的《新青年》杂志的一些文章中把它译为"写实主义"，亦即现实主义。据我们所知,最早在美学意义上使用现实主义这个术语的是席勒,不过在他的时代里,现实主义的术语并没有得到流传。只是到了19世纪50年代,在巴尔扎克逝世后不久,他的崇拜者、法国的文艺评论家和小说家夏弗勒里,用笔名于松在《秩序报》(1850年9月21日)上发表了一篇评论画家库柏的文章《艺术中的现实主义》,导致了一场关于现实主义的著名论战,从此,现实主义的术语才引起了人们的注意。在于松看来,现实主义艺术的任务只不过在于"天真、真诚和独立"。后来,他的学生杜朗蒂和另一位评论家一起创办了一个名为《现实主义》的杂志(1856年11月至1857年5月),他们力图通过这个刊物给现实主义提出某种纲领性的东西。杜朗蒂对现实主义的理解比起夏弗勒里来,无疑是前进了一步。他认为现实主义应该对日常生活作详尽无遗的描写,而且指出它的社会意义首先在于再现社会的环境和时代。在这之后,现实主义的术语才在欧洲广泛地流传开来,并成为遍及欧洲的一种文学运动和文学思潮。恩格斯正是在这个时候开始运用现实主义的概念,并对它的内涵作了新的、马克思主义的表述。显然,法国评论家所理解的现实主义并不是恩格斯以及普列汉诺夫所理解的现实主义,甚至比起狄德罗、莱辛和别林斯基来,也还有一段距离。

在俄国,对现实主义作了比较系统地论述的是别林斯基,但是他也没有运用现实主义这个词。他在《1843年的俄国文学》等评论文章中认为,"艺术是现实底复制;从而,艺术的任务不是修改、不是美化生活,而是显示生活的实际存在的样子";[①] 又说,果戈理等作家"都企图描写现实的而非想象的人们;但是,既然现实的人们居住在地面上,社会中……那末,很自然地,我们时代的作家在描写人的时候,也描写了社会。社会呢,——也是现实而非想象的东西,因此,它的本质不仅在于服装和发式,还有人情、风俗、观念、关系等……因此,在描写人的时候,他们就想去探索他何以如此或不如此的原因。由于这种探索,他们自然而然地描写着不是个别的这人或那人的独特优点或缺点,而是普遍的现象"。[②] 别林

[①] 《别林斯基论文学》,新文艺出版社1958年版,第106页。
[②] 同上书,第132页。

斯基还把果戈理这样一些作家称为俄国文学中的"自然派"，在这里，"自然派"实质上指的就是现实主义。后来，车尔尼雪夫斯基和杜勃罗留波夫在自己的美学著作和评论文章中，继承和发挥了别林斯基的"自然派"这一思想。60年代初，俄国的文学评论界不再使用"自然派"这个概念，而逐渐开始使用现实主义这个概念。1860年，杜勃罗留波夫写道："现实主义已经到处都是"；1863年，俄国作家谢德林也说："现实主义是我国文学中真正的主要流派。"可见，普列汉诺夫对现实主义的理论探索不是在思想真空中进行的，他在许多方面直接继承俄国革命民主主义者而加以发展，并且一再援引他们的观点。

其次，普列汉诺夫之所以重视现实主义的文艺，不仅仅出于他个人对现实主义这一文艺流派和创作方法的兴趣和偏爱，同马克思和恩格斯一样，他看到了现实主义文艺在认识世界中的作用和意义。马克思曾经说到英国的狄更斯、萨克雷这些现实主义作家"在自己的卓越的，描写生动的书籍中向世界揭示的政治和社会真理，比一切职业政客、政论家和道德家加在一起所揭示的还要多"。[①] 恩格斯在说到现实主义大师巴尔扎克的《人间喜剧》时，认为它"给我们提供了一部法国'社会'……的卓越的现实主义历史"。[②] 普列汉诺夫在谈到巴尔扎克、福楼拜、易卜生、俄国70年代民粹派作家、高尔基的作品时，同样提出了它们的认识价值和社会意义，而且说长篇小说《怎么办？》和《序幕》的作者车尔尼雪夫斯基，是俄国"文学的普罗米修斯"。普列汉诺夫进一步认为"历史上的一切积极的阶级都是现实主义者"，无产阶级应当创造自己的新文艺来为人类的解放事业服务，在这方面，现实主义是最能够广泛地同认识世界和改造世界这一无产阶级的历史使命联系在一起的。

再次，普列汉诺夫十分地强调文艺中的现实主义创作方法和创作经验，是同19世纪末20世纪初"在艺术中现实主义不时兴"[③] 的这种状况相联系的。在那个时候，立体主义、印象主义、象征主义、形形色色的颓

---

① 《马克思恩格斯全集》第10卷，人民出版社1962年版，第686页。
② 《马克思恩格斯选集》第4卷，人民出版社1972年版，第462页。
③ 《普列汉诺夫的文学遗产》第3集，第272页，俄文版。

废派艺术和形式主义艺术在欧洲和俄国风靡一时,普列汉诺夫为了捍卫先进的现实主义的艺术传统,同那些脱离现实,回避时代潮流,沉湎于"自我是唯一的现实"的艺术创作,以及同资产阶级的"为艺术而艺术"的欺骗宣传进行斗争,他把自己的目光转向了现实主义。

二

文艺和现实的关系,是普列汉诺夫文艺理论的基本问题。他在早年写的一部艺术理论著作《没有地址的信》中,就明白地指出:"我深深地确信,从今以后,批评(更确切些说,美学的科学理论)只有依据唯物史观,才能向前迈进。"[①] 他从马克思主义的历史唯物主义观点出发,阐明了作为社会意识形态之一的文艺同社会生活的根本关系。他写道:"我们说,艺术是意识形态之一,因此我把它和其他意识形态,如宗教、哲学、法权思想等等并列在一起,这些意识形态中的每一种也都是社会生活的精神产物。"[②] 普列汉诺夫把自己的那部文艺理论的纲领性著作称为"艺术与社会生活",就是反映了他的这一基本思想的。在《没有地址的信》(1899—1900)和《艺术与社会生活》(1912—1913)这些重要著作中,普列汉诺夫从各个不同的艺术部门和各个不同时代的艺术发展的实际情况出发,历史地、具体地阐述了生活是文艺的唯一的源泉、真实地描写现实是文艺的主要准则这些基本原理。

在现实主义的一些主要理论问题上,普列汉诺夫继承了别林斯基、车尔尼雪夫斯基、杜勃罗留波夫等人的观点。在《别林斯基的文学观点》一文里,他把别林斯基的文学思想概括为五条"美学法则",其中第二条主要法则谈的就是有关现实主义的问题,即"诗人应该如实地描写生活,既不粉饰它也不歪曲它"。他对车尔尼雪夫斯基的美学著作《论艺术和现实的审美关系》有极高的评价,指出他所说的"艺术的内容就是生活"、"美就是生活"的思想是"一个天才的发现",并且认为"在车尔尼雪夫

[①] 普列汉诺夫:《论艺术(没有地址的信)》,生活·读书·新知三联书店1964年版,第40页。
[②] 《普列汉诺夫的文学遗产》第3集,第154页,俄文版。

斯基和他的学生杜勃罗留波夫那里，艺术的主要意义就在于再现生活并对生活现象进行批判"。普列汉诺夫正是根据真实地描写现实这一现实主义的基本原则来分析文艺作品的优劣和成败之所在。例如，他在参观威尼斯第六届国际艺术展览会后，曾就瑞典画家卡尔·拉森画的《拿草莓的女孩子》、《开着的门》和《晚餐》等作品写道："什么都是特别好，任何一件作品都令人看了恋恋不舍。在他的作品里有着那么多的光、空气、生活"，"真正的，'活生生的'，不是假造出来的生活"，他是"以非常有力量的活生生的生活来吸引人的"。① 在谈到荷兰画家阿维尔曼时，普列汉诺夫连声称他是位大艺术家，他创作的石刻画的特点是"真实"，"一切都真实到了极点"。② 反之，在普列汉诺夫看来，"艺术作品要是歪曲了现实，它就是不成功的作品"。

艺术固然离不开真实，现实主义应该写真实，但真实还不是现实主义的同义词。按照普列汉诺夫的意见，现实主义的真实不能够仅仅停留在"现象的外壳"的真实上，这种"现象的外壳"的真实不能叫作现实主义，充其量也只是一种"外表的"现实主义，实际上是自然主义。所以现实主义的真实和自然主义的真实是不同的，两者不能相提并论。普列汉诺夫对左拉的长篇小说《萌芽》是有所肯定的，可是，他不赞成"左拉主义"（即自然主义）。这说明，他看到了左拉的创作同左拉的创作理论的矛盾。他批评左拉说：虽然左拉自称"开始倾向于社会主义"，但是左拉的"所谓实验方法对于艺术上研究和描绘伟大的社会主义运动却始终没有多大用处"。③ 又说，在自然主义那里，包括梅毒在内的一切东西都成为创作的对象，但是当前的工人运动却没有被它所触及。自然主义者"只好一再叙述初次邂逅后的酒商和小店老板娘之间的爱情"。普列汉诺夫引用法国作家羽斯曼的话：自然主义很快陷入了"死胡同或出口被堵塞的地道中去了"。为什么呢？这因为自然主义不理解：一个社会的人的思想行动，不可能在生理学或病理学中找到充分的说明，因为这是由社会关系所决定

---

① 普列汉诺夫：《无产阶级运动和资产阶级艺术》，见《文艺理论译丛》1957年第1期，人民文学出版社1957年版，第129页。
② 同上书，第138页。
③ 普列汉诺夫：《没有地址的信·艺术与社会生活》，人民文学出版社1962年版，第239页。

的。"一个艺术家如果严格遵循这种方法,就会把他们的'剑齿象'和'鳄鱼'作为个体来研究和描写",他们所能考察到的唯一现象,就是平庸的小市民生活的"污秽的泥沼"中产生的"渺小的思想"和"渺小的激情"。[①] 可见,自然主义的这种真实性对于现实主义说来,是远远不够的。因此,普列汉诺夫指出,关于平庸的小市民生活和爱情这类关系的描写,只有像19世纪俄国现实主义那样,深入到"现象的外壳"的里面,去"阐明社会关系的某一方面的时候才会有意义"。普列汉诺夫认为赫尔岑在他的中篇小说《谁之罪?》中,就是把地主涅格罗夫道德上的恶习同农奴制度内在地联系了起来。也就是说,现实主义绝不能够像自然主义那样,只停留在现象的表面和细节的真实上;或者像左拉所说的那样,作家只要收集好材料,研究一下就得了。他引用别林斯基在《1847年俄国文学一瞥》中的话说:诗人应当表现的不只是个别的、偶然的东西,而是普遍的、必然的东西。他并且把俄国的现实主义同法国的自然主义进行了对比,认为"民粹派的小说完全地是现实主义的",它不同于"法国式的现实主义",前者"充满着感情,洋溢着思想",后者则是"当代法国资产阶级道德和精神的空虚的文学表现"。在这里,普列汉诺夫实际上是在批评那时法国的一些评论家把现实主义同自然主义混为一谈的错误。如果把自然主义也看成现实主义,这只能是"法国式的现实主义",而不是真正的现实主义。但是,在普列汉诺夫看来,法国不是没有现实主义作家,而是有卓越的现实主义作家。这个人不是别人,就是他所称颂的"法国的现实主义之父"——巴尔扎克。

为了明确现实主义的基本原则,普列汉诺夫把雨果的浪漫主义同巴尔扎克的现实主义进行了对比,认为这两者之间存在着极为明显的差别。他写道:"重读一读雨果给他的剧本写的序言吧,你就会在那里看到,浪漫主义是怎样理解心理分析的任务的。雨果常常说,他在他的这个作品里想要表现处于某某和某某一种情况下的某某一种热情,得到一种什么结果。于是人的热情被他在最抽象的形态中'把握'着,并且在虚构的、假造的,可以说,完全'空想的'情势里活动着。"巴尔扎克则不然,"他

[①] 普列汉诺夫:《没有地址的信·艺术与社会生活》,人民文学出版社1962年版,第238页。

'把握'的是他当时的资产阶级社会给他的那种形态中的热情；他以自然科学者的注意来追踪它们怎样在一定的社会环境里成长和发展。因为这样，他成了最深刻的意义上的现实主义者"。① 所谓"最深刻意义上"的现实主义，它意味着，既不是自然主义所描写的"现象的外壳"，"渺小的思想"和"渺小的激情"，也不是浪漫主义所表现的"最抽象的形态"中的"人的热情"，而是一定的社会给人的"那种形态中的热情"，这种人是"在一定的社会环境里成长和发展"着的。也就是说，人物的性格是由一定的社会环境所决定的。正是这一点，成了现实主义同自然主义的分界线，也成了现实主义同浪漫主义的分界线。普列汉诺夫的这个论断正像恩格斯给斐迪南·拉萨尔的信里，在谈到《弗兰茨·冯·济金根》时指出的那样："主要人物是一定的思想的代表，他们的动机不是从琐碎的个人欲望中，而正是从他们所处的历史潮流中得来的。"②

关于人物和环境的这种关系，普列汉诺夫认为，意大利文艺复兴时代的大画家达·芬奇在其壁画《最后的晚餐》中被卓越地揭示了出来，并成为其取得艺术的巨大成就的奥秘所在，即画家在画中展现了耶稣与他的弟子们相处的"整个历史中那个充满强烈戏剧性的瞬间"，以及这一"瞬间"的耶稣本人的"心境"、"精神状态"。③ 很清楚，这个"瞬间"不是生活中司空见惯的任何一刹那，而是具有重大意义的历史性的时刻；这个"心境"、"精神状态"也不是任何时候都会表露出来的通常的喜怒哀乐，而是重大历史性时刻中的人的"心境"、"精神状态"。这是多么出色的思想！这个思想同恩格斯给玛·哈克奈斯信中提出的著名的思想是相近的。恩格斯说："据我看来，现实主义的意思是，除了细节的真实外，还要真实地再现典型环境中的典型性格。"革命导师所说的"除了细节的真实外"这句话，明显地是针对自然主义的真实，以及法国50—80年代夏弗勒里、杜朗蒂等人的那种现实主义理论的局限性和弱点而发的。普列汉诺夫对左拉的"实验方法"的批评，对"法国式的现实主义"的批评，无

---

① 普列汉诺夫：《论西欧文学》，人民文学出版社1957年版，第106页。
② 《马克思恩格斯选集》第4卷，人民出版社1972年版，第343—344页。
③ 普列汉诺夫：《没有地址的信·艺术与社会生活》，人民文学出版社1962年版，第272页。

异于说，现实主义不能局限于细节的真实。虽然现实主义离不开细节的真实，但是现实主义毕竟还需要进一步描写人物的社会环境。恩格斯所说的典型环境，也不是指人物生活其中的周围环境，而是整个社会环境，亦即一定时代的一定的社会关系。因此，"再现典型环境中的典型性格"的思想，是恩格斯对现实主义的内涵所作的最精辟的概括。普列汉诺夫提出：现实主义要揭示整个历史中那个充满强烈戏剧性的瞬间的心境的说法，虽然没有达到，但却是很接近于恩格斯这样的理论高度的。

此外，很有意思的是，普列汉诺夫对巴尔扎克的评论与恩格斯的评论也有不少相似之处。普列汉诺夫称巴尔扎克为"现实主义之父"，并对左拉主义进行了批评。恩格斯同样认为巴尔扎克"是比过去、现在和将来的一切左拉都要伟大得多的现实主义大师"。显然这是对左拉的自然主义的理论的否定，对巴尔扎克的现实主义的肯定。普列汉诺夫对法国文学评论家古·朗松写的《法国文学史》一书没有给予巴尔扎克以应有的评价，提出了批评。他指出，如果巴尔扎克不能被称作"法国现实主义之父"，唯一的原因是，在法国现实主义者那里，没有一个人能够充分地、全面地理解《人间喜剧》的天才作者给自己规定的那个伟大的任务。这一点不应该归咎于巴尔扎克，而应该归咎于从1848年二月革命和六月事变以来的法国社会的整个历史。而朗松就是不理解巴尔扎克的意义的一个。普列汉诺夫认为巴尔扎克的作品的意义和价值，就在于真实地描写了法国资本主义社会一定时期的现实关系。正"因为这样，他成了最深刻意义上的现实主义者，并且他的作品是研究复辟时期和路易·菲力普时期的法国社会心理不可缺乏的史料"。① 普列汉诺夫还在他的著名理论著作《论一元论历史观之发展》中写道："巴尔扎克对于解释和他同时代的社会各阶级的心理已经做了许多。"② 这些看法同恩格斯所说的：从《人间喜剧》中，"甚至在经济细节方面……所学到的东西，也要比从当时所有职业的历史学家、经济学家和统计学家那里学到的全部东西还要多"，也是很接近的。

---

① 普列汉诺夫：《论西欧文学》，人民文学出版社1957年版，第107页。
② 普列汉诺夫：《论一元论历史观之发展》，生活·读书·新知三联书店1961年版，第190页。

三

　　关于现实主义和倾向性的问题，这是普列汉诺夫现实主义理论的一个重要方面。现实主义的真实性是不可能排斥它的倾向性的，因为作家在揭示现实时，必然要反映出他本人的思想立场；艺术作品中的真实总是通过艺术的三棱镜折射出来的真实。艺术的真实性，若不是同进步的倾向性联系在一起，就会同保守的或反动的倾向性联系在一起。艺术的真实性和艺术的倾向性就是这样内在地、紧密地联系着的。根据现实主义文艺反映现实的这个特点，在普列汉诺夫看来，一个作家具有先进的思想就会大大增强他的艺术力量，反之，他具有错误的思想，就会损害作品的内在价值，降低它的艺术性，因为"任何一个作家都不可能把不是真理的东西变成真理"。福楼拜和法国早期现实主义者的创作，由于他们主观上的保守的或反动的一面，不能不影响他们的作品的真实性。例如，福楼拜曾经声称："群氓、乌合之众永远是可憎的"，"普选权就是人类智慧的耻辱"，等等。普列汉诺夫认为，正是福楼拜和法国早期现实主义者这种"保守的或部分地甚至是反动的思想方式，大大地缩小了他们的视野"。福楼拜在谈到自己的创作态度时说过："对待人的态度应该像对待剑齿象或鳄鱼一样，难道可以因为前者的角和后者的颚骨而感到愤慨吗？把它展示出来，拿它们制成标本，放在酒精瓶里，——这就是我们应该做的一切。但是不要对它们下什么道德上的判决；况且你们自己又是什么呢？你们这些小小的癞蛤蟆。"普列汉诺夫针对这番话指出："充满敌意地回避当时的伟大的解放运动，因而就从他们所考察的'剑齿象'和'鳄鱼'中排除了那些具有丰富的内在生活的最有意思的标本。"[①] 但是，普列汉诺夫并没有将问题简单化，他看到了作家的主观思想倾向同现实主义之间可能存在的矛盾。他充分肯定了福楼拜的现实主义："客观性是福楼拜的创作方法最有力的一面"，把资产阶级的庸夫俗子作为艺术真实的描写对象，以客观态度来对

[①] 普列汉诺夫：《没有地址的信·艺术与社会生活》，人民文学出版社 1962 年版，第 237—238 页。

待他所描写的社会环境,从而违反了他自己的"深刻的思想偏见","创造出在艺术上很有价值的东西来",其长篇小说《包法利夫人》就是如此。所以,普列汉诺夫说,由于福楼拜的现实主义创作方法,"他的作品中所描写的人物,对于一切从事社会心理现象的科学研究的人们来说,具有完全值得研究的'文献'意义"。① 我们知道,列宁在谈到列夫·托尔斯泰的创作的时候也曾经指出,他的"最清醒的现实主义"和"鼓吹在世界上最讨厌的东西之一,即宗教"之间的矛盾。

关于现实主义有可能战胜作家艺术家主观上保守的或反动的倾向这一点,普列汉诺夫在1888年和1890年写的一组评论70年代俄国民粹派小说家格列勃·乌斯宾斯基、卡洛宁和纳乌莫夫的文章中,进一步作了分析。他指出,这些民粹派作家违背了自己的民粹主义及其理想,即关于通过俄国农民村社、合作精神,俄国社会发展可以避免资本主义的独特道路的空想,"创造了深刻的、真实的文学流派"。当民粹派小说家带着民粹派的纲领,"到民间去",到外省偏僻的地方去,直接接触农村生活的时候,他们实际上看到的是另外一幅"与自己的概念极不相符合的"现实图画,农民的不幸和苦难,农民村社的"基础"由于资本主义的侵蚀正处于瓦解之中,农村正在发生着新的变化。因而,他们在《土地的统治》、《破产》、《冬天的风》、《农村日记抄》、《从下到上》、《雅蒙的青年》、《我的世界》等特写和小说中,没有按照自己的民粹派观点来剪裁生活,粉饰生活。相反,他们"忠于俄国文学的传统",以对农民真切的同情,"一步也没有离开痛苦的俄国现实","他们极为细心地倾听了艺术的真实",他们表现了真正艺术家的勇气,描写了农村生活及其尖锐矛盾,揭露了民粹主义运动的幻灭和悲剧。普列汉诺夫以民粹派小说家卡洛宁为例说明:"他不管自己民粹派的偏见,他所描写的人民生活的那些方面,正是民粹派的'理想'与之发生冲突并破灭的地方",他没有因为自己是民粹派而不去描写,"他作为小说家所描写的一切,或许是他站在政论家的立场上所要热烈捍卫的一切"。② 正因为如此,普列汉诺夫指出:"应当像研究俄

---

① 普列汉诺夫:《没有地址的信·艺术与社会生活》,人民文学出版社1962年版,第234页。
② 《普列汉诺夫论文学与美学》(两卷集)第2卷,莫斯科:苏联文学出版社1958年版,第277页。

国国民经济的统计材料一样来仔细研究我们的民粹派的文学作品",而且,"任何专门的研究都无法代替他们所描绘的人民生活的图画"。① 普列汉诺夫进一步认为,不仅仅是艺术领域内的作家,而且还有社会科学领域内的理论家,由于他们面向了现实和采取了客观的方法,也可能违反自己原来的思想和政治的偏见,写出真实的、有意义的著作来。他认为,英国古典政治经济学家大卫·李嘉图等人,由于采取了客观的研究方法与态度,使他们写出了具有巨大科学价值的学术著作。他指出,德国的艺术理论家毕歇尔的《工作和韵律》一书"有趣的是……出于这样一个人的手笔,他对社会发展的基本原因的看法是和唯物主义的看法直接对立的(从毕歇尔曾经写过关于游戏与劳动的相互关系就可以看出这一点了)。但是甚至由于这些或那些偏见而不乐于承认真理的资产阶级学者,如今也未能摆脱真理的影响"。② 普列汉诺夫对福楼拜和俄国民粹派作家的现实主义的胜利的评论,自然也会使我们想起恩格斯对巴尔扎克的那个著名评论:巴尔扎克不得不违反自己的阶级同情和政治偏见,"看到了"他心爱的贵族们灭亡的必然性,在共和党人身上"看到了"未来的真正的人。这就是现实主义的最伟大胜利之一。不仅如此,普列汉诺夫还直接把民粹派作家中最优秀的代表乌斯宾斯基的作品的认识价值同巴尔扎克相比。在上面我们已经提到,普列汉诺夫在《论一元论历史观之发展》一书中曾谈到巴尔扎克,1905年该书出第二版的时候,普列汉诺夫在这个地方加了一个注释:"乌斯宾斯基在这一点上可以大胆地与巴尔扎克并列。他的《大地的统治》,参看我的《社会民主党人》论文集中的一篇文章《乌斯宾斯基》。"③

四

现实主义的真实性是永远不可能没有倾向性的,但问题还在于怎样来表现这种倾向性。普列汉诺夫常常喜欢重复"艺术是社会生活的一面镜

---

① 《普列汉诺夫论文学与美学》(两卷集)第2卷,莫斯科:苏联文学出版社1958年版,第516页。
② 《普列汉诺夫哲学著作选集》第1卷,生活·读书·新知三联书店1959年版,第555—556页。
③ 《普列汉诺夫的文学遗产》第4集,第244页,俄文版。

子"这句话。但这不意味着,普列汉诺夫把文艺作品中的生活和现实中的生活看成是一回事。相反,他所说的"镜子"绝不是那种普通的镜子,而是艺术的放大镜。他认为,虽然一个作家在描写社会生活的时候,不可能不把自己的思想、感情、习惯、憧憬,以至本人的语言都带到作品里去;一个作家具有先进的思想会大大地增强他的作品的艺术力量;但是,现实主义者在表现自己的思想和愿望的时候,应该按照"艺术本身所特有的方式来'叙述'",使它们成为"他的血肉,使得他正像一个艺术家那样把这些思想表达出来"。① 这同恩格斯所说的,"倾向应当从场面和情节中自然而然地流露出来,而不应当特别地把它指点出来",是一个道理。普列汉诺夫重申了别林斯基关于艺术同哲学、科学在反映世界的方式上的不同那段有名的话:一个是用形象和图画来说话,一个是用公式、规律、定理来说话。又说,"艺术既表现人们的感情,也表现人们的思想,但是并非抽象地表现,而是用生动的形象来表现。艺术的最主要的特点就在于此"。② 如果一位作家不运用形象而运用逻辑的推论,或者如果他虚构出形象来论证某一论题,那么他已经不是艺术家而是政论家了,即使他所写的不是著述和论文,而是长篇小说、中篇小说或戏剧。在谈到易卜生的剧本时,普列汉诺夫指出:他的缺点就是有时以逻辑议论来代替形象思维,把抽象的和公式化的东西纳入作品,老叫他的主人公在抽象的自我完善的领域里漫游,其结果,"因为他们过份缺少'生动的生活',都是苍白的:他们不是现实,仅仅是它的模糊的暗示"。③ 虽然普列汉诺夫对易卜生有很高的评价,认为他是"现代世界文学里最杰出的最吸引人的作家之一","作为一个剧作家,他几乎高于跟他同时代的所有的人",但是由于在他的现实主义创作中存在着这种"非艺术的"和"反艺术的因素",因而损害了他的戏剧形象的艺术性。普列汉诺夫指出,易卜生的"人的精神的反叛"的宣传本身完全不排斥艺术性,但是宣传者必须要很好地了解他所宣传的思想,必须要成为他的血和肉,必须要不会在进行艺术创作的时候使

---

① 普列汉诺夫:《没有地址的信·艺术与社会生活》,人民文学出版社1962年版,第286页。
② 普列汉诺夫:《论艺术(没有地址的信)》,生活·读书·新知三联书店1964年版,第4页。
③ 普列汉诺夫:《论西欧文学》,人民文学出版社1957年版,第54页。

他惶惑，使他混乱，使他感到困难。"在这里过错并不在于思想，而在于艺术家研究思想的本领，在于艺术家由于这种或者那种原因，没有把思想贯彻到底。所以，跟初看来的情形相反，问题不在于思想性，恰好相反，而在于思想性的不足。"也就是说，作家的进步思想倾向不能硬塞到作品里去，即使是非常正确的思想，如果作家直接地、赤裸裸地把它表现在作品中，既不会有作品的思想性也不会有作品的艺术性。作品的思想性和艺术性是内在地、有机地联系在一起的。像易卜生这样的大作家，在作品的某些方面违背了艺术规律，他也无法逃脱艺术规律给予他的一定的惩罚。

文艺同哲学、政治经济学、科学等的区别，亦即关于文艺的特点，在普列汉诺夫看来，不仅表现在反映现实的方法的不同上，而且表现在反映的对象的不同上，这两者不可混为一谈。关于文艺的对象的特殊性，他写道：不是任何思想都可以用生动的形象表现出来，您试试表现一下这个思想，直角三角形直角边的平方之和等于斜边的平方。根据这个思想，他明确地指出，"艺术的主要对象是人"，它的"主要任务是描写那些使社会的人感兴趣的并激动着他的一切东西"，是"表现人的精神戏剧"和人的"伟大的心灵的激情"。他并且以意大利文艺复兴时期的两位大艺术家米开朗基罗和达·芬奇的作品为例说明，这些正是他们的现实主义文艺的重要特色和重要表现原则之一，也是现实主义文艺所取得的巨大成就之一。他写道：应该"顺利地循着米开朗基罗的足迹前进"；他认为达·芬奇的画好就好在表现了耶稣同他的子弟们的"强烈的精神戏剧"和"心境"。如果大画家在《最后的晚餐》中，仅仅描绘他们那个聚会的房间，他们面前的那张桌子，他们各人的皮肤，各种各样的光线效果，即使还画了许许多多画得很好的光线的斑点，如此等等，"但是这样一来，这幅壁画给人的印象将会变成无比的苍白，也就是说，达·芬奇的这幅作品的重要性将减低不知多少"。① 的确，"文学是人学"，更正确地说，是艺术领域中的人学；现实主义的文艺必须写人，写人的遭遇和命运，写人的内心生活，否则，艺术家就要同现实主义告别了。普列汉诺夫举了意大利的另一个画家乔利·路易治的一幅题名《集市》的画，作为反面的例子。他写道："在

---

① 普列汉诺夫：《没有地址的信·艺术与社会生活》，人民文学出版社1962年版，第273页。

一个树木成荫的广场牲口集市上，事实上，光线的效果很佳。公牛背上光线的斑点显得也很漂亮。但是，当说到人的时候，我们将要求更多的东西。试同达·芬奇的画比较一下吧。"也就是说，像《集市》这种印象主义的画，论它的技术的确也不坏，但是同达·芬奇的画一比较，前者的中心是光线，后者的中心是人，是人的精神状态。二者谁优谁劣，一目了然。普列汉诺夫还举了他在一个展览会上看到的一幅题为《乡村的葬礼》的画。顾名思义，"这是整个的悲剧。但是在这里，悲剧又在哪里呢？没有它。作者是从画的角度去看的。行列的确是有画意的。但仅限于此……试与涅克拉索夫和彼洛夫笔下的葬礼相比吧"。[1] 我们知道，涅克拉索夫和彼洛夫是19世纪俄国著名的现实主义的诗人和画家，涅克拉索夫的长诗《严寒——通红的鼻子》和彼洛夫的画《农民的葬礼》，与《乡村的葬礼》描写的是同一题材。可是在涅克拉索夫和彼洛夫的笔下，揭示的不是一般葬礼的那种常见的场面，而是19世纪沙皇专制主义制度下俄国农民的悲惨遭遇和痛苦命运。

五

现实主义和文艺的人民性是紧密地联系在一起的，这是普列汉诺夫关于现实主义问题的又一重要方面。真实地描写现实，既不粉饰它也不歪曲它，从根本上说来，总是于人民有益，于历史的前进有利的。我们在上面已经指出，普列汉诺夫在分析巴尔扎克、福楼拜、70年代俄国民粹派作家的创作时谈到，一个现实主义作家，由于他们真实地描写了现实，他们就不可能不反映出现实的矛盾和冲突，他们就不可能不触及历史发展的脉搏和人民的呼声，即使他们还没有完全摆脱统治阶级的意识形态。不仅如此，普列汉诺夫认为，现实主义文艺的真正源泉还在于人民和人民的斗争。他在谈到文艺复兴时代英国剧作家莎士比亚的创作时指出：莎士比亚的作品是由英国伊丽莎白时代的社会关系决定的，是由那时的人民的愿望、趣味和审美要求决定的。在那个时候，英国的"上层阶级还没有完全

---

[1] 《普列汉诺夫的文学遗产》第3集，第267页，俄文版。

断绝同人民的联系,他还保持着和人民共同的趣味和审美要求。英国伊丽莎白朝的时代就形成了这样的情势的凑合。除此以外,在当时的英国,不久以前纷乱局势的终止和人民福利水平的提高,对国家的道德和智能的力量起了极大的推动作用。那时候已经积蓄了后来在革命运动中表现出来的那种巨大的动力;不过这种动力暂时主要还只是表现在和平的事业上。莎士比亚则把这种动力表现在他的戏剧里"。①

关于现实主义文艺的人民性问题,普列汉诺夫并没有把它庸俗化、简单化,而是历史地、辩证地来考察这个问题。他写道:当资产阶级还只是力图从世俗的和教会的贵族的束缚下解放出来的时候,当资产阶级本身是一个革命阶级的时候,它是领导着全体劳动群众,并和他们一起组成了"第三"等级的。那时候资产阶级的先进思想家同时也是"除了特权阶级以外的整个民族的"思想家。同样,那个时候以"具有资产阶级观点的艺术家的作品作为手段的人与人之间的交往范围,比较起来是很宽广的"。② 换句话说,那个时候的资产阶级文艺不仅代表本阶级的"私利",而且也代表人民的愿望与利益。正是按照这个历史唯物主义的观点,普列汉诺夫充分地肯定了文艺复兴时代的达·芬奇和莎士比亚的现实主义作品,肯定了他们的人民性。普列汉诺夫又以法国大革命时代的艺术为例:认为这次革命给了法国艺术的发展"以新的方向和审美表现以新的可能性","伟大的社会运动,使人民清楚地意识到了自己的尊严,有力地、空前地推动了人民的审美要求的发展";③ 法国卡纳伐莱博物馆收藏的艺术品证明,"革命时代的法国艺术,'长裤党'也把它引上了上层阶级的艺术所不曾走过的道路;它成了全民的事业"。④ 亦即法国大革命时代的文艺是除了贵族阶级以外的全民的文艺。普列汉诺夫同时指出,当资产阶级的利益不再是全体劳动群众的利益的时候,特别是当资产阶级的利益与无产阶级的利益发生了不可调和的冲突的时候,以具有资产阶级观点的艺术家的作品作为人与人之间的交往范围就显著

---

① 普列汉诺夫:《俄国批评的命运》,见《世界文学》1961年第11期,第89页。
② 普列汉诺夫:《没有地址的信·艺术与社会生活》,人民文学出版社1962年版,第244页。
③ 普列汉诺夫:《从社会学观点看十八世纪的法国戏剧和法国绘画》,见《译文》1956年第12期,第157页。
④ 同上。

地缩小了。所以普列汉诺夫说，由于历史条件的限制，那时法国的"全民艺术"是没有巩固基础的，是不可能持久的。

虽然普列汉诺夫认为，那些没有直接描写人民，仅仅把资产阶级的庸夫俗子当作艺术的描写对象和抨击目标的作品，由于它们真实地揭示了现实关系中的重要方面，没有失去其人民性；但是，他对那些直接表现了人民群众及其生活和斗争的作品，尤为重视，并认为这是19世纪现实主义的一个极为重要的成就。他指出，革命民主主义诗人涅克拉索夫的缪斯是"悲哀和复仇"的缪斯，人民成了他的诗篇的主人公，他哀人民之所哀，仇人民之所仇，他的作品"直到现在也丝毫没有丧失其意义，并且将在进步人类仍不得不用武力为自己打开通向自己理想的道路以前，也绝对不会丧失这种意义"。① 涅克拉索夫的现实主义创作，在普列汉诺夫看来，就是这样地富有鲜明的人民性。

六

现实在发展，作为反映现实的现实主义也应该发展。任何文艺都是自己时代的反映，任何时代也都要求有自己的文艺。普列汉诺夫认为："精神方面的革命运动是与社会关系方面的革命运动相适应的。"他在评论70年代民粹派作家的文章中，已经看到俄国现实主义文学中出现了"新思潮"和"新流派"，虽然它们在当时还很弱小，还非常地不自觉。同时，他又指出，民粹派作家由于对俄国的"村社"、对俄国社会进程的"特殊性"抱有错误的观点，他们只能看到资本主义给劳动人民带来的贫困化，而看不到伴随资本主义一起来到的新的社会力量——无产阶级，因而，在他们的作品中只能片面地反映俄国的现实。他们"拼命想向前进，而同时却又保卫早已过去的往昔！他们希望人民得到幸福，而同时却又捍卫只能使人民处于奴役境地的制度的永存！把死的当作活的，把活的当作死的！除了瞎子以外，谁看不到这矛盾的无底深渊

---

① 《普列汉诺夫全集》第10卷，第385页，俄文版。

呢？"① 这说明，在俄国文学中，反映新的现实，表现新的历史力量的任务，民粹派作家已经束手无策，无能为力，它已必然地、历史地落到无产阶级作家的肩上了。普列汉诺夫深信："随着我国民粹派的偏见的消失，将产生自觉地研究和艺术地再现俄国现实的肯定方面"，这"将是我国文学发展中向前迈进的巨大的一步"。这"巨大的一步"，自然不再是旧的现实主义或19世纪的批判现实主义，而是新型的现实主义。普列汉诺夫在参观威尼斯第六届国际艺术展览会后，深深地认识到，当时欧洲的现实主义文艺，即使是那些优秀的代表者，已不可能正确地表现新的现实，新的人物——无产阶级及其斗争。他举出，在比利时画家兼雕刻家白雷克的《两个青铜少女——工厂女工像》里：营养不良，贫血，穿得很苦，脸容消瘦，露出早熟的样子，顺从地低着年轻的小脑袋。青铜在这两个女孩子身上出色地"吟咏"出了一首描写贫苦和早年受难的诗篇；在白雷克的石膏群像《渔民的妻子们》里：四个女人紧紧地挤在一起，凝视着远方，可以看出她们是为那些在海上遇到风暴的丈夫担忧。站在最前面的一个女人，露出恐怖和驯顺地哀求的表情；在梅尼叶的浮雕《下班回来的矿工》里：八个工人结成一群，步履艰难，低着头，低低的前额下没有一点点思想的影子；在艾米尔·乌瓦尔的铜版画《白奴》里：一个工人走着，全身的姿态说明他受着委曲。总而言之，从这些作品里"听不到一点点抗议的声音"，它们是"表现怜悯，引起怜悯"，"没有也不可能超越同情和怜悯被侮辱者和被损害者更前进一步"。至于希望它们的主人公"自觉地抗议，那是很困难的"。普列汉诺夫写道："由此我们可以看出，我们同时代的艺术片面到了多么难以想像的程度，它对工人阶级的意向漠视到了什么程度……上层阶级代表中的优秀分子没有能够彻底转到无产阶级方面来，他们只能向不幸者和被压迫者祝'晚安'。谢谢你们，善良的人们！不过你们的钟慢了：黑夜已将过去，'真正的白昼'已经到来了。"② 也就是说，新的无产阶级革

---

① 《普列汉诺夫全集》第10卷，第385页，俄文版。
② 普列汉诺夫：《无产阶级运动和资产阶级艺术》，见《文艺理论译丛》1957年第1期，人民文学出版社1957年版，第143页。

命的时代已经到来。在这个时代里，无产阶级已经从自在的阶级逐渐变成自为的阶级，他们已经能够自觉地认识到自己改造世界的历史使命。在这种新形势下，一切文学家艺术家要想正确地反映这个时代及其主人公，就必须具有社会主义的思想，就必须采用新型的现实主义方法。普列汉诺夫说，他比较喜欢在1900年巴黎国际展览会上展出的梅尼叶的那个浮雕。它描写几个煤矿工用担架抬着他们一个因公牺牲的同伴，其中有一个抬担架的工人的脸上表现出一种不大像奴颜婢膝的神态。尽管这样，但是在普列汉诺夫看来，梅尼叶并没有能够充分地展现出他们的精神面貌，而是"被描写在一种特殊的环境里。但是现代的无产阶级解放运动可不是什么特殊的东西。这个运动的基本思想就是坚定不移地否定驯服顺从"。[①] 当然，我们并不认为，梅尼叶笔下的这几个矿工是他臆造出来的，或者说，当时煤矿工人的"平均数"都是工人阶级的自觉战士了。问题的实质不在这里，而是在于普列汉诺夫所说的，梅尼叶只是把这些工人表现在"一种特殊的环境里"，而没有把他们表现在典型的环境里，亦即从当时整个无产阶级的解放斗争来看，否定驯服顺从"已不是什么特殊的东西了"。同样，恩格斯批评《城市姑娘》中的工人被描写成消极群众，并不是说玛·哈克奈斯笔下的工人在当时英国的伦敦东头不存在，相反，恩格斯自己则说："我必须承认，在文明世界里，任何地方的工人群众都不像伦敦东头的工人群众那样不积极地反抗，那样消极地屈服于命运，那样迟钝。"可见，恩格斯的意思是说，在当时的历史条件下，作为无产阶级的作家，首先应该表现无产阶级革命时代的工人的典型形象，应该在现实的发展中描写现实。

普列汉诺夫认为，文学史已表明，现实主义并不局限于描写昨天和今天的现实，它可以"超越现实"，"确定现实的发展方向"。他引用黑格尔的一句"最美丽的用语"说，应该"说出唤起将来的形象的富于魅力的语言"。在普列汉诺夫看来，无产阶级是历史上新兴的阶级，是未来世界的创造者，在描写他们的时候，那就更应该揭示他们的伟大的斗争和伟大

[①] 普列汉诺夫：《无产阶级运动和资产阶级艺术》，见《文艺理论译丛》1957年第1期，人民文学出版社1957年版，第142—143页。

的理想。1885 年，他为诗集《劳动之歌》写的序言《对工人读者说几句话》里指出：你们"应当把你们的诗歌变得更加响亮、更加有力和更加自豪，像普遍自由、真正平等和兄弟情谊的胜利呼声一样"。① 普列汉诺夫所谓的"超越现实"和"确定现实的发展方向"，在我们看来，这就是恩格斯所说的未来文艺的"意识到的历史内容"。

但是，普列汉诺夫提醒我们，现实主义在展现现实的历史发展的趋势时，绝不能效法象征主义。象征派曾经声言：除了存在着作用于人们感官的物质和这些物质的形象外，还有一种不可捉摸的、为感性认识所触及不到的、处于周围现实以外的某种"内在含蕴"。一个象征派艺术的崇拜者为此辩护说，它是这样一种艺术形式，"同时描写现实的愿望和超越现实的界限的愿望。它把具体的东西和抽象的东西一齐给予我们"。普列汉诺夫斩钉截铁地反驳他们说："那种同时给予我们具体的东西和抽象的东西的艺术形式，是极其不完善的"，"思想超越今天的现实的界限"，可以走两条路，"第一条，走进抽象的领域里去的象征之路，第二条，通过它，现实（今天的现实）由于本身的各种力量发展了自己本身的内容，超越出自己的界限，超越过自己本身并为将来的现实创造了基础"。② 这后一条路，就是现实主义超越现实之路，也就是历史的必然发展的明天。

我们看到，普列汉诺夫关于新型的现实主义的思想，同恩格斯致玛·哈克奈斯信中所表达的思想，是一脉相通的。恩格斯认为，在英国女作家的小说《城市姑娘》里，工人阶级是以消极群众的形象出现的，他们不能自助，想使他们摆脱其贫困而麻木的处境的一切企图都来自外面，来自上面。如果这是对 80 年代初的圣西门和欧文的时代的正确描写，那么，在 1887 年，在一个有幸参加了战斗无产阶级的大部分斗争差不多五十年之久的人看来，这就不可能是正确的了。《城市姑娘》还不是"充分的现实主义"，就在于它没有真实地再现社会和时代的环境。恩格斯明确地指出："工人阶级对他们四周的压迫环境所进行的叛逆的反抗，他们为恢复自己做人的地位所作的剧烈的努力——半自觉的或自觉的，都属于历史，因而

---

① 《普列汉诺夫的文学遗产》第 6 集，第 284 页，俄文版。
② 普列汉诺夫：《论西欧文学》，人民文学出版社 1957 年版，第 14 页。

也应当在现实主义领域内占有自己的地位。"① 所谓工人阶级"也应当在现实主义领域内占有自己的地位",显然,这里的现实主义也不是指旧的现实主义,或19世纪的批判现实主义,而是指无产阶级革命时代的新型的现实主义。1893年,恩格斯在《共产党宣言》的意大利文版的"序言"中指出,封建的中世纪的终结和现代资本主义纪元的开端,是以意大利诗人但丁为标志的。"现在也如1300年间那样,新的历史纪元正在到来。意大利是否会给我们一个新的但丁来宣告这个无产阶级新纪元的诞生呢?"②

作为无产阶级革命时代的新型的现实主义的代表和无产阶级文艺的新但丁,在普列汉诺夫看来,他不是别人,正是伟大的高尔基。普列汉诺夫热情地称颂高尔基是"无产阶级战士形象的第一个创造者","革命无产者的心理的表现者","具有高度才华的无产阶级的艺术家",等等。1911年12月21日,普列汉诺夫在致高尔基的信中写道:"您无法想象出,我是多么高兴地收到您的来信和寄来的书,衷心地感谢您对我的怀念。您的作品只要一经发表,我就经常阅读。"③ 1913年7月2日,他在给高尔基的另一封信中又说:"您有才华、有教养、有毅力、对未来充满信心等等,这些都是无价之宝。希望您永远、永远健康,用您的作品来丰富我国的文学。"④ 当资产阶级的文人学士叫嚷"高尔基已经完蛋了",他的"才华枯竭了,他的新剧本在艺术上很差劲,不能满足时代的要求"的时候,普列汉诺夫站出来保卫高尔基,据理驳斥对他的种种诽谤,发表了评论他的剧本《仇敌》的文章《工人运动的心理》,说明高尔基之所以伟大,在于他的作品的思想质量和丰富内容,在于他塑造了积极的、自觉的无产者,在于他表现了工人运动的心理,而这一切正是资产阶级艺术所望尘莫及的。可见,普列汉诺夫保卫高尔基的斗争,也是保卫方兴未艾的无产阶级文艺的斗争。同时,普列汉诺夫对高尔基思想上和创作上出现的错误,采取了严肃的态度。我们知道,高尔基在一个时期内曾迷恋于波格丹诺夫等人的"造神说",并把这一反动哲学作为他的小说《忏悔》的思想基础。普列

---

① 《马克思恩格斯选集》第4卷,人民出版社1972年版,第482页。
② 《马克思恩格斯选集》第1卷,人民出版社1972年版,249页。
③ 《普列汉诺夫论文学与美学》(两卷集)第2卷,莫斯科:苏联文学出版社1958年版,第516页。
④ 同上书,第518页。

汉诺夫出于对无产阶级作家和无产阶级文艺事业的关怀，对高尔基作了严厉批评。据普列汉诺夫的夫人的回忆，高尔基曾以友好的语调对普列汉诺夫说："您对待我的《忏悔》极严厉，但您很好地叫我吃了一惊。"对此，普列汉诺夫回答说："您有艺术才华，但是一个社会主义者在思想观点上犯了错误，我就有责任加以坚决反对。"不过，我们应该看到，普列汉诺夫对高尔基的创作的评论，远非都是正确的，特别对那部体现了新的创作方法的长篇小说、被列宁称为无产阶级的"一本非常及时的书"的《母亲》，则给予了完全主观的、错误的估价，毫无道理地指责他不懂马克思主义而在小说中扮演了一个马克思主义观点的宣传者，以及说他表现了浪漫的乐观主义，因而小说是很不成功的，等等。这是因为普列汉诺夫自己站在孟什维克的立场上，在进行反布尔什维主义、反列宁的斗争。我们不看到普列汉诺夫在对待高尔基及其创作问题上的这一复杂性和矛盾性，固然不对；同时，我们也绝不能因为他在《母亲》的评论上犯了严重错误，就一笔抹杀他对高尔基及其创作所作的那些正确的、有价值的分析，更不能以此否定他在无产阶级文艺的黎明时期对它所作的那些重要的、宝贵的论述。

普列汉诺夫是在十月社会主义革命胜利以后的1918年去世的，他没有看到列宁、斯大林和苏联共产党领导下的无产阶级专政条件下的社会主义文艺运动；从他发表的第一篇论述现实主义的文章到现在，已将近一个世纪了，因而他关于现实主义的理论，必然具有时代的局限性，这一点是不言自明的。重要的是，他在自己生活的时代里，能够对现实主义及其发展问题提出这样一些真知灼见的看法，尽管今天看来，还不充分，还不全面，但从历史的观点看，应该说是难能可贵的。

另外，众所周知，普列汉诺夫的生活道路是曲折、复杂的，他从一个民粹主义者转变为一个马克思主义者，最后又堕落为反对列宁和布尔什维克的孟维什克。这种情况不可能不影响到他的文艺思想以及现实主义理论的发展。但是，应该看到，列宁对他在马克思主义时期的活动和著作，一直是有很高的评价的。列宁写道："他个人的功绩在过去是很大的。在1883—1903年的二十年间，他写了很多卓越的著作，特别是反对机会主者、马赫主义者和民粹主义者的著作。"① 又说:"我觉得在这里应当附带向年轻的党员指出一点:不研究——正是研究——普列汉诺夫所写的全部哲学著作,就不能成为一个觉悟的,真正的共产主义者,因为这是整个国际马克思主义文献中的优秀著作。"② 就是对孟什维克时期的普列汉诺夫,列宁也作了具体分析。他没有把普列汉诺夫同其他的孟什维克等同起来,而是指出:他"采取了一种特殊的立场,好多次脱离了孟什维主义"。③ 正因为普列汉诺夫的这种"特殊的立场",使他在孟什维克时期仍然有可能在哲学领域里,写了一些好的和比较好的论著。在文艺理论和文艺批评方面,同样如此,如:《从社会学观点看18世纪法国戏剧文学和法国绘画》(1905)、《无产阶级运动和资产阶级艺术》(1905)、《亨利·易卜生》(1906)、《关于工人运动的心理(高尔基的〈仇敌〉)》(1907)、《艺术与社会生活》(1912—1913)等等。

总之,我们认为,列宁对普列汉诺夫的哲学遗产所采取的态度,基本上也适用于我们对待他的文艺遗产,其中包括本文所讨论的现实主义问题。

(原载《文学评论》1980年第5期)

---

① 《列宁全集》第20卷,人民出版社1972年版,第359页。
② 同上书,第276页。
③ 同上书,第359、276页。

早期俄国马克思主义文评家论现代主义

19世纪末20世纪初,在俄国文学史上是一个文学思潮风起云涌、艺术探索多样化和丰富化的重要时期,也是以列夫·托尔斯泰和契诃夫为代表的传统现实主义文学、刚刚兴起的现代主义文学和无产阶级文学这三大文学流派相互并存和相互挑战的重要时期。

俄国早期马克思主义文评家如何看待现代主义,在过去的国内外著述中虽然有所涉及,但限于多方面的历史原因,以及苏联文艺进程本身的复杂性和曲折性,对它的评论显得既不够全面、不够完整,也显得不够客观、不够公允。今天,该是重新审视这一问题的时候了。

一 概述

如何正确认识和理解俄国现代主义,如何全面看待俄国早期马克思主义文评——这是本文探讨的必要前提。

俄国现代主义系俄国象征主义、阿克梅主义、未来主义三大内部流派之总称。其中象征主义是俄国最早也是最大最重要的流派。1894—1898年,诗人勃留索夫连续发表了三本诗集《俄国象征主义者》,从而成为俄国象征主义运动的开端和旗帜。就俄国象征主义的历史发展看,它又分为"老一代"象征派和"年轻一代"象征派。前者的代表有梅列日科夫斯基、吉皮乌斯、索洛古勃、勃留索夫、巴尔蒙特、安年斯基等;后者的代表有勃洛克、别雷、维切·伊万诺夫、索洛维约夫等。象征派先后出版的期刊有:《北方导报》、《新路》、《天秤》、《生活问题》、《金羊毛》、《山隘》等。此外,它还拥有自己的出版社"天蝎星座"(1900—1916)。需要指出的是,俄国象征主义并不是一个完整统一的组织,其内部时常发生争论。

阿克梅主义形成于1912—1913年间，比象征主义要晚，其影响也比象征主义小。"阿克梅"一词系希腊文的"极端"、"顶峰"之意。其代表者有古米廖夫、戈罗杰茨基、阿赫玛托娃、曼德尔施塔姆、津凯维奇等。他们组成"诗人行会"，以《阿波罗》杂志为阵地。他们声言，象征主义作为一个流派已完成自己的历史使命，正在失去活力而开始衰退，并且反对象征主义将全部现实"象征化"，主张恢复物象世界的地位。

未来主义是一个内部派别纷呈的流派。1910年后，三个自称为"未来人"的诗人布尔柳克、赫列勃尼科夫和卡缅斯基，发表了一部《鉴赏家的陷阱》诗文集，主张文学语言革命和独立自主，从而形成了"立体未来主义"。两年之后，马雅可夫斯基、克鲁乔内赫加入该派。1911年，彼得堡的诗人谢维里亚宁、伊格纳季耶夫、利姆波夫和格涅多夫等，发表《自我未来主义之序幕》的宣言，从此形成了"自我未来主义"。他们认为自我主义是生活的动力，主张保护个体，此外，还有接近"立体未来主义"的莫斯科"离心机派"，其成员有帕斯捷尔纳克、阿谢耶夫、鲍勃罗夫等，以及接近"自我未来主义"的莫斯科"诗歌阁楼"派，其主要成员是舍尔舍涅维奇、列夫·扎克。

现代主义是一个十分笼统、松散、流动的概念，它所包含的内部流派在世界各国并不相同，例如在法国，它则指颓废主义、象征主义、超现实主义、达达主义、立体主义等，这同俄国现代主义那三大流派就很不一致，而且俄国现代主义各个流派的思想倾向和艺术倾向又互不相同，甚至相互对立。例如，俄国阿克梅主义的兴起和确立，是为了取代象征主义，并主张克服其理论上的抽象性和空想性。至于未来主义，特别是以马雅可夫斯基为代表的"立体未来主义"，像法国和捷克的超现实主义一样，并不如其他现代主义流派那样悲观、失落、孤独，那样朝后看，而是充满革命情怀，寄希望于未来，向前看。由此可以看到，现代主义不像世界文学史上的古典主义、感伤主义、浪漫主义、现实主义和自然主义那样，拥有自己的美学宣言和组织机构；世界上也没有一个自称现代主义的作家，对现代主义作过哪怕是一般性的界定。什么是现代主义，它至今仍是一个有争议的复杂难题。然而，能够使现代主义各个不同流派（它们均有自己的美学宣言和组织机构）联系在一起的只有一点，那就是它们都拒绝和否定现实主义的哲学基础和美学原则。也许，这就是"现代主义"一词的来由。

俄国早期马克思主义文学批评作为俄国文学批评中一个新兴流派，从它形成的时候开始就具有自己的鲜明特点：

第一，它坚持马克思主义关于物质生产方式决定精神生产方式、社会存在决定社会意识、文艺是意识形态等基本观点，因而使它在那个时候的俄国文学批评中独树一帜。

第二，它的方法是历史分析和美学分析相统一的方法。但在实际的批评实践中，一般来说，美学分析相对较弱，当然也有例外。

第三，它的代表者无论是普列汉诺夫和列宁、沃罗夫斯基和卢那察尔斯基、托洛茨基和布哈林，都不是职业的文学批评家，而是职业的革命家；其中只有高尔基是作家，也是批评家，这是唯一的例外。他们的主要时间和精力在十月革命前后，都不放在文艺批评上。即便是在文艺批评领域内，他们关注的重点并不相同，涉猎现代主义的程度和范围就更为不一样。但是，他们对现代主义的评论，即使是为数不多的评论，在当时和往后的苏联文学批评中却产生了巨大影响；在我国一个较长的时期里，也基本如此。

第四，它关于现代主义的评论，并不像过去苏联著述中所讲的那样，似乎是众口一词，其实要生动、丰富、复杂得多。既有共同性也有差异性，甚至在一些问题上有分歧、有交锋、有争论。可以说，俄国早期马克思主义文评家对现代主义的评论，是复调的、多声部的。

二 是颓废主义,还是现代主义

19 世纪末的俄国文坛上，人们开始谈论一种不同于俄国现实主义的"新流派"、"新潮流"、"新艺术"的到来，并试图对它加以界定。与此同时，俄国《北方导报》等刊物开始发表法国颓废派和象征派诗人魏尔伦、马拉美、兰波、波德莱尔，以及比利时诗人梅特林克、维尔哈伦的诗歌。应该说俄国象征主义是在法国象征主义影响下形成的。1892 年，梅列日科夫斯基的一本以《象征》为书名的诗集问世，次年他的小册子《论现代俄国文学衰落的原因及新流派》出版；该书提出"神秘的内容、象征和艺术感受力的扩大，这就是新艺术的三要素"。从此这本书被视为俄国颓废主义与象征主义的先声或最早宣言。

在一个很长的时期里，俄苏文学界并没有使用"现代主义"一词，出现在那时的著述中的，基本上只有"颓废主义"和"象征主义"两个术语。而对这两个术语的界限，文艺界的认识并不一致，因而引起了讨论。曾经领导过《北方导报》的现代主义文学批评家沃伦斯基（1863—1926）于1900年发表的一篇论文就称作《颓废主义与象征主义》，试图对此作出说明和区分。该文抄录了当时一位年轻作家杰尼索夫致他的信。这封信透露了那个时候人们对作为"新的流派"和"新的形式"的象征主义与颓废主义的含义的关切，并希望沃伦斯基能"维护和解释艺术中某些尚未被理解的运动"。因此杰尼索夫在信中写道：最近都在"不怀好感地谈论着，不是讥讽就是愤慨，几乎总是混淆象征主义和颓废主义的概念，在证明象征主义的无能时，引用'颓废派'型的法国天才诗人中甚至不止一位诗人的诗集……"[①] 又说：象征主义首先是同颓废主义完全对立的，根本不应该把它们相提并论。沃伦斯基在文中肯定了杰尼索夫的看法，并且认为尽管这两者出现于当代欧洲文学的同一时期，但前者是对旧哲学的抗议；后者是对新世界艺术印象的加工。沃伦斯基不仅对颓废主义和象征主义作了自己的区分，而且指出"颓废派很快就凋谢了"，"很快就淹没在象征主义里面了，后者没有走什么特殊的道路，但是寻求着质朴的、为一切人所明了的真理"。[②]

沃伦斯基的文章和杰尼索夫的信，给我们提出了两个长期以来困扰着人们的问题：第一，颓废主义与象征主义（现代主义）的关系；第二，它们的赞成者和反对者是如何看待它们的。

长期以来，无论十月革命前的俄国文学界，还是十月革命后的苏联文学界，包括早期俄国马克思主义文评家在内，往往把"颓废主义"作为一

---

① 参见《十月革命前后苏联文学流派》（上编），上海译文出版社1998年版，第9页。
② 同上书，第10—11页。

个贬义词来使用，而且常常将象征主义（现代主义）看成一种世纪末的颓废现象加以批判。实际上在当年的法国和俄国，它都不是一个贬义词，相反，却被当作是一种文学上的时髦和自豪。"颓废主义"一词源于法文，意为颓废、没落。最早将它引入文艺领域的是法国作家和批评家戈蒂耶。在他看来，古希腊罗马的后期文化（颓废文艺）具有一种特殊魅力：精细的唯美主义、抑郁的情绪、美妙凄凉的厌世态度。在他之后，法国作家和批评家巴茹在巴黎创办的一份诗刊就名为《颓废主义》（1886—1889）。那时的象征主义者以及观点与之相同的诗人，都自命为颓废主义者。法国诗人魏尔伦有一句诗："我是颓废末期的帝国。"后来，颓废主义扩展到欧洲某些国家，而英国的王尔德、比利时的维尔哈伦、俄国的库兹明等，就是该派的代表性诗人。

不仅如此，俄国诗人勃留索夫还自命为颓废主义的"领袖"。1893年，他在一则日记中写道："……我终于在暮霭中找到了一盏明灯，一盏为我指明通往胜利前程的明灯：颓废派艺术。是的，有人也许会说它谬误百般，荒诞不经，但它——颓废派艺术在向前发展，未来是属于颓废派艺术的，尤其是当它拥有了一个英明领袖时，那个领袖是我！是的，是我！"①

至于颓废主义与象征主义的关系，前面已经提到，杰尼索夫曾断言这两者是"完全对立的"。这并不符合事实，应该说，早期象征主义者诸如俄国的库兹明等，同颓废主义有着千丝万缕的联系，当然这种联系在不同的象征派诗人那里并不一样。例如，俄国象征派诗人吉皮乌斯就说过，他不是颓废派，而颓废派真正吸引他的是它的个人主义。其实不仅是象征派，连现实主义的一些作家，在那时也受到颓废主义情绪的感染。此外，把象征主义（现代主义）等同于颓废主义，视它们为同义词，也是不妥的。沃伦斯基说，"颓废派很快就凋谢了"，"很快就淹没在象征主义里面了"。这话说得有些道理。看来颓废主义的确是象征主义之前的一个短暂阶段。而不是象征主义即颓废主义。

可是在苏联文学评论中，长期以来"颓废主义"概念同象征主义和现

---

① 《勃留索夫日记钞》，百花文艺出版社1992年版，第52页。

代主义概念是混为一谈的，是用前者来代替后者。直到 1965 年，苏联的一本《美学简明词典》还在重复这种老调："'颓废主义'这一概念也可以把这种艺术的形形色色的流派——由抽象主义和立方主义直到现代的超现实主义和抽象主义统一起来。"① 事情的变化差不多与此同时开始。1964 年，苏联的《简明文学百科全书》（9 卷本）第二卷的"颓废主义"条目中，才将它和现代主义作了明确区分，认为后者的许多特征不同于前者，而且把前者的产生时间限定在 19 世纪末 20 世纪初，把后者限定在第一次世界大战之后。此后，苏联文学界基本上沿袭了这一界定。

三 多声部：俄国早期马克思主义文评

长久以来有一种误解，似乎现代主义的批判者全来自马克思主义文评家和无产阶级作家。其实不然，他们当中还有列夫·托尔斯泰、蒲宁、库普林等一些俄国批判现实主义大家，而且其言词之尖锐绝不在前者之下。这因为他们的美学主张同现代主义作家的美学主张是针锋相对的。俄国有一位现代主义者曾说过："现实主义老了，现实主义死了。"所以，现实主义与现代主义的论争，常常被称作一场"世纪的论争"。

列夫·托尔斯泰在《什么是艺术？》（1897）的长文中，曾批评颓废主义和象征主义的创作将真善美的统一性引向解体。在《论所谓的艺术》（1896）一文中，托尔斯泰称"颓废派的诗、小说、戏剧以及新派音乐"，是"令人无法理解的胡编乱造"。② 又说，"颓废派、象征主义、表现主义的小说……都是些极深奥极复杂的东西……表达的只是极少数反常的寄生虫的独特感情"。③ 在另一个地方，他还嘲笑了颓废主义者索洛古勃、吉皮乌斯、梅列日科夫斯基和巴尔蒙特，称他们的作品是"卖假药，瞎胡诌"，是"毫无意义的舞文弄墨"。总之，在托尔斯泰看来，现代主义"这个运动是病态的"。

---

① 《美学简明词典》，商务印书馆 1987 年版，第 205 页。
② 《列夫·托尔斯泰文集》第 14 卷，人民文学出版社 1992 年版，第 110 页。
③ 同上书，第 116 页。

蒲宁是俄国现实主义的著名作家，也是俄国第一位诺贝尔文学奖的获得者。他同象征派诗人有过联系，他的一部诗集曾刊载于象征主义的《蝎子》上，于是有人便将他纳入象征主义阵营。当他知道此事后便回答说："我很快就同这家出版社分道扬镳。我丝毫没有兴趣跟那样的新的同行一块儿去玩希腊神话中寻求金羊毛的勇士的游戏，去玩情欲如炽的恶和波斯拜火教祭司的游戏，去胡诌辞藻华丽的荒诞无稽的话……"① 在蒲宁批评现代主义的言论中，最激烈尖刻的莫过于他1913年10月6日在莫斯科举行的俄罗斯公报纪念会上的讲话。他说：这些年来的俄罗斯文学在颓废派兴起之后，已走向堕落，语言粗俗，格调低下。文学流派不可胜数，如同群魔乱舞，其中有颓废派、象征派、新自然派、反抗上帝派、阿克梅派……"这简直成了瓦普几司之夜！"② 在他看来，最庸俗、最无赖的就是所谓的"未来主义"这个荒诞的词。在另一处地方，蒲宁还把这些现代派"革新家"同来自沙漠的狂风相比较，认为他们这一代人的力量和才华都极为低下，本质上就是有严重缺陷的，而且同平庸的、虚伪的投机行为和对成就的无耻渴望交织在一起……蒲宁的这些严厉的言词，显然在一定程度上出于文学流派之间的门户之见和论战的需要。但从另一方面来看，俄国现代主义的创作是存在毛病和缺陷的，而且其作品的艺术质量参差不齐，并非都处于较高水平上。

长时间以来，我们对现代主义问题还有一种误判：认为俄国早期马克思主义文学批评家和无产阶级作家对现代主义都采取了一边倒的否定态度，其实情况并不完全如此。

（一）高尔基

高尔基（1868—1936）是俄国最早的无产阶级作家。1896年，高尔基发表《保尔·魏尔伦和颓废派》一文。这是来自那时无产阶级文学阵营对法国颓废主义所作的一篇最早评论。它既有批评也有难能可贵的肯定，并非全盘否定。一方面，高尔基指出：法国颓废派作家"在实利主义、唯

---

① 巴博列科：《蒲宁的传记资料》，莫斯科：文学出版社1983年版，第215—216页。
② 同上。

利是图和道德沦亡的气氛里窒息得透不过气来",他们"不满现状,可是又找不到出路"。他们"傲慢不逊地卖弄他们自己病态的稀奇古怪的玩意儿",是"一些有精神病的人",是"一些不仅在艺术上而且在道德上的无政府主义者,因而是一种有害的、反社会的现象,是一种必须与之作斗争的现象"。①

另一方面,高尔基又看到了他们的某种意义。他写道:"魏尔伦比他的学生们要明朗些和朴素些:在他那些总是忧郁的、流露出深深的苦闷的诗歌里,可以清晰地听到绝望的哀号,以及渴望光明、渴望纯洁、找上帝而找不到、想爱人们而不能爱的多情善感的心灵的苦恼。"②事隔几十年之后,高尔基于1934年对欧洲不少颓废派、现代派诗人在艺术语言方面的成就,给予了积极评价。他写道:"这三十年里欧洲创造了'极精致'的文学,培养出了极精细的语言技巧:王尔德、兰波、梅特林克、魏尔伦、雅姆、维利埃·德·利尔-亚当、克洛代尔、霍夫曼斯泰尔、里尔克、格里彭尔格、盖奥尔格和其他数十人都是文学中'首饰技艺'的能工巧匠,他们如此光彩夺目,以致应该得出结论:其语言的力量,必须研究它并全部掌握它。"③

对俄国的颓废派、象征派,高尔基同样采取了区别对待的态度,认为明斯基、索洛古勃、库兹明等"复活唯心主义",宣扬"对生活的消极态度",而其堕落的思想根源在于脱离人民,"夸张自己的孤独","要求人们去倾听他们孤独灵魂的呻吟"。④同时,高尔基对象征派诗人勃留索夫、巴尔蒙特等,则给予了很高评价,认为他们在十五年前就已成名,现在已是"成绩卓著的大诗人","我们不会忘记他们"。

高尔基对俄国未来主义采取一种宽容、爱护、鼓励和支持的态度。在《论俄国未来主义》(1915)一文中,他写道:谢维里亚宁、马雅可夫斯基、布尔柳克和卡缅斯基等,"在除去莠草之后,肯定会成为一代名人";而"其中有些无疑是天才人物"。他们"并不像他们自己所表现的和批评

---

① 高尔基:《论文学》(续集),人民文学出版社1983年版,第3页。
② 同上书,第12页。
③ 见苏联《文学遗产》丛刊,第70卷,莫斯科,1963年,第193页。
④ 高尔基:《论文学》(续集),人民文学出版社1983年版,第67页。

界所形容的那样可怕"。他们"挨了很多的骂,这里肯定会铸成大错。需要的不是骂他们,而是温和地对待他们,因为甚至在这片叫喊和谩骂声中也有肯定的地方:说他们年轻,不因循守旧,希望有崭新的、奇特的语言,这显然是一个优点"。① 他们的另一个优点,按高尔基的看法,即"艺术应走上大街,到老百姓中去,虽然这一点他们做得实在太糟糕,这可以原谅。他们还年轻"。"不论他们怎样可笑和刺耳,但是必须敞开大门,因为这是一些呼唤走向年轻的新生活的年轻歌手。"②

在未来主义诗人中,高尔基对马雅可夫斯基情有独钟,并寄予希望,认为他"大喊大叫,豪放不羁;但是在他身上无疑地潜藏着天才……并且会写出真正的好诗来"。又说,"我读过他的一本诗集。有某种东西吸引了我。这是用真正的语言写的"。③

(二) 普列汉诺夫与沃罗夫斯基

作为俄国第一位马克思主义文学批评家的普列汉诺夫(1856—1918),他没有专门的著述去评论现代主义,但在《艺术与社会生活》(1912—1913)等文章中,他涉及了颓废主义的某些问题。首先是象征派女诗人吉皮乌斯作品中的一些观点,如"我爱自己,像爱上帝一样——爱拯救了我的灵魂";"心灵希望和祈求奇迹","但愿出现从未有过的东西"等。普列汉诺夫据此而指出:吉皮乌斯是个"极端的利己主义者",而这种人"未必能拯救什么人的灵魂";而这种艺术却"说明了社会关系的整个体系的衰落,因而称它为颓废派的艺术是最合适不过的了"。④ 并且认为,俄国颓废主义虽然从西欧而来,可是它在俄国还是像在它自己家里一样,仍是"在西欧占统治地位的阶级衰落而来的'萎黄病'的产物"。⑤ 普列汉诺夫还特别提到吉皮乌斯、梅列日科夫斯基、费洛索福夫的那本在慕尼黑出版的德文书《沙皇与革命》(1908),并指出该书"完全没有否认'颓

---

① 《未来主义·超现实主义》,中国人民大学出版社 1994 年版,第 90—91 页。
② 同上。
③ 同上。
④ 同上。
⑤ 普列汉诺夫:《没有地址的信·艺术与社会生活》,人民文学出版社 1962 年版,第 264 页。

废派'这个名称。他们只是谦逊地让欧洲知道：俄国颓废派'已经达到世界文化的高峰'"。① 这再一次证明我们在前面提到的那个观点：颓废主义在其创作者的眼里是一种时髦和自豪。而普列汉诺夫将吉皮乌斯等视为"颓废派"，则完全是从否定意义上来使用。所以，普列汉诺夫进一步强调说：吉皮乌斯和她那两个伙伴的神秘主义和无政府主义，"决不会削弱我根据吉皮乌斯女士的抒情的吐露所下的结论"。② 他们"仍然是彻头彻尾的颓废派"。普列汉诺夫的这种说法可能同那时在理论上没有将颓废主义与象征主义作出明确的区分有关。

应该而且需要说明一点，普列汉诺夫对吉皮乌斯等的诗作的批评，将他们视为颓废派，最多只涉及部分象征派诗人，而并非整个象征派。他根本没有提到现代派的其他派别诸如阿克梅主义、未来主义等。后来，苏联文学批评界利用普列汉诺夫的"马克思主义权威"，把所有的象征派或现代派都扣上"颓废主义"帽子，这并不符合普列汉诺夫批评的实际状况。至于他对颓废派的批判，应该看他批判的是什么，批判得对不对。

对绘画中的现代派之一的立体派，普列汉诺夫是持批评态度的，认为它是"求立方的胡闹"。③ 至少这些作品就没有使他产生"类似美感的东西"。普列汉诺夫对绘画中的印象派，则持分析态度：一方面他批评印象派把光线看作画中的主角，而忽视作品的思想内容；一方面他指出印象派画出了"许多最出色的风景画"，"在早期印象派中曾经有许多很有才能的人"。④

俄国另一位早期马克思主义文学批评家是沃罗夫斯基（1871—1923）。他关于俄国颓废主义、现代主义的著述要比普列汉诺夫多，而且涉及的作家更广泛，如《战后之夜》（1908）、《论现代派的资产阶级性》（1908）、《安德列耶夫》（1910）等。

首先，沃罗夫斯基对颓废主义和象征主义这些"崭新流派"的产生表示忧虑，因为他们这些作家"把研究和描写性的生活作为自己的创作任

---

① 普列汉诺夫：《没有地址的信·艺术与社会生活》，人民文学出版社1962年版，第267页。
② 同上书，第270页。
③ 同上书，第275页。
④ 同上书，第272页。

务",如阿尔志跋绥夫的小说《萨宁》中那些"不可胜数的'私通'",索洛古勃笔下的"乱伦",库兹明笔下的"同性恋","以及其他许多还没有被我们的聪明人想出来的东西"。① 其次,沃罗夫斯基对这些作品的资产阶级性质进行了评论,认为它们是"资产阶级社会的真正的产物,是它所产生的、也是它为了自我慰藉所要的腐烂了的果实"。同时又指出,它们"时而倾向色情、时而倾向神秘,又时而倾向无政府主义",是"整个儿浸透了最坏的一种倾向性——反社会的,同时又是非艺术的倾向性"。②

很明显,沃罗夫斯基批评的重点是颓废派和部分的象征派,并没有涉及整个象征派及其他现代主义流派。沃罗夫斯基像普列汉诺夫一样,作为俄国早期马克思主义文学批评家,选择当时一些颓废派、象征派作家的坏作品进行评论,这并不难理解,一是在他们看来,新兴的无产阶级文学的首要使命在于反映无产阶级和劳动大众的苦难和斗争;二是认为俄国和欧洲的现实主义文学已经取得伟大成就,无产阶级文学必须捍卫和发展现实主义的传统和原则。所以,沃罗夫斯基面对颓废思潮泛滥,感到忧心忡忡:一种"崭新的流派"把列夫·托尔斯泰、高尔基等"从艺术市场上挤了出去",但目前现实主义作家"在文学中还占着统治地位"。③ 他像蒲宁一样,只看到现代派作品的缺陷与问题,而未能看到他们中的优秀者在艺术创造中的成就。在这个方面,高尔基要比他们强好些。

(三) 列宁和卢那察尔斯基

无论在十月革命之前或之后的马克思主义文评中,卢那察尔斯基(1857—1933)是对俄国和西欧现代派作过广泛而深入研究的一位批评家。他从批评颓废主义和安德列耶夫创作的《艺术家总论和艺术专家论》(1903)、《未来主义者》(1913)等文章起,到《普鲁斯特》(1934)这篇序言止,历时三十余年,不停地关注着、从事着现代主义的探讨和评论。最值得称道的是,他对现代主义诸流派进行具体分析,给予恰当评

---

① 《现代主义文学研究》(上),中国社会科学出版社1989年版,第122页。
② 同上书,第123、127页。
③ 同上书,第118页。

价,该批评的予以批评,该肯定的予以肯定。此外,我们知道,卢那察尔斯基在十月革命后,由列宁提名而担任苏联第一任教育人民委员,在任职期间,由于在未来主义的一些问题上同列宁的意见不一致,而受到列宁指责,但他仍坚持己见,不改初衷。

卢那察尔斯基对颓废主义、现代主义产生的时代背景做了客观而全面的分析,认为它们是"动荡不安时代的产物",是"资本主义和社会经济基础所孕育的矛盾所造成的思潮或'时髦'的迅速交替"。正因为如此,"各艺术流派才像走马灯似的一个接一个地出现","相互取代","此起彼伏"。而其原因,"全在现代社会之不稳定"。

卢那察尔斯基进一步指出,"颓废主义是19世纪末的没落感即世纪末的情绪"表现;并对它美化"死亡、罪行、病态、腐朽",以及对现代主义各流派的"思想感情无内容性","极端个人主义"、无政府主义成分及形式上的"荒唐和胡闹"等,都做了严肃批评。但是,卢那察尔斯基并没有全盘否定他们。例如,他对法国共同精神主义者的"集体意识",德国表现主义的"社会反抗"都给予了肯定。卢那察尔斯基认为,印象主义"展示了世界的一隅,其着眼点与众不同,善于从新的角度主观地进行观察,善于将自己的独特的感受描绘下来——这是印象主义的意义和力量所在"。① 这个看法同普列汉诺夫不谋而合。卢那察尔斯基还指出,比利时象征派诗人维尔哈伦倾向过沙文主义,从其作品中还能找出这种错误和不协调的声音,但从总体看,维尔哈伦是无产阶级的朋友,他看到了资本主义社会的可怕情景,他描写了生活的黄昏,很难想象有比他的《黄昏》更颓废绝望的作品了。他抗议,他呐喊。卢那察尔斯基在为法国意识流小说家普鲁斯特的俄译本《追忆似水年华》而写的序言中则认为,这部作品是"出色非凡的抒情史诗",并称它的作者在总体上是"一个现实主义者"。同时也指出该书的"电影式的回忆"方法在认识上的狭隘性。

卢那察尔斯基对俄国未来主义作了具体分析,认为它不同于西方未来主义,后者"很早就明确地成为资产阶级乃至帝国主义时代最富侵略性的资产阶级流派";而前者产生的时候,革命已经成熟,并声言自己和革命

---

① 卢那察尔斯基:《艺术及其最新形式》,百花文艺出版社1998年版,第251、264页。

走的是"同一条路"。用卢那察尔斯基的话说，俄国未来派"首先支持了革命，成了一切知识分子中同革命最亲近的人们"。这讲的是历史事实。1918年，卢那察尔斯基为俄国未来主义诗集《稞麦的话》而作的前言中，对它的成就给予了积极评价，认为"他们的热情、明朗、有时是离奇的艺术中，给我们吹来一股勇敢、豪放而开阔的亲切气息"。① 在俄国未来主义者中，卢那察尔斯基最看重的是诗人马雅可夫斯基，认为他是"杰出诗人"，俄国文化生活中"最有才华和最富活力的人物之一"，"积极地和卓有成效地参加了头几年开展苏联文学的工作"。在他的诗中"鸣响着许多音符。凡是在年龄上或精神上的年轻革命者，都不会对这些音符无动于衷"。② 尤其是他的《宗教滑稽剧》"充溢着真正现代生活的全部巨大感受，是近期艺术作品中第一次出现的完全符合生活现象的内容"，并热烈支持它们首演。同时，卢那察尔斯基也批评早期俄国未来主义的缺点：喜欢自作聪明，毫无目的地耍弄花样，搞恶作剧，叫喊内容是不重要的，必须走"革命形式"的道路等。

十月革命后，苏联在批评无产阶级文化派观点的同时，对颓废主义和未来主义进行了批评。而这种批评是通过党中央的决议来实现的，这是前所未有的，也是非同寻常的。1920年12月1日俄共（布）中央发表由列宁起草的《关于无产阶级文化协会》的信中，写道："未来派、颓废派同马克思主义敌对的唯心主义哲学的拥护者……开始在无产阶级文化协会的某些岗位上指挥一切了"；他们在"无产阶级文化"的幌子下给予工人们以资产阶级的哲学观点（马赫主义）。而在艺术方面则给工人培养了一种荒唐的、不正常的趣味（未来主义）。③ 这是苏维埃政权建立后，俄共（布）中央关于文化和文艺问题的第一个决议。

这个决议对未来主义、颓废主义所持的否定性看法，不仅成了往后长时期里苏联对待现代主义的指导思想和文艺政策，也成了现代主义命运中的一次重大转折。

---

① 《十月革命前后苏联文学流派》上编，上海译文出版社1998年版，第155页。
② 同上。
③ 见《苏联文学艺术问题》，人民文学出版社1959年版，第4页。

这个决议也显示了列宁和卢那察尔斯基在未来主义问题上的分歧。作为苏联政府的人民教育委员的卢那察尔斯基，他领导着除教育之外的文化、文艺、科学等诸多方面的工作，而且任职达十七年之久，可是他却没有参加这一决议的制订。这显然与他对待未来主义等现代主义流派的立场有关。这个决议发表数年之后，卢那察尔斯基曾就决议的背景写道："关心艺术的同志都记得中央就艺术问题发的一封信；它尖锐地批评了未来主义。我不很清楚这里面的详情，但我想这里肯定有弗拉基米尔·伊里奇的影响。"① 又说，列宁"要么认为我是拥护未来主义的，要么认为是我在纵容和支持它，也许由于这个原因，中央这个公告发表前没有跟我商量，在他看来，这一公告应该拨正我的路线"。②

事实也的确如卢那察尔斯基所言的那样，虽然他曾严厉批评过未来主义，但对它和马雅可夫斯基仍有不少肯定、支持和赞许。而列宁对未来主义是持否定态度的，并且对其他现代主义流派都无好感。例如，列宁在同德国无产阶级革命家蔡特金那几次著名谈话（1920—1922）中，即《列宁印象记》中明确表示："我不能认为表现派、未来派、立体派和其它'各派'的作品是艺术天才的最高表现。我不懂它们。它们不能使我感到丝毫愉快。"③ 同时，列宁对卢那察尔斯基支持未来主义，如把教育人民委员部的机关刊物《公社艺术》基本交给未来主义者主持，为他们的诗集《稞麦的话》（1918）写序，1921年批准马雅可夫斯基的长诗《一亿五千万》出版五千册，等等，是极其不满的。在列宁看来，这首未来派长诗《一亿五千万》是"胡说八道，写得愚蠢，极端的愚蠢，装腔作势"。同时列宁又批评卢那察尔斯基批准出版它，这"难道就不觉得可耻吗？"而且声言卢那察尔斯基"支持未来派应该受到责备"。④ 正是在这种情况下，列宁绕过卢那察尔斯基去求助他的副手、人民教育副委员波克罗夫斯基，请波克罗夫斯基"帮助和未来派之类斗争"，并问他"能不能找到一些可

---

① 卢那察尔斯基：《列宁和艺术》，《艺术及其最初形式》，百花文艺出版社1998年版，第300页。
② 同上。
③ 《列宁论文学与艺术》（二），人民文学出版社1960年版，第912页。
④ 《列宁文稿》第8卷，人民出版社1978年版，第582—583页。

靠的反对未来派的人？"① 这就是为什么在1920年的那个决议制订过程中，列宁不找卢那察尔斯基商量的原因。

列宁的这种态度，在后来也影响了斯大林对卢那察尔斯基的看法。1932年12月苏共中央政治局的一次会议上，苏联作协筹委会主席格隆斯基代表筹委会，请求中央批准卢那察尔斯基为即将召开的第一次作家代表大会做关于社会主义现实主义的报告，起初斯大林表示反对，经大家的劝说后，他终于同意。但斯大林仍不放心，要格隆斯基告诉卢那察尔斯基，"要他在准备报告时重读一下列宁的《党的组织和党的出版物》一文以及列宁有关文学问题的其他言论，同时让他再读一读中央关于无产阶级文化派的决议。提醒他，叫他不要去夸奖各种未来主义者。不要再跟艺术中的这些时髦流派周旋了"。② 这表明斯大林在继续坚持列宁反对现代主义的立场。

卢那察尔斯基在《列宁和艺术》这篇回忆中曾说："对未来主义他压根儿持否定态度"；对马雅可夫斯基的《一亿五千万》"绝对不喜欢"，但是列宁对马雅可夫斯基的"一首讽刺官僚恶习的短诗（即《开会迷》一诗——引者注）却非常喜欢，他甚至常常提到其中的诗句"。③ 卢那察尔斯基在谈到这最后一点时，又说："不能不深表遗憾的是，对于其它的更晚一些和更成熟一些的文学向革命方向的转变，他已经不能发表意见了。"④ 1932年，卢那察尔斯基在列宁去世五年之后，再一次回到马雅可夫斯基的创作问题上来，认为他的《开会迷》一诗引起了列宁的好感，并且写道："毫无疑问，如果列宁有时间再进一步了解一些马雅可夫斯基的创作（这时列宁已经不在了），他会大体肯定这位诗歌界的共产主义杰出盟友的。"⑤

虽然列宁对未来主义，对马雅可夫斯基的《一亿五千万》持坚决否定的态度，但并没有因为自己不喜欢而对这部长诗采取封杀政策，这同30

---

① 《列宁文稿》第8卷，人民出版社1978年版，第582—583页。
② 《世界文论》第4辑，社会科学文献出版社1997年版，第220页。
③ 卢那察尔斯基：《艺术及其最新形式》，百花文艺出版社1998年版，第30页。
④ 同上。
⑤ 同上书，第527页。

年代中期以后对待现代作品的那种查禁办法是不同的。列宁曾告诉波克罗夫斯基:"我们约定好,出版这些未来派的作品一年不准超过两次,并且不得超过一千五百册。"① 同样,列宁并没有因为卢那察尔斯基没有执行自己关于未来主义的方针,而撤掉他的部长职务或降他的职。这同 30 年代中期以后那种有问题动辄就处置的办法也是不同的。

(四) 托洛茨基和布哈林

在如何对待俄国现代主义问题上,俄国早期马克思主义批评家托洛茨基与布哈林的观点,值得注意和重视,尽管他们命运多舛,甚至前者在后来走的道路不同,晚节不保。

托洛茨基(1879—1940)的文学批评著述《文学与革命》(1923),是论述那个时期苏联文学的一部重要著作,曾经产生了十分重要的影响。该书第四章对未来主义的起源、地位、创作、理论上的探索与迷误以及马雅可夫斯基等,都作了广泛而深入的阐述。它较详尽地分析了未来主义的产生和性质,认为未来主义"并未封闭在艺术形式的框框中",从一开始就与政治制度和社会制度的各种现象联系在一起,是从 19 世纪 90 年代中期直至第一次世界大战这个历史时期在艺术中的反映。

在托洛茨基看来,未来主义否定文学传统,主张抛弃普希金和托尔斯泰,号召与过去决裂,"只是知识分子封闭的小天地中的一场风暴",只是"放浪派的虚无主义,而不是无产阶级的革命性"。同时,托洛茨基指出:未来主义具有资产阶级反对派的精神,而其天性中的"革命"因素,使其亲近革命。但是,未来主义者提出的:艺术中的革命就是政治中的革命;未来主义是苏维埃的"国家艺术",并要求苏维埃政权予以承认等,这显然是不妥的。托洛茨基认为,这是未来主义所有迷误之源,并进一步提醒他们:"未来主义要用自己的双脚为自己踩出一条道路,而不是像在革命初期那样,企图让国家下一道命令来肯定它。"②

托洛茨基对未来主义的"语言革命"是一分为二的。一方面,他批评

---

① 《列宁文稿》第 8 卷,人民出版社 1978 年版,第 583 页。
② 托洛茨基:《文学与革命》,外国文学出版社 1992 年版,第 145 页。

未来主义诗人赫列勃尼科夫、克鲁乔内赫等提倡的"无意义"语和生硬的造字法,认为这是"对诗歌的窒息"。一方面,他肯定他们"在节奏和韵律方面所做的进步的创造性的工作",①认为这是"新的、伟大的、文学形成过程中必不可少的一环"。托洛茨基特别指出,马雅可夫斯基在语言探索方面是"一位大天才"。他"善于把见过多次的事物置于另一角度,使它们看上去像是新的。他的许多形象、熟语、句子已进入文学。他有着自己的结构、自己的形象、自己的节奏、自己的韵律"。②

关于马雅可夫斯基的未来主义诗歌创作,托洛茨基既有批评又有称许。他认为,《一亿五千万》这首长诗写得不好,"弱点和败笔非常之多",虽然有一些鲜明的诗句、大胆的形象和难得的字眼,但"整部作品是非常失败的"。③这同列宁的看法相近。同时托洛茨基认为,马雅可夫斯基的《宗教滑稽剧》和《战争与世界》写得也差,"充满着高谈阔论和语言的投机取巧"。如果诗人的危机能在获得一种既见到个别又见到一般智慧的敏锐视力的情况下得到解决,文学史家将会说这几部作品"只是通往创作顶峰之途上转弯时不可避免的、暂时的下坡路"。④

但托洛茨基十分赞许马雅可夫斯基的诗歌《穿裤子的云》,认为这是他"艺术上最重要、创作上最大胆和最有希望的一部作品,甚至很难相信,这部极富强力和形式上独立的作品竟是一位23岁青年写成的!"⑤正因为如此,所以托洛茨基写道:"今天就已经能够有把握地说,未来主义中的许多东西将是有益的,将服务于艺术的提高和复兴。"⑥这是托洛茨基关于未来主义的一个基本看法和基本评价。总的来说,托洛茨基的这种看法和评价接近于卢那察尔斯基和高尔基对未来主义的分析。

在关于俄国象征派的评论中,托洛茨基谈得最多的是勃洛克。他认为勃洛克那些写星星和风雪的无定形的抒情诗,反映着特定的时代和环境,脱离

---

① 托洛茨基:《文学与革命》,外国文学出版社1992年版,第128页。
② 同上书,第132页。
③ 同上书,第137页。
④ 同上书,第143页。
⑤ 同上书,第142页。
⑥ 同上书,第145页。

这一时代，勃洛克的"抒情诗便像一团高悬的云了"。因此在托洛茨基看来，如果将没落的个人主义与资产阶级上升时期的个人主义加以对照，来广泛地历史地理解颓废派这个字眼，那么，"勃洛克虽有其各种变化，却仍然是一个真正的颓废派"。这无疑是对勃洛克的象征主义诗歌的批评。同时，托洛茨基对他的长诗《十二个》却给予了热烈的肯定，认为这是他作品中"最重要的一部"，是他的"最高成就"，是"接受革命的个人主义艺术的天鹅之歌"，包括其中所写的"凶恶的风，宣传画，雪地上卡奇卡，革命的脚步和像癞皮狗一样的旧世界，将留存下来"。① 并将"在未来的俄罗斯艺术创作史中占有一个特殊的地位"。然而在托洛茨基看来，只有《十二个》是他唯一一部能流传后世的作品，而他的其余诗歌"都已成为过去，不再复返"。这不免失之偏颇，因为仅从政治内容评诗是不够的。

布哈林（1888—1938）是 20 年代苏联文艺活动中的一位重要人物，但在布哈林的文艺著述中，关于现代主义的评论并不多，可是却极有分量和见地。这主要是他 1934 年在苏联第一次作家代表大会上的报告，即：《关于苏联诗歌、诗学和诗歌创作任务》。在这次大会上做报告的除他之外，还有高尔基、拉狄克等人。这些报告均备受关注。由于不久后布哈林因"反革命"罪被处死，他的这个报告在苏联长期被打入冷宫，直到 1986 年昭雪平反，才得以重见天日。

布哈林的报告在谈到俄国象征主义所具有的神秘的唯心主义特点时，并不抹杀其诗人在形式和语言上的成就，而且称象征派诗人巴尔蒙特是"一位不容置疑的语言大师"。阿克梅主义诗人和领袖古米廖夫，虽于 1921 年因参与"塔冈采夫集团阴谋叛乱活动"被枪决，但布哈林并不因此而回避他的名字及其文学成就，相反，仍称赞其诗作《火柱》在语言艺术上的造诣。布哈林在那个年代这样言说，而且是在一个重要大会上这样言说，是需要眼光和勇气的。布哈林对法国颓废派诗人保尔·魏尔伦也有很高评价，称他是"一位杰出的诗歌大师，一位最精细最富温馨情感的诗人"。这使我们想到他的这个评价，同前面提到的高尔基对魏尔伦的评价不无相似之处。总之，布哈林对现代主义诗歌的评论和分析，既重视它的

---

① 《文学与革命》，外国文学出版社 1992 年版，第 103—105 页。

思想和内容的特点，也重视其语言和形式上的成就。这在那个时代的文学批评中并不多见。

布哈林对曾经是"立体未来派"的马雅可夫斯基和"离心机"未来派的帕斯捷尔纳克，都给予了极高的评价，在那个年代这是非同寻常的。

布哈林称赞马雅可夫斯基是"苏联诗歌革新方面最重要的诗人之一"，是一个"桀骜不驯的巨大天才"。他以其雷鸣般的嗓音从半市侩的文学漂泊者的圈子之中奔向无产者，并对所有陈规戒律和以往那些枯燥的遗训进行了"未来主义的反抗"；他以其有力的双拳为自己开辟了通向无产阶级诗歌的道路，并占据其中最前沿的地位之一。当千百万群众的吼声震撼全国，当革命人民走向街头和广场，当机枪哒哒作响之时，马雅可夫斯基犹如一只凶猛的雄狮在咆哮，而他那短句诗则像机枪子弹在横扫一切。

布哈林特别赞赏马雅可夫斯基那响彻胜利之声的"广场缪斯"——《向左进行曲》，认为它"永远是这一英雄时代的杰出纪念碑"，而它的作者以其对苏联诗歌的卓越贡献而成为"无产阶级革命的真正鼓手"和"苏联的经典作家"。即便是在他死后，他也将"活在几乎每个青年诗人身上。其诗歌创作手法和技巧永远是我国文艺界的财富"。[①]

布哈林对帕斯捷尔纳克及其诗歌意义和成就的高度评价，在苏联文学批评史上是前所未有的。在布哈林评论帕斯捷尔纳克之前，苏联的那些政治性很强的文学批评家，往往把诗人称为"月夜的爱好者"，并将他的诗歌同马雅可夫斯基的政治诗歌加以对立。而布哈林在这篇报告中，既肯定了马雅可夫斯基也肯定了帕斯捷尔纳克这两种不同的倾向。这不能不说，是布哈林在苏联文学批评史上揭开了新的一页。

布哈林指出，帕斯捷尔纳克是一位极其远离日常生活的诗人，一位从旧知识分子的歌手成为苏维埃知识分子的诗人。他年轻热情，远离战斗的喧闹和时代所特有的创作技法。但他毫无疑义地接受了革命，早在第一次世界大战期间在思想上就同旧世界决裂，并深深地反对资产阶级的唯利是图，把自己关闭在个人感受的贝壳之中，执着而仔细地研究语言的形式。而"遗产的价值"和深刻的个人心灵运动的联想和交织，则成了他研究的

[①] 《布哈林选集》，苏联科学出版社列宁格勒分社1988年版，第263—265页。

素材。布哈林还以他的诗歌《诗的定义》、《致勃留索夫》、《致朋友》等为例，作了说明。

布哈林在分析了帕斯捷尔纳克的《生活，我的姐妹》、《草原》、《闷热的夜晚》等诗作之后，称赞他是"我们时代最卓越的诗歌大师之一"；并认为他的创作"宛如一条线，不仅串上了一系列抒情的珍珠，而且提供了许许多多深邃真诚的革命作品"。[①] 在苏联文学批评中，这是对诗人创作的全新评价。

布哈林在谈到帕斯捷尔纳克诗歌的独特性时，认为这独特性既是他的力量也是他的弱点。其力量在于他同陈规旧套、公式化、押韵散文是格格不入的；而其弱点在于他把这种独特性转变为个人中心主义，同时他的诗歌形象也不易为人们所理解。这后一点，显然是布哈林对他的批评。

布哈林对帕斯捷尔纳克所作的高度评价，却加剧了出席这次代表大会的一批无产阶级诗人对他的不满。这因为布哈林在报告中，曾批评别德内依、别泽缅斯基等的无产阶级诗歌由于使用政治术语和口号，以及语言的粗糙，已经过时。大会结束之后，争论还在继续，仍有一些文章指责他对诗人只进行形式分析或纯审美评价，并认为这是一种主观的趣味主义倾向；甚至说他的报告是从"个人立场"作出的个人评价。

从以上俄苏早期马克思主义文评家关于现代主义诸流派的论述中，我们不难得出结论：他们的评述远不是众口一声，铁板一块，相反，是一部多声部或复调的乐曲，既有相同之处，也有相异之处，甚至还有交叉、矛盾、对立和争论。但是，在苏联和在我国一个较长时期里，往往把他们看成一种声音，回避了不该回避的东西，掩盖了不应掩盖的东西，例如，直至1965年苏联出版的一本《美学简明词典》还这样写道："俄国未来主义者们……的艺术远离人民并且与人民格格不入，因而遭到马克思列宁主义美学代表人物的严厉批判。"[②] 这种看法实在与历史事实相距甚远，是不全面、不客观的。今天，是我们把"历史的内容归还给历史"的时候了。

（原载《中国社会科学院学术委员会集刊》2004年第1期，社会科学文献出版社）

[①] 《布哈林选集》，苏联科学出版社列宁格勒分社1988年版，第275页。
[②] 《美学简明词典》，商务印书馆1987年版，第83页。

俄苏形式学派和什克洛夫斯基

俄苏形式学派是 20 世纪俄苏文艺学中最早形成的一个重要学派，以自己独树一帜的文论体系，对 20 世纪世界文论产生了深远影响。

俄苏形式学派有两个分支或两个文学团体。一个是以什克洛夫斯基为代表的彼得堡"诗语研究会"，简称"奥波亚兹"，创立于俄国十月革命前的 1914 年。其成员有雅库宾斯基（1892—1945）、波利万诺夫（1891—1938）、艾亨巴乌姆（1886—1959）、勃里克（1888—1945）以及稍后加入的蒂尼扬诺夫（1894—1943）和日尔蒙斯基（1891—1970）。与该团体的立场相近的有托马舍夫斯基（1890—1957）。后来，他们都成为苏联文论界的著名学者，有的还是通讯院士、院士，著述甚丰。该团体与未来派诗人赫列勃尼科夫、克鲁乔内赫、马雅可夫斯基等关系密切。什克洛夫斯基于 1914 年发表的小册子《词语的复活》，奠定了该团体的理论基础，并成为形式学派的宣言书。该团体的机关刊物为《诗语理论文集》，从 1916 年至 1923 年共出版六辑。他们在这些文集中，重新审视了 19 世纪俄国文艺学中学院派的诗学遗产，特别是历史诗学的著名代表维谢洛夫斯基和心理学派著名代表波捷勃尼亚的著述，认为文学创作的形式是文学特点之所在，而其内容的全部成分都被融入形式之中。俄苏形式学派或形式主义学派由此得名。

大约从 1922 年起，围绕形式诗学问题不仅在"诗语研究会"内部，也在它的外部引起了激烈争论。例如在内部，日尔蒙斯基于 1922 年 8 月在《书角》杂志著文批评什克洛夫斯基、艾亨巴乌姆等，把艺术的发展归结为新旧形式和手法的更替；在风格的研究中忽视了心理学；认为形式的任何改变同时也是对新内容的提示；艺术分析不能局限于形式分析，等等。1923 年，日尔蒙斯基在为瓦尔策尔《诗的形式问题》所写的译序中表示，他不同意"诗语研究会"的原则，并脱离该团体。勃里克也主张形式方法和社会学方法相结合。从 1924 年开始，苏联《出版与革命》杂志就形式方法展开讨论，卢那察尔斯基、萨库林、波利扬斯基、柯岗等，在肯定形式探索必要性的同时，都反对"形式主义者把'文学科学'归结为对形式的研究"，主张文学研究不能割断同生活和社会的联系。经过这次讨论和批评，"诗语研究会"作为一个团体，在 20 年代中期已不复存在。

作为俄苏形式学派的另一个团体，则是以雅各布森为代表的"莫斯科语言学小组"，1915 年创立于莫斯科。

雅各布森（1896—1982）是文学理论家、语言学家和符号学家，出生在莫斯科一个富有人家，先后就读于莫斯科拉扎列夫东方语言学院和莫斯科大学，1918 年大学毕业，后在莫斯科戏剧学院任教，著有《现代俄国诗歌》（1921）和《论捷克诗》（1923）等，提出了具有广泛影响的"文学性"概念，主张文学科学的对象不是文学，而是文学性，也就是使一部作品成为一部文学作品的东西；反对文学与作家的生平，与社会历史的联系。其观点与什克洛夫斯基等的观点一致。1921 年雅各布森作为随团翻译赴布拉格出席会议，从此一去不返，留在捷克斯洛伐克的马萨里克大学任教，并成为布拉格结构学派的创建人之一。1939 年德国法西斯侵占捷克斯洛伐克，他逃亡北欧，于 1940 年定居美国，先后在哥伦比亚大学和哈佛大学任教，并成为纽约结构学派的创建人之一。30 年代以后，他和什克洛夫斯基在结构主义等问题上常有争论，后者在自己的《散文理论》（1982）中有所叙述。

"莫斯科语言学小组"的成员，基本上是莫斯科大学的学生，如维诺库尔、彼捷尔逊、布斯拉耶夫和特鲁别茨科伊等。特鲁别茨科伊像雅各布森一样，于 20 年代初离开苏联前往奥地利，在维也纳大学任教，并积极参加布拉格学派的活动，成为该学派的创建人之一。到 1920 年，"莫斯科语言学小组"的成员已达三十四人，其中包括诗人马雅可夫斯基、帕斯捷尔纳克和曼德尔施塔姆等，从 1915 年至 1920 年才转向诗语理论和诗学研究，这促使它同"诗语研究会"接近与合作。然而，在一些观点上二者仍存在差异，如"莫斯科语言学小组"并不认为艺术形式具有独立和自身的价值，而是把它视为一种功能结构的语言现象。大约在 1925 年，它作为一个团体已停止活动。

俄苏形式学派的形成，其原因是多方面的。

首先，它是对19世纪俄国文艺学中盛极一时的学院派，特别是对其中的文化史派和心理学派的挑战和反拨。学院派的教授和院士们诸如贝平、吉洪拉沃夫、维谢洛夫斯基兄弟等认为，文学是民族的历史生活及其发展的反映，文学作品是文化史的一种文献。雅各布森则嘲讽他们像警察一样，到处抓人，把宅子里的人和东西，甚至连过路人都扣起来。这些文学史家把什么都用上了：生活方式、心理学、政治、哲学，建立了一大堆规则来代替文学科学。什克洛夫斯基也针锋相对地指出："艺术总是离开生活而保持自由，在它的色彩中从来没有反映那飘扬在城堡上空旗子的颜色。"① 这些批评虽然很片面，但有其合理的内核，毕竟学院派忽视了文学的审美特征和形式意义。对于历史比较学派的代表人物维谢洛夫斯基的公式：形式的变化取决于内容即人类的观念和感情，"新形式是为了表现新内容"，什克洛夫斯基提出质疑，认为新形式不是为了表现新内容，而是为了替换已丧失艺术性的旧形式。对于心理学派的代表者波捷勃尼亚把诗歌定义为形象思维，词的诗意在于形象等，什克洛夫斯基表示不屑一顾，声称形象思维既不是艺术的共同点，也不是语言艺术的共同点；形象不能构成诗歌运动的实质，它仅仅是一种手法，在有形象的地方都有奇异化，这是为了建立对物的特殊感受性。总之，按艾亨巴乌姆的话来说，维谢洛夫斯基和波捷勃尼亚的"理论遗产"已成为"一文不值"的"死财宝"，形式学派同他们实现了"历史的决裂"。

其次，俄苏形式学派是在同象征主义的斗争中形成的。在象征主义看来，现实世界是彼岸世界的折射，主张由诗人创造的象征加以表现。俄苏形式学派对此则不以为然，艾亨巴乌姆明确表示：我们同象征主义者展开了斗争，要把诗学从他们手中夺过来，让诗学摆脱他们的主观的美学理论和哲学理论，把诗歌语言从哲学和宗教偏见的禁锢中解放出来，使诗学回到科学地研究事实的道路上。形式学派的所谓"回到"科学道路，就是"拒绝哲学前提，拒绝心理学和美学的解释，等等"；把形式宣布为研究的

---

① 什克洛夫斯基：《共产主义与未来主义》，载《公社艺术》1919年3月30日。

主要问题，把它当作某种特有的东西，即缺了它艺术就不存在的东西来看待。

最后，俄苏形式学派是对俄苏文坛崛起的新流派——未来主义诗歌实践的概括和总结。未来派诗人在诗歌语言的革新和诗歌形式的探索方面做了许多工作，其主要诗学思想则是努力把词本身从文学传统的覆盖物下解放出来。未来派的创作受到了形式学派的关注。作为形式学派领袖人物的什克洛夫斯基，他有生以来第一次报告的题目就叫《未来派在语言史上的地位》（1913），而且是在彼得堡"浪狗"俱乐部未来派的一次聚会上所作，这绝非偶然。次年他撰写的、后来被称为形式学派宣言的《词语的复活》，显然与未来派的言论和创作紧密相连，什克洛夫斯基本人说过，由于出现了以未来派诗人赫列勃尼科夫为首的新的、专门的诗歌语言的强大倾向，于是便给诗歌下定义：它是一种重要的、扭曲的语言。艾亨巴乌姆则明确表示，"形式方法与未来派在历史上原来就彼此相连"。雅各布森的那两篇重要著述《现代俄国诗歌》和《论捷克诗》，便论述了赫列勃尼科夫、马雅可夫斯基等的创作，并从中引出了形式学派的重要结论。而他的《现代俄国诗歌》原来就是为赫列勃尼科夫一本未能出版的选集所作的序。

维克托·鲍里索维奇·什克洛夫斯基（1893—1984）是俄苏形式学派的主要代表者，也是苏联作家和批评家。他出生于中学教师家庭，父母是德裔移民。他曾就学于彼得堡大学语文系，1913年12月23日作为一年级大学生，他在一家咖啡馆作了《未来派在语言史上的地位》的报告，引起异乎寻常的反响。次年，他将报告整理成小册子并改名为《词语的复活》出版。书中指出：词语"僵化"的后果，使其失去"可感性"，而词语"复活"则是未来主义者所创造的一种"变得更加困难"的形式即奇异化的结果。或者说，事物已经死亡，而能使其复活的，就是奇异化的方式。这一论点同未来主义的口号词语的"自有价值"相近。正是什克洛夫斯基的这一基本思想，使这本只有三十六页的小册子不仅成了俄苏形式学派的开山之作，也成了俄苏词语研究会和俄苏形式主义运动的起源。接着，他又发表《马雅可夫斯基的〈穿裤子的云〉》（1915）、《论诗与玄奇的语言》（1916）和《艺术即手法》（1917）等，进一步拓展了他的形式理论。

第一次世界大战爆发，什克洛夫斯基上了前线，在沙俄军队的汽车营服役。1917年春，他曾任彼得格勒预备装甲营委员会委员，是一个护国派，后来作为临时政府委员的助理被派往西南前线，由于在战争中身负重伤，被授予四级乔治十字勋章。第一次世界大战结束时，他作为临时政府委员的助理前往波斯，于1918年1月返回彼得格勒，并开始撰写《情节构造手法与风格一般手法的联系》一文。

尽管什克洛夫斯基在文学理论的探索和研究中拒绝同生活、政治等联系在一起，但这时他却深深卷入了政治斗争，与右翼社会革命党人发生密切联系，成了他们中央委员会领导下的军事委员会的一名成员，参与策划反对布尔什维克的武装暴乱，并负责指挥装甲部队。阴谋败露后，他出逃萨拉托夫，藏身在一家疯人院里，不久又流亡基辅，参加一支匪帮装甲部队，并在那里参加社会革命党人和"俄罗斯复兴联盟"发动的一场为推翻其头目斯科罗帕茨基的未遂政变。之后，他请求高尔基帮助，表示不再参加政治斗争。1919年初高尔基就他的案件致信苏维埃政权领导人斯维尔德洛夫，他才被赦免回到彼得格勒，继续从事著述活动，编辑出版《诗语理论文集》第三辑，开始写作《革命与前线》一书。

1920年，什克洛夫斯基进入红军部队，参加在亚历山大罗夫斯克、赫尔松和卡夫斯卡的战斗。这是他政治生涯的新起点。两年后，往事败露。1922年3月，社会革命党领导人、流亡德国的谢苗诺夫在柏林出版了一本回忆录，透露了1917年至1918年间他们开展恐怖活动的内情，其中提到什克洛夫斯基的名字。在此情况下，他仓皇出逃芬兰，后去柏林。1923年他致信苏维埃政权，表示认罪改过。经过高尔基、卢那察尔斯基等的交涉和努力，什克洛夫斯基于1923年底获准返回苏联。这以后他发表了《马步》和《文学与电影》（均为1923）、《散文理论》（1925）、《汉堡记分法》（1923—1928）、《托尔斯泰小说〈战争与和平〉的材料与风格》（1928）以及两部在柏林出版的回忆录《伤感的旅行》和《动物园或非爱情的信》（均为1923），记载了他1918年至1923年间这段曲折生涯和心路历程。这两部回忆录于1990年首次在苏联全文出版。50年代中期后，著有《反对和赞成：陀思妥耶夫斯基札记》（1957）、《列夫·托尔斯泰》（1963）、《弓弦·关于似中的不似》（1970）、《爱森斯坦》（1973）、《关于小说的故事》（1981）和一部新的《散文理论》（1982）等。

什克洛夫斯基的文学理论，首先从语言学切入，以"作为科学的语言学为对象"。无论是什克洛夫斯基提出的文学"内部规律"研究或雅各布森提出的"文学性"思想，都类似语言学中的语言（而不是"言语"）。他们还从现象学家胡塞尔那里吸纳了"纯粹的逻辑本质"观点，将它运用于分析未来派的诗歌实践；同时将"诗歌语言"和"日常语言"相对立，从而创造了以形式为基础的新文论即著名的形式理论。

　　诗歌语言和日常语言的对比，这是什克洛夫斯基及其学派探索的出发点，也是他们"对诗学基本问题研究的基本原则"和建构文学作品的基础。

　　"诗语研究会"最早就是致力于诗歌语言和日常语言的区分。这被艾亨巴乌姆视为他们学派的"一大特色"。例如，雅库宾斯基在《诗歌语言的音》（1916）一文中指出，说话人以交际的纯粹实用目的来利用自己的语言表象，这是一种日常语言系统，其中语言表象（音、词类等）"没有独立价值"，是交际手段。但是在诗歌语言中，实用目的退居次要地位，而语言表象则获得自身价值。什克洛夫斯基同样认为，"在普通诗歌语言中，语言不是一个永远有意义的问题"，并进而提出：存在两种独立的语言——诗歌语言和散文语言（后来他把散文语言概念改为日常语言概念）；前者具有结构的"可感受性"：或是音响，或是发音，或是语义；有时候也不是结构，而是词的构成和配置。至于诗的形象，什克洛夫斯基则竭力贬低其意义，认为是创造"可感受性"的手法之一，同诗中的比较、重复、对称、排偶、夸张等相似，而且仅仅是一种手法。因此，他们主张诗歌语言必须从词的意义中解释出来，从象征派诗歌的宗教和哲学偏见的禁锢中解放出来。由于他们绝对地把诗歌语言和日常语言分割开来，认为诗歌语言具有独立的自身价值，可以脱离实际和实用功能，这就使他们从文学语言的探索走向文学形式的探索。什克洛夫斯基写道："重要的不是我们自发地走近艺术，而是我们论述了艺术自身；我们没有把艺术看成是反映；我们找到了艺术的同类特点，并开始确定形式的基本倾向。我们理解到，在很大程度上存在着一种形成作品的同类规律的现实。"①

　　从对诗歌语言的特殊理解出发，什克洛夫斯基对文学的内容与形式的

---

① 什克洛夫斯基：《第三工厂》，彼得格勒，1926年，第65页。

关系问题提出了挑战。传统的文艺学观点，包括黑格尔、别林斯基等的观点在内，都认为内容和形式互为联系，不可分割。而在什克洛夫斯基看来，"材料"和"手法"是相互对立的现象，"材料"（题材、本事、日常生活等）是艺术建构以外之物，是可以用自己的语言表达的东西。只有形式才是"建构对象的规律"，是文学作品及其结构的现实形态。手法要以这种或那种材料为前提，但是，手法之外不存在着材料。从传统文艺学观点看，"情节"一般都属于内容的范畴，而什克洛夫斯基从材料和手法的关系出发，将"内容"分解为"情节"和"本事"，看成事件序列及其构造的相互关系，将它们形式化。他在《情节构造手法和一般风格手法的联系》（1919）一文中试图证明：许多故事是由层递式构造、环扣式构造、对照法等组成，是同音异义词的文学游戏的扩展；母题不是任何时候都是语言材料的扩展。什克洛夫斯基在分析普希金作品时指出：人们常常把情节要领和对事件的描绘，和他提出的本事混为一谈。本事实际上只是组成情节的材料。因此，《叶甫盖尼·奥涅金》的情节不是男主人公和达吉雅娜的恋爱故事，而是"由引入插叙而产生的对这一本事的情节加工"。在这里，所谓对"本事"的"情节加工"，指的就是手法化。什克洛夫斯基由此明确地指出："文学创作是纯形式，它不是物也不是材料，而是材料的比。如同任何比一样，它也是零维比。因此作品的范围，作品的分子和分母的算术意义并不重要，重要的是它们的比。戏谑的、悲剧的、室内的作品，世界同世界或者猫同石头的对比——彼此都相等。"[①] 正因为如此，所以艾亨巴乌姆说："形式学派摆脱了传统的内容与形式的相互关系。"这表明了"艺术的特殊性不是表现在进入作品的成分中，而是表现在对成分的独特的利用上。这样，'形式'的概念便获得了另一种意义，它不要求其他任何概念……"又说，形式概念"不是外壳而是全部"。[②] 什克洛夫斯基对形式概念的理解和艾亨巴乌姆对它的阐述，以及雅各布森提出的著名"文学性"，都不是从建构作品的成分中即语言材料本身中表现出来，

---

① 什克洛夫斯基：《罗扎诺夫》（1919），见《散文理论》，莫斯科：苏联作家出版社1982年版，第83页。

② 艾亨巴乌姆：《形式主义方法论》，载《十月革命前后苏联文学流派》（下编），上海译文出版社1998年版，第219页。

而是从成分的表达中即语言材料的特殊运用中表现出来。

从对"本事"和"情节"的界定以及对本事的"情节加工"中，什克洛夫斯基引出了一个重要问题："手法"及其"奇异化"。这是他整个文学观念的核心。

1917年什克洛夫斯基的一篇论文的题目就叫《艺术即手法》。它被艾亨巴乌姆称为"形式方法的宣言"，并"为具体分析形式开辟了道路"。雅各布森称"手法是文学作品唯一的主人公"；日尔蒙斯基也认为，"艺术中的一切仅仅是艺术手法，艺术中除手法的总和以外，实际上就没有其他的东西"。手法在艺术中占有十分重要的地位，这没有疑义。而且这也是19世纪实证主义和社会学批评家所忽视的，应该进行探讨。问题在于形式学派把手法绝对化，奉为文学创作的圭臬，这就难免失之偏颇。

在什克洛夫斯基那里，手法就是"奇异化"的手法，离开奇异化便无手法可言。因此，奇异化是他的文学理论的基本概念之一，也是他的基本成就之一。

什克洛夫斯基的"奇异化"是相对于"自动化"而言的。他说，在日常生活中，人的活动一旦习以为常，就会成为"自动化"，人的所有习惯都会进入无意识或自动化的境界。例如，人第一次拿起笔或第一次讲外语的感觉，同他第一万次的感觉都一样。常见的东西，我们感觉不到，看不到，但能意识到。我们看不见自己房子的墙，也很难看出校样的错排，等等。因而对什克洛夫斯基来说，在艺术中必须用奇异化手法把物从自动化的感觉中解脱出来。这意味着，他已从文学的技巧层面进到审美层面来探讨形式，并与人的艺术感受性联结在一起。这显然是他的一个重要思想。他认为，列夫·托尔斯泰在创作中经常采用奇异化手法，把物描写成第一次看到的样子，把事情描写成第一次发生的样子，而不说它们的名称。在《战争与和平》中，作家是这样描写乐队指挥："有个魔鬼，他一面唱，一面晃动着两臂，直到抽掉他脚下板子，他才掉下去。"在《克莱采奏鸣曲》里这样描写婚姻："为什么人们心灵相亲就应该一起睡觉。"此外，什克洛夫斯基还举了《十日谈》等作品采用的奇异化手法，并指出用隐晦的话语描绘色情也属于奇异化手法，甚至说，有形象的比喻就有奇异化手法。这表明，"奇异化"的内涵要比"陌生化"或"由熟变生"的译法广泛得多。

按什克洛夫斯基的说法，为了恢复对生活的感觉和为了感觉到物，为了使石头变成石头，才存在所谓的艺术。艺术的手法就是"将物'奇异化'的手法和将形式艰深化的手法，从而加大接受的难度和延缓接受的时间，因为在艺术中感受过程本身就是目的，应当加以延长；艺术是用来感受作品如何制成的方式，而已制成之物在艺术中并不重要"。[①] 这里所说的关于艺术"制作"高于或重于作品的内涵及其价值的这种片面观点，不仅表现在一些论文里，如艾亨巴乌姆的《怎么制作果戈理的〈外套〉》（1919）和什克洛夫斯基的《塞万提斯怎么制作〈堂吉诃德〉》（1921），其题目本身就富有代表性，而且在《散文理论》（1925）一书的"前言"中，把它概括为"内部规律"并说，如果同工厂方面的情况相类比，那么作者感兴趣的"不是世界棉纱市场的行情，不是托拉斯的政策，而是棉纱的支数和纺织方法"。这正如巴赫金所指出的那样，形式主义学派经常局限于"工艺的"、"语言的"分析层面。显然，像作家创作个性的全部丰富性和复杂性这样一个重要问题，仅仅被归结为一个工艺问题，这是以偏概全。但不管怎样，什克洛夫斯基明确提出文艺创作的奇异化，这毕竟是他对文艺学作出的一个重要贡献。文艺学的历史表明，奇异化是文学创作的一种普遍现象，或者说，是文艺创作的一条基本规律。它类似我国常说的"化腐朽为神奇"，"语不惊人死不休"等。

在20世纪一二十年代，什克洛夫斯基把一个被19世纪欧洲实证主义、社会学派、心理学派和俄国学院派文论长期忽视的文学形式问题提到首位，从传统的作家和作品的关系研究，从作品和社会的关系研究，转移到文学作品的自身研究，这不仅开了20世纪文艺学研究的先河，也起了振聋发聩的作用。他对诗歌语言与日常语言、材料和形式、情节和本事、手法和奇异化等的探索，推动了20世纪文论的发展。另一方面，他把文学作品定义为"纯形式"或"手法体系"，认为手法是它的唯一主人公，断言文学与社会、时代的风云无关，与作者无关，是"外在于情感的"，是"无所怜悯或外在于怜悯的"，是"超心理的"。一句话，他将作品看

[①] 什克洛夫斯基：《散文理论》，莫斯科：苏联作家出版社1982年版，第13页。

成一个封闭的、独立的、自足的客体，则显得十分主观和片面，而且给 20 世纪文论带来了负面影响。

然而，什克洛夫斯基自己从一个二十一岁的大学生发表第一篇著述到耄耋之年发表新的《散文理论》，其间经历了多少风云变幻的岁月，受到了来自"内部"和"外部"多少的质疑与挑战。时代在变化，学术在变化，什克洛夫斯基也在变化。从 20 年代中期起，他一直就在不断地反思。他在给蒂尼扬诺夫的信中第一次写道，他有许多错误，而居第一位的错误是，他在著作中未能注意到"非审美序列的意义"。[①] 1927 年他说：昔日的公式——不同日常生活发生关系的、自主的文学序列，永远只是一种假设，现在应使这个公式变得更为复杂一些。1930 年在《文学报》上发表了《给科学上的错误立个纪念碑》一文，认为："对我而言，形式主义已是我过去的道路。"1970 年他在《弓弦·关于似中的不似》一书中写道：拒绝艺术中的情感或艺术的意识形态，也就拒绝了对形式的认识和认识的目的，拒绝通过感受去接触世界的途径。

最值得注意和重视的，是什克洛夫斯基逝世前两年即 1982 年写的那本《散文理论》。他那时已是九十高龄。在这本书里，他做了集中而全面的反思。书中写道："我在写一本关于散文理论的新书"，"就我而言，写这本书并非易事。我比同辈中的许多人活得更长久，并非由于偶然，也并非心怀恶意。善于重新思考的人剩下的不多了"。又说："我问自己，作者的旧书在他自己眼里是什么样子。它们不会消失。但它们的命运会发生变化。"1925 年写的"那本关于散文理论的书，应该作为现在这本更厚的书的注解。要知道一切事物诞生时都很小，后来才发展"。显然，这本书可以看成是他对自己一生学术道路的回顾、反思和再探索。

什克洛夫斯基在《散文理论》中，的确"重新思考"了许多问题，归结起来有以下几点：关于词语与文本，他说："我曾有过错误，因为曾认为，词语仅仅是词语而已。""真正的词语是不会死的。它会变化。它换个方式说出来。"他还以读高尔基的早期创作为例来说明，他听到了高尔基青春时代的声音，作家的这些书成了未来时代的浪漫主义旗帜。又说，

[①] 什克洛夫斯基：《汉堡记分法》，莫斯科：苏联作家出版社 1990 年版，第 303 页。

"以为词仅仅是词,文本仅仅是文本,谁首先就不是艺术家,不是武士"。因此,"诗语研究会"的"建树并不精确,不完全"。关于艺术与生活的关系,什克洛夫斯基写道:"我曾把生活之流与艺术之流分离开来,这是不对的,这二者被失望、光荣和对功勋的召唤联系在一起。"他并且认为,脱离世界历史,不分析历史的种种病痛,不解决人类所走的全部艰难困苦的道路,而要理解列夫·托尔斯泰和陀思妥耶夫斯基是不可能的。又说,艺术沿着我们所称的生活而运动,"理解艺术的途径——即是认识生活"。关于文艺与作家的关系,什克洛夫斯基反思说:"我曾经写过,艺术无恻隐之心。此话激烈,但并不正确。艺术——是怜悯心与残忍的代言人,是重新审理人类生存法则的法官。我限制了运用艺术的范围,重蹈了老欧美流派的覆辙。"关于艺术的目的,他写道:"艺术作品的目的曾为我所排斥。但是艺术,甚至从屋顶上的猫叫开始,它有目的。""它不仅擦净向我们展示世界的玻璃,而且教我们观看和理解世界。"

尽管什克洛夫斯基在书中就一些问题作了反思和新的阐述,但没有完全否定自己过去的著述。就在这本《散文理论》中,他仍收进了过去写的两篇著述:《艺术即手法》和《情节构造的手法与一般风格手法的联系》。而且在他最后一部书《汉堡记分法》的"序言"中,在谈到《词语的复活》这一本书时写道:"这本书已七十岁了。但我觉得它没有老。它现在比我还年轻。"① 这篇"序言"写于 1984 年 8 月至 9 月间,不久他便离开人世。这是他最后的遗言。而《汉堡记分法》于 1990 年出版,他并没有看到。

什克洛夫斯基的形式理论及俄苏形式学派,对 20 世纪文论产生了重要影响。雅各布森和特鲁别茨科伊于 20 年代离开苏联,先后定居布拉格和维也纳,曾积极参加著名的"布拉格结构小组"活动,并成为它的创建者。他们使俄苏形式学派的理论同布拉格结构小组的理论建立了直接联系,前者的理论成了后者的理论基础。如布拉格结构学派的主要代表者穆卡洛夫斯基曾认为,创作是形式关系及这一关系的独立价值的揭示,它与意识形态、道德、政治和其他精神价值无关。雅各布森于 40 年代初定居

---

① 什克洛夫斯基:《汉堡记分法》,莫斯科:苏联作家出版社 1990 年版,第 33 页。

美国，将俄苏形式学派的理论同他参与的"纽约语言小组"的活动，建立起直接联系。美国新批评后期核心人物韦勒克，原系捷克斯洛伐克人，曾参加布拉格结构学派的活动，定居美国后，他与沃伦合写了一部较有影响的文论著作《文学理论》（1942）。该书认为，俄苏形式论者是20世纪"特别精彩"的学派，给20世纪文论注入了"新的活力"。他们从俄苏形式学派那里吸纳了不少成果，如"外部研究"必须代之以"文学的内部研究"即文学创作的本身研究，等等。第二次世界大战后，德国文论家卡西尔的《语言艺术》（1948）和法国结构主义者托多罗夫的一些著述，都明显地受到了俄苏形式学派的影响。特别是后者，还是一位俄苏形式理论的译介者、阐释者和《文学理论·俄国形式主义者的文本》（1968）一书的编者。这本书在各国影响很大，被译成多种文字出版，中国也曾于1989年翻译出版。

（原载吴元迈主编《20世纪外国文学史》第二卷，译林出版社2004年版）

巴赫金和他的文艺思想

米哈伊尔·米哈伊洛维奇·巴赫金（1895—1975）是苏联著名的文艺学家，在文艺学、美学、文化学、语言学等方面均有重大建树。然而他的名字只是在最近几年才为我国读者所知，连1982年的《中国大百科全书·外国文学》卷和1984年的《苏联文学辞典》（江苏人民出版社）也没有提到他。在苏联，他的名字在消失三十余年之后，于60年代初才重新出现在刊物上。这段历史"空白"和他坎坷的生活道路与学术生涯是分不开的。

巴赫金生于俄国奥勒尔城，出身于世袭贵族家庭。1913年在敖德萨读完中学，1914年入彼得格勒大学。1918年大学毕业后，在西部小城涅维尔教过两年中学，并经常与伏罗申诺夫（1894—1936）一起探讨学术问题。1919年开始著述，第一篇论文是《艺术与责任》。1920—1924年转到维捷布斯克任教，并与梅德维杰夫（1891—1939，被处决）建立了深厚友谊。1924年冬，返回列宁格勒。1927年以伏罗申诺夫的名字发表《弗洛伊德主义批判》，1928年以梅德维杰夫的名字发表《文艺学中的形式主义方法问题》，1929年以伏罗申诺夫的名字发表《马克思主义与语言哲学》和以自己的名字发表《陀思妥耶夫斯基的创作问题》。60年代后，按苏联学者柯日诺夫、维切斯·伊凡诺夫等的意见，前三部专著系巴赫金分别和伏罗申诺夫或梅德维杰夫共同撰写，而且主要部分由巴赫金撰写。巴赫金本人在生前对此既未肯定也未否定。这种说法目前几乎已被苏联学术界所公认。1929年，巴赫金被捕并被判刑五年。而在此之前他的一些列宁格勒友人已经被捕。后来由于巴赫金身患重病，从流放索洛韦茨基群岛改为流放哈萨克的一个小镇，前后达七年之久。1936年起先后在中学、大学教书，共撰写了三部关于歌德的著作：《诗与兵》、《威廉·迈斯特的学习年代》和《威廉·迈斯特的漫游年代》。他把这些书稿交给了出版社,后因战争爆发,书稿全部遗失。1938年由于患骨髓炎被截去一条腿,生活变得更为艰难。苏共二十大后,于1957年起在萨兰斯克主持摩尔达维亚大学文学教研室工作。1961年退休。1963年他对1929年的《陀思妥耶夫斯基的创作问题》一书作了修订,并更名为《陀思妥耶夫斯基的诗学问题》重新出版。1965年出版《拉伯雷的创作及中世纪与文艺复兴时期的文化》一书。1969年赴莫斯科定居,直至1975年去世。去世后,别人将他生前未发表的和已发表的文章汇编成书出版的有《美学和文学问题》(1975)和《语言创作美学》(1979)。

一

巴赫金的文艺思想的起点和核心是他那别具一格的对话理论。他从人文科学的交叉点上多方面地探讨了对话理论,因而使他的文艺思想在20世纪众多的文艺理论体系中占了一个独特的、不可替代的重要位置。

20年代中期,他在《审美活动中的作者和主人公》一文中,提出了一个不同于康德的"无目的地合目的性"的审美活动公式:"富有内容性的目的"。不仅如此,巴赫金认为,审美活动同时也是人与人之间的现实关系的聚合体。这就是说,审美活动的特点在于理解审美活动领域同其他领域的界限,以及这一界限的转换性。该文提出的"作者"和"主人公"的关系,主要是从一般哲学的美学角度来考察的。对巴赫金来说,作为"审美事件"的参加者——作者和主人公,是不可分割的、缺一不可的。早在1926年,巴赫金的志同道合者伏罗申诺夫在一篇文章中也认为,本文或审美事件是作者、主人公、听众这"三者相互作用的产物"。巴赫金关于"审美事件"的见解具有尖锐的现实针对性:一方面针对当时苏联形式主义学派的理论,因为在形式主义者的眼里,文学是纯形式,没有内容和没有主人公可言,如果说文学还有主人公,那么,"手法就是唯一的主人公"。这无异于说,文学根本没有主人公,或者说它应该抛弃主人公。另一方面则针对19世纪末20世纪初以来风靡欧洲的里普斯等人的移情说。他们认为，审美活动就是把主体、自我的内部活动移入到对象中去，对对象作人格化的观照。这意味着，移情说抛弃了作者。

"审美事件"是巴赫金的中心问题之一。而其中的对话既是人与人之间交际的决定性事件，也是一切语言创作的前提。巴赫金在《陀思妥耶夫斯基的创作问题》中，把陀思妥耶夫斯基的小说定义为具有同等价值的意识的互相影响的事件；把作者语言和主人公语言看作具有同等价值的现象，认为对复调小说不可能进行那种"通常的情节—实用阐述"，这显然是对"审美事件"及作者和主人公的关系的具体论证和进一步发挥。"审美事件"并不局限于艺术作品的范围之内。巴赫金指出，对审美活动作更广泛的理解是极其重要的，而其重点在于揭示审美活动的价值性质。正是主人公及其世界组成了审美活动的"价值中心"。它们不可能由作者的创作积极性简单地加以"创造"，也不可能仅仅是作者的对象和材料。主人公在审美事件中这种不依赖于作者而存在的相对独立性，巴赫金称之为与主人公关系方面的"作者不存在性"。正是从"审美事件"的观念出发，他批评形式主义丢掉了具有同等价值的主人公；批评移情说丢掉了具有同等价值的作者。一句话，它们都以自己的方式破坏了"审美事件"的完整性。

同时，巴赫金的文艺思想也是在20年代，苏联文艺学和美学的尖锐而复杂的论争中形成的。巴赫金既反对以什克洛夫斯基、雅各布森为代表的形式主义的片面观点，也反对以弗里契、彼列威尔泽夫为代表的庸俗社会学的片面观点。他的《文艺学中的形式主义方法》一书，力图克服形式主义学派的非社会学的诗学和庸俗社会学派的非诗学的社会学这两个极端。

文学的意识形态性和语言本质，是巴赫金的两个具有关键意义的论题，也是那个时代争论的两个焦点。

关于意识形态，巴赫金反对形式主义者把文学拒于意识形态之外。既不赞成什克洛夫斯基将文学的特性归结为"手法"和"纯形式"，也不赞成雅各布森将文学归结为"文学性"，对他们"始终坚持艺术结构的非社会性"的观点提出了严厉批评，认为他们的诗学是一种明显的"非社会学的诗学"，一种离开了意识形态领域和社会生活的"材料美学"。然而，巴赫金并没有全盘否定形式主义的意义和奉献。他指出,对苏联形式主义囊括了理论诗学广泛问题的那些著作,"马克思主义者不能回避,应该给予仔细的、批判性的分析"。这在20年代中期苏联掀起的那次对形式主义大张挞伐的进军中,无疑是一种与众不同的独特的声音。

与形式主义者不同,巴赫金指出:"文艺学是关于广泛的意识形态科学的分支之一","所有的意识形态创作——艺术作品、科学著作、宗教象征仪式都是物质的、人的周围现实生活的一部分,都具有意义和内在的价值。它们作为意识形态的现象,只能在语言、行为、服装、举止、人和事物的结构中实现。也就是说,它们只能在一定的符号材料中实现,并通过这一符号材料才能成为人的周围现实的存在部分。文学是意识形态之一"。而形式主义者是不承认文学同现实生活的任何联系与关系的。

同时,巴赫金也反对弗里契、彼列威尔泽夫等庸俗社会学者将文学同经济基础直接挂钩,看作社会经济的直接反映。与他们不同,巴赫金没有把文学的意识形态性庸俗化。他认为文学是一种特殊形式的意识形态,是其他意识形态视野的反映,即文学是"双重反映",文学内容要反映其他意识形态的反映。人及其生活与命运、内心世界都属于意识形态视野中的文学描写。所谓文学的内容反映其他意识形态视野,就是反映非艺术的意识形态构成。然而文学在反映它们的符号时,它本身又创造了意识交流的新形式、新符号。这些新符号、新形式(文学作品)便成了人的周围社会现实的现实部分,从而文学也就成了意识形态环境的独特部分。文学作品在反映某一外界事物的同时,其本身也是意识形态环境中一种具有价值的独特观象,它不能被降低到只起辅助作用的地位。文学作品具有它自己独立的意识形态作用,以及它自己对社会存在和经济存在所作出的折射的反映。而庸俗社会学者却把文学作品和现实生活等同起来,全然不顾它的鲜明独特性,即作品本身的艺术结构。

巴赫金反对对陀思妥耶夫斯基创作的两种狭隘理解:一是狭隘的意识形态方法,到陀思妥耶夫斯基的创作中,更准确点说,到作家的主人公的宣言中去寻找意识的直接表现,忽视作品本身的内在结构。二是狭隘的形式主义方法,没有注意到"一切作品都具有内在的社会性,在一切作品里，活生生的社会力量是交织在一起的。作品形式的每一成分都渗透着生动的社会评价……"巴赫金还进一步谈到艺术中的"肌体"和"含义"的特殊不可分割性，反对形式主义和庸俗社会学把它们机械地分割开来，或把"肌体"绝对化，或把"含义"绝对化。他指出："艺术中的含义完全不能离开表现它的物质肌体的所有细节。艺术作品的一切都是有含义的肌体。符号本身的创造在这里具有重要意义。"巴赫金对艺术作品中形式因素的这种卓越理解，同当代苏联文艺学中提出的"形式的内容性"或"内容性的形式"的概念是一致的。

关于语言，巴赫金抱有自己独特的见解。这就是他的著名话语理论，即元语言学、超语言学、非索绪尔语言学或非传统语言学。他的话语理论是在同语言哲学、语言学、文体学的论争中形成的。众所周知，在索绪尔那里，语言是人们互相联系的符号与形式的系统，而言语则是个人使用的语言。巴赫金在《马克思主义与语言哲学》中，把索绪尔的语言学称作"抽象客观主义"语言学，反对他夸大语言学在文艺分析中的作用，并以话语语言学同它划清了界限。巴赫金十分强调语言在交际过程中的内在"社会性"，认为语言属于社会活动之列。这就是说，话语是双方的行为，它取决于两个方面，一是谁说的，二是对谁说的，亦即必须包括我和别人的关系。巴赫金在《弗洛伊德主义：马克思主义批评》中，反对弗洛伊德忽视人的意识的社会性，把它降低到一种生物冲动的情结，认为社会性不仅存在于构成意识的语言之中，而且存在于病人和医生的语言交际之中。语言不仅是某种抽象的语言学的统一，也是一种交际功能的载体，具有社会功能，在社会语言学和社会心理学的范围中获得新的生命，而不只是语言结构的本身和传递信息的交际过程。实际上，巴赫金所说的话语就是指语言的对话本质。他在《陀思妥耶夫斯基的诗学问题》中说得更加明白："对话关系（其中包括说话者对自己的话语的关系）是话语语言学的对象。然而恰恰是这些决定了陀思妥耶夫斯基作品的语言结构特点的关系，这使我发生了兴趣。"所谓"这使我发生了兴趣"，也就是说，对话或"全面对话"是巴赫金研究陀思妥耶夫斯基复调小说的起点和内涵。可见，对话对于巴赫金具有极其重大的意义，是他的独树一帜的话语理论和文学观念的基石，一句话，巴赫金的整个理论体系就是由对话生发开去的。

对话是巴赫金的最基本和最关键的文艺学和美学的概念,同时也是极为广泛和具有普遍性质的哲学概念。在他看来,生活、语言、意识本身都是对话:"生活就其本质而言是对话。""人现实地存在于'我'和'他人'的形式之中";"个人的真正生活只有对话渗入其中,只有它自由地进行回答和自由地揭示自己时,才是可以理解的"。在《陀思妥耶夫斯基的诗学问题》中,他认为"语言仅仅存在于运用语言的人的对话交际之中,对话的交际才是语言的生存的真正领域"。在《美学与文学问题》中,他进一步指出"审美对象显现在语言的范围之内",并"揭示语言的对话本质"。

二

从"审美事件"及其参加者——作者和主人公这一美学观念出发,从小说语言的对话本质这一话语语言学的观念出发,巴赫金在《陀思妥耶夫斯基的创作问题》里,进一步把陀思妥耶夫斯基的艺术世界定义为"各个独立的和互不关联的声音和意识的复调世界",把他的小说定义为"复调小说"。这是巴赫金对陀思妥耶夫斯基、对苏联文艺学的独特的发现和奉献(其实,也不限于苏联文艺学)。

"复调"原是个音乐术语,经过巴赫金的改造,今天已成为公认的文艺学术语。在巴赫金看来,陀思妥耶夫斯基的小说是一种完全不同于列夫·托尔斯泰式独白小说的复调小说。如果说过去的独白小说里,主人公是作者完成艺术观察的客体,作者的声音和主人公的声音是浑然一体的话,那么在陀思妥耶夫斯基的小说里,"主人公的语言和作者的语言一样具有同等价值"。主人公不依赖于作者——这是陀思妥耶夫斯基创作中具有代表性的现象,也是复调小说区别于一切传统独白小说的根本之点。这就是说,陀思妥耶夫斯基"好像歌德的普罗米修斯,它所创造的并非没有声音的奴隶(像迪斯所做的那样),而是能够站在创造者旁边的自由人,他们能够不同意他,甚至反抗他"。

巴赫金的《陀思妥耶夫斯基的创作问题》自 1929 年问世后,虽然遭到"拉普"和庸俗社会学者的反对，他们特别不接受和不赏识其中的复调理论。但是，它毕竟找到了自己的知音。1929年10月卢那察尔斯基在《新世界》杂志发表了《论陀思妥耶夫斯基的"多声部性"》一文，称赞该书引人入胜，认为他成功地阐述了"陀思妥耶夫斯基小说中的多声部的意义"。1963年，巴赫金在《陀思妥耶夫斯基的诗学问题》里，深化了他的复调理论，认为"陀思妥耶夫斯基创造了长篇小说的一个新的体裁变种——复调小说……复调小说的创作不仅在长篇散文即长篇小说河床里延伸的各种体裁的发展中，而且是在人类艺术思想发展中向前迈出的一大步"。又说，陀思妥耶夫斯基仿佛发现了一个相当于当代爱因斯坦世界及其"计算系统的多样性"的"世界艺术模式"。的确，在巴赫金的复调理论之后，几乎各国都有人在探讨其他作家的复调小说。

所谓"复调小说"，按巴赫金的说法，就是一种"全面对话"的小说。它包括主人公的内心对话（主人公与自己的对话）、主人公之间的对话、主人公和作者（叙述者）的对话这三个不同的对语层次。关于主人公的内心对话，巴赫金曾解释说："在陀思妥耶夫斯基那里，意识从来也不是独立存在的，而是和其他意识处在紧张的关系中。主人公的每一个感受，每一个念头都是内心的对白，带有论战的色彩，充满着斗争，或者正好相反，也供他人思考领会，但无论如何并不单专注于自己的对象，而总是回头向另一个人张望。"因此，陀思妥耶夫斯基的"复调小说是彻头彻尾的对话性的。在小说的所有成分之间存在对话的关系，也就是说它们是按对位法相对排列的……这几乎是一种无所不包的现象，它涉入人的全部语言和人的生活的一切关系和表现之中，凡是一切有意义和有价值的方面它都要渗入"。

同1929年1月版相比，1963年的新版对陀思妥耶夫斯基的创作的对话性，又作了新的区分，或者说，作了新的发展。巴赫金提出三种不同的对话类型："外在的、表现在结构上的对话"；"进入内部深处、进入小说的每句话"、"进入主人公的每个手势、进入每个面部表情的"那种"决定陀思妥耶夫斯基语言风格的微型对话"；包括"小说外在的和内在的各个部分和一切关系的"整部小说的"大型对话"。所谓"大型对话"即包括同其他作品的对话、同整个时代的对话在内的一种对话。

三

在巴赫金看来，人们的意识的对话本质同它的开放性、原则上的未完成性和未决定性是联系在一起的。他写道："在陀思妥耶夫斯基的小说里，我们确实可以观察到主人公们以及对话的内在未完成性和每一部小说的外在的（大多数场合是内容结构方面）完成性之间的独特的冲突……从独白观点来看，小说是没有结束的。"未完成性是巴赫金复调理论的中心问题之一。

我认为，还应该补充一点：复调小说之所以具有开放性和未完成性的特点，这是由时代本身的复调和作家意识本身的复调所造成的。仅仅从复调小说的诗学出发，还不足以全面说明问题。

巴赫金作为一个唯物主义者，他看到了陀思妥耶夫斯基小说的复调具有俄国社会、历史的原因，同作家所处的那个时代，特别是俄国现实的复调是分不开的。小说的复调是生活的复调的反映，"正是时代使复调成为可能"。它"最适宜的土壤正是在俄罗斯。这里资本主义的突进几乎是灾难性的，而且它遇到的是未经触动过的、各种各样的社会集团和人群，他们在资本主义逐步推进的过程中不像在西方那样减弱自己个性的封闭性。在这里，正在形成的社会生活的矛盾实质，难以纳入那种安然自信、冷眼独白的意识框架，它应该特别激烈地表现出来，同时，已经失去自身的思想平衡和相互冲突的各个世界的个性，应该会表现得特别充分和鲜明。这一切造成了复调小说的极其重要的多布局和多声部特征的客观先决条件"。

不仅如此，巴赫金还看到了陀思妥耶夫斯基复调小说与作家本人的才能的深刻关系，这一点显然不能忽视。巴赫金认为，作家"能够一下子同时听到并理解所有声音的特殊禀赋，只有但丁可与他媲美，这使他创造了复调小说。陀思妥耶夫斯基时代的客观上的复杂矛盾和多声部现象、平民知识分子和社会上漂泊失所者的地位、个人经历和内心体验对客观存在的多结构式生活的深刻参与，最后是在相互作用和同时并存中观察世界的才能——所有这一切都构成了陀思妥耶夫斯基的复调小说借以成长的土壤"。这无疑是正确和深刻的。

然而，巴赫金的这种分析并不全面。也就是说，小说的复调不仅与现实生活的复调有关，而且与作家意识的复调有关。仅仅是生活的复调还不足以铸成作家的创作复调。道理很简单，并不是生活在那个复调时代的所有作家，都像陀思妥耶夫斯基那样写出了复调小说。这已是俄国文学史上的事实。首先指出陀思妥耶夫斯基意识中的复调性的，是卢那察尔斯基。卢那察尔斯基认为，"不仅要注意陀思妥耶夫斯基周围人物的分裂，而且还得注意他本人的意识的分裂"，所谓"意识的分裂"，就是意识的复调性。卢那察尔斯基又说："被罚去服苦役的陀思妥耶夫斯基充分意识到自己是个天才，自己在生活中有特殊的作用（跟果戈理的自我意识非常相似），他痛切地意识到专制制度在吞噬他。他不甘心被吃掉。必须采取这样一种立场，使先知得以摆脱困境，又能不至于跟带来眼前灾祸的当局发生冲突"；"作为一个人，陀思妥耶夫斯基不是自己的主人，他的人格已经解体、分裂，——对于他愿意相信的东西，他没有真正的信心；他愿意否定的东西，却经常反复地引起他的怀疑；这种情况使他的主观适应变得非常痛苦，使他必须去反映自己时代的混乱"。1963 年，巴赫金认为卢那察尔斯基"揭示了陀思妥耶夫斯基本人的社会个性的矛盾和两重性，以及他在革命的、唯物的社会主义和保守的宗教的世界观之间的摇摆，这些摇摆使他终于未能找到根本的答案"。由此可见，复调小说也是作者意识复调的投影。

对巴赫金的论点：与主人公关系方面的作者"不存在性"，卢那察尔斯基是不同意的。卢那察尔斯基认为，"如果说陀思妥耶夫斯基作为作者没有通过自己的小说在读者面前采取现身说法，那么读者也清楚感到了'房主'的存在，清楚地知道陀思妥耶夫斯基的同情心在哪边。巴赫金自己指出夹杂在其他声音中的预见性声音，照陀思妥耶夫斯基看来，毫无疑义是宣告真理的声音、'接近上帝'的声音，照陀思妥耶夫斯基的理解，也就是接近一切真理源泉的声音——代表上帝的声音"。卢那察尔斯基的这个观点是有道理的。归根结蒂，复调小说本身是作者的创造，它不可能不体现作者的立场和审美理想。但问题正如卢那察尔斯基所说的那样，"小说的整个结构安排也使读者不再对陀思妥耶夫斯基本人对小说中的事情的见解留有重大的疑窦。当然，作为艺术范例，妙就妙在陀思妥耶夫斯基本人并未道出这一点,但作者写小说时那颗热血沸腾的心的跳动甚至战栗,都是随时可以感觉到的"。这也就是恩格斯所说的,作家的倾向性是通过场面和情景自然而然地流露出来,而不是硬塞到作品中去的。但作家的倾向性毕竟是一种客观存在。复调小说同样不可能是一个没有指挥、没有作曲家的交响乐队。不过,也应该看到陀思妥耶夫斯基小说主人公的相对独立性和相对自主性这一面。这种相对的独立性和相对自主性同样是一种客观存在,因为它们是由时代的复调和作家意识的复调所决定的。如果连这一点也加以否定,那就没有什么复调小说可言了。

四

从历史诗学的角度揭示复调小说体裁的形成,以及之与"狂欢化"的关系,是巴赫金复调理论的又一重要方面。

巴赫金认为,复调小说体裁中最本质的东西,是同民间的笑文化相联系的"狂欢化"。"狂欢化"是巴赫金在《拉伯雷的创作及中世纪与文艺复兴时期的文化》中提出的术语,现在已进入苏联文艺学。它表示欧洲文学史(首先是中世纪和文艺复兴时期)中的民间狂欢创作传统。狂欢节是狂欢创作的源泉。在日常生活的、非狂欢节的条件下,由于等级制度的森严壁垒,人们互不往来。当人们进入狂欢广场的时候,便置身于一个"相反的世界"之中,不分彼此、无拘无束、自由自在地尽情歌舞,处于半是现实、半是幻想的境界。巴赫金揭示了拉伯雷在文学中再现狂欢节的整体世界的新图景,并认为拉伯雷的"夸张现实主义"和艺术思维的特征,反映了中世纪民间的笑文化,反映了"每一个人参与创造历史的不朽的人民的生动感觉"。他认为,民间的笑文化在其一切发展阶段中都是与官方文化对立的,它力求摧毁由传统沿袭下来的、为宗教和官方意识形态所推崇的、歪曲事物真正本性的一切阻碍。显然,拉伯雷的描写对象与史诗、悲剧不同,打破了文体之间的清规戒律,把神圣与平凡、真实与怪诞熔为一炉,这是"小说化"的开端和真正的来源。在巴赫金看来,狂欢化——特别是它的"狂欢化"对话,是理解小说"形式构成观念"的钥匙。如果在过去拉伯雷的小说是这种狂欢化和"狂欢真实"的高峰,那么在新时代里，其高峰则是陀思妥耶夫斯基的复调小说。

在《拉伯雷与果戈理》（1973）一文中：巴赫金扩展了民间的笑文化的起源，把节日和集市诗歌及一般具有生动的民间语言特征的乌克兰的民间幽默，也包括在内。他认为，在果戈理的创作中，特别是在果戈理的《狄康卡近乡夜话》中，民间的笑文化因素，像在拉伯雷的创作中一样，同世界感和民间喜庆形式有直接的联系，并且起源于各种不同形式的露天广场喜剧，他进一步指出："节日本身的主题和自由自在的欢乐喜庆气氛，决定了这些短篇小说的情节、形象和结构。"

从以上的叙述中不难看到，巴赫金的审美事件、社会诗学、对话、复调和狂欢化的理论，不仅给苏联文艺学吹进了一股清风，引起了人们的思考，而且对各国的文艺学产生了不小的影响，现在已受到各国文艺界越来越广泛的注意和重视，实际上已经形成一个世界性的"巴赫金热"。

（原载《百科知识》1983年第9、10期）

布哈林与文艺

——俄国早期马克思主义文论家研究系列之一

尼古拉·伊万洛维奇·布哈林（1888—1938）是俄国十月革命前后的风云人物之一，也是俄国早期马克思主义文论家之一：曾任俄共（布）中央委员、政治局委员、共产国际执委会主席团成员，以及《真理报》和《消息报》主编和苏联科学院院士。列宁称他为"党最宝贵和杰出的理论家"，"全党最喜爱的人"。布哈林在理论领域建树颇多，除经济学、哲学、社会学之外，在文艺批评和理论及党的文艺政策制定方面，都有不少远见卓识和贡献，同时在某些问题上也有失误和局限。

布哈林从年青时代起便喜爱文艺，对海涅、歌德、罗曼·罗兰、高尔基、叶赛宁等的思想与创作，均有所论述；曾为自己中学时代的同学，苏联著名作家爱伦堡的长篇小说《胡里奥·胡列尼托奇遇记》作序，并积极参与20年代的文学争论，发表了一些至今仍有意义和价值的讲话和报告。1934年，他在第一次苏联作家代表大会做了《关于苏联诗歌、诗学和诗歌创作任务》的报告（至今尚未译成中文），对诗学问题、文学特点、社会主义现实主义理论、马雅可夫斯基和帕斯捷尔纳克等的诗歌创作，都发表了独到的见解。因此，布哈林在《自传》中称自己是一位"文学工作者"，并不为过。

然而，正当布哈林年富力强之时，他却于1936年被审查，并在1938年作为"外国间谍"和"凶手"被处以极刑。直到半个世纪之后，即1988年才得以平反昭雪，恢复名誉。在他死后的漫长岁月里，其著述无人问津，他的名字偶尔也被提及，但仅仅是作为一个苏联的"反面教员"。这是极不公正的，现在该是把"历史的内容还给历史的"时候了。

一 布哈林与无产阶级文化派

布哈林的文艺思想经历了一个变化和发展的复杂过程。十月革命前后，如何看待"无产阶级文化"，曾经是俄国思想战线上一个极具争议的重大问题，在这场激烈的对立和论争中，布哈林虽不是以波格丹诺夫为代表的俄国无产阶级文化派的成员，但在一些基本观点上是同情和支持他们的，而且受到波格丹诺夫的某些哲学和文化观点的影响。列宁曾就此批评布哈林，认为"他为了体面，为了显示学院气派，开始在他的书中盲目地模仿波格丹诺夫的'术语'（事实上根本不是术语，而是哲学上错误）的时候，就常常倒悬在空中，后来倒过来，想站起来——不幸，正好还是一派学究气"。①

创造"纯粹的无产阶级文化"和否定古典文学遗产，这是俄国无产阶级文化派的纲领性观点。1918年7月23日，布哈林在《真理报》上发表的一篇关于《无产阶级文化》杂志的述评中，对无产阶级文化派关于"纯粹的无产阶级意识形态的实验室"，"无产阶级的阶级文化"等代表性主张，均表示赞同。同时，他对古典文艺采取了虚无主义的否定态度，认为在"最伟大的革命时代还要去欣赏《樱桃园》（系19世纪俄国作家契诃夫的名剧——引者注）……这真是荒唐透顶，野蛮至极"，这是"对无产阶级进行的腐蚀活动"。②之后，布哈林还撰写了一篇题为《"复仇者"》的文章。这是为普列特涅夫根据克洛代尔的《复仇者》改编的话剧而写的一篇评论。普列特涅夫是俄国无产阶级文化派的重要代表者之一，曾任"无产阶级文化协会"主席。布哈林称他改编的这部话剧是"无产阶级创作的典范"，并声言"旧戏剧必须摧毁。谁不理解这一点，谁就是一窍不通"。③布哈林的这些言论，显然与列宁对待文化遗产的立场背道而驰。在列宁看来，无产阶级文化并不是从天而降，应当是人类在资本主义社会、

---

① 《列宁选集》第4卷，人民出版社1972年版，第362页。
② 布哈林：《反白匪斗争的戏剧》，苏联《真理报》1919年10月16日。
③ 布哈林：《"复仇者"》，苏联《真理报》1919年12月16日。

地主社会和官僚社会压迫下创造出来的全部知识发展的必然结果。

不仅如此,在如何对待无产阶级文化派的问题上,布哈林同列宁还发生了直接的冲突。1920年10月9日,俄共(布)中央政治局讨论列宁起草的《论无产阶级文化决议草案》时,布哈林给列宁写了一张条子,不同意该草案第四条关于利用文化遗产的提法,认为"不加破坏地全部'夺取'资产阶级是不可能的,正如不可能'夺取'资产阶级国家一样,在文化问题上发生的事情在国家问题上也发生了"。1922年9月27日,作为《真理报》主编的布哈林竟在该报发表普列特涅夫的长文《在意识形态战线上》,这是一篇背离马克思主义、宣扬无产阶级文化派观点的奇文。列宁读后便于当日责问布哈林,真不明白为什么要把普列特涅夫用各种炫耀博学的时髦字眼来虚张声势的小品文这类昏话登载出来……难道《真理报》编辑部不打算向作者指出他的错误吗?之后,列宁同俄共(布)中央宣传鼓动部部长雅科夫列夫进行多次谈话,让他著文批评普列特涅夫。当雅科夫列夫把自己的《论无产阶级文化和无产阶级文化协会》这篇稿件交给列宁时,布哈林读后便以文中一些提法不妥而拒登。1925年2月,布哈林在俄共(布)中央的文学问题会议上谈到这段历史时说,如果列宁坚持登报,那么他将坚决反击。雅科夫列夫只好删去文中一些段落,该文才得以刊出。多年之后,布哈林还说他在同列宁的争论中,至今仍有两个问题不同意他的意见,一个是国家资本主义,一个就是无产阶级文化。

1928年,布哈林在纪念列宁去世四周年的大会上,谈到他对列宁的文化思想有了进一步了解,并对自己以往的观点作了反思。他回忆道,多年前关于文化问题的争论,很多人企图立即在所有方面进行革命,并幻想以实验室的方法制造无产阶级文化,而列宁对这种做法作了批评。布哈林认为,当时列宁是"作为一个有远见的战略家行动的";他正确地担心,人们热衷于臆造的、狭隘的实验室的、温室里的问题而抛开群众性的、最起码的……文化需要;他以同共产党员的自大狂、文盲之类的东西作斗争,去对抗关于无产阶级文化的空谈、空话,其原因在于此。

在20年代的苏联,无产阶级文化是一个多层次性、错综复杂的问题。在无产阶级专政的年代里,是否可以创造无产阶级文化,布哈林同托洛茨基发生了分歧;前者是赞成派,后者是取消派;后者对无产阶级革命的胜利过于乐观，认为无产阶级专政是一个很短的过渡时代，只是几十年的事，谈不上新文化的创造，因而断言"无产阶级文化现在没有未来也没有"。这种观点显然在理论上是站不住脚的，也不符合无产阶级文化的实际。其实，无产阶级文化和无产阶级文艺在十月革命之前就已存在。1925年，布哈林对托洛茨基的观点作了批评，认为他不了解无产阶级专政的长期性及各国发展的不平衡性，夸大了共产主义社会发展的速度和无产阶级专政消亡的速度；实际上，"无产阶级文化的形成比它的消亡过程更快"。同时，布哈林提出了无产阶级文化的特点问题，并认为波格丹诺夫"在这方面……有一些很正确的好的想法"，即"有一种反对无政府主义、反对个人主义的集体主义精神并同正在进攻的革命无产阶级的战斗特点结合起来"。[①] 又说，无产阶级文化还有一些特点，如都市主义情绪等。这些特点"不可避免地被固定并记录下来；这个时期会给整个文明打上烙印，包括文学在内"。[②] 布哈林还十分关心无产阶级文化初期的情况，认为我们不应躲避对现有幼芽的支持。我们无论如何都没有权力放弃这一任务，相反地，我们应该懂得，这归根到底是构成我们生活的核心的动力基础。

在布哈林看来，高尔基就是无产阶级文学的代表。1928年在高尔基六十华诞以及在他回国之际，布哈林在《真理报》著文，称他是集体主义者、熟识群众的行家、文化和劳动的鼓吹者；他作为我们自己的艺术家，我们苏联、工人阶级和党都期待他的归来。他沿着自己的深航道游去，大革命的河流负载着他，他同新的阶级一道前进，表现着历史的动向。

二　布哈林与20年代苏联文艺论争

苏联国内战争结束，列宁立即作出从军事共产主义政策过渡到新经济政策的决定，这使苏联的经济、政治、社会、文化等发生了深刻变化，同时也使文化和思想的斗争日趋激烈。以"拉普"的瓦尔金为代表的杂志

[①] 布哈林：《无产阶级和文艺政策问题》，引自《十月革命前后苏联文学流派》（下编），上海文艺出版社1998年版，第543页。

[②] 同上。

《在岗位上》为一方；以沃隆斯基为代表的《红色处女地》杂志为另一方；就文艺本质、古典遗产和"同路人"作家等问题开展激烈论争。俄共（布）中央出版部于1924年8月召开文艺政策讨论会；1925年3月俄共（布）中央文学委员会主席伏龙芝主持文学讨论会，以便解决这场争论。而布哈林则是这两次讨论会的主要发言人。出席会议的还有托洛茨基、卢那察尔斯基、拉狄克、雅可夫列夫等。20世纪30年代，鲁迅把会议的有关发言和报告从日文译成中文《文艺政策》出版。其实，它的内涵要比文艺政策广泛得多。

布哈林发言和报告的要点如下：

第一，他依据列宁的新经济政策之精神，批评"岗位派"在文艺方面加剧阶级斗争的观点和做法，并指出"在苏联一般来说现在不是加剧阶级斗争，而是相反，在一定程度上实行缓和阶级斗争的政策。这是基本的"。[①] 现在的工作重心要放到和平地组建文化工作上去，而且包括文学工作在内。第二，在如何对待"岗位派"无情打击同路人作家的问题上，他认为这应由对待社会政治力量的总态度来决定，对他们中的一部分人应当改造，而对另一部分人应予以驱逐。在改造人的问题上应有一定的分寸感，不应该采取过分的策略。第三，他指出，在文学政策上目前存在两大偏向，一是共产党员妄自尊大，一是丧失立场，而前者在文学界比在任何其他部门都更加危险。第四，在文学的形式、风格等问题上，他主张开辟广阔的竞赛天地，党绝不是要把所有人都捏在一个拳头里，更无必要把自己像发针一样别在某个文学团体的头上；文化问题和战斗问题不同，它有自己的特殊性，不能通过打击的办法，施加暴力的办法来解决，也不能用骑兵袭击的办法去解决。同时，对岗位派否定艺术形式的论调提出批评："你们力求躲避形式问题，对于艺术来说这是无足轻重的吗？我要说这是非是常重要的东西。"[②] 布哈林关于形式和风格多样化的论述，同1905年列宁在《党的组织和党的文学》一文中提出的两个"无可争论"的思想

[①] 布哈林：《无产阶级和文艺政策问题》，引自《十月革命前后苏联文学流派》（下编），上海文艺出版社1998年版，第547页。

[②] 同上书，第553页。

是一致的，即文学事业最不能作机械平均、划一、少数服从多数；必须保证有个人创造性和个人广阔爱好的天地，有思想和幻想、形式和内容的广阔天地。

可以说，1925年6月18日俄共（布）中央《关于党在文学艺术方面的政策》的决议，是以这次文学讨论会的意见为基础的。该决议指出，一般艺术阶级性，特别是文学的阶级性，其表现形式和政治相比要无限地多样，解决文艺的任务和解决别的任务相比，要无限地复杂；不同的文学团体和流派应"自由竞赛"；对"同路人"应周到和细心地对待，反对妄自尊大和企图垄断文学事业等。这个决议是苏联文艺史上一篇重要的历史文献，从中不难看到布哈林某些观点的反映。事实也表明，布哈林在讨论会上发表的讲话，对这个决议的形成起了重要作用。讨论会主持人、俄共（布）中央文学委员会主席、苏联红军领导人和陆海军人民委员伏龙芝，在讨论会的总结性讲话中证实了这一点。他说："至于谈到文学，我应当说，我个人大致支持布哈林同志现在所发挥的观点。"[1] 最后又说，"在原则方面我是以布哈林同志在这里的讲话的观点为依据的。这些观点是完全正确的"[2]。

三 在第一次苏联作家代表大会上的报告

布哈林的全部文艺著作中最重要和最有影响的，是他在1934年8月苏联第一次作家代表大会上的报告《关于苏联诗歌、诗学和诗歌创作任务》。一年多后他被捕，从此告别文坛。可以认为，这个报告是他的文艺遗嘱。它不仅谈到诗歌而且谈到苏联文学往后的发展和任务，其意义和重要性可想而知。

第一，布哈林报告里在谈到诗人创作时，首先分析了三位"杰出的老一代诗人"即勃洛克、叶赛宁和勃留索夫，称他们是俄国"转折时期"

---

[1] 伏龙芝：《在俄共中央文学委员会会议上的讲话》，引自《十月革命前后苏联文学流派》（下编），上海文艺出版社1998年版，第557页。

[2] 同上。

的诗人，是"革命天才之一翼"，对他们的作品都作了很高评价，如认为勃洛克的诗达到了清晰的宏伟并提升到了《复仇》的光彩高度，它以鲜明的形象包括了整个转折时代，预感到了时代的全部悲剧；他的长诗《十二个》将永远是革命纷乱早期的纪念碑。之后，布哈林在谈到苏联诗歌发展的道路时，将它分为三个时期：1. 十月革命后早期的抽象英雄诗歌，以无所不包和宇宙主义著称，但其内容不免空泛和公式化。2. 在和平时期，一切领域要求拥有知识和技能，要求专业化，而诗歌特点是细碎地反映现实时代。3. 随着社会发展，新的综合诗歌应运而生；它将在现实的完整性、悲剧冲突及动摇和矛盾的丰富性中创造现实。关于苏联诗歌的现状，布哈林认为诗人未能理解这个时代的全部意义，并停留在外省风气的水平上。

布哈林在报告中特别分析了苏联无产阶级诗人别德内依、别泽缅斯基等的诗歌，对他们的作品用异乎寻常的口气进行批评，认为他们依照当下的生活题材，使用政治术语和口号进行创作，其文学语言十分粗俗，未能表现生活中发生的重大变化和人们文化水平的提高，因而称他们的诗歌已经过时。这个批评自然引起他们的极大不满，这种不满还因为他高度评价非无产阶级诗人帕斯捷尔纳克而明显加剧。

在布哈林关于苏联诗人的评价中，不论在当时还是今天，有两位诗人最令人关注，一位是帕斯捷尔纳克，一位是马雅可夫斯基。他们曾是未来主义诗人，往后的创作道路不同，命运也不同，这已为我们所熟悉。但在布哈林笔下，他们都是诗歌大师，这在当时的文学环境中几乎难以想象，就是在今天有时也有文章断言：布哈林是扬"帕"抑"马"的。这表明了布哈林的评价具有深邃的历史目光和远见卓识。他指出，"帕斯捷尔纳克是一位真正的诗人，一位极其远离大众而关注问题的诗人。他年轻热情，远离战斗，诗歌技巧独特，但他接受了革命，早在第一次世界大战期间，在思想上便同旧世界决裂，深深地反对资产阶级的唯利是图"，[①] 并认为诗人在长诗《1905年》、《施米特中尉》、《1月9日》中描绘了革命历史；在《草原》等诗歌中表现了时代的感受；同时认为在《诗的定义》和《致勃留索夫》等诗歌中，可以看到诗人关于诗歌的论证；并声称诗人

---

① 《布哈林选集》，苏联科学出版社1988年版，第274—275页。

总是"把自己关闭在个人感受的贝壳之中，执着地、仔细地研究语言形式"。又说，诗人是独特的，这是他的力量也是他的不足，其力量在于他同旧规成套、公式化等格格不入；其不足在于他把这一独特性转为个人中心主义，因而其诗歌不再为人们所理解。但不管如何，他是"我们时代最卓越的诗歌大师之一"。其诗歌"像一条线串上一系列抒情珍珠，并提供了许许多多深邃而真诚的革命之作"。①

布哈林对帕斯捷尔纳克的这个评价前所未有，开了正面评价之先河。在他之前，苏联那些政治性很强的批评家往往称诗人是"月夜的喜爱者"，并把诗人同马雅可夫斯基对立起来。文学批评家乌舍耶维奇就指责布哈林对诗人只进行形式分析和审美评价，并同时声称在苏联存在着一个"布哈林审美学派"。另一位文学批评家叶尔米洛夫虽不同意这个提法，但也批评布哈林对诗人的评价是一种主观趣味主义。

关于诗人马雅可夫斯基，布哈林同样作了很高评价，并没有像当时的一些文章，把他同帕斯捷尔纳克对立起来，而是称马雅可夫斯基是"苏联诗歌革新方面最重要的诗人之一，是一个豪放、讽刺的大天才，以其雷鸣般的歌喉从半市侩文学漂泊者的圈子中奔向无产者";② 布哈林还指出，马雅可夫斯基参加未来派的造反行动，反抗一切成规戒律和以往的枯燥信条，并以其有力的拳头为自己开辟通向无产阶级诗歌的道路，并占有其中最前沿的地位之一；在汹涌澎湃的革命激流中，当人们走向城市广场，当一切腐朽的东西和习惯势力正在倒塌，当千百万人的吼声震撼全国的时候，马雅可夫斯基作为诗人却现身广场。他的《向左进行曲》"永远是这一英雄时代杰出诗歌的里程碑，因而他是一位无产阶级的真正鼓手，苏联的经典作家"。③ 即便在他去世后，他"同样活在几乎每个青年诗人身上。他的诗歌手法和技巧是我国文艺界的财富"。把马雅可夫斯基视为"苏联的经典作家"，这在苏联文学中还是第一次。

可是，布哈林对苏联诗人叶赛宁的评价，却未能经受住时间的考验。在

---

① 《布哈林选集》，苏联科学出版社1988年版，第274—275页。
② 同上书，第262页。
③ 同上书，第265页。

他看来，诗人除了神秘主义和社会主义的敌对性外，其他什么也未留下。早在1927年的《辛辣的札记》中，布哈林就指出，诗人那强烈的抒情笔触和热情豪放的歌喉，同他身上那些落后思想，如仇视城市、神秘主义、崇拜愚昧和打架斗殴等结合在一起。对诗人的这种评价显然是不正确的。

第二，布哈林在报告中描述了社会主义现实主义的特点，以及它和一般现实主义之不同，他认为，社会主义现实主义的特点首先表现在艺术素材上，它关心的是社会主义建设、无产阶级斗争、新人及其和当代历史进程多方面的复杂联系，是同辩证唯物主义相适应的一种特殊方法；是在一种"极其概括而富有特点的具体——抽象的形象中表现时代"，同时表现其内在的丰富性。而歌德的《浮士德》就是以一种形式表现另一种内涵，所以应利用其宏大的概括性，以构筑社会主义艺术的宏伟形式。又说，英雄主义和浪漫精神是社会主义现实主义风格的特点之一。正是从这个意义上，布哈林对梅耶荷尔德导演的戏剧《怒吼吧，中国》给予了积极评价；同时认为社会主义现实主义并不反对抒情和描写个性，但反对个人主义。总之，布哈林不仅描绘了作为艺术领域特殊方法和风格的社会主义现实主义的轮廓，还揭示了它和其他文学流派诸如自然主义和象征主义之不同，并且认为它们不是无果之花。

第三，布哈林在报告里十分关注文学的特点，谈到了古印度、阿拉伯、俄国象征主义者（古米廖夫、巴尔蒙特和别雷）以及我国古代司空图《诗品》关于诗歌语言的看法。他虽不赞同这些观点，但指出他们对诗歌思维和语言的特殊性作了有益探讨。他还比较了科学和艺术的异同，认为艺术家在创造艺术世界时，不是以概念而是以形象来思维，或者说，艺术是"情愫的王国"。我们知道，"形象思维"这一术语并非布哈林所首创，它来自别林斯基和波捷勃尼亚等的著作，但应看到，他在这个问题上的思考和探索：一是他明确了概念和形象的界限，也划清了感觉形象（感觉、感知、情感印象等）和艺术形象之间的界限，并在艺术形象中发现了现实生活的特殊"凝聚"，而现实生活正是在这一"凝聚"中通过诗人自己的思考和感受展现出来。二是布哈林认为词是"最为复杂的实体"，它同概念一样是一部"浓缩的历史"，诗歌是社会的产物，它要反映和表现自己时代的特点。三是布哈林反对把文艺特点同文艺自律混为一谈，反对形式主义文论把艺术发展规律视为艺术形式结构的内在规律，也不同意形式主义代表人物之一雅各布森的著名观点，如"诗歌是审美功能的语言"，以及"语言手法是文学科学的唯一主人公"等。同时，他也反对苏联语文学家日尔蒙斯基把诗歌仅仅看成"形式和内容的结合"，认为这种观点没有注意到作品是"艺术整体"，是"作品的所有成分构成了综合整体"。布哈林进而指出，要理解"艺术整体"便要跨越其界限，正如理解法律不能不跨越其法律范围，理解宗教不能不跨越神学范围，理解艺术不能不分析它同社会的全部联系。在他看来，形式是作品的组成部分，也是"社会历史经验的聚光器"。隐喻并不是由语言的内在逻辑决定，而是来自生活现实，如同体裁、风格及其他很多东西一样。所以绝不能把艺术变成形而上的自在之物，这是形式主义的自我阉割，它使艺术形式的所有成分贫乏化，并极度地缩小了艺术范围。在这个问题上，特别应注意的是，布哈林提出了诗歌形式成分的内容性这一新观点。他在谈到未来主义诗人克鲁乔内赫关于诗歌仅仅是声音而无内容时，在谈到形式主义主要代表什克洛夫斯基关于"诗人在诗歌中只对声音感兴趣的时代即要到来"时，又一次说到"声音是内容性的形式"。按布哈林的看法，如果诗歌发展的主线是形式主义，人们便会高呼"打倒歌德"和"德尔、布尔、希尔万岁"，其结果必然导致作为语言艺术的诗歌之毁灭。所谓"德尔、布尔、希尔"，这是克鲁乔内赫依据其"无意义语言理论"而作的一首诗的第一行，它们在俄文里毫无内容。同时，布哈林认为法国诗人魏尔伦要求诗歌具有音乐性，并不是指无意义的声音和语言。"形式的内容性"——布哈林的这一新颖而重要的思想，长期不为苏联文艺家所注意，一直到20世纪60年代，苏联科学院世界文学研究所编写的三卷本《文学理论》，才把它作为文艺学的概念而提出。基于对文学特点的这种认识，布哈林明确反对形式主义的片面性，提倡完整的文艺学，即从整体上阐述文学规律，既包括社会功能和特殊"上层建筑"方面，也包括形式成分方面；而且认为形式成分的分析是必要的，那些专门分析诗歌结构、技巧规律、形象问题、声音及其同形象关系的著作，也是必要的；它们中有些东西值得学习，即便是向形式主义者学习也是应该的，问题是他们在进行这方面的研究，而马克思主义常常是以虚无义的态度对待形式，把文艺学视为一种表面的社会阶级分析，一种思想内容的描述。布哈林对那时苏联马克思主义文艺学这些毛病的批评，十分正确，也十分到位和及时。

四 《历史唯物主义理论》

布哈林的《历史唯物主义理论》著作发表于1921年，从1929—1932年在我国多次翻译出版，而这以前他与别人的合著《共产主义abc》于1926年在我国翻译出版，它们都产生了很大影响。他像俄国早期马克思主义理论家普列汉诺夫、列宁等一样，把文艺和意识形态及上层建筑的关系，列为自己历史唯物主义著述所要探讨的问题之一，而布哈林在这方面的探讨富有自己的特色和自己的视角。我们知道，俄国最早谈论历史唯物主义基本问题——经济基础和上层建筑及意识形态关系的，是普列汉诺夫。他在1892年提出这两者之间的联系不是直接的，而是存在"一系列环节"，认为"一定程度的生产力的发展；由这个程度所决定的人们在社会生产过程中的相互关系；这些人的关系所表现的一种社会形式；与这种社会形式相适应的一定的精神状态和道德状况；与这种状况所产生的那些能力、趣味和倾向相一致的宗教、哲学、文学、艺术——我们不愿意说，这个公式是无所不包的——还离得很远，——但是我们觉得它有无可争辩的优点，觉得它更好地表现了存在于不同的一系列环节之间的因果关系"。[①] 后来，他在1907年发表的《马克思主义基本问题》一书里，又把这个公式归为"五个环节"即生产力的状况，被生产力所制约的经济关系，在一定的经济基础上生长起来的社会政治制度，一部分由经济直接所决定的、一部分由生长在经济上的全部社会政治制度所决定的社会中的人的心理，反映这种心理特性的各种思想体系。

布哈林同样认为，哲学等意识形态要依赖于生产力的发展和水平；"风俗习惯其它'精神生活'以及感情和情绪，都不是从自身内部发展起来的……这种'社会意识'决定于它的社会存在，也就是说，决定于社会及其各部分（阶级和集团）存在的条件。从这种存在的条件中也就产生相

[①] 《普列汉诺夫哲学著作选集》第2卷，生活·读书·新知三联书店1984年版，第187页。

应的'审美力'。由此可见,原来艺术的内容归根到底也决定于社会发展的基本规律性:它(这种内容)是社会经济的函数,它和社会经济又都是生产力的函数"。同时,布哈林又指出它们"不是直接地,没有中介地"依赖于生产力,"二者之间存在中间环节"。总之,在历史唯物主义的这些基本观点上,布哈林同普列汉诺夫是一致的。

但是,在一些问题的阐述上,布哈林不同于普列汉诺夫,他有着自己的独到看法,如普列汉诺夫第一个提出"中间环节"中的"社会心理"问题,这是很有意义的,可是他并没有明确说明它的内涵是什么,而布哈林则指出"所谓社会心理,我们将理解为存在于一个社会、阶级、集团、职业等等中的不系统化的或不够系统化的情感、思想和情绪"。[①] 这是其一。其二,普列汉诺夫把思想体系看作社会心理的反映,这是不正确的,因为前者是一种系统的思想,而后者不是;同时,前者也不可能是后者的反映,这二者之间没有因果关系。布哈林不仅没有重复普列汉诺夫的这个看法,而且指出社会心理是不系统的东西。

在"中间环节"问题的论述上,布哈林指出"艺术以各种方式,直接地或间接地、无中介地或通过大量中间环节,决定于(而且从不同方面决定于)经济制度和技术设备",并第一次提出了文化的环节,在他之前无人谈及它,这是他对俄国和世界历史唯物主义探讨的一个重要贡献。布哈林认为,艺术通过中介——文化的连接,与社会生活紧密地联系在一起。"随着社会的发展和其它意识形态的出现,随着文化等等的发达,艺术也就自然而然地吸取这些因素,这样一来,不再那样直接地和物质生产的生活相接触了。随着宗教的发展,音乐、舞蹈等等开始高度地适应祭祀的需要……"在布哈林看来,作为意识形态的艺术,不同于科学等,它具有自己的特点,而且"每一种艺术都有自己的特点"。他认为"科学把人们的思想系统化,加以整顿、清理,剔除矛盾,把片段的知识碎片缝成科学理论体系的布幅。但是,社会的人不仅思维着,他还感觉着;有痛苦,有享乐,有渴望,有喜悦,有悔恨,有绝望,等等。他的感情可能无限复杂细致,他的心境可能时而定在这个音调,时而定在那个音调。艺术也就是把

[①] 布哈林:《历史唯物主义理论》,东方出版社1988年版,第226—227页。

这些感情系统化,用形象或言辞、音响、动作(如舞蹈),或其它某种手段(有时是十分物质的手段,如建筑),来表达它们"。① 在这里,布哈林看到了感情是艺术活动不同于科学活动的主要特点,这是正确的和有意义的,也十分重要。然而,他把艺术定义为感情的系统化,并援引托尔斯泰《什么是艺术》一文中的话说,艺术只表达感情而不表达思想,是使感情社会化的手段;这种感情的社会化也发生在其他艺术领域如诗歌、美术等等里;布哈林进一步指出,所谓艺术就是感情在形象中的系统化。这种观点则是片面的和不对的。其实,普列汉诺夫早在自己的著作《没有地址的信》中就批评过托尔斯泰,认为艺术不仅表达感情也表达思想。所以,在艺术活动中把感情和思想硬性地分割开来是错误的,并不符合艺术本性。

(原载《中国社会科学院学术咨询委员会集刊》2007年第3辑,社会科学文献出版社)

---

① 布哈林:《历史唯物主义理论》,东方出版社1988年版,第209、219—220、227—228页。

当代苏联文艺学的结构、符号分析

一

今天人们要谈论文艺学中的结构主义,不能不涉及十月革命前后俄国的形式主义学派。1974年,比利时布洛克曼教授在《结构主义——莫斯科—布拉格—巴黎》一书的英译文前言中写道:"作为巴黎的时兴的思潮的结构主义只是标志二次大战后结构主义思想发展的第一个阶段——这一发展一般来说是建立在俄国形式主义和捷克文学结构主义的主要原理之上的。"① 1980年,美国符号学家、国际符号学会会长T.西比奥克,在日本早稻田大学的一次讲演中也说:"结构主义主要开始于20年代的俄国。"我们暂且不论这两位学者是否言过其实,但有一点却是肯定无疑的:20年代苏联的形式主义者对作品的结构、符号问题,的确作过不少探讨,而且应该说,60年代结构主义的兴起(不论在苏联还是在法国等西方国家),除受到瑞士语言学家索绪尔等的影响外,也受到俄国形式主义者的影响。法国结构主义学派的代表人物之一托多罗夫,对此也是承认的,不仅如此,1965年法国还出版了他用法文翻译的《文学理论·俄国形式主义者文选》。这足见他对俄国形式主义的重视。

在苏联,形式主义学派(彼得格勒的"诗语研究会")的代表人物之一蒂尼扬诺夫(1894—1943),第一个于20年代将"结构"概念引进苏联文艺学。他提出,应该从功能的观点出发,研究作品的结构成分。形式主义学派(莫斯科语言学小组)另一主要代表人物雅各布森(1896—

---

① J. M. 布洛克曼:《结构主义——莫斯科—布拉克—巴黎》,商务印书馆1980年版,第8页。

1982），几乎同时注意到了结构问题。1921年，雅各布森作为苏联代表，前往布拉格参加学术讨论会，从此一去不返。他在布拉格的那些年月里，使苏联的形式主义同以穆卡洛夫斯基为代表的捷克结构主义得以发生密切的关系。后来，他定居美国，一直到去世。雅各布森既是莫斯科、布拉格、纽约的语言学小组的创始人之一，也是结构主义的创始人之一。"莫斯科语言学小组"的另一个重要成员什彼特（1887—1940），则是苏联符号学的创始人之一。他在《美学片断》（1923）和《民族心理学概论》（1927）等著作中，发展了拉姆伯特和胡塞尔关于诗语的内在形式的思想，提出了"词即符号"、"诗学就是诗的语言和诗的思想的语法"的理论。这同雅各布森关于"诗歌是语法"的思想，是差不多的。按什彼特的说法，"语言的哲学"在一般的文化哲学中占有主导地位，而文化（包括艺术作品在内）中的一切符号，就其内在形式而言，和语言的符号是相同的。为此什彼特研究了审美对象的结构，并把审美对象的功能分为三类："自主表达功能"（如戏剧）、"造形功能"和"信号意义功能"。在什彼特看来，其中"信号意义功能"显得特别重要，这因为"在艺术中，我们要与之打交道的符号是一种与意义相关的符号"。

除文艺学中形式主义的学术团体"诗语研究会"和"莫斯科语言学小组"的这些成员外，20年代苏联的另一些学者，在不同程度上也对结构和符号问题进行了探讨。如著名语文学家、陀思妥耶夫斯基小说"复调结构"或"多声部"现象的发现者巴赫金（1895—1975），就研究了诗语和"符号世界"的联系。著名心理学家维戈茨基（1896—1934）在《艺术心理学》（1925）一书中，曾提出艺术的整体性思想，认为只有通过对艺术作品的结构特点的分析，只有通过再现艺术所唤起的内在活动的感知机制，才能解决美学的基本问题。这里特别应该提到的是，列宁格勒大学教授、民间故事研究专家普罗普（1895—1970）的专著《民间故事形态学》（1928）。这是20年代苏联的一部具有较完整形态的结构主义观念的代表作。普罗普认为，结构是研究的一种手段或方法，它可以用模型来表示，并借助模型分析作品。尽管民间故事的内容和形式各种各样，然而它们都具有内在结构的规律性。每个民间故事均由六种人物组成，即英雄、对手、假英雄、助手、公主及公主的父亲，这就是民间故事的结构和模型。

普罗普又根据阿法纳西达耶夫编选的一百个民间故事集，提出其中的每个故事都具有"共同的语言"，并且按它们的诗语特点，将它们分成三十一种情节功能。应该说，这是苏联学者把结构研究方法引入苏联文艺学的一次最初的尝试。就世界范围而言，普罗普的这本书要比50年代加拿大学者弗莱的"神话原型批评"（他把神话分为四种情节结构、五种人物原型）早得多，而且在法国结构主义者列维-斯特劳斯的《神话学》（1964—1971）里，也可以看到普罗普的民间故事结构研究的某些影响，特别是在他的早期论述中。

众所周知，从20年代中期到30年代初，苏联对文艺学中的形式主义学派作了严厉批评。无论从历史或今天的角度看，这种批评都是必要的，因为形式主义者毕竟把形式绝对化了，把形式看成文学的一切。这正如它的主要理论家什克洛夫斯基所断言的："艺术总是离开生活而保持自由，在它的色彩中从来也没有反映出那飘扬在城市堡垒上空的旗子的颜色。"（1919）此外他们还有两句名言："文学即手法"；作品的"唯一主人公是手法"。也就是说，形式可以脱离内容，作品可以不同生活、社会和意识形态发生任何联系。显然这些观点是站不住脚的。后来，什克洛夫斯基自己也纠正了先前的看法，认为"当时我在旗子的颜色上抬了杠"，应该说"旗的颜色，就是灵魂的颜色，而所谓灵魂是有第二个化身的，这就是艺术"。但是不能不看到，当时苏联对他们的批评也有不少过头的地方，特别是到了"二战"后，形式主义者往往被指责为"反人民的"、"反爱国主义"的"世界主义者"，这完全是错误的，而且不符合事实。由于对形式主义的某些方面采取了粗暴的完全否定的批评，致使在一个相当长的时期内，苏联文艺领域里的庸俗社会学相当盛行，忽视了对作品的形式、结构和诗语等问题的应有研究，抹杀了20年代形式主义学派论著中那些合理成分或内核；从一个极端走到另一个极端，仅仅把文艺看作阶级、阶级斗争的"等价物"，"阶级心理的投影"，"经济的审美形式的表现"，从而给苏联文艺学的发展带来了不小的损失。从20年代末至60年代初这三十年里，苏联文艺学基本停止了对形式、结构、符号的必要探讨。相反，西方文艺学，特别是西方的新批评派和结构主义在受到苏联形式主义学派影响之后，加强了这个领域的研究。当然他们的研究是从他们固有的立场出发的。

生活对那些走过了头的东西，迟早总是要加以纠正的。文艺学问题自然也不例外。从50年代中期开始，随着整个社会科学领域里对教条主义、庸俗社会学、形而上学、简单化等倾向的抨击，苏联文艺学进入了发展的新阶段：过去的许多禁区和清规戒律被冲破了；20年代形式主义学派——什克洛夫斯基、艾亨巴乌姆、蒂尼扬诺夫、托马舍夫斯基等的论著得到了再版，形式、结构、符号等问题重新受到了创造性的研究，对以往未曾涉及或很少涉及的领域，如形象和概念、形象和符号、形象和信息、反映和模型的相互关系、形象的比喻性、整体性和多义性的特点、造型的作用、结构分析和起源分析的相互关系等，都作了新的有价值的探索。

差不多与当代法国结构主义兴起的同时，苏联文艺学家就结构分析、符号分析等问题，也作了十分广泛的探讨，而且这种探讨具有他们独特的角度和方法、方面和内容。今天如果谈论国外文艺学中的结构主义和符号学问题，不把当代苏联文艺学所作的那些探讨包括在内，显然我们的了解是不全面的。再说，苏联毕竟是个社会主义国家，他们探讨中的正反两方面的经验，也许在某种意义上更值得我们注意。

二

当代苏联文艺学中关于结构、符号问题的探讨，是从1962年起步的。当然不是说，在此之前就没有这方面的任何论述，如1956年出版的兹维金采夫的专著《语言的符号问题》，就集中地谈到了符号学的问题；而是因为在这一年，苏联第一次召开了"符号系统结构研究"讨论会，在莫斯科出版了两本有影响的论文集：《符号系统结构研究讨论会》和《结构类型研究》，它们极大地推动了对结构、符号问题的研究。这是苏联文艺学中结构、符号研究的重大转折。1964年起，苏联爱沙尼亚加盟共和国第二大城市的塔尔图大学，曾多次召开符号学讨论会。之后，塔尔图大学又相继出版了七本《符号系统论丛》（1964—1975），及三本关于"派生模型系统"问题的报告集（1966、1968、1970）。这样，在苏联文艺学中便形成了一个关于结构和符号问题的"塔尔图学派"。其主要代表人物是塔尔图大学的尤·洛特曼教授。与此同时，苏联国内的一些报刊就结构主义、符号学，以及如何在文艺学中运用系统论、信息论、控制论等横断科学的问题和综合研究、系统分析、艺术接受（审美接受）、文学历史功能研究等新的研究方法，展开了热烈的讨论和争鸣。这种讨论和争鸣直至目前也远远没有结束。当然，现在的讨论和争鸣的水平及内容，已不再停留在60年代那个阶段上。

关于结构主义问题，起初的争论还是相当尖锐和激烈的。1963年，文学理论家帕利耶夫斯基在一篇题为《论文艺学中的结构主义》的文章，后来又在《科学性的尺度》（1966）的文章中，对结构主义采取了否定的态度。接着，柯日诺夫在《结构诗学可行吗？》（1963）和《诗是形象的形式》（1964）、季莫菲耶夫在《四十年之后……（诗语研究的数量和分寸感）》（1963）等文章中，对结构主义也表示了怀疑。在这些学者看来，把结构主义原则运用于文艺学，会引起对文艺学的"传统方法"的背离，而且会破坏作为人文科学的文艺学的"完整的人的内容"，并且认为"这是要活生生的思想去屈从于抽象的逻辑，和现代文明肢解性技术的僵死方面的一种投降行为"，是"回到形式主义学派的老路上去"，等等。而结构符号学派——洛特曼、若尔科夫斯基、谢格洛夫、列弗金等人，则针锋相对地作了反驳，竭力捍卫自己的观点，并进一步把他们的"结构诗学"的主张及其运用范围和原则作了种种界定。其中最能体现这一学派思想的是洛特曼的文章和专著。

洛特曼（1922— ）是苏联文艺理论家，1950年毕业于列宁格勒大学。1963年获博士学位，同年任塔尔图大学教授，多年来从事18世纪末和19世纪初俄国文学史和俄国社会思想史、文学理论的研究。主要文章和专著有：《结构诗学讲义》（1964）、《〈叶甫盖尼·奥涅金〉的艺术结构》（1966）、《帕斯捷纳克的早期诗歌和文本结构研究的几个问题》（1969）、《艺术文本的结构》（1970）、《诗歌文本的分析》（1972）、《电影符号学和电影美学问题》（1973）、《文化类型论文集》（1976）、《论〈叶甫盖尼·奥涅金〉》（1980）等。他还是国际符号学协会副会长。

洛特曼在争论中首先表明，他的"结构诗学"同马克思主义的方法论不是对立的。作为"结构诗学"或结构研究的方法论的基础是辩证法，反对机械地罗列特征分析的原则是它的基本原则之一。也就是说，艺术作品不是特征的总和，而是功能的系统和结构。每种结构（按本系统类型所建立的诸成分的有机统一）首先是更为复杂的结构统一体的成分，而结构的诸成分又是一些独立的结构。正是从这个意义上说，层次分析的思想一般是现代科学具有的思想，更是结构主义具有的思想。因此共时分析和历时分析的严格划分，在方法上是极其重要的，曾经起过巨大的、积极的作用；它们不仅具有原则的意义，而且具有启发性。系统的共时"切片"分析，使研究者得以从经验主义转向结构性，但一般来说这是很难进行的，因而关于过去的状况的知识仍是一种成功的模型的必备条件。因此洛特曼认为"结构诗学"并不反对历史主义。不仅如此，它还必须把艺术结构（作品）作为更复杂的统一体——"文化"、"历史"来加以考察。这是洛特曼不同于20年代苏联形式主义和当代结构主义的地方。他认为，不是数学和语言学要代替历史，而是前者和后者在一起。这就是结构研究的途径，也是文艺学的同盟者的范围。

其次，洛特曼指出，在文艺学研究的传统结构中实际上有两种方法是并存的：一种是从一系列的社会思想的文献材料中研究作品；另一种是考察韵律、诗的分节、韵脚、结构、文体。就其独立的实质而言，这两种研究之间没有任何必然的联系。第一种方法把文艺学家变成了社会思想的历史家，忽视了所研究的素材的艺术特点。第二种方法必然要回答一个问题：文艺学家所作的形式考察究竟意味着什么？在一些有才能的研究者那里，这两方面的矛盾被自发地克服了，他们的经验值得全面研究。在洛特曼看来，他的"结构诗学"在于力图取消现代文艺学的这种双重性：一方面，它在文学中注意到了社会意识的特殊形式，并坚持反对把这一特殊形式简单地"溶化"在社会学说的历史之中；另一方面，它的任务在于把作品的思想作为一个具有重要意义的成分的统一体来加以揭示。艺术思想同作品结构的关系，如同生命和细胞的生物结构一样。细胞是一个复杂的、功能化的自给自足的系统，生命是它的功能的归宿。艺术作品也是一个复杂的自给自足的系统（当然，这属于另一种类型）。思想是作品的生命，而且思想同样既不能处于被拆开的解剖学的躯体之中，又不能处于这一躯体之外。第一种方法的机械论和第二种方法的唯心主义，统统都应该让位于功能分析的辩证法。

最后，洛特曼认为，"结构诗学"绝不能像形式主义那样，把艺术本文的各个成分看作形式的成分，同内容毫无关系，它的出发点是：系统中的各个成分都具有内容方面的意义。

三

在洛特曼教授的一系列著作中，《艺术文本的结构》（《Структура художественного текста》，1970）可以说是他经过多年思考而写成的一部代表作，在当代苏联文艺学中也是第一部试图从理论上阐述"结构诗学"——结构、符号分析的专著。这部书问世后，不仅在苏联文艺学界受到了重视和引起了讨论，有自己热烈的拥护者和严肃的反对者，而且在国外产生了一定的反响，如比利时布洛克曼教授曾指出："斯大林逝世之后就有机会发展的现代俄国结构主义，试图抛弃整体观和对文学理论的细节研究之间的区别。这一派结构主义最重要的代表之一洛特曼在他……的《艺术本文的结构》一书中说，本文内部结构的分析应当永远与本文怎样在它的整个社会—文化背景中起作用的分析相配合。于是我们看到了这样一种文化观，它被设想为一个复杂而又争议纷纭的、按等级方式组织起来的记号系统的整体。对于洛特曼来说，这反过来就意味着对俄国形式主义，以及对布拉格语言学派贡献的一种新看法。"①

看得出来，洛特曼这部书广泛地吸收了苏联国内外各个诗学派的研究经验和看法，特别是他的列宁格勒大学老师——古科夫斯基（1902—1950）、托马舍夫斯基（1890—1957）等教授的研究经验和看法。关于这一点，洛特曼本人在《文艺学应该成为科学》（1967）一文中曾经明确指出："结构主义者不是他们的论敌所设想的那样，似乎要否定'传统'文艺学。其实'传统'这个概念包括不同的内容。如果在今天不去谈论那些闻名遐迩的学者——只要举出蒂尼扬诺夫、托马舍夫斯基、艾亨巴乌姆、古科夫斯基、格里勃、波姆米亚斯基、维诺库尔、巴鲁哈托伊和牺牲在战

---

① 布洛克曼：《结构主义——莫斯科—布拉格—巴黎》，商务印书馆1980年版，第61页。

场的年青专家库库列维奇等人的著作……不把结构主义包括在过去的'传统'科学之内,是不可能的;结构主义不要求在科学中占有特殊地位,实际上在真正的科学中不存在这样的特殊地位。"实际上,洛特曼同法国结构主义者托多罗夫一样,并不否定"传统"的文艺研究方法,而是把结构主义方法看成它的一种补充。同时应该看到,洛特曼的专著毕竟是对苏联文艺学中断达四十年之久的这一传统的继续。至于洛特曼声言,要从马克思主义的认识论、方法论、历史主义原则出发,继续和发展苏联20年代这一传统,暂且不谈他做得怎么样,是否达到了自己的目标,但仅就其探索本身而言,应该说是有意义的。其实,一切真正的、科学的探索,不管其成就和失误有多少,都是有意义的。而没有探索,则不会有任何学术的进步可言。此外,虽然我们在总体上可以不赞成文艺领域中的结构主义思潮和方法,但对结构主义者提出的某些重要问题,采取一概视而不见的态度,不作思考和研究,也未必是正确的。

洛特曼的《艺术文本的结构》不仅是部研究艺术文本结构的书,而且是部研究文艺结构的书。为了叙述上的方便,有必要把语言学、结构主义和符号学所使用的"文本"这个基本概念,在这里作点说明。"文本"——俄语"текст"或英语"Text",同很多欧洲语言一样,均来自拉丁文"textum"一词,即联系、联合之意。现在一般则指按语言规则结合而成的词句的组合体,短至一句话,长至一部作品,都可以称作"文本"。拿作品来说,有文学文本、音乐文本、舞蹈文本、画面文本等。

文艺是现实的模型,这是洛特曼研究的起点,也是他关于文艺本质的基本思想之一。他写道:"……艺术作品是无限世界的有限模型。这因为艺术作品……是无限在有限中、整体在个别中的反映;艺术作品不是对象及其所固有的形式的复制,而是一种现实转变为另一种现实的反映,也就是说,艺术作品永远是一种翻译。"洛特曼另一个重要的论点是:语言在任何艺术作品中都是最重要的东西,一切语言都具有"一定的、封闭的意义单位,以及把这些意义单位联结起来的规则框架"。艺术是"派生的、模型的符号系统",文学是"以特殊方式组织起来的语言",而艺术作品就是用这种特殊语言所作的报道,也就是文本。既然文学是语言的艺术,词是自然语言的符号,文艺学家就有必要证明在文学的文本中,除存在着自然语言的符号外，尚存在着"表象的、造型的符号"。洛特曼书中这些有关文艺本质的论点，是否说得都很中肯和合理，符号、模型等概念是否运用得都很贴切，尽管还可以讨论，但他力图证明：艺术的文本和生活现象是不能被割裂开来的；符号、符号系统同文本的意义是密切相关的；文本的结构是多义的、多层次的；结构、符号的分析方法同形式主义是对立的，应该确定那些在传统上被视为艺术文本的形式的内容性，即"从系统中分取出来的成分，不可能没有任何的意义"，等等。这些无疑是些十分重要而富有价值的见解，值得加以肯定。苏联艺术出版社在关于洛特曼这本书的简介中曾写道："作者力图揭示艺术结构的功能、形式在艺术中所具有的内容性"，并力图表明"即使艺术文本的最细小的、仿佛是纯粹的、外在的成分……也具有意义的负荷"。这个评论可以看作贯穿于洛特曼全书的主旋律。

应该说，关于形式的内容性（содержателънасть формы）的提法，它是一个很有价值的思想。不过应该看到，这个提法并不是第一次出自洛特曼的著作，甚至也不是苏联文艺学所首创的。众所周知，黑格尔说过，内容不是别的什么，而是形式的内容；形式不是别的什么，而是内容的形式。19 世纪以来俄国唯心主义美学家列昂季耶夫谈过形式的内容方面，象征主义的代表人物别雷对此也作过某些论述。西方的结构主义者也有类似的论述，然而"形式的内容性"或"内容性的形式"（содержателъная форма）作为一个术语进入苏联文艺学，则是 60 年代的事情。差不多与洛特曼同时，1971 年出版的苏联科学院世界文学研究所的集体著作《艺术形式的问题》（两卷集）中，有好几篇文章就论述了"形式的内容性"问题。但是在过去的文艺学中，一般只谈主题思想、作品同社会的关系、内容决定形式、形式必须和内容相一致，而忽视了"形式的内容性"这个方面。现在把这个问题正式提出来并加以肯定，这是当代苏联文艺学在结构分析方面所取得的重要成就之一。

不仅如此，洛特曼从形式的内容性这一思想出发，进一步指出，作家对被反映的对象所作的思想的和审美的认识，不仅组成了作品的内容，而且必然要浸透到作品结构的全部层次里——从最低层次（韵律和音位）到最高层次（情节）。因此在洛特曼看来，结构分析在文艺学中具有极其重要的意义和地位。在《结构诗学讲义》一书里，洛特曼在谈到结构分析的任务时曾写道："结构研究的特点，不是在个别成分，而是在个别成分同整个结构的关系中确定它们之间的相互关系。结构研究不能同系统及系统的部分的功能实质的研究分开。"由此可见，洛特曼是把作品结构联系的种类、层次、等级、从属性的研究和对主要结构原则的阐述，作为他的首要任务的。在《艺术文本的结构》里，洛特曼对词义的特殊"织物"中的音位和韵律的重叠、韵律形式、语法、词汇及艺术文本的其他层次，分别作了详尽的考察。例如，在分析女诗人茨维塔耶娃的诗歌时，洛特曼就指出：其中最重要的那些词的音位重叠，使词本身具有了对立的意义，使文本产生了一种新的词义，而这种新的词义是不可能存在于自然语言的层次里的。又说，如果仔细而深刻地去研究文本的最低层次及其同词义结构之间的联系，就会产生一种新奇的效果。为此，洛特曼对俄国诗人莱蒙托夫的两句诗作了比较。这两句诗不仅在主题、词汇方面，甚至就其押韵法而言，都是相当接近的。"这两个文本，如果不是艺术文本，可以归为以下共同的词义的比较"：

Твой（её）голос——тает как поцелуй,
Твои（её）глаза——как небо。
(你的声音如同吻一般在融化，
你的眼睛如同天空一般。)

如果仔细分析这个文本的音位结构，就能得出这样的结论："每首诗里的音位层次的不同接近，创造了意义的不可重复的织物。"洛特曼在考察语言的各种不同成分在创造内容的结构作用时，特别注意很少有人研究的"语法诗歌"（雅各布森的术语）这个方面。他对浪漫主义诗人茹科夫斯基为普希金之死而作的那首诗进行了分析，指出积极的和消极的、人称的和无人称的动词形式，在表现主题（"生"和"死"、"我"和"非我"的关系）方面所起的作用。洛特曼认为，作为语言的实质不在于某种纯粹的音乐性，而是在声音的帮助下意义的这一特殊结构。这个论点是艺术手段相对性这个普遍原则的表现之一。对于结构分析来说，这种或那种"手法"不应看成个别的素材,而应看成同两种或多种组合体有关的功能。"手法的艺术效果永远是关系。"洛特曼还表明,韵脚的丰富性与其说取决于音位的特征,不如说取决于意义的特征。正因为如此,洛特曼的两位志同道合者——若尔科夫斯基和谢格洛夫,在一篇题为《从现代观念看》(1972)的文章中,曾称洛特曼的《艺术文本的结构》是一部非常重视语义的著作,是一部关于艺术文本的功能和内容的分析方法的著作。

洛特曼在书中不止一次地指出:"作品不是事物细节的总和,而是关系的框架";"文本"是由众多的对立所组成的。所谓"对立",意即没有"高",也无所谓"低",没有"白",也谈不上"黑",没有"冷",也就没有"热"……这是结构主义者所使用的一个基本概念。按瑞士语言学家索绪尔的看法,语言系统的各个成分,只有在对立的状态中才有意义。同样,在洛特曼看来,"对立"在艺术中起了意义方面的组织作用,是结构中具有意义的成分。文本里的成分的实质,不是通过描述它自身的孤立的实质得以展现的,而是由于说明了什么东西同它相对立,才得以揭示。例如,普希金的《自由颂》中有一句诗:

起义吧,倒下的奴隶们!

"起义"这一成分可能有不同的含义,它取决于我们把什么样的对立包括在它的系统之中。起义吧——叩头,这个对立揭示了词义。起义吧——起来吧,这是关于这一成分在修辞学上的意义。如果把它们引入《自由颂》,就会出现一种同《自由颂》格格不入的对立:号召起义——号召改良,或者是:号召起义——号召保持奴隶的地位。这就极大地歪曲了这一成分在普希金的诗歌系统中的意义。如果把后边这两种对立看作是真正的对立,势必就要陷入无法解决的矛盾之中。但是,洛特曼的"结构诗学"的论敌,如古尔维契在一篇题为《新方法给了什么?》(1972)中则认为,对立原则既不是结构主义的新发现,很多学科早就运用了;也不是今天的结构主义者首次提出必须用它来分析文本的"时代的审美准则"、"情节的模型"、"体裁的规律性",等等;对于一切严肃的文学家来说,像"对立原则"这样的问题早就是研究的必要前提。古尔维契的这个看法,恐怕是符合事实的。

洛特曼把"相对性"原则或结构的对比原则运用于文本的全部层次,其中包括情节层次在内。他认为事件的概念是情节的构成单位。文本中的事件就是越过语义层次向人物的移动。情节有机地同决定这一事件的范围的世界图画联系在一起。艺术的相对性和事件,使得人们得出了作者的艺术世界这个概念,因此,不仅应该把个别作品,而且应该把一定类型的作品的全部总和(每个作者、每个流派、每个时代或文化)当作文本。他在《文化类型论文集》中进一步提出:"文化是以一定方式组织起来的符号系统。"作为评价生活现象(正面或反面)的文化类型的各种不同特征之一,就是把生活现象同符号或非符号进行对比。如果从符号方面考察浪漫主义,那么浪漫主义便属于语义("象征")的文化类型,它建立在围绕人的整个现实(世界—"本文",自然—"书")的语义化的基础之上;而法国启蒙主义文学(如卢梭)则属于非语义文化类型:那些不能作为符号(不是金钱、礼服、官员,而是粮食、水、生命及人本学意义上的人)使用的现实"物质",却具有极大的价值,也就是说,"物质世界是现实的,符号、社会关系的世界是虚幻文明的创造"。从文本的内部结构和外部结构的相互关系、从符号和非符号的对比关系出发,洛特曼关于文化类型的论述、现实主义与浪漫主义类型的特点的论述,其实是给当代苏联文学提出了一些新课题,现在已受到苏联学者的注意和重视。

洛特曼的《艺术文本的结构》一书,在阐释文本的符号性质时,常常依据信息论,并力图将艺术现象的代码理解同艺术认识结合起来。

所谓"代码"(俄文"код"源于法文"code"一词,又译"密码"、"信码"),系指符号(象征)的总和及一定的规则的系统。在信息论者看来,信息交流是借助代码才得以实现的。例如,法国结构主义者罗兰·巴尔特曾说过,文学具有象征、代码的性质。美国符号学者卡西尔则把代码的阐释扩展到了文艺的一切领域。洛特曼发展了他们的观点。按他的理解,艺术是交际和模型的系统,具有一定的信息,同时又完成了模拟现实的功能,既可以模拟现实又可以模拟作家的思想立场。作为符号系统的语言,这是审美代码的系统,即建立在自然语言之上的一种派生系统。正是这种"派生"语言起了一定的作用,既实现了文学的交际功能,又实现了文学的模拟功能。用洛特曼的话说，"一切语言不仅仅是交际系统，而且是模型系统。更正确地说，这两种功能是不可分割地联系在一起的"。作品中存在着双重意义的模型，其中的一种创造了某一具体现象的信息，但它只具有局部的意义。而艺术语言——以一定方式组织起来的系统，则把世界的一般模型包括在自身之内。因此，艺术文本的语言就其实质而言，是世界的一定的模型，正是从这个意义上，它以自己的结构从属于"内容"，并带来了信息……用语言创造的世界模型，比起在创造信息模型过程时的那个极其个别的模型，更具普遍性。也就是说，如果具体信息的模型得依靠现实的素材，可以用真实和谬误这些概念来评价它，那么用"派生"的语言表现的世界的普遍模型的实质，就完全是另一回事。洛特曼关于"两种模型"及其不同功能的提法，是不够全面的，特别是模拟作家的思想立场的提法，更欠准确。这些问题我们将在下面叙述。洛特曼以上关于艺术语言的分析、作品结构的分析、形式的内容性的分析，及根据内部文本和外部文本的相互关系，以确定文化类型、现实主义和浪漫主义两种创作方法的特点等见解，的确提供了不少有意义、有价值的东西。但是应该看到他的某些见解，如形象和符号的关系等，是有争议的，实际上在苏联已经有不同意见。

至于洛特曼提出的：文艺是现实的模型、"派生的、模型的符号系统"，"以特殊方式组织起来的语言"等这些带根本性的观点，在我看来，可能是极其偏颇的。毫无疑义，用其他科学（包括自然科学在内）的成果来丰富当代文艺学，不仅是必要的，而且是当代文艺学最富有代表性的进程之一，如文艺现象的系统分析方法、艺术形象和信息的关系等。然而，在文艺学中如何运用自然科学的成果，在多大范围和多大程度上运用，仍然是值得探讨的。特别是随着信息论、系统论、控制论这些横断科学的发展，以及它们提供的信息处理手段和方式，国外有的政治经济学家、社会学家、语言学家正在建立研究对象的模型，在文艺领域内，也在形成一种新的观点：文艺是模型的系统，每部作品是某一生活现象的模型。看来，洛特曼提出的：文艺是现实的模型，派生的模型的符号系统，是同这一趋向相连的。应该看到，洛特曼与西方学者不同，他没有把文艺的实质仅仅看成模型和模型的符号系统，而是强调了模型同现实的联系和模型的派生性质。这无疑是十分重要的。但是，这种提法并不全面，因为文艺学不像自然科学那样，甚至也不像社会科学中的政治经济学、社会学、语言学那样，通过数学、统计学的分析和信息的处理，就可以建立起文艺的现实模型。

此外，一部作品总是对现实的创造性的再现，总是客观和主观的有机统一。作家艺术家的立场、创作个性、思想感情、审美理想——一言以蔽之，作为"人学"的文学的审美本质是无法模型化的，而且它根本不可能像自然科学那样，能够进行模型试验。正是文艺现象的这种特殊性和复杂性，使我们难以在整体上建立文艺现象的模型，同时也使我们注意到，各个领域里的结构分析绝不能混为一谈。既不能把自然科学和社会科学的结构分析等同起来，又不能把社会科学和文艺学的结构分析等同起来。把一个领域里的结构分析机械地搬到另一个领域中来，不问对象的特点及其历史状况，是不会有前途的。列宁在《统计学和社会学》（1917）一文中说得好："……一个从前严肃、现在也希望人们说他严肃的著作家，竟以蒙古统治的事实为例来说明二十世纪在欧洲发生的某些事件，在这种情况下，我们能够说他只是在闹着玩儿吗？说他在进行政治欺骗是不是更正确些呢？蒙古的统治，这是一个历史事实，这个事实毫无疑问是与民族问题有关的，正如二十世纪的欧洲的许多事实也毫无疑问是与民族问题有关一样。但恐怕只有被法国人称为'民族小丑'的少数人物，才会妄图以严肃认真自居，而且居然用蒙古统治这个'事实'说明二十世纪的欧洲所发生的事件吧。"[①] 这意味着，包括文艺学在内的社会科学的结构分析，如果离开历史主义，将会寸步难行。因此，列宁强调指出：在分析任何一个社会问题时，马克思主义理论的绝对要求，就是要把问题提到一定的历史范围之内，马克思主义的全部精神，它的整个体系要求人们对每一原理只是同其他原理联系起来，只是同具体历史经验联系起来加以考察。列宁的这些至理名言将是不会过时的！不言而喻，历史主义在各个不同的社会科学领域里会有自己的特殊表现。它在文艺中则表现于：在现实的运动中真实地、创造性地、审美地把握现实。但是又必须看到，文艺作品的某些结构

[①] 《列宁全集》第23卷，人民出版社1963年版，第229页。

成分，例如诗歌的韵律，音位的重叠，等等，是可以用统计学和数学的方法进行分析的；例如各民族的民间文学中的主题和情节，确有许多相同或相似之处，它们的这种重复性和可比性也为建立某些模型提供了基础。此外，对艺术形象和模型之间的关系的探讨，也是有意义的。当然，很可能还有其他方面同模型有关。但总的来说，这些方面对于文艺只具有局部的或个别的性质，而不具有普遍的意义。

关于文艺与符号的关系问题，洛特曼提出艺术是派生的符号系统。他在这里看到艺术中的符号的派生性质，是很重要的。因为西方的符号学家一般还不承认艺术中的符号同现实、社会的联系，以及它的历史制约性。从这个意义上看，洛特曼的这个论点是有所发展，有所前进的。但同时也产生了一个问题，能不能说一切形象（包括形象的某些成分在内），在派生的符号系统中全是符号？这是问题的关键所在，也是当代文艺符号学中，东、西方两种不同观点的真正分水岭。看来赫拉普钦科关于艺术形象和审美符号的相互关系的论述，是正确的，而洛特曼的论述是片面的。关于前者的观点，将在下面加以介绍。

文学和语言的关系问题不同于文学和符号的关系问题，它是一个老问题。但在近二十年里却受到了特别的关注，这方面的讨论十分活跃。法国结构主义者罗兰·巴尔特和朱利娅·克里斯蒂娃有一个著名观点：艺术就是语言。这种论点的片面性是显而易见的。与他们不同，洛特曼认为，文学不是一般的语言，而是"以特殊方式组织起来的语言"。其实，这不是他的新发现。这里他师承的是结构主义者雅各布森的主张。早在1958年，雅各布森在美国一个大学的讲演中就提出了这个看法，后来他在《语法的诗歌和诗歌的语法》一文中，重申并发挥了这个看法。在他看来，文艺作品的结构是一定语法范畴的统一，语法形式和语法形式的组织决定了作品的结构及其审美特性。显然，这种用语言的特性和规律来代替文学的内容，把语言看成文学发展的决定性因素，是不正确的。诚然，语言是文学作品的起码的、必要的条件，但应该看到，语言是没有阶级性的，语言的结构和作品的结构不是一回事，语言就其本身而言，它还不能等同作品的内容和形式。一个作家在创作中怎样运用语言（词），是同生活素材、创造目标、作家的思想立场和创作个性紧密相连的。把语言的结构和文学的实质相提并论，把语言模型和艺术形象相提并论，这恰恰是现代结构主义的理论基础。我们认为，应该而且必须分析文学的语言，但绝不应该把文学当作语言来分析。这是一条极其重要的界限，而洛特曼（更不用说西方的现代结构主义者）似乎没有把它区分得很清楚。

必须指出，在当代苏联文艺学中除洛特曼所提出的结构分析的原则和方法以外，还存在着萨巴罗夫的结构分析原则和方法。后者与前者的不同之处在于，读者的主观经验是被包括在作品的内容之中的。萨巴罗夫在《作为结构的艺术作品》（1968）一文中指出，像任何机体一样，艺术作品之所以能够存在下去，在于有越来越新的诸因素即主观经验的"量子"进入艺术作品。它们一旦进入艺术机体之后，便深刻地改造着艺术结构的固有成分的组织。这种转化是通过一定的方式及时地加以组织的，并且形成为一个完整的系统，对艺术作品的过程经常不断地进行自我恢复和自我保存。从"接受对象的意识"这一角度出发，萨巴罗夫将艺术作品的结构分为三个基本层次：素材组织—直接感知的对象层次、形象改造层次、艺术意义层次。与萨巴罗夫的结构分析相近的，是里日拉什维利从"审美信息"概念出发而提出的结构分析原则和方法。在《审美信息·符号学和信息论的思想运用于某些美学问题分析的经验》（1975）一书中，里日拉什维利认为"审美信息"是三种类型信息的复杂的和矛盾的辩证统一，即由对象意义、评价、形式—工艺学这三种信息所组成的统一体。由此可见，尽管萨巴罗夫和里日拉什维利的结构分析的理论角度不同，但都主张把读者的经验或评价纳入作品的内容和结构。这无疑反映了当代文艺学的一个共同趋势，即力图对"作品—读者"这一过去被忽视的系统进行探索，而不能只限于"现实—作家—作品"系统的研究。他们的这种探索是有意义的。但问题是，"作品—读者"这一系统或这一方面已经有专门的研究方法，如西方的各种不同的"接受理论"（"接受美学"）以及苏联的文学历史功能研究（"书的命运"）和艺术接受研究。如果把读者的经验或读者的评价列入作品的结构分析中去，势必使结构分析失去自己的特点，而且是它所无法承受的。这说明一个问题，我们不能也不可能建立一种无所不包、无所不能的文艺研究方法。根据当代文艺同现实联系的复杂性，应该允许具有不同角度的文艺研究方法的存在。

四

在当代苏联文艺学中，赫拉普钦科关于结构研究、符号学研究的论述，是最富于代表性的，也是最受人们重视的。在苏联文艺理论家和文艺批评家当中，直到目前他是列宁奖金的唯一获得者，同时又是苏联国家奖金的获得者。一个人获得这样两种奖，在苏联文艺学家中是没有先例的。这个事实雄辩地表明，他的论著在今日的苏联文艺学中，该占有何等重要的地位。

前几年，苏联学术界曾隆重地纪念过赫拉普钦科的八十诞辰。作为一个学者，他的建树是多方面的。然而，在他的半个世纪多的学术生涯中，最可宝贵的是，他总是与时代并进，始终是苏联文艺学中一位辛勤的、不倦的探索者和开拓者。

赫拉普钦科（1904—1986）是苏联科学院院士（1966 年起）。1924 年毕业于斯摩棱斯克大学，1928 年加入苏联共产党。曾任苏联部长会议艺术事业委员会主席、《十月》杂志主编等。曾任苏联科学院文学语言部院士秘书，苏联科学院主席团成员。著有《论风格问题》和《关于风格的更替》（1927）、《列宁论文学》（1934）等许多文章，及《果戈理的〈死魂灵〉》（1952），《果戈理的创作》（1954）、《艺术家列夫·托尔斯泰》（1963）等许多专著，最重要的是 70 年代以来他发表的三部论著：《作家的创作个性和文学的发展》（1970，1974 年获列宁奖金）、《艺术创作·现实·人》（1978，1980 年获国家奖金）和《艺术形象的范围》（1982）。在这三部论著里，赫拉普钦科提出了文艺学研究中的许多新的迫切的拓展性的课题，如作家的创作个性、文学过程、类型研究方法、系统分析方法、历史功能研究方法、艺术进步的实质、文学作品的时间和生命力、审美价值和艺术价值、艺术形象的范围、文学和现实的模型、文学研究的符号学原则等，一直受到苏联国内外学者的关注。

关于结构主义，赫拉普钦科是不赞成的，认为在文艺学中现代结构主义方法的应用没有带来任何明显的效果。然而，他却同许多苏联学者一样，并不否定结构分析。而在苏联过去的一个长时间里，结构分析和结构主义往往一起被加以抛弃。赫拉普钦科不止一次地指出，虽然结构主义的理论是错误的，但应该注意结构主义者提出的一些重要问题，应该运用结构分析。结构分析不是结构主义的发现和财富，在结构主义产生之前，它早已经存在了。马克思和列宁论述过资本的结构、社会的结构。物理学家研究过，并且还在研究物质的结构。心理学家也在探讨人的内心世界的结构。赫拉普钦科的这个看法是很有见地的，而且符合事实，因为任何一种科学研究方法，一般来说都不能离开结构分析。马克思的皇皇巨著《资本论》，自然也不例外，而且是结构分析的典范。

但是，在赫拉普钦科看来，马克思主义者和结构主义者对结构的理解是不同的，前者认为结构不能被归结为各种"纯粹"形式的相互关系，例如，在谈到资本主义社会结构的时候，首先注意到的是这个社会划分为阶级，其次是阶级之间的现实关系和矛盾，对于一部作品，应把它的全部特殊性估计在内，结构不仅涉及形式，而且涉及内容；结构同现实的素材、同其他文艺现象有着密切联系，它不是同现实世界和艺术世界相隔绝的。而结构主义者则相反。他们认为，文学作品的结构是一定语法范畴的统一，具有内在的独立性，只有文本才是唯一的审美现象。其实，西方的"新批评"、诠释派都是这样看的。

不仅如此，赫拉普钦科认为，在马克思主义文艺学中不可能存在一个结构方法的特殊学派。结构分析可以为不同的文艺学研究方法所使用，特别是为文艺的历史功能研究和类型研究等所使用。此外，赫拉普钦科还指出，在当代由于文学的种类和形式的多样性、文学和生活的联系的复杂性，使人们在坚持和发展"传统"研究方法的条件下，有可能和有必要从各种不同的角度和途径来研究文学。但是研究方法的多样化并不排斥它们的一致性，这种一致性是为马克思主义方法论的一致性所决定的。这是赫拉普钦科探讨文艺研究新方法的前提和出发点。

符号学在结构主义研究方法中占有重要地位，以至于在西方学者中有不少人把结构主义研究方法同符号学研究方法并提。关于符号学问题，赫拉普钦科同样没有把它简单化。一方面，他反对文艺学中的结构主义者赋予符号学以无所不包、无所不能的性质，把符号学方法看成唯一的规律运用于人类思维和艺术思维，而同"传统"的文艺学对立起来，如符号学的奠基人之一、德国哲学家卡西尔所说的那样人就是进行符号活动的动物，而包括艺术在内的一切文化现象都是符号代码，艺术是符号化的人类情感形式的创造。苏联心理学家维戈茨基说，人区别于动物，其基础和最普遍的活动是创造和使用符号，美国的著名符号学专家苏珊·朗格认为，艺术是一种具有表象形式的独立符号。美国学者佩尔斯也说："每个思想都是符号"；文艺是一种符号现象，等等。

另一方面，赫拉普钦科也反对全盘否定符号学，认为符号过程与文艺格格不入、符号在文艺中不起作用的观点是不对的。其实，对文艺中的符号现象进行具体分析，可以丰富我们关于作品的结构观念。如所周知，文艺学中的极端主观的和抽象的学派、形式主义学派等，是不承认作品同现实有任何联系和关系的，从而它们也不承认文艺中的符号现象；这种情况在20年代苏联文艺学里是司空见惯的。法国朱利娅·克里斯蒂娃在70年代写的两本书里，也认为符号这个概念是根本不存在的，因为符号不代表任何现实，并且同索绪尔关于语言符号的观点进行了争论。这是一种看法，另一种意见则认为：符号和符号系统不仅在人的社会生活中起着重大作用，而且对文艺来说，也具有极重要的意义。因此在赫拉普钦科看来，在马克思主义的方法论的基础上，进行符号和符号系统的研究，不仅是可能的，而且是必要的。他看到了符号和创造性活动之间的区别，看到了审美符号和艺术形象之间的相互关系及其内在变动的性质，并确认了审美符号从古至今在文艺领域中存在这一事实，以及审美符号在形象地把握世界时所具有的复杂联系。他正确指出，研究审美符号同艺术概括的联系和冲突，使人们有可能更深刻地理解文学史的发展进程和资本主义国家艺术文化的进程。但是，绝不能从结构主义、现象学、新康德主义的立场出发来研究审美符号，赋予审美符号以普遍性质，把任何文艺现象都看成审美符号，更不用说把整个文艺发展的丰富过程仅仅归结为审美符号系统了。

与西方符号学者不同，也与苏珊·朗格提出的"艺术符号"和"艺术中的符号"不同——在她看来，各种艺术都以自己独特的方式把"人类感情"符号化了。也就是说，归根到底在作品中只存在艺术符号。赫拉普钦科则不然。他认为，在文艺作品中，除存在着审美符号外，还存在着非审美符号——艺术形象（或称"综合艺术形象"），虽然这两者之间不无联系，但在任何意义上都不能同日而语。这是赫拉普钦科关于文艺符号学的基本思想，也是苏联符号学和西方符号学的主要分水岭之一。

正是从这一思想出发，赫拉普钦科提出，正确阐述符号学的范围和运用原则，以及审美符号和艺术形象这两种现象或这两种概念之间的不同，对于真正理解符号现象在文艺中的地位和作用，具有极为重要的意义。

首先，什么是审美符号，或者说审美符号的性质、特点、范围和职能表现在哪里？这是赫拉普钦科探讨的中心问题。在他看来，不是艺术作品中的一切形象都能归结为审美符号，只有间接地（不是直接地）"证实"现实、人的思想的那些艺术形象，才能称之为审美符号。这样，文艺作品中的象征、譬喻、拟人化等，自然都被包括在审美符号之列。同一切符号一样，审美符号也是在历史上形成的，它同生活现象和一定的思想没有因果联系，具有约定俗成的性质和相对的稳定性。不能想象，街上的红、绿灯这种符号所指的方向，会经常不断地在改动。如果符号和对象之间连一种稳定的联系都没有，符号也就失去自身存在的必要性。艺术作品中的符号也一样。例如自然的象征，一般来说，鹰表示勇敢，力量；夜莺表示幸福，欢乐；乌鸦表示不祥；红旗象征革命；等等。

审美符号既不同于一般语言符号，又不同于一般艺术形象。它具有两重性，既能表示所指的对象或客体，传达一定的审美情感和审美特征，而在结构上又缺乏同所指的事物和现象的相同或相似的特点。例如，在19世纪俄国诗人普希金和俄国十二月党人的诗歌里，"匕首"一词已失去它原来的实物含义，而转化成为政治斗争、正义惩罚的象征，因而"匕首"成了一种审美符号。审美符号的这种两重性还特别表现在象征这一形式中，象征在艺术里可以把观众、读者带入非理性领域，它们往往代表纯主观的思想和概念；也可以成为概括现实的手段，如在弥尔顿的《失乐园》、歌德的《浮士德》、莱蒙托夫的《恶魔》中，象征占有了主要乃至中心的地位。由此可见，审美符号不像艺术形象那样，能在不同程度上再现被反映的事物或现象的具体的感情特点。赫拉普钦科认为，审美符号与语言符号也不同，在今天已没有人否认语言现象的符号性，但绝不意味着文学整个地都成了符号系统。把语言和文学的实质相提并论，认为艺术作品同语言没有本质区别，都具有符号性质，则是形式主义和结构主义的根本性错误之一。我们知道，什克洛夫斯基有句名言："文学即手法"；雅各布森也有一个著名的说法："诗歌即语法。"形式主义和结构主义的这些纲领性的提法，同高尔基的那个"文学是人学"的提法是大相径庭的。因此赫拉普钦科指出，人们通过语言表现思维的不同过程和成果，但并不是说，思维具有符号的性质。艺术概括不能归结为语言的特点，列夫·托尔斯泰在各种不同的语言中，仍旧是列夫·托尔斯泰。再说。语言符号绝不可能比它所表示的东西要多。

赫拉普钦科不仅指出审美符号的相对稳定性和约定俗成的性质，而且指出它本身在社会和艺术的历史发展中所经受的深刻变化，亦即它的社会制约性。在古代和中世纪的欧洲艺术中，审美符号的作用是极大的。橄榄枝表示和平，猫头鹰表示黑暗，孔雀表示堕落，金翅雀表示基督行将到来的苦难，等等。不懂得审美符号就不可能真正理解那个时期的欧洲艺术。这因为审美符号起着标准化的审美尺度的作用，而且神话和宗教观念在那个时期的社会意识中占有统治地位。在19世纪的现实主义艺术中，由于把细节的真实、性格的真实和环境的真实提到了重要地位，传统的审美符号的运用相对地减少了，而且力图避免使用它们，要不就是反其意而用之，像托尔斯泰在《复活》里，对狱中的宗教仪式的描写就是如此。可见，在社会的发展和艺术的发展中，审美符号的含义是在变化着的。19世纪的浪漫主义艺术比起19世纪的现实主义艺术来，更多地运用审美符号，但它也力求突破传统审美符号的意义。恶魔就是一个生动的例子，它不仅体现恶，而且体现对人的爱，对非正义的反抗，如普希金的抒情诗《恶魔》和莱蒙托夫的长诗《恶魔》就是如此。如果审美符号在过去能够为艺术概括的目的服务，那么在20世纪的今天，它的作用范围就大大地缩小了。因为资产阶级的"大众文化"正在不遗余力地掌握符号美学，把资本主义社会的现象神话化，这是一方面。另一方面，资本主义社会的重重矛盾使文学家、艺术家充满危机感，也使符号过程在西方艺术中急剧增长起来，同时由于这些文学家、艺术家把资本主义社会中这一历史过程，看成是一种与人敌对的、不可理解的和无法抗拒的神秘力量，从而产生了荒原、黑暗、深渊、墙这样一些新的审美符号。因此，赫拉普钦科指出，如果不对审美符号进行具体的、社会的、历史的分析，是无法揭示其真实的含义的。这是赫拉普钦科的"审美符号"论的基本原理之一，也是苏联符号学之所以要把反映论和历史主义原则作为其理论基础的根本所在。

其次，在赫拉普钦科看来，同审美符号并存的，还有艺术形象。这无异于说，文艺作品远不是审美符号或由审美符号系统所组成的。艺术形象"同现实不是处在间接的联系之中，而是生活现象及其发展的动态概括"。它同审美符号有着本质的区别：审美符号代替生活现象，代替的功能是它的基本特征之一，它不仅代替对象和客体，而且代替过程、人的概念和思想；艺术形象则是反映生活现象，动态地把握艺术认识世界的成果，不仅仅简单地描述生活现象的外部特征，而且揭示生活现象的深刻本质，以及人和社会的发展倾向；审美符号永远具有约定俗成的性质，艺术形象则是一种概括，一种意想不到的发现，并经常在破坏和改变着自己已经形成的那些关于现实的观念；审美符号着重表示意义的不变性，而艺术形象具有多义性，等等。虽然审美符号和艺术形象之间存在着这些重要的分水岭，虽然审美符号在文艺中是独立的，但是赫拉普钦科毕竟看到了它们之间在一定程度上的联系和交叉的一面，如拟人化这种审美符号就是这样，而且在外表上很难将它同艺术形象区别开来。同样在文艺作品中，审美符号和艺术形象所具有的那种异常性的特点，也往往从外表上很难将它们区别开来。它们都给予读者、观众、听众的想象和心理积极的影响。

赫拉普钦科从世界艺术史上还看到了这样一种现象，审美符号有时远离艺术形象，有时近似艺术形象，并具有艺术形象的特征和性质。艺术形象在长期的历史发展过程中，有时可能变成一种审美符号，如西方文艺作品中的普罗米修斯这个艺术形象，就是转变为审美符号的一个生动的有说服力的例子。

综上所述，赫拉普钦科认为，建立马克思主义的符号学是必要的，因为研究艺术中的符号现象及其同形象地反映现实的不同形式的相互关系，不仅对于深刻理解艺术的特点、艺术的历史发展的多样性与矛盾性是重要的，而且对于阐释艺术文化和其他创造活动的形式之间的内在的、广泛的联系，也是重要的。A. 加德热耶夫还指出，审美符号和艺术形象的功能性质，同作家的创作方法是联系在一起的。审美符号在浪漫主义作家的作品中起着特别积极的作用，而艺术形象往往在现实主义作家的作品中起着主要作用。

赫拉普钦科反对西方现代符号论者把艺术文本作为"现代符号学的基本概念",按莫里斯和苏珊·朗格的理论,符号的价值在于自身,同客观世界不发生任何关系。赫拉普钦科认为这会忽视艺术反映生活的本质特征,抹杀作品中审美符号与非审美符号的界限,混淆审美符号在不同艺术种类和不同艺术流派中所起的不同作用。同时,赫拉普钦科也不同意洛特曼在《艺术文本的结构》一书中的基本思想。在他看来,洛特曼提出的,文学是一种"特殊"语言,一种不同于自然语言的"派生系统",是把文艺的语言绝对化了,而且不是什么新的思想,很多西方的符号学家就是这样认为的。至于洛特曼所说的,艺术作品包含着信息,是为交际的目的服务的,这不会引起争议。然而问题在于,洛特曼对艺术的交际性及其同现实的关系的阐述,是错误的。按洛特曼的意见,现实的模型所创造的不是作品中的信息,而是作品的特殊语言。语言不仅是模型的主要力量,模型的基本成分,而且是模型本身。也就是说,"艺术信息在创造着某种具体现象的艺术模型——艺术语言在它的普遍的范畴中,把宇宙模型化了,作为世界的最普遍的内容这些最普遍的范畴,是具体的事物和现象的存在形式"。洛特曼未能在具体信息中找到普遍的特征,而力图将普遍的特征赋予艺术的特殊"语言",使艺术"语言"具有现实模型所必需的"内容"。但这绝不能证明,语言可以不依赖于客观世界而具有内容。实际上,自然语言同任何领域中的特殊语言一样,仅仅是现实模型化的手段之一,它们都不能同模型本身相提并论。但是,根据洛特曼的理论,艺术文本的语言既能把现实的过程模型化,又能把作者的立场模型化,像洛特曼自己声称的那样,"语言不仅可以把世界的一定结构模型化,而且可以把观察者的观点模型化"。

赫拉普钦科认为,洛特曼的失误不限于此。洛特曼在谈到艺术的交际和模型功能时,进一步指出:艺术模型是科学模型和游戏模型的唯一结合,艺术无法同真理的探索分开。然而这些论断不仅不符合洛特曼提出的基本原理,而且明显地同它处于冲突地位。这样,艺术和生活的联系、现实的模型化便最终地失去了真正的客观意义,似乎它们可以不依赖于作家的愿望而获得纯主观的性质。

对洛特曼把艺术作品分成"具体信息模型"和"艺术世界模型"的做法,赫拉普钦科是持否定态度的。他认为,这只能说明机械地将具有现实性质的信息包括在象征、符号系统之内的企图,是不能令人信服的。然而符号的艺术模型的主要缺点尚不限于此,还在于对艺术的创作过程、文艺最重要的特点作了错误阐释,不是从现实和人的活动的反映这一角度对它们进行考察。赫拉普钦科也不同意洛特曼这样的观点:真实性的标准或同现实对比的原则,只适用于"具体信息模型",而不适用于那个把艺术语言包括在内的"艺术世界模型"。在赫拉普钦科看来,对于一切模型来说,同现实过程的相互关系是它得以存在的基本的、决定性的原则。模型、模型化这些概念之所以能够存在,在于学者所创建的结构、公式、假设等,相对忠实地揭示了现象的本质属性。如果不去认识客观世界运动的本质属性和规律,模型、模型化也就失去了意义。而洛特曼正好把艺术和现实这一主导原则抛掉了。这因为在洛特曼看来,从真实性或不充分的真实性的观点来描述艺术语言,完全没有必要。艺术模型是怎么也不可能从反映现实这一立场加以评价的。其结果,艺术模型不是揭示世界结构的系统,而是关于世界的主观概念的总和,换句话说,是"纯"意识的概念投影。总之,把文艺看作象征、符号系统,把艺术作品看成意识形式的模型,是同世界艺术文化的历史和经验相矛盾的。

赫拉普钦科对构成洛特曼的符号论的中心概念之一的代码,也作了批评,并且认为,关于艺术和人类文化的代码性质,现代西方哲学(新康德主义、胡塞尔主义、语义哲学等学派)已写过很多著作,但都没有对艺术历史的发展及其当代问题的科学发现起过任何一点重要的推进作用。洛特曼有一个观点:艺术语言和艺术模型都是代码。不仅在进行艺术创作的时候,存在着无数的代码,而且在代码的"消费者"那里也存在着各种不同的代码。艺术的感知在于将一些代码翻译成另一些代码。用洛特曼自己的话说,对艺术本文的理解,"在一系列情况下,不仅要借助于一定的代码来释译信息,而且得确定本文是用哪种'语言'代码化的"。这种复杂而令人厌烦的工作,严格说来是不会带来任何重要效果的。如果艺术语言被看作具有一定特征的某种现实的东西,那么艺术的感知者所使用的代码的特征及其属性,并没有显示出来。最为重要的是,艺术"消费者"的各种不同代码丧失了任何一般的，而首先是社会的基础。如果没有这样的基础，任何的代码释译都将是不可能的。因为艺术语言不是处于世界的反映之外，代码也不是处于社会的过程之外，可以不依赖于整个艺术文化的发展。我认为，这里赫拉普钦科对洛特曼的某些看法所作的批评是正确的，而且都说到了点子上。

总起来说，50年代中期以后，苏联文艺学既不赞成结构主义，认为它的最大致命伤在于脱离文艺的内容，孤立地研究文艺的形式，把形式绝对化，忽视文艺的社会历史方面，以及文艺创作的社会意义与社会功能；同时又反对庸俗社会学抹杀文艺作品的结构分析及文艺过程的内在规律性的研究，认为一切真正的、科学的分析是包括结构分析在内的，但是文艺的结构分析和物理学、数学、生物学等的结构分析又不尽相同，它同文艺的本质和特点、历史主义是不可分割地联系在一起的。从以上所作的概述中可以看到，当代苏联文艺学的这两条结论是值得我们注意和重视的。

（原载《马克思主义文艺理论研究》丛刊第5卷，文化艺术出版社1986年版）

苏联30年代"写真实"口号提出的前前后后

没有真实就没有真正的文学，这是世界文学史已经证明了的真理。

关于写真实的问题，历代许多作家和文艺理论家已作过不少论述，马克思、恩格斯及其他早期马克思主义的文艺理论家，在新的历史条件下，根据创作实践的发展，进一步作了深刻阐述。他们的看法早已为人所知。

问题是，苏联文学界在30年代为什么又大声疾呼起"写真实"来呢？当然，这是事出有因。在当时，围绕着文学要不要反映生活，要不要写真实的问题，曾经展开了一场斗争。

众所周知，"拉普"的理论家们在20年代末和30年代初，提出了"为文学和艺术中的辩证唯物主义的方法而斗争"的创作口号。例如，A. 法捷耶夫1929年在一篇文章中写道："在我们看来，无产阶级的基本的，主导的艺术方法将是什么样子的呢？我们想，最彻底的方法，即辩证唯物主义方法，将是最先进的、主导的艺术方法。"① "拉普"总书记A. 阿维尔巴赫认为："谁要不懂得马克思主义的世界观就是掌握现实的方法，那他就什么都不懂。"② 他又说："作为认识生活的艺术的最重要的职能之一的艺术方法（及其发展道路），毫无疑义同科学方法是相近的……艺术家和学者是同样地认识生活。"③ 有人更明确地提出，方法就是"实践中的世界观"。因此，在他们看来，一个作家要掌握"辩证唯物主义创作方法"，得先"从共产主义高等学校毕业，然后再从事写作"，必须先研究

---

① 《在文学岗位上》1929年第21期，第7页。
② A. 阿维尔巴赫：《论当代文学》，《在文学岗位上》1928年第11—12期，第15页。
③ 同上书，第67页。

马克思列宁主义哲学，然后再在创作中加以运用。用 B. 叶尔米洛夫的话来说，"起初是代数，然后才是算术，起初是公式，然后才是这一公式的艺术上的'放大'，从艺术上揭示人的个性，是按照这一途径进行的，帮助阶级理解展现在它面前的新世界及其复杂的矛盾的艺术，也是按照这一途径进行的"。①"拉普"理论家的这个观点，同俄国无产阶级文化派的代表人物波格丹诺夫的马赫主义的"组织科学"的理论如出一辙。按照波格丹诺夫的意见，艺术形象不是生活的反映，而是艺术家的"社会经验"的"组织"。叶尔米洛夫同样把生活作为文学家可以随心所欲地用来图解原则的材料。接踵而来，叶尔米洛夫又根据"辩证唯物主义创作方法"的要求，提出了所谓的"活人"论。根据这种理论，作家必须反映人的意识和心理中辩证法基本概念的运动和斗争，以及描写人的"意识"和"下意识"的矛盾。似乎只有这样去描写人，才是真正地创造了文学中的"活人"。H. 里别进斯基的长篇小说《英雄的诞生》（1930），曾被"拉普"领导人看成是一部体现了他们的创作理论的样板作品。实际上，他们所标榜的这部小说中的主人公——布尔什维克这个"活人"，并不是什么源于生活的生动的、真实的艺术形象，而是一个脱离了生活和社会环境的、沉湎于个人的狭小天地的、充满着人的"下意识"活动的公式化的人。事情与"拉普"的理论家的想象相反，《英雄的诞生》不是说明了"辩证唯物主义创作方法"这个所谓的"先进"方法的胜利，而是在创作实践方面宣布了它的破产。

显然，"拉普"的理论错误在于混淆了哲学领域的方法和艺术领域的方法的区别，混淆了世界观和创作方法的区别，抹杀了文学认识生活和反映生活的特点和文学的作用。这正如毛泽东同志所指出的："学习马克思主义，是要我们用辩证唯物主义和历史唯物论的观点去观察世界，观察社会，观察文学艺术，并不是要求我们在文学艺术作品中写哲学讲义。马克思主义只能包括而不能代替文艺创作中的现实主义，正如它只能包括而不

---

① B. 叶尔米洛夫：《当代文学的活人问题和列昂诺夫的〈贼〉》，《在文学岗位上》1927 年第 5—6 期，第 68 页。

能代替物理科学中的原子论、电子论一样。"① 又说："一般的宇宙观也并不等于艺术创作和艺术批评的方法。"②

"拉普"的错误还不仅仅在于它提出了"辩证唯物主义创作方法"这个似是而非的口号，而且在于它荒谬地认为这个"最先进"的"辩证唯物主义创作方法"，只有"拉普"这些"无产阶级作家"才能掌握，而"同路人"作家是不可能掌握的。这样，连"辩证唯物主义创作方法"也成了他们一家的"专利"。在他们眼里，像伟大的无产阶级作家高尔基也不属于他们的"无产阶级作家"之列，至于 A. 托尔斯泰等一批优秀作家，就更不在话下了。

这表明，"拉普"的错误理论和有害做法，实际上已经成了发展社会主义文学和团结作家队伍的严重障碍。为此，联共（布）中央于1932年4月23日，作出了《关于改组文学艺术团体》的决议。这个决议不仅对于解决作家队伍的组织问题具有重大的意义，而且对于推动文学创作和文学理论的发展也具有重大的意义。决议公布之后，苏联文学界在批评"拉普"的错误的同时，开始进一步探讨苏联文学的创作方法等一系列重要问题。我们知道，自十月革命以来，一些文学理论家和作家已经就社会主义文学的创作方法和创作原则进行了有意义和有价值的探索。他们曾经提出"无产阶级现实主义"、"革命现实主义"、"新现实主义"、"红色现实主义"、"宏伟现实主义"、"有倾向的现实主义"、"浪漫主义的现实主义"，等等。虽然这些提法各不相同，但有一点是一致的，它们都力图寻找一种反映现实发展的新型的现实主义。在1932年决议之后到1934年苏联第一次作家代表大会召开之前的文学问题的讨论中，根据统计，发表在报刊上的文章达三百余篇之多。在这些文章及各种文学会议的发言里，"写真实"和"社会主义现实主义"的问题已被多次提了出来。毋庸置疑，它们从本质上说来，就是针对"拉普"的"辩证唯物主义创作方法"的错误理论而发的，而且"社会主义现实主义"的提出，在最初就是要求作家"写真实"，后来经过不断的探讨，才把"写真实"作为"社会主义现实主

---

① 《毛泽东选集》第3卷，人民出版社1954年版，第896页。
② 同上书，第871页。

义"创作方法的基本要求和基本原则确定下来。

现在，让我们来具体考察一下，"写真实"是怎么提出来的。

1932年5月20日，也就是在联共（布）中央的决议发表不到一个月之后，苏联作家协会筹备委员会的组织委员会主席 H. 格隆斯基，在莫斯科文学积极分子会议上的一次讲话中说："不要抽象地提出方法这个问题，不应该这样地对待这种事情，作家首先应该通过辩证唯物主义的课堂学习，然后才从事写作。我们对作家的基本要求是：写真实，真实地描写我们的现实，现实本身就是辩证的。因此，社会主义现实主义方法是苏联文学的基本方法。"[①] 5月29日，《文学报》在一篇题为《开始工作吧！》的社论中也写道："描写革命的真实性，这就是我们有权毫无例外地向所有苏联作家提出的要求。艺术家应该在自己的创作中真实地、革命地、现实主义地揭示革命、劳动、胜利的进程，揭示这种在实际上实现了的社会改造的图画，在这里不再有人剥削人的现象。真实对于我们的敌人来说是危险的。真实地研究我们的现实，忠实地在艺术创作中反映我们的现实，这是认识工人阶级的正义和力量的最好道路，这是创作建设社会主义和为世界社会主义革命的胜利而斗争的群众所要求的艺术作品的最好道路。群众要求艺术家具有无产阶级革命的真诚、革命的社会主义现实主义的真实性。"

我们从这些言论里可以看到这样几点：对于一个作家来说，首要的不是去掌握什么"辩证唯物主义创作方法"，而是应该认识生活和研究生活；生活本身是辩证的，作家只要真实地表现生活，就能写出符合革命利益和社会主义需要的作品。因此，作家应该"写真实"，真实地描写现实是现实主义的根本要求。

类似上述的言论在当时的报刊上还有不少，我们没有必要一一引述，但是在这里，我们不能不特别地提到斯大林关于写真实的主张。长期以来，斯大林的话被人们广泛援引，并产生了重要的影响，可是他究竟讲了些什么，在什么情况下讲的，却往往为大家所忽视，或找不到这方面的确切的材料。看来有必要把这些情况搞清楚。

1932年10月26日，在高尔基的寓所里举行了一次文学家座谈会，会

[①]《文学报》1932年5月23日。

上讨论了一系列在当时看来是十分迫切的文学问题。斯大林参加了这次座谈会，会议的参加者很想听听斯大林的意见。"写真实"的问题，就是斯大林在同作家的谈话中提到的一个问题。可是1946年在苏联开始出版的《斯大林全集》（十三卷集）里。并没有收入斯大林这次谈话，只在第十三卷的"年表"里，简单地提了一句，"斯大林在这次谈话中称作家是'人类灵魂的工程师'"。① 至于有关"写真实"、"社会主义现实主义"等问题，则只字不提。现根据保存在苏联科学院世界文学研究所高尔基档案材料中的《K. 捷林斯基回忆录》来看，当时参加会议的，约有四十五位著名的作家和艺术家，其中有：A. 阿菲诺根诺夫、З. 巴格里茨基、B. 巴赫梅季耶夫、B. 别列佐夫斯基、B. 革拉特科夫、H. 格隆斯基、B. 叶尔米洛夫、K. 捷林斯基、B. 伊凡诺夫、B. 伊里因柯夫、B. 卡达耶夫，B. 基尔波丁、Л. 列昂诺夫、B. 巴甫连柯、Ф. 潘菲洛夫、Л. 谢芙林、A. 苏尔科夫、A. 法捷耶夫、M. 肖洛霍夫等人。斯大林在回答会议参加者的问题时，谈到了"写真实"。

这部分对话的内容如下：

"斯大林同志，您怎么看待世界观在艺术中的作用？"一个过去的"拉普"活动家问。

"你们反复地谈论辩证唯物主义，辩证唯物主义，而你们却不理解所说的是什么。"

"难道一个诗人不可能成为一个辩证论者吗？"一个诗人问。

"不，可以的，"斯大林回答说，"如果他能成为一个辩证唯物主义者，这很好。但是，我想说，到那个时候，他就不愿意写诗了（全场笑声）。当然，我这是开玩笑。严肃地讲，你们不应该用抽象的论点来装满艺术家的脑袋。他应该知道马克思和列宁的理论，但也应该知道生活。艺术家首先应该真实地反映生活。如果他真实地反映我们的生活，那么他在生活中就不可能不觉察到、不可能不反映使生活走向社会主义

---

① 《斯大林全集》第13卷，人民出版社1956年版，第358页。

的东西。这就是社会主义艺术,这就是社会主义现实主义。"①

我们看到,在这次谈话里,斯大林以一种幽默的方式,断然地否定了"拉普"的"辩证唯物主义创作方法",但他并没有反对作家学习马克思列宁主义。相反,他指出:"应该知道马克思和列宁的理论。"在别的地方,斯大林还强调说:"……有一门科学知识却是一切科学部门中的布尔什维克都必须具备的,这就是马克思列宁主义关于社会、社会发展规律、无产阶级革命发展规律、社会主义建设发展规律以及共产主义胜利的科学。"② 也就是说,要求作家掌握"辩证唯物主义创作方法"是一回事,要求作家学习马克思列宁主义是另一回事儿,两者不能相提相论。"拉普"理论家的错误恰恰在于前者,在于用哲学书本上的概念和定理来代替生动、复杂的生活进程,在于抹杀作为反映生活的文学的特征。所以,斯大林说,"但也应该知道生活",这就是说生活是文艺创作的唯一的源泉。关于这个思想,斯大林早在1929年会见苏联电影工作者时就指出了:"坐在房间里是什么都臆造不出来的,应该知道生活。"③ 不仅如此,在斯大林看来,学习马克思主义也不能仅仅从书本上去学。根据 Φ. 潘菲洛夫的回忆,斯大林在1932年明确指出:"作家是从具体的现实中汲取自己的材料和色彩……应该了解,如果一个作家忠实地反映生活的真实,他就必定会走向马克思主义。"④ 斯大林关于作家和生活的关系的看法,同列宁的著名论断是一致的。列宁写道:"生活,实践的观点,应该是认识论的首先的和基本的观点。这种观点必然会导致唯物主义,而把教授的经院哲学的无数臆说一脚踢开。"⑤

正因为斯大林看到了文学认识生活和反映生活的特点:"作家是从具体

---

① 《K. Л. 捷林斯基的回忆录》,1932 年 10 月 26 日。И. В. 斯大林同作家的会见,一个参加的记录,世界文学研究所高尔基的档案材料。转引自 A. 罗曼诺夫斯基的文章《在第一次苏联作家代表大会筹备期间党对文学的领导》,见苏共中央社会科学院文学理论和文学史教研室编《学术论丛》第 39 卷,莫斯科,1958 年。
② 《斯大林文选》,人民出版社 1962 年版,第 247 页。
③ 转引自苏联导演 Г. 阿列克山德洛夫的回忆,《苏联艺术》1949 年 12 月 21 日。
④ 《十月》杂志 1933 年第 10 期。
⑤ 列宁:《唯物主义与经验批判主义》,人民出版社,第 134 页。

的现实中汲取自己的材料和色彩",所以他再三号召作家"应该知道生活","应该真实地反映生活",而不能抽象地去掌握那种违反文学特点的"辩证唯物主义创作方法"。另外,斯大林所主张的真实,绝不是照相式地去摄取生活中的一切,绝不是像自然主义者那样有闻必录。这一点,斯大林在谈话中是说清楚了的:"反映使生活走向社会主义的东西。"这是一句极其重要的话,它意味着,写真实还应该包括反映生活发展的必然趋势和时代的本质,而不应该局限于细节的真实。斯大林在他的一篇重要的著作里曾经写道:"观察现象时不仅要从各个现象的相互联系和相互制约方面去观察,而且要从它们的运动,它们的变化,它们的发展,它们的产生和衰亡方面去观察。"① 斯大林的这个看法,同他要求作家反映出"使生活走向社会主义的东西",在精神实质上是一致的。如果一个作家是这样地理解真实和这样地写真实,那么,在斯大林看来,"这就是社会主义艺术,这就是社会主义现实主义"。也就是说,写真实是社会主义艺术和社会主义现实主义的根本点,离开这个根本点,也无从谈起社会主义艺术和社会主义现实主义。

我们不能设想,也不能要求斯大林在这样一次谈话中,系统地、全面地去论述马克思主义美学中的真实问题。尽管这样,我们看到,斯大林对真实所作的阐述,仍然是十分重要的和深刻的。

正因为如此,在斯大林这次谈话后的第三天,在1932年10月29日,苏联作家协会组织委员会召开的一次扩大会议上,原先提倡"辩证唯物主义创作方法"的"拉普"领导人之一——A. 法捷耶夫,改变了先前的看法,认为"我们需要的是革命的、真诚的、真实的、艺术地表现思想的文学。这就是社会主义现实主义"。② 在1934年举行的第一次苏联作家代表大会上,法捷耶夫以及前"拉普"的另一些领导人叶尔米洛夫、里别进斯基等人,在自己的发言中也谈到,他们过去提倡的"辩证唯物主义创作方法"是教条主义、烦琐哲学和学究气的表现。叶尔米洛夫在一个地方还说,他们所推崇的体现了这一创作方法的作品,说来说去不过是《英雄的

---

① 斯大林:《列宁主义问题》,人民出版社1964年版,第705页。
② 苏联中央国家文学和艺术档案馆,第631宗第4卷第113页。转引自 A. 罗曼诺夫斯基的文章《在第一次苏联作家代表大会筹备期间党对文学的领导》,见苏共中央社会科学院文学理论和文学史教研室编《学术论丛》第39卷,莫斯科,1958年。

诞生》等一两部小说。

应该指出，在过去的一个很长时期里，苏联出版的书刊上，曾经把"写真实"和"社会主义现实主义"说成是"斯大林的公式"或者说成是"斯大林提出来的"，直到今天，我国刊物上的某些文章仍然沿用50年代中期以前苏联文艺界的这一说法，看来是不够准确的。从以上的叙述中可以看出，不论是"写真实"还是"社会主义现实主义"，都是苏联文艺界的长期的共同探讨和集思广益的成果，在斯大林谈到它们之前，已经有不少人作了论述。1934年第一次苏联作家代表大会通过的《苏联作家协会章程》，对社会主义现实主义所作的那段著名的表述，更是集体的劳作。不过，话又要说回来，我们不能因此否认，斯大林在当时作为苏联人民和苏联共产党的领袖，他对"写真实"和"社会主义现实主义"的肯定和阐述，对于苏联文学理论和苏联文学创作的发展是起了积极的、重要的作用的。斯大林的这一历史功绩是不能抹杀的。我们知道，1934年的《苏联作家协会章程》中对"社会主义现实主义"所作的规定中的一段话："要求艺术家从现实的革命发展中真实地、历史具体地去描写现实……"① 这毫无疑义地是吸收了斯大林1932年那次谈话中的观点的。在斯大林要求作家"写真实"和"应该知道生活"以后，一大批苏联作家为了写出反映社会主义现实的真实作品，他们奔赴热火朝天的第一个五年计划的建设工地和广大的集体农庄，体验生活、深入生活，从而创作了许许多多真实地反映了苏联社会主义建设和革命斗争的优秀作品，它们已经成了社会主义文学的瑰宝和各国人民的共同的文化财富。

我们看到，30年代，苏联文学界在反对"拉普"的"辩证唯物主义创作方法"以及从这一方法而引申出来的其他错误理论和错误做法的斗争中，提出苏联社会主义文学应该"写真实"的主张以及斯大林对它所作的论述，不仅对当时苏联社会主义文学的发展和繁荣具有巨大的历史意义，而且对今天各国社会主义文学的发展与繁荣，仍然具有重要的现实意义。

(原载《苏联文学》杂志1981年第1期)

---

① 《苏联文学艺术问题》，人民文学出版社1959年版，第25页。

苏联文学思潮与文论之一(1933—1952)

一

与20年代国内急风暴雨的阶级斗争和严峻的经济形势相比，30年代苏联在社会生活的各个方面已向前迈进了一大步。由于第一个和第二个五年计划的提前完成、国民经济的恢复、社会主义工业化基础的奠定、农业集体化的实现和人民生活水平的提高，苏联人民对1938年开始实施的第三个五年计划充满了希望的期待，虽然当时欧洲上空已经密布着战争的乌云。

文学的变化和发展总是同生活的变化和发展息息相关。30年代苏联社会生活的迅速发展和阶级结构的根本变化——剥削阶级已不复存在，这便向苏联文学界及其创作提出了新的课题、新的任务和新的方向。同时，苏联文学运动中"拉普"的那套有害理论（"辩证唯物主义创作方法"等）和有害做法（"不是同盟者就是敌人"等），以及由此而产生的文学界的没完没了的宗派争论，已成为苏联文学发展的严重障碍。这种情况不仅引起"拉普"内部的有识之士诸如绥拉菲莫维奇、革拉特科夫和潘菲洛夫的忧虑和不满，而且遭到了"拉普"之外关心苏联文学命运的大多数作家的强烈反对。

正是从苏联社会进程、苏联文学运动和文艺创作的内在需求出发，也从广大作家的团结愿望出发，1932年4月23日联共（布）中央作出了《关于改组文学艺术团体》的决议。决议写道："几年以前，当文学中还存在着新经济政策初期特别活跃的异己分子的很大影响，而无产阶级文学干部还薄弱的时候，党曾用一切办法帮助成立和巩固文学艺术方面的专门的无产阶级组织,目的在于巩固无产阶级的作家和艺术工作者的阵地。现在,当无产阶级文学艺术干部已经成长,新的作家和艺术家已经从工厂和集体农庄中出现,现存的无产阶级文学艺术团体(如伏阿普、拉普、拉普姆等等)的范围便显得狭窄,并且阻碍着艺术创作的重大发展。这种情况所造成的危险,就在于这些团体已经从一种充分动员苏联作家和艺术家参加社会主义建设的手段变成培植狭隘的小圈子的手段,既脱离了当前的政治任务,也脱离了一大群同情社会主义建设的作家和艺术家。"[①] 这个估计是适时的和正确的。在新的历史条件下,如果"拉普"仍声称自己是苏联文学独一无二的代表,仍硬把苏联作家分成"无产阶级作家"、"农民作家"、"同路人"作家,乃是不符合实际的和有害的。事实证明,在苏联 20 年代的文学运动中,没有一个自诩为唯一正确的文学团体能够吸引多数苏联作家来参加它的活动,也没有一个自诩为唯一正确的文学团体的艺术纲领,能够为多数作家所接受。因此,决议提出组成一个其中有共产党党团的单一的苏联作家协会的主张,立即受到绝大多数作家艺术家的衷心欢迎,这十分自然。一个月后,1932年 5 月,组成了五十人的苏联作家协会筹备委员会,由受到"拉普"排斥的、德高望重的高尔基任名誉主席,格隆斯基任主席,吉尔波丁任秘书。这是苏联文艺生活中的一件令人欢欣鼓舞的大事。苏联作协筹备委员会在改造各创作团体、团结苏联作家队伍和筹备苏联作家代表大会的活动中,作了大量工作,起了很大作用。它根据高尔基的建议,组成了许多委员会,并派人到各加盟共和国去调查研究各民族的文学经验。联共(布)中央的决议不仅解决了作家的组织形式问题,而且指出了苏联文学发展的道路问题,这是苏联文学运动中一篇具有转折意义的历史文献。按照决议的精神于 1934 年 8 月举行的第一次全苏作家代表大会,它标志着苏联的文学运动进入了一个新的历史阶段。

正是按照联共(布)中央的决议和第一次全苏作家代表大会所指明的方向,30 年代的苏联文学思潮在克服"左派幼稚病"和纠正与历史唯物主义格格不入的庸俗社会学方面,在探索社会主义现实主义、世界观和创

---

① 《苏联文学艺术问题》,人民文学出版社 1959 年版,第 13 页。

作方法、文学与反映论、人民性等许多重大理论问题方面，都取得了明显的进展，为苏联文艺理论与创作的进一步发展作出了积极贡献。这是一个方面。

另一个方面，苏联的30年代也是一个复杂的历史时期，虽然在社会生活各方面取得了令人瞩目的成就，但也产生了不少负面现象。由于苏联对无产阶级专政条件下阶级斗争学说的片面阐述，由于1935—1937年肃反运动严重扩大化，由于"个人崇拜"开始抬头，由于把艺术、学术和政治、阶级斗争的相互关系简单化等，30年代苏联文学运动和文学评论中，也产生了一些极为矛盾和不正常的现象，给苏联文学的发展带来了困难和损失。

30年代苏联的文学运动和文学思想的发展，首先同马克思和恩格斯的某些重要文艺论著的发表和研究分不开。马克思和恩格斯关于历史剧《弗兰茨·冯·济金根》和现实主义问题分别致斐·拉萨尔的信，于1922年第一次在苏联发表，马克思的《1844年经济学哲学手稿》及马克思和恩格斯合著的《德意志意识形态》（它们都涉及了文学理论和美学问题），于1924年第一次在苏联发表；恩格斯关于小说《新人和旧人》、《城市姑娘》和巴尔扎克的创作及现实主义问题致德国女作家敏娜·考茨基的信、致英国女作家哈克奈斯的信、致恩斯特的信于1931和1932年第一次发表在苏联的《文学遗产》丛刊（第1—3卷）上。而在此以前，人们似乎觉得马克思和恩格斯在文艺方面只有零星的、分散的、偶然涉及的、无关宏旨的言论，并没有留下什么系统的和完整的论述。直到20年代末和30年代初，这种流行观点在苏联仍占上风。例如，弗里契声言："马克思留给我们的，除了历史唯物主义的一般概念外，只有一些片断，而恩格斯则根本不研究艺术问题。"[①] 按照波克洛夫斯基的说法："历史过程的理论，我们早就有了，而马克思主义的艺术创作论还必须加以改造，这跟通史和政治经济学是不一样的……可是在文学史方面，除了普列汉诺夫和梅林的某些著作外，就什么也没有了。"[②] 齐维里青斯卡娅也说，"马克思主义美学

---

① 弗里契：《艺术学问题》，苏联国家出版社1931年版，第5页。
② 波克洛夫斯基：《马克思主义艺术学与弗里契》，苏联国家出版社1931年版，第29页。

仅仅处在形成之中"。① 就连当时主管文教和文化工作的人民教育委员卢那察尔斯基也是这样说的："可以毫不夸大地讲，正是普列汉诺夫奠定了马克思主义艺术学的基础。实际上在马克思和恩格斯那里，只有为数不多的散见各处的意见。梅林在这方面比起其他的人来，做了更多的工作，但从基本原理的系统化这个意义上讲，他也无法同普列汉诺夫的著作相比。"② 对待马克思和恩格斯文艺理论遗产的这种片面态度，极为突出地表现在1925年出版的《从马克思主义观点看艺术和文学》（斯托尔普涅尔和尤什凯维奇编）、《马克思主义文学论文选》（戈卢普科夫斯基等编）、《文学与艺术引论》（杰斯尼茨基编）这几部言论汇编里，其中普列汉诺夫的文章占了主要地位，其次是考茨基和梅林的文章，马克思和恩格斯的言论只占很小一部分，而列宁则根本没有任何地位。

事情的转变是从30年代初苏联《文学遗产》发表马克思、恩格斯的那些遗著开始的。1932年苏联在公布恩格斯致敏娜·考茨基和哈克奈斯等的书信的同时，苏联文艺理论家希列尔为这些书信作了详尽的注释，并第一次对恩格斯的现实主义观点作了评述。③ 1933年7月由卢那察尔斯基主编并作序、希列尔和里夫希茨负责编辑出版的《马克思恩格斯论艺术》（1937年经里夫希茨补充修订后再版，1938年重版），是世界上第一部关于马克思、恩格斯文艺言论的汇编。这个版本曾经被我国及其他国家翻译出版。同年，为纪念马克思逝世五十周年，卢那察尔斯基发表了《马克思论艺术》（载《共产主义学院公报》第2—3期）一文。正是在这篇论文里，卢那察尔斯基不仅纠正了自己先前对马克思和恩格斯的文艺理论遗产估计不够的偏颇，而且给予了很高的评价。他写道："我们注意到一般意识形态的作用已经为马克思很好地阐明，从而他的关于艺术的一切意见也就应该被珍视和被理解，并且应该结合他的观点的一切体系来加以应用，——我们应该说，他的那些意

---

① 齐维里青斯卡娅：《康德美学的马克思主义批评的经验》，苏联科学院出版社1927年版，第166页。
② 卢那察尔斯基：《文学批评家普列汉诺夫》，见《卢那察尔斯基文集》第8卷，第222页。
③ 30年代初，瞿秋白编译的《马克思恩格斯和文学上的现实主义》、《恩格斯论巴尔扎克》（即《恩格斯致哈克奈斯信》）、《社会主义的早期同路人——女作家哈克奈斯》等材料和文章，即来源于此。这些材料和文章后由鲁迅整理编辑，于1926年收在瞿秋白的《海上述林》里出版。

见的价值确是巨大的，而且为了使我们在恩格斯和列宁著作中所发现的关于艺术问题的那些特别重要的补充材料自然联系起来，它是完全足够的；我们作为这些伟大人物的学生，已经有可能集体地、彼此互相检验着来进一步建立马克思列宁主义艺术学的大厦了。"①

差不多与卢那察尔斯基的论文发表的同时，希列尔的文章《恩格斯论倾向性和马克思主义其他文学理论问题》（1932）、《马克思和恩格斯论巴尔扎克和文学中的现实主义问题》（1932）及小册子《文学批评家恩格斯》（1933），里夫希茨的论文《关于马克思的艺术观点》（1933），卢卡契（当时流亡苏联）的论文《马克思恩格斯同拉萨尔关于〈济金根〉的论争》（1932）、《文学批评家和理论家的恩格斯》（1933）等，对马克思和恩格斯的文艺思想的基本内涵及其历史意义作了卓越的阐释，它们是马克思主义文艺思想研究的第一批重要成果，并且为后来的研究奠定了基础，开创了新的阶段。其中最值得人们注意的是，他们对马克思主义文艺思想体系的阐述，如希列尔指出："马克思和恩格斯留给我们的不只是个别的，散见各处的关于文学和艺术的'意见'，如果把这些问题的……具有理论和评论性质的全部论述收集起来，那么我们得到的不只是马克思主义美学的基本原理，而且还有从古希腊罗马至19世纪末的许多重要作家和世界文学现象方面所描述的丰富材料，它们提供了马克思主义具体地分析艺术作品、评价整个文学思潮和许多作家的最宝贵的范例。"② 里夫希茨还尖锐地批评了把马克思的艺术观点看作"个人意见，而不是理论"的企图。他认为，"马克思主义是合乎规律的形成过程，因为在马克思的艺术观点的发展中也体现出这一过程"。正是从这个论点出发，里夫希茨第一个考察了马克思主义美学观点的形成过程及其体系的完整性，并指出了马克思主义美学同黑格尔美学和费尔巴哈美学的分水岭和根本区别。卢卡契在谈到恩格斯的文艺思想时也指出："文艺理论和文艺批评的工作，尽管在他们发展、巩固和捍卫经济、政治和世界观方面的无产阶级路线的全部工作中，始终只占一部分，然而却是一个重要的

---

① 《文艺理论译丛》第1期，中国文艺联合出版公司1983年版，第10页。
② 希列尔：《文学批评家恩格斯》，苏联国家出版社1933年版，第6页。

组成部分。"① 同时，卢卡契把马克思和恩格斯的文艺思想同整个马克思主义体系联系起来研究，其方法论的意义极为深远。总之，如果不把马克思和恩格斯这些重要的文艺遗著公之于世，如果没有卢那察尔斯基、希列尔、卢卡契等人所作的认真而系统的阐述，那就很难设想，30 年代的苏联文艺界在克服机械论、经济宿命论、庸俗社会学和创建新的创作方法方面，能够取得如此巨大的历史性突破。这正如当时一些文章所指出的，马克思和恩格斯的文艺遗产对于苏联文学的发展具有巨大的意义。它们所表达的思想可以解决同制定苏联文学的创作道路有关的许多问题；像现实主义和现实主义创作这样尖锐而迫切的问题，可以从马克思那里找到一系列具有决定性意义的论断等。其实，30 年代文学理论中的现实主义、创作方法及其与世界观的关系等问题的提出与探讨，都是同马克思、恩格斯的那几封关于文艺问题的信息息相关。

二

随着苏联文艺界对马克思和恩格斯的文艺遗产的研究，从 30 年代初开始，列宁的文艺论著也得到了研究。而列宁的文艺论著在 20 年代之所以被忽视，并不是因为在这以前人们对此一无所知，而是有着政治上、历史上和哲学上的复杂原因。十月革命前后的"无产阶级文化派"及马赫主义哲学家，曾同列宁作过长期斗争，自然他们不会赞同列宁的文艺思想。此外，20 年代哲学界曾提出一个"为普列汉诺夫的正统而斗争"的错误口号，在德波林等人看来，列宁主义仅仅是一种"新的适合于我们的无产阶级的实践"，即所谓的在政治上是列宁，在理论上是普列汉诺夫。在这一理论思潮的影响下，"拉普"和弗里契、彼列维尔泽夫等，都把普列汉诺夫看成马克思主义文艺理论的奠基者。正如文艺批评家、无产阶级文化协会第一任主席列别杰夫－波梁斯基所言："在文艺学中，我们大家都是从普列汉诺夫的观点出发的。"② 这个看法很有代表性，反映了当时的实际

---

① 转引自波隆斯基《革命时代文学运动简史》，苏联国家出版社 1928 年版，第 77 页。
② 参见苏联《文学和马克思主义》1931 年第 5 期。

情况。与此相反,列宁的文艺论著则不受重视。1928年,文艺批评家、曾任《出版和革命》、《新世界》等重要刊物主编的波隆斯基说过:"正确阐述列宁对艺术、文化、文学的看法,并非一件轻而易举的事情。他很少充分地谈论这些问题。这些问题不处于他的视野的中心……在他的文学遗产里,只有论托尔斯泰的四篇小文是直接论述文学的,间接涉及文学的只有《纪念赫尔岑》和《党的组织与党的文学》,他关于文艺的言论少得可怜。"[①] 从20年代末起,随着苏联文艺界对弗里契、彼列维尔泽夫的庸俗社会学展开批判,人们开始意识到他们的错误在某些方面,同普列汉诺夫文艺思想的缺点和弱点相联系。特别是在30年代初,苏联哲学界批判了德波林等的"为普列汉诺夫的正统而斗争"的口号和哲学观点所具有的"孟什维克的唯心主义性质"之后,特别是对列宁的哲学遗产作出肯定性的评价之后,苏联文艺界要求重新评价普列汉诺夫的文艺观点及其历史地位的呼声便日益增高,仅1931年这一年,文艺报刊上出现了好多篇"拥护对普列汉诺夫的观点作列宁式的批评"的文章。在这种新情况下,全面地分析普列汉诺夫的文艺思想,既谈他的成就与贡献也指出他的缺点和局限性的文章,便日见增多。而卢那察尔斯基的《艺术理论和文学批评家普列汉诺夫》(《文学批评家》1935年第7期)和罗森塔尔的《普列汉诺夫的美学问题》(《文学批评家》1937年第7—9期)这两篇文章的发表,便开启了重新审视普列汉诺夫文艺思想的新阶段。从这时起,"普列汉诺夫的正统"已不再被当作马克思主义美学或文艺学的标准和奠基石,而列宁的文艺思想开始被认为是马克思主义文艺思想发展的重要阶段。

在苏联的列宁文艺思想研究中,卢那察尔斯基为《文学百科辞典》撰写的词条"列宁"(1932)和小册子《列宁与文艺学》(1934),不仅在时间上是最早的,而且在内容上是较系统较全面的;它们的问世标志着列宁文艺思想研究转折的开始。卢那察尔斯基指出,列宁主义是马克思主义发展的自然的合乎规律的阶段。"撇开列宁主义就根本谈不上任何真正的马克思主义",那些"企图把普列汉诺夫同马克思和恩格斯并列,而忽视列宁的著作,只是客客气气颂扬几句了事"的做法,是"完全错误和十分有

[①] 参见苏联《文学和马克思主义》1931年第5期。

害的","应该断然加以批驳",包括《唯物主义与经验批判主义》在内的列宁的哲学遗产,"能够作为今后无产阶级哲学工作上的一个指导性的路标,得到充分的运用"。这无疑是针对20年代那些扬"普"抑"列"的言论而发。卢那察尔斯基在另一个地方还提出,"我们向列宁学习的那种方法,比普列汉诺夫的方法准确得多",必须"在列宁的有关言论的烛照下重新检查普列汉诺夫的文艺学"。① 这里主要是指列宁在反映论和辩证法方面所作的贡献,以及列宁在论列夫·托尔斯泰那组文章中所运用的方法。卢那察尔斯基在谈到列宁的哲学著作和文艺学的关系时,一方面肯定了"由列宁论证过的马克思主义一般哲学原则,对于无产阶级科学的一个支脉的文艺学自然也有奠基的意义";② 另一方面认为列宁主义本身是一个有机的体系,对列宁文艺思想的研究必须同对列宁的全部遗产——从哲学笔记、历史著作到关于无产阶级文化和文学的论述的研究密切结合起来,因为"列宁的遗产中有些宝贵的指示,指明了我国经济史、政治史和文化史的精义,不懂得这个精义,就既不能认识文学的过去,也不能历史地了解文学的现在和未来"。③ 卢那察尔斯基提出的研究列宁文艺思想的方法论问题,具有十分重要和普遍的意义,为进一步研究列宁的文艺思想指出了正确的途径和方向。

卢那察尔斯基的小册子的历史意义还在于,对20年代以来苏联文艺领域中盛极一时的庸俗社会学作了中肯批评。他写道:"青年文艺家们在分析过去或现代某个未能超越本阶级的全部偏见、思想观点,未能达到纯正无瑕的境界的伟大先进艺术家时,总是带着一股特别的劲头,极力强调和夸张这些缺点,仿佛很少庆幸这个人物给我们的助益,而多半是害怕他们成为我们的竞争者似的。对遗产抱这种'左'的态度,其害处正象右倾机会主义者讳言诸如此类'盟友'的缺点和粗疏一样。"④ 接着他又具体地论述了列宁是怎样评价赫尔岑、涅克拉索夫、谢德林、车尔尼雪夫斯基的历史作用。不仅如此,卢那察尔斯基还把列宁的反映论运用于文艺领

---

① 《卢那察尔斯基论文学》,人民文学出版社1978年版,第4—5页。
② 同上书,第5页。
③ 同上。
④ 同上书,第16页。

域，指出庸俗社会学所谓的文艺是"阶级的等价物"和"阶级心理的投影"等，是没有道理的，"反映论所注意的，与其说是作家隶属的关系，不如说是他对社会变动的反映，与其说是作家主观上的依附性和他同某个社会环境的联系，不如说是他对于这种或那种历史局势的客观代表性"①。卢那察尔斯基称颂列宁的《托尔斯泰是俄国革命的镜子》一文是运用反映论的"一个特别突出的范例"，"列宁对托尔斯泰的看法对于今后整个文艺学的道路有着巨大的意义"。但是，卢那察尔斯基并没有把反映论简单化，他认为"列宁的反映论从来不是用一把钥匙去开启一切历史局势的抽象公式。相反地，它一向为阐明具体的阶级斗争形式服务，不管斗争中充满着多么复杂的内在的辩证的矛盾。"②

把列宁的反映论引入文艺领域，是30年代苏联文学思想发展的主要成果之一，也是反对庸俗社会学的主要成果之一。继卢那察尔斯基的《列宁与文艺学》之后，里夫希茨在《列宁与文学问题》（1934）、《列宁主义与艺术批评》（1936）中，罗森塔尔在《马克思主义式的批评和社会分析》（1936）、《反对文学理论中的庸俗社会学》（1936）中，谢尔吉耶夫斯基在《"社会学者"与文学史问题》（1935）中，进一步阐述了列宁的反映论，并以反映论为武器，对文艺领域中各种形式的庸俗社会学作了批评。里夫希茨认为庸俗社会学的致命伤"在于用阶级的象征符号代替列宁的反映论，因而在这个最重要的方面同马克思主义分手了"。在里夫希茨看来，"反映论的真实性不是同阶级性相矛盾的。精神现象的阶级实质不取决于其主观色彩，而取决于其对现象的理解的深度和正确性。阶级意识的主观色彩本身就来自于客观世界。主观色彩是结论，而不是出发点"。又说，伟大艺术家的阶级立场取决于他们对待时代的中心问题、时代的基本力量的态度，取决于他们在创作中反映的是什么，虽然人民群众运动的某些重要方面，由于阶级的、客观的、历史的区分尚不充分，未能摆脱动摇、空想等情况，但是列宁主义的阶级分析使人们有可能提出，"艺术史上一切真正的伟大的东西，揭示它们同旧文化中的民主主义和社会主义成

---

① 《卢那察尔斯基论文学》，人民文学出版社1978年版，第6页。
② 同上书，第7—8页。

分的联系。列宁主义教导我们要善于分析艺术创作的历史内容,分析其中哪些是具有生命力的东西,哪些是垂死的东西,哪些是属于未来的,哪些是属于过去的奴隶制的印记。真正的阶级分析就在于这种具体分析之中"。[①]罗森塔尔指出,那种所谓的"阶级分析"把艺术分为"封建颓废的、封建乐观的、贵族资产阶级的、商业手工业的、资产阶级上升期的、资产阶级没落期的"等艺术,是一种先验的和教条的概念,没有顾及事物的现实状况。这种文学研究家是从预先设计好的框框和阶级描述法来对待文学和作家,而不是从现实生活引出的阶级描述,相反地,生活和现实倒是从预先设计好了的阶级框框中引出来的。列宁对待托尔斯泰不是从他属于哪个阶级出发,而是深刻地、天才地把托尔斯泰的创作同俄国革命,同农民联系起来。列宁的方法论极为明确,大作家的创作总是要表现出一定的社会倾向,并同一定的历史发展的现象联系在一起。谢尔吉耶夫斯基也批评了庸俗社会学者把普希金、莱蒙托夫等俄国作家视为贵族思想家;并认为不应该仅仅确定普希金、果戈理或陀思妥耶夫斯基的创作同怎样的社会经济关系相联系,而且应该回答这样的问题:为什么这些作家的遗产在美学上对于我们时代具有迫切的意义,为什么他们的遗产在为建设社会主义艺术文化的斗争中具有巨大的美学价值,而直到最近绝大多数文学研究家仍以最公开的方式忽视了这一任务。谢尔吉耶夫斯基提出文学的美学意义和美学价值这个问题很及时,因为这个问题在庸俗社会学者那里根本不存在,他们仅仅从社会学角度来看待文学,以为文学与美学无关。

三

1934年8月17日至9月1日在莫斯科召开了第一次全苏作家代表大会,出席大会的有五十二个民族的三百七十六名代表和来自四十个国家的外宾,我国的肖三和胡兰畦出席大会并发言。大会上成立了苏联作家协会,通过了苏联作家协会章程,选举产生了苏联作家协会理事会。高尔基在会上致开幕词和闭幕词,并作了长篇主旨报告《苏联的文学》。他从世

[①] 参见《文学报》1935年1月20日。

界文学和俄罗斯文学发展的广阔背景上,对多民族的苏联文学的现状、特点及其今后的任务作了深刻而全面的分析。他认为,"我们各共和国的不同民族、不同语言的文学,已经作为一个整体出现在苏维埃国家的无产阶级面前,出现在世界各国革命无产阶级面前了";这种文学具有深刻的时代革新精神,但它又以俄罗斯文学和世界文学以及民间创作的伟大艺术传统为基础;苏联作家应该揭示社会主义的新天地和苏维埃人精神面貌上的新特点,应该表现出只有"万能的劳动"才是"解答一切生活之谜的关键"。代表大会的历史意义极为深远,它不仅把苏联作家团结在统一组织之内,拟定了苏联文学的发展方向和远景,推动了苏联作家进一步深入生活,而且提出了社会主义现实主义是苏联文学的基本方法。这是苏联文学运动的划时代事件。

　　社会主义现实主义不仅是第一次全苏作家代表大会的主题,及30年代苏联文学思潮和理论探索的中心,而且是苏联文学思想发展的主要成就之一。

　　作为一个概念和一种创作方法,社会主义现实主义于1932年提出。但这不表明,在此以前的苏联文学中就不存在社会主义现实主义的文学作品。理论的概括总是在实践之后。早在1908年高尔基就写出社会主义现实主义的奠基作品《母亲》。十月革命后,富尔曼诺夫的《恰巴耶夫》、绥拉菲莫维奇的《铁流》和法捷耶夫的《毁灭》也属于苏联社会主义现实主义的经典作品。几乎与《母亲》问世的同时,1906年卢那察尔斯基提出了"无产阶级现实主义"的术语。20年代有不少批评家和作家曾使用带有各种修饰语的现实主义,来概括年轻的苏联文学的新特点和新方法,如马雅可夫斯基的"新现实主义"、波隆斯基的"浪漫现实主义"、列日涅夫的"辩证现实主义"等。此外,在那时的报刊上还出现了"红色现实主义"、"社会现实主义"、"英雄现实主义"、"革命现实主义"等多种提法。其中最值得注意的是1923年沃隆斯基关于苏联文学与现实主义关系的论述。他认为,"新艺术——今天的艺术的主要形式仍然是现实主义……现实主义就整体而言是再好不过地符合马克思和恩格斯的辩证唯物主义精神的"。沃隆斯基这段文字写在"拉普"领导人阿维尔巴赫、叶尔米洛夫和法捷耶夫等提出的"辩证唯物主义创作方法"之前五六年。

1932年苏共中央作出解散"拉普"和其他文学团体及建立统一的苏联作家协会的决议之后,"拉普"的"辩证唯物主义创作方法"开始受到批评。与此同时,文艺界对苏联文学的创作方法也开始了紧张的探索。

"社会主义现实主义"概念的提出,是文艺进程的客观需要。它一方面是十月革命以来关于苏联文学的新特点、新经验、新倾向、新方法探索的概括和总结;另一方面则是对"拉普"的那个庸俗的、违反艺术规律的"辩证唯物主义创作方法"的直接否定。1932年初,《真理报》在为党中央改组文艺团体的决议而发的社论《提高到新任务的水平》中指出:"拉普'的组织机构和具有庸俗性质的主要创作口号在新任务面前是无能为力的,现在应该制订一个共同的创作纲领。"根据社论的这个要求,一个月后,即5月20日,苏联作家协会筹备委员会主席格隆斯基,在莫斯科文学积极分子会议上的一次讲话中,第一次提出社会主义现实主义是苏联文学的基本创作方法。他说:"不要抽象地提出方法这个问题,不应该这样地对待这种事情:作家应该首先通过辩证唯物主义的课堂学习,然后才从事写作。我们对作家的基本要求是:写真实。真实地描写我们的现实,现实本身就是辩证的。因此,社会主义现实主义方法是苏联文学的基本方法。"

在格隆斯基的讲话几天之后,1932年5月29日,由著名文学批评家吉尔波丁执笔的《文学报》社论《开始工作吧!》写道:"描写革命的真实性,这就是我们有权毫无例外地向所有苏联作家提出的要求。艺术家应该在自己的创作中真实地、革命地、现实主义地揭示革命、劳动、胜利的进程,揭示这种在实际上实现了的社会改造的图画,这里不再有人剥削人的现象。真实对于我们的敌人来说是危险的。真实地研究我们的现实,这是认识工人阶级的正义和力量的最好道路,这是创作建设社会主义和为世界社会主义革命的胜利而斗争的群众所要求的艺术品的最好道路。群众要求艺术家具有无产阶级革命的真诚性、革命的社会主义现实主义的真实性。"

在1934年召开第一次全苏作家代表大会之前,对于确定社会主义现实主义这个概念具有关键意义的,是1932年10月26日在高尔基寓所举行的那次著名的文学座谈会,它是为第一次全苏作家代表大会从思想理论上作准备的重要会议。座谈会在此之前已开了几天,讨论了一系列具有迫切意义的文学问题。参加会议的有四十五位作家、艺术家和批评家。斯大林和联共(布)中央政治局成员也参加了座谈会。在座谈过程中,一位前"拉普"成员就"辩证唯物主义创作方法"和世界观问题询问斯大林的看法。斯大林在回答他的问题时,谈到了社会主义现实主义的问题。他指出:"艺术家首先应该真实地反映生活。如果他真实地反映我们的生活,那么他在生活中就不可能不觉察到,不可能不反映使生活走向社会主义的东西,这就是社会主义艺术,这就是社会主义现实主义。"①

此外,斯大林关于"写真实"、"作家是人类灵魂的工程师"等著名言论,也是在这次谈话中首次提出。从这次谈话中可以看到,同格隆斯基、吉尔波丁一样,斯大林主张社会主义现实主义,反对"辩证唯物主义创作方法"。在斯大林看来,了解生活,反映生活,"写真实",乃是社会主义现实主义的基本要求。

在这次座谈会后不久,作为"辩证唯物主义创作方法"的倡导者之一的法捷耶夫,改变了先前的主张。他在一篇题为《艺术创作问题》的文章中写道,"现在大家都明白",艺术中的辩证唯物主义方法这种提法"是不切实际的、教条式的,它给苏联文学带来不少的损害"。又说:"艺术中真正的革命的方法,首先是在现实的发展中、现实的基本倾向中、现实的生动丰富性中、新人类所关心的各种问题中,真实地、艺术地描写现实……不难看到,我们的苏联文学在新的、革命的艺术方法——社会主义现实主义方法的保护下坚定地和胜利地发展着。"②

据统计,从1932年5月至1934年8月第一次全苏作家代表大会开幕的两年多的时间里,关于社会主义现实主义问题,各报刊共发表了近四百篇文章。讨论和争鸣的气氛十分热烈。在第一次全苏作家代表大会上,社会主义现实主义仍然是人们注意的中心,其主要内容大致有以下几个方面:

---

① 转引自罗曼诺夫斯基的文章《第一次全苏作家代表大会筹备期间党对文学的领导》,载苏共中央社会科学院文学理论和文学史教研室编的《学术论丛》第39卷,1958年。
② 苏联《文学报》1932年11月11日。

1. 对"辩证唯物主义创作方法"继续提出批评,如尤金认为:"把辩证法机械地和直接地运用于文学是对马克思主义的精神及其全部实质的背离……要求作家掌握马克思主义哲学不应该带有庸俗的,歪曲的性质,而阿维尔巴赫及其他一些人却要求作家按辩证唯物主义方法进行写作。"① 卢那察尔斯基在谈到作家掌握辩证唯物主义时也指出:"这决不是说,艺术家应该先花很多功夫去考虑怎样用辩证唯物主义的方法写作,怎样把辩证法的规律应用到艺术创作上,然后才写作。"卢那察尔斯基还以梅依林克的一篇童话为例,生动而尖锐地批评了"辩证唯物主义创作方法"对作家的危害性。他说:蜈蚣有四十条腿。有一次,一只不怀好意的癞蛤蟆问它:"当你往前伸出你的第一条腿子的时候,你还有哪几条腿子同时往前伸出?"后来"蜈蚣专心思索这些问题,再也不会走路了……用'辩证唯物主义'的要求去看待每一行字,每一个形象,那么您可就好象那只使蜈蚣深深苦恼过的癞蛤蟆了"。②

2. "写真实"是社会主义现实主义的基本的要求,而且从社会主义现实主义这个提法最初的意思来看,"写真实"主要是指"真实地反映我们的生活"。但"写真实"并不是有闻必录,而是把生活的发展及其趋势包括在内的。所以卢那察尔斯基认为,社会主义现实主义,"首先,这也是一种现实主义,是忠于现实的"。但是应该"把现实理解为一种发展,一种在对立物的不断斗争中进行的运动","不了解发展过程的人永远看不到真实,因为真实并不象它的本身,它不是停在原地不动的,真实在飞跃,真实就是发展,真实就是冲突,真实就是斗争,真实就是明天,我们正是要这样看真实"。③ 几乎与卢那察尔斯基同时,高尔基在批评苏联文学界有的人企图"使艺术作品直接符合现实"这一观点时,也写道:"从这里产生了一种非常的、有时候令人讨厌的事实细节的堆积,它把所有的现象平均化了,它堵塞了认识现实发展的各种趋势的道路。"④ 吉尔波丁在《论社会主义现实主义》一文中还注意到了"真实"与典型化的关系。他提

---

① 苏联《文学批评家》1933 年第 1 期。
② 《卢那察尔斯基论文学》,人民文学出版社 1978 年版,第 65—66 页。
③ 同上书,第 53—56 页。
④ 苏联《文学的同时代人》1933 年第 1 期。

出:"社会主义现实主义是在文学的典型形象和典型环境中,忠实地表现现实的本质方面及其主导的历史倾向和社会主义的胜利的原则。"① 吉尔波丁所说的"典型形象和典型环境",显然是从恩格斯那个现实主义的著名提法中引申而来。

3. 社会主义现实主义和浪漫主义的关系是人们议论最多的问题之一。一般都认为社会主义现实主义绝不排斥浪漫主义。高尔基在十月革命后曾探讨过现实主义与浪漫主义的结合的问题。他说:"用什么方法呢?我以为,现实主义和浪漫主义精神必须结合起来。既不是现实主义和浪漫主义者,同时却又是现实主义者和浪漫主义者。好像同一物的两面。"② 在其他文章里,高尔基还说过类似的话。此后,虽然没有人把浪漫主义与现实主义的结合视为苏联文学的创作方法,但对浪漫主义仍然十分重视。例如,卢那察尔斯基说:"社会主义浪漫精神能不能存在呢?既然我们对现实满意,既然我们接受了现实。怎么还有浪漫精神呢?我已经指出过,我们对现实是满意的,因为它是一个发展过程,因为它的发展趋势同我们有血缘关系,因为我们正在随着这个趋势一同前进,因为这个趋势活在我们的心中。我们接受现实,是由于今天的斗争把昨天和明天互相结合在一起,由于我们是为明天的斗争的代表者和参加者。"③ 法捷耶夫1929年提出"打倒席勒!"否定浪漫主义时,1930年卢那察尔斯基在俄译本《席勒戏剧选》的引言《席勒与我们》中写道,"席勒——是我们的!"④ 1931年他在《维克多·雨果》一文中明确指出:"法捷耶夫那篇轰动一时的文章《打倒席勒》里对浪漫主义发出的咒骂,无疑是错误的……我们不会放弃现实主义的道路,可是我们也不要脱离浪漫主义。"⑤ 1933年又说:"实际上还可以有一种社会主义浪漫主义。它跟资产阶级浪漫主义截然不同。由于我们拥有巨大的功能。社会主义浪漫主义使幻想、虚拟和描写现实时的

---

① 苏联《文学批评家》1933年第1期。
② 高尔基:《在〈红色处女地〉杂志举行的会议上的发言》,《真理报》1928年第135期。
③ 《卢那察尔斯基论文学》,人民文学出版社1978年版,第591页。
④ 同上书,第56页。
⑤ 同上书,第60页。

各种自由发挥在其中起着很大作用的那些领域活跃起来了。"① 1934 年，法捷耶夫改变了先前的看法，认为作为一个革命的浪漫主义者，"席勒在历史上起了进步作用，直到今天还保持着教育的意义。社会主义不仅不排除革命浪漫精神，反而要求有革命浪漫精神，并且肯定它是社会主义艺术创作的必要的一面"。卢那察尔斯基关于社会主义浪漫主义的提法虽然没有被接受，但几乎一致认为排斥浪漫主义会使社会主义现实主义艺术贫乏化。拉夫列尼约夫指出："革命浪漫激情是社会主义现实主义这一我们的主要创作方法的有机的和不可分割的组成部分。"②

4. 在讨论中，作家都十分关心社会主义现实主义与批判原则的关系。高尔基的确曾多次谈到社会主义现实主义应该表现生活的"主导倾向"、"发展趋势"和"第三现实"，然而他却坚决反对粉饰现实。他指出："我们没有什么可以粉饰的，我们深感自己的毛病、缺点和错误，我们看到他们是如何地在妨碍我们的生活，而我们每天都在谴责它们"；"我们不需要用漂亮的词句来梳妆打扮我们的主人公。我们的主人公不是浪漫蒂克式的人物，他们是普通的主人公"，"作家必须知道一切——生活的整个潮流和一切细小的支流，现实的一切矛盾，它的悲剧和喜剧，它的英雄主义和庸俗习气，它的虚伪和真实"。1934 年高尔基在同苏联作家的一次谈话中，在分析苏联文学的现状时曾强调说："可以责备那些著名文学家"，"因为在十六年的工作中，他们没有接触到我们生活中许多有趣的现象"，如"宗教情绪的再现"、"贪图私利者"、"追求高薪而屡次要求调职者"、"寄生虫"等。③ 在苏联作协理事会第二次全体会议开幕式的讲话（1935）中又说："我们这些文学工作者没有注意去揭露许许多多应该揭露的东西。我们的职责是反映现实。我们没有反映它。为什么呢？这就是一个问题。"④ 可见，高尔基并不拒绝社会主义现实主义的批判性，相反，认为它是社会主义现实主义的组成部分。法捷耶夫在第一次全苏作家代表大会的发言中，就高尔基关于英雄的现实主义及社会主义现实主义的批判性问题

---

① 《卢那察尔斯基论文学》，人民文学出版社 1978 年版，第 60 页。
② 《第一次全苏作家代表大会速记稿》，第 434 页。
③ 高尔基：《论文学》，人民文学出版社 1978 年版，第 352 页。
④ 高尔基：《论文学》（续集），人民文学出版社 1979 年版，第 498 页。

作了精彩的论述,他指出:"不应当把阿列克塞·马克西莫维奇的正确论点教条化。因为如果把这个论点转化为教条。那么人们就会写起甜甜蜜蜜的东西来。"事实上在当时的讨论中,主张社会主义现实主义是描写英雄的现实主义和肯定现实的现实主义大有人在。因此法捷耶夫又说:"但是已经出现了不少文章,它们断定我们的社会主义现实主义只是富于丰功伟绩的现实主义,只是表现英雄的现实主义。这固然也对,但已经是公式了,因为社会主义现实主义一方面肯定新的社会主义现实和新的人物,同时却是一切现实主义中最富于批判性的现实主义……我们要改造整个世界,根除无论是经济方面或是意识里的资本主义残余,我们要重新研究过去留下来的全部巨大的遗产。这就使社会主义现实主义成为最富于批判性的现实主义。"①

5. 在讨论到社会主义现实主义的"统一风格"和广泛多样性的问题时,一般都不同意把社会主义现实主义视为一种"统一的风格"或"生活的风格"。法捷耶夫说:"有些人以为,社会主义现实主义方法之所以需要,是为了使艺术家们像针一样地彼此相似。可是这种千篇一律和消灭差异,既是对社会主义也是对现实主义的侮辱。"照法捷耶夫的意见,"社会主义现实主义方法不是教条,不是法令汇编,要限制艺术创作的范围,把艺术形式和艺术探索的多样化奉为文学上的诫条。相反,社会主义现实主义……要求创作探索具有前所未见的气魄,主题视野的空前扩大,各种各样的形式、风格、体裁和艺术手法的全面发展"。② 吉尔波丁认为:"社会主义艺术只有在创作流派和创作个性多样化的条件下才能建立起来。"

第一次全苏作家代表大会之前和会上所取得的这些成果,后来已基本包含在大会通过的《苏联作家协会章程》那个关于社会主义现实主义的表述里,即"社会主义现实主义,作为苏联文学与苏联文学批评的基本方法,要求艺术家从现实的革命发展中真实地、历史地、具体地去描写现实,同时艺术描写的真实性和历史具体性必须与用社会主义精神从思想上

---

① 《第一次全苏作家代表大会速记稿》,第324页。
② 苏联《文学报》1932年11月11日。

改造和教育劳动人民的任务结合起来。社会主义现实主义保证艺术创作有特殊的可能性去表现创造的主动性，选择各种各样的形式、风格和体裁"。① 从 1932 年社会主义现实主义概念的最初提出，到 1934 年第一次全苏作家代表大会对它的认可和概括中不难看到，社会主义现实主义绝不是某个人或两三个人强加于苏联文学界的，而是苏联文学界的集体探索和集体创造的结果。

然而，这个表述也有一些值得重视和需要再探讨的地方：第一，它提出社会主义现实主义是苏联文学的"基本方法"，而不是它的唯一方法。这在理论上是有分寸的，也许考虑到了卢那察尔斯基的"社会主义浪漫主义"和创作方法多样化的意见。第二，它没有照搬恩格斯关于现实主义是再现典型环境中的典型性格的提法，而是根据现实主义艺术的发展提出了"从现实的革命发展中真实地、历史地、具体地描写现实"，显然这比前者的内涵广泛得多。从历史角度看，这不能不是一种发展。第三，它过分地强调社会主义文学的教育和改造的功能，而忽视了审美的特征和层次，这是最大的缺陷，但应看到，它毕竟提出了"保证艺术创作有特殊的可能性去表现创造的主动性，选择各种各样的形式、风格和体裁"这些重要观点。第四，后来在它的理论阐述和创作实践中发生的那些教条化、庸俗化、简单化的错误并不完全与这个表述有关，相反，在一些方面恰恰与它的精神相悖。

四

在反对 20 年代弥漫于文学理论和批评领域的庸俗社会学的斗争中，1936 年 8 月 8 日的《真理报》社论《培养学生对古典文学的热爱》具有特别重要的意义，是苏联文学思想发展的里程碑之一。对待古典文学遗产的庸俗社会学观点，不仅表现在文学研究工作中，而且大量渗透到中学教科书里。这一情况引起人们的严重忧虑和关注，理所当然。然而社论的内容和意义却远远超出了中学教学的范围。《真理报》同时还刊登了高尔基

---

① 《苏联文学艺术问题》，人民文学出版社 1959 年版，第 25 页。

及其他人有关正确对待古典文学遗产的言论。社论要求"同把我国文学和西欧文学的全部财富归结为毫无内容的公式的那些'理论'进行坚决斗争";并指出庸俗社会学的"理论"把这个或那个作家的创作的全部复杂性和全部意义归为简单的阶级描述,"武断地贴上'贵族诗人'、'贵族戏剧'等种种标签",是"极其有害和错误的";"作为最伟大诗人之一的普希金,既是自己阶级的儿子,又是自己时代的儿子"。社论还尖锐地批评了阿克山诺夫的评传《格里鲍耶陀夫》,指责它把这位剧作家视为"有教养的首都中等贵族",而且把普希金、果戈理、莱蒙托夫、屠格涅夫等一大批古典作家都包括在这个"社会集团"之内。社论严肃指出类似上述文学评传的出现是"苏联出版机构的耻辱"。社论就古典文艺的认识意义和教育作用写道:"过去的伟大艺术家是属于人民的。劳动人民将继承以往阶级的全部文化珍品";"过去时代的优秀作品唤醒了人民的理智,推动了人民前进,同时在帮助人民寻找解放的道路。古典作家的艺术作品能够以其生动的生活气息和一颗炽热的心的跳动,帮助我国青年了解过去和现在"。社论最后呼吁说:"现在该是禁止庸俗社会学家及其'理论'进入苏联学校的时候了。"

这篇社论之后,文学的人民性概念得到了恢复和发展,这是 30 年代苏联文学思想所取得的又一成果。当"人民性"这个词在苏联报刊上出现时,作家卢戈夫斯科依在 1936 年曾以异常激动的心情写道:"人民性!就在前几年,这个词在我们的文学集会上还怎么也流行不开。我们仿佛全然忘记了:全世界的优秀艺术家们都为'人民诗人'称号而骄傲。为'人民性'这个词而骄傲。"① 的确,在这以前苏联文学界几乎只运用文学的阶级性概念,连 1925 年出版的苏联《文学百科辞典》(两卷集)和 1934 年出版的苏联《简明文学百科全书》(十二卷集)都没有"人民性"的条目。不仅如此,《文学百科辞典》第二卷第 135 页上曾写道:"世纪的形象"(堂吉诃德、奥赛罗等)"最终体现了它们的阶级的社会本质……它们的阶级社会的终结将意味着它们的终结"。至于在无产阶级文化派、"拉普"和庸俗社会学家那里,人民性同阶级性更是水火不相容,似乎它同马

---

① 苏联《文学报》1936 年 3 月 20 日。

克思主义的阶级学说是格格不入的。诚然,马克思主义经典作家没有直接提出文学的人民性概念,但他们对文学人民性的重视,则是没有疑义的。在谈到拉萨尔的历史剧《弗兰茨·封·济金根》时,马克思向拉萨尔指出:"革命中的这些贵族代表——在他们的统一和自由的口号后面一直还隐藏着旧日的帝国和强权的梦想——不应当像在你的剧本中那样占去全部注意力。农民和城市革命分子的代表(特别是农民的代表)倒是应当构成十分重要的积极背景。"①恩格斯也说:"我认为对非官方的平民分子和农民分子,以及他们随之而来的理论上的代表人物没有给予应有的注意。"②恩格斯还进一步指出:"我认为,我们不应该为了观念的东西而忘掉现实主义的东西,为了席勒而忘掉莎士比亚,根据我对戏剧的这种看法,介绍那时的五光十色的平民社会,会提供完全不同的材料使剧本生动起来,会给在前台表演的贵族的国民运动提供一幅十分宝贵的背景,只有在这种情况下,才会使这个运动本身显出本来的面目。"③从这几段引文中可以看出,马克思和恩格斯提倡的"莎士比亚化",不仅同现实主义联系在一起,也同人民性联系在一起。凡是真实地描写现实的作品,总是具有人民性的。因此,马克思又指出:"有识之士往往通过无形的纽带同人民的机体联系在一起。"④这里的"有识之士",自然是包括那些进步的作家、艺术家在内的。列宁的关于"两种文化"的学说,则为人民性概念奠定了科学的理论基础。他指出:在每个民族文化里,除为统治阶级服务的反动文化外,"都有一些哪怕是不大发达的民主主义和社会主义的文化成分,因为每个民族里面都有劳动群众。他们的生活条件必然会产生民主主义和社会主义的思想体系"。⑤此外,列宁还提出真正的艺术属于人民的口号。

人民性概念的重新提出,乃是苏联文艺学的一项重要成就。这个概念最早出自俄国诗人兼批评家维亚捷姆斯基。俄国革命民主主义者别林斯

---

① 《马克思恩格斯选集》第4卷,人民出版社1972年版,第340页。
② 同上书,第345页。
③ 同上。
④ 《马克思恩格斯全集》第33卷,人民出版社1973年版,第173页。
⑤ 《列宁全集》第20卷,人民出版社1972年版,第6页。

基、杜勃罗留波夫对人民性作了进一步的论述,并使之成为俄国现实主义美学中的一个重要组成部分。从1935年开始,苏联文学界在批评庸俗社会学的时候,《文学批评家》和《文学报》等报刊的不少文章,都把人民性作为一个美学概念和理论原则加以恢复和确认。它们指出,庸俗社会学者"多年以来忽视了艺术的人民根基,并以轻蔑的态度对待别林斯基曾经使用过的像人民性这样一些科学的概念"。里夫希茨的《列宁主义与艺术批评》和《文艺札记》、谢尔吉耶夫斯基的《社会学者和俄国文学史问题》、罗森塔尔的《反对文学作品中的庸俗社会学》、卢卡契的《人民性和真实的历史精神》等许多文章,都对人民性作了广泛探讨。里夫希茨指出:"真实地反映生活和人民性,这就是列宁主义批评的两条原则的标准。"他还从历史唯物主义的原理出发,认为贵族和资产阶级在历史上曾经是"进步的阶级",18世纪法国资产阶级是那个时候法国人民运动的领袖,代表过人民的愿望与利益。也就是说,资产阶级的阶级性在一定的时期里,不仅维护了阶级的"私利",而且同人民群众的利益是一致的。"真正的阶级分析就在于这种具体分析之中"。绝不能不加分析地把贵族、资产阶级一概排除在人民的行列之外,绝不能把来自这些阶级的作家在创作中所提出的时代的迫切问题,以及所反映的现实的客观内容加以抹杀。卢卡契认为,司各特、普希金、列夫·托尔斯泰的"主人公们大多数出身于上流社会,然而在他们的一生的经历中,仍然反映出了整个人民的生活与命运"。"拿《叶甫盖尼·奥涅金》中的达吉雅娜来说,从社会角度看,是描写'上层'的,可是别林斯基却完全正确地把普希金这部诗体长篇小说称作俄罗斯生活的'百科全书'……在这里集中地体现出了过渡时期俄罗斯人民生活的最重要的问题。"

1937年是俄国伟大诗人普希金逝世一百周年,苏联文学界举行了盛大的纪念活动,一方面对这位古典作家的不朽创作表示敬意;另一方面则力图通过这次纪念活动来消除庸俗社会学的恶劣影响。因为在这之前,文学界还在争论不休:普希金究竟属于哪个阶级?是资本主义化的贵族上层还是保守的贵族上层?上面提到的那篇《真理报》社论就纪念普希金的意义作了说明:"苏维埃国家准备隆重纪念普希金逝世一百周年,共产党和政府为了把普希金的作品传播到最广泛的群众中去,正在采取一切必要的措施。这一点是可以理解的,因为人民及其语言、性格和史诗——这就是普希金的天才赖以生根的土壤。"1936 和 1937 年这两年里,苏联文学界结合普希金的创作对文学的人民性作了论述,如亚历山德罗夫的《被谴责的奥涅金》、《普加乔夫、人民性和现实主义》及《六百年的贵族》,马凯顿诺夫的《普希金的人道主义》,索科洛夫的《普希金和民间文学》等,其中以亚历山德罗夫的文章对普希金创作的人民性的论述最为详尽。他认为:"像普希金的诗体小说《叶甫盖尼·奥涅金》的名称就具有人民性的意义",虽然从狭义上看,人民生活在作品里涉及的很少,但作品却提出了十二月党人失败后贵族社会中的个性问题。这就同人民生活有着直接的关联。普希金同司各特和莎士比亚一样,竭力描写巨大危机时期人民的历史生活,并且在人民的日常生活中找到了历史生活的复杂性和丰富性的源泉。像这样在"我国历史发展中的一定阶段上克服了阶级局限性的'自己兄弟'的贵族艺术家,其作品应该是一部具有巨大社会内容的作品,它不一定都得直接地去揭露剥削制度,需要明确的是艺术家如何看待人民";"现实的客观反映必须以客观地反映人民及其愿望为前提。人民的愿望已经渗透到普希金的作品里。他的创作是现实主义的,因而也是人民的"。亚历山德罗夫把现实主义同人民性联系起来,把作家对待人民的态度作为检验作品价值的尺度,不仅继承了俄国革命民主主义者的现实主义美学思想,而且对那个时候庸俗社会学者把古典作家分成"贵族作家"、"中等贵族作家"、"小贵族作家"的阶级"分类法"来说,无疑是重要的一击。

遗憾的是,当《文学批评家》和《文学评论》杂志用现实主义和人民性来批评庸俗社会学的阶级性时,好些文章又陷入了另一极端,闭口不谈文学的阶级性,凡是过去提到阶级性的地方,现在往往换上了人民性。用人民性取代阶级性的情况,正如《文学报》一篇题为《马列主义理论和文学科学》的社论(1939 年 8 月 10 日)所说:"庸俗社会学过去使用'阶级分析'这个概念,千方百计地'揭露'过去时代的伟大艺术家。今天我们却遇到一种相反的极端,阶级分析已不可能登上大雅之堂,它被赶到注释中去了,被看成一种必要的补充和附带的条件,仅仅作为过去作家的局限性而涉及它,同作家的艺术品格毫无关系。对'人道主义'和'人民性'如此地热中和不加分析地使用,以致使语文系的大学生把纪念文集称作古典作家的'不朽的人民创造'。"其结果，便从一种简单化走向另一种简单化，从一种庸俗化走向另一种庸俗化，看不到古典作家创作中的复杂性和矛盾性，及其具体的、社会的阶级特点；要不就是人民的作家，要不就是阶级的作家，似乎两者必居其一；不理解阶级性和人民性这两个概念之间的辩证联系：阶级的可以是人民的，也可以不是人民的。有个别文章走得更远，甚至断言："艺术中的人民性不仅反映了群众的理性，而且反映了群众的偏见。"[①] 这就造成人民性在概念上的混乱，曲解了俄国革命民主主义者对人民性内涵的表述，因为人民性从来都不可能同人民中那些落后的东西联系在一起，这同在作品中可以表现人民中落后的一面，并不是一回事情，阶级性可以有进步和反动之分，而人民性则永远表示进步的和有价值的东西。

从1940年起，苏联《文学报》等刊物再度就人民性问题展开论战（也不仅仅是人民性问题，还有其他许多涉及《文学批评家》的"路线"问题）。其中最值得注意的是古尔什坦论述人民性的长篇文章，[②] 作者从人民性概念的历史、什么是人民性、人民性与阶级性、人民性的内容与尺度、新的社会主义的人民性等八个方面叙述了人民性问题；这是当时对人民性问题所作的最全面、最详尽的论述，在某种意义上也是它的讨论总结。古尔什坦肯定了对庸俗社会学的批评，"在它的那一套理论当中'人民'和'人民的'概念，是完全没有地位的；这是些被禁的词，因为这些词的声音会引起一阵不安和虔敬的战栗……他们自以为是'阶级分析'的骑士，但是他们却喜欢按照他们的阶级集团与小集团的分析，将具有生动的泉源、多样性、复杂性以及常常是包含着矛盾的内容的各种文艺现象的真正马列主义的分析，作出一个极简单的分类。"同时，古尔什坦也反对用"人民的作家"这种新公式主义对待所有的古典作家，由于滥用"人民性"、"人民的"这些字眼，使它们丧失了"本身的存在"和"原有的内容"，"这是对庸俗社会学的可怜的命运的一个反动"。古尔什坦正确指

---

① 苏联《文学批评家》1937年第1期。
② 载苏联《新世界》1940年第7期。1941年作者将该文又作了扩充，收在他的论文集《社会主义现实主义问题》。

出，人民性概念，一方面是随着历史的现实的改变而改变的，另一方面则是随着这个概念所透过的那面历史的分光镜而改变的；不放弃阶级分析，就能帮助人们确立过去许多大师的真正的人民性。正确地和深刻地把马列主义的分析运用到各种文艺现象上去。而列宁正是这样地看待托尔斯泰的创作的。列宁所了解的人民性具有一定的历史内容、一定的社会的阶级本质。在谈到人民性的尺度时，古尔什坦的看法也很有见地。他认为，一个作家的人民性要由他在创作中所反映的人民生活的深度来决定。深刻地反映人民生活不仅要为现实提供一幅广阔和真实的图画，而且要从正确地了解人民的兴趣与观点出发来反映这个现实，以及这个现实中所发生的深刻的、时常是肉眼所不能看见的过程，同时要表现出人民的艰苦与愿望；一个作家的人民性，也要由他反对剥削与压迫的斗争、反对阻碍人民发展的过时的社会形式的斗争，以及对于将来的预见的程度来决定。古尔什坦的这些看法，为后来进一步探讨文学的人民性原则提供了良好的基础。经过30年代这场讨论，人民性已作为文学的基本原则进入了苏联的文艺学和美学。

五

人道主义问题的提出，是30年代苏联文学思想发展的又一积极成果。

像人民性一样，人道主义在庸俗社会学家的眼里也没有任何地位。"拉普"的理论家说过："在阶级斗争尖锐化的时期里，任何人道主义的形式都不可能使工人阶级在其社会实践中得到巩固并团结起来。"[①] 他们之所以拒不承认高尔基是无产阶级作家，其中原因之一，就认为人道主义是高尔基创作的严重缺陷。在他们看来，作家在小说里写人道主义，就等于对"阶级仇恨"的否定。在一个时期里，人道主义这个词几乎无人问津。20年代"山隘派"涉及过人道主义问题，但被扣上了阶级调和阶级投降的帽子。当然也应该看到，"山隘派"所理解的人道主义往往带有某种抽象的性质。

随着30年代苏联文学界对庸俗社会学进行批评之后，人道主义问题开

---

① 苏联《在文学岗位上》，1930年第21—22期合刊。

始被提到苏联文艺学和美学的议事日程上来，在报刊上渐渐地出现"人道主义"、"人道的"这些字眼。一些批评家在论述古典作家的人民性时，便谈到了他们的人道主义，如吉尔波丁的文章《普希金的人道主义》（1937），便把确定人的价值及其理性、幸福、独特的个性看作普希金的人道主义的主要内容，而且认为普希金的人道主义和社会主义人道主义有相似之处。

在苏联文学界最早谈论人道主义的是高尔基。他写道："文学是最富于人道主义特征的艺术。可以把文学家称为职业的博爱者和人道主义的生产者。"① 他的那句名言："人——这个字听起来多么令人自豪啊！"也曾广为流传。然而高尔基自己在人道主义问题上却经历了一个曲折的复杂过程，在十月革命前后，曾把人道主义同阶级斗争和革命对立起来。30年代中期，他开始谈论新、旧两种人道主义的不同，批评了资产阶级人道主义的虚伪性，提出了"无产阶级人道主义"的新概念，认为"具有历史根据和科学根据的真正全人类的无产阶级人道主义……是要把一切种族和民族的劳动人民从资本的铁蹄下彻底解放出来"。② 又说，这种人道主义不限于同情人，而且要求积极地热爱人。"对于无产阶级说来，人是珍贵的，甚至当一个人显露出危害社会的行为的时候，也不会让他在监牢里无所事事地堕落下去，而是把他改造成为一个熟练工人、一个于社会有用的成员。这种对'犯人'的坚定不移的态度说明了无产阶级的积极的人道主义。"③

同高尔基一样，法捷耶夫也看到了新、旧两种人道主义的联系和区别。1938年，他在《苏联文学》一文里明确指出："苏联的文学从古典文学那里像接过历史的接力棒那样接过了人道主义的旗帜，但却是新型的人道主义的旗帜。这一新的人道主义的第一个预言者就是劳动底层的天才艺术家马克西姆·高尔基。"④ 这就肯定了古典文学和苏联文学的人道主义之间的辩证关系。对于这种辩证关系，法捷耶夫曾具体地作了说明："旧俄文学的伟大人道主义者，从果戈理的《外套》、陀思妥耶夫斯基的《被欺凌与被侮辱的》起，到契诃夫和柯罗连科止，都培养起对被侮辱者的怜悯

---

① 转引自奥夫恰连科《社会主义文学和当代文学进程》，苏联当代人出版社1975年版，第23页。
② 《高尔基政论杂文集》，生活·读书·新知三联书店1982年版，第685页。
③ 高尔基：《文学论文选》，人民文学出版社1959年版，第333页。
④ 《世界文学》1984年第1期。

和同情的感情，但是却看不到使人类摆脱贫困、无权和受辱的种种痛苦的道路。和这些人道主义者不同，马克西姆·高尔基第一个塑造了同社会不公平作斗争的战士的形象，以斗争的幸福而自豪的人的形象。"① 继高尔基之后，法捷耶夫把新的人道主义称为"社会主义人道主义"，并认为它的任务在于表现"人们之间新的人的和人性的关系"。② 法捷耶夫还进一步提出："社会主义个性的形成，人与人之间关系的正确的新形式的产生，同旧的一套人与人关系的残余、同弱肉强食的竞争法则的斗争，为了新的人道主义的斗争，——这就是苏联文学的基本内容。"③ 在高尔基和法捷耶夫关于人道主义言论的影响下，作为苏联20年代形式主义学派的代表人物之一的什克洛夫斯基，在第一次全苏作家代表大会上的发言里，也有所自我批评地说："我们对革命的人性和全人类性曾估计不足，现在我们却可以来解决人性问题、新的人道主义问题了。人道主义是时代结构的一个组成部分。"④

30年代的苏联文学界不仅把人道主义看成艺术进步的旗帜之一，而且揭示了人道主义原则同艺术创作的审美实质的不可分割的关系。高尔基认为作家在描写人的时候，不能把人简单化，"不要把'阶级特征'从外面贴到个人的脸上去，像我们这里所做的一样，阶级特征不是黑痣，而是一种非常内在的、深入神经和脑髓的、生物学的东西……单靠'阶级特征'还不能烘托出一个活生生、完整的人物，一个经过艺术加工的性格"。⑤ 又说，要塑造一个活生生的完整的人物，"除了一般的阶级特点之外，还必须找出对他最有代表性，而且最后会决定他在社会上的行为的个人特征"。⑥ 这并非高尔基一个人的看法。法捷耶夫在谈到苏联第一个五年计划时期的作品时，指出一些作家只表现苏联的表面生活，表现它的所谓物质方面和社会关系的一般场景，而"影响了描写人的生活和个性"。

---

① 《世界文学》1984年第1期。
② 法捷耶夫：《三十年间》，苏联作家出版社1957年版，第737页。
③ 《世界文学》1984年第1期。
④ 《第一次全苏作家代表大会速记稿》，第155页。
⑤ 高尔基：《论文学》，人民出版社1978年版，第61页。
⑥ 同上书，第62页。

六

30年代苏联文学界在反对庸俗社会学的同时，对形式主义也开展了批判。

自1924年苏联《出版与革命》杂志发起关于"形式主义方法"的争论，对以什克洛夫斯基、艾亨巴乌姆为代表的文艺学中的形式主义派进行尖锐批评之后，由于忽视了他们论著中那些合理的成分和深刻的观察，苏联文学批评界对形式和诗学问题的研究逐渐走向衰落。在整个30年代直至1953年以前的二十多年里，几乎中断了这方面的必要探讨。这是20年代中期那次批判形式主义的运动带来的消极后果。只有维诺格拉多夫的两部论著《马克思主义诗学问题》（1936）和《为风格而斗争》（1937），涉及了形式和诗学的问题，主张把艺术的内容和艺术的形式结合起来探讨，并且对主题、风格、情节、体裁（特别是短篇小说的体裁）的历史作了研究。这样的研究在30年代真是凤毛麟角。如果在这方面还有值得一提的，就是1935年5月召开的苏联作家协会第二次理事会。它专门讨论了"苏联文学批评的现状与任务"，别斯帕洛夫作了主旨报告，莎吉娘和阿菲诺盖诺夫分别作了《作家期待文学批评的是什么》和《戏剧批评》的补充报告。这些报告比较重视作品的形式分析和美学分析。高尔基在会议的开幕词中指出："批评界很少注意或者完全不注意语言，没有给我们指出句子的构造正确或不正确，没有指出作品的结构、材料的合理安排等等。"[①]别斯帕洛夫认为文学批评的缺点，在于"局限于作品的政治评价，或完全不分析艺术形式，或给予纯粹的外在的趣味评价"。[②]

然而，没有过多久，在苏联又一次发动了对形式主义与自然主义的批判。如果说20年代中期的批判在文艺学领域里进行，那么这次批判则集中在创作领域。1936年头两个月，苏联《真理报》以《混乱代替音

[①] 高尔基：《论文学》（续集），人民文学出版社1979年版，第503页。
[②] 苏联《文学报》1935年3月6日。

乐》、《芭蕾舞的矫揉造作》和《关于拙劣的艺术家》三篇编辑部文章，开始了所谓的形式主义讨论。3月至4月《文学报》接着不断发表莫斯科、列宁格勒和其他城市作家组织的讨论材料及评论文章。从《真理报》的第一篇编辑部文章看，所谓"混乱代替音乐"，主要是批判作曲家肖斯塔科维奇的歌剧《姆倩斯克县的马克白夫人》。据1948年1月日丹诺夫在联共（布）中央召开的苏联音乐工作者会议上的开幕词中所说，这篇文章是"遵照中央的指示发表的，它表示了中央对于肖斯塔科维奇的歌剧的意见"。① 这个"意见"认为，肖斯塔科维奇"从爵士音乐中借用了它那歇斯底里的……音乐"，"为的是使他的人物赋有'热情'，故意做得'颠倒凌乱'"，"是依照否定歌剧的原则创造的，而左派艺术就是依照这一原则来根本否定演剧的朴素性、现实主义、易懂的形象、语言的自然发音……"所以，这是一部"最粗糙的自然主义"和"形式主义的唯美主义"歌剧。一句话，它对肖斯塔科维奇的歌剧作了完全否定的评价。而且在《真理报》第二篇编辑部文章里继续了这一评价。显然，这种评价言过其实，因为吸收爵士音乐中的某些成分，进行艺术实验和形式探索，并不构成作品的"反现实主义"、"形式主义"、"自然主义"的问题。在讨论中，有些文章也把一切艺术实验和一切形式探索都看作是形式主义与唯美主义的表现，甚至把朴素性、通俗性和人民性相提并论。其实一部作品的得失优劣，完全可以自由争鸣，无需党中央来发表"意见"，并通过党的机关刊物发表编辑部文章来传达"意见"。这样行事恰恰表明，那个时期已经开始用行政手段来干涉一部具体作品。其消极影响可想而知。尽管如此，有些文章还是表示了不同的观点，如克尼波维奇指出："当我们谈论与形式主义作斗争时，这并不意味着我们号召忽视形式……完美的、高度的、艺术形式是以其最好的方式将内容传达给读者的一种手段。最好的、最可靠的形式，这是材料说话的一种方式。"② 谢列布良斯基也说："反对形式主义和自然主义

---

① 《苏联文学艺术问题》，人民文学出版社1959年版，第94页。
② 克尼波维奇：《为胜利了的人民的艺术而斗争》，苏联《文学报》1936年5月6日。

的斗争并不排斥,而是必须以探索形式和探索新的手段为其前提。"①

30年代的现实主义讨论存在一个普遍和严重的缺陷,同时也是那个时期文艺思想的一个普遍和严重的缺陷,即过分强调现实在创作过程中的作用,而忽视创作个性、创作主体、艺术观察、才华的作用,这是对艺术反映论的误解和简单化。1937年问世的卢卡契的论著《现实主义的历史》,是这方面的代表性著作。在该书里,现实在创作过程中的作用被看成最主要的东西,这就把文学艺术和其他意识形态相提并论,抹杀了创作中主、客体的辩证联系。卢卡契虽然在反对庸俗社会学的斗争中起过很好的作用,但他的某些观点仍未能摆脱庸俗社会学的束缚。其实在当时并非他一个人如此,而是那个时代的现象。该书另一个带有庸俗社会学性质的错误是,他认为随着1848年革命的结束,资产阶级意识形态开始衰落;而同资产阶级英雄时期相连的19世纪现实主义,也随之成为过去。这个看法不符合现实主义文学发展的实际,事实是1848年以后,现实主义仍在发展。在现实主义与典型的关系的探讨中,1935年出版的苏联《文学百科辞典》第九卷的"现实主义"条目,在论述到这个问题时写道:"典型是党性在现实主义艺术中表现的主要领域。"这是一个庸俗的提法,违背了现实主义文学发展的实际,并非所有的典型都同党性有关。然而这个提法一再被引用,直到50年代中才受到批评。总之,30年代虽然在文艺领域中大声疾呼反对庸俗社会学,也的确有不小的成就,但在另一些问题上,庸俗社会学又有了新的表现。

七

30年代关于现实主义的探讨中,作家的世界观和创作方法的相互关系成了文学争论的中心之一。这是一个关系到如何评价现实主义创作的重要问题。

如前所说,"拉普"把创作方法引入文学领域后,不仅提出了否定艺术特点的"辩证唯物主义创作方法"这个庸俗口号,而且将它和世界观混

---

① 谢列布良斯基:《伟大时代的声音》,苏联《文学报》1936年5月31日。

为一谈，无视这两者之间既有区别又有联系的复杂关系，用他们自己的话来说："谁不理解马克思主义世界观是唯一掌握现实的方法，那么他就什么也没有理解"，创作方法即"实践中的世界观"。① 几年以后，苏联发表了恩格斯关于现实主义问题的信，信中的一个重要论断曾经推动人们对作家和创作、世界观和创作方法的复杂关系的深入思考，即恩格斯所说的：虽然巴尔扎克"在政治上是一个正统派"，"他的全部同情都在注定要灭亡的那个阶级方面"，但是他却不得不"违反自己的阶级同情和政治偏见"，而去赞赏"他政治上的死对头，圣玛丽修道院的共和党英雄们"，"把他心爱的贵族们""描写成不配有更好命运的人"，这是巴尔扎克的"现实主义的最伟大的胜利之一"。②

恩格斯的信发表不久，罗森塔尔对"拉普"的世界观和创作方法的论述便提出批评，认为"他们对问题的深度和复杂性缺乏理解；把问题庸俗化、简单化了；他们把世界观和创作方法等同起来的观点，初看起来是非常马克思主义的，实际上距离马克思主义甚远"。③ 当时不只罗森塔尔一个人持这种态度，作为"拉普"领导成员之一的法捷耶夫也开始认识到世界观和创作方法"并非一个东西"。然而《文学批评家》杂志上的不少文章，在批评"拉普"的等同论时，又陷入了另一种偏向，把世界观和创作方法割裂开来，似乎它们之间并无联系。在罗森塔尔看来，"拉普"的错误仅仅在于把艺术实践看成"在意识范围内进行思辨的过程"，他们却忘掉了实践，忘掉了"艺术家对现实的特殊实践的关系"。而艺术家则惯于采用感情形象，对客观现实所保持的关系要比抽象的概念的思想家更为直接、更为密切。"对实际客体进行深刻研究与观察的每一位作家，都可能同自己对世界的看法发生冲突。"罗森塔尔甚至宣称，恩格斯也是这种看法。"巴尔扎克在违背自己的世界观和有赖于自己的现实主义方法的情况下，善于深刻地描绘资产阶级社会。"④ 这无异于说，创作方法是纯实践的东西，可以不受任何一种性质的世界观的约束。同罗森塔尔一样，阿尔特

---

① 苏联《在文学岗位上》1933年第25期。
② 《马克思恩格斯选集》第4卷，人民出版社1972年版，第463页。
③ 罗森塔尔：《艺术创作中的世界观与方法》，载苏联《文学批评家》1933年第6期。
④ 苏联《在文学岗位上》1933年第25期。

曼认为批判现实主义方法的一切胜利,是由于世界观和方法之间存在着矛盾,是由于现实主义方法战胜了作家关于生活的观念。① 关于世界观和创作方法的"冲突论"和"矛盾论",起初评论家只以巴尔扎克为例,只援引恩格斯对巴尔扎克的那个论述。但很快便扩展到对果戈理、托尔斯泰、司各特、福楼拜、莫泊桑、法朗士等一批作家的分析,似乎世界观与创作的矛盾成了批判现实主义创作的一条规律。有的文章走得更远,如里夫希茨写道:"如果艺术家具有反动的世界观,但他创作了一部伟大的艺术品,那么虽然他的世界观是反动的,但并没有因此而影响了他的作品的伟大。问题正好相反。"② 也就是说,现实主义的创作方法不仅可以违背作家的世界观,而且反动的世界观也可以促进现实主义的艺术创作。如果里夫希茨的"问题正好相反",还说得比较含蓄,那么卢卡契便和盘托出,认为"巴尔扎克的世界观是错误的,而且很多方面是反动的,但比起他那位思想要明确得多和进步得多的同时代人来,却更完整、更深刻地反映了1789到1848年这个时代"。③ 这里提到的巴尔扎克那位同时代人,就是法国另一位著名现实主义作家司汤达。不仅如此,卢卡契在论述到托尔斯泰时也说:"托尔斯泰的世界观中贯穿着反动的偏见。但是他的这些反动的偏见同他那健康的、发展着的运动的真实性有着连带关系,而这一运动具有极其远大的前途……艺术家在错误的世界观的基础之上,仍然能够创造出不朽的艺术瑰宝。在这方面,托尔斯泰并非绝无仅有的一个例子。"④

真理离谬误常常只有一步之差。一个具有时代的先进世界观的艺术家,不一定能创造出伟大的作品来,这是事实;一个具有错误思想或反动政治观点(不是世界观)的大作家倒可能写出真实的、出色的作品来,这也是事实。问题是,一个具有反动的世界观的作家果真能创作出优秀的典范作品?事情是从恩格斯评价巴尔扎克的现实主义所引起的,当然还应该

---

① 参见阿尔特曼《文学争论一文》,见苏联《红色处女地》1940年第2期。
② 里夫希茨:《令人厌烦》,苏联《文学报》1940年第2期。
③ 卢卡契:《巴尔扎克——司汤达的批评家》,载论文集《现实主义的历史》,苏联文学出版社1939年版,第318页。
④ 卢卡契:《托尔斯泰与现实主义的发展》,《现实主义的历史》,苏联文学出版社1939年版,第236页。

回到他如何评价巴尔扎克"不得不违反自己的阶级同情和政治偏见"上去。要知道，恩格斯并没有谈到他违反了自己的世界观。世界观的内涵要比阶级同情，政治偏见大得多。作家的政治观点"不能太广泛地被当作世界观"，因为世界观本身除政治观点之外，"还包括哲学、宗教、美学等等方面的观点"。① 这就是说，虽然政治观点是世界观的重要组成部分，但两者并非一回事，这是其一。其二，政治观点同作家对生活进程、社会现实关系的理解和艺术的揭示之间，有可能存在着矛盾。所以恩格斯指出巴尔扎克的两个"看到了"，即"看到了"在当时唯一能代表法国未来的真正的人（30年代的共和党人），"看到了"自己心爱的贵族的灭亡。不仅如此，巴尔扎克还以一个现实主义作家的艺术勇气，将这两个"看到了"艺术地表现在他的巨著《人间喜剧》里。这就是恩格斯所说的，巴尔扎克的现实主义战胜了他的阶级同情和政治偏见，"现实主义甚至可以违背作者的见解而表露出来"。这样的例子，在古典作家那里屡见不鲜，不承认这种矛盾，显然不妥。然而把这种矛盾说成是世界观和方法之间的矛盾，其迷误恰恰在于将世界观和政治观点相提并论。其三，应该看到，巴尔扎克的世界观存在矛盾。这种矛盾表现在他描写上流社会的贵族生活时，既有尖刻的嘲笑和辛辣的讽刺，又有"一曲无尽的挽歌"之情，甚至在《乡村医生》等小说里，政治的偏见有时还占着上风。法捷耶夫对此说得好，不是现实主义方法违背了世界观，不是世界观在艺术创作中毫无意义可言，即使对一个天才的艺术家来说，"世界观的缺陷当然不会不留痕迹，而是反映在他们的艺术方法里。如果巴尔扎克更充分地、以更大的历史正确性来了解他所写的东西的真正内容，那就会使他的天才作品摆脱许多艺术上的不和谐，就会更不可计量地提高他对我们的意义"。②

托尔斯泰也是一样。当有人说到托尔斯泰的现实主义违背了他的世界观，即"托尔斯泰的世界观是反动的"时候，一些学者便援引列宁论托尔斯泰的那组文章加以反驳，认为托尔斯泰的世界观不完全是反动的，它前

---

① 卢卡契：《托尔斯泰与现实主义的发展》，《现实主义的历史》，苏联文学出版社1939年版，第236页。

② 法捷耶夫：《社会主义现实主义》（1932），见《苏联作家论社会主义现实主义》，人民文学出版社1960年版，第84页。

后有了变化和发展,在80年代托尔斯泰同贵族地主的"一切传统观点决裂",而成为俄国千百万农民在俄国资产阶级革命到来的时候所具有的思想和情绪的表现者,其世界观的矛盾十分显著。这种矛盾在作品中的表现:一方面是最清醒的现实主义,撕掉所有一切的假面具;另一方面是鼓吹宗教等。可见,列宁从不把作为思想家的托尔斯泰和艺术家的托尔斯泰分割开来或对立起来。因此,塔马尔钦科正确指出:巴尔扎克和托尔斯泰的现实主义创作的特点和复杂性,不在于世界观和创作方法之间的矛盾,而在于世界观本身的内在矛盾。这是一个很有价值的思想,已为很多人所接受。其中,努西诺夫的观点最为别具一格,他认为巴尔扎克的问题"不是艺术方法和世界观之间的矛盾,而是巴尔扎克的艺术方法和世界观双方都存在着矛盾"。① 但是,这种看法在当时却几乎没有反响。

此外,卢卡契还认为伟大的艺术家的产生几乎要由客观现实本身来解释,或者说,真正的艺术家任何时候都不会歪曲真实和对真实保持沉默,而其原因就在于艺术家的才能和"真诚"。这种观点十分片面,因为作家的才能和真诚都不可能不同他的认识和世界观发生联系。尤金关于这个问题的论述,看来比较正确。他写道:"作为艺术作品的创造者的艺术家和以思维方式理解外部世界的艺术家—思想家,并不是两个不同和对立的主体","艺术创造过程是一个有感情和理智参与活动的有意识的过程"。②

虽然罗森塔尔、里夫希茨、卢卡契等的"违背论"十分错误,但他们还是发表了不少有意义的见解,不看到这一面也不对。里夫希茨曾说过:"如果认为艺术发展似乎与进步和教育成正比,那就错了";"进步的世界观和艺术的伟大是一致的,但最终是在社会主义生活制度上一致起来。在过去的历史上,这是一种以特殊的、最矛盾的形式来表现的"。③ 卢卡契也正确批评了这样一种观点,似乎"作家'不好的'一面和好的一面是完全对立的,他们不理解对立倾向相互作用的辩证关系"④ 等。

30年代的苏联文学思想取得了很多进展,但也存在着不少消极的和矛

---

① 努西诺夫:《社会主义现实主义与世界观和方法问题》,苏联《文学批评家》1934年第2期。
② 尤金:《列宁与文学批评》,苏联《文学批评家》1933年第1期。
③ 里夫希茨:《争论的实质何在?》,苏联《文学报》1940年第9期。
④ 卢卡契:《进步派论"现实主义"》,苏联《文学报》1940年第13期。

盾的东西。在对庸俗社会学的批评中，《文学批评家》杂志作出了一定贡献，其历史作用不能也不应该抹杀。在那些年月里，它发表了不少批评"拉普"错误理论的文章，以及阐述莱辛、狄德罗、康德、黑格尔和俄国革命民主主义者、普列汉诺夫的美学文章，开展了传统与革新、世界观与创作方法、现实主义与浪漫主义、阶级性与人民性、社会主义现实主义等一系列文学理论问题的讨论，所有这些都大大地推动和促进了苏联文学思想的发展。1938年12月15日《文学报》发表叶尔米洛夫的文章《说我国的文学"图解"文学对吗？——谈〈文学批评家〉的观点》，从此开始了一场涉及《文学批评家》杂志的立场、方向及其对苏联文学任务的看法的讨论。《文学批评家》并不示弱，反而批评叶尔米洛夫为"图解"文学辩护，并且同《文学报》和《红色处女地》杂志展开激烈论战。尽管《文学批评家》在评价苏联文学创作等若干问题上有时陷入片面性，有缺点和错误，但在讨论中把它说成是在反庸俗社会学的幌子下宣扬敌对观点、曲解马列主义、企图毁灭艺术，以致成了"一个特殊派别（几个主要撰稿人）的工具"，却是以偏概全、言过其实。1940年联共（布）中央作出决定，责令《文学批评家》杂志停刊。从1940—1956年这十余年里，苏联没有一个文学理论与批评的专门刊物，这不是一种正常现象。更为严重的是，一批文艺家和作家由于学术上和艺术上的问题而受到政治上的无情批判，直至被逮捕、被流放和被镇压，如巴别尔、柯尔卓夫、扎鲍洛茨基等，他们中大多数在50年代中期恢复了名誉；此外，像布尔加科夫、普拉东诺夫等的一些重要作品也被打入冷宫，禁止出版。这些做法给文学和文艺学的发展带来了许多损失和困难，并且助长了后来的教条主义、简单化、以行政命令手段干预文艺之风的盛行。

八

正当苏联人民把社会主义事业向前推进的时候，1941年6月22日德国法西斯对苏联发动了闪电般的突然袭击，企图一举消灭世界上第一个社会主义国家。苏联人民没有屈服，他们同心同德，与德国法西斯展开了英勇的斗争。

从卫国战争最初时日起，苏联作家在报刊上所发出的鼓舞人民、反抗侵略的声音，响彻了苏联的辽阔大地。他们继承了苏联文学的革命传统，循着战争发展进程，写下了许许多多可歌可泣、富于艺术魅力的优秀作品，像世界永远不会忘记苏联红军和苏联人民为第二次世界大战的胜利所付出的沉重代价一样，世界也永远不会忘记卫国战争时期的苏联文学的那些优秀作品的历史功绩。卫国战争时期的苏联文学之所以能够取得如此巨大成就，主要在于它深刻而全面的真实性。特别值得指出的是，与战前已显露端倪的"无冲突论"粉饰倾向不同，卫国战争时期的苏联文学并不回避现实中的困难与缺点，即使在大敌当前，兵临城下这样险恶的条件下，仍然能够忠于生活，对于人民内部的矛盾和问题，该揭露该否定的就揭露、就否定。反之，也是一样。柯涅楚克的剧本《前线》（1942）就是这样一部充满了批判性的代表作，它在苏联文学的发展史上占有十分重要的地位。而当时围绕这个剧本展开的争论，对于理解社会主义文学的思想原则和美学原则，很有意义和教益；它在苏联文学批评史上也占有一个十分重要的地位。剧本《前线》在《真理报》发表后，不少人认为在法西斯军队扑向伏尔加河和高加索的严峻日子里，刊登这样一部无情揭露某些红军将领缺乏现代军事技术知识、固步自封、刚愎自用、瞎指挥等一系列缺点的作品"绝对有害"。1942年9月29日《真理报》编辑部文章对此作了回答，认为剧本"成功的源泉在于艺术形象的真实和生命力，在于描写的正直和勇敢"，并肯定它的发表是苏联最伟大的力量的证明，"因为只有对未来和胜利充满信心的军队，才能如此直率和尖锐地揭露自己的缺点，以便迅速纠正它"。

"二战"结束后，苏联进入了社会发展的新时期，全体人民为实现恢复和发展国民经济新的五年计划（1946—1950）而奋斗。作为动员和教育人民参加战后重建工作的武器之一的文学与艺术的作用，日见增长。由于在战争期间有几千万苏联人曾经生活在德国法西斯的敌占区里，有几百万被驱赶到德国的苏联人和苏联战俘返回祖国不久，有相当一部分苏联军队曾经驻扎在资本主义国家，也由于战后帝国主义国家对社会主义苏联加紧实行"冷战"政策，加上"二战"结束不久苏联文学中的确出现了一些落后于生活的严重现象，在这种情况下，一般来说加强社会主义的政治思想工作是必要的，问题是采取什么方式来加强政治思想工作。特别是对待文艺领域中的问题，应该根据其特点采取引导、讨论和争鸣的方式，而不能采取简单、粗暴的行政方式。从 1946—1949 年，联共（布）中央在为加强文艺的思想性与艺术性而斗争的口号下，就文学、音乐、电影和戏剧的现状及其发展作出了一系列决议：《关于〈星〉和〈列宁格勒〉杂志》（1946 年 8 月 14 日）、《关于剧场上演节目及其改进办法》（1946 年 8 月 26 日）、《关于影片〈灿烂的生活〉》（1946 年 9 月 4 日）、《关于穆拉杰里的歌剧〈伟大的友谊〉》（1948 年 2 月 10 日）、《关于〈鳄鱼〉杂志》（1948 年 9 月 11 日）、《关于〈旗〉杂志》（1949 年 1 月 11 日）等。联共（布）中央主管意识形态的领导人日丹诺夫还就其中的某些决定作了专门的讲话或报告，如《关于〈星〉和〈列宁格勒〉两杂志的报告》、《在联共（布）中央召开的苏联音乐工作者会议上的发言》等。1946 年 9 月 4 日，苏联作家协会理事会主席团作出决定：解除吉洪诺夫苏联作家协会主席的职务，改组《星》杂志的编委会，勒令《列宁格勒》杂志停刊，开除左琴科和阿赫玛托娃苏联作家协会会籍，并停止刊登他们的作品。

总的来说，联共（布）中央的这些决议及日丹诺夫的讲话或报告，并没有经受住时间和实践的考验。这表现在对战后初期文艺形势中的消极面的估计过于严重，对刚刚经历了战争考验的文艺队伍的素质的认识过于片面；特别是违反了文艺特点和混淆了矛盾的性质，以简单粗暴和行政命令的方式来对待文艺中的思想问题和是非问题，这就同 1925 年党关于文艺问题的决议形成了鲜明的对照。首先，对非党作家左琴科和阿赫玛托娃所作的那种无限上纲的狂风暴雨式的批判，直至把他们开除出作家协会，停止刊登他们的作品等做法，就是最典型的实例。而战后初期文艺领域的这场声势浩大的批判运动，正是从批判他们开始，并且把他们当作文艺界的资产阶级主要代表人物来声讨，其做法明显错误，影响极坏。

毫无疑义，对左琴科的创作或其他作家的创作开展正常的批评和讨论，完全应该，但断定他的作品"与苏联文学背道而驰"，"早就专门写作空洞的，无内容的和庸俗的东西，专门鼓吹庸俗的无思想性和不问政治的习气，想这样来迷误我们的青年，毒害他们的意识"；断定他是"文学无赖和渣滓"、"过去和现在都不欢迎苏维埃制度"、"过去和现在对苏联文学都是歧视的和敌对的",则完全是不实之词。左琴科作为一位有才华的幽默讽刺作家,他的作品得以在二三十年代广为流传,而且在1939年还获得红旗勋章,并非偶然。在苏联文学中他应该占有自己的一席之地。至于阿赫玛托娃,虽然她的生活和创作道路复杂,但不应该忘记她在卫国战争时期也曾写了不少讴歌人民、祖国、正义的诗篇。不看她的诗歌发展,不看她的全部创作,抓住某些缺点与弱点,就任意地宣布她是与苏联人民"背道而驰的空洞的无思想的诗歌的典型代表者",是"混含着污秽和祷告的荡妇和尼姑",那就有失客观和公允。其次,对于艺术中的探索,即使是不成熟的或失败的探索,也不应该提到政治问题上来,斥之为反人民的形式主义、现代颓废的资产阶级思想体系的残余和反现实主义的现代主义。何况当时的实际情况并非如此。这种随便扣帽子和无视艺术领域的探索与革新的做法,在音乐领域里表现得尤为突出,像肖斯塔科维奇、普罗柯菲耶夫、哈恰都梁、塞巴林等一批勇于探索和革新的苏联著名作曲家,都被指责为"反人民的形式主义流派的代表者"。在文学研究领域里也一样,像日尔蒙斯基、艾亨巴乌姆、托马舍夫斯基等一批苏联著名学者及其著作,继续受到批判和否定,而且这种批判和否定比20年代更加严厉,认为他们"一直站在形式主义和唯美主义的立场上",接受19世纪俄国维谢洛夫斯基的资产阶级文艺学的"指导"。与此同时,文学的比较方法也被宣布为资产阶级的唯心主义。其实,以"诗语研究会"为代表的苏联形式主义学派,尽管在现实与艺术的关系等问题上有缺点有错误,但是他们在艺术形式的探索中所提供的某些合理之处,在诗学研究中所发表的某些真知灼见,绝对不能加以抹杀。俄国比较文学之父维谢洛夫斯基及其著作,也不应该加以抛弃。正是这种全盘否定的做法导致苏联文艺学在此后的二三十年里,几乎中断了对诗学和比较文学的必要探讨。最后,特别是在日丹诺夫关于文艺问题的那些讲话中,由于过分强调苏联文学是"世界上最先进的文学",由于过分强调苏联文学是"反映着一种比任何资产阶级民主制度更高的制度、一种比资产阶级文化更高许多倍的文化,它就有权利以一种新的具有全人类意义的道德来教导别人",因此对西方资产阶级文艺就不可能作出全面的、实事求是的分析,看不到在资本主义社会中两种文化的并存和发展,其结果便把整个西方资产阶级文艺都说成"充满着恶棍、歌女、对一切冒险家与骗子的通奸和奇遇的赞颂"。对西方文艺现状作这种分析和估计，必然导致对它的大扫除，必然使苏联文学孤立于世界文学发展的进程之外，看不到外国文学中那些有意义和有价值的东西，同时也必然会对那些注意吸收和借鉴外国艺术的苏联作家和艺术家，采取一概否定的态度。这两者相辅相成。所谓"崇拜西方文化"这项大帽子，在很多方面同对西方资产阶级文艺的这种随心所欲的分析和估计，是分不开的。

毋庸讳言，联共（布）中央关于文艺问题的一系列决议，以及日丹诺夫的多次讲话和在它们的影响下发表的那些不尊重客观事实的文章，其消极影响十分明显：妨碍了文学家和批评家的主动性、积极性和创造性的发挥，助长了文艺创作的"无冲突论"和粉饰倾向的发展，并且给文艺创作和文艺批评与理论设置了不少人为的禁区和清规戒律。然而，生活对那些走过头的东西，迟早是要加以纠正的。没有多久，左琴科和阿赫玛托娃的作品已被刊登在苏联的报刊上。1958年5月28日，苏共中央作出《关于纠正歌剧〈伟大的友谊〉、〈波格丹·赫美尔尼茨基〉和〈全心全意〉的评价中的错误》的决议（1988年10月20日苏共中央政治局又作出撤销《关于〈星〉和〈列宁格勒〉杂志》的决议）。虽然对其他的决议，苏共中央长期没有发表新决议加以纠正，但是它们的那些错误内容、夸大之处和片面性，实际上早就被实践所否定了。

九

1948年12月，苏联作家协会理事会及其关于苏联戏剧和电影的决议，对形式主义的批判再度升级，从1949年起，苏联把反对形式主义和反对崇拜西方资产阶级文化的斗争推向了高潮，这就是那场声势浩大的反世界主义的斗争。这场斗争从揭穿一个所谓反爱国主义的剧评家集团发难。1949年1月和2月，苏联《真理报》、《文化与生活报》和《文学报》相继发表社论或编辑部文章：《关于一个反爱国主义剧评家集团》、《站在异己的立场上——关于反爱国主义剧评家集团的阴谋》、《彻底揭穿反爱国主义剧评家集团》，宣布苏联戏剧批评家尤佐夫斯基、古尔维奇、鲍尔夏戈夫斯基、鲍亚吉耶夫、马柳金、瓦尔夏夫斯基、阿尔特曼、霍洛多夫等一二十人是崇洋媚外的世界主义者,指责他们染上了资产阶级颓废思想,破坏了苏联剧作家的声誉,攻击了苏联剧作家所代表的正确方向,并且声言苏联《艺术报》和《戏剧》杂志已经成了"唯美主义批评家和形式主义者的论坛"。在这些社论和编辑部文章之后,苏联报刊连篇累牍地发表文章,对他们大张挞伐。这是前几年已经开始的那场对左琴科和阿赫玛托娃无限上纲的文艺批判运动的继续与发展。

其实,问题根本没有那么严重,更说不上有一个与苏联戏剧方向背道而驰的反爱国主义剧评家集团的存在。尤佐夫斯基、古尔维奇等对一些剧作(如《伟大力量》、《我们的粮食》、《绿街》、《莫斯科性格》、《马卡尔·杜勃拉瓦》等)发表不同看法,指出它们在艺术上不成熟和有缺点,即使他们的批评偏了或错了,也不是一个涉及反对苏联戏剧方向的问题,更谈不上是一个反爱国主义的政治问题。何况这些剧作本身远非尽善尽美,有的甚至还和当时盛行的粉饰倾向、"无冲突论"思潮密切相联。再说,对那种标榜自己的祖国一切皆好的"爱国主义"进行批评,并不就是反爱国主义的行为,相反,它倒可能是真正的爱国主义。至于他们提出的艺术技巧问题,要向拉辛、莫里哀、莎士比亚的剧作学习与借鉴的问题,说不上他们"企图阻碍苏联戏剧艺术的顺利发展和强迫苏联剧作家接受反人民的、资产阶级的、唯美主义的规范",说不上他们对"西方作家和西方剧场的顶礼膜拜"。相反,这些问题倒是那个时候苏联戏剧所忽视的和不屑一顾的紧迫问题。至于他们研究俄罗斯古典剧作家的作品与外国剧作家的作品的相似之处和相互影响,绝不是要以此"否定俄罗斯艺术的独特性"。像尤佐夫斯基这样一位专门研究高尔基戏剧的评论家,他对高尔基的戏剧曾作过许多很好的评论,如果因为他说过尼尔是高尔基笔下一个并不完美的人物,其形象由于在剧本中掺杂了政论而被破坏,就断定他在"攻击伟大的高尔基",这未免太过分。也不能认为,尤佐夫斯基说过梅耶荷尔德比莫斯科艺术剧院上演的果戈理的戏好,就认定他为"完全依赖堕落的颓废的西方剧场的梅耶荷尔德辩护",或实际上在"继续反对社会主义现实主义的斗争"。今天已经清楚,梅耶荷尔德不仅不是苏联社会主义戏剧艺术的离经叛道者,相反是一位对苏联戏剧发展作过不少艺术探索的革新家,尽管他像这个领域中的一切探索者一样,不可能没有缺点或失误。

在揭穿所谓反爱国主义剧评家集团及其世界主义的反动立场的同时,苏联还展开了对文学、电影、音乐、美术、文艺学等领域的世界主义的批判,而且找出了一批世界主义的代表人物,如文学理论中"修正"社会主义现实主义的世界主义者别里克,文学批评中反爱国主义集团的"独特领袖",苏联作家协会理事会前书记苏鲍茨基等。这种批判后来还扩大到了生物学和哲学等领域,一时间弄得世界主义的帽子满天飞。拿生物学来说,凡是怀疑和反对李森科学说的,凡是赞成遗传学的,就是门德尔—摩尔根分子、反爱国主义的世界主义者。这种教训再一次证明,科学和艺术领域中的是非和争论,采取行政干预和批判运动的方式解决不了任何问题,只有自由的、平等的学术讨论和争鸣,才是唯一能够推动科学发展和文艺繁荣的方式和途径。此外,这场反对世界主义的运动也从反面证明了,在当今世界上,一个国家或一个民族的文艺发展的自给自足时代已经一去不复返,这正如马克思所指出的:"一个民族应该而且必须向其他民族学习。"同样,一个民族的文艺,即使是社会主义国家的文艺,也应该而且必须向其他民族的文艺学习。40年代末苏联开展的反世界主义运动,其致命伤就在于忽视或抹杀了这一点,似乎苏联的社会主义文艺是世界上最先进的文艺,它无须再向其他国家的文艺学习,只有其他国家的文艺向它学习;似乎西方的文化都是资产阶级的文化,似乎西方的大作家都不过是艺术领域中的资产阶级辩护士,似乎只有批判西方文化才是它的唯一任务。不仅如此,那个时候甚至连各国文学的比较研究,各国文学的相互联系和相互影响的研究,都被视为世界主义的影响而加以否定。显然这是一种似是而非的形而上学的观点和做法。不应忘记,列宁在苏联建国初期对无产阶级文化派的批评中已经指出,无产阶级文化不是从天上掉下来的,它不仅应该吸收和借鉴过去时代的优秀文化,而且应该吸收和借鉴当代各国的优秀文化。这是发展社会主义文化的真正必由之路。

十

在"二战"后初期的苏联文学理论和批评领域里，由于整个文艺界缺少一种自由、活跃的探讨气氛，几乎没有提出新的拓展性的理论问题，因此，很难说有什么新建树。相反，转述、重复和阐释联共（布）中央的决议和日丹诺夫的讲话的论点，却成了这个时期司空见惯的普遍现象（如对"阿克梅"派、"谢拉皮翁兄弟"等团体的片面批判等）。在这方面值得一提的和具有新意的，也许只有法捷耶夫的《文学批评的任务》（1947）、塔拉宪科夫的《在社会主义现实主义道路上的苏联文学》（1948）和莫蒂辽娃的《论社会主义现实主义的肯定和批判的原则》（1947）等少数文章，以及梅拉赫的专著《列宁和19世纪末20世纪初的俄国文学问题》（1947）。

法捷耶夫的文章就浪漫主义与社会主义现实主义的相互关系作了论述。他认为革命浪漫主义是社会主义现实主义所固有的原则，没有革命浪漫主义原则就没有社会主义现实主义。同时，他又指出，如果对一切落后的、僵化的东西不采取批判的原则，这个革命浪漫主义的原则是不可思议的，因为一个为理想而斗争的人，自然会最积极和最尖锐地批判一切妨碍实现他的理想的东西。这种在理论上明确地把革命浪漫主义的原则和批判的原则内在地和辩证地联系起来，并看作社会主义现实主义的不可分割的原则，很有见地，因为在苏联的文学理论和批评的活动中，为了肯定和歌颂就忘了否定和批判，为了否定和批判就忘了肯定和歌颂，这两种现象都时有发生，而其问题的症结就在于没有全面地理解这两者在生活中和艺术中的辩证关系。法捷耶夫从文学史的角度出发，还论述了旧现实主义中也存在着进步的浪漫主义原则的问题，如批判现实主义的代表人物巴尔扎克、狄更斯、马克·吐温，他们在自己的作品里往往体现了现实主义与浪漫主义这两种因素的综合，因此他们才能成为伟大的现实主义作家。然而法捷耶夫的文章在谈到19世纪中期以后的批判现实主义时，却把问题简单化了。在他看来，这个时期的批判现实主义抛弃了浪漫主义原则，因而走向了没落，特别是他认为20世纪的批判现实主义已经衰亡，这些观点既不符合事实，也站不住脚。实际情况是，20世纪批判现实主义在新的历史条件下仍在继续发展，并且出现了一大批闻名遐迩的作家，它并没有因为社会主义现实主义的形成和发展而从世界文坛上消失。但是，法捷耶夫在文章中指出的，颓废派（亦即现在所说的现代派）在文学形式的创造上是有成绩和一定贡献的，可以利用和改造其形式，使之去适应新的内容，并且认为苏联的文学理论和批评在文学形式问题上不表态、不应战，是一个极其重要的、本质性的缺点。他的这些看法在当时那种全盘否定现代派和忽视文学形式的一边倒的氛围中，应该说难能可贵。

塔拉宪科夫的文章也颇具特色，给苏联文学批评吹来了一股清风。他反对曲解革命浪漫主义原则，认为它是社会主义现实主义固有的重要特点，它和作家粉饰现实，抬高现实的倾向不能同日而语；他明确提出苏联艺术不需要"夸张的欺骗"，在社会主义现实主义的方法中，现实主义和浪漫主义的因素融化在一起，把它们分割开来或对立起来，都将是严重的错误。塔拉宪科夫对某些批评家的错误言论作了坦率批评，指出社会主义现实主义的卓越特点之一，是为苏联作家创作的不同艺术手法和风格的繁荣提供了最广泛的可能性，企图把社会主义现实主义变为文学教条的大杂烩，只能妨碍苏联艺术的成长；企图把社会主义现实主义变为某种"标准美学"，使作家一劳永逸地就获得某些固定的文学手法和方法，其本身就是错误的。社会主义现实主义方法的强有力，在于它没有把这些手法强加于作家。基于这一理解，塔拉宪科夫反对一些批评家对潘诺娃的中篇小说《克鲁日利哈》（1947）所作的指责，他们认为女作家在宣传一种个人和社会之间的矛盾无法解决的悲观思想，他们认为女作家屈服于客观主义；塔拉宪科夫反对一些批评家将巴巴耶夫斯基的长篇小说《金星英雄》（1947—1948）和潘诺娃的《克鲁日利哈》对立起来，似乎前者才真正地描写了"社会乐观主义哲学"的胜利。与此相反，他对《克鲁日利哈》作了肯定，认为它充满了自我批评的精神，揭露了主人公的缺点，体现了女作家对主人公的崇高的道德要求。同时，他也反对一些批评家对涅克拉索夫的中篇小说《在斯大林格勒战壕里》（1946）的责难，似乎作家是按照福楼拜的遗言"我们应该表现，但不做结论"在写作；他认为作家表现的是苏联普通人的形象，同那种毫无热情的客观主义毫无相同之处。更为重要的是，塔拉宪科夫不仅捍卫了这一两部小说，而且捍卫了社会主义现实主义艺术的多样化和作家的创作个性这些美学原则，并且在一定程度上批评了日益发展的粉饰现实的倾向和"无冲突论"的思潮。在那些年代，苏联批评界崇尚英雄主义地、浪漫主义地表现生活的作品，而对具体地表现战争生活与和平生活中的平凡事件的作品，经常采取一种评头论足的指责态度，说它们犯了客观主义、自然主义的错误。不仅如此，40年代末关于马雅可夫斯基创作的讨论中，也出现了类似的情况，似乎苏联诗歌的真正革新只有继承马雅可夫斯基诗歌的形式特点，除马雅可夫斯基的诗歌流派以外，似乎再也没有其他优秀的诗歌流派了。这种把艺术的表现形式定于一尊、归于一统的简单化做法，只能使苏联的社会主义艺术贫乏化，并且使那些不符合这种教条主义标准的作品，遭到非议和批判，最后被打成社会主义现实主义文学的异端。此外，塔拉宪科夫对《十月》杂志关于社会主义现实主义讨论中的许多具有烦琐哲学性质的议论，也提出了及时的和公正的批评，如忠于社会主义现实主义的作家应该写什么和不应该写什么；苏联艺术家应该表现每个人物身上的新与旧的斗争；把资本主义的残余思想具体化在一个人物身上，把社会主义思想的胚胎具体化在另一个人身上，让他们发生冲突，最后便是社会主义思想的胚胎获得胜利等。

梅拉赫的专著是战后初期苏联马克思列宁主义文艺学中一部很有价值的和严肃的研究著作。作者运用大量材料，通过对19世纪末20世纪初俄国文学的复杂斗争的描述，较为准确和系统地阐明了今天人们所熟悉的那些列宁关于文学和美学问题的重要见解。

莫蒂辽娃在文章中，对卢卡舍维奇的短篇小说《去年的夏天》、涅多戈诺夫的长诗《农庄委员会上空的旗子》和格里巴乔夫的长诗《"布尔什维克"农庄》以及巴巴耶夫斯基的长篇小说《金星英雄》里表现的那种甜甜蜜蜜的、田园式的风味和虚假的浪漫色彩，提出了批评；认为巴巴耶夫斯基在作品中没有表现出批判的勇气，因而作家对生活的肯定是软弱无力的；她认为作家缓和了现实中的真正矛盾，因而使作品主人公的内心世界显得十分贫乏；她指出，柯涅楚克在战争期间提出了一个重要的生活问题，创造了一个在主观上完全忠于苏维埃政权而落后于历史发展、给人民事业带来损害的人，他第一个揭示的这种冲突已远远地超出了战争题材的范围。人们需要作家以今天的素材深刻而真实地揭示冲突。莫蒂辽娃的这篇直接要求写冲突的文章，同当时的"无冲突论"的大合唱形成鲜明对照。

然而，苏联文学理论和文学批评中的庸俗社会学和教条主义倾向，并没有因为法捷耶夫等的文章及梅拉赫的专著的发表而发生转折。50年代初这种倾向还得到了进一步发展。其中最典型的是别里克的《关于文艺学中的一些错误》（1950）和古尔维奇的《正面榜样的力量》（1951）这两篇文章。

别里克的文章原来企图批评叶戈林等的著作中的"错误"，但实际上他自己却站到了错误的立场上去了。他对列宁的《党的组织与党的文学》作了不正确的理解，把十月革命前的党员作家和非党作家这些概念继续运用到苏联的文艺生活中来，认为今天的苏联作家似乎只有加入党的组织，成为具有党性的人，才能掌握社会主义现实主义的方法，而且还直言不讳地声称："社会主义现实主义也就是党的艺术创作的方法，即认识和改造现实的特殊形式。"显然这是十几年前"拉普"所曾经使用过的那种语言。它不仅歪曲了1934年第一次全苏作家代表大会所通过的那个关于社会主义现实主义的表述，而且把创作方法这一广泛概念庸俗化和简单化。社会主义现实主义作为苏联文学的创作方法之一，是苏联作家的创作方法，并不是党的艺术创作方法。至于别里克把苏联作家分为"符合"新的艺术创作规律和"不符合"新的艺术创作规律这两种人，同样是有害于苏联文学事业的宗派做法。关于文学与生活、艺术真实与生活真实的关系，别里克的理解也是错误的。他认为"应该把共产主义新生活的萌芽，在它还没有在现实中牢固地生根以前，就作为已经胜利的成熟的生活现象来反映"。这种离开生活土壤表现共产主义理想的主张，恰恰是那个时候"无冲突论"的粉饰现实思潮得以泛滥的理论根据之一。别里克对古典作家和古典遗产的看法也不正确。在他看来，"过去的现实主义艺术家是静观地反映现实"，对生活的描写缺乏热情，要想在契诃夫以及列夫·托尔斯泰的作品中找到革命运动的反映，"这是白费心机"。其实列宁在论列夫·托尔斯泰的那组文章中已经说明，为什么他是俄国革命的一面镜子，为什么在他的笔下会激荡着伟大人民的海洋，并且已经驳斥对待托尔斯泰现实主义的那些简单化的、庸俗社会学的观点。

古尔维奇的文章在对待古典文学遗产方面，犯了类似别里克的错误。他认为俄国古典作家没有创造出具有正面榜样力量的完美人物形象，而且常常是在一种歪曲的形式中描写新主人公的某些特点。车尔尼雪夫斯基的小说《怎么办？》中的拉赫美托夫"不仅是个无足轻重的人物，而且是个杜撰的人物……他没有参加行动，也就是说，没有参加生活本身的运动"。如果俄国文学中尚存在一些"无可争议的正面形象"，那只有妇女形象是一些例外。然而妇女形象的优点也仅仅体现在爱情的领域里。古尔维奇的虚无主义立场还表现在对待苏联文学的态度上。按他的意见，整个苏联文学中值得一提的只有阿扎耶夫的长篇小说《远离莫斯科的地方》，只有它的主人公称得上是时代的正面形象。

这两篇充满"拉普"气味的文章发表后，立即受到文艺界的严肃批判。《真理报》、《文学与生活报》、《文学报》等报刊相继发表了《反对文学批评的庸俗化》、《关于"拉普"的再现》等社论，指出这是两篇有害的、混乱的文章，同布尔什维克的文学批评没有任何共同之处；盛气凌人、毫无根据的指责、鼓吹宗派主义，这是"拉普"的批评方法。这些批评自然都是正确的，但应该看到这两篇文章的出现并非偶然，它们是这个时期庸俗社会学、教条主义、简单化和行政干涉作风这一密林中生长出来的苦果，或者说，它们是上述弊端的一种合乎逻辑的发展。这个时期苏联文学批评的理论水平和分析水平的降低，曾经引起《真理报》的关注，如1949年8月7日和8月17日，它分别发表了两篇社论：《为高度的思想性和艺术技巧而斗争》和《更加提高文学批评水平》。社论指出，苏联文学批评存在着一些根本性的缺点，很多批评家对生活了解不够，局限于简单地转述被分析作品的内容和指出其思想倾向，而经常忽视艺术技巧问题。社论特别提到《文学报》的两篇评述1948年苏联散文和诗歌的文章，批评它们是根据一个模子炮制出来的，只是列举一批苏联作家的作品，不作任何实质性的分析，间或赞扬一两句，间或抽象议论一下就完了。它们看不到作品的任何缺点，似乎所有的作家和诗人都具有同样的才华，都是同样深刻的语言艺术家,都是同样地在认识生活。然而《真理报》社论仅仅从提高文学的批评水平和重视作家的艺术技巧入手,不去涉及那些导致文艺生活氛围不正常的根本问题,显然很难改变文学理论和批评的落后状况。而历史正是这样表明的。

(原载《苏联文学史》第 2 卷,中国社会科学出版社 1994 年版)

苏联文学思潮与文论之二(1953—1967)

一

文学的变化与社会的变化从来紧密相连。当代苏联文学进程与当代苏联社会进程，同以下一系列重大事件分不开：1953年3月5日斯大林逝世；1953年9月苏共中央举行全会，讨论苏联农业的落后与困难，作出了《关于进一步发展苏联农业措施》的决议，赫鲁晓夫在全会上被选为苏共中央第一书记；1953年8月《共产党人》杂志（第12期）和10月1日《文学报》分别发表编辑部文章《人民是历史的创造者》与社论《孜孜不倦地掌握马克思列宁主义理论》，首次抨击"个人崇拜的危害"和"唯心主义的个人崇拜理论的流行"；1954年12月第二次全苏作家代表大会在莫斯科举行（这次代表大会距第一次代表大会已整整二十年）；1968年2月苏共举行第二十次代表大会，赫鲁晓夫在"总结报告"中提出"两个体系的和平共处"、"现代防止战争的可能性"、"不同的国家向社会主义过渡的形式"及反对"个人崇拜"等重大问题，并作出了相应的决议。随着苏联社会生活中发生的急剧而重要的变化，苏联文学在思想内容或审美原则方面也相应发生变化。从50年代中期起，苏联文学进入了其历史发展的新时期。

然而，任何文学中的历史性转折都不会突然发生，总要有一个酝酿、准备、渐变的过程。苏联文学新时期的到来，显然与反对"无冲突论"思潮相关。

"无冲突论"思潮由来已久，并非始于战后年代。1941年1月31日，苏联作家巴甫连柯、列文在苏联作家协会党组举行的一次公开会议上，曾指出苏联文学中存在着"无冲突论"的倾向："冲突消失了，它已被偶然的和暂时的误会所代替"，"在我们这里开始形成了一种无冲突的特殊理论，把生活看得如同呼吸一般轻松，冲突变成了陈迹"，作家"害怕描写某些反面的，有害的和有罪的东西"。① 苏联卫国战争爆发后，作家或用枪或用笔，或两者同时并用，参加了反法西斯侵略者的斗争。在这种血与火的历史条件下，当然不会有"无冲突论"思潮的市场。但随着战争的结束与和平生活的到来，停息了几年的"无冲突论"之风，又重新刮了起来，而且越刮越烈。

苏联文学进程中"无冲突论"思潮的产生，显然不像后来所追究的那样简单：谁是它的领唱人？谁是它的伴唱者？而是有着社会、理论和文艺发展本身等多方面的深刻原因。自 1936 年苏联宣布消灭阶级、消灭人剥削人的现象，"进入完成社会主义社会建设并逐渐过渡到以'各尽所能，按需分配'的共产主义原则为社会生活准则的共产主义社会的时期"②后，报刊上经常宣传苏维埃人在政治上和道义上完全一致，在社会主义制度下生产关系与生产力的性质"完全适合"等既不符合马克思主义又不符合生活实际的观点，特别是在社会主义社会矛盾问题的论述上出现了极端的"理论"，例如 1940 年《在马克思主义旗帜下》杂志，曾连续发表文章，断言"在社会主义条件下不存在对抗性和非对抗性的矛盾"，"不存在前进的矛盾"，"矛盾和冲突的可能性被排除了"等。这同马克思、恩格斯的唯物辩证法，同列宁关于社会主义是一个相当长的历史阶段，以及在这个阶段里"不能不是衰亡着的资本主义与生长着的共产主义彼此斗争的时期"的理论，格格不入。30 年代中期以后，虽然在资本主义世界包围的条件下，在一国的范围内，苏联在社会主义改造和社会主义建设方面所取得的成就不容置疑，虽然苏联的社会主义实践在不太长的历史时间里就显示出了社会主义制度的优越性，但所有这些并没有使苏联社会的非对抗性矛盾和冲突不复存在，也未能使苏联在思想领域内的阶级斗争归于熄灭。历史对此已经作出了结论。与这种否定矛盾和冲突的社会思潮和哲学

---

① 《文学报》1941 年 2 月 4 日关于苏联作协党组会议的报道。
② 《联共（布）党史简明教程》，人民出版社 1975 年版，第 381 页。

思潮相呼应的是，"无冲突论"在苏联戏剧、小说、诗歌和评论中渐渐抬头，文艺和生活的"剪刀差"越来越大。很多作品不再去表现生活的矛盾和冲突，而且对现实的缺点与困难采取回避态度，似乎除"好"与"更好"的冲突之外，苏联社会中的其他冲突已经烟消云散。有的评论家甚至宣称："我国生活中的理想和现实达到了完全一致。""无冲突论"之所以能够广为流传，还同苏联文艺发展初期存在的某些似是而非的文艺观点紧密相连。十月革命后，文艺界有一种比较普遍的看法，认为社会主义文艺的基本原则同过去时代的文艺，特别是同19世纪批判现实主义文艺的基本原则尖锐对立：前者肯定现实、塑造正面主人公；后者否定现实、塑造反面主人公。直至50年代初，有些文章仍声称古典作家是"静观地反映现实"，不关心对生活的改造，没有创造出具有正面榜样力量的和充分价值的人物形象。文艺理论中的这种强烈对比原则，不仅把批判现实主义和社会主义现实主义之间的关系简单化，而且把肯定和批判、正面人物和反面人物的相互关系也简单化，随着"无冲突论"的日益发展，这种简单化的做法被推到了极限，竟然出现了像"节日文学"这样无视现实的天真口号。这无异于说，作家只应该表现生活中那些甜甜蜜蜜、歌舞升平的东西。战后初期那些表现"无冲突"的小说（如《金星英雄》和《光明普照大地》）及电影（如《幸福生活》），那些或仅仅围绕着是多生产布匹还是生产各色各样布匹的"冲突"的剧本（如《曙光照耀着莫斯科》），或描写某些因工艺细节而引起的"冲突"的剧本（如《莫斯科的女儿》），被当作反映生活真实和现实主导倾向的作品而加以肯定，并非偶然。作为"无冲突论"思潮的理论支柱，则是那个盛极一时的、特殊的典型说，即"典型是那些表现苏联社会的正面事物，反面事物绝不可能决定苏维埃的面貌"，或者说，反面事物是"社会主义社会一般情况下的个别现象，因而在苏联社会里是不典型的"。其结果，文艺作品不仅不去塑造反面形象，不把批判锋芒指向落后的和腐朽的事物，而且连幽默、讽刺、悲剧这样的形式和体裁也取消了，实际上它们的作者往往没有好的命运。甚至连戏剧应该描写冲突这样的常识性问题，也被斥之为"磨破了嘴皮的问题"，并认为这是苏联戏剧区别一切旧戏剧的"新气象"。这是一方面。另一方面，由于片面地强调写本质、写光明、写正面人物，因而导致抹杀生活本身发展的辩证法，使文艺创作越来越概念化，公式化，四平八稳，千篇一律。"无冲突论"给苏联文艺带来的种种弊端，正如后来特瓦尔多夫斯基在长诗《山外青山天外天》中所描绘的那样：

> 长篇小说事先已经写好；
> 挟着原稿上工地吃两口灰；
> 再用棍子捅捅混凝土；
> 把作品和生活作一番校对。
> 一转眼，第一卷已经脱稿，
> 里面是要啥有啥，面面俱到；
> 有革新了的砌砖操作法，
> 保守的副主任，先进的他和她；
> 有在成长过程中的主席；
> 和第一次试转的发动机；
> 有惊险的情节，有暴风雪；
> 有共产主义风格的老大爷；
> 有党小组长率领突击队；
> 有部长下车间，还有跳舞会……①

这表明，"无冲突论"已成为苏联文学发展的严重障碍，反对"无冲突论"已成为生活发展和文艺发展的客观需要。1952年4月7日，《真理报》发表了《克服戏剧创作的落后现象》的著名编辑部文章，对苏联戏剧及其他文艺领域中那个杜撰的"无冲突论"首次作出公开批评。该文指出，"无冲突的庸俗'理论'对创作非常有害"，那种认为在苏联"一切都好，都很理想，不存在任何冲突"，"全部问题都可归结为只有'好'与'更好'之间的冲突"，毫无根据。这因为在苏联建设者的道路上不仅"经常会碰到障碍和困难，会碰到各种冲突和生活上的重大矛盾"，而且"新旧事物的斗争往往会引起各种各样的生活冲突；没有冲突便没有生活，

---

① 特瓦尔多夫斯基：《山外青山天外天》，作家出版社1961年版，第61页。

大概也不会有艺术了"。针对"无冲突论"给文艺领域造成的粉饰现实的倾向，该文进一步认为："我们不应该害怕揭示缺点和困难。有毛病就应当医治。我们需要有果戈理和谢德林。"几个月之后，在1952年底召开的苏共第十九次代表大会上，苏共中央总结报告也无法回避严峻的生活现实，并且用了三分之一的篇幅对苏联社会生活中各个领域的缺点和弊病进行了严厉的批评，其语言之尖锐前所未有。它同时号召苏联文学家和艺术家"无情地抨击在社会中仍然存在的恶习、缺点和不健康的现象"，"大胆地表现生活的矛盾和冲突"，用果戈理和谢德林的讽刺烈火"把生活中的一切反面的、腐朽的和垂死的东西，一切阻碍进步的东西都烧毁"。总结报告特别对"无冲突论"的最富代表性的论点——典型说作了剖析："典型不仅仅是最常见的事物"，"典型绝不是某种统计的平均数"，典型"不仅仅是最普遍的、时常发生的和平常的现象"，"有意识地夸张和突出地刻画一个形象并不排斥典型性"。这实际上肯定了反面形象在苏联文艺创作中的应有地位及其教育作用。这种肯定对于拨开长期以来笼罩在典型问题上的迷雾，为创造丰富多彩的人物画廊，具有积极的意义。

在《真理报》编辑部文章和十九大总结报告之后，文艺界不仅恢复了30年代初针对"拉普"的"辩证唯物主义创作方法"而发的"写真实"口号，指出粉饰现实，害怕表现困难、缺点和矛盾，追求轻易虚假的冲突是拒绝生活真实和艺术真实的表现，并且提出"积极干预生活"的口号，认为作家对当代生活中一些尖锐的问题采取听之任之的漠不关心的态度，是同现实主义背道而驰的。"积极干预生活"口号的提出，同奥维奇金的特写《区里的日常生活》（1952）紧密相连。奥维奇金在特写里以一个真正艺术家的勇气，在战后第一个展示了农村的现实矛盾和冲突，抨击了官僚主义领导不关心生产，只执行上级命令，导致形成那种"人人回避，缄口不言"的局面。而"积极干预生活"这个口号，最初就是用来礼赞这篇作品的。"写真实"也好，"积极干预生活"也好，它们都要求文艺作品全面地描写生活，不回避生活的现实矛盾，值得肯定的就勇于肯定，应该否定的就勇于否定，目的在于推动生活的发展和艺术的发展。因此，这两个口号在当代苏联文学史上所起的积极作用，绝不能低估。

一年之后，1953年6月9日，《真理报》又发表了另一著名编辑部文章《克服文艺学中的落后现象》，对文学理论和文学批评中的落后现象提出批评。可以说，这篇文章是《克服戏剧创作的落后现象》的姐妹篇，也是它的继续与发展。该文指出："苏联舆论界反对虚假的无冲突论的言论，对苏联文艺学的发展具有重要的意义"，而且认为"文艺学的发展中还存在着许多严重的缺点，我们的文艺学家同生活的联系极为不够，他们的著作常常和当代生活的根本问题脱节"；"关于文学理论和马列主义美学问题的研究，尚处在令人极端不满的状态之中"，"文艺学和文学批评之间严重分离的现象还远远没有被克服过来。同理解艺术创作的本质和文学过程的规律性有关的那些基本理论问题，还研究得很不够。在许多著作中，连篇累牍地抄书、搬弄教条，翻来覆去地像书呆子那样背诵人所周知的真理，竟代替了创造性的研究。直到现在为止，否认艺术创作特点的庸俗社会学残余还时有发生"。①

事物总是在矛盾中前进。不能设想，"无冲突论"的问题一经提出之后，其影响就会荡然无存。事实表明，反"无冲突论"的过程，像任何事物的过程一样，其本身就是一个充满着各种各样冲突的复杂过程。拿苏共十九大的总结报告来说，虽然它正确指出了"无冲突论"的危害所在，并提出了克服粉饰现实倾向的途径，但在某些问题上，同时又陷入了庸俗社会学和教条主义的泥潭，例如总结报告中所提出的"典型问题在任何时候都是一个政治问题"，"典型是党性在现实主义艺术中表现的基本范围"等，就是一种昔日"无冲突论"思潮的余波。一个作家塑造什么样的典型和怎样塑造典型，自然要反映他本人的世界观、阶级立场和审美理想，但典型绝不是某种政治的传声筒和等价物，像维纳斯雕像这样一些文艺史上的著名作品，说不上表现了什么政治问题。艺术不能脱离政治，然而艺术并不等于政治，不是所有的艺术问题都同政治有关。这是文艺史所证明了的。至于现实主义艺术中的典型与党性的关系，同典型与政治的关系一样，两者既有联系又有区别，不能混为一谈。文艺作品中的概念化与公式化、文艺批评中的违反艺术规律的做法，同这些极端简单化的观点密切相关。与此相联系的，还有那个响亮的，似是而非的"理想人物"的提法。

---

① 《真理报》编辑部文章《克服文艺学中的落后现象》，《真理报》1953年6月9日。

"理想人物"这个术语,由中学女教师普罗托波波娃在1954年的一篇文章中首先提出。文章作者希望文学作品能给青少年提供更多仿效的榜样,这种用意是好的,无可指责。但这个提法本身却站不住脚。在她看来,苏联的"现实生活为作家塑造理想人物提供了无限的可能性","朝气蓬勃的人们正以永不满足的求知欲和一往直前的火热的进取心奔向人类光辉理想的境界——共产主义","塑造理想人物的形象目前已成为当代苏联文学带根本性的重大问题之一"。[1] 不言而喻,社会主义文艺应该揭示人们的理想,但写理想并不意味着塑造"理想人物",这在美学上是两回事。"理想人物"很容易被理解为一种完美无缺的人物,而人们在实际生活中并非都如此,即使是英雄人物,他们在生活中也都经历了自己的成长和发展的过程。作家应该描写"钢铁是怎样炼成的",而不是根据某个观念去铸造"理想人物"。苏联很多评论家指出"理想人物"的公式是企图复活"无冲突论",这不无道理。这是一种情况,或者说是一种倾向。

还有另一种情况,或者说另一种倾向:在"无冲突论"受到批判之后,过去文艺上的清规戒律和禁区开始受到冲击,文艺学领域内出现了不少新见解,可是这些新见解在理论上又往往伴随着某种新的片面性。如诗人别尔戈丽茨在《谈谈抒情诗》和《反对消灭抒情诗》[2]的文章中,以及在观点上同她相近的阿丽格尔的《与朋友的谈话》[3]的文章中,说了许多在艺术上颇有见地的话。她们指出:"无冲突论"与无个性论是"一对孪生姐妹",在一段时间里,许多诗人的抒情主人公没有个性,缺乏个人的生平经历,没有什么遭遇,常常"混淆个性与个人主义"的区别,甚至"连爱情诗也没有几个人敢写"。这个批评及时而准确。她们还提出:"抒情诗的主人公就是自己",诗人应该抒发"自己的思想和个人的感受"、"深刻的个性化的心情",这也是对的,并且在那个时候具有普遍的启迪意义。但是另一方面,她们却把诗人和作家可以而且应该表现"自我"这一点推向极端,认为文艺即"自我表现"。这就忽视了诗人或小说家反映现

---

[1] 普罗托波波娃:《正面人物的力量》,《共青团真理报》1954年7月13日。
[2] 《文学报》1953年4月16日和1954年10月23日。
[3] 《旗》1954年第6期。

实和反映时代的重要性和必要性。事实上，没有一部作品仅仅是表现自我而不表现自我以外的现实的。几年之后，鲁宁在《争论必须继续下去》和《争论的逻辑与艺术的逻辑》两篇文章①中，走得更远。在他看来，"自我表现"是"抒情诗中表现党性的唯一形式"，是"典型化的唯一方法"等。关于这个问题，法捷耶夫说得好："不但在抒情诗的领域里，而且在艺术创作的一切领域里，作家应该把自己、把自己的思想感情、把爱我们苏联人和恨我们的敌人、恨妨碍我们前进的一切保守和落后的东西的热情，完完全全放到认识和反映生活的事业里去。无论作家说什么，无论他反映哪一方面的生活，他应该把自己的经历放到一切中去。"② 同时，法捷耶夫建议别尔戈丽茨"放弃'自我表现'那个用语"，"用俄文说起来这个词没有意思，大概正因为如此，所以当年它曾被各式各样的颓废派利用过"。③ 爱伦堡在《谈谈作家的工作》一文里，说了一些行家的话，如不能把倾向性理解为"天真的、无力的偏袒"，"描绘世界不能光用黑白的两种颜色"，应该写"活生生的"人等，但他同时却片面地把文学的功能归为认识"人的内心世界"。④ 这个提法不仅同马克思主义的文艺理论相悖，而且同俄国革命民主主义者的文艺观点相距也很远。波麦兰采夫在《论文学的真诚》⑤ 一文中，对"无冲突论"的种种弊病作了有力的抨击，指出有些作品泛泛议论，公式化，缺乏激动人心的热情；有些作家不是从生活出发，而是"估价行情"，看风使舵；有些批评家为追随斯大林奖金的颁发而写文章，他们没有发现，他们的许多争论早已变成烦琐哲学等。但是，波麦兰采夫同时却指责一些苏联作家是不真诚的。他把文学领域中的弊病全归为"缺乏真诚"，则不免失之偏颇。他还认为"真诚"的程度，即作品的直率性是评价一部作品的首要标准。这在文学理论上更是不能成立的，因为判断一个作家真诚与否，不是根据他的主观愿望，而是根据作品的客观效果。真诚是作家不可缺少的条件，但即使一个作家在诚心

---

① 《新世界》1961年第1期和第8期。
② 《苏联人民的文学》（下册），人民文学出版社1956年版，第455页。
③ 同上书，第456页。
④ 《旗》1953年第10期。
⑤ 《新世界》1953年第12期。

诚意地写作，如果立场和观点不对头，他也会歪曲生活。因此真诚不可能成为文学批评的"首要标准"。继波麦兰采夫之后，《新世界》陆续刊登了阿勃拉莫夫的《战后散文作品中的集体农庄的人们》和里夫希茨的《莎吉娘的〈日记〉》，以及谢格洛夫评论契尔纳的长篇小说《斯涅金的歌剧》和列昂诺夫的长篇小说《俄罗斯森林》等文章。同波麦兰采夫的文章一样，这些文章有击中时弊的地方，但缺点不少，例如对过去农村题材的文学作品的成就估计不足，怀疑作家深入生活的必要性等。然而在1954年8月11日苏联作协主席团扩大会议上作出的决议里，它们都被说成"企图篡改苏联文学的基本原则"；《新世界》还被认为"有一种与党在文艺方面的指示相违反的路线"，它所持的立场是与党在1946—1948年关于文学、戏剧创作、剧场上演节目、电影、音乐问题的指示相矛盾的"。这些批评显然过了头。至于苏联作协主席团因此宣布解除特瓦尔多夫斯基杂志主编的职务，更是过去那套行政命令方法的继续。可是在一年多之后即1956年，特瓦尔多夫斯基又重新被委任为《新世界》的主编，并一直任职到1970年。这实际上是对这个决议的不适之词所作的纠正，同时也反映了苏联文学运动在转变过程中的复杂性和矛盾性。

二

1954年12月15至26日，在莫斯科召开第二次全苏作家代表大会，这是苏联作家盼望已久的一次盛会，也是苏联文艺生活中的重大事件。这次代表大会同1934年的第一次全苏作家代表大会相隔二十年之久，仅此而言，其意义就不容忽视。以周扬同志为首的我国作家代表团应邀出席大会，并在大会上致贺词。这次代表大会之所以重要，还在于它在苏联社会发展和苏联文艺发展的一个至关重要的时刻召开：苏联人民正在按照1953年9月苏共中央全会提出的号召："发掘我们工作中的缺点"、"暴露缺陷"，为进一步发展农业而斗争，苏联文艺界为了响应这次全会的号召，正在为恢复文学的批判功能和现实主义原则，把文艺领域中反对"无冲突论"的斗争引向深入。这表明，第二次全苏作家代表大会对于苏联文学的发展肩负着十分重大的、承上启下的历史使命。苏共中央致大会的祝词为这次大会规定了方向和目标。祝词一方面指出在第一次作家代表大会以后的年代里,"苏联文学获得了巨大的成就",另一方面认为"我们的文学还大大落后于蓬勃发展着的生活,落后于在政治上和文化上已经提高了的读者的要求"。为此,祝词要求代表大会"讨论一些最重要的创作问题,指出我们文学进一步向新的高峰前进的道路";要求苏联作家"深入研究现实","发现生活中的矛盾和冲突","积极干预生活","不仅要反映新事物,而且要尽力帮助新事物取得胜利",祝词的这一总的估计和总的精神,在作协第一书记苏尔科夫的总报告《苏联文学的现状和任务》中,以及在西蒙诺夫、武尔贡、柯涅楚克、格拉西莫夫、波列伏依、留里科夫、安托科利斯基和吉洪诺夫关于散文、诗歌、戏剧、电影剧本,少年儿童文学、文学批评、各民族文学的翻译和当代外国进步文学等补充报告中,都得到了不同程度的反映。

继续同"无冲突论"进行斗争和进一步发展社会主义现实主义创作方法,成了各个报告的中心内容和大会讨论的主题。与会者几乎一致指出,"无冲突论"和粉饰现实,忽视现实的复杂性、矛盾和阴暗面以及把许多只是希望中的东西冒充为实在的东西,与社会主义现实主义的原则毫无共同之处,作家必须接近生活和深入研究生活,绝不能对发展中的困难和矛盾沉默不言;取消冲突和以"误会"代替冲突等于置文学于死亡,应该大胆揭示生活中的矛盾和冲突,不要求在生活显出严峻甚至无情的情况时去缓和矛盾和冲突,但要求在丰功伟绩后面总看得见目标,在牺牲后面、在暂时失败的后面总看得见将来胜利的远景;社会主义现实主义美学应使艺术家有可能发挥创造的主动性,有可能按照个人的爱好和志趣来选择各种各样的形式、风格和体裁,并对它们进行大胆的探索,不能降低讽刺在思想上和美学上的作用;在统一的方向下,要允许具有各种不同特点的各种创作流派的并存,社会主义现实主义应该创造性地加以发展,不然苏联文学所面临的任务是不可能顺利地解决的。代表大会根据这些新的提法和"无冲突论"带来的种种消极影响,对1934年代表大会通过的《苏联作家协会章程》重新作了审视,社会主义现实主义表述中的后一部分被删去,即:"同时艺术描写的真实性和历史具体性必须与用社会主义精神从思想上改造和教育劳动人民的任务结合起来。"保留了前一部分:"社会主义现实主义作为苏联文学与苏联文学的基本方法，要求艺术家从现实的革命发展中真实地、历史地和具体地去描写现实。"① 当时西蒙诺夫在补充报告中提出删去的理由："好像真实性和历史具体性能够与这个任务结合，也能够不结合，换句话说，并不是任何的真实性和任何的具体历史性都能够为这个目标服务的，正是对定义的这种任意的了解，在战后时期在我们一部分作家和批评家的作品里特别经常地发生，他们借口现实要从发展的趋向来表现，力图'改善'现实。"② 作家代表大会根据苏联作家二十年来的创作实践，特别是根据"无冲突论"得以广为流行的严重教训，作出删去这段文字的决定是有好处的，这并不涉及社会主义现实主义的实质性问题和苏联文学离经叛道的问题，因为"社会主义现实主义"的修饰语"社会主义"本身，已经把新型的现实主义的革新实质包括进去。此外，这段文字的意思已经体现在《苏联作家协会章程》的第一条里："苏联作家用自己的艺术创作去积极地参加社会主义建设，凭着真实地描写无产阶级斗争的历史以及我国阶级斗争和社会主义建设的历史，凭着以社会主义精神教育广大劳动群众，来保卫工人阶级利益和巩固苏联。"③ 另一个重要修改，是社会主义现实主义的表述中的一段话，"要求艺术家从现实的革命发展中真实地、历史地和具体地去描写现实"。经过修改之后，其中"历史地和具体地"两个副词被删掉了，只保留了"真实地"这个副词。这个修改有些不妥，因为"真实地"描写现实，不只是现实主义所特有的原则，只有把"真实地"描写现实和"历史地与具体地"描写现实结合起来，才能揭示以反映现实关系和以社会分析为主要特色的现实主义方法的本质，才能把现实主义文艺同非现实主义文艺清晰地区别开来。所谓"历史地和具体地"，并不意味着必须模拟日常生活的细节、排斥艺术的假定性和浪漫的激情，因此，用不着担心"历史地和具体地"这两个副词会妨碍艺术表现手段的多样性。经过几年的实践，1959年召开的第三次全苏作家代表大会重新恢复了"历史地和具体地"这两个副词，并一直被保留

---

① 《苏联文学艺术问题》，人民文学出版社1959年版，第25页。
② 西蒙诺夫：《苏联散文发展的几个问题》，《苏联人民的文学》（上册），人民文学出版社1956年版，第84页。
③ 《苏联文学艺术问题》，人民文学出版社1959年版，第25页。

下来。

除了社会主义现实主义问题外，代表大会讨论得最热烈的问题是关于作品的主人公的塑造。大会的报告和发言几乎都指出，"理想人物"这个提法同苏联文学已经积累的经验是矛盾和对立的。苏联文学中许多优秀作品的主人公之所以塑造得很成功，并不是因为他们在一切表现上是"理想的"，而是因为作家揭示了他们在十分艰苦的生活中的全部复杂的辩证过程，创造"理想人物"就有以捏造"思想传声筒"和训诫式的说教来代替认识真实的现实生活的危险。同时有的发言还指出，最近几十年来在各个艺术部门发展了对伟人的偏爱，许多历史小说，特别是剧本和电影中，伟大的活动家，杰出的个人占了主要地位，相反，对人民群众在历史上的作用却揭示得不够，对伟人经常只从他在伟大的历史时刻所作的伟大决定和所完成的伟大事业中来表现，结果伟人往往变成了活的纪念碑，人们在伟人身上看不见人，看不见他为人的品质。这无论如何是同"个人崇拜"、片面了解社会主义现实主义艺术的任务有关的。苏联文学的主人公应当是那些站在时代生活中心的人——从事创造性劳动的人，普通的、同时身上却具有英雄气概的人，作家不仅要表现他们的劳动，而且要表现他们的爱情、友谊以及生活中的欢乐与困难，亦即"要多方面地表现人"，表现人的社会生活和个人生活。苏联作家在主人公问题上把目光从表现高、大、全的伟人及英雄人物和理想人物，转到表现普通人，主张揭示人的全部丰富性和复杂性，这不仅是苏联社会民主化进程的反映，也是苏联作家在"人学"观念和美学观念方面取得进展的标志。总之，从代表大会所讨论的这些迫切问题里可以看到，第二次全苏作家代表大会是业已开始的那个反对"无冲突论"、要求"积极干预生活"和"写真实"的文学过程的深化与发展，是苏联文学史上一次继往开来的大会，有的苏联作家和批评家把这次代表大会看作苏联文学"新时期的开始"，看作苏联文学发展中的"新的里程碑"，是完全可以理解的。

三

苏联文学生活的进一步活跃和苏联文学带有转折意义的变化，同 1956

年2月举行的苏共第二十次代表大会，同这次代表大会对苏联社会发展和国际形势有关的某些理论问题的重新阐述，同苏共中央1956年6月30日的《关于克服个人崇拜及其后果》的决议是分不开的。

苏共二十大的总结报告指出，苏联文艺"在许多方面仍然落后于生活"，"落后于现实"，某些文艺工作者"同实际生活联系得太差"，容忍"黯然无光、粗制滥造的作品"，未能给"平庸、虚假"以"应有的打击"，必须"反对对苏维埃现实的不真实的描写，反对粉饰现实的企图"。这同1954年第二次全苏作家代表大会提出的文艺的新任务，是相互衔接的。虽然前几年文艺界在克服"无冲突论"和粉饰现实倾向等方面做了不少工作，取得了不少成绩，但毕竟他们在视野上和客观条件上具有一定的局限性。只有从这个时候起，随着苏共二十大对"个人崇拜"及其在一切生活领域的影响的批判，随着长时间以来受到破坏的社会法制和社会生活准则的恢复，文艺的气氛才有了根本性的转变。正如1956年5月8日《文学报》社论《生活和文学》所说："二十大给每个文学工作者展现了广阔的创作远景"，"二十大后作家的精神变得更丰富了，目光更远大了"。

根据苏共二十大决议的精神，苏联文学界重新评价了过去的文学工作，使一大批在历次思想运动和肃反运动中，受到错误批判或被无辜镇压的文学家得到了平反，如在1956年出版的《文学莫斯科》丛刊上第一次重新出现了茨维塔耶娃、阿赫玛托娃、左琴科等的名字，他们的被遗忘的作品和论著开始重见天日，并且在苏联文学史和苏联文学批评史上获得了自己应该获得的地位，从而使苏联文学的历史图景变得更加全面、更加客观、更加充实。可惜，这个过程在60年代中至80年代初未能继续深入下去。文艺生活中另一件大事是，1958年5月28日，苏共中央作出了《关于纠正对歌剧〈伟大的友谊〉、〈波格丹·赫美尔尼茨基〉和〈全心全意〉的评价中的错误》的决议，对1948年8月2日那个相应的决议中的不实之词，作了纠正，指出穆拉杰里的歌剧《伟大的友谊》虽然是"有缺点的，应当给以认真的批评，但是根据这些缺点就宣布这个歌剧是音乐中的形式主义的标本，这是毫无道理的"。又说，1951年《真理报》编辑部文章中对丹凯维奇的歌剧《波格丹·赫美尔尼茨基》和茹科夫斯基的歌剧

《全心全意》的批评，是"片面的和有偏向的"，并且认为所有这些"不公正的和没有理由的尖锐指责"，都是"个人崇拜时期所特有的不良现象"。决议虽然涉及的只是过去工作中的某些缺点，虽然纠正的只是关于某些作家艺术家的不恰当的评价，但是其意义和影响远远超过了它所要纠正的问题的范围，对于发挥全体苏联作家艺术家的主动性与创造性，对于推动整个苏联文艺的发展，无疑是十分重要和十分及时的。在此前后，报刊上的文章和专论也都指出，在"个人崇拜盛行的那些年月里，有过行政命令的毛病，有过毫无根据的严厉批判"：在谈到联共（布）中央1946—1948年关于文学、音乐、电影、上演剧目等一系列决议时，认为"它们像任何文件一样都有时代的烙印，有些观点变得陈旧了，有些观点则需要根据我国文学和艺术所面临的新任务来加以完善"。① 对1948年12月苏联作协理事会和1949年1月28日《真理报》社论《关于一个反爱国主义的戏剧批评集团》提出了批评，认为这是"要求文学（其中包括戏剧创作在内）片面地、不真实地描写我国生活"，并且指出从1949年至1953年间的评论文章，"充满了夸大我国文学的成绩而闭口不谈其缺点的倾向"。② 为适应文艺界面临的新形势的需要，为推动文艺事业的进一步发展，1956年之后的一两年里就有十多种新的文艺杂志和文艺评论杂志问世，如《涅瓦》、《莫斯科》、《我们的同时代人》、《青春》、《青年近卫军》、《外国文学》、《顿河》、《伏尔加》、《高涨》、《北方》、《乌拉尔》、《文学问题》和《俄罗斯文学》等；1956年，苏共中央和苏联部长会议还作出《关于奖给科学技术和文艺方面最杰出成就以列宁奖金》的决定。如所周知，1925年苏联为奖励科学、技术、农业、医学和社会科学方面的杰出成就，曾设置了列宁奖金，可是自1935年以后再没有颁发过。1958年，苏联最大的加盟共和国——俄罗斯联邦共和国召开了第一次作家代表大会，成立了俄罗斯联邦共和国作家协会，而在此之前的数十年里，它一直没有自己独立的作家协会。

苏联文学界出现的这种新气象和新局面，不仅使文学创作，而且使文

---

① 《苏联文学艺术问题》，人民文学出版社1959年版，第25页。
② 西蒙诺夫：《文学札记》，《新世界》1956年第12期。

学批评和文学理论领域显得十分活跃。苏联文学批评和文学理论在打破禁区，克服教条主义、庸俗社会学和简单化方面，在探索和开拓新的理论课题方面，都取得了积极的、重要的进展。其主要表现是，文艺学中的"个人崇拜"的消极影响逐渐地被克服。1956年苏联《共产党人》杂志第12期刊登的梅特钦科、捷缅季耶夫和洛米泽合写的《要深入地研究苏联文学史》一文，就是一个突出的表现。文章指出："克服反马克思主义的'个人崇拜'，对于文艺学和文学本身的发展将发生特别重大的作用。"他们认为，在"个人崇拜"的影响下，文艺学的最重要的任务被看成是研究、注解和说明领袖关于文学和艺术问题的言论，无疑这些言论中有许多是正确的和有价值的，然而对领袖的每句话的顶礼膜拜，已经阻碍对苏联文学和美学问题进行有效的研究。其后果是，"思想僵化、教条主义和引证的风气大为盛行"，硬要现象和事实机械地去"适应"领袖的言论，不管作家写什么重要的题材，似乎他们首先必须成为领袖的某一思想的传播者。对于一些写到领袖形象的作品，往往没有根据地将它们说成是社会主义现实主义的典范。有时甚至把集体讨论中产生的结论，如社会主义现实主义这一著名方法，也仅仅归功于领袖一个人。梅特钦科等人所列举的这许多事实（当然还有其他文章所列举的事实），是有说服力的。他们提出，"不根除'个人崇拜'所产生的人云亦云的作风和轻视事实与真理的现象，就不可能把文艺学推向前进"，也是正确的，并且经受了时间的考验。

　　社会主义现实主义理论有所发展。反对"无冲突论"和克服粉饰现实的倾向及恢复社会主义现实主义的真实性原则及其批判功能，本是50年代初以来苏联文学进程中的两个相辅相成的方面，可是在批判"个人崇拜"之后，这两个方面的问题开始变得复杂化和尖锐化。苏联文艺界有人开始以这种或那种方式，对社会主义现实主义的必要性和合理性表示怀疑，西方评论界的某些人也乘机推波助澜，把社会主义现实主义和教条主义、"个人崇拜"相提并论。然而苏联文艺界的大多数人仍认为，"无冲突论"和粉饰现实等不良倾向的产生，并不是社会主义现实主义本身的问题。恰恰相反，它们同社会主义现实主义的精神和原则背道而驰。同时，他们也看到从第一次全苏作家代表大会以来，在社会主义现实主义问题的阐述中的确有不少片面的东西，需要反思和纠正。他们还认为随着生活的发展和艺术的发展，社会主义现实主义的理论也应该创造性地加以发展。1957年4月和1959年3月，苏联科学院世界文学研究所与苏联作家协会联合举办的两次全国性学术讨论会——"世界文学中的现实主义问题"和"社会主义现实主义问题"，就是在这一复杂的历史背景下召开的。两个讨论会的主题虽然不尽相同，但它们探讨的目标是一个，即如何在总结正反两方面的文学经验的基础上，把社会主义现实主义的创作实践和理论思维推向前进。作为这两个会议讨论的基础，是谢尔宾纳、艾里斯别格等学者提出的十五个有分量的报告，如《社会主义现实主义问题》、《现实主义与20世纪初俄国文学中的现代主义流派》、《论批判现实主义和社会主义现实主义》、《古典遗产和社会主义现实主义文学的艺术革新》等，它们涉及现实主义和社会主义现实主义的各个方面的问题，内容极其广泛。从两次讨论会的报告和发言，以及这个时期苏联报刊发表的有关社会主义现实主义的文章来看，苏联文艺界在克服教条主义和庸俗社会学方面取得了良好的进展；社会主义现实主义的美学问题引起了注意和重视，并对过去和当时存在着的几种关于社会主义现实主义的错误观念提出了批评，认为把社会主义现实主义仅仅归结为世界观，或说成是捍卫社会主义原则的艺术家的创作的思想纲领，是不正确的，这些看法的主要缺点在于很少或没有从理论上揭示社会主义现实主义的审美实质、艺术特征和艺术表现的广泛可能性；认为把社会主义现实主义只看作新的现实的反映是片面的，它实际上是艺术本身的历史范围内长期探索的结果，是艺术的广泛的历史运动。很多人主张社会主义现实主义在体裁、风格、形式、手法等方面应该是多样的，反对把它看成某些固定的表现手法和规则的总和，或某个流派的几个语言艺术大师的创作特征，认为这种看法同苏联文学的全部进程、同高尔基和马雅可夫斯基的创作实际是不相符合的，它限制了艺术创作多样化的可能性。在创作多样化的问题上，特别给予了假定性以应有的地位。假定性在过去常常被视为形式主义最明显的表现之一，甚至称假定性这个术语"在为现实主义而进行的斗争中已经名誉扫地"，似乎"假定性愈少，现实主义则愈多"，"只有彻底消除假定性，才能使现实主义艺术免受抽象主义的毒害"等。现在则认为，假定性是概括和认识现实的一种形式，是反教条主义后所取得的一大美学成就，它同现实主义绝不是格格不入的，在巴尔扎克和谢德林的创作里就存在假定性的因素。即使是最强烈的假定性，只要运用得当，是可以表现生活真实的。相反，逼真性运用得不好，同样可以对生活作出歪曲的描写，因此不能把两者对立起来。社会主义现实主义也允许采取假定性的手法，只要假定性的程度和性质不会导致对生活真实的否定。

　　长期形成的那个很有影响的"现实主义和反现实主义"的反历史主义公式，受到了批评。早在20年代，"拉普"的理论家们曾把文学中的现实主义和浪漫主义同哲学中的唯物主义和唯心主义混为一谈。由此出发，他们进而提出在世界文学中始终存在着唯物主义—现实主义和唯心主义—浪漫主义这两条对立的路线。青年时代的法捷耶夫写的那篇著名的《打倒席勒!》（1929）的文章，就是最生动的表现。30年代卢卡契在苏联提出的"伟大现实主义"的观点，其要害同样在于独尊现实主义而罢黜浪漫主义和其他"主义"。直到50年代初，"浪漫主义是唯心主义的继续"的声音，仍不绝于耳。"现实主义和反现实主义"公式的最后完成是在1953年。有人认为"可以而且应该把世界艺术的全部历史看作是对世界认识的历史，即客观真实的（换句话说，就是现实主义的）艺术之产生、形成和发展的历史，以及同反现实主义流派作斗争的历史来加以研究"。类似的提法还有："艺术史和文学史是两个基本流派的斗争史，即现实主义与一切反现实主义流派的斗争史"，"只存在一种具有完美价值的艺术和一种具有完美价值的方法——现实主义"，"反动阶级以前支持过、现在还支持反现实主义的反人民的艺术。工人阶级走上了历史斗争的舞台……就以保卫真正现实主义艺术的积极战士姿态出现了"等。1956年5月10日，《文学报》发表艾里斯别格的文章《现实主义和所谓反现实主义》，对这一公式提出了尖锐批评。作者认为，它具有"庸俗性质和反科学性质"，"把艺术中各种创作流派的复杂而矛盾的发展过程看得很简单"，"硬把许许多多重要的艺术现象咒骂一番，并把它们列入'反现实主义'之中，要么相反地，硬把各种极不相同、相互间有原则性区别的作品都称作是现实主义的作品"。作者问道："难道就没有能够真实地反映现实的某些方面或某些成分的其他创作方法吗?"回答自然是肯定的。例如，浪漫主义，或者说积极的浪漫主义，它在过去和现在都有一批真实地反映了现实的优秀作品。在艾里斯别格文章发表的前两年，在第二次全苏作家代表大会上，法捷耶夫曾以自己的亲身体会，谈到那种排斥浪漫主义的错误观点。他说："我年轻的时候，也拥护过这样的观点，当时甚至还写过《打倒席勒!》的论文（笑声），过了一些时候，我才了解，苏联文学是要把人类在它过去发展中所创造的一切先进的和进步的东西完全继承下来。当然，这种先进的和进步的东西的确常常正是表现在现实主义的艺术当中，但是从古典遗产中抛弃掉席勒，那是荒唐的。"[①] 不仅浪漫主义如此，就是古典主义，甚至是自然主义和现代主义，在它们那里也还有一些真实地或比较真实地反映现实的作品，可见艺术的真实性并不是现实主义的同义词。艾里斯别格的文章发表后，不少批评家相继指出，"现实主义和反现实主义"的公式是违背全部文艺发展史的；把艺术中一切具有重大意义的东西都算在现实主义的账上的那种流行的习惯看法，是经不起批评的；不应忘记，艺术中达到审美效果的手段和方法是多种多样的，其中包括非现实主义的手段和方法，而且现实主义应该善于接受和继承在它以前的以及和它同时发展起来的其他文学流派的优秀传统。破除"现实主义和反现实主义"这个反历史主义的错误公式，不仅对于继承古典文学遗产而且对于丰富社会主义现实主义文艺，都具有十分重要的意义。

作家创作个性问题的提出，是苏联文学理论探讨中的一个重要收获。赫拉普钦科的《现实主义方法和作家的创作个性》（1957）和布尔索夫的《作为创作个性的作家》（1959）两篇论文，对于打破图解式的评论和概念化的创作起着积极的促进作用。在过去的文艺批评和理论研究中，往往有意或无意地忽视作家个人的思想探索，常常贬低作家创作个性在艺术创作中的意义。赫拉普钦科和布尔索夫认为，现实主义或社会主义现实主义的发展同作家的创作个性不能分开。文艺作品中的生活真实不能脱离作家对世界的"观察"、理解和感受，不能脱离作家形象思维的特点及其创作风格而存在。优秀作家的创作总是关于生活的独创的思想和关于艺术的独创的发现，他们在作品中有"自己的声音"，有自己对生活所作的新的阐明。同一生活现象在不同的作家那里有不同的艺术描绘，因而他们的创作

[①]《苏联人民的文学》（下册），人民文学出版社1955年版，第462页。

个性越鲜明，其文学贡献就越大。但是创作个性并非创作中的个人主义，两者根本不同。脱离现实和夸大个人的情绪与要求，只能导致作家创作个性的毁灭，不管作家的才华是多么地有希望，真正的创作个性只有在作家紧密地联系生活的基础上、在关注社会现象的根基上，才会开花结果。同样，真正的创作个性绝不排斥作家的共同思想愿望，如同不排斥他们的艺术原则中的共同性一样。在赫拉普钦科和布尔索夫的论文之后，作家的创作个性已作为专门术语进入苏联文艺学。

文学特点的探讨取得了重要突破。长期以来，苏联文艺学中有一个占统治地位的流行观点，即意识形态所认识的客观世界是同一的，"科学的内容和艺术的内容是一致的，因为它们的认识对象是一个——客观的现实生活"。这个观点显然是从黑格尔和别林斯基那里援引而来的。1953年底，女作家尼古拉耶娃在《论文学的特征》①一文中，对这个传统观点提出了不同看法。她在论述到形象思维和逻辑思维的共同规律时指出，"无论如何在形式上或内容上，其本质都是完全不同的"。黑格尔和别林斯基关于科学和艺术在形式上的不同，早就得到公认，至于内容的不同却还是一个有待探讨的新课题。在尼古拉耶娃看来，"文学的特殊内容是社会的人及其感情、思想和行动的全部总和"。从理论上系统地探讨文学特点——它的特殊对象和特殊内容，则是布罗夫的论文《美学应该是美学》（1956）和专著《艺术的审美实质》（1956）。布罗夫明确提出的，战后苏联文学中发生的"无冲突论"、公式化和概念化等严重缺点，同忽视艺术的特点有着密切联系，过去总是从艺术和其他社会意识形态的共同点来考察艺术，甚至把文艺同哲学、历史学、社会学和政治学的对象混为一谈，似乎它们之间的唯一区别在于，艺术是以形象反映现实、捕捉思想，也就是说，它们只有形式和方法上的不同，而艺术的对象和内容同科学等则完全一样，毫无自己的特殊性可言。事实上，如果艺术没有它那种只有它才能揭示的内容，那么艺术要作为一种认识是站不住脚的，是没有存在的权利的。如果意识形态的各个门类（哲学、政治、道德、宗教……）都有自己的特殊对象和特殊内容，唯独艺术没有特殊对象和特殊内容，也是无法

---

① 《哲学研究》1953年第6期。

想象的。布罗夫的提问很深刻，触及了文艺作品图解化和艺术庸俗社会学的病根，并且第一个直截了当地认为文艺同样具有自己的特殊的对象、特殊的方法和特殊的功能。据他看来，艺术的特殊内容表现在两个方面，即客观方面（对象）和主观方面（艺术家关于对象的说明和评价）。一种现象在艺术中可以有不同的说明和评价，但只有在主观和客观一致的基础上才能提供真理。因此，如果不估计到主观的方面，就谈不上艺术的特殊内容问题。至于艺术的特殊对象，布罗夫认为是"活生生的人的性格"，或"艺术的对象是人的生活，更确切些，它是作为社会因素和个人因素生动地统一的社会的人，这种统一根源于他的客观的人的本质"。一言以蔽之，人的性格和感受的艺术真实是"艺术内容的核心，是艺术内容的特征的实质，从而也就是整个艺术特征的所在"。[①] 尽管苏联文艺界对布罗夫关于文艺的特殊对象和特殊内容的内涵的表述，还存在着不同的看法，但是对他提出的艺术应该具有自己的特殊对象和特殊内容这一点，则是没有任何异议的。布罗夫的论著问世之后，鲍列夫等人进一步指出，"艺术是多样的特殊"，不仅它的形式，而且它的内容、对象、作用、方法，都是特殊的。如果否认艺术是多样的特殊，就会从根本上取消艺术在认识、审美、教育等方面的多种功能，使文艺变成宣传和传播其他意识形态的工具。而这恰恰是过去，特别是"无冲突论"盛行期间的一些作品的致命伤。

  文艺的审美本质问题是苏联文艺学中提出的一个新课题。20年代以来，苏联文艺界几乎一致认为文艺是社会的意识形态，是形象地反映现实的形式，只需揭示文艺的认识功能的特点就能确定艺术的本质。不仅如此，艺术的本质还常常被归结为"阶级的等价物"，即通过想象与幻想，"永远用形象来表现这个或那个阶级、这个或那个社会集团的思想、向往、感情"。在谈到文艺的作用时，一般只提文艺的认识和评价作用，差不多不讲文艺的审美作用，甚至连审美这个词都很少出现，如季莫菲耶夫的《文学原理》（1948年第2版）和涅多希文的《艺术概论》（1955）等流传广泛的文艺论著就是如此。情况的变化是从斯托洛维奇的学位论文《论艺术审美本质的几个问题》（1955）和上面提到的布罗夫的论文和专著开

[①] 布罗夫：《艺术的审美实质》，上海译文出版社1985年版，第146页。

始的。可以说，布罗夫和斯托洛维奇是"艺术的审美本质"论的始创者。随着这个新概念和新理论的提出，一个颇有理论气势和理论色彩的"审美学派"迅速在苏联形成，其人数之多和论著之多在苏联都是空前的。从此，"艺术的审美本质"作为一个术语进入了苏联文艺学。尽管这一学派内部还有不同意见的争论，但对艺术的本质是审美，艺术的对象具有审美属性或审美素质，是不存在问题的。按斯托洛维奇的意见，"现实中那些以某种方式进入人们对现实的特殊关系——审美关系中的实物和现象具有审美特性"。艺术的审美本质表现在两个方面：第一，艺术反映客观存在的审美属性，第二，艺术是艺术家创造性活动的结果，作品的艺术性的高度是衡量它的审美价值的尺度。布罗夫从文艺的特殊对象出发，认为文艺的特殊对象——关于人的完整的生活真实，与"绝对的审美对象——人的生活"是一致的，即，艺术与审美具有同一的客观基础，它们也就具有同一的特殊内容。因此不仅艺术形式是审美的，而且艺术的全部本质也应该被确定为是审美的。特别值得注意的是，在苏联文艺学中原先坚持艺术的"认识本质论"和"意识形态本质论"的那些文艺学家，其观点在审美学派的影响和推动下已发生了某些明显变化。这是苏联艺术理论思维所取得的一项积极的成果。例如，涅多希文在他主编的代表当时美学水平的集体著作《马克思列宁主义美学原理》（1960）中，对自己以前写的《艺术概论》中的有关论述作了修正。他不再重复科学和艺术仅仅是认识现实的两种方法，其"目的与对象是一致的"，只是"认识周围世界的不同形式而已"，而认为"艺术是对世界的审美认识，其目的是按照一定的社会审美理想来改变生活"，"艺术的巨大的社会意义和认识意义，表明了审美上掌握和评价周围现实生活这样一种社会职能的特殊性质，为此也就形成了这种掌握世界的特殊的艺术形式"，并且肯定艺术已成为"人对现实的审美关系的最高形式"。艺术的意识形态本质论的老一辈代表人物波斯彼洛夫，虽然仍坚持他几十年前在《文学概论》一书（1940）中的看法，但他也不能不承认艺术是一种特殊的意识形态，不仅有其特殊的反映形式而且有其特殊的反映内容。当然，波斯彼洛夫是从他的艺术意识形态本质论这个角度来阐明艺术的这一特殊性的。在他看来，科学主要是对自然和社会的规律的知识的积累、检验与系统化，而艺术是对生活进行意识形态性的认识和评价中把生活反映和再现出来。不管怎样，波斯彼洛夫毕竟看到了长期以来苏联文艺学"把艺术形象同科学中的图解或形象等同起来"，"把艺术引向图解化"，"不重视艺术的特殊内容和审美作用"，"对于创作实践以及艺术批评实践"所产生的"很坏影响"；虽然波斯彼洛夫批评审美派消灭了"艺术作品在意识形态上的倾向性"、"在认识上的客观性"，但还是肯定了"审美学派"对过去占统治地位的"意识形态本质论"和"认识本质论"一些不正确的论断所作的批评。1965年，波斯彼洛夫在《论美和艺术》一书里，在概述苏联艺术理论现状时，认为"新'审美'学派的代表们在他们的著作和文章中发表了一系列完全正确和有益的论点"，"他们正确论断说，对生活的审美认识，乃是对生活的一种社会性的认识，这种认识是在社会关系的历史发展基础上产生和发展的"，"使我国现代美学思想所探讨的问题，获得重大的和更新的充实，在这一点上，新学派无疑是作出了贡献的"，并且指出，这个新学派的出现是苏联文艺学中"一个至为重要的转折"。① 其实，在今天不只波斯彼洛夫一人这样看。其他学者也说，艺术审美本质论的诞生"丰富了苏联20年代业已形成的关于艺术意识形态特征"的论述。

　　1956年以后苏联文学界对社会主义现实主义的重新认识、对假定性的肯定、对文学特点的新阐述、对现实主义—反现实主义的公式的否定，以及作家创作个性、文学审美本质等问题的提出，不仅对克服苏联文艺学中的教条主义，而且对苏联文学创作的进一步发展，都起了积极的推动作用。

　　文学的发展像任何事物的发展一样，并不是直线行进的。苏共二十大后，文学界在热烈肯定肖洛霍夫的《一个人的遭遇》、尼林的《冷酷》等一批作品的成就的同时，却对一些具有揭露倾向和批判倾向的作品进行指责，如杜金采夫的《不是单靠面包》、基尔山诺夫的《一个星期七天》、格拉宁的《个人的意见》以及《文学莫斯科》丛刊上的《杠杆》等。同时受到批判的，还有纳扎洛夫和格里德涅娃的《戏剧创作和戏剧演出的落后问题》、克隆的《作家随笔》、西蒙诺夫的《文学札记》、爱伦堡的《茨

---

① 波斯彼洛夫：《论美和艺术》，上海译文出版社1981年版，第17页。

维塔耶娃的诗歌》等评论文章。刊登过以上一些小说和文章的《文学莫斯科》丛刊（苏联作协莫斯科分会1956年创办）只出了两辑，便于1957年初被勒令停刊。这就是1956年底开始的苏联文艺界那场"反对不健康的倾向与情绪"、"反对修正主义"的批判运动。1956年苏共二十大刚开过不久就发动这场批判，显然是同那时苏联面临的国内外的复杂形势有关，因为苏共二十大提出反对斯大林个人崇拜后，不仅在国内也在国外立即引起了巨大的震动和反响。1957年围绕小说《日瓦戈医生》的那场轩然大波，就是这一复杂形势的产物。当这种复杂的政治形势渐渐过去以后，1959年便宣布文艺领域的"反对修正主义"结束。

四

1961年10月举行了苏共第二十二次代表大会。苏共二十二大通过的《苏共纲领》宣布苏联"已经消灭了敌对阶级"、"已经没有阶级斗争"；并提出"一切为了人，为了人的幸福"，"和平、劳动、自由、平等、博爱和幸福"以及"人与人是朋友、同志和兄弟"等口号。在这些口号的推动下，人道主义成了苏联文学的思想旗帜，也成了苏联的文学理论和文学创作的主潮之一。由于苏共二十二大通过专门决议，把斯大林的遗体从莫斯科红场的列宁墓中迁走（后来又予以火化），进一步开展对"个人崇拜"的批判，苏联文学的揭露倾向和批判倾向及关于历史的反思思潮也得到了迅速的发展。不少作品的揭露和批判的尖锐程度，同1956年底和1957年内那些被称作"修正主义"和"不健康倾向"的作品相比，可以说有过之而无不及。与此同时，苏联文学界的思想争论和创作争论，也变得愈来愈对立，愈来愈激烈，其双方代表是特瓦尔多夫斯基主编的《新世界》和柯切托夫主编的《十月》。这是苏共二十二大后数年之内的苏联文学的基本特点和基本内容。

人道主义是当代苏联文艺理论思潮和创作思潮的中心问题。如所周知，在苏联文学史上，从无产阶级文化派开始，文艺领域里的庸俗社会学派除文艺的阶级性外，既不谈人、人学和人民性，也不谈人道主义。这些概念完全处在它们的文学理论和文学批评的视界之外，而且被看作唯心主义和超阶级的全人类的东西。30年代随着庸俗社会学受到批评，文学遗产得到重视，在一些研究俄国古典文学和外国古典文学的文章和专著中，人道主义的字眼开始出现。差不多与此同时，高尔基和法捷耶夫提出了"社会主义人道主义"、"无产阶级人道主义"的问题。人道主义问题受到广泛重视和得到认真研究，是在50年代中期之后。这并非偶然，它有多方面的背景和前提：长期以来苏联社会中与历史唯物主义格格不入的"个人崇拜"越来越发展，人民群众的力量、主动性、首创性和历史作用反而被压制和被忽视了，社会分配原则中存在着许多缺陷，特别是对个人的物质利益和物质需要重视不够，行政管理体制中的官僚主义十分严重，频繁的政治运动伤害了不少好人，造成了许多冤、假、错案；"二战"给苏联人民带来了巨大牺牲并在他们的心灵上留下了深深的创伤，人民日益表现出对战争的憎恶和对和平的渴望与热爱等。当苏共二十大提出反对"个人崇拜"，苏共二十二大提出"一切为了人，为了人的幸福"的口号之后，人道主义便迅速地成为一种广泛的社会思潮和文艺思潮。用著名批评家奥泽罗夫的话说："人道主义——这是时代问题，政治和哲学、道德和文艺在这里交织在一起了。"在许多论述人道主义的文章和专著里，布罗夫在《艺术的审美实质》中所表述的观点是最早的和最富于代表性的。他以马克思《1844年经济学哲学手稿》一书中关于"人的对象"和"自然的人化"的论点为根据，从艺术的特殊对象这一新命题出发，提出真正符合艺术的特殊对象的客观本质的思想是人道主义。他写道："由于认识对象的特殊性，艺术没有人道主义，没有对人的爱是不可想象的。人道主义，是崇高艺术的活命的水，是艺术存在的条件。对于真正的艺术家来说，人道主义是他的性格中的真正的职业特点。"[①] 之后，苏联文艺界、理论界把艺术的本质同人道主义相联系，强调文学是人学，人的命运和人民的命运是文学的基本对象与基本内容，"艺术的人道主义是艺术性的表现和艺术的有机规律"，"真正的艺术按其内在本性来说是人道主义的"，人道主义是"艺术的主要的审美思想"等，其基本论点几乎盖出于此。与此同时，苏联文艺批评界明显地加强了对马克思主义创始人著作中的人道主义问题的

---

① 布罗夫：《艺术的审美实质》，上海译文出版社1985年版，第343页。

探讨，认为他们所阐明的人道主义内容对解决经济、哲学、历史、道德、美学和文学问题具有极为重大的意义。例如，1957年出版的《马克思恩格斯论艺术》一书，在"无产阶级革命的人道主义内容"这个标题下，摘录了马克思《1844年经济学哲学手稿》中及其他著作中有关人道主义的全部言论。在此之前，连苏联出版的最有权威性的《马克思恩格斯全集》，也不收这部手稿，认为它是一部马克思主义的"早期著作"，而不予理会。

1962年，苏联作家协会和苏联科学院世界文学研究所联合举行了"人道主义与现代文学"的学术讨论会。在苏联召开这样专门性的学术讨论会，是破天荒第一次。这既是对前几年开始的人道主义的理论探讨和创作实践的总结，又是为它的进一步发展明确方向。参加会议的有文学批评家、美学家和作家。会上有诺维钦科、洛米泽、李哈乔夫等六位苏联著名学者宣读了《现代文学中人的概念》、《论俄罗斯文学的人道主义传统》、《资本主义国家现代文学中的人道主义问题》、《人道主义与美学》、《人道主义与国际团结》和《当代苏联文学中的全人类主题》等专题报告，有三十多人在会上作了发言。关于这次讨论的主旨，正如阿尼西莫夫在开幕词中所说的："在新的基础上和新的条件下，我们重新返回到人道主义的各种概念上来。"许多发言都指出，人道主义问题对现代文学具有特别重大的意义，而且从来没有这样尖锐过。由于克服了"个人崇拜"和教条主义，今天才有可能深入地、全面地阐明人道主义的现代意义，才有可能谈论苏联艺术中的人道主义内容及其表现的问题。在如何理解人道主义的问题上，多数人认为在当今世界上不存在统一的、抽象的人道主义，十月革命给人道主义带来了新解释，这种人道主义是同革命解放运动、人民群众新的历史经验相联系的，它体现着新世界的理智、英勇劳动和革命理想，是一种新的人道主义概念。把各种不同类型的人道主义概念和人的概念归结为"20世纪人道主义"和"20世纪的人"，是不符合实际情况的。社会主义人道主义继承了历史上的人道主义的优秀成分，但它不是社会主义以前的那种人道主义在数量上的增加和补充，而是克服了其历史的局限性和阶级的局限性，具有同必须消灭一切人剥削人的形式密切相关的新内容，即使是资产阶级处在它的进步时代，它所提倡的人道主义仍然有着重大的缺陷，因为资产阶级思想家没有也不可能把人的解放问题同必须消灭一切私有制的问题联系起来；应该看到，现在发生的过程不是简单地恢复在封建社会和资本主义社会中被摧残了的人的品质，而是正在形成具有新的世界观和新的社会道德面貌的新人，在人类和人性的发展中出现了新的飞跃。一些发言还批评了过去年代仅仅把人当作"历史的燃料"、"螺丝钉"和"达到目标的手段"，看不到人的全部丰富性及其真正的历史地位和作用，而且不尊重人、不关心人和不相信人；在谈到人道主义及其在艺术中的表现时，认为过去只强调它的阶级倾向，而忽视它所包含的全人类的内容，并且提出在文学作品中，人道主义应当像呼吸一样，是一种看不见、不间歇的东西，作家特别应当写平凡的人、普通人，展现他们的命运和价值。在如何对待现代西方文学中的人道主义问题上，多数人认为，它们的人道主义的表现形式多种多样，但就其同情人的态度来说，是无法同社会主义人道主义相提并论的，把社会主义人道主义的立场降低到抽象人道主义的立场的这种企图，不可能不遭到反对，因为社会主义人道主义是在抽象人道主义对走投无路的人表现出爱莫能助的地方，给他以决定自己的命运的力量，而这种力量一定会导致他对社会的改造的行动。同时一些学者又认为，对现代西方文学中那些体现了积极的、进步的、革命的人道主义的作品应该给予肯定，尽管许多西方作家在哲学观点、政治观点、社会观点和美学观点方面，同社会主义作家存在着重大区别，但毕竟还有一个基础——人道主义，应该密切注意世界文学中人道主义的新潮流，并给予它积极评价，既要保持批判地评价那些具有十分明显的人道主义趋向的西方作家的充分自由，又要看到现代西方文学中这一强大的、尽管不相同的和有时甚至是矛盾的倾向的意义。总之，与50年代中期以前相比，苏联批评界在对待现代西方文学中的人道主义的态度上，要灵活、全面和有分析得多了。

随着50年代中期以来苏联文学同西方文学联系增强，一些苏联作家开始较多地运用西方现代主义的艺术经验，随着1963年春卡夫卡创作国际学术讨论会在布拉格召开，以及这次讨论会上围绕卡夫卡创作与异化问题的争论，如何看待现代主义便成了苏联文学批评的一个迫切课题。正是在这种情况下，1964年12月苏联作家协会和苏联科学院世界文学研究所举行了"当代现实主义和现代主义问题"的学术讨论会。会上提出的报告有：扎东斯基的《现代主义的神话和现实》、米亚斯尼科夫的《论现代主义的哲学基础》、鲍列夫的《存在主义及其"人的哲学"》、维利科斯基的《"异化"和西方文学》等。这些报告表明，苏联文学界对现代主义的研究日益重视，并且正在走向深入，不仅探讨现代主义产生的历史背景及其哲学基础，也探讨现代主义诸流派及其代表作的艺术特征。如所周知，在一个相当长的时间里，苏联批评界常常用"颓废派"或"先锋派"的概念来谈论西方现代派文学。从这个时候开始，对这三个概念作了区分，并且在一般情况下，不再使用"颓废派"和"先锋派"而使用"现代派"。1961年出版的扎东斯基的专著《20世纪·西方文学形式偶记》，就是这方面的代表作。对西方现代派作品的翻译、出版评论也日益增多，例如，1964年和1965年分别翻译出版了卡夫卡的《在流放地》、《变形记》和《城堡》等作品，并同时发表了评论卡夫卡创作的《卡夫卡和现代主义问题》等文章。不仅如此，对西方现代派的评价也有了某些变化，一方面继续指出现实主义和现代主义在思想上和艺术上的对立，另一方面则认为不能忽视现代派艺术家的创作的矛盾性，不能否认最有天才的现代派艺术家的艺术成就，不能不加区分地对待现代主义中的不同流派和不同作家的创作发展的特点，不能不重视对那些由现代派走向革命的作家的复杂道路和复杂命运的研究。

五

苏联文学界在50年代中期以后的十年里，在文学批评和文学理论领域中所取得的进展和突破，是不容置疑的。同时应该看到，这仅仅是事情的一个方面，虽然是主要的和首先应该肯定的方面，但也存在一些妨碍苏联文学发展的偏颇提法和言论。例如，有人提出文艺必须"自治"，有人否定文艺党性概念的必要，有人要求创作的"绝对自由"，有人主张不加批判地向西方文化靠拢，有人断言拆除社会主义现实主义和批判现实主义之间的"铁幕"的时机已经到来等。特别在以下几个问题上发生了曲折和偏差：

在写真实问题上,在恢复"写真实"口号和提出"积极干预生活"口号后,有人片面地强调暴露和批判,把所谓"充分的真实"、"痛苦的真实"、"残酷的真实"、"不要半真实"、"英勇的真实"这些口号喊得震天价响。其结果是,从反"无冲突论"走向提倡"倒转过来"的"无冲突论",从"我们需要苏维埃的果戈理和谢德林"走向机械地运用19世纪批判现实主义的传统,从反对以玫瑰色粉饰现实走向以黑色描绘现实。这样,不仅在创作实践中出现了一些专门暴露的作品和自然主义的作品,而且在理论上产生了不少似是而非的东西:似乎作家"遭遇的一切","感受和想到的一切都值得写入小说";似乎在艺术家面前,"除了真实的界限以外,再没有其他的界限";似乎"真实就是真实,在这上面没有什么可以自作聪明的";似乎真实有"大真实"、"时代真实"和"事实真实"、"战壕真实"之分,似乎"只有当文学渗透着批判的动力才能体现出生活的真实"等。显而易见,这些关于写真实的言论是站不住脚的,它们既混淆了生活真实和艺术真实的区别,又忽视了这两者之间的有机统一。所谓一切都可以写,实质上是在重弹自然主义拒绝艺术典型化的老调。文艺史已经证明,一切真实的艺术从来都不是如实地记录一切,一切真正的作家从来都不在生活现实和审美现实之间画等号。这是其一。其二,这些看法把现实和艺术的相互关系简单化了,不懂得任何的现实都必须通过作家本人的政治、哲学、道德和审美的理想这面三棱镜折射出来,正是艺术反映现实的这一特点使艺术的真实性总是同阶级性、倾向性、思想性内在地联系在一起,应该说,文学"除了真实的界限以外",不是"没有其他的界限了",而是还有其他的界限。其三,任何一个作家的确都有权写自己所熟悉的题材,但是,不管他写的是什么题材,都应该艺术地揭示出生活的真实。俄国契诃夫那些发掘得很深的、闻名遐迩的短篇就是如此。相反,一部写时代的重大题材的作品,如果没有从艺术上展现生活的真实,它同样没有任何真实性可言。因此,把真实分成这种或那种真实,而且把它们对立起来,是没有任何实践上和理论上的根据的。其四,即使是19世纪批判现实主义的代表作,虽然批判是主要的,但并不局限于批判,在巴尔扎克和托尔斯泰这些大师的笔下,照样可以看到一些他们所喜爱的、充满理想的正面形象。把艺术的真实、激情和生命力仅仅同批判或暴露相联系，显然不是世界文艺史的事实。至于从理论上看，从来都不可能存在一种单一的、纯粹的批判或暴露，离开肯定无所谓否定，反之也是一样。这是生活的辩证法，当然也不可能不是艺术的辩证法。

在写什么人的问题上，随着对"坚强和一贯完美无缺的人物"、"理想人物"这些公式的被否定，一方面，普通人的形象在苏联文学中越来越占有重要的地位，过去那种神化了的人物"着地"了，变成了活生生的，具有"人性魅力"的人；另一方面，非英雄化倾向开始抬头，并且大有日益发展之势。如果说，苏联文学中的那股暴露潮流和自然主义潮流是对昔日的粉饰现实和"节日文学"的一种惩罚和反动，那么非英雄化就是对过去神化领袖、一味拔高正面形象的英雄文学的一种惩罚和反动。在非英雄化的代表作中，其主人公大都是些沉溺于日常生活琐事的、备受命运折磨的、带着心理和精神创伤的、轻率的、空虚的、无所用心的、不愿承担任何社会责任的、同父辈有着尖锐矛盾的、追求冒险的小伙子和姑娘。与非英雄化的创作潮流同步的是，在文学批评和文学理论中，正面人物这个苏联文学中最基本的概念已消失不见。在那些年里，谁要是提到它，谁就会被看成保守主义者；英雄人物的概念则几乎被当作旧时代的遗风和教条主义的老公式。在苏联的文学批评中，非英雄化大体有这几方面的表现：第一，所谓"硬要把人区分为正面人物和反面人物，而这本身就是文学中的反面现象"；现代人的形象应当是"好坏品质兼备的"。第二，"保尔·柯察金和《青年近卫军》中的主人公已经过时"；现代的年轻人已经越过三四十年代的"保守时期"，他们的特点在于"怀疑过去的全部历史"，"自由地呼吸"，"独立地思考和理解问题"，"第四代作家"即五六十年代登上文坛的作家，不要像父辈那样"唱着高调"描写生活，而应表现"父与子"两代人的冲突。第三，"被组织与被领导的人应该提到文学的首位"。第四，提倡写"小人物"，认为那种"要求把主人公提高到生动现实的'平庸性'之上，是基于一种过去年代形成的根深蒂固的错误原则"。第五，应该表现"日常生活的平凡环境中的平凡人物"，因为"生活中没有完美无缺的人，而文学则要按照生活本来的样子来反映生活"等。这些看法在理论上的片面性是显而易见的，因为问题的关键不在于写什么人，虽然写什么人并非不重要，但更重要的在于怎么写。在苏联文学史上，不写英雄人物的作品多得很，但它们同非英雄化的美学概念并非一回事。在非英雄化的倡导者看来，写英雄人物是一种过了时的教条主义的产物，唯有非英雄的人物才能体现时代的精神和本质，因而主张同写英雄人物的作品对着干。这是对社会的民主化进程和人道主义的一种曲解。但应该指出，即使当非英雄化日益成为一种时髦的时候，苏联文艺界不赞成或抵制这种潮流的，仍然大有人在。他们反对离开现实去拔高英雄人物，但并不反对描写英雄人物，他们反对理想人物，但并不反对作家艺术家写理想，他们反对一味塑造典型性格，但并不反对艺术的典型化和个性化。

与非英雄化相联系的一个问题是，如何对待西方的现代主义创作。非英雄化的倡导者一般都把某些时髦的西方现代派作品作为自己的榜样。他们不仅在内容上而且在形式和手法上不加分析地借鉴现代派，特别是模仿塞林格和安东尼奥尼的创作，他们反对传统，鼓吹作品应该具有"现代风格"，有的青年作家公开宣称，"我不认为作家接近文学上的老前辈是有好处的"，"近亲通婚会导致退化"，"艺术是怪诞的"等。相反，在他们看来，现实主义在反映现代生活方面已经无能为力。1961年苏联出版的《时间同志和艺术同志》一书，曾声称，谈论艺术的思想性、典型人物、现实主义的心理描写都是"过时了的落后残余"、"教条主义和保守主义的简单化"，并认为抽象主义产生于我们时代是"自然的"和"合乎规律的"，"20世纪是抽象概念胜利的世纪"，"未来的人们将注定要生活在抽象的概念世界中"等。

在如何写真实、粉饰和暴露、文学主人公的英雄化和非英雄化等问题上发生的这些曲折、偏差，往往从一个极端走向另一个极端，而不是从谬误走向真理。这也许是当代苏联文学发展中所不可避免的过程和阶段，如同历史在它的转折时期常常出现的那种泥沙俱下的情景一样。总之，50年代中至60年代中这十余年，是苏联文学史上一个经历了深刻而巨大变化的时期，一个充满探索和争论的复杂时期。

（原载《苏联文学史》第2卷，中国社会科学出版社1994年版）

苏联文学思潮与文论之三(1968—1981)

一

从60年代中期起,苏联社会生活发生了一些重要而显著的变化:第一,1964年10月14日和15日苏共中央和苏联最高苏维埃分别举行全会和会议,解除赫鲁晓夫苏共中央第一书记和苏联部长会议主席的职务,决定由勃列日涅夫任苏共中央第一书记,柯西金任苏联部长会议主席。第二,1969年12月13日苏共中央发表《纪念列宁诞辰一百周年》提纲,该提纲第一次正式提出除继续"坚决谴责个人崇拜"外,"也谴责无视社会发展规律和集体领导的意见,用唯意志论来代替科学领导的主观主义"。不言而喻,后者是针对赫鲁晓夫。第三,1967年11月3日,勃列日涅夫在莫斯科"庆祝十月革命五十周年大会"的报告中,首次宣称苏联"已建成发达的社会主义社会";"到六十年代,苏维埃国家已进入一个新阶段——着手全面建设共产主义社会"。此后十余年里,"发达的社会主义社会"理论便成了苏联各项政策和各个领域工作(包括文艺在内)的理论根据和出发点。第四,1971年3月30日至4月9日苏共举行第二十四次代表大会,勃列日涅夫在总结报告中指出:"克服个人崇拜的后果以及主观主义的错误对我国整个形势,首先是对意识形态方面的形势发生了良好影响";并且在文艺方面提出了"反对两个极端"即反对粉饰和反对抹黑的方针。

以上这些重要而显著的变化,不仅对苏联文学的进程和苏联文学的思潮发生了重大影响,也对苏联的文学批评和文学理论发生了重大影响。

50年代中期,苏联文学进入新旧交替的时期后,文学的思想论争和美学论争一直没有间断，这是不难理解的。然而，自60年代初起，文学的思想论争和美学论争，愈来愈明显地形成以特瓦尔多夫斯基主编的《新世界》和以柯切托夫主编的《十月》对峙的格局。在"自我表现"、写真实、题材、全人类性、主人公等一系列重大理论问题方面，在如何评价《战争的回声》、《伊凡·杰尼索维奇的一天》、《生者与死者》等一系列作品方面，都发生了尖锐的对立和冲突。例如，在"自我表现"问题上，《新世界》的文章认为1953年开始的关于文艺的"自我表现"说的"争论必须继续下去"。① 并且提出"自我表现"是抒情诗表现党性的唯一形式，是"典型化的唯一方法"，而题材是"无所谓的"；艺术家"愈积极愈充分地展示自己"，其作品就"愈有表现力"、"愈有思想性"，等等。《新世界》在"编者的话"中，肯定这些文章是"及时的"，观点是"鲜明的"。《十月》则提出了批评，认为分歧不在于是否应该表现艺术家自己，而在于"艺术创作和艺术本身的性质"，在于"它是否具有认识和反映客观现实的性质，或只是反映主观思想"，而且指出："忽视'大'题材就会贬低当代生活提出的、亟待解决的题材的意义"。② 在对待卡里宁的中篇小说《战争的回声》上，《十月》的文章作了全面肯定，指出该书是用看待生活的"唯一正确的立场即阶级斗争的立场写成的"，它"不是战争的回声"，而是"不久以前的阶级搏斗的回声"，而且还批评了全人类性的理论。如果以全人类性的观点来处理这一主题，就会把女主人公写成"受难者，殉教者或者几乎是圣者"。③《新世界》的文章则全盘否定了这部小说，认为阶级斗争的观点不再"适用于看待今天的苏联生活"，如果作品中的人物都抱有全人类性观点，那么他们的行为用阶级斗争的观点是解释不通的，这只能用"血统遗传的观点来解释"。④ 在文学主人公的问题上，《十月》的文章认为，把"理想人物"同公式主义、道德说教混为一谈，把"理想人物"看作是"有害的理论"，使"社会主义艺术解除了

---

① 鲁宁：《争论必须继续下去》，《新世界》1961年第1期；《争论的逻辑和艺术的逻辑》，《新世界》1961年第8期。
② 《十月》编辑部文章：《这究竟是为什么》，1961年第9期。
③ 柯切托夫：《一切并不那么简单》，《十月》1963年第11期。
④ 苏尔维洛：《谈谈遗传性的问题》，《新世界》1964年第7期。

武装",认为现在流行的"全盘抹黑、'非英雄化'、'贬低'苏联人形象的倾向",统统与此有关。文章呼吁现在到了同"诋毁'理想人物'"的论调决裂的时候了。①《新世界》的文章则指出,俄罗斯文学获得世界声誉的"基础"就在于"极其注意普通的人,甚至'小人物'"。作品的主人公不管是"大"的还是"小"的,"如果失去普通人的魅力,读者反正是毫无兴趣的"。② 在如何评价索尔仁尼琴的小说《伊凡·杰尼索维奇的一天》上,《新世界》主编在小说的"代序"中作了高度评价,认为它"意味着一个新的,独特的并且是完全成熟的巨匠进入了我们的文坛";它"说明在我们今天的现实生活中,没有什么领域或现象不能给予真实的描写"。③《十月》的文章则作了相反的评论,认为伊凡·杰尼索维奇这个人物形象,"绝不能成为精神坚强的典范","更不能充当我们时代的人民的典型";它的"生活纲领"的狭隘性使它实际上成了一个"孤独的人"。④ 在这之后,《新世界》的文章对《十月》的这些文章进行了反驳,认为后者使用的是"个人崇拜"时期"规范式的批评手法",而索尔仁尼琴则是写那些"担负着日常劳动的、被领导的、被组织的人们",这是"党的二十大后文学进一步民主化的证明"。⑤

《新世界》和《十月》两个杂志在文学批评、理论方面复杂而尖锐的论争,不仅引起了苏联作家和批评家的严重关切,而且在世界文坛产生了非同寻常的热烈反响,例如西方评论界曾普遍认为,这是苏联文学中"自由派"和"保守派"的角逐。正是在这种形势下,苏联《共产党人》杂志于 1964 年 7 月(第 10 期)发表了编辑部文章《英雄时代的艺术》。它根据 1964 年 6 月苏共中央意识形态委员会扩大会议的精神,即加强"文学艺术界在原则的思想基础上……进一步的团结",要求"在根本理论问题上必须观点一致",对文艺界的现状提出了批评,并对《新世界》和《十月》的论争第一次作了公开表态。编辑部文章指出,《十月》发表了

---

① 德辽莫夫:《现实、理想、理想化》,《十月》1964 年第 1—2 期。
② 特瓦尔多夫斯基:《为了纪念而作》,《新世界》1965 年第 1 期。
③ 特瓦尔多夫斯基:《〈伊凡·杰尼索维奇〉的"代序"》,《新世界》1962 年第 11 期。
④ 谢尔戈万采夫:《孤独的悲剧和"清一色的生活"》,《十月》1963 年第 4 期。
⑤ 拉克申:《伊凡·杰尼索维奇,他的朋友和敌人》,《新世界》1964 年第 1 期。

"不少积极捍卫文学艺术发展的正确路线的文章",但其中有些文章却有"简单化"和"吹毛求疵"的倾向,《新世界》发表过一些好作品,但有些作品"把我们的生活写成灰溜溜的、枯燥乏味的生活","把苏联人写成故步自封、只关心自己狭隘的个人利益的人"。编辑部文章还批评这两个杂志的批评栏都经常犯片面性的错误,如《十月》"称赞'理想人物'的观点",《新世界》则"把每个批评伊凡·杰尼索维奇的人都宣布为保守分子、反动分子"。

在《共产党人》的编辑部文章发表之后的数年里,《新世界》和《十月》的论争并没有就此结束,在写真实和文学主人公等问题上继续进行论战,相互指责。应该看到,在《新世界》和《十月》的分歧和论争中,的确存在一些不可调和、不可回避的原则性问题,但双方都有不少片面性和非原则性的门户之见及宗派主义的东西。尽早结束这场复杂的、尖锐的、旷日持久的对峙,将有助于苏联作家队伍的团结和苏联文学的健康发展。

1967年1月27日,《真理报》编辑部文章《当落后于时代的时候》的发表,正是适应了这一文学形势的客观需要。文章在肯定文学刊物的"无可争议的功绩"的同时,指出它尚存在着"严重的缺点"。而其中很多缺点是同落后于时代相连的。这不只是表现在反映当代现实的事件和现象方面显得迟缓,更深刻和更重要的问题是,有些杂志所坚持的美学观念已经落后于时代的需求,落后于苏联人民今天的生活。文章认为《新世界》和《十月》两个刊物的争论类似某种"宗族纠纷",即"绝对维护'自己的'"和"绝对排斥'别人的'",是"一场纠缠不清的宗派对骂"。文章在列举双方的成绩时,批评了双方的缺点与失误。关于《新世界》,文章批评它没有展示出已经存在五十年的那个新世界,过分侧重反面现象,热衷于刊登那些揭露阴暗面及各种反常情况和病态现象的作品,不提倡写战士和建设者及新人的形象,反而把"反英雄人物"提到创作和评论的首位,虽然《新世界》一再宣称追求生活的全部真实,但实际上并没有坚持这个纲领。关于《十月》,文章批评它对今天苏联社会的明显的、良好的进展估计不足,看不到在所有生活领域里在恢复列宁主义准则后所取得的成果,而且作了歪曲反映,常常以简单化的贴标签的态度对待严肃的问题,俨然以社会主义现实主义原则的唯一捍卫者自居,对于青年文学家的进步视而不见,往往采用粗暴的否定方法,几乎不触及艺术技巧,而且对文学过程的评价缺乏论据和客观性。文章最后指出,如果从《新世界》和《十月》评价"我国人民的历史经验"和"我们的现实生活"以及"艺术地研究生活的深刻过程与发展"的观点出发,那么它们又都显示了"许多共同的东西"。这证明,它们"在目前都未能成为文学进程的真正组织者,未能成为各个创作协会在团结和教育文学队伍方面的积极助手"。"它们已经落后于苏联社会及其文化的迅速发展,如果不能克服已经产生的严重缺点,它们将会越来越落后。"为此,文章要求"双方批判性地对待自己的工作,得出必要的结论"。

《真理报》编辑部文章发表后,《文学报》、《共产党人》等刊物立即发表文章支持《真理报》的批评,苏联作家协会理事会还分别开会专门讨论这两个杂志多年的工作,在肯定它们各自的成绩的同时,也尖锐地批评了它们各自的错误,稍后还涉及了《青春》和《青年近卫军》两个杂志所犯的程度不同,性质类似的错误。由此可见,《真理报》的编辑部文章虽然是针对《新世界》和《十月》而发的,但其意义远远超出它们的范围,不仅关系到如何克服长时间以来苏联文学进程中经常不断发生的两种既偏颇又对立的倾向,而且关系到苏联文学进一步发展的基本方向的问题。因此,对于苏联文学的发展来说,这是一篇具有重大意义的历史性文献。

二

1967年5月22日至27日,第四次全苏作家代表大会在莫斯科举行。这次代表大会与第三次全苏作家代表大会(1959)相隔八年。虽然它们不及第一和第二次全苏作家代表大会那样相隔二十年之久,但第四次全苏作家代表大会在和平岁月里这么迟迟召开,其本身也多少说明了苏联文学所经历的复杂过程。苏共中央在祝词里,针对苏联文学界存在的问题,强调"苏联文学的首要任务之一,就是通过艺术来认识当前现实,认识新社会建设的新阶段";作家的使命是鼓舞人民去"建立新的功勋",并号召苏联作家对资产阶级思想发动进攻,"反击把马列主义庸俗化的人","把那些因敌人宣传而误入歧途的人引上正路"。这些提法与年初《真理报》编辑部文章的基调是一致的。代表大会上关于小说、戏剧、诗歌、评论、儿童文学的几个报告，其基本态度也是如此。例如，格·马尔科夫在《现代性和小说问题》的报告中，在谈到以往年代文学上的尖锐争论时指出，争论在今后仍将是不可避免的，但应该区别情况，"什么是资产阶级思想的影响和资产阶级的污泥浊水，什么是艺术家出于要接触当代最尖锐、最紧迫的课题的愿望而对新生事物所进行的艰苦探索。如果属于第一种情况，当问题涉及资产阶级影响的时候，我们今后仍将坚决、彻底地捍卫我们的革命传统，巩固和进一步深化社会主义现实主义的思想美学原则。如果属于第二种情况我们就要对作家的革新意图表示最大的关怀、爱护、同志式的关心"。他要求作家注意"随着文学进程而产生的那些反面现象"，"不能对近几年来单调乏味的、墨守成规的、所谓消遣性的，而实际上是小市民的文学有所增长这一趋势视而不见。这当然不是什么文学，但它的危险性就在于它装扮成文学……"格·马尔科夫特别提出青年作家的"某些毛病"："有一个时期，在许多青年作家的作品里，中心主人公是在城市大街上闲逛的幼稚少年。他从社会取得了一切，不但不给社会任何东西，还自命为审判官，不但审判自己的同时代人，而且审判老前辈。"这无疑是指一部分青年作家在言论中和创作中一再声称的"父与子"的问题，即"青年先锋派和老一代顽固保守派"的冲突。格·马尔科夫还认为，"有些作家有一种只写战争初期这个最痛苦时期的不必要的倾向，而这样就限制了我们创造关于我国人民的胜利功勋、关于苏联军队迫使法西斯野兽就范的高超军事艺术的真正英雄主义史诗的可能性"。诺维钦科在《创造性批评的经验》的报告中，一方面批评"近十年来有人企图暗中'修正'社会主义现实主义的原则，抹杀其实际内容、鲜明的思想和美学的规定性"；另一方面则批评对它的狭隘理解，认为社会主义现实主义概念的内涵本身，"由于包括越来越多的新的艺术珍品，而变得更加广阔和多方面"，不应该把诸如叶赛宁等的创作"排除在社会主义现实主义艺术洪流之外"等。

然而，在《真理报》社论发表之后和第四次全苏作家代表大会召开之后的数年里，苏联文学界的"复杂情况"并没有得到显著改变，在某些方面甚至变得比先前更为复杂。例如1969年《新世界》刊登长文《论传统和人民性》，对1963年《青年近卫军》发表的《伟大的探索》和《不可避免性》两篇文章表示强烈不满，认为它们夸大了西方文化的影响，借机宣扬自己的大俄罗斯沙文主义。不久，《星火》周刊又刊登七位作家的公开信，为《青年近卫军》辩护，指责《新世界》公然掩盖异己思想的危险性，反对苏维埃爱国主义和各族人民的友谊。其他报刊也载文批评《新世界》的立场。《新世界》并不就此罢休，而且以"编辑部的话"反唇相讥。争论的气氛显得十分紧张。最后只好由《文学报》出面，发表该报专论《文学争论和责任感》（1969年8月27日），才使这场激烈的、涉及面很广的争论得以暂时平息下来。

可见，对苏联文学界前些年形成的"复杂情况"，仅仅发表一篇《真理报》编辑部文章，是难以扭转局面和统一思想的。在1971年举行的苏共第二十四次代表大会上，苏共中央的总结报告便旗帜鲜明地提出反对文艺界"两个极端"的口号。所谓"两个极端"，即一个极端是"有些人企图把苏联今天丰富多彩的现实，简单归结为党在克服个人崇拜后一去不复返的问题"；另一个极端是，"企图粉饰过去已遭到党坚决的原则性批评的现象，保留同党近年来在自己的实际活动和理论中贯彻的创造性的新事物背道而驰的概念和现实"。总结报告认为，"无论是前一种情况或后一种情况，其实都企图贬低党和人民过去完成的工作的意义，使人不去注意当前的现实问题，不去注意党的建设性方针和苏联人的创造性事业"；"党和人民过去没有、今后也不会容忍企图使我们的思想武器变钝和玷污我们旗帜的做法，不管来自哪个方面"。从此，反对"两个极端"成了一个时期内苏共文艺政策和苏联文艺界行动的基本口号。应该说，反对"两个极端"以及要求注意当前现实问题和苏联人的创造性事业的提法，是及时的。

苏共二十四大结束两个月之后，6月29日至7月2日，举行了第五次全苏作家代表大会。这是一次贯彻苏共二十四大反对文艺领域"两个极端"的代表大会。格·马尔科夫在《从苏共二十四大决议看共产主义建设斗争中的苏联文学及其任务》的报告中，表示赞同苏共二十四大的总结报告对苏联文学现状的"精辟分析"，并号召苏联作家"从党对两个极端的批评中引出全部结论"。格·马尔科夫的报告同时明确指出，前些年"在中央刊物上开展的某些文学争论没有成效"，"在批评的谩骂中听到的是对宗派的辩护",其结果,"造成了混乱","使文学思想陷入了死胡同","这些文学争论的教训是极为有益的"。这无疑是对以《新世界》和《十月》杂志为代表的那场长期的文学论争的进一步否定。格·马尔科夫针对"非英雄化"倾向,提出今天的"文学中心主人公是劳动者",要求作家"更加深入参加生产单位的活动"、"认真研究农村现实的变化"、"城乡接近的历史过程";在"科学本身成了生产力"的情况下,"探讨苏联科学发展的巨大而复杂的问题"。第五次全苏作家代表大会对《苏联作家协会章程》作了某些重要修改,例如在关于社会主义现实主义的提法上,增加了"以党性和人民性为原则"一句话,并把1934年以来章程里的"文学创作和文学批评的基本方法"改为"久经考验的创作方法"。显而易见,这些修改是针对前一时期苏联国内外对社会主义现实主义的种种责难而提出的。

为了贯彻和落实苏共二十四大反对"两个极端"的精神,苏共中央从1972年至1979年先后作出了关于文艺问题的一系列决议,如《关于文艺批评》的决议(1972年1月)、《关于进一步发展苏联电影事业的措施》的决议(1972年8月)、《关于〈苏联文化报〉》的决议(1972年8月)、《关于民间工艺美术》的决议(1975年2月)、《关于培养青年创作者的工作》的决议(1976年10月)、《关于进一步改进意识形态和政治教育工作》的决议(1979年5月)等。毫无疑义,这些决议是苏共二十四大总结报告中提出的文艺方针和政策的继续与发展。其意义与重要性,正如有的作家和批评家所说,是"苏联文艺进一步发展的纲领性文件","标志着苏联文艺进入了一个新阶段"。

对于苏联文学来说,其中关系最密切的和最重要的是《关于文艺批评》和《关于培养青年创作者的工作》两个决议。其实,苏共二十四大的总结报告已经指出,文艺批评对于促进文艺氛围的改变和文艺创作的发展所具有的重大意义:"如果我们的文艺批评能更积极地贯彻党的路线,表现出更坚强的原则性,把严格要求同有分寸、同对艺术财富的创造者采取关怀的态度结合起来的话,那么苏联文学艺术的成就会更大,缺点消除得会更快。"正是基于这一认识,苏共中央在苏共二十四大之后,首先作出《关于文艺批评》的决议,并不是偶然的。决议分析了文艺批评的主要缺点、严重失误和存在的问题，提出了一整套改进的办法。它指出，过去的许多评论文章"都很肤浅，其特点是哲学和美学水平不高"，"表现出对思想和艺术废品采取调和主义态度，主观主义及出于私情和派别的偏袒风气"，"充满庸俗的恭维的话"；"在肯定苏联艺术的革命的人道主义的理想、揭露资产阶级艺术的反动本质方面，在同形形色色非马克思主义文艺观点斗争时，仍不够积极和彻底"，它要求各主管部门和各文艺团体"必须注意提高文艺批评的思想、理论水平和贯彻党的艺术创作路线的积极性与原则性"；要求"调配业务熟悉、政治敏锐"的干部去加强编辑和出版工作等许多具体措施。《关于培养青年创作者的工作》的决议，是十月革命以来苏共中央第一次就青年文艺工作者作出的专门决议。显然与前一时期青年创作者的严重缺点有关。它指出：目前的教学和教育体系仍然存在严重的缺点，没有采取必要的措施改进艺术院校大学生的思想教育和专业教育工作，未能积极地帮助他们树立马列主义的世界观，未能培养他们深入地掌握专业技巧、掌握苏联文化和世界文化的经验，未能把技巧教学和培养崇高的思想品质和道德品质有机地统一起来以激发青年的社会积极性。决议要求党、团、各创作协会，在关心、尊重、严格要求青年创作的基础上改进培养他们的工作，发挥他们的才能，决议认为，培养青年艺术知识分子的工作在文化建设中具有重要意义。在这之后，苏联作家协会根据苏共中央的上述决议，逐个地检查和讨论了各文学刊物编委会的工作，成立了青年作家工作委员会，并于1978年恢复了1930年由高尔基创办的《文学学习》杂志。

苏联文学界经过60年代中期以后数年的工作和努力，在总结第二次世界大战以来三十年苏联文学发展的正反两方面经验的基础上至70年代初，终于逐步地扭转了极端现象和激烈论争所造成的复杂局面，使苏联文学从70年代中期起，得以顺利地和平稳地向前发展。如果说，苏共二十四大的总结报告（1971）对苏联文学现状还是那样的忧心忡忡，那么五年以后苏共二十五大的总结报告（1976）对苏联文学现状的描绘，特别是对文学创作所取得的进展的描绘，已是另一番情景：以前被称为枯燥无味的"生产题材"已具有真正的艺术形式，人们与作品中和舞台上的主人公一道感受到炼钢工或纺织厂长、工程师或党的工作者的成就，并为之感动，甚至施工队的奖金问题这种司空见惯的现象也具有普遍的社会意义，成为热烈争论的主题。在苏联卫国战争题材的创作中，战争的参加者同作品的主人公一道，仿佛又一次沿着前线的道路上的热血行进，一次又一次地为战友——生者与死者的精神力量所倾折。年轻一代通过作品仿佛也参加了父辈或姑娘的光荣战斗，对他们来说，静悄悄的黎明成了为祖国壮烈牺牲的时刻。道德探索的题材虽然付出了代价，但毕竟成绩要多一些。文艺界对作品的要求更加严格了。

1976年6月21至25日在莫斯科举行了第六次全苏作家代表大会。这是一次富有新意和求实精神的代表大会。它与历次作家代表大会的开法不同，全体代表被分到十个专题委员会参加讨论。这些专题委员会分别讨论了苏联文学发展中的十大问题：工人题材与科技进展问题，共产主义品德教育问题，当代社会主义、世界文学发展情况和文学批评问题，青年共产主义建设者的形象问题，儿童文学、青少年文学发展的迫切问题，描写十月革命和卫国战争问题，电影、电视与文学的相互作用问题，苏联文学与多民族戏剧发展问题，苏联各民族文学相互丰富的过程和翻译问题，文学与读者及出版工作问题。格·马尔科夫在题为《在为共产主义而斗争中的苏联文学及其根据苏共二十五大决议所应负的任务》的报告中，突出地谈到了科技革命、人道主义与文学的关系。他认为，苏联人习惯于"科学是生产力这个内容极为丰富的定义"，"这不仅意味着物质的极其巨大的变化，还意味着思想道德的、心理的、人的极其巨大的变化"。然而"科学技术绝没有，也不能在我们这里带来社会和艺术的非人道化"，"正是社会主义为人道主义的发展开辟了前所未有的天地"。格·马尔科夫在报告中第一次把文学与生态学联系起来，指出"在今天我们称之为生态学的问题，在现实生活中是为子孙后代进行尖锐斗争的基地。在这块基地上接触到具有世界意义的最重大问题"。他号召作家进一步地、更连贯地表现"这个主题的全部哲学上和心理上的多样性"。

三

1971年苏共二十四大提出反对文艺领域"两个极端"和1972年苏共

中央作出《关于文艺批评》的决议之后，经过第五和第六次全苏作家代表大会的工作，十年前苏联文学界在思想上和艺术上曾经出现的那些大起大落的极端现象、慷慨陈词的激烈论争和没完没了的派别纠纷，基本上告以结束。与 70 年代以前相比，苏联文学思潮发生了引人注目的变化。代表这一变化的文学论著有：赫拉普钦科的《作家的创作个性与文学的发展》（1970）、梅特钦科的《继往开来——论苏联文学发展中的若干问题》（1971）、鲍恰罗夫的《人和战争——论战后战争小说的社会主义、人道主义思想》（1973）、诺维科夫的《艺术真实与创作的辩证法》（1974）、赫拉普钦科的《艺术创作、现实、人》（1977）等。重要文章有：杰米契夫的《列宁与文学艺术的党性》（1970）、伊·雅科夫列夫的《驳反历史主义》（1972）、梅特钦科的《以广阔的历史尺度来衡量》（1977）、《文学报》专论《苏联文学经典作品的教益》和《社会准则的明确性》（均1978）、《文学报》专论《我国文学的正面人物》（1979）等。这些论著和文章对 50 年代中期以来几个争论不休的、敏感而困惑的问题，作了新的较全面的阐述：

关于文学主人公，当 60 年代初"非英雄化"逐渐成为一种潮流的时候，50 年代初曾经遭到批判的"理想人物"的主张重新抬头，似乎只有塑造"理想人物"，只有描写强有力的，心灵美的，既能体现崇高的共产主义理想又能看到未来社会的人的特征的形象，才是苏联文学头等重要的任务，似乎只有"理想人物"才能对抗"非英雄化"的泛滥。然而这种主张并没有被接受，而且被视为在继续捍卫"理想人物"这个不完整的公式或企图复活"理想人物"这个声名狼藉的概念。像"理想人物"一样，"非英雄化"仍被当作一种危险倾向而受到猛烈抨击，许多文章认为不能把同教条主义的斗争理解为同艺术中的英雄主义原则的斗争，不能把英雄主义的原则同人的原则对立起来，不能一概地排斥英雄人物而一味地去美化"小人物"、"着地的人"、"螺丝钉"、"被组织和被领导的人"。不仅如此，在反对复活"理想人物"和批判"非英雄化"这两种极端倾向的过程中，"正面人物"这个从报刊上消失十多年的传统概念得到恢复，重新成为苏联文学的注意中心，而且认为正面优秀人物的形象问题，过去和现在一直都是 20 世纪世界艺术中新的创作方法和新的美学流派的主要问题之一。正面人物概念并不是简单的被恢复,而是在新的历史条件下获得了新的内涵和外延。也就是说,正面人物既不是过去所理解的那种固定的"品德的集成",那种无往而不胜、无所畏惧、无所怀疑的人,那种绝对正确、永远不会犯错误的人,也不是那种在生活中怀疑一切、批判一切而无所作为、浑浑噩噩的人。正面人物在自己的内心世界、生活态度、思想、感情、行动中表现出了一定社会发展阶段的主要的、先进的东西。他不是例外的现象,不是单调、划一、刻板的人,而是活生生的人,现实的人;他的命运不一定一帆风顺,因为好人也常常有着困难、曲折、复杂的命运。在苏联批评界看来,当今的"正面人物"是一个包含着各种各样的类型、性格和命运的广阔概念。在 70 年代以来的苏联文学创作和文学评论中,"我们同时代人的形象"、"实干家"、"科技时代的人物"、企业中的"新型领导人"的形象,特别引人注目,并且在正面人物的画廊中越来越处于举足轻重的地位。这种情况的出现,同那个时候苏联正在展开的"科技革命"、"经济体制改革"的现实生活是分不开的。

关于真实,自 60 年代中期起,既反对粉饰现实,回避缺点、困难和生活的阴暗面,又反对把真实仅仅同批判和暴露相联,反对对生活中的正面现象抱着戒心。换句话说,既反对"无冲突论"又反对"倒转过来的无冲突论"这两种极端的倾向,认为在真正的艺术创作里,批判原则和肯定原则永远处在辩证的统一之中;认为构成文艺的基础的生活真实,总是对历史发展过程和历史的革命辩证法的深刻揭示,回避现实的真正矛盾和回避对这些矛盾作出客观、正确的理解与阐明,以及与此相反的抹黑行为,是一件事情的两个方面,都是缺乏责任感和表面地、主观主义地理解生活。但是,写真实的重点实际上已经转移,不像十多年前反"无冲突论"那样放在批判和暴露上,而是更多地要求"表现我们生活在其中的世界的美"和"丰富多彩的现实","展示苏联人民的伟大业绩","以共产主义的崇高理想教育一切人,并帮助他们实现这种理想",虽然也提倡"描写困难,揭发不良现象和错误",但绝对不许抹黑现实。同时,还加强了对以各种形式出现的自然主义和纯客观主义的批判,反对宣扬"大真实"是"小真实"的机械积累,反对把个别、偶然的事件几乎说成是创作的唯一基础,反对将单纯地描写事实当作艺术反映现实的手段,反对在文学新思潮的幌子下冒出来的、既有口语化的格调又有"新奇"的叙述手法的假革新；而且认为真正的艺术真实同概括、综合、典型化是不可分的，拒绝艺术的典型化，不管其理由是什么，都是拒绝认识的规律性，任何一种哪怕是对生活最准确的描写，对人的心理的最细致的分析，也不能勾销或取代对时代的基本过程作出社会、哲学的阐述。典型是艺术真实的核心，艺术地把握现实从典型开始，并以典型结束。典型是时代的现象，艺术同现实的联系、艺术的认识能力无不体现在典型之中。

关于人道主义，60年代中期以来，既反对庸俗社会学的残余，把人道主义一概拒之门外，又反对没有阶级标准的主观主义，宣扬抽象的人道主义，把"纯粹的人性"和"纯粹的善良"视为人的真正本质的表现，热衷于议论"普遍的人"、"普遍的精神现象"；认为那种以超社会的观点对待诸如良心、荣誉、人的人道行为是错误的，是一种诋毁社会阶级准则的现象，认为文学既是"人学"又是社会学。前十年文章中经常出现的"人道主义是苏联文学的灵魂和核心"的词句，已经不见。为了同抽象人道主义划清界限，1971年7月1日通过的第五次全苏作家代表大会的《苏联作家协会章程》明确规定："为在艺术中确立社会主义人道主义……的崇高原则而斗争"是"苏联作家协会的基本任务"之一。此后，苏联文学界一般都强调社会主义人道主义的提法，认为这是一个反映了先进阶级的利益和理想的阶级概念，其目的在于消灭地球上非人的生活条件和保证人的全部精神价值的发展。如果谁不理解这一点，就意味着他没有理解最主要的东西，如果谁不考虑劳动人民的生活需要和利益，他就不能被称为真正的人道主义者。社会主义的革命人道主义和高尔基式的人道主义之所以成为新文学的主导思想，在于新文学反映了世界历史发展的必然性和无产阶级专政的不可避免性。在文学评论和文学创作中，与十年前的人道主义调子相反，不再抨击把人当作"历史的燃料"、"螺丝钉"、"牺牲品"，不再提倡在"人身上寻找人"，而且指出英勇精神是人性的最高表现，是社会主义人道主义的最高表现，人应该是斗争中的战士，悲剧中的英雄。在强调描写社会对个人的命运和幸福所应承担的责任的主题的同时，也强调描写个人对社会的进步所应承担的责任的主题，认为人的发展应该是为了人们而通过社会来实现，社会的发展应该是为了人而通过人们来实现，而历史的意义和本质就在于人和人类这一辩证的联系之中，不存在人道主义之外的社会进步，也不存在社会进步之外的人道主义。

与前一阶段相比，60年代中至70年代末苏联文学思潮在主人公、写真实、人道主义等方面所发生的变化，虽然有许多积极的，值得肯定的地方，但也不是没有问题。这主要表现在：由于过多地强调表现人民的历史功勋和英雄主义及生活中的美，文学的批判锋芒相对减弱，对一些该否定的东西未能继续加以否定，也就是说，未能保持和发展前一阶段那种锐意革新的势头。相反，对一些具有尖锐的揭露倾向和批判倾向的作品或有争议的作品，仍然采取行政命令的方法，禁止发表。一些勇于鞭挞社会阴暗面和反对现代市侩意识的作品，即便得到发表，却常遭到这样或那样的指责。虽然文学界的那种剑拔弩张的争论逐渐平息下来，但是作家、批评家把手稿寄往国外发表的情况却时有发生。这说明，这种稳定还不是真正的稳定。

四

在文学理论的探索方面，自60年代中以来，一些迫切的、经常引起争论的传统课题的研究，取得了新的进展和新的突破。其论著之多，思想之活跃，内容之广泛，都是过去所没有的。其中尤以现实主义和社会主义现实主义的理论探索，最为令人瞩目。

关于现实主义理论问题，其代表性论著有：苏奇科夫的《现实主义的历史命运》（1967）、布尔索夫的《永恒的和今天的现实主义》（1967）、叶夫尼娜的《现实主义和20世纪的艺术探索》（1969）、彼得罗夫的《批判现实主义》（1974）、尼古拉耶夫的《作为创作方法的现实主义》（1975）等。它们就苏联国内外围绕现实主义问题展开的争论，在几个重要的方面表明了态度和见解。比较一致的看法是，现实主义就其本质而言，它从来不保守，也永远不会过时。它总是新的、发展着的和处在更接近现实地反映现实的经常不断的探索之中。只要现实在运动，现实主义就在运动。现实主义是一个能够经常进行自我更新的流派，它绝不仅仅重复过去的手法和公式。而是不断地同一切因循守旧的现象进行斗争，力求更勇敢地接近现实和更积极地反映现实。这是其一。其二，反映生活真实的某些特点和方面，早在古代艺术里就有了。现实主义作为一种独立的创作方法和独立的创作流派，则是人类社会发展的一定阶段中的历史现象。它始于16—17世纪，到18世纪法国资产阶级革命前夕才最后形成。这是一种看法。与此相反的看法则认为人类艺术自古以来就存在现实主义和浪漫主义两种创作类型。在现实主义的起源问题上，苏联评论界仍然存在分歧。其三，现实主义虽然是发展着的，但它从来都具有自己的"边"。作为现实主义方法的实质、灵魂和核心，是社会分析，是研究和表现人的社会经验、社会关系、个人与社会的相互关系及社会本身的结构。这种社会分析使艺术家有可能揭示生活的主要特点和规律。然而社会分析绝不取消心理分析，相反，后者使前者变得更为丰富多彩；社会分析是把研究和展现人的内心世界及同客观世界——人们、社会的相互关系——作为最重要的因素而包括在自身之内。典型化是现实主义艺术的关键、本质和特点之所在，是和艺术的认识作用不可分割的。其四，现实主义艺术创造了自己的审美现实，这种审美现实从一开始便同生活现实有机地联系在一起，它可以在生活逼真的形式中和同生活逼真不相符合的假定形式中描写现实的本质。现实主义艺术为了达到自己的审美效果，在选择艺术手法方面是完全自由的，所有手法都包括在现实主义美学中，只要它们有助于对世界的艺术认识。苏联评论界对现实主义表现手法所取得的这种共识，与过去那种局限于生活本身形式的狭隘观点相比，是前进了一大步。其五，现实主义是一种多流派的艺术，其内部分为不同的创作类型，或心理的、社会的和浪漫的，或环境的和征兆的等。

关于社会主义现实主义的理论探讨，随着苏联文艺实践中的新进程、新特点、新经验的出现，以及对国外文学的介绍和研究的加强，而变得更加积极。这除了苏联文艺自身运动的背景外，还有着明显的国际挑战的背景。在西方的文艺评论家中，有些人并不直接否定社会主义现实主义，甚至也没有直接提出以现代主义取代它，但他们时常在反教条主义的旗帜下，主张根据20世纪文艺的新情况来发展现实主义的理论和扩大现实主义的界限，像名噪一时的现实主义和现代主义的结合论，主观现实主义和客观现实主义的分开论，"无边现实主义"论，"第三种现实主义论"，

"等待戈多的现实主义"论，均属此列。与此同时，这些"新"理论的创造者对苏联的社会主义现实主义也提出了不同程度的批评和挑战。苏联文艺界在同这些"新"理论进行争论时，迫切地感到有必要加快社会主义现实主义理论的研究步伐。从某种意义上看，这种批评和挑战在客观上对苏联文艺界起了一定的促进和推动作用。

1966年6月，苏联《文学问题》杂志编辑部召开了"社会主义现实主义的迫切问题"的座谈会。著名文学理论家苏奇科夫、诺维钦科、奥泽罗夫等对社会主义现实主义理论的研究现状表示不满，认为现有的社会主义现实主义的定义不够准确，没有包括其根本特点和美学特点，现在是提出为艺术实践所丰富的那些新东西的时候了，应该更广泛地确定新艺术方法的思想特点和美学特点，应该更勇敢地发展社会主义现实主义的理论，否则苏联的"文学思想就不能成功地同资产阶级文学理论、唯美主义概念、教条主义公式进行斗争"。这次座谈会实际上为进一步探索社会主义现实主义理论揭开了序幕。从此在苏联报刊上就社会主义现实主义的发展问题展开了热烈讨论。从1966年到1979年这十多年里，除报刊上的文章外，仅集体撰写的论文集和个人撰写的专著就有十几部之多。这是苏联社会主义现实主义理论研究中从未有过的新现象。

在如何发展社会主义现实主义的问题上，苏联学者之间并无一致意见。

以彼得罗夫教授[①]为代表的一些学者，主张社会主义现实主义方法的统一性和风格形式的多样化。彼得罗夫指出，社会主义现实主义除了党性和人民性的原则外，应以古典现实主义相当丰富的传统为基础，以"现实生活本身的形式描写生活"为主导原则，同时这种"直接现实主义"的风格并不妨碍浪漫风格、特定的联想和非常夸张的风格、民间文学的风格或特定的童话风格的发展，社会主义现实主义作为苏联文学的普遍方法的形成，绝不意味着要建立某种统一的、标准化的风格，不应当把方法和风格混为一谈。在统一方法的基础上可以有"直接现实主义"、浪漫和假

---

① 彼得罗夫：《社会主义现实主义当代问题·方法的审美本质》，苏联文学出版社1976年版，第35—42页。

定—联想等多种风格流派。

以奥夫恰连科教授①为代表的一些学者，主张苏联文学创作方法多样化。奥夫恰连科提出：像社会主义现实主义一样，"社会主义浪漫主义"也是苏联文学独立的创作方法之一。这因为，生活真实既可以反映在现实主义艺术中，又可以反映在其他的艺术中，他以武尔贡、杜甫仁科、雅诺夫斯基的作品为例，证明"在社会主义艺术的广阔范围内，浪漫主义是一种独立的艺术方法"，"就是社会主义现实主义的奠基人高尔基，也曾写过一些同现实主义不相符合的浪漫主义作品"。并且指出，1934年制定的那个社会主义现实主义的定义里，只说它是"基本方法"，而没有说是"唯一的方法"。他援引卢那察尔斯基在1933年的一次谈话作为根据，即："社会主义现实主义是一个广泛的纲领，它包括各种不同的方法……"换句话说，卢那察尔斯基是赞成苏联文学创作方法的多样化的。另一些人则认为，即使在苏维埃时期也有批判现实主义的作品。或者说，存在着以批判现实主义为基础的艺术地把握社会主义现象的可能性。

苏联文艺界经过60年代末和70年代初广泛而热烈的讨论，一般都不赞成以上两种主张，认为文学创作方法多元化会导致"社会主义现实主义理论的贫困化"。有人问道：如果有"社会主义浪漫主义"和"社会主义批判现实主义"，是不是还允许有"社会主义感伤主义"、"社会主义现代主义"？在多数人看来，创作方法多样化的主张只会带来混乱。1973年《文学评论》杂志第9、10期连续发表了三位通讯院士——苏奇科夫、德·马尔科夫和洛米泽的三篇文章，集中批评了创作方法多元化的主张。他们指出这一主张会"使我们的文学迷失方向，并堵死研究现实主义方法新质的道路"，是一种"伪科学理论"，"在逻辑上不通"等。同时，他们也批评了以生活本身的形式反映生活的主张，认为这是对真实艺术的"狭隘理解"。

在同这两种观点的直接争论中，以德·马尔科夫为代表的一些学者提出，社会主义现实主义是"真实地描写生活的历史地开放的体系"。这是苏联社会主义现实主义理论中的新命题。在德·马尔科夫之前，苏奇科夫在60年代初同加罗第的"无边现实主义"的论争中已作过许多有价值的

---

① 奥夫恰连科：《社会主义现实主义和当代文学过程》，文学出版社1968年版，第162—232页。

探索，并且提出了社会主义现实主义的开放性质这一思想。虽然他于1974年去世，不过从他的《现实主义的历史命运》一书和70年代初的一系列文章里，仍然可以窥见他的总的思想轨迹，即社会主义现实主义艺术不是一种停滞不动的和一劳永逸的美学结构，它的发展、丰富和变化经常在进行。社会主义的各个新阶段都给艺术语言和社会主义现实主义的审美实质带来了变化。社会主义现实主义的世界观的一致性并不妨碍艺术探索，以及审美地把握生活的手法的丰富性。社会主义现实主义是一种多流派的艺术。各个流派之间虽然没有一道不可逾越的藩篱，但是就其描写手法而言，仍是互不相同的。第一个流派，也是最为常见的流派，它是在客观的、生活本身的形式中再现生活的流派，如列昂诺夫等。这个流派的描写手法，为在具体的、历史的完整性中描写生活现象开辟了巨大的可能性，在社会主义现实主义的美学体系中占有重要的地位。然而就是这个流派内部，也还存在着为数不少的、具有不同色彩的、真实地把握生活的多种形式，其中心理现实主义在苏联文学中占有极为重要的地位。第二个流派是在假定—比喻的形式中描写生活，它常常远离生活的逼真性而赋予形象以多种的含义。其代表作家有马雅可夫斯基、布莱希特、希克梅特、艾吕雅等。第三个流派一般称为浪漫流派，也可称为抒情—悲壮流派。对它来说，生活的逼真原则不一定是必须的，其特点在于描写生活现象和事件时所具有的概括性，代表作家有叶赛宁、雅诺夫斯基、帕乌斯托夫斯基、维肖雷、巴别尔等。

德·马尔科夫在1972年首次把社会主义现实主义界定为"开放体系"，显然吸收了苏奇科夫的思想。"开放体系"本身也经历了一个自身变化和发展的过程，它最初称为"表现手法的历史地开放的体系"和"艺术形式的历史地开放的体系"，最后定为"多方面地认识生活和真实地描写生活的历史地开放的体系"。看得出来，德·马尔科夫的新命题在文艺界的讨论和争鸣中不断得到完善和充实。正如他本人所说，这不是他个人的发现，而是"集体的创作"。这句话并不完全出于自谦。

"开放体系"的基本内容[①]可归纳为以下几点：

---

① 参见德·马尔科夫《真实地描写生活的历史地开放的体系》，《文学问题》1977年第1期。

第一，社会主义现实主义在原则上是一种新的艺术意识和新的美学体系。它的哲学基础是对世界和人的马克思列宁主义的理解；它最根本的共同原则是社会主义思想，社会主义人道主义和共产主义党性；它同所有其他的方法和思潮相比，既直接同现代主义艺术的主观主义相对立，又区别于一般民主主义的艺术创作，它作为一个由相互联系和相互影响的所有成分构成的体系，其方法的根本原则和形象地表现生活的形式与手段，是不能被分开的。如果破坏所有成分的完整性和一致性，势必导致整个体系的瓦解。

第二，社会主义现实主义作为新的美学体系，依据的是"广泛真实性的准则"，不局限于一种描写生活的方式——以生活本身的形式反映生活，否则就会导致关闭其他各种手段发展的可能性或允许其他创作方法同社会主义现实主义并存。当代的社会主义艺术经验已证明，既可以用生活本身的形式描写生活，也可以浪漫地描写生活和假定—幻想地描写生活，绝不排斥过去时代的和现代的艺术的真实性。从这个意义上说，社会主义现实主义同真实艺术的共同特点相融合。

第三，社会主义现实主义是一个发展的、灵活的体系。对于社会主义现实主义的艺术家来说，客观地认识不断发展的现实主义是没有界限的，题材的选择是没有限制的，表现生活真实的艺术手段也是没有限制的，也就是说，在所有这些方面都是历史地开放的。它可以把过去的和现在的其他流派在表现手法方面所取得的成果融为一体，但这是一个完全消除互相排斥的过程，一个彻底改造这些成分的职能使之与新体系的要求相适应的过程。

第四，社会主义现实主义作为新的美学体系，它的开放性不是无边的，在观念上同现代主义美学相联系的那些艺术形式，不可能成为社会主义艺术的不可分割的组成部分，因为它们体现了同社会主义艺术真实性原则相对立的世界观，而这种世界观决定着形象的结构。同时，对和现代主义有联系的那些艺术家的创作道路及其矛盾性，应该进行客观的研究，不能认为凡是非现实主义的，就是现代主义的。

德·马尔科夫的观点在今天已经受到不少学者的肯定，被认为是社会主义现实主义理论发展中的重要路标——既反对了关于社会主义艺术的教条主义观念,又反对了无边现实主义的观念。在 1979 年 1 月 10 日至 1980 年 4 月 30 日《文学报》组织的"社会主义、现实主义:艺术经验和理论"的讨论中,以及在一些文章中,有人提出异议,认为"开放体系"的概念模糊不清,在"开放的美学体系"和"创作方法"之间存在着内在矛盾,"现实主义无限丰富,无须从其他体系吸收表现手段"等。尽管问题仍在讨论之中,但是德·马尔科夫把社会主义现实主义的各种成分(思想的、审美的、诗学的)看作一个有机的体系,认为这个体系是发展的、开放的、灵活的、能够进行自我调节的,并主张在形式和手法上吸取过去和现代世界文艺发展中一切有益成果等基本观点,则是合理的和必要的。

五

方法论的探讨是苏联文学理论的变化和发展的一个重要标志。随着现代科学的日新月异,新的"精密"方法不断出现,自然科学和社会科学的相互渗透,艺术在社会生活中的作用的加强,文艺门类的扩展,读者对文艺的影响,方法论问题已成为 70 年代以来苏联文艺研究的重要课题之一,同时也是苏联文艺学所取得的重要成果之一。许多学者不再满足于过去在苏联文艺学中占统治地位的那些"传统"方法(如文艺的社会起源方法等),他们不仅恢复了一个时期内被打入冷宫的文学比较和文学心理研究等方法,而且从现代科学中引进和借鉴了一些新的方法(如系统分析等),这使苏联文艺的研究方法得到了迅速发展。这是苏联文艺学中出现的新气象和新趋势。方法论的探索目前尚处在方兴未艾之中。

文艺的综合研究是当代苏联文艺学最早提出的方法之一。1963 年,苏联第一次举行了艺术创作的综合研究讨论会。参加会议的有各门学科的代表:文艺学家、数学家、哲学家、心理学家、控制论专家等。会议一致认为,在今天,艺术创作已成了各种不同科学的研究对象,不仅文艺学在研究,而且心理学、生理学在研究,甚至连数学等学科也在研究。因此,有必要组织各个知识领域的力量共同研究文艺发展的规律性,不仅应该把文艺研究方法同在传统上与之相关的哲学、美学、历史学、社会学联系起来,而且应该同现代科技发展中的信息论、系统论、控制论联系起来。只有在各个学科的交接点上，从单学科的研究过渡到超学科的综合研究，才能实现文艺研究工作的新突破，并产生具有前途的研究方向和方法。为了达到这个目标，苏联科学院在其所属的世界文化史学术委员会里，成立了一个综合研究艺术创作的学术委员会，由苏联著名文艺理论家、文学史家梅拉赫教授担任主席。这个委员会编辑出版的著作有：《科学协作和创作奥秘》（1968）、《艺术接受》（1971）、《艺术和科学的创造》（1972）等。此外还有梅拉赫的《在科学和艺术的交接点上》（1971）、卡冈的《艺术形态学》（1972）、西尼茨基的《艺术和模型》（1973）、彼得罗夫的《群众交际和艺术》（1975）等。所谓综合研究，它实际有两层含义，一是要把艺术现象看作综合研究的对象，二是要把艺术研究本身也看作综合研究的对象，即艺术研究的一切方面：美学、文学理论、艺术社会学、文艺心理学……都是一个有机的整体。比如说，对列宁文艺思想的研究，苏联批评界认为必须把列宁主义看成一个完整体系，从列宁的哲学观、经济观、政治观、历史观、文化观等各个方面来研究列宁的美学观。同时，列宁研究艺术现象的方法论，一方面通过现实—艺术家—艺术作品—读者这一系统进行，另一方面在综合的，即在艺术的认识、社会、教育、社会组织和审美功能的一致性中进行。

几乎与综合研究方法问题提出的同时，在文艺研究中如何运用控制论、信息论、系统论、符号论的专著，也相继出现。如，洛特曼的《艺术文本的结构》（1970）和《电影符号论和电影美学问题》（1973）、尔热拉什维里的《美学信息·把符号论和信息论的思想运用于分析某些美学问题的试验》（1975）、赫拉普钦科的《艺术创作、现实、人》（1977，该书第二部分对符号学与艺术创作、审美符号的本质、文学和现实的模型等问题作了详尽的论述）等。对于运用横断科学和自然科学的方法，苏联学者之间曾经有过激烈的争论。有人提出，把符号学、数学等非"传统"方法运用于艺术创作的研究，不过是一种时髦、一种过眼的烟云，因而对它们采取了嘲讽的态度。他们担心这些新方法的运用势必导致对"传统"方法的否定，甚至要破坏人文科学的"完整的人的内容"。他们声称这是"生动的思想屈从于抽象的逻辑和现代文明肢解性技术的僵死方面的一种投降行为"；是回到苏联20年代形式主义学派关于艺术形式的方法研究的老路上去了。多数学者则不这样看,认为在文艺研究中运用现代科学的"精密"方法,符合现代科学知识的性质,是合适的和必要的,是生活本身和艺术实践本身在方法论方面提出的新任务和新问题,苏联文艺学的威信将会随着吸收各种新的辅助研究手段而得到提高。同时,在主张引进和借鉴新方法的苏联学者中间,观点也并不一致。例如,对于文学的符号结构的研究,赫拉普钦科就不赞成洛特曼把文艺中的一切现象都看作符号的见解,认为除符号现象外,还有非符号现象,而且必须把文学符号学同文学的历史功能研究有机地结合起来,不仅应该看到审美符号在结构特征中的稳定性,而且应该看到它们在历史上的变化和发展,以及它们在艺术概括体系中的相互关系。总的说来,苏联学者认为,在辩证唯物主义与历史唯物主义的指导下,符号研究等新方法不失为辅助性方法,但绝不能也不应该用它们取代"传统"方法。有的学者还指出,实际上在苏联文艺学中已经出现了莫斯科-塔尔图结构符号学派。问题是,既不能把他们视为意识形态领域里的敌人,又必须防止艺术的非意识形态化和非人学化,防止把某种方法和手段绝对化,像西方资产阶级文艺学所做的那样,去创造各种各样的美学和艺术的理论。正确的态度应该是,不抛弃历史主义的原则,要结合艺术的特点和规律来运用新方法。对象改变了,方法也应该随着改变。

系统分析方法在苏联文艺学中是最受重视的新方法。赫拉普钦科称它是"时代的现象"。其他学者也指出,当代的艺术思维水平使得历史科学的每个领域,其中包括文学在内,如果不注意系统分析的基本原理,就不可能向前发展。系统分析是文艺研究方法的组成部分之一,它可以把文艺研究提高到一个新的水平。它的重要性和迫切性是同当代社会科学发展的任务相联系的。70年代以来,苏联学者根据系统论的一般原理,即系统是相互联系的成分的完整综合,系统同环境的特性的一致性,任何一个系统都是较高层次或较低层次的系统等,并撰写了不少关于文艺系统分析的论文或专著,如梅拉赫的《"艺术系统"的概念和定义》(1973)、卡冈的《人类活动(系统分析实验)》(1974)和《作为信息系统的艺术活动》(1975)、赫拉普钦科的《关于系统分析的思考》(1975)、涅乌波科耶娃的《世界文学史——系统分析和比较分析的问题》(1976)等。

按苏联学者的理解,系统分析方法同艺术的本质不仅不矛盾,而且是它所要求的，因为艺术现象本身是复杂的、多层次的、多方面的、多功能的。所谓系统分析，就是把人类艺术活动看作一个有机的、完整的系统，大到世界文学、民族文学、文学时代，小到文艺流派和文艺作品，全都不是偶然的、简单的组合，它们自身的各种成分都是相互联系、相互制约和相互作用的，其中有些成分具有从属性质。与西方的结构主义文艺学不同，苏联的系统分析强调内容层次的基本的、主导的、决定性的作用，同时又认为，把系统分析方法看成结构主义的财富，是没有任何根据的。马克思主义是讲结构的，结构是事物本身所固有的。马克思的《资本论》详尽分析了资本主义生产关系的结构。列宁曾就此写道：《资本论》"把整个资本主义社会形态作为活生生的东西向读者表明出来，将它的生产关系所固有的阶级对抗的具体社会表现，将维护资产阶级统治的资产阶级上层建筑，将资产阶级的自由平等之类的思想，将资产阶级的家庭关系都和盘托出"。赫拉普钦科具体指出，每一位有才华的作家的创作都是一个系统，这个系统的组成是以思想、主题、形象、艺术个性的独特印记为特征的，即使在创作发展过程中出现了最尖锐的矛盾，通常也不会破坏大作家的创作活动的系统。系统分析有助于揭示文学发展中共性和个性的辩证关系，有助于克服过去突出一种成分而忽视其他成分，甚至用一种成分的分析来取代其他成分的分析，把作品的主题思想看得高于一切的那种片面的、简单化的分析。如果不研究作品的"音调组成"和"情感投影系统"是不可能理解一个作家艺术地把握世界的特点的，因此，对一部作品的其他成分——结构、情节、人物、事件及其同环境的关系，全都应该研究。这种研究并不要求把所有成分的作用都看成是同等的。卡冈认为，在过去的苏联文艺学中，往往对文艺现象结构的复杂性和多样性认识不足，常常出现对文艺实质的单线阐释，有时把它看成是意识形态的，有时把它看成是认识的，有时把它看成是创造的……如果采用系统分析方法，把文艺现象看成是一个多层次、多侧面、多功能的系统，就不难揭示艺术在内在结构上的认识的、评价的、审美的、改造的、交际的诸方面的性质和功能，那将有助于克服过去流行的庸俗社会学观点和片面的认识论观点，有助于马克思主义的逻辑和历史相统一的原则的贯彻。目前，系统分析方法在苏联已广泛运用于文学作品、文学流派、创作方法和整个艺术文化现象的研究，使苏联的文学研究进入了前所未有的新阶段。

除了综合研究和系统分析这两种方法外，在苏联文艺学中得到比较普遍运用的，还有类型研究、历史比较研究、历史功能研究等新的方法。

文学类型研究不完全是一种新方法，20世纪以前，就已经存在。然而从60年代中期以来，它受到了广泛重视，并大大地扩充了应用范围。1967年，苏联科学院世界文学研究所召开了俄罗斯文学类型研究学术讨论会。赫拉普钦科在会上作了《文学类型研究及其原则》的报告，后来他在《作家的创作个性和文学的发展》（1970）一书里及其他论文里，作了进一步发挥。他认为，文学的类型研究和文学的比较研究在一定程度上十分接近，但不完全相同。两者都把文学形象的对比作为分析的出发点，比较研究多半理解为对不同文学之间的关系的考察，以揭示它们之间的相互影响和相互作用，包括不同国家和不同时代的作品的内容、题材、情节、艺术形象等方面；类型研究所要阐明的并不是文学现象的个别独特性，也不单单是文学现象的相似特征，仅仅具有一定的相似之处和个别共同点的文学现象还不能称之为同类型的，只有那些在根本素质上、结构上相互近似的文学现象才能被认为是同类型的。在概括类型时，相近的、共同的、相似的东西不是从个别的、特殊的东西之中完全抽象出来的，不是把一般和特殊截然对立起来，而是在一般和特殊的内在联系中揭示出来。关于类型研究的原则，苏联学者之间存在着不同的主张。有以人物性格与环境的相互关系来进行分类的，有以社会分析和心理分析的相互关系来进行分类的，有以作家的思想倾向的共同性来进行分类的。对上述三种分类原则，赫拉普钦科均提出了批评。在他看来，人物性格与环境的相互关系这一分类原则可以运用于现实主义文学，但是对那些不以人物性格与环境的相互关系为主要创作目标的非现实主义文学或抒情诗等体裁的作品来说，实际上就无法运用；社会分析和心理分析的相互关系的原则，也只能运用于某些文学现象，而不是所有的文学现象；至于作家的思想倾向的共同性原则，其根本缺陷在于抹杀文艺的特殊性，把作家的世界观与艺术创作相提并论。他认为，只有艺术表现中的一定冲突才是类型研究的基础。冲突的发展不仅决定艺术形象的联系和矛盾，而且决定作品的各个成分的相互关系及其内部结构。为了使文学的特征，而不是局部的特征成为类型对比的基础，必须对具有结构性质的特征进行研究。借助于结构的特征，并不等于从现代结构主义者所提出的原则和方法出发。结构分析的思想绝不是现代结构主义者的发明和特权，它早已有之。马克思列宁主义所说的结构关系不仅涉及形式，而且涉及内容。作品的结构不是与现实世界和艺术世界毫无关联的纯形式的东西。与结构主义、形式主义的理解不同，文学类型研究的原则是一种"社会的、结构的原则"。依据这一类型研究原则，赫拉普钦科将19世纪50年代以前的俄国现实主义文学分为两大类型：普希金流派和果戈理流派。归入前者的有莱蒙托夫、赫尔岑、屠格涅夫、冈察洛夫等，在他们的创作中，个人与社会的联系、冲突占据中心地位；归入后者的有涅克拉索夫、谢德林、格·乌斯宾斯基等，在他们的创作中，民族和人民的要求同那个时候社会制度之间的矛盾、冲突占据中心地位，但又不排斥对个人的心理描写。19世纪50年代以后，出现了既不属于普希金流派也不属于果戈理流派的现实主义的三大高峰——列夫·托尔斯泰、陀思妥耶夫斯基和契诃夫。这三大作家从各个不同的方面展示了时代的社会冲突和人物的丰富的内心世界。而且在他们的创作中，社会、哲学、心理的因素得到了加强。在文学的类型研究中，除作家的类型研究外，风格、创作方法、体裁的类型研究也有了迅速的发展。

苏联的文学历史比较研究，不同于一般的比较研究方法（即通常所说的比较文学），虽然两者都要对文学进行比较，但比较研究局限在不同国别文学之间，它探讨的是各国文学的特点。历史比较研究则不同，它是对同一民族文学的同一时期或不同时期的各个作家的作品，以及同一作家的不同时期的作品之间的比较研究。这种方法是苏联学者普鲁茨科夫在《文学作品的历史比较分析》（1974）一书中提出的。他认为，一部作品的实质可以通过分析它同其他作品的联系或客观的相互关系加以揭示。这样就能确定它们在文学运动和社会运动中的地位，以及在文学的历史进程中的不同力量的对立和斗争。文艺作品之间的关系不仅仅是传统的继承关系，除了这种关系外，还有复杂的、间接的、矛盾的、深深地隐蔽着的、作家本人所没有意识到的多种关系。普鲁茨科夫以19世纪俄国文学的现实主义流派（"自然派"）的作家为例，对这些关系作了说明。如，渊源关系（"自然派"和普希金、果戈理的关系）、同类关系（"自然派"作家的创作)、相同关系（"自然派"作家在描写"多余的人"、"小人物"、贵族地主方面的相同点)、对立关系（"自然派"作家是在同浪漫派作家的对立之中形成和发展的)。在普鲁茨科夫看来，历史比较研究方法既可以说明一个作家创作的独特性，又能够揭示不同作品之间的各种内在联系。

历史功能研究是 60 年代开始在苏联文艺研究中兴起的一种方法。按这种方法的要求，在分析一部作品时，尤其是在分析一部优秀作品时，不仅要看到它在作者生前时代所起的作用，而且要看到它在作者所处的那个时代以外——在未来时代所起的作用。也就是说，既要分析一部作品同诞生它的那个时代的关系，也要分析它在未来时代的读者那里是怎样显出自己的新方面，以及它在整个历史发展过程中究竟有多大的生命力。用巴赫金的术语表示，历史功能研究即"对话关系"的研究。作品的"对话关系"由若干价值关系的冲突所组成。根据这些冲突，"对话关系"又可以分成三个基本类型：第一，作者和前辈对被反映的对象所作的评价之间的关系（作者同前辈的对话）；第二，作者对他的听众、读者、同代人的回话的反应（作者同当代读者的对话）；第三，作品同未来时代的读者（后辈）的对话。尼格玛杜琳娜认为，一部作品的潜在内容就表现于巴赫金提出的第三种类型的"对话关系"之中，亦即作者同未来读者的对话等于该作品的潜在内容。根据历史功能方法，有人以俄国的阿瓦库姆的《自传》、格里鲍耶陀夫的《聪明误》和普希金的《叶夫盖尼·奥涅金》三部作品为例，具体地揭示了它们从问世之日起，在各个历史时代所起的不同的历史作用。在苏联学者看来，历史功能方法有助于进一步理解文学运动的发展和对各个文学流派的特点的认识。

文艺的认识特点的研究，在 60 年代中期以后获得了进一步发展，一些学者开始把哲学范畴的"价值"概念同文艺的认识特点联系起来考察。这是继文艺的特殊对象和特殊内容的探讨之后，在苏联文艺思想和美学思想发展中的一项重要成就。在一个很长的时间里，"价值"概念在苏联哲学界被视为资产阶级的遗物。自从屠加林诺夫的著作《论生活价值和文化价值》（1960）和《马克思主义的价值说》（1968）发表后，苏联哲学界逐渐地肯定了以马克思主义的立场研究价值问题的意义和重要性，这就为苏联文艺理论界和美学界谈论审美价值和艺术价值提供了前提。1969 年，叶列梅耶夫在《马克思列宁主义美学讲义》一书中指出，科学的认识和艺术的认识除了共性外，还有特性：艺术所反映的并不是全部的客观世界，而是同人类生活处于不可分割的联系之中的人化的、精神化的世界，具有价值意义的世界。按另一些学者的话说，真正的艺术从来都不是镜子式的反映世界，它总要揭示出某种特别具有价值的东西。从这个意义上说，科学具有客观的认识功能，艺术具有评价的认识功能。说到底，价值关系是艺术的一种属性。斯托洛维奇在《审美价值的本质》（1972）一书中，进一步把价值说运用于研究艺术的审美本质。他认为人的审美关系历来是一种价值关系，没有价值说的态度，要认识审美关系，在原则上是不可能的。也就是说，审美关系的客体具有价值性，当人说"这张桌子是美的"或"这张桌子是有用的"时候，这是对桌子的评价关系。价值因素本身并不形成审美关系的特征，因为不仅审美关系，而且功利实践关系、道德关系和宗教关系也具有价值性。但是，价值态度有助于理解审美的特征，第一，它使审美属性同其他非价值属性区别开来；第二，它为确定审美价值同非审美价值之间的关系提供可能。毫无疑义，苏联学者把价值说引入文艺学领域，有助于更深入地揭示艺术的本质及其认识特征和审美特征。

此外，其他一些理论问题的研究在苏联也相当活跃，而且取得了相当的成效。例如，关于党性和人民性，一般认为列宁的党性原则是总的世界观原则，它适用于社会意识形态的一切领域，但是在不同的领域里有不同的表现特点。党性原则不仅是组织和政治的原则，而且是思想和审美的范畴。如果不把党性理解为表现艺术创作的内在要求的美学概念，如果忽视艺术创作中党性原则的审美实质，就会贬低艺术家的天才和个性的积极作用。党性和人民性是两个既有联系又有区别的概念，党性是人民性的继续与发展，是人民性的最高表现。关于"意识到的历史主义"，这是60年代提出的一个新术语，它从恩格斯关于未来戏剧的"意识到的历史主义"和高尔基关于"历史的自觉性"中引申发展而来。所谓"意识到的历史主义"，就是说作家应该自觉地去适应现实生活中发生的历史性变化，并找到适应时代脉搏的艺术表现形式和手法。70年代它已作为一个专门术语进入苏联文艺学。关于"苏联文学"的表述，文学界就苏联文学作品的不同思想倾向和不同艺术方法提出了三个相互联系又相互区别的概念："苏联社会主义现实主义文学"、"苏联社会主义文学"和"苏联艺术遗产"。这三个不同层次的概念的提出,有助于进一步揭示苏联文学的特点及其多样性和丰富性。

　　总之,这一时期苏联文学批评与理论的探索,不仅范围广泛、论题众多,而且在很多方面有了新的开拓、新的建树。尽管某些问题还有争议,尚须继续探讨,但其成就却不容置疑。

(原载《苏联文学史》第 2 卷,中国社会科学出版社 1994 年版)

从碰撞中看社会主义现实主义新命题

——关于"开放体系"

一个时代的美学思想总是在同过去和现在的各种各样的美学思想的碰撞中形成和发展的。这几乎成了一条普遍规律。苏联社会主义现实主义的新命题——"真实地描写生活的历史的开放体系"（以下简称"开放体系"），自然也不例外。

一

苏联社会主义现实主义的开放体系，无疑是针对长期以来形成的标准性和狭隘性的理解而发的。

众所周知，苏联社会主义现实主义是20世纪30年代初在批判"拉普"的"辩证唯物主义创作方法"后提出的。然而几十年来却一直沿用原先的那个表述，没有对它作过任何实质性的更动。虽然《苏联作家协会章程》（1934）中曾明文规定："社会主义现实主义保证艺术创作有特殊的可能性去表现创造的主动性，选择各样的形式、风格和体裁。"但从苏联文学发展的过程看，特别是在30年代末至50年代中这段时间里，它并没有完全成为现实，相反，却受到了一些颇有影响的、似是而非的理论的干扰。当然不是说这些理论一直畅通无阻，未曾受到过任何挑战。可是总的说来，其消极影响还是明显的。其中最突出的理论有"伟大的现实主义"、"现实主义和反现实主义"、"从生活本身的形式描写生活"等。

这里，首先不能不涉及卢卡契的现实主义观念。这一观念在现实主义理论中曾经占有举足轻重的地位。卢卡契自1934年流亡苏联后，曾在苏联《文学批评家》杂志等刊物上，发表了一系列论述现实主义的文章。1939年，他把这些文章汇集成《现实主义历史》一书在莫斯科出版。应该看到，卢卡契是最早论述马克思恩格斯美学体系及现实主义理论的几个人（苏联的里夫希茨、希列尔）之一。仅此而言，其论著的历史意义和历史贡献，就是不可低估和不可抹杀的。但是在他的现实主义论述中，也确有一些偏颇之言，对后来的探讨曾产生过不良影响。回避他的失误和否定他的贡献，将同样是不客观和不正确的。其中最为偏颇的，莫过于他的"伟大现实主义"这一提法。在卢卡契那里，"伟大现实主义"并不是一个一般性的语汇，而是一个美学概念。照他的看法，伟大艺术只能是现实主义，只有现实主义方法才能使艺术家成为伟大艺术家，现实主义是艺术表现的强大原则和一切真正艺术的特点，而浪漫主义在上个世纪中期似乎已经衰竭，成了一个幽灵。至于其他的非现实主义艺术或一切不符合现实主义传统的艺术，一概归为颓废艺术。显而易见，"伟大现实主义"概念的主要致命伤之一，在于排斥非现实主义艺术，在于把浪漫主义和其他一切非现实主义流派拒于先进的艺术的大门之外。问题的严重性还在于，卢卡契在阐述"伟大现实主义"时，常常把它和马克思恩格斯的现实主义理论联系在一起。这就给人造成一种印象，似乎"伟大现实主义"直接来源于马克思恩格斯的现实主义理论。这是不符合事实的。

卢卡契的"伟大现实主义"概念，不仅否定了浪漫主义，而且全盘地否定了现代主义的所有流派。1934年，卢卡契在苏联《文学批评家》杂志上发表了《表现主义兴衰》一文，将表现主义和资本主义社会的没落等同起来，特别是将表现主义同法西斯主义的意识形态直接联系起来。因此爆发了以卢卡契等人为一方、以布莱希特等人为另一方的那场30年代关于表现主义和现实主义的著名论争。卢卡契在《现实主义辩》（1938）一文中，把从表现主义到超现实主义、意识流，以至蒙太奇和布莱希特的"陌生化效果"等等形式和手段，统统看成是反现实主义的形式主义，看成是颓废和没落的东西。布莱希特和安娜·西格斯等人当即表示不同意卢卡契的这种看法，特别是不同意他把表现主义推到法西斯主义一边，抹杀现代艺术的全部意义。显然，布莱希特和安娜·西格斯等人的观点较为正确。这正如1983年匈牙利社会主义工人党为纪念卢卡契诞生一百周年而发表的提纲所指出的："在 30 年代尖锐的文学理论讨论中，卢卡契的某些论断（后来他自己也作过修正）是片面的，其中尤其低估了某些社会主义先锋派和现代资产阶级艺术的意义……"

几乎在卢卡契和布莱希特论争的同时，1934 年，苏联《旗》杂志也开展了苏联文学和乔伊斯、帕索斯的讨论，有些人主张研究爱尔兰小说家乔伊斯和美国小说家帕索斯的创作革新，主张借鉴西方现代主义的创作经验来反映生活；另一些人则表示反对。此后，现代主义在苏联一直被看作文学上的异端、反动的意识形态、颓废派加以全盘否定。直到 50 年代中期，苏联对现代主义的评论才开始变化。

"伟大现实主义"概念的另一缺陷是，把现实主义的形式和手段绝对化，局限于巴尔扎克和托尔斯泰等几个批判现实主义大师的表现形式和手段，并且把他们的形式和手段视为现实主义创作的唯一样板，同时认为现实主义的繁荣是同资产阶级的上升阶段相联系的；19 世纪后半期当资本主义进入帝国主义阶段后，现实主义便开始走向衰落。布莱希特反驳了卢卡契的这些似是而非的论点。他同高尔基和卢那察尔斯基一样，认为现实主义的形式和手段是十分丰富的，而且在不断发展，任何现实主义者不会满足于重复别人已经知道的东西，认为当资本主义发展到帝国主义时代、人的异化达到了最高程度的这种情况下，巴尔扎克那样描写现实的方法已不再适应，相反乔伊斯的作品更有现实感；现实主义的形式和手法是多种多样的，把它同一种形式（而且是一种旧形式）相联系，只能使现实主义的形式枯萎；一切阻碍穷究社会因果关系的形式必须抛弃，一切有助于穷究社会因果关系的形式必须吸取。布莱希特还直率地向卢卡契提出：请不要以"一贯正确"的姿态来宣告描写同一房间时的那种唯一正确的方式吧，不要像逐出教会那样来对待蒙太奇，不要把内心独白列在天主教的禁书单上，不要只准许艺术手段的发展到 1900 年为止，从此就不再发展了！现实主义的概念必须是宽广的。然而，布莱希特的这些话在当时却未能发表出来，因为他的祖国从 30 年代初起，已处于法西斯主义的暴政之下，他同安娜·西格斯等人不得不离乡背井，浪迹天涯。更重要的原因是，他们为了打倒法西斯主义这个共同的敌人，不便于把同志之间的尖锐分歧公之于世。因此，布莱希特、安娜·西格斯等人反驳卢卡契的言论，直到 60

年代才得以公开发表。

实践和历史都已表明，布莱希特的观点是对的，而卢卡契的观点却未能经得住考验。在巴尔扎克和托尔斯泰、莫泊桑和契诃夫之后，欧美的现实主义不仅没有走向衰亡，而且仍在发展，出现了像罗曼·罗兰和马丁·杜·加尔，托马斯·曼和萧伯纳、德莱塞和海明威这样一大批遐迩闻名的现实主义作家。他们不仅继承了19世纪现实主义的传统，而且在新的历史条件下创造了许许多多的新形式和新手段（包括吸收和借鉴非现实主义的形式和手段在内），从而揭示了20世纪现实主义发展的新过程、新倾向和新特点。同时还应当看到，20世纪70、80年代的西方现实主义在形式和手段上，不仅不同于19世纪现实主义，而且不同于"二战"以后二十年间的现实主义。曾经风靡全球的意大利新现实主义和今天风靡全球的拉美魔幻现实主义，就是十分生动的例证，总之，"伟大现实主义"概念不仅极大地缩小了浪漫主义和其他非现实主义在人类艺术发展中的历史作用，而且使现实主义的观念狭隘化和贫乏化，成为一种不能适应时代变化、在艺术上无须再发展和不能进行自我调节的封闭体系。

"二战"前后，苏联的那个曾经名噪一时的"现实主义和反现实主义"的反历史主义公式，同"伟大现实主义"概念是一脉相承的。而且可以说，前者是后者的继承与发展。50年代初，苏联文艺理论界（包括某些作家在内）排斥浪漫主义，把浪漫主义和其他"主义"归结为唯心主义，把现实主义归结为唯物主义的做法，仍然没有中断。例如，有人主张"可以而且应该把世界艺术的全部历史看作对客观世界认识的历史，即客观真理的（换句话说，就是现实主义的）艺术之产生、形成和发展的历史，以及同各种反现实主义流派作斗争的历史"。有人对此发挥得更为淋漓尽致，声言"反动阶级以前支持过，现在还在支持反现实主义、反人民的艺术，工人阶级走上历史斗争舞台后，就以保卫真正现实主义艺术的战斗姿态出现了"。按照这种观点，现实主义和反现实主义的斗争不仅反映了唯物主义与唯心主义的斗争，而且表现了反动阶级和进步阶级的斗争。与前两者不同，有人并不否定浪漫主义，而是把它看作现实主义的一个"变种"，将它包括在现实主义的营垒之内。这样一来，似乎浪漫主义就可以从"现实主义和反现实主义"的公式中分离出来了。这里姑且不论这种观点是否合适，即便把"现实主义和反现实主义"公式修改为"现实主义和现代主义的斗争"公式，同样未必是正确的。诚然，现实主义和现代主义有其对立和斗争的一面，这是不可忽视的，但是在当今的西方世界里，它们毕竟还有相互联系和相互影响的一面，某些现代主义作品在反映和揭露资本主义社会的现实矛盾方面，和现实主义作品具有异曲同工之妙，这恐怕是不能不承认的。在1957年和1959年分别召开的现实主义和社会主义现实主义的学术讨论会上，苏联学者对"现实主义和反现实主义"的公式作了比较彻底的清算，认为它是反科学和反历史的。从此它在苏联文艺学里已不复存在。

苏联文艺界在批判"现实主义和反现实主义"公式的同时，对现实主义形式的多样化问题，特别是对假定性问题开展了讨论。长期以来，往往把现实主义或社会主义现实主义的表现形式局限在对生活的逼真描写上，即所谓的"以生活本身的形式反映生活"。至于假定性，它常常被看作形式主义的东西。有人宣称这个术语"在为现实主义的斗争中已经名誉扫地"；"假定性越少，则现实主义越多"；"只有彻底清除假定性，才能使现实主义艺术免受抽象主义之毒害"；等等。更有甚者，认为采用假定性是对现实主义的背离和对现代主义的让步。其实在许多批判现实主义大师的作品里并不缺乏假定性，像巴尔扎克的《驴皮记》和果戈理的《鼻子》就是如此。更不用说萨尔蒂柯夫·谢德林的那些作品了。1955年，法捷耶夫就明确表示他不同意这种教条主义的流行观点，认为"我们的生活和我们的明天，可以用近似古典现实主义的传统形式，即以日常生活为基础。也可以用近似《浮士德》或《恶魔》的形式，即浪漫主义或神话或假定的形式。总之，是任何一种可以看到真实的形式"。法捷耶夫还再三强调，他这番话是"为了反对教条主义在这些问题上的表现而讲的"。从60年代初起，假定性不再被当作与现实主义格格不入的东西，相反，却被认为是现实主义审美丰富性的表现之一，反教条主义的积极成果之一。像苏联作家艾特马托夫60年代以来所写的那些充满假定性的现实主义小说《别了，古里萨雷!》（1966）、《白轮船》（1970）、《一日长于百年》（1980）就是这种思潮的最好说明。

与这些变化相联系的是，苏联文艺界对现代主义也采取了新的态度。

他们不再把十分繁杂的现代主义的各种流派不分青红皂白地归为颓废派或先锋派，而且现代主义这个术语本身，就是60年代初在苏联才得到广泛使用的。在这之前，现代派和颓废派、先锋派几乎是同义词。这无疑是一种积极的变化。不仅如此，对西方现代派作品的翻译、评论日益增多；不少评论家指出，不能忽视现代派作家创作的复杂性和矛盾性，不能否认最有天才的现代派艺术家的艺术成就，不能不加区分地对待现代主义中的流派和不同作家的创作发展特点，不能不重视那些由现代主义走向革命的作家的复杂道路和命运的研究，一句话，对现代派的评论要比过去实事求是得多了，而且一些诗人、作家开始注意汲取西方现代主义的创作经验。

正是在上述背景下，一些苏联学者终于迈开了社会主义现实主义理论探讨的新步伐。

二

社会主义现实主义的开放体系也是针对现实主义无边性的理解而发。

50年代中期以后，正当苏联文艺界在正确批判文艺领域中个人迷信的后果及教条主义、庸俗社会学和形而上学等种种弊病的时候，也就是说在大力克服"现实主义和反现实主义"、现实主义"专政"、粉饰现实的"无冲突论"和"无个性化"的倾向的时候，在总结几十年来社会主义现实主义正反两方面的经验的时候，在重新审视西方现代派艺术经验的时候，又产生了一种与之相反的倾向：有人以这种或那种方式怀疑社会主义现实主义存在的必要性和正确性，企图用"社会主义批判现实主义"或"社会主义现代主义"来补充或取代它；有人声言在艺术家面前"除了真实的界限以外再没有其他的界限了"、"真实就是真实，在这上面没有什么可以自作聪明的"；有人宣称艺术的思想性、典型人物、现实主义心理描写都是"过了时的落后残余"和"教条主义与保守主义的简单化"，"20世纪是抽象概念胜利的世纪"，抽象主义产生于我们时代是"自然的"和"合乎规律的"，等等。在创作实践中与这些理论相呼应的是暴露批判思潮和现代派的"非英雄化"思潮的盛极一时。

与之同时，西方的一些共产党员作家和文艺理论家也开始批评对现实主义和社会主义现实主义的教条主义的理解，开始探索20世纪文学艺术实践提出的新课题。1962年9月，阿拉贡在捷克一所大学授予他哲学博士的仪式上发表了著名的"布拉格演说"，认为在文学理论领域中，不是理论家要去适应文学作品，倒是作品要服从他们的理论。其结果是，批评家遇到客观事物以后，便可以用理论家制造的尺码去衡量一件事物、一部作品，好像理论是一只脚，而作品是一只鞋。阿拉贡声明，他的话并非反对理论，而是"反对社会主义现实主义的某些理论家的教条主义奢望"。为此，他提出应该"有一种开明的现实主义，一种非学院式的，不是僵硬的，而是能够演变的现实主义……一种有助于改造世界的现实主义，一种不求使我们安心，但求使我们清醒的现实主义"。几个月之后，1963年5月，布拉格举行了卡夫卡的创作讨论会，对卡夫卡的创作重新作了评价，活跃了学术思想，但是讨论会赋予卡夫卡的创作以法西斯暴行的预见性，把异化宣布为任何时间和任何地点都起作用的"永恒规律"，却是不正确的。法国作家和文学理论家加罗第参加了会议，会后他写了一篇题为《卡夫卡与布拉格春天》的评论。文章指出，卡夫卡讨论会和布拉格对卡夫卡所表示的敬意，"犹如预示着又一个春天来临的第一批燕子"。他认为一部作品可能在没落的时代里和在没落阶级的内部产生，可能带着这种没落的印象和局限，可是却不失为一部道地的和伟大的作品，因此现实主义观念本身有可能得到扩大和丰富。特别值得一提的是加罗第那部在西方名噪一时的书《无边现实主义》（1963）。该书由阿拉贡作序，分为卡夫卡、毕加索、圣琼·佩斯和代后记四部分。应该看到，加罗第在反对文艺学中的教条主义方面是充满了激情的，其中有些见解发人深思，是不错的，甚至是很出色的。例如他认为，现实主义在巴尔扎克和托尔斯泰之后应该加以发展，应该开放和扩大现实主义的定义，应该赋予现实主义以新的广度，从而把一切新的贡献同过去的遗产联系起来。这一看法同30年代布莱希特的现实主义思想不谋而合。同布莱希特一样，加罗第对卢卡契的现实主义观念也提出了批评：不能要求一部作品反映全部现实，描绘一个民族历史的来龙去脉，表现基本的运动和未来的前景，文艺批评所关心的不能只是艺术透露的社会事实，或对某种经济分析加以证实说明。1964年，加罗第在《费歇尔和关于马克思主义美学的辩论》一文中，再一次批评了卢卡契的现实主义观念，并认为不能把卡夫卡看作颓废派而加以全盘否定。这些都是值得我们认真注意和重视的。

问题是，加罗第的《无边现实主义》一书是否如某些人所说的那样：它是"当代马克思主义美学的福音书"、"一篇我们时代的现实主义宣言"，等等。应该说，这些看法是十分偏颇的。诚然，生活在发展，艺术在发展，现实主义概念也应该发展，但是这种发展是不能超越现实主义的质的规定性或必要的界限去发展的，也就是说，现实主义不可能是"无边"的。不应该也不必要把现代主义作家（卡夫卡等）包括到现实主义中来。现实主义艺术是有价值的，但不是有价值的人类艺术都是现实主义。然而加罗第却写道："从司汤达到巴尔扎克、古尔拜和列宾、托尔斯泰和马丁·杜·加尔、高尔基和马雅可夫斯基那里，可以得出一种伟大现实主义的标准。但是如果卡夫卡、圣琼·佩斯或毕加索的作品不符合这种标准，我们怎么办呢？应该把它们排斥于现实主义亦即艺术之外呢？还是相反……我们毅然决然地走了这第二条路。"所谓"这第二条路"，就是把一切非现实主义作品，尤其是现代主义作品都包括在现实主义之内的"无边现实主义"。加罗第还进一步论证说，"一切真正的艺术作品都是表示人类存在于世界的一种形式……没有任何艺术不是现实主义的，也就是说，没有任何艺术不是参考了在其以外并且不以其为转移的现实"。这样，反对把现实主义概念简单化的加罗第，反对卢卡契"伟大现实主义"的加罗第，殊不知自己却把现实主义推向更加简单化的道路；他本想走进这扇门，却不知为什么偏偏走进另一扇门了。现实主义是真实的艺术，但一切真实的艺术并不都是现实主义；真实是现实主义的生命，但真实并不是现实主义的同义词。除了现实主义外，古典主义、浪漫主义、自然主义和现代主义都以其不同的方式并在不同的程度上反映了现实的真实。因此无论从文学史或文学理论角度看，加罗第的"无边现实主义"都是站不住脚的。此外，加罗第还反对把文学简单地理解为镜子文学或模仿文学，当然应该承认他指出的这种弊病是曾经严重地存在过的，今后也难保证不再发生。然而加罗第在反对它们的时候，却把这笔账算在文艺是生活的反映上了，似乎它们的产生是"反映"所使然。为了论证"反映"这股文艺理论的祸水，他甚至不惜去歪曲世界艺术史的真正走向。在他看来，从14

世纪、从意大利文艺复兴初期的乔托起，绘画主要是采取"盘点周围世界"的方法来把握现实，以静止不动的观点来了解世界，仿佛一个人用一只眼睛透过锁眼来看世界；似乎印象主义者掌握的是老一代绘画大师的原则，即只考虑按照人所看见的那样来描绘事物，而不管人对它们了解些什么；似乎多少个世纪以来的绘画仅仅是模仿现实，只是在 1907 年后，在毕加索的《阿维尼翁的小姐们》后，才放弃复制现实而自由地去创造现实。一言以蔽之，似乎只是从这个时候起，在艺术领域中才发生了美学"革命"，即艺术的使命"不在于再现存在的世界、自然的世界，而是创造新的世界，纯粹人的宇宙"。加罗第还一再声称，这场美学中的"革命"的历史意义，可以同哥白尼的伟大发现相提并论，并且认为这种"创造现实"的美学观，是同亚里士多德的"模仿自然说"彻底决裂，是一种"非亚里士多德派"的新美学。的确，亚里士多德在《诗学》说过"模仿艺术"这样的话，但是他并没有把模仿理解为如实地复制现实。别林斯基确实说过现实主义是"复制现实"这样的话，但不要忘记他曾十分强调现实主义作家的"激情"，十分强调作家的"主观性"在创作中的作用。一句话，真正的文学理论家和真正的艺术家从来不在艺术和模仿之间、生活现实和审美现实之间画等号。因此，加罗第为了论证他的"无边现实主义"及其"创造现实"新美学这一"发现"，把亚里士多德的"模仿"、别林斯基的"复制"、列宁的"镜子"同作家的表现、主观性、创造截然对立起来，是不怎么符合事实的。相反，加罗第把现实主义的使命、艺术的使命说成创造现实，恰恰背离了世界艺术史，同时也背离了马列主义的认识论、反映论，因为一切真正的创造永远是以反映为基础的。加罗第在正确批判教条主义的、机械的"反映说"的种种弊病的时候，连艺术是生活的反映这个基本原理也要加以抛弃，显然是很不合适的和没有道理的。我们所说的反映是真正意义上的反映，不是要求作家有闻必录，被动地、静止地、镜子式地去反映，而是要求作家审美地、创造性地去反映。加罗第把现实主义的使命、艺术的使命归结为创造现实，其目的还在于为他的"无边现实主义"提供理论基石，以便把现代主义的各种流派都包括到"无边现实主义"的名下。加罗第这些偏颇的观点不可能不引起争论，不可能不受到反驳。

首先出来同加罗第争论的和反驳加罗第的，是苏联文学理论家、苏联科学院通讯院士苏奇科夫。1965年，他在《关于现实主义的争论》一文中指出，加罗第想以自己的著作对美学中的形形色色的教条主义予以毁灭性的打击，企图给本世纪艺术的新气息敞开现实主义的门户，然而他所敞开的门户的方向错了。的确，加罗第原想从现实主义的岸开始其理论探索的航程，可是他却迅速地向现代主义的岸驶去，最终连现实主义的岸他都望不见了。同年，加罗第在他的《现实主义及其边界》一文中，对苏奇科夫的批评作了回答。加罗第的基本观点虽然没有改变，但不能不承认现实主义是有"边"的，尽管它的发展是无限的，如同现实本身的发展也是无限的一样。加罗第还声明，他只是反对对反映论的贫乏理解，而不是反对反映论本身。尽管苏奇科夫不同意加罗第的基本观点，但不能不看到，加罗第的某些正确看法连同他的偏颇之言，都给予了苏奇科夫以启发和推动。苏奇科夫在去世前（1974）说过，在批评"无边现实主义"的同时，我们得抓紧研究社会主义现实主义的理论。作为苏联社会主义现实主义"开放体系"的倡导者之一这么说，就不是偶然的了。

几乎和法国的阿拉贡、加罗第对现实主义问题进行探讨的同时，德国评论界出现了"第三现实主义"，亦称"等待戈多式的现实主义"。所谓三个现实主义，即19世纪批判现实主义是"第一现实主义"，社会主义现实主义是"第二现实主义"，包括贝克特的《等待戈多》在内的现代主义是"第三现实主义"。像加罗第的"无边现实主义"一样，"第三现实主义"也企图把现代主义看成现实主义的一种类型。此外在日本等国家里，也出现了"包罗万象的现实主义"等种种提法。应该看到，尽管这些提法并不准确，但毕竟反映了一个重要的学术动向，就是说，再不能停留在旧日那种对现实主义观念的狭隘理解上了，丰富和发展现实主义和社会主义现实主义观念的历史时机已经到来。时代在呼唤探索，而探索又肯定会是各种各样的。即便被证明是失误的探索，从某种意义上说也不无价值。加罗第对艺术的表现性和创造性所作的那种过头的论述，毕竟使"开放体系"的倡导者重视了过去所不重视的问题。再说，在这个时候，西方的作家和文学理论家已经向东方的作家和文学理论家提出挑战。例如，在阿拉贡发表"布拉格演说"不久，著名的存在主义者萨特也来到了布拉格，他在一次讲话中直言不讳地说:"你们有话可说,但还不知道怎么说","今天的西方创作已变得更加丰富,西方的竞争导致文化、文学领域的经常的、紧张的运动和探索,展现出了越来越多新的方法、形式和手段"。面对这样的挑战,东欧社会主义国家和苏联必须思考、评论和回答:西方世界的创造探索,他们的新方法、新形式、新手段究竟怎么样?而自己在这些方面又做得怎么样?这是无法回避的时代课题。

不是偶然的,正是在国内外文艺思潮的碰撞中,苏联学者提出了社会主义现实主义"开放体系"的新命题。

三

社会主义现实主义"开放体系"是同苏奇科夫和德·马尔科夫的名字联系在一起的。

1965年,苏奇科夫在苏联《外国文学》杂志发表长文《关于现实主义的争论》,对加罗第的"无边现实主义"美学提出批评。这在前面已经提到。1966年,他在苏联《文学问题》杂志的一次座谈会上,对苏联社会主义现实主义的理论研究现状表示强烈不满,认为迄今为止还没有一个关于社会主义现实主义的明确而深刻的定义,只有两个公式,一个叫社会主义现实主义,是在革命的发展中反映现实;另一个是以党性、人民性、思想性三个特征表述的,好像社会主义现实主义只是一种具有社会主义内容的艺术,根本没有把社会主义现实主义的美学特点包括在内。现在有必要更广泛地确定新艺术方法的思想和美学的特点,否则就不可能揭示新艺术方法在世界艺术发展进程中的规律性。1967年,苏奇科夫在为纪念十月革命五十周年而作的"伟大十月社会主义革命和世界文学"的报告中提出,"现实主义的形式,其中包括社会主义现实主义的形式,现在和将来都以其灵活性和广阔性著称。总的说来,现实主义不可能也不应该是狭隘的,但也不可能是'无边的'";又说:"不应忘记,艺术中获得审美效果的手段和方式是多种多样的,其中包括非现实主义的手段和方式。因此,那种把艺术中一切具有重大意义的东西都算在现实主义账上的流行习惯看法,是经不起批评的。"

特别值得我们注意和重视的，是苏奇科夫的著名专著《现实主义的历史命运》（1967，获1975年苏联国家奖金）。他在这部书中左右开弓，既批判了那种对现实主义的狭隘理解，又批判了那种对现实主义的"无边"理解，认为现实主义和社会主义现实主义经常处在变化、丰富和发展之中。这是苏联现实主义和社会主义理论探讨中一部里程碑式的代表作，标志着苏联这一领域的研究已进入新阶段。

苏奇科夫指出，社会主义现实主义艺术不是一种停滞不前和一劳永逸的美学体系，而是处在经常的变化、丰富和发展之中。社会主义的各个新阶段都给艺术语言和社会主义的审美实质带来了变化。社会主义现实主义在世界观方面的一致性，并不妨碍它的艺术探索。其实在社会主义现实主义内部已经存在着不同的艺术流派，它们之间虽然没有一道不可逾越的樊篱，但就其描写手法而言，仍是互不相同的。第一个流派，也是最常见的流派，即在客观的、生活本身的形式中再现生活的流派，如苏联列昂诺夫等作家。这个流派的描写手法为在具体的、历史的完整性中描写生活开辟了巨大可能性，这是因为它在社会主义现实主义美学体系中占有重要地位。这个流派又包括了为数不少具有不同色彩的和现实主义地把握生活的多种形式，其中心理现实主义在苏联文学中占有极为重要的地位。第二个流派是在假定—比喻的形式中描写生活，常常远离生活的逼真性而赋予形象以众多的含义，其代表作家有马雅可夫斯基、布莱希特、希克梅特、艾吕雅等。第三个流派，即通常所称的浪漫流派，生活逼真的原则并不是必需的，它的特点在于描写生活现象和事件时所具有的概括性，其代表作家有叶赛宁、雅诺夫斯基、帕乌斯托夫斯基、维肖雷、巴别尔等。苏奇科夫把社会主义现实主义看成多种流派的艺术，这显然是一个可取的思想，而且是社会主义现实主义理论研究的一大进步。看得出来，他是想以此证明，社会主义现实主义艺术是以其灵活性和广阔性见称的，并不拘泥于一种形式或一种手段。苏奇科夫还极为敏锐地指出，当代艺术在同复杂多变的、充满巨大冲突和动荡的现实的碰撞中，它自身也在经历着巨大的变化。对这一现实的认识、分析和反映既可以表现在真正的概括中，又可以表现在真正的矛盾中，只要这种艺术仍然忠于现实主义创作方法。他还证明，当代西方的批判现实主义正在广泛运用各种各样富于表现力的手段,如蒙太奇、间接和直接的内心对话、叙述时差、情节过程中的回顾、主要情节中的情节平行线、形象的象征性,以及19世纪的那些叙述形式:情节的顺序发展、性格的多样化描绘和环境描写,等等。这表明,苏奇科夫不仅看到了现实的变化所引起的艺术形式和表现手段的变化,而且对这种变化充分予以肯定。这在当时的苏联学术界还是不多见的。

对于现实主义的"无边"提法,苏奇科夫在书里是持批评态度的。他认为反映生活真实的某些特点和某些方面,早在古代的作品里就存在了,但是现实主义作为一种独立的创作方法或独立的艺术流派,则是人类发展到一定阶段的历史现象。它始于16—17世纪,直到18世纪法国资产阶级革命前夕才最后形成。虽然现实主义是在发展的,但它从来都保有自己的"边":第一,作为现实主义方法的实质、灵魂和核心的是社会分析,是研究和表现人的社会经验、人的社会关系、个人和社会的相互关系以及社会本身的结构。社会分析使艺术家有可能揭示出生活的主要特点和规律。然而社会分析并不取消心理分析,相反,心理分析使社会分析变得更加丰富,社会分析是把研究和展现人的内心世界及客观世界,人、社会的相互关系,作为最重要的因素包括在自身之内的。第二,典型化是现实主义的关键性问题,是它的本质和特点,是同艺术的认识作用分不开的。第三,现实主义艺术创造了审美现实,而审美现实一开始就同生活现实有机地联系在一起,并且在生活的逼真形式中以及和生活逼真不相符合的假定形式中描写生活的本质。现实主义为了达到审美效果在选择艺术手段方面,是完全自由的,所有手段都包括在现实主义美学中,只要它们有助于对世界的艺术认识。

几年之后,1974年苏奇科夫针对现实主义的狭隘理解和"无边"理解,正式提出社会主义现实主义是一个"开放范畴",认为它对世界所发生的历史变化,对社会主义建设过程和苏联社会的精神、道德、政治气氛所产生的新问题和新冲突、新的人物性格和新的情况,是极为敏感的。艺术思维的历史主义是苏联文学所固有的,它能够把生活中发生的极其重要的有决定意义的过程反映出来,找到能够满足时代要求和适应时代脉搏的艺术表现手段。世界上没有一种美学体系在产生之后,不经常更新自己的艺术武库，不使那些作为它的基础的原则深化、完善而能存在下去。社会主义现实主义的美学特点和范畴不是凝固的，一成不变的。恰恰相反，它处在不断的运动中。很可惜，苏奇科夫在提出"开放范畴"这个思想之后不久，便去世了，但是他的那些有价值的思想却为"开放体系"奠定了基础。

70年代初以来，对"开放体系"作出较为完整表述的，是苏联科学院斯拉夫和巴尔干研究所所长、通讯院士（1985年起任院士）德·马尔科夫。1972年，他循着前人探索的足迹，提出社会主义现实主义是"开放体系"的新命题，经过十余年来的多次讨论和争鸣，他又作了某些修改，最后才把它界定为"真实描写生活的历史的开放的体系"。

关于"体系"问题，"体系"的提法是对过去创作方法的那个提法的发展，把社会主义现实主义看成美学体系，是同当代苏联文艺学中系统观念的形成分不开的。俄文的"体系"同"系统"是一个词。自60年代中期以来，苏联学者一般都倾向把文学及文学中的各种现象看成系统，并且主张用系统分析方法来重新审视社会主义现实主义，而在过去的社会主义现实主义的论述中，诸如党性、人民性、创作方法、风俗、体裁这些概念，都是被割裂开来的。不仅如此，过去的论著主要在于分析社会主义现实主义的内容方面，而忽视它的形式方面，主要在于研究它的成果和功能方面，而忽视它的诗学和结构方面。现在与过去不同，认为社会主义现实主义是一个体系，一个由相互联系、相互制约作用的各种成分组成的体系。如果破坏各种成分的完整性和一致性，最终必将导致这个体系的瓦解。在马尔科夫看来，这个体系的哲学基础是对世界、历史和人的马克思主义理解，这个体系的最根本的共同原则是社会主义思想、社会主义人道主义和共产主义党性，这个体系在形式或手段上所依据的是"广泛真实性准则"。

所谓"广泛真实性准则"，即不局限于一种描写生活的方式，既可以用生活本身的形式去反映生活（具体、历史的描写），又可用浪漫、假定——幻想的形式去描写生活，总之，可以用一切能够概括生活真实的形式去描写生活。仅仅局限于一种形式或手段，不仅是狭隘的，而且没有前途。从这个意义上说，社会主义现实主义同真实艺术的共同特点是吻合的。

关于"开放"问题，几乎所有的学者都认为，马克思主义及历史上的一切先进体系从来都不是封闭的、狭隘的、停滞的，而是开放的、变化的、发展的。作为美学体系的社会主义现实主义，自然也不例外。社会主义现实主义应该像马克思主义把过去和现在的人类文化的全部成果包括在自身之中那样，也要把过去和现在的人类艺术的全部成果包括在自身之中，应该像马克思主义给人类所开辟的从历史的必然王国通向历史的自由王国的道路那样，在艺术领域内开辟通向自由王国的全面描写的道路。具体地说，那就是：客观地认识不断发展的生活是没有限制的、开放的，题材的选择是没有限制的、开放的，真实地表现生活的形式和手段是没有限制的、开放的；对自由、全面地展示作家的丰富个性和特殊才能是没有限制的、开放的。

关于界限问题，这是讨论得最多的一个问题。现在已经取得基本一致的意见，即开放并不是要摧毁体系的界限，并不是无边的、不设防的开放，对于别的体系的诗学成分进入社会主义现实主义体系，是一个完全消除相互排斥的过程，一个彻底改造它们的职能使之与自己的体系的要求相适应的过程，一个为我所用的过程。至于那些在观念上同现代主义美学紧密相联的形式和手段，是不可能被吸收到社会主义现实主义艺术中来的，因为它们体现了与社会主义现实主义真实性原则相对立的世界观。但是，对那些与现代主义有着联系的作家的创作道路及其矛盾性，应该进行客观研究，不能认为凡是非现实主义的就是现代主义的。

目前，虽然在苏联文艺界有人还在批评"开放体系"的概念模糊不清，在"开放的美学体系"的"创作方法"之间存在着内在矛盾，"开放体系"的根本缺陷在于首先重视形式创造而不重视内容方面的潜力，等等。虽然"开放体系"本身也还需要不断完善和不断发展，但是前面概述的"开放体系"的那些基本思想和基本原则，其正确性则是无可怀疑的。不难看到，从同社会主义现实主义的狭隘理解和"无边"理解的碰撞中脱颖而出的"开放体系"，是社会主义艺术发展的内在要求，同时也是一种时代的现象。当代苏联文艺创作中所表现出来的内容的广泛多样化和形式的广泛多样化的趋向，也证实了社会主义现实主义"开放体系"的新命题，是符合苏联文艺的历史进程和方向的，而且对苏联文艺的发展和变化已经起了和正在起着积极的影响。

(原载《国外文艺理论揽胜》，春风文艺出版社 1986 年版)

文艺接受问题和苏联的"艺术接受"

一

近几年来，我国报刊发表了一些评述国外艺术接受理论的文章，而且引起了人们的广泛关注和兴趣，成了当前文艺学方法论探讨的"热点"之一。这无疑是一种可喜的现象和积极的进展，反映了当代各国文艺学发展中几乎迟早都要面临的那些基本过程和基本趋势。

然而在已经发表的评述文章中，主要还是对西德康士坦茨学派的"接受美学"的评述。这当然很重要，但从"全方位"的研究角度来看，仅仅注意一种学派是不够的。早在1958年，法国学者莫尔在《信息论和审美接受》一书中，便把数学、控制论和实验心理学的方法运用于若干美学问题的研究，而且第一次从信息论出发考察了人的精神活动的复杂领域——艺术接受和艺术创作的问题。就是从20世纪60年代中期起，除西德康士坦茨大学教授汉斯·罗伯特·姚斯在《文学史作为文学科学的挑战》（1967）一文里所提出的具有抽象历史主义性质的"接受美学"概念外，还有波兰哲学家和美学家罗曼·英伽登在《艺术本体论的研究》（1962）和《经验、艺术作品与价值》（1968）中所提出的现象学的艺术接受概念，美国学者小E.D.赫施在《诠释的效用》（1967）中所提出的诠释学的艺术接受概念，法国结构主义者罗兰·巴尔特所提出的结构主义的艺术接受概念，以及苏联的梅拉赫教授、赫拉普钦科院士等和东德的瑙乌曼教授等，从马克思主义立场出发所提出的"艺术接受"或"文学接受"概念。由此可见，在当今世界上，不仅文艺的接受概念五光十色，而且学派纷呈，它们并不是统一的。尽管如此，我们毕竟可以看到，各国的艺术接受理论又有一个共同的出发点：即把作家—作品—读者这个三角关系引入文艺学的研究领域，既不像西方的新批评派、结构主义、诠释学那样，仅仅把作品（本文）视为一种终极的封闭的结构，一种独立性的系统；又不像过去各国的文艺学那样仅仅限于"现实—作家—作品"的研究，而是把作品看成同接受者（读者、观众、听众）相互作用的成分或动态的系统。因此在我们看来，虽然当今的各种艺术的接受概念往往大相径庭，各种具体问题的阐述有时也千差万别，但理论家们却一致地把艺术接受这个问题提到文艺学的议事日程上来，并在这一共同方向中进行了种种探索。这些探索好也罢坏也罢，对于各国当代文艺学的拓展，无不具有重要的意义和价值。从另一个角度看，西方艺术接受理论的崛起，特别对西方文艺学的社会学研究来说，显然是一个重要的学术信息或动向，也就是说，即使在西方的文艺学中，文艺的社会学研究也并没有终结，而是处在样态不同、程度不同的发展之中。艺术接受问题从 60 年代中期开始，之所以能够这么普遍地、突出地、几乎同时地为很多国家的学者所研究，也绝非偶然。这主要是同这个时期对系统论、信息论、控制论这些横断科学及文艺的交际功能的深入研究分不开的，同时也和这个时候形成的"文学是动态系统"的观念分不开。应该说，艺术接受理论的诞生及其蓬勃发展，乃是一种时代的现象和潮流。

当然这不等于说，在 60 年代中期之前，艺术接受问题无人问津，这个领域里的一切都是从零开始的。我国古典文论的"诗无达诂"说，已注意到读者对作品的接受问题。众所周知，亚里士多德在《诗学》中论述的悲剧作用，在于引起人的怜悯与恐惧的感情，并且使人的心灵得到净化，这实际上已经涉及作品和读者的某种关系。至于歌德提出的三种不同的读者（第一种，欣赏而不判断；第二种，判断而不欣赏；第三种，欣赏地判断和判断地欣赏）已经同现在所说的读者类型问题有关。西方文学批评中的"道不尽的莎士比亚"、"一千个读者就有一千个哈姆雷特"等等，也是同文学接受问题有关的。十月革命前，俄国学者也有不少论述，如 H. 鲁巴金在《俄国读者散论》（1895）中曾指出："文学史不仅是思想产生的历史，而且是把这些思想推广到读者群众中去的历史，是为这些思想的存在和使读者群众获得这些思想而进行斗争的历史。从读者一词的广义看，它主要是并且首先是进行这一斗争的舞台，在后来它甚至有时也把文盲和半文盲的读者包括在内。因此，任何一种东西都不能像一定历史时间内的读者水平那样，用来确定社会发展的阶段和社会文化的阶段。"十月革命后，苏联的文学史研究家 A. 别列茨基在《文学史科学的当前任务》（1922）一文中，提出了研究读者、读者兴趣的历史及其同文学史的相互作用的观点。不难看到，鲁巴金和别列茨基的这些看法，同当代西德"接受美学"的基本出发点差不多是一致的，即姚斯所提出的"艺术应该被看成生产和接受的历史"。然而我们不能不看到 60 年代以前，不论是在欧洲还是在俄国或苏联都一样，关于文艺的接受问题只有零星的、不系统的意见或思考，而这些意见和思考，实质上不过是当代艺术接受理论的"史前历史"。这是因为过去的文艺学中并没有艺术接受理论的地位，甚至还没有专门提出这个问题，这是实际情况。艺术接受理论的真正形成和发展，显然是当代文艺学的一项重要成果。

二

同西德等西方国家一样，从 60 年代中期开始，艺术接受已作为苏联文艺学的一个迫切问题提出来。1968 年，也就是比上面提到的姚斯的那篇文章晚一年，苏联著名文艺理论家，列宁格勒大学教授梅拉赫（1908—）在《综合研究艺术剧作的途径》和《构思—电影—接受·作为动态过程的创作过程》这两篇文章中，首次在苏联提出了"艺术接受"概念，认为"艺术接受是迫切的学术问题之一，也是最复杂的学术问题之一"。一年之后，他相继在《作家的才能和创作过程》（1969）和《艺术接受》（1970）中，对艺术接受的实质及其规律等问题，作了进一步阐述，并且提出了它的研究纲领。差不多与此同时，卡冈、赫拉普钦科、鲍列夫、盖伊、米亚斯尼科夫等苏联学者，也在报刊上发表系统论述艺术接受的文章。1971年，苏联还出版了这些学者合著的论文集《艺术接受》。从此一个独特的不可忽视的苏联艺术接受学派便登上了文艺学的世界舞台，而且受到了各国同行，特别是东欧社会主义国家的同行的注意和重视。例如，民主德国教授瑙乌曼等合著的《社会、文学、阅读——文学接受的理论方面》

（1975）一书的前言，曾详尽地介绍了苏联学者，特别是梅拉赫的艺术接受理论的基本原则。

我们之所以说苏联的艺术接受理论是一个独特的不可忽视的学派，乃是因为苏联学者在艺术接受的实质、作品和读者的关系等一系列问题上的论述，不仅同西方学者存在着某些原则性分歧，而且它本身就是在同当代的形形色色的艺术接受学派的碰撞中，形成和发展起来的。因此，我们在叙述苏联的艺术接受理论之前，稍稍回顾或考察一下迄今为止的各种不同的艺术接受概念，不仅是必须的和重要的，而且合乎逻辑。事物总是在比较中认识的，否则就不可能很好地揭示苏联艺术接受理论的特色及其意义和价值。

在我看来，过去和现在大致存在着三种不同的或对立的艺术接受概念：

第一种概念即混同论，把作家的创作过程混同于读者的阅读过程，从而在实际上抹杀了文学过程中读者这一积极因素。1912年，俄国文学理论家和语言学家奥甫襄尼科－库里科夫斯基曾经断言："艺术作品的接受（当然还有理解）是创作过程的重复。"这种观点在60年代以前很有代表性，在当代艺术接受理论产生之后，已经没有多少市场。

第二种概念即读者创造论，把读者的因素无限地夸大，似乎读者接受是一种可以离开作品本身的独立的、主观的创造。显然这种观点同上述的观点是针锋相对的。19世纪俄国文艺心理学派大都持这种看法。它的代表人物波捷勃尼亚、戈尔恩费德等（亦称哈尔科夫学派）曾认为，文学作品只是形象的形式和外壳，它应由后代读者以自己的新内容和新思想来加以补充。也就是说，文学作品归根结蒂不是作家的创造，而是读者的创造，这纯粹是一种主观主义的接受理论。作为当代西德"接受美学"的提倡者之一的沃尔夫冈·伊瑟尔，表述得更为明确：本文只存在于读者的意识中；阅读就是自我认识，读者的意识决定本文的地位和意义，因而文学史仅仅是文学的接受史。法国结构主义者罗兰·巴尔特的象征、代码理论，基本上也是如此。他认为，文学作品具有一种非有机性的多义性，而非有机性的多义性是作为象征、代码的文学作品的本质表现。因此作品首先是读者创造力的表现领域，是读者审美自我表现的领域。

第三种概念即共同创造论，它是第一种和第二种概念的折中，由德国美学家哈特曼、波兰学者罗曼·英伽登等所提出的。在他们看来，文学作品是作家和读者的共同创造，作品是多层次和多方面的，不同的层次和不同的方面决定了作品的不同属性；一部作品有多少读者和多少新的阅读方法，就有多少新的、可以称之为作品的具体结构。然而这种貌似合理的共同创造论，实质上首先注意的仍是读者的各种各样的接受心理，主要分析的仍是读者的各种各样的审美经验，而文学作品本身仍处在他们的视野之外。

三

究竟什么是艺术接受的实质和规律，苏联学者的阐述与上述三种概念是不同的。在梅拉赫看来，艺术接受不仅是读者同作品的作者的交往——同意或不同意作者的看法，而且是对生活中新事物的揭示，是一种自我认识和自我教育，艺术接受既是一个完全独立的问题，又不能把艺术接受的研究同作为创作完整过程的研究分割开来，相反，却应该把创作看成一个完整的过程。这个完整过程由三个环节所组成：作者的构思、作者写作的全部阶段（包括创作成果）直到读者对作品的接受；而且这个完整过程（从作者构思到读者接受）是一个"动态系统"或"动态过程"，也就是说，艺术家同读者的交往，不仅仅在读者阅读作品的时候才发生，而是在读者阅读作品之前就已经开始。艺术家从最初的构思到最后完成，始终不断地要在创作中同想象中的读者打交道，即任何一位作家在创作过程中都得有自己的"接受模型"，并且都得依靠一定的"接受模型"。但是作家的这种依靠程度及其自觉性程度，却因人而异，各不相同。即便艺术家在创作过程中会经常发生意外的转折和思想的火花，会经常变更自己最初的构思，但不管怎样，任何一个艺术家都不会没有自己的"接受模型"，都不会不依靠一定的"接受模型"。这很好理解，因为任何一个作家都希望有尽可能多的读者来阅读他的作品，并且要让读者相信他写的都是真实的。梅拉赫以俄国作家陀思妥耶夫斯基的创作经验为例，作了说明。陀思妥耶夫斯基说过，他进行创作的时候，就经常考虑到读者，其目的在于要让读者按照他的创作方向去接受他的作品。从这个具有方法论意义的前提出发，梅拉赫又提出必须研究读者接受的两个重要方面：读者接受是在何等程度上同作品的思想内容和审美内容相适应的；作品的结构和接受的结构处于何种相互关系之中。在我看来，梅拉赫从辩证的唯物主义的立场出发，把作家的创作看成一个多环节的完整过程，看成一个包括"接受模型"在内的动态系统，无疑是一个十分深刻的思想，从而使艺术接受具有了真正的内在前提和条件；这样既反对了艺术接受的机械论，把作家的创作过程和读者的接受过程等同起来，把作家的精神世界和读者的精神世界混为一谈，忽视接受主体的行为和作用；又反对了艺术接受的主观论，把作家的创作过程和读者的接受过程对立起来，忽视作品本身对接受主体的制约性。

不仅如此，梅拉赫还进一步指出，一定要顾及"构思—作品—接受"这一系统的全部复杂性及它们之间的相互联系和相互作用，同时还一定要顾及其中每个环节的特点。只有这种分析方法才可能全面地研究艺术接受的一系列带根本性的问题，包括艺术思维的规律性和艺术接受的规律性的问题。不言而喻，在艺术思维和艺术接受里存在着许多共同因素，否则艺术接受就无从谈起，作家和读者就无法对话。比如说，接受主体应当在自己的意识里具有形象地再现被反映的生活的能力、想象的能力，等等。然而读者的这些能力或接受因素，并不等于艺术家的思维，并不属于创造性的写作系统，而仅仅属于接受系统。

苏联学者是坚决反对把艺术接受绝对化的，反对把它看成不依赖于作品的构思和内容的某种独立的、随心所欲的行为。这是苏联艺术接受理论唯物主义的重要表现。读者的接受必定要受到作品本身的制约，不然接受就不成其为接受，而变成读者的再创造，艺术接受论也就会变成艺术再创造论。梅拉赫指出，在读者的接受过程中，作品的形象当然会发生变形，但并不意味着，形象不再是作品中的客观存在。科学的接受研究必须遵循这样的前提：艺术是现实的客观反映，而这种现实又是通过艺术家的世界观和个性折射出来的。对读者来说，作品所反映的现实，只能是一种间接反映的现实。在研究艺术接受问题时，否定唯物主义哲学这些众所周知的原理，只能导致在理论上肯定艺术创作可以被任意注释，或艺术创作可以不受任何客观规律的约束。特别值得注意的是，赫拉普钦科院士就作品的内在实质、特点、结构、创作潜能等方面对作品与接受的关系所作的深入探讨。他反对把艺术接受看成是独特的再创造，并认为再创造的理论无法解释文学作品的作用和读者接受的变化性，他指出，正是作品的内在实质和特点，而不是别的什么决定着对"需求者"的影响。所谓作品的内在实质和特点，就是完整地反映人及人的活动、感情、追求和生活现象。无论是艺术形象或形象系统，总的来说都是通过制约它们内在运动的那些矛盾展开的。而冲突在作品中起了决定性作用，表明了两种对立的生活原则和精神原则的碰撞。从某种意义上说，文学作品永远是关于生活和人的争论，永远是关于人物之间的不协调、性格的冲突、作者和读者同一定生活现象的错误观念所进行的争论。在作家的意识中，冲突一般来说是同思想、性格、形象的"说明"密切相连的，而且就产生于它们的相互作用之中。人物形象不仅反映冲突的内在逻辑，而且反映生活现象的品格和倾向。形象系统和冲突总是处在一种动态的相互关系之中。作品的风格、体裁同样对作品结构产生影响，而作品结构是把形象作为不可分割部分包括在自身之内的。在这里赫拉普钦科特别强调过去的文艺学所不注意的语调领域和情感系统的作用，认为这两者是作品结构的有机属性和形象概括的成分，可以扩展和丰富作品结构和内容的观念；没有一定的情感关系和语调，就不可能有审美地把握现实的任何过程，就无法形象地认识现在的任何成果。这因为，作家写一部作品不仅是为了使对现实的形象把握得以实现，而且是为了影响艺术的"需求者"。这两方面齐头并进，又互为影响。因此在作品中必须存在某些具有表达功能的成分。在谈到作家的主观构思和作品的客观意义同读者接受的关系时，赫拉普钦科指出：主观构思和客观意义的矛盾作为一种现象，在文学史上屡见不鲜。作家构思在作品的功能中并不具有决定性的意义，不是作家构思决定读者接受。任何艺术作品一旦成为社会财富之后，便要涉及许多社会过程和许多生活现象。作品的历史命运并不依赖于作家本人的意志。倒是作品的真正实质——性格、艺术的概括深度等处于首位。不同的读者或不同的读者群，不仅在当时而且在后来对作品的理解都是不同的。一部作品同读者有着极为复杂的关系史；越是大作品，它的内在创作潜能就越丰富，与不同时代的读者的联系就越多样。在这里读者的心理当然要起一定的作用,但读者的心理作用不是独立的,而是同作品的形象内容相互作用。正是这种相互作用说明了作品中的创作潜能的存在。当读者的精神需求一旦接近作品的内在思想和审美潜能时,读者和作品之间的相互作用就变得突出起来了。然而在一定的历史时期里,这种相互作用有可能不会发生,作品很少能够吸引读者,例如莎士比亚、歌德、席勒、普希金等大作家的作品,就曾经有过不为人们所注意的历史时期。这已经是世界文学史上的事实。但是,一部重要的艺术作品总要反映不同的生活倾向,总要揭示不同的生活特点,这就为各种不同的而又相对忠实的阐释和接受提供了前提。在我看来,这就意味着读者的接受并不是公说公有理,婆说婆有理,并不是随意发挥,而是要受到作品的内在实质、特点、结构、创作潜能的制约。尽管莎士比亚是道不尽的,尽管一千个读者有一千个哈姆雷特,但莎士比亚毕竟是莎士比亚,绝不会被看作托尔斯泰;哈姆雷特毕竟是哈姆雷特,绝不会被看作堂吉诃德。所以,赫拉普钦科集中地研究了"作品的内在实质,艺术概括同生活运动及其发展倾向的相互关系,同现实,同艺术家写作的那个时代和未来时代的精神经验的相互关系",并且把它们当作艺术接受的客观标准。这不仅是正确的,有说服力的,而且建立在科学的美学的基础之上。

  同时,苏联学者也反对把艺术接受简单化,仅仅把艺术作品作为艺术接受的研究对象,而不考虑作品同作者和读者的相互关系。艺术接受毕竟是艺术接受主体的接受。在梅拉赫等人看来,读者的接受是一种创造性的、积极的活动,它不像一架收音机那样消极、被动。它要受读者的生活立场、思想和审美评判的制约。作品的内容总是同读者的生活经验有关,总是同读者的联想相联系,而且还得依赖于社会环境的背景,以及发生接受行为的那个社会的情势。因此,梅拉赫正确指出,应该承认心理学在接受研究中所起的重要作用。如果说,梅拉赫对这个问题的重要性只是作了一般原则性的论述,而没有全面展开的话,那么鲍列夫却是第一个对它作了独到而详备的论述的苏联学者。在《美学》(第三版,1981)一书的"关系——艺术心理学和艺术接受理论"一节中,鲍列夫提出了"艺术接受心理学"在一定意义上是"艺术创作心理学"的一面镜子。在他看来,艺术接受是多方面的,包括直接的情绪感受、对作者构思的发展逻辑的领会，以及渗透到一切文化领域的艺术联想的丰富性和枝蔓性。而艺术接受的重要因素，则是接受者把作品的形象和情势"转移"到自己的生活氛围里来，是主人公和接受者"自我"的同一化。这种同一化是和接受主体同主人公的对立结合在一起的。正是由于这一结合，接受者才有可能在想象中和艺术感受中漫游。艺术接受中这种游戏因素依赖于艺术本质自身的游戏因素。艺术是作为对人的劳动的模仿而诞生的，同时又是对劳动活动的一种准备。艺术的这些本质的和遗传的因素也在接受反复出现重复。接受者在游戏的情势中所取得的经验，就是艺术家通过形象而赋予他的。由此可见，艺术接受的这种游戏因素，是由接受者的世界感知和意识这一信息的传递者所造成的一种殊特活动。根据艺术接受心理结构的这些方面和特点，鲍列夫提出艺术接受心理结构的三个层次：即视觉、听觉和其他官能在艺术接受过程中的相互作用；艺术接受的寓意性和联想性（同一定艺术文化的对比、非艺术的联系、生活感受的回忆）；艺术接受同时空联想的联系（包括对某一本文的现在、过去和将来的接受）。此外，鲍列夫认为，每种艺术都具有表演性。这是艺术接受心理结构的又一个特点。也就是说，接受者兼具表演者（自我表演）和接受者两种身份。

总之，在苏联学者看来，艺术接受的过程是一个极其复杂的、概率论的过程，它的结果取决于许许多多的客观和主观的条件；同样读者的接受水平也取决于种种因素：文化状况、心理特点、生活环境等。用鲍列夫的话来说，艺术接受是艺术作品和接受者的一种相互关系，它依赖于接受者的主观特点和艺术本文的客观品格，又依赖于艺术传统，甚至还依赖于社会舆论和语言符号的假定性。而所有这些成分是为时代、环境和教育所历史地决定的。——这就是苏联学者对艺术接受的实质和规律所作出的科学的、辩证的、历史主义的阐述，同时也是苏联的艺术接受理论的基本之点。

70年代以来，又有一种新趋势：苏联学者不再局限于"艺术接受"问题的研究，而且把整个环境的"审美接受"当作研究对象。这无异于说，"审美接受"的概念要比"艺术接受"的概念广泛一些。研究普通心理学和技术心理学的接受过程的结构，是审美接受的独特基础。这是一方面。另一方面，这种研究又不抛弃艺术学、社会学在研究审美接受和艺术接受时所开始的,并且仍然需要继续做下去的那一部分工作。同艺术接受的研究一样,审美接受的研究也有着宽广的前途。这是一个专门问题,需另作评介。

四

苏联的艺术接受理论除包括艺术接受的实质和规律、作者构思和读者的相互关系、作品结构和读者的相互关系、读者类型和艺术思维类型的相互关系、艺术创作心理学和艺术接受心理学的相互关系等问题外,特别是从 70 年代以来,还包括古典作品的历史命运和生命力问题,亦即一部文学作品在不同的历史时代里同读者的相互关系。在西德学者提出的"接受美学"概念里,艺术接受曾分为"水平接受"和"垂直接受"两种。所谓"水平接受"就是一部作品同产生它的时代的读者的关系;所谓"垂直接受",即一部作品同以后时代的读者关系,这同苏联学者关于古典作品的历史命运和生命力的提法,是十分接近的。

如所周知,过去的文艺学有一个明显的缺点,它通常不去考察一部作品在其他历史时代的不同的社会影响和审美影响,以及为什么在不同的历史时代的不同读者那里会产生不同的社会影响和审美影响。其实,过去时代的不少批评家、美学家、作家对艺术接受中的这个重要方面已经有所论述。特别是别林斯基在《1841 年的俄国文学》一文里,曾明确提出这个引人深思的问题。他写道:"普希金不是随生命之消失而停留在原有的水平上,而是要在社会的自觉中继续发展下去的那些永远活着和运动着的现象之一。每一个时代都要对这些现象发表自己的见解,不管这个时代把这些现象理解得多么正确,总要留给下一个时代说一些新的、更正确的话,并且任何一个时代都不会把一切话都说完……"在别林斯基这席话的十几年之后,马克思在《〈政治经济学批判〉导言》里,也说了类似的话和类似的意思:困难不在于理解希腊艺术和史诗同一定社会发展形式结合在一起。困难的是,它们何以仍然能够给我们以艺术享受,而且就某方面说还是一种规范和高不可及的范本,为什么历史上的人类童年时代,在它发展得最完美的地方,不该作为永不复返的阶段而显示出永久的魅力呢?别林斯基和马克思的观点，对于理解作品的历史命运和生命力，具有重要的理论和方法论的意义。其实，当代西方文艺学家对作品的生命力问题也是有所关注的。例如，美国文学批评家韦勒克和沃伦在《文学理论》（1949）一书中曾写道："一件艺术作品的意义，绝不仅仅止于，也不等同于其创作意图；作为体现种种价值的系统，一件艺术品有它独特的生命。一件艺术品的全部意义，是不能仅仅以其作者和作者的同代人的看法来界定的。它是一个累积过程的结果，也即历代的无数读者对此作品批评过程的结果。"

在苏联学者当中，赫拉普钦科是最早提出这个问题的，并作了科学的、唯物主义的阐述。从1968年起，他在《文学作品的时间和生命》、《世世代代的生命·文学作品的内在实质和功能》、《文学创造的潜能》等一系列文章中，认为一部艺术作品，特别是一部优秀的艺术作品，在各个不同的时代里所起的作用是极为不同的。之所以会发生这种现象，不仅取决于不同时代和不同阶层的读者如何对待它，而且取决于作品本身的内在实质和结构。这因为一部作品不仅包含着产生它的那个时代的特点，不仅同反映在它里面的具体生活素材有关，还同远离这一具体生活素材的其他生活现象有关。

需要说明的一点是，从70年代以来，苏联学者已经把文学作品的命运和生命力的探讨，发展成为一种具有独立意义的"文学的历史功能研究方法"，即研究过去时代的作品的思想、审美内容和当代读者的审美要求之间的复杂的、动态的相互关系，而且不同的苏联学者还提出了不同的研究方向和研究途径。目前这方面的学者的论文集已经出版了不少，如《文学功能研究问题》（1975）、《俄国文学的历史功能阐释》（1979）、《文学作品在时代的运动中》（1979）和《时代与俄国作家的命运》（1981）等。它们从文学的历史功能的角度出发，对许多古典作品作了具体分析。关于文学历史功能研究方法，请参看本书（按：《现实的发展和现实主义的发展》，漓江出版社1987年版）《当代苏联文艺学方法概观》一文。

最后，关于艺术接受的研究方法问题。梅拉赫指出，艺术接受的研究方法可以多种多样。实际上艺术接受已经成为多种学科的研究对象，例如心理学从发生在人的心理的过程这个角度研究艺术接受；社会学从一定的社会集团、阶层的社会行为研究艺术接受；等等。然而在当代的条件下，艺术接受的研究已经不能局限于某一学科所取得的成果，必须同文艺学、美学、历史学、社会学、心理学、生理学、教育学、语言学、符号学和信息论等多种学科紧密协作，必须在各门学科的"交接点"上进行，必须搞综合研究。在我们看来，这是当代各门学科得以发展和突破的时代趋势和方向，科学的、唯物主义的艺术接受理论的研究，自然亦不例外。我国的艺术接受理论研究比起西德等西方国家和苏联、东德等社会主义国家来，起步较晚，目前正处在方兴未艾之时。"全方位"地考察和研究它们已经取得的成果和各种经验，是十分必要的。同时应该看到当今世界各种艺术接受学派所作的贡献和存在的问题，远不是一样的，因此又不能等同视之。我们应该努力建立一个具有我国特色的艺术接受学派。

（原载《现实的发展和现实主义的发展》，漓江出版社 1987 年版）

爱 伦 堡

作为一位苏联作家、社会活动家，爱伦堡属于十月社会主义革命前开始文学生涯的那一代，其生活和创作道路曲折而复杂。然而，在20世纪的精神探索和美学探索中，他总是不断地跟随时代开拓前进，并形成独特的艺术风格和创作个性，取得了多方面的成就，是一位在苏联国内外颇负盛名的作家。

伊里亚·格里戈里耶维奇·爱伦堡（1891—1967）出生于乌克兰基辅一个犹太工程师家庭，五岁时随全家迁居莫斯科，父亲是一个啤酒厂厂长。1906年他中学六年级时，因参与布尔什维克地下党活动而被开除出校。1908年秋，他接受任务到沙皇营筹建组织，因事情败露而被捕，后由家庭保释候审，同年12月流亡法国。起初，他在巴黎参加过一些政治活动，后来逐渐脱离政治活动而转向文艺，经常出入文艺沙龙，开始迷恋唯美派、颓废派、现代派的创作，在其影响下，于1910年出版第一部作品《诗集》。从此，他开始诗人生涯，在巴黎出版《我活着》（1911）、《日常生活》（1913）和《童年》（1914）等诗集，反映了作者昔日的生活、巴黎的感受及对爱情的追求，比较真实地传达了一个身居他国异乡的俄国青年的迷惘、彷徨的心境，至于它们的艺术价值和意义，正如诗人后来所言，仅仅是些模仿性的习作。

1915年至1917年，爱伦堡作为莫斯科《俄国晨报》和彼得堡《市场报》军事记者，到第一次世界大战中的德、法前线采访，从此开始他漫长的记者生涯。这对他后来小说风格的形成产生了深远影响，也极大地改变了他的社会观点和美学观点。在战火纷飞的前线，他目睹战争的浩劫、现实的不平和苦难，但未能找到改变这一动荡现状的力量。1916年的诗集《前夜之歌》，就是诗人这几年思想情绪的反映。他这些年写的通讯报道均收在《战争的面貌》(1920)一书里。1917年2月，俄国发生资产阶级革命，6月，爱伦堡随同一批政治流亡者告别巴黎，返回祖国。不久，布尔什维克党领导的俄国十月革命取得胜利，爱伦堡参加了学龄前教育、剧院管理等部门的工作。然而，在尖锐而复杂的政治斗争中，他对俄国社会主义革命并不理解，他那彷徨、怀疑、犹豫和动摇的思想情绪，在《为俄罗斯祈祷》(1918)、《火焰》(1919)、《沉思》(1921)、《前夜》(1921)、《颓唐的爱情》(1922)和《野兽般的温暖》(1923)等诗集中都有明显反映。用诗人自己的语言说，他在"当代现实面前既欣喜又恐惧"，而革命对于他，既是"摧枯拉朽的篝火"，又是"一种颓唐的爱"。

1921年春，爱伦堡决定再到欧洲去。从1921年至1924年，他先后居住在法国、比利时和德国，并经常为《俄国图书》和《新俄国图书》杂志著文，谈论当代俄罗斯艺术。1922年，他两本捍卫结构主义宣言的论文集《俄国诗人肖像》和《她毕竟还在旋转》问世。书中声称要以建筑、桥梁、机器的"理性美"代替艺术，而且提出钟表与人心何者更富有价值的问题。同年，爱伦堡在柏林出版长篇小说《胡里奥·胡列尼托及其门徒奇遇记》。据克鲁普斯卡娅回忆，列宁曾给予肯定评价："这个，你知道，就是蓬头鬼伊里亚。他写得不错。"这部讽刺小说反映了第一次世界大战和革命期间欧洲及俄国的广阔生活画面。主人公胡列尼托是个教师，墨西哥人，作者心目中的正面人物，实际上却是个怀疑主义者和对未来失去信心的人。他经常发表关于战争、金钱、爱情、婚姻、艺术的各种议论。他十分蔑视他的七个不同种族和民族的学生，小说通过他们周游世界的活动，谴责种族主义与民族主义，讽刺牧师伪善，鞭挞战争贩子，但对欧洲人民的描写却极为软弱无力。书里的世界和事件一片混乱，个人和社会之间似乎没有什么联系，情节松散，语言生硬。这一切都体现了作家20年代思想上和美学上的复杂立场。在《库尔波夫的一生和毁灭》(1923)与《让娜·涅伊的爱情》(1924)等小说中，作家把共产党员个人的情感、爱情与革命的义务、纪律对立起来，艺术表现方面的缺点也很明显，政论、叙述的成分多于形象的概括。在小说《德·热·托拉斯或欧洲灭亡史》(1924)和短篇小说集《十三个烟斗》(1923)中，爱伦堡对资本主义和资产阶级道德的批判、对资本主义文化矛盾的分析，都有所加强，并且提出了战争与和平两种社会力量的冲突和对立。特别是在《十三个烟斗》中，作家以十三个烟斗为线索，把十三个独立成篇的故事组合在一起，生动、多角度地描绘了各种各样的人物，其中对帝国主义战争作了强烈抗议。对巴黎公社社员和普通人寄予关注与同情的那些短篇小说，是爱伦堡20年代创作中最感人和最优秀的部分。

1924年，爱伦堡返回苏联，很快又作为苏联记者被派往欧洲。他在国内虽然时间不长，但毕竟目睹了新经济政策给社会生活和人们心理带来的不小变化。1924年至1927年，他创作了一些以苏联现实为题材的小说：《贪图私利者》（1925）、《1925年夏天》（1926）和《在普罗托契内小巷里》（1927）等。这些作品描写革命的变化和发展及新经济政策时期社会的阴暗面，如革命者的堕落、痞子的横行等，并塑造了一些讽刺形象，但没有全面反映现实，也未能刻画出令人信服的正面形象。这表明作者并不理解新经济政策的历史意义。

20年代末和30年代初是爱伦堡创作中的转折时期，无论在思想上和美学上都发生了巨大变化。作为一位名记者，爱伦堡于1931年访问西班牙、法国等西欧国家时，以他特有的敏锐性，感受到战争的"暴风雨在临近"，"法西斯主义在着手进攻"。他意识到一场大搏斗即将在欧洲大地展开，而自己则"需要在战斗的行列中占有一个位置"。1932年他回国不久，便立即投身于热火朝天的社会主义建设，访问了莫斯科—顿巴斯大铁道等第一个五年计划建设工地。沸腾的生活深深地吸引了他。他在长篇小说《第二天》（1933）和中篇小说《一气干到底》（1935）里，克服了以往创作中的怀疑主义，以饱满的热情把目光转向苏联新生活的建设者，这标志着他的创作进入了一个新阶段。1936年至1939年，爱伦堡作为《消息报》记者被派往西班牙采访，并作为苏联作家代表两次出席国际保卫文化大会。这期间他发表了许多充满反法西斯主义和国际主义精神的作品，如小说集《停战之外》（1937）、长篇小说《人需要什么》（1937）和诗集《忠诚》（1941），以及描写西方资本主义世界人民生活的特写集《我们的粮食》、《我的巴黎》和《西班牙》等。

第二次世界大战爆发时，爱伦堡身在巴黎。1940年巴黎沦陷后，他回到苏联。卫国战争期间，爱伦堡以记者身份奔赴前线采访，写了大量通讯、报道，那时人们几乎每天能在《真理报》、《消息报》或《红星报》上读到他写的东西。他谴责法西斯主义的暴行，歌颂苏联军民的英雄主义与爱国主义，呼吁各国人民团结起来反抗侵略。他的这些义正词严、别具一格的文字，在苏联政论文章中占有重要而光荣的地位，而且在国际上产生广泛影响，后来都收在以《战争》（1941）为总标题的三部集子里。

在战争和战后期间，爱伦堡创作中最负盛名的，是他的三部长篇小说《巴黎的陷落》（1941）、《暴风雨》（1947）和《巨浪》（1952）。从其思想倾向的一致、某些人物的连续及关于战争与和平的构思看，它们可以说是独特的三部曲，真实地再现了1935年至1951年第二次世界大战前后欧洲及苏联的历史风云。

《巴黎的陷落》描绘第二次世界大战怎样从不宣而战开始，从1935年写到德国法西斯长驱直入占领巴黎的1940年6月14日这一天为止，其中着重叙述1938年慕尼黑的叛卖性活动后，希特勒军队占领波兰，进入法国疆土的种种情景。小说人物众多，几乎没有中心主人公，作者关注的是时代形象的浓重塑造，而不是某个人物的精雕细刻，用作者的话说，"长篇小说的主人公就是巴黎"，这种写法既与小说结构本身的特点相关，也与作者的长期记者生涯密不可分。

《暴风雨》描写法国、苏联及德国人民的反法西斯斗争。作者从暴风雨笼罩下的巴黎开始，通过派往法国工作的苏联工程师弗拉柯夫的亲身感受，以悲壮的笔调和深切的同情，刻画巴黎对即将来临的战争毫无警觉，一切依然如故，以及巴黎陷落后法国山河破碎的悲凉景象；歌颂在法共领导下抵抗战士和法国仁人志士散传单、炸铁路，不惜牺牲生命，到处袭击敌军的英雄壮举，如莱奥汀、路易士、仲马、玛丽、美达等。他们深信，虽然"法国不打就投降，但在法国也有真正的法国人"。同时，作者展现了希特勒统治下法国人民的苦难生活，优秀的人类学家、工程师、大学生被迫成为法西斯杀人的工具，这是小说的一条线索。另一条线索是，卫国战争爆发前后的苏联人则完全处于不同的精神状态之中，他们万众一心，奋起抵抗，有的上前线，有的转入地下，有的奔向丛林参加游击队，以各种方式同侵略军展开英勇的殊死战斗，直至1945年取得战争的最后胜利。作者以这两条线索的反复交错，广阔而生动地展现了两个世界、两个阵营的搏斗，表现了无数不同人的命运和众多的社会历史事件。法国姑娘美达和苏联青年弗拉柯夫是小说众多人物形象中塑造得比较成功的两个。他们的思想变化和经历，他们的深厚情谊和超越时空的相互怀念，他们的英雄主义、爱国主义和国际主义精神，既代表了战争中一代青年的崇高风貌，也代表了人类的未来和理想，具有艺术概括的典型意义。

《巨浪》（又译《九级浪》）描写1948年至1951年战后初期的事件，特别是描写在美国和法国、联邦德国和捷克斯洛伐克、波兰和苏联掀起的保卫世界和平的"巨浪"，揭露美国统治集团操纵的外国通讯社在各国进行的反苏"冷战"宣传、阴谋破坏活动，以及挑起新的世界大战的企图，表现了各国人民反对战争保卫持久和平的信念与力量，而作者本人就是那时国际和平运动的著名参加者。小说的主题十分重要而迫切，它表达了刚刚经历过战争浩劫的千百万人民的愿望与情绪。小说的艺术性不如前两部，影响也小得多。

从艺术表现手法看，这三部长篇小说有许多相似之处：人物众多，事件纷繁，空间广阔，情节变化迅速，大起大落；主要以强烈的对比、明快的语言、人物的内心独白来展示时代的综合形象，而不像传统小说那样关注个性化的典型性格的塑造，甚至几乎没有贯穿小说的中心主人公，这是爱伦堡小说一贯的、独特的艺术风格。从某种意义上看，他的小说是一种扩大了的报告文学或报告文学化的小说，政论成分所占的比重极大。这种艺术特色的形成，显然同他长期的记者生涯、见多识广、多方面的艺术修养、丰富的历史文化知识、广泛的社会活动紧密相联。缺点是人物形象不够丰富，有时还成为思想和信念的传声筒。虽然作家希冀在小说中对刚刚过去的战争进行广泛的思考与概括，但这种思考和概括显得较为表面。

50年代初，苏联文学开始进入新的历史阶段。在庞大的苏联创作队伍中，爱伦堡属于最早反映苏联生活这一巨大变化的作家之一，也是这一巨大变化的积极参加者之一。1953年10月，他以其特有的敏锐性，发表了长篇论文《谈谈作家的工作》。这篇论文于1948年写成，用文章结尾的话说，"经过长时间的犹豫"，现在"提出有关作家工作问题的时机""已经到来了"。在今天看来，该文虽然不无偏颇之处，但对战后苏联文艺的思考和审视，对教条主义、庸俗社会学、简单化等严重缺点的抨击，及时而富有见地。例如，它指出：描绘世界不能光用黑白两种颜色，应该写活生生的人，不能把倾向性理解为天真的、无力的偏袒等。此后，爱伦堡在《〈玛琳娜·茨维塔耶娃诗集〉序》（1956）、《法兰西笔记》（1958）、《艺术规律》（1958）、《春天在望》（1959）、《重读契诃夫作品》（1960）和《保卫人类珍宝》等一系列论文中，对苏联文学公式化、概念化等毛病都作了中肯批评，认为文学任务是写人，而过去的一些描写重大事件的作品，并"没有把完成伟大事业的人表现出来"。长时期以来，现代主义在苏联经常处于挨批的地位，而爱伦堡则是少有的几个能对之持客观态度的人，但是他的这些著述仍然存在一些片面性和缺点。

1954年5月爱伦堡发表中篇小说《解冻》。这部小说由于对苏联生活的变化和发展作了过去未曾有过的、比较尖锐的反映，因而在苏联国内外曾名噪一时。西方评论界称它开了苏联"解冻文学"之先河。苏联评论界的反响很不一致，有的赞扬它"给一个重大题材打开了大门"；有的指责它对苏联生活作了歪曲描写。1956年苏共二十大后，爱伦堡发表《解冻》的第二部，他不顾别人说三道四，继续按既定的方向前行。

《解冻》描写1953年冬至1954年春这一时期生活的变化。用作者自己的话说：《解冻》的主人公是"解冻"。也就是说，他写的是那个时代的变化。所谓"解冻"，有两方面含义，其一是苏联社会生活的解冻。小说基本情节通过伏尔加河畔一个纺织厂的厂长展开。厂长茹拉夫辽夫是老干部，也是个十足的官僚主义者，保守、专横、思想僵化，从不关心工人生活，没有人情味，一心只想超产、得奖，让工人长期住在又潮又暗的工棚里。他妻子连娜因厌恶他的所作所为离他而去。不仅如此，茹拉夫辽夫对爱提意见的总工程师索科洛夫斯基看不顺眼，造谣中伤他有历史问题，不信任他。最后，茹拉夫辽夫被撤职。这就是小说所寓意的："到解冻的时候了。"书中的正面形象在肃反中不是被流放就是被怀疑和打击。应该说，小说涉及的官僚主义、不关心人、不信任人、肃反等问题，深深地触及了苏联社会一个时期里存在的严重弊病，这是小说深刻的社会意义之所在。小说中男女主人公对1953年后生活变化的期待和赞美，也的确反映了人们的情绪与愿望。小说的第二部写解冻后春天的到来，新任市委书记关心工人，作风民主；无辜遭难者纷纷返回故里，各得其所，各尽其才。

"解冻"的另一含义是苏联文艺生活的解冻。它主要通过创作工农题材的画家小普霍夫和风景画家萨布罗夫不同创作道路和生活命运而展开。前者看风使舵、粗制滥造、追求个人名利,得势于一时;后者清高,过着艰苦生活,不畏权势,献身于艺术,最后取得成功。爱伦堡对小普霍夫这类艺术家进行严正批判,同情萨布罗夫的坎坷命运都没有错,问题是,作者对萨布罗夫在艺术上脱离生活、一味追求创作自由,采取了欣赏和肯定的态度,并且把它描写成艺术上的最后胜利者,这就陷入了极大的片面性,而且反映了作者艺术观的矛盾。《解冻》的艺术风格基本上继承了前几部小说的特点,所不同的是,景物描写的抒情性、寓意性更浓郁了。总的看来,小说的艺术表现力仍然很弱。

爱伦堡生前最后一部著作是六卷本的大型回忆录《人·岁月·生活》(1961—1965)。这是一部洋洋百余万言的书,回忆他认识的许多人:政治活动家、作家、艺术家、幻想家、冒险家;写了许多事件诸如1905年革命、第一次世界大战、十月革命、第二次世界大战及战后几十年的风云变幻和个人的经历、所见所闻和感受;涉及俄国、法国、西班牙、中国、印度、美国等许多国家;展现了20世纪广泛的文化交流和精神探索。该书的宗旨和写法,正如作者所说,他并不企图描写一部时代的历史,一部不偏不倚的编年史,只是作肖像画的尝试;这本书"自然极其主观",是"一本写自己多于写时代的书","更确切地说是一种自白"。他对茨维塔耶娃、巴别尔等诗人、作家,对布哈林等社会活动家都作了具体描述和回忆,并在一定程度上恢复了历史真实,同时也存在着个人片面和主观的评价,但对了解20世纪俄罗斯的社会和文化,仍不失为一部有参考意义的书。直到生命的最后几天,爱伦堡还在著述该书的第七部,但未完成。

特里丰诺夫

"莫斯科在您那里清晰可见",这是 1949 年《新世界》杂志主编特瓦尔多夫斯基读了《大学生》手稿后,第一次会见二十四岁的青年作家特里丰诺夫时,对小说所作的一句评语。

这句话在三十余年后的今天读来,仍然是很有意义的。这因为,特里丰诺夫写的大部分作品,特别是他写的大部分小说,都是关于莫斯科人及其生活的。在他的笔下,莫斯科还是那样的栩栩如生,只不过随着岁月的流逝,风云的变幻,从 60 年代中期以来,他的莫斯科题材的小说和《大学生》相比,不论在思想倾向和创作诗学方面,都发生了变化。这些变化使得特里丰诺夫的每一部新作,愈来愈引起了争论。可以说,在当代的苏联文学中,特里丰诺夫是最有争议的作家之一。

一

尤里伊·瓦连季诺维奇·特里丰诺夫(1925—1981)是苏联当代有名的小说家,其父是俄国的老布尔什维克,苏联国内战争的名将,1938 年肃反运动中被镇压,50 年代中期恢复名誉。卫国战争期间,特里丰诺夫从中学毕业,1924 年起,在莫斯科飞机制造厂工作,当过钳工、调度员和厂报编辑。1944 年,在苏联作家协会主办的高尔基文学院的函授班学习,1945 年转入该院正规班。在学习期间,他以极大的兴趣聆听了苏联老一辈的著名作家康·费定和康·帕乌斯托夫斯基的文学讲座。特里丰诺夫成了职业作家以后,曾不止一次地回忆起这两位老师在文学上对他的帮助和影响。

1947 年,特里丰诺夫开始了文学生涯,在《莫斯科共青团员报》和《青年集体农庄庄员》杂志上发表了《在草原上》和《集体农庄的事情》

两个短篇，由于写得一般，没有引起人们的注意。有一次，特瓦尔多夫斯基问他在《大学生》之前发表过什么作品，他只说写了《在草原上》这个短篇，而把《集体农庄的事情》"隐瞒"了。1949年，特里丰诺夫在高尔基文学院五年级学习的时候，开始创作长篇小说《大学生》。

《大学生》的前八章是文学院的毕业创作，它曾受到指导老师费定的好评。同年，特里丰诺夫毕业于文学院。之后，他继续《大学生》的创作。小说写完后，经费定的推荐，把稿子交给了特瓦尔多夫斯基。特瓦尔多夫斯基认为费定"说得对，稿子读起来的确饶有兴味……但是那里面累赘的东西过多"。[①] 他提了两条意见：第一，请一个有经验的编辑帮助加工。第二，稿子写得过长，需要删节。在老作家和编辑的指导和帮助下，1950年，特里丰诺夫的《大学生》在《新世界》第11期和12期全部刊出。

长篇小说问世后，特里丰诺夫在文坛上一举成名。后来，作家写道："我的生活发生了变化，一下子就成了名作家。"那时他收到了数百封读者的来信和来电，被邀请在各种会议上作报告，并由叶尔玛洛娃剧院把它改编成话剧上演。《大学生》产生如此迅速和热烈的反响，在那些年代只有阿扎耶夫的长篇小说《在远离莫斯科的地方》可以与之相比。小说获得成功，首先在于它回答了战后苏联现实中提出的一个迫切问题：在经历战争的浩劫之后，重建苏维埃祖国的历史重任落到了年青一代的肩上，而要完成这项关系社会主义事业成败兴衰的使命，年轻人就得自觉地把自己培养成为有用的和合格的建设人才。特里丰诺夫顺应时代的需要，以热情的笔触，描绘了一批从前线归来的战士，在回到阔别多年的莫斯科和亲人的怀抱不久，便响应了新生活的召唤。中心主人公白洛夫和巴拉文都是莫斯科人，从小就是同学和朋友，战争爆发后，他们分手了，被分在不同的地方作战，胜利后又幸福地相会在一起，为了把美丽的青春献给祖国的建设事业，他们一同上了莫斯科某师范学院，立志做一个人民教师。小说生动地表现了战后大学生的丰富多彩的生活，他们不仅勤奋学习，积极参加各种学术活动，而且利用课余时间，自愿到工厂、建设工地开展文化工作，参

[①] 《尤·特里丰诺夫选集》（两卷集）第二卷，苏联文学出版社1978年俄文版，第523页。

加义务劳动，他们体现了受过暴风雨洗礼的青年人的崇高精神面貌。其次，小说的成功在于作者没有一味地肯定现实，把大学看作一个宁静的乐园，而是按照生活本身发展的辩证规律，真实地揭示它的矛盾和斗争。我们知道，在战后一个时期内，"无冲突"论在文艺界十分流行，似乎在社会主义社会里，反面的东西是不典型的，非本质的；要有矛盾的话，也只存在好的和更好的之间的矛盾。这样许多文艺作品便去粉饰生活，回避生活中的困难错误和阴暗面，直到 1952 年 4 月，《真理报》才在一篇有关文艺创作的社论中，号召文艺界起来反对这种似是而非的有害理论。《大学生》的可贵之处，在于它早在反"无冲突"论之前，就能够从生活出发，写了新旧事物的矛盾和斗争，鞭挞了落后的和反面的东西。

  小说的情节围绕着白洛夫和巴拉文这两个大学生在一系列问题上的对立而逐渐展开。作者肯定和颂扬了以白洛夫为代表的大学生的集体主义精神和为祖国而学习的思想作风，否定和批判了以巴拉文为代表的少数几个人的极端个人利己主义和生活中的不道德行为。但作者没有把巴拉文简单化，他毕竟经受了战火的锻炼，初入学时，给同学们留下了良好的印象。他有才华，肯用功，活动能力强，可是在和平生活的考验面前，掉了队，走上了歧路。由于名利思想作祟，他逃避学校和共青团组织的社会活动和义务劳动，渐渐同集体疏远了，以至发展到为了获得奖学金，不惜采取一种极不老实和极不光彩的手段，通过自己的女友华丽雅，从她的表哥——一个莫斯科大学的研究生那里，借来了一篇学术论文的底稿，剽窃了其中的基本观点，改头换面地当作自己的学术研究成果在学校的刊物上发表，当许多同学对讲授俄罗斯文学史课的考塞尔斯基教授的形式主义观点，及其对苏联文学所采取的虚无主义态度进行尖锐批评的时候，他却讨好教授，毫无原则地为之辩护，而对提意见的同学冷嘲热讽，因而博得这位教授的器重，准备将他树为同学中的"一面旗帜"，一再吹捧他的文章写得如何好，推荐他为学校奖学金的候选人；没有多久，当得知考塞尔斯基教授的错误观点将受到学术委员会公开批判的时候，他见风使舵，来了个一百八十度的大转变，企图第一个站出来批判教授，争取立头功。在个人生活中，由于利欲熏心，成了一个没有道德和朝三暮四的人，他早就爱上了莫斯科某医学院的女大学生华丽雅，并玩弄了她；当华丽雅向他提出结婚的时候，他支支吾吾，一再拖延和回避这个问题，相反，却偷偷地同另一个女同学列娜处于热恋之中。他对华丽雅的始乱终弃，使她在精神上十分痛苦，最后她不得不离开莫斯科转到哈尔科夫去上学。作为巴拉文的老同学和老朋友的白洛夫，发现了巴拉文这种与苏维埃生活方式格格不入的行为后，十分愤慨，深恶痛绝，在共青团会议上不顾情面，坚持原则，第一个揭发和批判了巴拉文的丑事。但巴拉文怎么也不能理解，为什么正是白洛夫比别人更为严厉地对待他。白洛夫坚定地对同学们说："正是因为我是他的老同志，我应该比其他一切人更不留情。"巴拉文遭到批判后，心灰意懒，无地自容，打算离开学院和同学，到别的地方去。在这个时候，学院的共青团组织，白洛夫和同学们，没有嫌弃他，而是向他伸出了友谊之手，满腔热情地帮助他认识错误，衷心地希望他知过改过。大学生们这样做，真正地体现出了苏维埃集体生活的温暖和力量。

小说在展现新旧思想和新旧道德的激烈交锋的同时，还提出了家庭教育对培养苏维埃新人所起的重要作用这个问题。在这一方面，列娜的形象在书中是富有教育意义的。她父亲是个老干部，担负着很繁重的工作，女儿的教育基本上由她的母亲负责。当父亲发觉女儿不爱劳动、不愿参加团组织活动、在学习上缺乏自觉性和目的性而苦恼的时候，她母亲却为之辩解说："列娜的生活还在前面呢，她一生都将工作。所以让她在上大学的三四年里不要有什么牵挂和负担，让她轻松地生活吧……还来得及呢……"由于在家庭和社会上存在着这种不良的风气，列娜在思想上和学习上都不求上进，在毕业后做什么工作的问题上，心中无数，摇摆不定，一会儿想当教师，一会儿想当歌手，一会儿又想出嫁后做个家庭妇女就行了。列娜一度同白洛夫相处得不错，后来由于他们对生活的意义和目的了解不一致，在爱情上也就分道扬镳了。从此，列娜同巴拉文气味相投，打得火热，这也就在情理之中了。巴拉文受到严肃批判以后，列娜大为震动，深深地感到了内心的痛楚。在严峻的生活面前，她开始重新思考人生的道路。她不再怨恨白洛夫，并且拿出了勇气去找白洛夫，让他做巴拉文的工作。

在小说里，作家还塑造了一系列富有朝气和充满理想的大学生的动人形象。虽然他们都不是十全十美的人物，有着这样或那样的缺点，但他们具有明确的学习目的,时刻准备着为祖国,为人民服务,这是苏维埃时代的大学生的主流与本质。例如,在战争年代当水手的拉集坚科,希望到海滨的某个偏僻小城去教书,班上的高材生亚里诃表示要去西伯利亚的沼泽地区或阿尔泰工作,白洛夫的情侣奥里嘉则准备到斯大林格勒附近的林场去当教师。

在艺术的表现手法上,特里丰诺夫把炽热的浪漫主义激情、对生活的积极肯定同辛辣的讽刺、无情的揭露内在地交织在一起,真实地展示了苏维埃青年成长的全部复杂的过程。不过,小说在表现白洛夫这些正面人物时,还显得单调,他们的存在似乎是为了同消极现象进行斗争,对别人进行帮助和教育。但是不管怎样,作家能够在50年代初提出旧社会的"胎记"依然存在于苏维埃制度下成长起来的青年身上,这本身就具有重要的社会意义;同样,作家能够在50年代初,不去粉饰生活,而是正视生活中的反面事物,并揭露它们,这对社会主义现实主义文学的使命的理解,也是具有启示意义的。1951年,《大学生》获斯大林文学奖金三等奖。

二

1952年春,特里丰诺夫来到《新世界》编辑部,对特瓦尔多夫斯基说:"我想走远一点,看看以前没有描写过的那种生活。我请求到中亚细亚、土库曼运河的工地去。"① 在特瓦尔多夫斯基的支持下,同年4月,他前往南方。在土库曼,作家一面深入生活,一面着手写作土库曼运河航线勘测者生活的中篇小说。1953年3月,当小说完成三分之一的时候,突然传来消息,土库曼运河工程将长期停工。特里丰诺夫无可奈何地说:"运河工程要是停了下来,谁还需要描写它的书呢?"② 1954年,他给叶尔玛洛娃剧院写了一个关于美术家的剧本《美术家》,由阿·洛巴诺夫导演。《新世界》编辑部曾看过这个剧本,但没有被采用。特里丰诺夫自己在后来也认为写得"不扎实"。

---

① 《尤·特里丰诺夫选集》第二卷,俄文版,第525页。
② 同上。

特里丰诺夫虽然没有写成运河勘测者的小说,但他每年照旧去土库曼"走马观花",体验生活。1958年,他创作了《罂粟花》、《眼镜》、《旧歌》和《淡水》等几个以土库曼日常生活为题材的短篇,发表在1959年的《旗》杂志上,后收在《阳光下》这个集子里。像《大学生》一样,这些短篇一方面鞭挞了孜孜于个人私利的人,一方面赞美了为工作,为事业而献出一切的人。等到运河复工后,他也"复工"了。1963年,特里丰诺夫终于完成了以运河工地为题材的长篇小说《解渴》。

《解渴》的书名有两重含义。它的直接含义是指土库曼运河穿过草原通向沙漠,解决了农田对水的迫切需要。在这条线索上,特里丰诺夫讴歌了运河建设者的胜利和业绩。运河工程一开始,老一辈人并不相信阿穆—达利河能流到这遥远的沙漠里来。但是,水毕竟慢慢地流过来了。事实教育着人们,饱受干旱之苦的沙漠地区的青年牧民,纷纷前往工地参加建设。共青团员拉米多夫起初是不愿意去工地的,他准备再过一年,等到毕业结婚,母亲也想早点娶媳妇,父亲却竭力主张儿子马上加入运河建设大军。父亲对儿子说:"羊群能等你,可是机器不会等你,去吧,趁现在沙漠上有机器和聪明人,去学点什么吧!"拉米多夫在父亲的教育下,走向工地,并成了一名技术工人。作家在描写这些关心运河命运和直接或间接为之献出力量的人们的同时,并没有美化建设者,在他的笔下,人物是各种各样的,他们具有不同的性格,不同的思想境界,不同的道德水平。例如,纳加耶夫虽然是个著名的掘土机手,创造过六万二千土方的最高纪录,他的事迹上了报,可是这样一个人,对自己的助手却不肯热心培养,传授技术,老想多挣工资,为了累进计件工资还闹到工地领导那里去。小说中的许多人物像生活本身一样复杂,多样。

《解渴》的书名的间接含义是指人们"对正义的渴望"。小说的这一主题思想贯穿于作者的整个笔触。在运河工程的进展中,并不是一帆风顺的。一年半以来,在工程主任叶尔马索夫、工程队长卡拉巴什为一方和车部工区总工程师霍列夫为另一方之间,进行着尖锐的斗争。前者认为修建环状蓄水湖能节约几十万卢布的资金,后者却说,这是对设计的最粗暴的破坏,而且不一定会少花钱,前者主张采用推土机,后者主张采用掘土机。在这场严重的争论中,土库曼共和国的阿什哈巴德报社也分成两派:

副主编鲁茨金支持霍列夫,在报社主编外出的情况下,发表了霍列夫抨击叶尔马索夫及其拥护者的文章,从而引起了巨大的骚动。面对这一挑战,叶尔马索夫直接给土库曼共和国党中央写信,指责报纸的报道缺乏事实根据,结果鲁茨金被撤职,报社主编吉奥米多夫决定刊登一篇关于运河工程的成就的新报导,以纠正前一篇报道的失实,并派该报记者科雷舍夫到运河工地采访。叶尔马索夫对来访的科雷舍夫说,他们的报纸不是"党的锐利的武器",而是"从各个角落里进行射击的冷枪"。与此同时,州委也派人来进行调查,在州委举行的会议上,叶尔马索夫取得了胜利。小说结束的时候,也就是州委会议结束之后,运河东南部的环湖堤坝决口了,大水淹没了许多地方。在叶尔马索夫等人的指挥下,人们夜以继日、奋不顾身地进行抢救。经过检查,事故的原因在于设计有问题:这里冬季风大,浪头冲开了堤坝,堤坝的坡度不够。事实说明了叶尔马索夫等人的意见和做法是正确的。正是由于他们,运河才得以胜利建成。作者在揭示运河工程中正确与错误,先进与落后两种力量的斗争中,明显地把它们同苏共二十大批判个人迷信及其以后所发生的社会变化交织在一起,同1937年肃反运动中的人们的遭遇联系在一起。从这一点看,作品的现实性与倾向性是显而易见的。书中有这样一个情节:斯大林刚刚去世,叶尔马索夫马上给党中央写信,认为土库曼大运河的修建不合理,应予停工,因为运河流经地区都是荒漠地带,需要大量移民,而这样做,一定会劳民伤财。于是有人出来责备叶尔马索夫,为什么不在人活着的时候写信;另外一些人则为之辩解说:"因为那是伟大的斯大林建设!伟大的斯大林思想!"这无异于说,在那个时候,只要是跟斯大林发生关系的东西,都是神圣的,不可碰的。不仅如此,小说一开头,就把运河的建设同反个人迷信的主题紧紧地结合在一起。科雷舍夫之所以到土库曼共和国的首都阿什哈巴德来,是因为他"没有别的出路",想在这里通过大学时代的同学在报社找个工作做,但是他的工作总是"伴随着奇怪的拖延"。他意识到,这和他的父亲有关。他的父亲是1907年入党的党员,1937年,在法制被破坏的时期牺牲了。只在两年前,即1955年夏,才恢复名誉。他本人由于父亲的牵连,在八年前被开除党籍,接着又离开了大学,只得在函授学校学习。为了度日,白天在汽车场当调度员,晚上在家和母亲校对稿件。他的女友也因此离他而去。随着反对"个人迷信及其残余"的斗争不断深入，他的工作问题最终得到了解决，成了州报的记者；在运河工地的斗争中，他坚定地站在叶尔马索夫一边。也就是说，围绕着水的斗争展开了一场为正义事业的斗争。特里丰诺夫通过书中一个人物之口，直接道出了这一点："还有比对水的渴望更强烈的渴望，这就是对正义的渴望！"

三

从《解渴》开始，所谓"对正义的渴望"，便成了特里丰诺夫60年代以来创作的主旋律之一。1965年发表的关于作者的父亲的纪实小说《篝火的反光》，1973年发表的关于民意党人的历史小说《急不可耐》，都属于这一类。

在《解渴》里，新闻记者科雷舍夫的父亲死于1937年的肃反运动，但作者没有专门去写他的父亲；在《篝火的反光》里，1937年肃反运动中丧生的作者的父亲——瓦连京·安德列耶维奇·特里丰诺夫，却成了书中的主人公，从这个意义上讲，《篝火的反光》是《解渴》的续篇。

特里丰诺夫的父亲在俄国十月革命之前和国内战争时期，是红军的著名将领，彼得格勒红色近卫军的领导人，革命军事委员会的成员，骑兵军团的政治委员。他在1937年的肃反运动中被捕，1938年被镇压，50年代中期恢复名誉。《篝火的反光》所描写的正是从本世纪初开始到1937年结束的一些事件。关于主人公的生平，作家写道，他生于诺瓦契尔卡斯克镇，七岁成了孤儿，曾在工业学校学习，后来参加了革命，四次被流放，多次坐牢。在国内战争年代，他是一个重要人物，当德国人开始进攻时，他被派到南方；当捷克军团叛乱时，他被派到喀山；当白匪高尔察克和邓尼金暂时得势时，他被派到察里津和彼尔姆。总之，哪里的形势危急，红军就派他到哪里去。

但《篝火的反光》并不是作者关于自己的父亲的回忆录。作家不可能这样写，在父亲去世的时候，他才十一岁。正如作者本人所说："我写的不是关于生平的书，而是关于命运的书。我写的不仅仅是关于父亲的书，而是关于很多人、很多人的书，有的人甚至我都没有提到他，这样的人很多，他们认识父亲，同父亲一道工作过，而且和他很相像。"作者在父亲恢复名誉以后，才有可能看到保存在父亲柜子里的一些断简残纸，并以此为线索，到历史档案馆去寻找十月革命时期和国内战争时期的有关历史材料——电报、书信、记录稿……特里丰诺夫在书中大量地引用了这些历史材料，企图说明父亲的真实历史。在他所引用的这些材料里，有不少同他的父亲并无直接关系，如弗·米罗诺维依、帕牛什金、勃·杜明科等国内战争的将领的材料。但是，这些人的名字像他的父亲一样，长期被遗忘了，从历史教科书中被勾去了。此外，还有老一辈的女共产党员阿·萨尔津，同他的父亲也无直接关系，可是这些人在他看来，是"对正义的力量抱有不可被摧毁的信心"的人，在他们身上有着"历史的反光"，因而把他们也写到书里了。作者的这种构思，在书的开首就明白地写了出来："在每个人身上都有历史的反光。在一些人那里，历史的反光是炽热的，在另一些人那里，历史的反光刚刚能够感觉到，是十分微弱的。不过，在任何人那里，都有历史的反光。历史像篝火在熊熊燃烧，而我们每个人都在把自己的干枝投向它。"

由于《篝火的反光》写得传记不像传记，回忆录不像回忆录，小说不像小说，加上叙述零乱，人物之间缺少有机联系，因此艺术价值不大。

《急不可耐》是一部关于 19 世纪 70—80 年代俄国民粹派及其秘密组织民意党的历史小说。作家在这个时候面向历史题材，无疑是企图在历史背景上再一次展开"对正义的渴望"这个主题。小说的主人公是民粹派革命家、民意党的领导人阿·热里亚包夫。特里丰诺夫从 1878 年阿·热里亚包夫在敖德萨同娇妻奥丽加分别开始，一直写到他 1881 年和他的同伴炸死俄皇亚历山大二世，被送上断头台结束。在作家的笔下，这是一部悲壮的颂歌。它表现了热里亚包夫及其同党对消除俄罗斯的贫困和落后的"急不可耐"，对渴求正义和真理的"急不可耐"，表现了这些血气方刚的青年知识分子，为了救国救民的理想，甘愿抛弃学业，别离亲人，"到民间去"的果敢行为。不幸的是，他们当中的大多数人不是被流放就是被投入监狱。后来，他们组织起了秘密团体"民意党"，企图通过少数人的恐怖手段，杀死沙皇，来达到他们"改造"社会的目的。他们抱有良好的愿望和牺牲的精神，正像热里亚包夫对他的战友所说的："我对这一点是深信不疑的：我将在断头台上出色地坚持住。"虽然在炸死亚历山大二世以后，他们自己一个个地被处以绞刑，但特里丰诺夫写道："巨大的俄罗斯冰块没有被劈碎，也没有裂开，甚至都没有触动。但是在这巨大冰块的内在深处，有某个地方已被移动了一下，这要在十年之后，方能显示出来。"在作者看来，他们的事业没有完全白费，他们为正义所作的斗争组成了历史"篝火的反光"。

四

60年代，特里丰诺夫的创作题材显得十分广泛而多样，除上述几部作品以外，还写了体育题材的短篇小说和特写：《季节的结束》（1961）、《弗拉米尼奥的火炬》（1965）、《黄昏的比赛》（1968）以及电影剧本《冰球运动员》（1965），由于写得平平，在思想和艺术上都没有什么特色，因而不为人们所重视。

在近十年里，使特里丰诺夫成为苏联国内外最引人注目和最有争议的作家当中的一个，则是他的四部中篇小说：《交换》（1969）、《初步总结》（1970）、《长别离》（1971）和《另一种生活》（1975）。这些作品之所以被人称为"莫斯科故事"、"城市小说"和"反市侩小说"，因为它们写的是莫斯科居民（更正确些说，是莫斯科的知识分子）的家庭和社会的日常生活，因为作者通过日常生活中的一些司空见惯的消极现象和反面事物的描写，对现代市侩进行了抨击。这样它们便成了苏联当代"日常生活小说"的先声。

其实，在这四部中篇小说发表之前，特里丰诺夫已经开始写他的"莫斯科故事"。比如1968年写的《鸽子之死》和《在高产蘑菇的秋天》这两个短篇，就是如此。前者通过莫斯科一所公寓，人们在允不允许养鸽子问题上发生的争执，以及鸽子的死亡，刻画了一些人的自私自利、蛮横霸道的心理和作风；后者则描写了莫斯科一个科研人员的妻子娜嘉在母亲死后办丧事的种种不堪设想的情景：亲友们在葬礼上相遇后，很少有人为她的母亲去世悲痛，有的高谈阔论"心灵交通"术，有的借机谈情说爱，有的在商量互换房子，有的通宵达旦在厨房里下棋，有的在议论今年秋天的蘑菇收成。因此，这两个短篇可以认为是"莫斯科故事"的序曲。

《交换》是"莫斯科故事"的开篇，也是"莫斯科故事"的点题之作，作者以物的交换揭开了人的灵魂的"交换"。

《交换》是从交换房子这件普普通通的事情开始的。技术员杰米德里耶夫在同英文技术资料翻译员莲娜结婚后，曾多次动员她同婆婆住在一起。婆婆只身一人住在工会大街一间二十四平方米的房子里，如果一家人住在一块，彼此都有照顾，而且生活条件还可以得到改善，可是莲娜就是执意不允。十四年之后，婆婆患了不治之症，被送进了医院。莲娜不早不晚，偏偏在这个时刻，来了个大转变，主动要求搬到婆婆那里去住。是她良心发现了，要赶在婆婆临终之前表示自己最后的孝敬之意？不是。她的目的在于要用婆婆的一间房和她自己的一间房去同别人交换一个套间。不然就换不成了。莲娜在这个时刻提出换房，当然使作儿子的杰米德里耶夫十分为难。他怎么去向自己的病危的母亲开口呢？！在妻子的一再催促下，他终于想通了。作者写道："杰米德里耶夫此时毫不感到愤慨和痛心。他想的仅仅是'生活的冷酷，无情'。莲娜是没有过错的，她只是这种生活的一部分，这种冷酷、无情的生活的一部分。"于是，杰米德里耶夫便"心安理得"地去同母亲商讨这件事。殊不知，他的母亲也想通了，不过是从另一个方向想通的。她怀着深深的痛楚回答儿子说："我一度非常想同你和娜塔莎（即孙女）住在一起……可是，我现在不想了……你已经换过了，换定了……很久以前就换过啦，这种交换经常地，几乎每天都在发生，因此你不要感到奇怪，也不要恼火。维加，这是不知不觉地……"作者使我们看到，在这"交换"二字里，孕育着多少世态的炎凉和无可奈何的抗议啊！在换房子的背后，其实是在进行着一场看不见的伦理的拍卖。

在特里丰诺夫的笔下，"交换"成了莲娜生活中不可缺少的组成部分，也就是说，它是现代市侩的基本手段和基本特点。当她的女儿娜塔莎快到上学年龄的时候，她又开始策划"交换"，一心要把娜塔莎送进乌丁胡同的英语专科学校去读书，因为"这个学校是人们梦寐以求的对象，也是检验父亲是否热爱孩子并为之甘愿牺牲一切的尺度"，一旦进去，将来就可能分到外交部工作，就有出国的机会。她通过"走后门"，又达到了目的。莲娜自己很早就想转到"国际合作情报研究所"去工作，在那里工作既方便又是按件取酬，地段还好，离国营百货商店只有一分钟的路程，顶头上司是自己的同学，要多少翻译就会给多少，而且每星期四有外国电影看。当然进入这样的机关，"就像珠穆朗玛峰一样，耸入云霄，高不可攀"，但是在父亲鲁柯扬诺夫的帮助下，她还是挤了进去。丈夫杰米德里耶夫原在煤气厂实验室工作，每月挣三百卢布，每天上下班得花三小时，她听说国立天然气设备研究所有一个空位，她通过父亲终于又把这个肥缺拿到了手。总之，一般人不能办到的事，她都有本事办到。其成功的秘诀不仅在于她有后门可走，而且在于她"像一条猎犬，紧紧咬住自己的愿望不放……在愿望（她用牙齿把它紧紧咬住）还没有变成现实之前，她是决不松口的"。作家以一种反语赞美道："真是一种伟大的性格，一种优美的、了不起的、对生活有决定性影响的性格，真正的男子汉的性格！"在这篇小说里，甚至在全部"莫斯科故事"里，作家就是用这种白描的、契诃夫式的客观叙述，同批判性的旁白紧紧地结合在一起的方法，淋漓尽致地揭示了现代市侩的典型性格。这是60年代以来，特里丰诺夫创作的基本手法和基本特色。

莲娜的"猎犬式的女人"的性格的形成，并非是一种孤立和偶然的现象，正如洛拉指责她的弟弟杰米德里耶夫时所说的那样："你已经多么鲁柯扬诺夫化了啊！"什么是"鲁柯扬诺夫化"？鲁柯扬诺夫是莲娜的父亲，是个"神通广大的人。他的主要能耐就在于关系多，老相识多"，能"走后门"。因此，他想办的事情，就没有办不成的。例如，杰米德里耶夫家有座别墅，年久失修，早就不像样子了。鲁柯扬诺夫一到那里，工人、水泥、砖……样样都有了，一周之内，它已被整修得焕然一新：地板发亮，门窗上白漆闪闪发光，房间是拷花的。鲁柯扬诺夫原来只是个皮革工人，1926年提升为厂长，曾遭受过许多打击，被撤过职，受过党内处分，后来不仅官复原职，而且还得到了提升。其成功的奥秘，就像他自己声称的那样："在这些关头使我脱身的唯一办法是：时刻戒备。"正由于鲁柯扬诺夫具有这套"脱身"法，因而他能够在风浪中逆水行舟，化险为夷，驶向愿望的彼岸。由此可见，所谓"鲁柯扬诺夫化"并不是一种生物学上的遗传，而是某种现实关系的反映。这种现实关系就是"交换"赖以存在的基础。作家对"鲁柯扬诺夫化"的揭露和抨击，无疑是触及了社会的严重弊病，把对现代市侩的批判引向了深入。小说发表以后，引起了普遍的注意和重视，莫斯科一家剧院很快把它改编成话剧上演。

《交换》之后，特里丰诺夫又陆续写了三部中篇小说：《初步总结》、《长离别》和《另一种生活》。在这些作品里，人物更换了，事件不同了，但是"交换"不仅照旧进行，而且有了恶性发展：规模愈来愈大，手段愈来愈卑鄙。作者的批判锋芒也愈来愈尖锐，其中以《另一种生活》最为突出，这就引起了文艺界领导人的忧虑和批评。

在《初步总结》里，文学翻译家耿拉吉对妻子丽达和儿子基里尔的蜕化，是有所觉察和提醒的，但是他们在社会上某些人的影响和诱惑下，不听劝告，像《交换》里的杰米特里耶夫一样，终于"鲁柯扬诺夫化"了。耿拉吉在一种失望和沮丧的情绪的支配下，别离了家庭和莫斯科，只身一人到南方海滨和土库曼的山区去休养。小说从叙述他在南方的生活开始，大量地采用"生活流"的表现手法，不断穿插主人公对昔日生活的回忆和思考，以揭示现代市侩的所作所为。丽达在认识拉莉萨以后，她的生活开始了转折。拉莉萨是一个"善于生活的女人"，常在"外边胡搞"。按丽达的话说，她"不是一个女友，而是一所机关，是拉莉萨局，什么事情都能办得到"：什么毛裤啦、莱金的演出票啦、疗养介绍信啦、游览图啦，还可以会见有用的人——一般死死板板的人根本想见也见不着的人。有一次，当耿拉吉高血压病发作，倒在电车上的时候，是丽达通过拉莉萨找来了名医彼切涅格上门看病，而一般人找他看病，每两个月才可能挂上一次号。从此，丽达对拉莉萨由欣赏、羡慕到学着做了。也就是说，她在"拉莉萨化"了。耿拉吉对这一"初步总结"不无后悔地说："当时我有点疏忽，有点马虎，可是现在当我实际上已经习以为常之时，她们就成了莫逆之交。真是天生的一对朋友。"为了儿子基里尔上大学，丽达通过某研究所的副博士加尔特维格，找到了他在招生委员会当秘书的一个朋友，走了后门。基里尔进了大学后，越发不好好念书，成天鬼混，是个有名的花花公子。耿拉吉拿他毫无办法。他什么事都干得出来，有一回，当他身上一文不名的时候，竟然把家中保姆纽拉的一个小圣像偷去卖了一百二十卢布，为此受到了公安机关的传讯。但是基里尔在家庭、学校里和社会上的胡作非为，由于得到加尔特维格的帮助和保护，最后总是安然无恙。加尔特维格像《交换》中的莲娜一样，有着许许多多"有用"的社会关系，在生活中非常吃得开。此人才三十七岁，可是已两度离婚，一个前妻是电影明星，一个前妻是舞蹈演员，现在又同一个女医生过从甚密。他为丽达和基里尔如此效劳，不可能是不要报酬的。他同丽达常有书信往返，俩人经常一起骑着自行车去郊游、滑雪，一起谈论宗教书籍……耿拉吉对他们的这种关系，只好听之任之。他常说："我不知道这些，也不想知道这些。"作者在书中所要表明的，正是生活中这种剪不断理还乱的"交换"网。

《初步总结》与其他三篇"莫斯科故事"所不同的是，"交换"在这里已不限于莫斯科知识分子的范围。耿拉吉家中的保姆纽拉，在基里尔上一年级的时候，就从加里宁州的农村来到他们家工作，当时才三十七岁，战争中失去了父母和姐妹，孤苦一人，身体不好，牙齿几乎都掉光了，至今还是一个老处女。十多年来，她一心为他们带孩子，料理家务，别无他求。谁知在她住院期间，竟没有人去探望她一次。这倒也罢了。问题是医生在电话中通知丽达去接她出院的时候，丽达居然要求医院开一张关于她的健康保证书，并胡说自己一家都是病人，想以此把纽拉拒之门外。基里尔这个忘恩负义的小东西也大声喊叫，"她不是我们家的人！"在他们看来，如今纽拉已经没有什么东西可以同他们"交换"了。人与人的关系除了赤裸裸、冷冰冰的"交换"关系以外，是没有人道和同情心可言的。最使人触目惊心的是，当纽拉回到丽达家来取东西，行将告别之际，丽达还要她到楼下院子里去倒一桶垃圾。作家用这种朴实无华的语言和细节真实的描写，栩栩如生地勾画出了现代市侩的肖像。

在《长别离》里，年轻的廖丽雅本来是个不出众的普通演员，由于同剧作家斯莫里亚柯夫打得火热，常常在一起寻欢作乐，终于在他的提携下，担任了戏中的主角，又在他的吹捧下，在戏剧界名噪一时。从此，生活中的一切自然而然地向她走来，她整天整夜忙得不可开交，被邀到处演出，参加宴会……斯莫里亚柯夫像《交换》中的莲娜和《初步总结》中的加尔特维格一样，是一个有着许许多多"有用"的社会关系的神通广大的人。廖丽雅想要进口的女皮鞋，这在莫斯科是很难买到的，但斯莫里亚柯夫可以直接从仓库把它弄到手；廖丽雅需要在家里装一个电话机，这在莫斯科是要登记排长队的，但斯莫里亚柯夫可以即刻找来电话安装工……与廖丽雅的这种飞黄腾达的生活相反，她的丈夫格列勃诺夫却时运不佳，他辛辛苦苦写出的剧本无人问津，他对妻子的演出从来不感兴趣，也没有去捧过场，他为了得到一张报户口用的工作证明书，四处奔波，最终也找不到适合的固定的职业。随着廖丽雅一举成名，她的母亲对格列勃诺夫的地位和处境愈来愈不满，老挖苦他在家里靠她的女儿来养活，实际上是逼他离开廖丽雅。格列勃诺夫从发现廖丽雅给斯莫里亚柯夫赠送衬衫这件事后，感到他们之间的关系已非同一般。这样，工作和家庭生活的种种不顺心，使格列勃诺夫决然离开莫斯科到西伯利亚去。在和妻子告别的时候，他无限感慨地说："最可怕的是，这是一次长别离。"在火车上，一个地质勘探队队员问他是否刚从学院毕业，他回答说："从生活里毕业了。一种生活已告结束，另一种生活正在开始。"这意味着，莫斯科生活在他看来，是那样的令人烦恼和窒息，在那里已无法再生活下去了。

特里丰诺夫这三部小说发表以后，《青年近卫军》等杂志刊登了批评文章。1972年，《文学问题》还开辟了专栏进行讨论。批评小说的人认为，它们基本上没有正面人物，几乎全是反面人物。作家不同意这种看法，并且质问批评家们说：为什么莲娜是"反面人物？是不是因为她打了孩子，偷了互助会里的钱和同男人一起酗酒？是个不中用的工作人员？完全不是那么回事……好吧，就说性格上存在某些缺点吧，谁又没有呢？难道你们的脾气都像天使一样？不……你们批评的时候用劲太猛了，有点太不人道了"。① 有的批评家认为，特里丰诺夫写的是"市侩"，他回答说："我没有打算写任何市侩。我感兴趣的是性格"；"但是有人说，请作者原谅，您本人不是也在谴责莲娜吗？作者谴责的不是莲娜，而是莲娜的某些品质，他憎恨这些不仅是莲娜一个人的品质……"② 《文学问题》杂志编辑部在给讨论作总结时，一方面肯定这些小说"写得有才气也有意义"，"提出了当代很紧迫和重要的问题，这就是市侩问题，用消费主义态度对

---

① 特里丰诺夫：《选择、决定、牺牲》，苏联《文学问题》1972年第2期。
② 同上。

待生活的问题以及冷漠无情和厚颜无耻的问题"；另一方面指责"人物生活在人为的'密封的'世界里"，没有找到"向旧时代的残余和市侩习气进攻的"、"决定我国社会发展的积极的社会力量和道德力量"。①

作家在"莫斯科故事"的另一部作品《另一种生活》里，不但没有接受批评，反而在批判倾向方面更前进了一步，小说的生活面较之以前也更为阴暗了。

为了同这种揭露性的主题思想相适应，特里丰诺夫采用了倒叙方法，一开头就正面渲染悲剧的氛围，一个孤苦伶仃、精神失常的科研人员奥丽加，在回忆亡夫谢尔盖的不幸遭遇和命运。

谢尔盖毕业于大学历史系，在博物馆工作七年之后，仍然一事无成，眼看同辈们一个个都混得不错，感到十分沮丧。他为了给出版社写一本书，曾多次给人打电话，请客吃饭，到头来也没有把书写成。之后，他找到了大学的同窗格纳，被调到了历史研究所工作。于是他便专心致志地作起副博士论文来，可是，又不走运，论文一直未获通过。一次，研究所弄来四张去法国的旅行券，价格高昂，但想去的人还是不少。谢尔盖觉得自己的论文同巴黎有关，也争着要去。奥丽加看到丈夫长期不得志，决定用变卖物品和借债的办法购买旅行券，让他换换空气，同时邀请研究所的秘书，老同学格纳及其妻子玛拉到乡间别墅度周末，以便使谢尔盖能早日成行。可是格纳夫妇不肯应邀。过了不久，忽然在一个周末，他们带着副所长季斯洛夫斯基和一个陌生的女人不期而至。当大家痛饮到深夜的时候，副所长要求同这个女人一起留下来过夜。谢尔盖夫妇至此才恍然大悟他们的访问目的。谢尔盖夫妇决意不让他们留宿，但旅行券从此就告吹了。这笔"交换"没有作成，格纳又提出另一笔"交换"：如果谢尔盖同意把自己论文中的一个材料提供给副所长兼学术委员会主席季斯诺夫斯基写博士论文，那么，他的副博士论文就能获得通过。谢尔盖再次拒绝了格纳的要求，这样他的副博士头衔又遥遥无期了。事情并不就此了结。格纳又向谢尔盖提出新的"交换"条件，要他证明，不是格纳曾经向他索取论文的材料，而是季斯诺夫斯基本人来向他要的。在这个时候，格纳已经走马上

---

① 《编辑部的话》，苏联《文学问题》1972年第2期。

任，取代了季斯诺夫斯基当上了副所长，他需要嫁祸于人。小说就是这样由表及里，由点到面，一层一层地剥开研究所领导层的美丽的外衣，描绘了和鞭挞了这一系列厚颜无耻、没有心肝、循环不止的"交换"。在这种残酷的社会"交换"面前，谢尔盖对写副博士论文和出国旅行之类的事情，完全失去了兴趣，一心一意沉湎于"交流心理学"和通灵术这类厌世的活动中去了。也就是说，他开始了"另一种生活"。

还有，奥丽加的后父是一个老画家，患了重病，被送进了一家著名医院，由罗亭教授动手术。手术作完后，有人来告诉奥丽加的母亲，她应当在手术前给罗亭送二百卢布去，可是她没有这样做。结果罗亭在手术后冷淡地对她说，"我不能给你什么希望，虽然还不能说已经完了"。不久，她的后父便离开了人世。谢尔盖也因心脏病突发死去。小说正是从谢尔盖的死和奥丽加过着"另一种生活"开始："她的心情坏透了，经常是半夜醒来睡不着，往事不堪回首，但又无法摆脱地向她袭来。过去的一切历历在目，而今只剩下寒冷和空虚。她觉得自己的丈夫是被折磨死的，否则他绝不会死得这么早，她相信：如果谢尔盖当初不拒绝格纳的阴谋，他就一定还活着，而且会步步高升……"所谓"另一种生活"，其实就是对生活的某些阴暗面所发出的一种抗议。作者以这种平铺直叙、突出细节和内心独白相结合的方法，把一幅严酷的生活画面展现在世人的眼前。特别是主人公的悲剧结局，已经远远超出了作者所说的他只写性格上的缺点这个范围。

五

1976年，特里丰诺夫发表了中篇小说《滨河街公寓》，这是作家迄今为止的创作中最富暴露倾向和批判倾向的一部作品。用他自己的话来说："这部中篇小说的'谴责调子'相当明确，也许比我的其他作品写得都更为明确。"①

《滨河街公寓》的主人公仍然是知识分子，故事仍然发生在莫斯科，主题思想仍然是"交换"，从这一点看，《滨河街公寓》也是"莫斯科故事"。

屹立在滨河街上的那幢豪华公寓，是主人公的理想的象征和历史沧桑

---

① 特里丰诺夫：《……寄希望于成熟的读者》，苏联《文学评论》1977年第4期。

的见证，也是作家的寓意所在。1972年8月的一天，格列勃夫开着小汽车来到一家家具店，为自己的新居选购木器，意外地碰上了小时候的朋友，现在是这个店里的装卸工——廖夫卡。小说从这里把我们带到了他们的青少年时代。作者以30—50年代的苏联社会为背景，来展现中心主人公格列勃夫的生活道路。一开始，特里丰诺夫就用强烈对比的手法和色彩鲜明的个性化语言，描写了这两个人的不同出身和不同经历。30年代，格列勃夫的日子过得很穷，生在一个小职员家庭，一家三代人挤在滨河街公寓旁的"像鸽子笼似的小房子里——杰留金客栈"；廖夫卡则住在高高的滨河街公寓里，生活十分阔绰，应有尽有。他们一同上学，一块游玩，常来常往。起初，格列勃夫对这幢公寓是气愤不平，压抑怨恨的，后来渐渐表现出对它的无限羡慕和向往。到70年代初，情况倒过来了：格列勃夫搬进了滨河街公寓，成了学术界的一名显赫人物，在科学院某研究所担任副所长，经常风尘仆仆，出国访问；连他的样子也完全改变了，"在四分之一世纪以前，那时他还没有胖得乳房都垂下来，像女人一样，大腿还没有变得这样粗，肚皮还没有挺出来，肩膀还没有下溜……如今面目变得全非，像条毛毛虫，难看极了"。相反，廖夫卡搬出了滨河街公寓，当了一名默默无闻、穷困潦倒的工人。

在格列勃夫生活中，发生这样显著而迅速的变化，不是偶然的，因为他有一套本领和处世哲学。

40年代，当格列勃夫还在上大学的时候，他就是《大学生》里的巴拉文那种人物。巴拉文身上所具有的那些基本特点：极端个人的利己主义，不择手段地想出人头地、看风使舵的两面派伎俩，对待女性的不道德行为，统统都"遗传"给了格列勃夫。所不同的是，巴拉文在后来认识了自己的错误，而格列勃夫则是一个更加发展和堕落了的巴拉文。特里丰诺夫在谈到这类人物的"病症"时说过："现在国家面貌、人民生活、住宅、服装、饮食，统统变得无法辨认了，但是人的性格并不像城市和河床变得那么快。我们不要自欺欺人，根除人身上的像个人主义这样的痼疾，需要经过许多许多年，这是人类所有疾病中最年深日久的疾病。"[①]

---

① 特里丰诺夫：《选择、决定、牺牲》，苏联《文学问题》1972年第2期。

格列勃夫就是这种"疾病"的患者。他自私、贪婪、野心勃勃。在大学时代，他曾做了一个"梦"，"在装着五颜六色的糖果的圆铁盒里放着许多十字勋章、奖章、徽章。他在挑选，尽量地不出声，以免惊醒别人"。后来他为了实现这一梦想，把既有光荣的革命经历又是通讯院士的甘丘克教授作为发迹的跳板，利用教授的女儿索妮娅的中学同学关系，开始了钻营的生涯。在教授面前，他装出一副勤奋好学的模样，聆听教授的指点，在深夜替教授编写参考书目，在冬日陪同教授散步，在夏天主动参加教授的别墅的劳动……这样，教授便乐意担任他的毕业论文的导师，并且将他的名字列入研究生名单。他对索妮娅本无友谊和爱情可言，只是把她当作"敲门砖"，当他躺在她家中的沙发上，望见屋内的一切的时候，"突然感到全身的血都涌上头来……这一切都可能成为他个人所有。也许，现在所有这一切……都已经属于他了！"

甘丘克是个老布尔什维克，参加过国内战争，发表过很多著作，在20年代的文艺论战中，冲锋陷阵，批判各种错误思潮，是一个有胆有识的老战士。学院副院长多罗德诺夫在20年代写过一些"路标转换派"的东西，曾经受到严厉批判，是个机会主义者。由于他后来"涂上了一层顺应时代潮流的颜色"，才躲过了历次的社会运动，隐藏了下来。如今，他以为时机已到，便伙同学院的教务主任德鲁嘉耶夫等一些人，策划反对和陷害甘丘克的阴谋，以报宿仇。在这场陷害和反陷害的斗争中，格列勃夫完全显现出自己是一条变色龙。起先，这一帮人唆使他调换一位论文导师，以孤立和打击甘丘克，而甘丘克的支持者原以为他会站出来替恩师说话，可是他采取了谁也不得罪的态度；当"倒甘"的烈火愈烧愈旺的时候，他站到了反对派一方，替他们"从内部攻破"，偷看甘丘克的书架上摆的是什么书，崇拜的是哪些偶像，为他们搜集炮弹；最后，当双方摊牌的时候，他又竭力避免公开表态，并挖空心思地设计了四个"护身"方案，以达到万无一失，保全自己的目的。特里丰诺夫就是这样一步紧逼一步地、一层深似一层地剥开格列勃夫的画皮，还他以本来的面目。但是直到书的最后，像格列勃夫这样的投机分子，不仅没有受到任何惩罚，反而一帆风顺，飞黄腾达。这不能不说明是作者对待生活的一种态度。我们可以比较一下，作者在50年代写的《大学生》里，在塑造巴拉文这个人物时，还写了一批像白洛夫这样的正面主人公与之针锋相对，巴拉文在团组织的教育和同学们的帮助下，毕竟走上了改过自新的道路；虽然《大学生》和《滨河街公寓》都具有尖锐的揭露和批判倾向，但后者已经丧失了前者所具有的那种乐观主义色彩和生气勃勃的前进力量。两部小说在社会环境和时代氛围的描写上，也是恰恰相反的。在《大学生》里，当巴拉文开始认识生活的真正意义的时候，小说以大学生在明媚的春天的阳光下，手挽手、肩并肩地走向万众欢腾的莫斯科红场，参加五一国际劳动节的盛典作结束。在《滨河街公寓》里，则是用一幅凄凉、暗淡的画面结束：甘丘克的妻子，一个外语教师，被学院解雇后，不久就离开了人间；甘丘克的独生女儿索妮娅也含冤而死；留下来的是八十六岁高龄的甘丘克，生活在孤苦之中，艰难地拖着自己暮年的身躯。这一家人的存在与不存在，对于格列勃夫来说，已经是没有意义和无所谓了的。一天黄昏，甘丘克在女儿的一个同学的陪伴下，来到她的墓地。这时，"大地漆黑一片，树木像煤炭一样黑，墙也像煤炭那样黑。但天空还有点亮光和声音！乌鸦叫着飞来飞去"。甘丘克对着墓地自言自语说："这是多么荒唐、毫无觉悟的世界！……啊，为什么？谁能解释？"

这两幅画面，很难说仅仅是艺术上的表现手法不同。近年来，特里丰诺夫一再声言：人身上的个人主义和利他主义"这两种品质并存于人的本性之中，处于永恒的搏斗之中。我们的任务也许就在于用文学的微弱力量帮助一种品质战胜另一种品质，帮助人向好的方向转变"。我们且不谈这种观点本身如何，就是用它来衡量《滨河街公寓》，已是行不通的了。特里丰诺夫说过："我感兴趣的是性格。"但是，性格和环境是分不开的。事实上，在这部小说里，除性格以外，还有那么多的生活，那么多的惊心动魄的历史生活和现实生活，那么多的现实关系。

正因为如此，小说发表后，在苏联国内外引起了巨大的反响。美国报刊的评论说：它所引起的"骚动"，"这是十四年前索尔仁尼琴的《伊凡·杰尼索维奇的一天》发表以来所没有过的"。[①] 苏联作协第一书记马

---

① 罗伯特·斯·托塞：《一部鼓吹消极情绪的新小说·在苏联国内引起了一场争论》，美国《国际先驱论坛报》1976年5月26日。

尔科夫对小说进行了严厉的批评:"小说的基本情节结构局限在作者所采用的形式中,以致主人公和读者往往不能理所当然地充分感觉到还存在一种可以打破某些令人绝望的命运和处境的力量",又说,"这已经是作家的哲学观点的问题了"。① 特里丰诺夫则为自己辩解说,他描写的是"活生生的人","既有好人也有坏人。我们描写的不是坏人,而是人们身上的恶劣品质……我们做的是共同的事业。苏联文学这是巨大的建筑物,参加建设的有各种各样的和不同类型的作家"。② 这是作者对他所受到的批评的一个答复。

六

1978 年,特里丰诺夫发表了长篇小说《老人》。在这部书里,历史和现实一半对一半。作家把 60 年代以来创作中的历史题材和现代题材合二为一,把"对正义的渴望"和反对现代市侩的两大主题铸成一体,让表面上看来两个截然不同,互不关联的故事,围绕着"老人"这个轴心,平行地、交替地展开:一会儿是对 20 年代国内战争事件和人物的回忆,一会儿是对 70 年代家庭和社会的日常生活的描述。这种独特新颖、别出心裁的表现手法,犹如现代电影艺术中变幻迅速的蒙太奇语言一样,引人入胜。从思想内容上讲,《老人》是作者的一部集大成的小说,从艺术形式上看,则标志着作者的新探索的开始。

小说开头,仍然是作家惯用的那种倒叙法。1968 年,《老人》中的老人——列图诺夫,在某杂志上写了一篇为五十多年前被处死的红军将领米古林昭雪的文章。不久,他就收到了长期以来生死不明的米古林的妻子阿霞来信。从此,小说转向他们的青少年时代,以及米古林悲剧产生的历史旋涡。

列图诺夫和阿霞是彼得堡的邻居和普里哥达中学的同班同学。国内战

---

① 格·马尔科夫:《为争取共产主义而斗争的苏联文学和从二十五次苏共代表大会看其任务》,苏联《文学报》1976 年 6 月 23 日。
② 转引自苏联第七次作家代表大会的报道《共产主义个性的形成及其生活和文学中的社会道德问题》,苏联《文学报》1976 年 7 月 2 日。

争爆发后，他们参加了红军。阿霞在米古林将军的司令部里当打字员，不久便嫁给了米古林。几个月后，悲剧就发生了，米古林被处以极刑。此后，十九岁的阿霞又嫁过两个人，可谁也不知道她曾经是米古林的妻子。用列图诺夫的话说："她为时间所掩埋了，像一个矿工为坍塌的矿山所掩埋一样。"但她从来不相信米古林是革命的"叛徒"。列图诺夫参加过十月革命，曾经作为巴拉绍夫军事法庭的记录员，是米古林案件的直接见证人，在当时也多少有点儿相信米古林是有罪的。阿霞在读到列图诺夫的文章后，在给他的信里，曾就这一点写道："我并不责怪你，当时大多数人都是相信这一点的，人们当时处在战争的狂热中，对许多事物的看法同现在不一样，不像现在那样可以平心静气地对一切事情作出评价。"在时隔五十多年以后，列图诺夫开始用自己的晚年来收集有关米古林的各种材料，经过回忆和思考，终于得出了结论，这是一件冤案，其原因在于"不信任"，"米古林的死，是因为有两股气流，暖流和寒流，有两块像大陆一样的庞大的云层——信任和不信任，关键时刻在天空相撞，产生了能量巨大的放电现象。一股混合着冷和暖、信任和不信任的飓风把他卷走了"。

　　米古林是顿河的哥萨克，出身贫寒，1904年起任哥萨克的中校，第三十三顿河团的副团长，参加过人民自由党，在自己的家乡当过村长，可是他十分同情哥萨克的疾苦，常常替他们打抱不平。1905年俄日战争期间，他在满洲前线战斗过。十月革命后，他站到了苏维埃政权一边，表示"永远同布尔什维克在一起"。他在红军担任团长、师长期间，身先士卒，出生入死，同邓尼金匪帮进行了英勇的斗争，因而邓尼金将他的母亲折磨死了，他的父亲和弟弟被枪毙了，儿子在前线阵亡了，前妻逃走了。为了革命，他忠心耿耿，把家破人亡、个人安危置之度外。1919年，白匪妄图进犯莫斯科的时候，他被委派到南方组建哥萨克特别军，并任该军军长。可是，米古林性情急躁，为人粗暴，经常同身边的政工人员发生摩擦，他们就打他的小报告，无中生有，关系搞得极坏；虽然他要求入党，由于他的"历史"问题，却始终未获批准。特别是以托洛茨基为首的共和国革命军事委员会和南方方面军革命军事委员会中的某些领导人"非常讨厌米古林，尽管他常常打胜仗，然而终究是外人……托洛茨基本人一听到他的名字就轻蔑地撇着嘴……怎么能证明他是我们的人呢？"由于托洛茨基对整个哥萨克和米古林的不信任,当邓尼金发动进攻的时候,他不仅不能为革命效劳,反而连他的哥萨克军也被改编了,唯一了解他和支持他的政委(列图诺夫的舅舅达尼洛夫)也被调走了。对此,米古林非常苦恼和气愤:"邓尼金发动了进攻,我却被监禁在这里。我要上前线去!"米古林也怀疑过,"托洛茨基不是想当俄国的独裁者吗?"在马蒙托夫突破防线的严重时刻,米古林违反了组织纪律,擅自行动,带领部队奔赴前线,迎击邓尼金匪徒。他这样做,被南方方面军宣布为倒戈、叛变、企图同邓尼金匪徒携手合作,结果他的部队被拦截,他本人被送交军事法庭审判,后被处决。在米古林和其他同案犯被判决的时候,他们彻夜悲壮地高呼革命口号和唱革命歌曲。当军事委员会来电要求从宽处理时,已经无法挽回米古林的生命;当时担任军事法庭记录员的列图诺夫,在经历了五十余年的风风雨雨之后,才有可能揭开米古林的这一历史沉冤。按照作者的说法:"当你在熔岩中漂流的时候,你是觉察不到热的。如果你处身于时代之中,你怎么能看到时代呢?岁月流逝了,生活过去了,你才能分析:这是怎样的,为什么发生了这样或那样的事情……"可见,列图诺夫为米古林的申冤,无异于说是特里丰诺夫本人对"正义"和"真理"的探求的继续,而米古林则是作者所形容的那种"篝火的反光"。用"老人"的话来说:"在那些日子里产生的、我们对此深信不疑的真实情况,必然要延伸到今天,反映出来,折射出来,变成光和空气。"从这个意义上,《老人》可以被看成是《篝火的反光》的姐妹篇。

《老人》的另一半是对列图诺夫家的日常生活的描写,这几乎是他的"莫斯科故事"的继续。这一线索是围绕着争夺阿格拉菲娜的房子展开的。"老人"很想给自己的儿孙叙述米古林的故事,可是他们全不感兴趣,他们关心的根本不是这个,而是房子。在列图诺夫家的别墅旁边有座小房子,有四户人家都想从它的主人阿格拉菲娜那里弄到它,为此彼此之间展开了激烈的角逐。这四户人家是"老人"的儿子鲁斯兰,女婿尼古拉·爱拉托维奇,房管主任普里霍杰柯,"老人"的亡妻的朋友的儿子康达乌洛夫。鲁斯兰为了争夺房子,硬要父亲出面找个熟人去说情,而儿子所推荐的人,是列图诺夫从来不愿与之打交道的。于是儿子责怪父亲"只考虑精神上的安宁,不肯替后辈着想"。女儿维娜也请来一个搞法律的人,要他帮忙。"老人"对自己的孩子这样热衷于房子，十分生气，常常同他们吵嘴，并且发出了感叹："没有感情，好像不是亲骨肉似的。"在这个儿女满堂的大家庭中，最后落到只有一条名叫阿黑的狗，时刻伴随着"老人"。"老人"发出的这种感叹正是我们在《交换》里早已听到的另一个"老人"的声音。鲁斯兰的主要对手是康达乌洛夫，此人像"莫斯科故事"中那些现代市侩一样，神通广大，有着许多重要的社会联系。他贪得无厌，为了满足自己的卑鄙的私欲，不择手段，什么事都干得出来，从年轻时候起，就奉行一套处世哲学，"你想要达到什么目的，就要把所有的气力，所有的手段，所有的条件，所有的一切都花上去，要钉住不放！"总的说来，在小说的这个部分里，没有多少新意，基本上是"莫斯科故事"的那些内容。

在《老人》里，"老人"对往事的思考和对现实的不满，这两条似乎互不交叉的平行线：一面是围绕着争夺房子的"无谓奔忙"，一面是"崇高地探求真实"，一面是"充满私有欲的世界"，一面是"社会悲剧的世界"；① 可是实际上，在它们之间却有一条无形的虚线把它们内在地交织起来，这就是人们的不同幸福观的鲜明对比，即"老人"对自己的妻子加里雅所说的一席话："你以为一间房子和一个阳台他们就会感到幸福些吗？当然不会。幸福是从另一种东西产生的。我说不清楚从什么东西中产生的。不过幸福，要像我们俩当时那样。"

这是小说《老人》的结论和启示，也是特里丰诺夫全部小说的结论和启示。由此可见，追求不道德的、损人利己的幸福和为人生的真正幸福——正义和真理而斗争，这就是贯穿于特里丰诺夫全部创作的主题，也是他的现实主义的特色和力量之所在。

(原载论文集《论当代苏联作家》，外语教学与研究出版社 1981 年版)

---

① 赫马拉：《真实的尺度》，苏联《文学报》1978 年 6 月 28 日。